Lesley Turney
Die fremde Frau

LESLEY TURNEY

Die fremde Frau

Roman

Aus dem Englischen von Monika Köpfer

Pendo München Zürich

Mehr über unsere Autoren und Bücher:
www.pendo.de

Die Originalausgabe erschien 2011 unter dem Titel *The Secrets Between Us* bei Bantam Press, einem Imprint der Random House Group, London.

ISBN 978-3-86612-303-8
2. Auflage 2011

Satz: Fotosatz Amann, Aichstetten
Gesetzt aus der Stempel Garamond
Druck und Bindung: Pustet, Regensburg
Printed in Germany

EINS

Ich lernte Alexander im Hotel La Fiora kennen, in einer abgeschiedenen Gegend an der Südküste Siziliens.

Ich schwamm schon eine ganze Weile im Pool, vielleicht eine halbe Stunde, jedenfalls lange genug, um die Haut meiner Finger schrumplig werden zu lassen. Mit weit ausgebreiteten Armen ließ ich mich auf dem Rücken im Wasser treiben. Von oben betrachtet musste ich wohl wie ein Kreuz aussehen, das sich langsam auf der Wasseroberfläche dreht. Zum Schutz vor der stechenden Sonne hielt ich die Augen geschlossen.

Es war an einem heißen Nachmittag Mitte August, eine Tageszeit, zu der die meisten Italiener bei heruntergelassenen Jalousien ein Mittagsschläfchen hielten. Auch meine Schwester war in ihr Zimmer gegangen, das sie mit ihrem Mann Neil teilte, um sich hinzulegen. Sie war wesentlich hellhäutiger als ich, und die Hitze machte ihr sehr viel mehr zu schaffen als mir. Statt mich auszuruhen, schwamm ich lieber. Ohnehin zog ich es vor, mich zu beschäftigen, denn in ruhigen Momenten neigten meine Gedanken dazu, nach Hause abzuschweifen, zu Laurie und der Szene, wie er eine Woche zuvor in der Tür unseres Schlafzimmers gestanden und mir beim Packen zugesehen hatte. Barfuß und nur in seiner grau verwaschenen Hose, die Haare zerzaust, fuchtelte er mit der Brille in der Luft herum und flehte mich an, ihn nicht zu verlassen. Wahllos stopfte ich meine Reisetasche voll, die auf dem Bett lag, während ich Laurie sagen hörte: »Sarah, das hilft uns auch nicht weiter. Wir müssen über unsere Probleme reden. Du kannst nicht einfach davonlaufen.«

Woraufhin ich ruhig erwiderte: »Und ob ich das kann.«

Unser größtes Problem, jedenfalls von meiner Warte aus, war, dass Laurie mit meiner besten Freundin Rosita geschlafen hatte, und zwar in unserem Bett, und nicht nur einmal, sondern mehrmals. Was mir am meisten zu schaffen machte war nicht so sehr seine Untreue an sich, sondern die Tatsache, dass er seine Geliebte, meine Freundin, in unser gemeinsames Bett mitgenommen hatte, an unseren intimsten Ort. Hätten sie sich in irgendeinem anonymen Hotelzimmer getroffen, um schlicht und einfach zu vögeln, hätte es mich vielleicht nicht derart verletzt.

Ich stellte mir vor, wie er nach dem Sex noch ein wenig auf dem Bett liegen geblieben war, um ihr beim Anziehen zuzusehen, und wie er ihre nackten Schulterblätter betrachtet hatte, während sie mit den Händen nach hinten fasste, um den BH zu schließen. Wahrscheinlich begann er bereits in diesem Moment, Schuldgefühle zu haben, das würde Laurie ähnlich sehen. Bestimmt hatte er geduscht, nachdem Rosita gegangen war, um die Spuren seiner Untreue zu beseitigen. Dann hatte er das Bett gemacht, die Kissen glatt gestrichen, nach langen schwarzen Haaren gesucht, die Bettdecke aufgeschüttelt, umgedreht und geglättet und billigend in Kauf genommen, dass ich mich später am Abend auf dieselbe Stelle legte, wo er zuvor Rosita geliebt hatte.

Das konnte und würde ich ihm nie verzeihen.

Während ich also packte, flehte Laurie mich an zu bleiben. Dabei gab er mir die Schuld für seine Untreue, wenn auch indirekt, indem er durchblicken ließ, dass ich ihn so weit gebracht hätte. Er war völlig aufgelöst, und sein innerer Aufruhr spiegelte sich in seinen verzerrten Zügen wider. »Du warst in letzter Zeit so distanziert«, sagte er. »Ich konnte überhaupt nicht mehr zu dir durchdringen.«

Und ich erwiderte nur: »Glaub mir, Laurie, das war gewiss nicht die richtige Lösung.«

Ihm zufolge war Rosita nur eine Ablenkung gewesen, sozusagen Balsam für seine verletzte Seele, mehr nicht. Ein Symptom unserer vergifteten Beziehung, seit wir unser Kind verloren haben. Stets sprach er im Zusammenhang mit der Totgeburt unseres Kindes von »wir« und »uns«, um zu betonen, dass es sich um einen beiderseitigen Verlust handelte, unter dem wir beide litten, und keiner von uns trug Schuld oder Verantwortung dafür.

Natürlich sei es dumm von ihm gewesen, mit Rosita zu schlafen, hatte er gesagt, aber es bedeute ihm nichts. Ich erinnerte mich nicht mehr, ob ich etwas darauf geantwortet hatte. Stattdessen hallten immer dieselben Worte in meinem Kopf wider und drückten schmerzhaft gegen meine Stirn: Ja, aber du hast nicht einmal die Bettwäsche gewechselt, Laurie. Du hast sie in dasselbe Bett mitgenommen, in dem unser Kind gezeugt wurde, an unseren heiligen Ort, wo du jeden Abend deine Hand auf meinen Bauch gelegt hast, um sein Wachsen zu verfolgen, und wo wir zu ihm gesprochen haben. Und dann hast du zugelassen, dass ich mich in dieses Bett legte, in dem sie gelegen hatte. Du hast uns alle betrogen. Du hast gelogen, dein Körper hat gelogen, und du hast nicht mal die Bettwäsche gewechselt.

Ich ruderte ein wenig mit den Armen, um im sonnenbeschienenen Wasser zu kreisen. Meine Gedanken waren so schwer, dass sie mich niederdrückten. Obwohl ich auf dem Wasser umhertrieb, hatte ich das Gefühl, mein Körper sei bleischwer.

Es war heiß und ruhig in dem weitläufigen Garten. Das blendend weiße Hauptgebäude war terrassenartig in die Klippen hineingebaut, sodass jedes Zimmer auf die Bucht blickte. Dunkelblättrige Zitronenbäume, Palmen und stachlige Pflanzen in Terrakottatöpfen warfen Schattenmuster auf den Rasen. Ein Rasensprenger wässerte in gleichmäßigem Rhythmus die Beete. Im Schatten dösten Gäste auf ihren Liegen, und auf dem Gartenweg machte ein graues Kätzchen einen Satz, um eine Spinne zu erhaschen. Sogar der Mann hinter dem Tresen der Poolbar kämpfte mit dem Schlaf. Das Gesicht in die Hände gestützt, drohten ihm immer wieder die Augen zuzufallen. Auf der von Schlaglöchern übersäten Straße jenseits des Hotels fuhr knatternd ein Moped vorbei.

Die meisten Hotelgäste waren älter als ich; italienische und deutsche Touristen mit kurzen grauen Haaren und Sonnenbrillen, faltiger Brust und Kugelbauch. Ich tauchte unter Wasser, schwamm bis zum Ende des Beckens, wendete und schwamm wieder zurück.

Unter den Bäumen zog ein kleiner Junge seine Hose aus. Neben ihm saß ein Mann in Hawaiishorts und mit Sonnenbrille, die Ellbogen auf den gespreizten Knien, und blies einen Schwimmflügel auf. Bislang hatte ich noch keine Kinder hier gesehen, offensichtlich war es kein Hotel, das von jungen Familien frequentiert wurde.

Ich tauchte erneut unter, schwamm ein paar Züge, und plötzlich platschte und spritzte es; Wasser schwappte mir ins Gesicht. Ich drehte mich um und sah den Jungen, der mit hochgerecktem Kinn und orangefarbenen Schwimmflügeln an den Oberarmen wie ein Hund auf mich zupaddelte. Sein weizenblondes Haar war sehr kurz geschnitten, was seine Augen und Ohren übergroß, sein Gesicht dagegen zu klein wirken ließ. Schlieren von Sonnencreme leuchteten auf Nase und Wangen. Ich schwamm zu der Treppe am anderen Ende des Beckens, denn ich hatte keine Lust, den Pool gemeinsam mit einem Kind zu benutzen. Der Mann stand zögernd auf der zweiten Stufe. Irgendwo war ein Handy zu hören, dessen Klingelton die nachmittägliche Trägheit zerriss. Offensichtlich gehörte es dem Mann. Die anderen Gäste hoben, in ihrer Ruhe gestört, die Köpfe, schoben die Sonnenbrillen hoch und verzogen ärgerlich ihre Gesichter. Der Mann sah zwischen dem Kind und dem Handy auf seiner Liege hin und her. Dann blieb sein Blick an mir hängen.

»Könnten Sie bitte kurz auf den Kleinen aufpassen?«

Einen Moment lang zögerte ich, dann nickte ich halbherzig. Was blieb mir denn anderes übrig?

Der Mann bedankte sich mit einem Daumen-hoch-Zeichen und stieg aus dem Pool, die nassen Haare klebten an seinen Beinen. Ich schwamm zu dem Kind zurück, das sich ganz und gar auf seine Bewegungen konzentrierte.

»Hallo«, sagte ich.

»Hallo.«

Ihm schien meine Rolle als Aufpasserin genauso wenig zu gefallen wie mir. Einen Moment lang wusste ich nicht so recht, was ich sagen sollte, dann fragte ich: »Wer hat dir denn das Schwimmen beigebracht?«

»Ich brauche keine Schwimmflügel«, erwiderte er. Er lispelte ein wenig. Seine beiden mittleren Schneidezähne fehlten.

»Ach ja?«

»Mami hat gesagt, ich brauche keine, aber Dad will, dass ich sie trage.«

Der Junge sah zu seinem Vater hinüber, der das Handy angespannt ans Ohr presste.

»Wie heißt du?«

»Jamie.«

»Das ist ein hübscher Name. Und wie alt bist du?«

Der Junge sah mich an. Seine Augen waren von dem gleichen Blau wie die winzigen quadratischen Keramikfliesen, die den Pool säumten. Seine Iris waren blauschwarz umrandet, und an seinen Wimpern hingen Wassertropfen. Er hatte ein kleines, zartes Gesicht, fast wie ein Baby, doch sein Ausdruck glich in seiner Ernsthaftigkeit dem eines Erwachsenen.

»Sechs und dreiviertel.«

»Oh, wie schön.«

Ich fragte mich, ob mein Sohn ihm irgendwie ähnlich gewesen wäre, wenn er sechs und dreiviertel Jahre gelebt hätte. Gewiss wäre er dunkelhäutiger gewesen, aber weniger ernsthaft. Ich stellte mir meinen Sohn immer als sonniges, engelsgleiches Kind mit rosigen Wangen und klebrigen Fingern vor, das sich in meinen Armen wand, wenn ich es knuddelte und kitzelte, und sich gegen meine Küsse sträubte.

Nein, diesem Jungen wäre er bestimmt nicht ähnlich gewesen.

Jamie strampelte mit den Beinen im eisblauen Wasser und rief: »Schau!«

Er spreizte seine zarten Finger mit den muschelfarbenen Nägeln, legte die Hände flach auf die Wasseroberfläche und bewegte sie feierlich, als würde er Klavier spielen. Die Muster des Wassers, die Jamie auf diese Weise erzeugte, spiegelten sich im Sonnenlicht auf dem Boden wider. Die Lichtreflexe tanzten auf den Fliesen, kräuselten sich und bildeten Blumengirlanden, Spiralen und Kreise. Jamie verwandelte den Boden des Pools in ein Kaleidoskop. Ich sah ihm zu, wie er mich gebeten hatte, und nach einer Weile blickte er erwartungsvoll zu mir auf. Offensichtlich wollte er von mir gelobt werden.

»Das ist toll. Wer hat dir das gezeigt?«

»Mami.«

»Und wo ist deine Mutter jetzt? Ruht sie sich aus?«

Jamie schüttelte den Kopf. Seine Augen wirkten im hellen Licht glasig, und die mit Sommersprossen übersäte blasse Haut auf seiner Nase und seinen Wangen zeigte die Anzeichen eines beginnenden Sonnenbrands. Er stieß einen leisen Seufzer aus, als hätte er es satt, Fragen zu beantworten, wäre es leid, überhaupt gefragt zu werden.

»Mami ist weggegangen«, sagte er schließlich, und so, wie er die Worte betonte, war mir klar, dass sie nicht mal eben einkaufen oder aufs Zimmer gegangen war, sondern für immer.

ZWEI

Nachdem er sein Telefonat beendet hatte, gesellte sich Jamies Vater zu uns in den Pool. Er hatte seine Sonnenbrille abgenommen und blinzelte im Sonnenlicht, sodass seine Wimpern die tief sitzenden braunen Augen verbargen. Sein langes schwarzes Haar reichte ihm bis zu den Schultern. Er hatte sich seit mehreren Tagen nicht rasiert, seine Haut war fahl, als wäre er gerade erst von einer Krankheit genesen. Etwas stimmte nicht mit ihm, er hatte etwas von einem Gejagten an sich und gleichzeitig etwas von einem Jäger. Als er neben mir auftauchte, wich ich unwillkürlich ein Stück zurück.

»Danke«, sagte er.

»Gern geschehen.«

»Hören Sie …«, sagte er, und ich begann gleichzeitig zu sprechen: »Also …« Wir mussten beide über unsere Unbeholfenheit lächeln.

»Ich heiße Alexander, Alex.«

»Sarah.«

Weil mir nichts anderes einfiel und ich auch keine Neigung verspürte, den Pool mit anderen Menschen zu teilen, zuckte ich die Schultern und sagte: »Gut, ich muss jetzt raus.«

»Okay.«

Ich war erleichtert, dass er nicht versuchte, mich in ein Gespräch zu verwickeln. Mir graute vor höflichen Fragen zu meiner Person und davor, lügen zu müssen, denn eine ehrliche Antwort hätte meine Gesprächspartner unweigerlich in Verlegenheit gebracht. So viel verbergen zu müssen beschämte mich. Und ich fühlte mich irgendwie beschmutzt und zog es vor, in Ruhe gelassen zu werden.

Während ich zur Treppe schwamm, spürte ich die Blicke von Vater und Sohn auf meinem Rücken. Ich stieg die Stufen empor und ging zu der Duschvorrichtung, die sich über einem Lattenboden befand. Ich legte den Kopf in den Nacken und ließ mir das saubere Wasser durch die Haare rinnen, während ich die warmen Sonnenstrahlen auf dem Gesicht genoss. Als ich den Kopf wieder aufrichtete und die Augen öffnete, bemerkte ich, wie er mich beobachtete, während Jamie im Wasser herumspritzte. Alexanders Miene war ausdruckslos. Lichtreflexe von Sonnenstrahlen, die sich auf dem Wasser brachen, tanzten auf seinen Wangen und dem Kinn. Einen Moment lang verharrte ich, die Hände in den Haaren, um ihn ebenfalls anzusehen, während er meinem Blick standhielt. Warum starrte er mich so an? Spürte er, dass mit mir etwas nicht stimmte?

Ich wandte mich ab, um mein Haar auszuwringen und mir das hoteleigene gelbe Handtuch umzuwickeln, das über dem Zaun neben der Dusche hing. Dann ergriff ich mein Portemonnaie, das ich unter dem Handtuch versteckt hatte, und überquerte den Rasen in Richtung Bar. Im selben Moment, als ich an Alexanders Liege vorbeikam, klingelte erneut das Handy. Ich konnte den Namen des Anrufers auf dem Display lesen: Raul. Neben der Liege lag mit dem Gesicht nach unten ein kleiner blauer Teddybär. Ich bückte mich, um ihn aufzuheben, und setzte ihn, mit dem Rücken an einen Kleiderhaufen gelehnt, ins Gras, sodass er zum Pool blickte.

Am Tresen bat ich den Barkeeper um ein Glas Limonade und nahm sie mit an einen schattigen Tisch. Neben mir huschte eine kleine Eidechse die Mauer empor und hielt regungslos auf meiner Augenhöhe inne. Es war ein hübsches kleines Ding, dessen Zehenballen wie Pailletten an der weiß getünchten Mauer hafteten. Ich spähte durch die Hecke, die den Hotelgarten zum Meer hin begrenzte. Tiefblauer Himmel wölbte sich über der Bucht, und in der Ferne konnte ich die Küstenlinie des Festlandes erkennen. Ich versuchte, mich in den Anblick der Farben und der Weite zu verlieren, wurde jedoch von Jamies Schwimmübungen im Pool abgelenkt und von der Stimme seines Vaters, der ihm zurief, er möge herauskommen.

Auf dem Rückweg zu meiner Liege musste ich abermals an Vater und Sohn vorbei. Alexander rubbelte mit einem Handtuch Jamies Haare trocken, dabei jammerte der Junge, er solle nicht so grob sein. Zitternd schlang er seine dünnen Ärmchen um die Brust. Alexander hatte seine Sonnenbrille wieder aufgesetzt, sodass ich seinen Gesichtsausdruck nicht erkennen konnte, wohl aber seinen geschmeidigen, muskulösen Rücken und die mit schwarzen Haaren bedeckten Arme. Unter dem einen Arm, direkt unter dem Rippenbogen, prangte eine noch nicht ganz verheilte rötliche Narbe mit ausgefransten Rändern.

Ich drehte ihnen den Rücken zu, um mein Strandkleid über meinem feuchten Bikini überzuziehen, und packte meine Tasche zusammen. Dann schlüpfte ich in die Sandalen und folgte dem Plattenweg, der zum Hoteleingang führte. Mit erhobenem Kopf, und ohne mich umzublicken, betrat ich die klimatisierte Lobby.

DREI

Zurück in meinem Zimmer, legte ich mich bäuchlings aufs Bett. Ich setzte meine Brille auf, um mir im Fernsehen irgendeine italienische Spielshow anzusehen. Aber ich war so müde. So elend müde.

Ich muss eingeschlafen sein, denn als es an der Tür klopfte, wusste ich zunächst nicht, wo ich mich befand. Einen schwindeligen Moment lang wähnte ich mich noch im Krankenhaus, wo ich gerade aus der Narkose erwacht war, und glaubte, dass alles nur ein böser Traum gewesen sei. Vielleicht würde ja, wenn ich jetzt die Augen aufmachte, ein Baby mit dunklen Haaren in einem Kinderbettchen neben mir liegen, an seinem Fäustchen saugen und mich anschauen. Mein Herzschlag raste bei diesem Gedanken. Ich spürte einen Funken Hoffnung in mir aufsteigen und gleichzeitig das Gefühl von Panik, dass es eben doch nicht so war.

Ich rollte mich auf die Seite und öffnete die Augen. Als ich die Wandfarbe des Hotelzimmers und das in Gold gerahmte Stillleben erkannte, hatte ich Mühe, meine Enttäuschung zu unterdrücken.

Wieder ein Klopfen, etwas lauter diesmal.

Ich kletterte aus dem Bett und bemühte mich, meinem Gesicht einen entspannten Ausdruck zu verleihen, bevor ich die Tür öffnete. Es war May, meine wundervolle Schwester, frisch geduscht und hübsch zurechtgemacht. Sie roch nach Shampoo und Babypuder. Als sie mich ansah, huschte ein Anflug von Besorgnis über ihr Gesicht. Ich versuchte, ein Lächeln zustande zu bringen, aber es gelang mir nicht recht.

»Ach, du bist noch nicht fertig?«, fragte sie.

Mein Blick wanderte an mir hinab. Noch immer war der feuchte Abdruck meines Bikinis auf meinem Strandkleid zu sehen.

May streckte die Hand aus und fuhr mit dem Handrücken über mein Haar. »Alles in Ordnung mit dir, Sarah?«

»Ja.« Ich nickte energisch. »Ich muss wohl eingeschlafen sein.«

»Du hast noch Falten vom Kissen im Gesicht.«

»Puh, tut mir leid.«

»Ach was, macht doch nichts!«, sagte May.

Sie trug ein hauchdünnes blassgrünes Top zu einer weißen Jeans, die einen Tick zu eng saß.

»Du siehst bezaubernd aus, May. Ist schon Zeit fürs Abendessen?«

»Wir haben für acht ein Taxi bestellt, erinnerst du dich? Weil wir vor dem Abendessen noch einen Aperitif im Ort trinken wollten.«

»Ach ja. Und wie spät ist es jetzt?«

»Viertel vor acht. Aber keine Sorge. Neil ist schon nach unten gegangen, und wenn der Fahrer nicht warten möchte, nehmen wir eben ein anderes Taxi. Zieh dich in Ruhe an.«

May ging zum geöffneten Fenster hinüber und betrachtete den malerischen Sonnenuntergang über dem Meer. Man konnte hören, wie sich die Wellen weit unten an den Klippen brachen. Ich öffnete den Schrank und nahm ein marineblaues knöchellanges Kleid heraus. Im Spiegel auf der Innenseite der Schranktür konnte ich sehen, dass May mich beobachtete. Sie fuhr sich mit der Fingerspitze über die Unterlippe, wie immer, wenn sie sich Sorgen machte.

»Du hast wieder an das Baby gedacht, stimmt's?«

»Nein, ich habe nur geträumt, ganz einfach.«

»Ist etwas passiert?«

»Nein.«

»Du hast nicht mit Laurie telefoniert?«

»Nein.«

Ich streifte das feuchte Kleid über den Kopf und drapierte es zum Trocknen über das Bettgestell.

»Hat er dir keine SMS geschickt? Ich dachte, dass er dir vielleicht schreiben würde. Ich weiß, du hast ihm zwar gesagt, er soll dich in Ruhe lassen, aber …«

Ich schüttelte den Kopf. »Nein, er hat keine SMS geschickt.«

Ich drehte mich um, um den Bikini auszuziehen, und schlüpfte in das blaue Kleid.

»Wie auch immer, jedenfalls siehst du besser aus«, sagte May betont fröhlich, und mir war sofort klar, dass das Gegenteil der Fall war.

»Es geht mir gut.«

»Sarah …«

»Wirklich, es geht mir gut.«

»Ich hätte dich heute Nachmittag nicht allein lassen sollen. Ich hätte bei dir bleiben sollen.«

Ich zupfte am Kleid herum, bis es richtig saß.

»Ganz im Gegenteil, ich war froh, dass du mich mal allein gelassen hast. Es war schön am Pool. Ich bin geschwommen und habe mich gesonnt. Außerdem habe ich Engländer am Pool getroffen.«

»Ach ja?«

»Einen Mann und seinen kleinen Jungen.«

Augenblicklich spürte ich Mays Anspannung. Ich wusste, was sie dachte: dass dieser Mann mit seinem Kind mich daran erinnert hat, was ich alles verloren habe. Und obwohl es aus lauter schwesterlicher Fürsorge war, hasste ich es doch, der Grund für ihre Besorgnis zu sein. Schnell redete ich weiter, als wäre mir die Parallelität zu meiner Situation gar nicht in den Sinn gekommen. »Der Junge ist fast sieben. Ich habe ein paar Minuten lang im Pool auf ihn aufgepasst, während sein Vater auf dem Handy telefoniert hat. Er heißt Jamie, der Junge, meine ich.«

»Und was ist mit seiner Mutter? Hast du sie auch kennengelernt?«

»Nein, sie war nicht bei ihnen. Jamie hat gesagt, sie sei weggegangen.«

»Wahrscheinlich besucht sie Freunde«, sagte May, »oder muss arbeiten, während die beiden Urlaub machen.«

»Möglich.«

May trat einen Schritt zurück, um mich in Augenschein zu nehmen.

»Du hast einen leichten Sonnenbrand«, sagte sie. Sie griff nach ihrer Tasche, kramte darin herum und reichte mir einen Tiegel mit einer teuren After-Sun-Creme, die sie im Duty-free-Shop am Flughafen gekauft hatte. »Nimm die.«

Gehorsam schraubte ich den Deckel auf und tauchte die Fingerspitzen in die Lotion. Sie war kühl und roch süßlich. Ich massierte sie sanft in meine erhitzte Gesichtshaut, vor allem auf die trockenen Augenpartien. Wieder versuchte ich, May ein Lächeln zu schenken, und diesmal schien es mir besser zu gelingen als zuvor, denn sie lächelte zurück.

»Nein, ich hätte dich nicht allein lassen sollen«, sagte sie sanft.

VIER

Die nächsten Tage vergingen langsam. Tagsüber hielten May und ich uns auf dem Hotelgelände auf. Am liebsten hätte ich die ganze Zeit unter den Bäumen beim Pool verbracht, aber May wurde nachmittags die Hitze zu viel. Da sie mich nicht allein lassen wollte, folgte ich ihr ins Hotel, wenn sie zu schnaufen und stöhnen begann.

Im viel zu kühl klimatisierten Speiseraum aßen wir Fisch, Oliven und Tomatensalat und setzten uns dann in die Liegesessel auf der Terrasse, um dem italienischen Tenor zu lauschen, der über die Stereoanlage herzzerreißende Liebeslieder schmetterte. Wir nippten an unserem eisgekühlten Wasser, schlugen nach den Fliegen und plauderten über dieses und jenes.

Am späten Nachmittag, wenn die Hitze ein wenig nachließ, folgten May und ich einem steilen Pfad, der sich durch die Klippen hinter dem Hotel schlängelte. Eingebettet zwischen zwei hüfthohen Mauern aus verwittertem Vulkanfelsen, in dessen Ritzen und Spalten hie und da ein paar kümmerliche silbrige oder lavendelfarbene Pflanzen wuchsen, führte er zu der kleinen hoteleigenen Badebucht hinab. Ein breiter Holzsteg ragte aus dem Felsen über das blaugrüne Meer hinaus. Im Wasser wimmelte es von Fischen. Ich liebte es, am Rand des Stegs zu sitzen und die Beine im kühlen Wasser baumeln zu lassen, während ich das schillernde Spiel der Sonnenstrahlen betrachtete, die auf den Wellen tanzten. Ich mochte den Geruch des Meeres und die erfrischende Brise. Während May auf einem Handtuch lag und in einem Buch las, ließ ich den Blick zur Küste auf der gegenüberliegenden Seite der Bucht schweifen. An klaren Tagen konnte ich sogar Bäume und Häuser am jenseitigen Ufer ausmachen; an anderen Tagen wiederum trübte die flirrende Hitze über dem Wasser die Sicht.

In dieser kleinen Bucht war es so friedlich. Ich musste mit niemandem reden, keine Erklärungen abgeben und geriet auch weniger ins Grübeln.

Neil, Mays Mann, arbeitete als Dokumentarjournalist für die in Manchester ansässige Nachrichten- und Featureagentur NWM. Er sollte ein Feature über die Dreharbeiten eines Films machen, die auf Sizilien stattfanden, und May und er hatten mir angeboten, sie zu begleiten. Derart aus der Bahn geworfen, hatte ich die Gelegenheit beim Schopf gepackt und meine Entscheidung keine Sekunde lang bereut: Ich wusste nicht, wo ich lieber hätte sein wollen. Zu Hause jedenfalls nicht.

Wäre ich zu Hause geblieben, hätte dies endlose Gespräche, Diskussionen und Erklärungen mit sich gebracht. Oder mit anderen – nämlich in Lauries – Worten, wir hätten die meiste Zeit damit verbracht, das Kernproblem unserer Beziehung zu analysieren. Ich wusste, dass er unter einer Mischung aus Schuldgefühlen und Enttäuschung litt, die sich in einem unaufhörlichen Strom versteckter Vorwürfe mir gegenüber Luft gemacht hätte. Unterschwellige Wut, die sich als Besorgnis tarnte. Denn seiner Meinung nach wäre nichts dergleichen passiert, wenn ich nach dem Verlust unseres Babys meine Gefühle mit ihm geteilt und zugelassen hätte, dass er mich umsorgt.

Während all der Zeit mit Laurie, also praktisch mein ganzes Leben, seit ich erwachsen bin, war ich von anderen vorwiegend als seine Freundin und Partnerin wahrgenommen worden statt als ein selbstbestimmtes Individuum. Wir waren »Laurie und Sarah«. Nicht, dass er mich hatte bevormunden oder kontrollieren wollen, aber in unserer Beziehung gab es ganz einfach mehr von ihm als von mir. Er war älter, klüger, gebildeter und geselliger. Ich war ruhiger, schüchterner, weniger gebildet und durchaus glücklich, in seinem Kielwasser zu schwimmen. Ich konnte mich nicht mehr erinnern, wie ich ausgesehen oder mich verhalten, ja nicht einmal, wie meine Stimme geklungen hatte, als ich noch allein war, also ohne ihn. Laurie hatte sich immer um mich gekümmert, mir alle Entscheidungen abgenommen, doch nachdem unser Sohn tot zur Welt gekommen war, veränderte sich etwas. Ich wollte meine Gefühle nicht gemeinsam mit Laurie analysieren, ich wollte nur in Ruhe gelassen werden. Prompt hatte er sich von mir vernachlässigt gefühlt und bei Rosita Trost gesucht.

Ich war zu müde, um mich mit Laurie auseinanderzusetzen. Sizilien fühlte sich sicher an, weit weg. Mir war, als wäre ich in einer Blase eingeschlossen, und von mir aus konnte dieser Zustand für immer so bleiben.

FÜNF

Doch von einem Tag auf den anderen änderte sich plötzlich alles. Der männliche Hauptdarsteller des Films, dessen Dreharbeiten Neil begleitete, ein altgedienter Hollywoodschauspieler, brach am Set zusammen und musste ins Krankenhaus. Offiziell hieß es, er habe einen Hitzschlag erlitten, aber Neil hegte den Verdacht, dass es sich um etwas Schlimmeres handelte. Der Schauspieler wurde nach Amerika zurückgeflogen, die Dreharbeiten wurden auf Eis gelegt.

Das hieß, dass unsere Tage auf Sizilien gezählt waren. Mit einem Mal erschien mir die Insel noch verlockender als zuvor. Ich konnte den Gedanken, bald abreisen zu müssen, nicht ertragen.

An einem unserer letzten Abende beschlossen wir, zur Abwechslung mal im Hotel zu essen. May und ich stiegen gemeinsam die Treppe hinunter. Die Gartenterrasse, die man durch Glastüren betrat, wurde von Lichterketten und Windlichtern erleuchtet sowie von Kerzen, die in leeren bauchigen Weinflaschen auf den Tischen standen. Große, blasse Falter tanzten im Licht. Im nachtschwarzen Garten erstrahlte der illuminierte Pool in künstlichem Blau, und an der gegenüberliegenden Küste der Bucht blinkten die Lichter von verstreuten Villen und Gehöften wie Sterne. Einen Moment lang blieb ich stehen und ließ den Blick in die Ferne schweifen. Mondlicht sickerte aufs Meer, ein kleines Boot tuckerte an der Küste entlang und warf im Licht einer Lampe Netze aus.

Neil wartete bereits an unserem Tisch auf uns. Als er uns sah, stand er lächelnd auf.

»Hallo, Liebes«, sagte er und ergriff die Hände meiner Schwester. Sie küssten sich ganz selbstverständlich, während ich auf meine Füße starrte.

Auch als sie sich voneinander lösten, schauten sie sich noch immer in die Augen, wie zwei Verliebte, die lange getrennt waren, und nicht wie ein verheiratetes Paar, das sich vor zwanzig Minuten zuletzt gesehen hat. Sie konnten nichts dafür, aber ich empfand ihre Vertrautheit als demütigend. Zum hundertsten Mal wünschte ich, ihre Zweisamkeit nicht zu stören, trotzdem war ich ihnen zugleich zutiefst dankbar für den Rettungsring, den sie mir zugeworfen hatten.

Als wir uns setzten, eilte sofort ein Kellner herbei und stellte einen Krug mit eisgekühltem Wasser, einen kleinen Weidenkorb mit Brot und eine Schüssel Oliven mit Kräutern auf unseren Tisch.

»Wie lief es heute?«, fragte ich Neil. »Hast du alles zu deiner Zufriedenheit erledigt?«

May lächelte stolz. Sie brach ein Stück Brot ab und aß es.

»Heute haben wir Fotos von der Filmbesetzung auf Ortigia gemacht«, antwortete er. »Zwei verschiedene Versionen von jedem Motiv. Zuerst Aufnahmen mit glücklichen Gesichtern, dann welche mit traurigen. Ob der Star des Films nun weiterlebt oder stirbt: Wir sind für beide Fälle gerüstet.«

Er setzte eine sarkastische Miene auf. May und ich tauschten ein Lächeln aus. Neil war immer äußerst selbstkritisch, aber ich war mir sicher, dass er seine Arbeit gut machte. Jedenfalls herrschte eine rege Nachfrage nach seinen Features, auch wenn Laurie über sie die Nase rümpfte. Gelegentlich war es zwischen den beiden Männern zu Spannungen gekommen, wenn sie sich bei Familienzusammenkünften oder gesellschaftlichen Anlässen begegneten. Ich hatte mich immer bemüht, neutral zu bleiben, obwohl ich das Gefühl hatte, mich auf Lauries Seite schlagen zu müssen. Doch seit ich auf Sizilien jeden Tag in Neils Gesellschaft zu Abend aß, war mir bewusst geworden, was für ein einfühlsamer, humorvoller Mensch er war. Ich freute mich für meine Schwester, dass sie mit einem so liebevollen Mann verheiratet war. Ich wünschte, es wäre mir schon früher klar geworden.

May und er begannen über einen gemeinsamen Freund zu reden, in dessen Familie es Probleme gab. Ich bemühte mich, nicht zuzuhören. Stattdessen beobachtete ich die Menschen, die aus dem Hotel kamen oder hineingingen. Mein Blick folgte einem Paar – einem gebrechlichen Mann mit Filzhut, dem man sein Alter ansah, in Begleitung eines jüngeren Mannes, wahrscheinlich sein Sohn. Sie tauschten ein paar Höflichkeiten mit der Concierge aus, nahmen ihre Schlüssel entgegen und begaben sich zum Aufzug. Im selben Moment gingen die Aufzugstüren auf, und heraus spazierte ein kleiner Junge mit großen Ohren. Es war Jamie. Seit unserer Begegnung am Pool hatte ich ihn nicht mehr gesehen. Er trug eine saubere, aber zerknitterte Hose und ein zu großes T-Shirt. Er sah aus, als wäre er aus dem Schlaf gerissen worden. Hinter ihm trat sein Vater in Jeans und weitem Hemd mit hochgekrempelten Ärmeln aus dem Aufzug. Begleitet wurde er von einem großen, attraktiven Mann in einem cremefarbenen Leinenanzug, der einen Lederkoffer von der Größe eines Laptops unter dem Arm trug.

Er klopfte Alexander auf den Rücken, dann steckten sie die Köpfe zusammen und wechselten mit ernsten Mienen ein paar Worte. Jamie lehnte sich an das Bein seines Vaters und zog ungeduldig an seiner Hand. Alexander fischte einen Umschlag aus seiner Hosentasche und reichte ihn dem anderen. Der öffnete ihn, spähte hinein und tauschte einen Händedruck mit Alexander. Dann tätschelte er flüchtig Jamies Kopf und wandte sich zum Gehen.

Alexander sah ihm nach und fuhr sich mit der Hand durchs Haar. Er wirkte erschöpft. Wieder zog der Junge ungeduldig an Alexanders Hand und sagte etwas. Sein Vater sah geistesabwesend zu ihm herab, als hätte er ihn ganz vergessen.

Nach einem Blick auf seine Uhr sprach er mit der Concierge. Diese deutete in Richtung Terrasse, um ihm offensichtlich vorzuschlagen, dort zu Abend zu essen. Ich beobachtete, wie sie durch die Glastür schritten, der müde Vater mit seinem widerwilligen Sohn. Der Oberkellner trat auf sie zu. Bedauernd hob er die Schultern und drehte gleichzeitig beide Handflächen nach oben, als wollte er sagen: Nichts zu machen! Sämtliche Tische waren entweder besetzt oder reserviert.

Auf Jamies Gesicht spiegelte sich Enttäuschung, und er sackte förmlich in sich zusammen. Das arme Kind war müde und hungrig. Ich konnte den Gedanken nicht ertragen, dass er noch länger auf sein Essen warten musste. Es war ohnehin schon spät.

Ich warf May und Neil einen Blick zu, um sie zu fragen, ob es ihnen was ausmache, wenn ich die beiden an unseren Tisch bitte, doch sie waren nach wie vor in ihr Gespräch vertieft, sodass ich beschloss, die Dinge selbst in die Hand zu nehmen. Also stand ich auf und überquerte die Terrasse. Um Alexanders Aufmerksamkeit zu erlangen, der mit dem Rücken zu mir stand, räusperte ich mich und sagte: »Guten Abend. Wenn Sie wollen, können Sie sich gerne zu uns setzen, wir haben noch Platz an unserem Tisch.«

Alexander drehte sich abrupt zu mir um. An der Art, wie sich seine Pupillen weiteten, sah ich, dass er mich wiedererkannte.

»Nein, vielen Dank, wir wollen nicht stören. Dann gehen wir doch lieber woanders hin. Wir werden schon eine Pizzeria finden.«

»Aber ich habe solchen Hunger, *jetzt*!«, rief Jamie.

»Es gibt hier viele Lokale in der Nähe.«

Der Oberkellner zog die Augenbrauen nach oben. Jeder wusste, dass das nächste Restaurant mehrere Kilometer weit entfernt war. Außerdem gab es weder Straßenlaternen noch einen Gehsteig auf der schmalen Straße, die übermütige junge Sizilianer gern als Rennstrecke benutzten.

»Dad, meine Beine sind so müde.«

Alexander sah mich an, dann zu unserem Tisch hinüber. »Wir wollen wirklich nicht stören …«

»Sie stören nicht. Es sind nur meine Schwester, mein Schwager und ich.«

Er öffnete den Mund zu einem weiteren Einwand, doch ich kam ihm zuvor: »Also, wenn Sie wollen, von uns aus gern.«

Der Oberkellner trat diskret zur Seite und studierte geflissentlich die Liste, die auf seinem Klemmbrett befestigt war. Der Junge schwenkte die Hand seines Vaters und flehte ihn an hierzubleiben. Er sterbe vor Hunger, sagte er.

Seine Mami hätte ihm längst etwas zu essen gegeben. Das schien das ausschlaggebende Argument zu sein.

»Also gut, Sarah«, sagte Alexander. »Wenn Sie sicher sind, dass wir nicht stören.«

Es überraschte mich, dass er sich an meinen Namen erinnerte. Ja, sagte ich, ich sei mir sicher, und ging voraus zu unserem Tisch.

May und Neil sahen auf und tauschten verstohlene Blicke, als wir näher kamen.

Ich stellte sie einander vor und erklärte, ich hätte Alexander und Jamie am Pool kennengelernt und dass es keinen freien Tisch mehr im Restaurant gebe. Wie ich erwartet hatte, bekräftigte May meine Einladung an Alexander, sich zu uns zu gesellen. Sie gab sich solche Mühe, Jamie willkommen zu heißen, dass ich mir sicher war, sie dachte an seine fehlende Mutter. Dafür hätte ich sie am liebsten umarmt.

May, Neil und ich rückten unsere Stühle ein wenig zusammen, um für die beiden Platz zu machen. Der Kellner brachte weiteres Besteck, Brot und Wasser. Etwas nervös saß ich da und wusste nicht, was ich sagen sollte.

Jamie sackte in dem für ihn zu niedrigen Stuhl in sich zusammen und begann, am Daumen zu lutschen. Plötzlich wirkte er ganz anders als der selbstsichere kleine Kerl, mit dem ich im Pool geplaudert hatte, jünger und verletzlicher.

»Er ist müde«, sagte Alexander. »Es ist meine Schuld. Wir sind heute viel herumgefahren und haben seit dem Frühstück nichts mehr gegessen.«

»Wo waren Sie?«, fragte Neil.

»Im Inneren der Insel. Ich hatte dort geschäftlich zu tun.«

»Ach ja?«, fragte May, doch Alexander schien dieses Thema nicht vertiefen zu wollen.

»Sie waren wohl eine Zeit lang weg«, sagte ich, »ich habe Sie seit Längerem nicht mehr im Hotel gesehen.«

Alexander nickte. »Über eine Woche. Aber jetzt habe ich alles erledigt, und wir können uns ein paar Tage entspannen, bevor wir wieder nach Hause fliegen.«

»Es ist herrlich hier, nicht wahr?«, fragte Neil.

»O ja.«

»Ich habe Hunger«, quengelte Jamie.

May lächelte dem Jungen liebevoll zu und erzählte, sie habe es als Kind auch immer gehasst, aufs Essen zu warten, besonders nach einer langen Autofahrt.

Jamie machte ein finsteres Gesicht. »Ich habe mich gelangweilt. Dad hat die ganze Zeit mit diesem blöden Mann geredet.«

»Das ist normalerweise mein Vorrecht, mit blöden Männern zu reden«, scherzte Neil.

»Und ich habe ihm gesagt, dass ich Hunger habe.«

May sah ihn mitfühlend an.

»Aber sie haben trotzdem weitergeredet. Außerdem habe ich mich nicht zu ihnen auf den Balkon setzen dürfen.«

»Ach, du Armer.«

»Sie haben Bier getrunken. Und der Mann hat geraucht. Meine Mami sagt, dass man vom Rauchen stirbt.«

»Iss ein bisschen Brot«, sagte Alexander. »Hier, nimm. Du kannst es ja in Olivenöl tunken.«

»Ich mag kein Öl.«

May lächelte. »Sind Sie allein hier?«

Alexander nickte.

Der Tisch wackelte, weil Jamie mit den Beinen baumelte und ans Tischbein stieß.

»Jamie, hör auf damit!«, befahl Alexander.

»Mami ist weggegangen«, sagte der Junge. »Sie ist verschwunden und nicht mehr zurückgekommen.«

»Oh, das tut mir leid«, sagte May.

»Sie hat nicht mehr mit Dad leben wollen, weil er so gemein zu ihr war. Sagt meine Großmutter Ginny.«

Alexander legte eine Hand auf Jamies Knie. »Hör auf, habe ich gesagt.« Diesmal war sein Ton schärfer.

»Und jetzt ist Daddy immer schlecht gelaunt, und wir essen nie richtig zu Abend, und alles ist Mist.«

»Genug jetzt.«

Alexander musste gar nicht die Stimme erheben, sondern es lag so viel Autorität in diesen zwei Worten, dass selbst ich den Atem anhielt. Plötzlich war es still. Sogar die Insekten schienen zu verstummen. Jamie hörte auf, mit den Beinen zu baumeln, und sah seinen Vater an. Der schaute zu ihm hinunter, und der Junge hielt seinem Blick stand. Ich hoffte, dass Jamie nicht weinen würde. Alexanders Hand lag auf Jamies Knie, und ich bemerkte, dass sie zitterte.

»Was wollen wir denn essen?«, fragte May betont fröhlich. »Ich glaube, ich habe heute Lust auf Pizza.«

Während des Essens erzählte Alexander von seiner Arbeit. Neil spielte indessen die glamourösen Aspekte seiner Tätigkeit herunter, um Alexander gesprächiger zu machen, der als selbstständiger Steinmetz arbeitete. Er teilte Neils Leidenschaft für Geologie und Bewunderung der griechischen und römischen Architektur. Sie unterhielten sich über die antiken Bauwerke auf Ortigia, und Alexander hörte interessiert zu, als Neil ihm sagte, dass manche Monumente für die Filmaufnahmen mit falschen Fassaden ausgestattet worden seien. Währenddessen versuchte ich, Jamie aus der Reserve zu locken, aber der Junge schlang nur seine Pasta herunter und schlief gleich darauf ein. Eingerollt wie ein Welpe kauerte er auf dem Stuhl, Kinn und Wangen von orangefarbenen Soßeresten bekleckert. Alexander deckte ihn mit seinem Fleecepullover zu, dann nahmen er und Neil ihre Unterhaltung wieder auf. Alexander gab, abgesehen von seiner beruflichen Tätigkeit, wenig über sich preis und erwähnte mit keinem Wort seine Frau. Auch erzählte er weder, wo er mit Jamie während der vergangenen Woche gewesen war, noch, was für »Geschäfte« er abgewickelt hatte. Seine spärlichen Informationen weckten meine Neugier umso mehr, während ich meine köstlichen Spaghetti alla Norma aß.

Die Kellner huschten wie Gespenster umher, servierten Essen, schenkten Wein ein, räumten Teller ab. Die anderen Gäste verschmolzen mit der zunehmenden Dunkelheit, und ihre Gespräche waren nur ein Murmeln in der nächtlichen Luft. Es fühlte sich an, als wäre unser Tisch eine kleine Insel. May tupfte sich mit ihrer Serviette die Lippen ab. Ihr Oberarm schimmerte cremefarben im schummrigen Licht. Ich lehnte meinen Kopf an ihre Schulter und fühlte mich in ihrem Puder- und Vanilleduft ganz geborgen. Von diesem sicheren Ort aus beobachtete ich Alexander. Er trank Wein und schnitt ein Stück von seiner Kalbsleber ab. Offensichtlich ein passionierter Fleischesser, aß er doch zuerst das Fleisch und dann das Gemüse. Er musste meine neugierigen Blicke gespürt haben, denn plötzlich sah er mich an.

»Und Sie, Sarah? Was führt Sie hierher?«, fragte er und wischte seinen Teller mit einem Stück Brot ab.

Als ich ihn meinen Namen nennen hörte, zuckte ich zusammen, und meine Wangen wurden heiß.

May, wie immer zu meiner Rettung zur Stelle, beeilte sich, für mich zu antworten. »Ich habe Sarah eingeladen, uns zu begleiten und mir Gesellschaft zu leisten, während Neil arbeitet«, erklärte sie. »Ich weiß zwar mein Glück zu schätzen, durch meinen Mann solch wunderbare Orte kennenzulernen, aber es kann mitunter ganz schön einsam sein, wenn ich die ganze Zeit allein bin.«

Alexander nickte.

Ich war meiner Schwester dankbar, fühlte mich aber dennoch dazu verpflichtet, die Dinge ins rechte Licht zu rücken. Aus irgendeinem Grund wollte ich ehrlich zu Alexander sein, auch wenn die Wahrheit noch so peinlich war.

»Um offen zu sein«, sagte ich, »hatte mein Partner eine

Affäre mit einer Freundin von mir, und May und Neil waren so nett, mich mitzunehmen, weil ich dringend einen Tapetenwechsel brauchte.«

Meine Stimme klang merkwürdig in meinen Ohren, brüchig und panisch. May erstarrte förmlich, und Neils Lächeln wich einem unbehaglichen Ausdruck. Hatte ich zu laut gesprochen? Hatte ich zu viel gesagt?

»Sarah«, Mays Stimme war nur ein Flüstern, »hör auf ...«

Ich tat so, als hätte ich sie nicht verstanden, und setzte ein strahlendes Lächeln auf, um klarzustellen, dass ich weder Mitleid erwartete noch wollte. Ich trank einen großen Schluck Wein und ließ ein wenig zitternd den Atem entweichen.

»Oh«, sagte Alexander ohne Erstaunen oder Mitgefühl. »Also sind Sie hergekommen, um zu entscheiden, ob Sie Ihren Stolz herunterschlucken sollen?«

»Es ist noch nichts entschieden«, erwiderte May. »Sarah braucht Zeit, um nachzudenken.«

Ich wickelte die Serviette um meine Finger.

»Sie können nicht zurück«, sagte Alexander. Er sah mir direkt in die Augen. »Wenn so etwas passiert ist, sollte man nicht zurückgehen.«

Der Kellner kam, um die Teller abzuräumen, und May lenkte die Unterhaltung auf ein weniger heikles Thema. Ich nippte nur schweigend an meinem Wein und dachte über Alexanders Worte nach.

Bis zu diesem Moment hatte ich nicht ernsthaft in Erwägung gezogen, Laurie für immer zu verlassen, aber jetzt, auf dieser Restaurantterrasse, begann ich darüber nachzudenken. Ich hatte eine Trennung gar nicht in Erwägung gezogen und war sicher, Laurie auch nicht. Stattdessen hatte ich angenommen, so wie meine Familie und Freunde auch, dass es in den folgenden Monaten eine Art Aussöhnung geben würde, in deren Folge wir unser Leben neu ordnen würden. Nachdem Laurie eine große symbolische Geste gemacht hätte. Vielleicht würden wir heiraten oder umziehen; vielleicht würden wir jedermanns Rat befolgen und versuchen, abermals ein Kind zu zeugen, um über den Verlust unseres ersten hinwegzukommen. Aber keine dieser Möglichkeiten ließ mein Herz höher schlagen. Die Zukunft mit Laurie war wie ein Berg, den zu erklimmen ich zu erschöpft war.

Doch jetzt wurde mir klar, dass es eine weitere Alternative gab. Und Alexander hatte sie mir gezeigt. Laurie zu verlassen war im Grunde einfach; ich hatte ihn ja schon verlassen. Solange ich nicht zurückkehrte, müsste ich mich nicht einmal einem traurigen und schmerzhaften Trennungsgespräch mit Laurie oder einer weiteren tränenreichen Szene mit Rosita aussetzen. Wenn ich einfach wegbliebe, würde ich gar nicht erst in Verlegenheit kommen, mir das unvermeidliche Argument anhören zu müssen, wie schade es doch um all die Jahre sei, die wir gemeinsam verbracht hätten.

Plötzlich war ich ganz aufgewühlt. Ich spürte, wie Adrenalin durch meine Adern schoss, ein jäher Kick, als wäre ich in kaltes Wasser gesprungen. Wie ein Befreiungsschlag.

Ich brauchte keine Entscheidung zu treffen. Ich war frei.

Ich trank meinen Wein aus und hielt Neil das Glas hin. Er füllte es nur zur Hälfte.

»Nicht so hastig«, sagte May. »Du weißt, wir müssen früh aufstehen, um den Bus zu erwischen.«

»Wo fahren Sie denn hin?«, fragte Alexander.

»Nach Taormina. Ein vom Hotel organisierter Ausflug.«

»Ich habe gehört, dass das Amphitheater grandios sein soll.«

»Ja, man muss es einfach gesehen haben«, sagte Neil. »Wir haben dort ein paar Sonnenaufgangsszenen gedreht. Es ist atemberaubend.«

»Wir sollten das Beste aus der wenigen Zeit machen, die uns noch bleibt«, sagte May. »Wir werden nicht mehr lange hier sein. Während der letzten Wochen waren wir so träge und haben uns nichts angesehen, sodass wir alles in die letzten Tage quetschen müssen.«

»Ja, so ist das meistens«, stimmte Alexander zu.

Er sah auf die Uhr. Seine Kleidung saß locker am Körper. Offensichtlich hatte er in letzter Zeit Gewicht verloren. Er blickte auf sein schlafendes Kind. Jamies helles Haar stand ab, und hinter den geschlossenen Lidern bewegten sich seine Augen schnell hin und her. Sein Anblick versetzte mir einen Stich. Der Junge brauchte jemanden, der sich um ihn kümmerte, wenn sein Vater seinen Geschäften nachging, jemanden, der sicherstellte, dass er regelmäßig aß und schlief, wenn er müde war, dachte ich. Und obwohl mir diese plötzlichen mütterlichen Gefühle diesem kleinen Jungen gegenüber zutiefst unangenehm waren, sehnte ich mich danach, ihn zu berühren, ihn in den Arm zu nehmen und zu trösten. Aber wie kam ich dazu? Ich hatte kein Kind, das ich in den Armen halten konnte, keine Möglichkeit, diesen plötzlichen Drang auszuleben. Er hat eine Mutter, ermahnte ich mich, auch wenn sie jetzt nicht bei ihm ist. Er ging mich nichts an. Ich trank meinen Wein, als wäre es Wasser, und hoffte, er würde mich betäuben.

Alexander gähnte. »Vielen Dank für Ihre Gastfreundschaft. Aber jetzt muss ich meinen Sohn ins Bett bringen.«

»Ach, bleiben Sie doch noch ein bisschen und trinken Sie noch ein Glas Wein«, sagte ich und griff nach der Flasche. Ich wollte nicht, dass er Jamie wegbrachte.

Neil sagte: »Wir trinken normalerweise noch einen Limoncello zum Abschluss. Sie sind herzlich eingeladen, mit uns …«

Aber Alexander schüttelte den Kopf. Er fischte ein paar Geldscheine aus seiner Brieftasche und legte sie auf den Tisch. May und Neil wollten protestieren, doch er winkte nur ab.

»Danke nochmals für den angenehmen Abend«, sagte er.

Er stand auf und ließ einen Moment lang seine Hand auf meinem nackten Oberarm ruhen, dann drückte er ihn. Es dauerte nur einen Augenblick, eine Abschiedsgeste, weniger formell als ein Händedruck, weniger intim als ein Kuss; vielleicht auch eine kleine Geste der Solidarität. Wie immer sie auch gemeint war, sie berührte etwas in mir, setzte etwas in Bewegung. Es war nur eine winzige Bewegung, als würde ein Blatt zu Boden fallen, doch zum ersten Mal seit Monaten wurde ich ruhig. Mein Körper entspannte sich, als hätte sich etwas Hartes, Festes in seinem Inneren gelöst, und ein Gefühl von Erleichterung überkam mich. Lächelnd sah ich zu Alexander auf.

»Gute Nacht«, sagte ich sanft.

Alexander hob das Kind auf seine Arme, ein armseliges Bündel, und verabschiedete sich.

Ich blickte ihm nach, wie er quer durch den Garten in Richtung Hotelfoyer verschwand, während Jamies Hand wie eine Blume im Wind neben dem Oberschenkel seines Vaters schwang. Der Oberkellner öffnete die Glastür für ihn, und Alexander nickte dankend. Ich sah zu, wie das Aufzugslicht sie umfing und sich die Türen hinter ihnen schlossen.

May verteilte den restlichen Wein und stellte die Weinflasche kopfüber in den Cooler zurück. Eine Weile saßen wir schweigend da.

Dann sagte May: »Der arme kleine Kerl. Er hätte eigentlich schon vor Stunden ins Bett gebracht werden müssen.«

»Ach, das macht ihm bestimmt nichts aus«, erwiderte Neil. »Morgen früh wird er wieder munter wie ein Fisch im Wasser sein. Alexander scheint zu wissen, was er tut.«

May nahm ihre Strickweste von der Rückenlehne und legte sie sich um die Schultern. »Ich fand es ein bisschen peinlich, als Jamie über seine Mutter sprach, ihr nicht? Ich wusste gar nicht, was ich darauf erwidern sollte.«

»Ich nehme an, dass seine Großmutter soundso ihm

diese Sachen eingeredet hat«, entgegnete Neil. »Manche Menschen müssen eben immer jemand anderem die Schuld in die Schuhe schieben.«

May nickte. Sie warf mir einen verstohlenen Blick zu. »Es ist ein Jammer, wenn Familien auf diese Weise auseinanderbrechen. Besonders, wenn kleine Kinder im Spiel sind.«

»Vielleicht kommt es mit der Zeit ja wieder in Ordnung«, sagte Neil.

»Ja, vielleicht«, erwiderte May. »Aber er wollte unter gar keinen Umständen über seine Frau sprechen, oder?«

»Möglicherweise hat er sie so verletzt, dass er nicht über sie sprechen kann«, warf ich ein.

»Gut möglich«, stimmte Neil mir zu.

Für eine Weile schwiegen wir erneut, und ich hatte das Gefühl, als triebe unsere kleine Tischinsel meilenweit entfernt von der nächsten Küste.

May zog ihre Weste enger zusammen. »Heute Abend ist es ein bisschen kühler. Ob sich das Wetter wohl ändern wird?«

»Nein, das glaube ich nicht«, sagte Neil.

Alle drei sahen wir zu, wie die Kerzenflamme in einem Lufthauch flackernd erlosch, und dieser Anblick jagte einen eiskalten Schauer über meinen Rücken.

»Oh, du hast ja Gänsehaut«, sagte May und zog mich kurz an sich. »Da ist wohl jemand über dein Grab gelaufen«, fügte sie hinzu, eine alte englische Redewendung zitierend.

SECHS

Am nächsten Morgen drehte ich schon um sieben meine Runden im Pool. Jedes Mal, wenn ich den Beckenrand erreichte und wendete, hoffte ich, Alexander würde am anderen Ende stehen und mir zuschauen, aber er tauchte nicht auf. Weder von ihm noch von Jamie war etwas zu sehen, nur ein Gärtner war da, der mit einem Schlauch die Gartenwege abspritzte. Nach dreißig Bahnen gab ich auf und ging auf mein Zimmer zurück, um zu duschen. Dann nahm ich zusammen mit May ein köstliches Frühstück zu mir, ehe wir uns zum vereinbarten Treffpunkt für den Ausflug im Foyer einfanden. Neben dem Ätna war Taormina das beliebteste Ausflugsziel im Osten Siziliens.

Während May in Plauderlaune war, war ich müde. Ich hatte nicht gut geschlafen. Salvatore, unser Fahrer, lenkte den Bus durch Syrakus, dann durch eintöniges Agrarland und vorbei an riesigen Fabriken und Chemiewerken. Ich schloss die Augen und schlief ein. Ich träumte denselben Traum, den ich seit der Totgeburt unseres Kindes hatte. Ich befand mich auf dem Spielplatz meiner Grundschule. Ich war acht oder neun und trug einen grauen Rock und ein Poloshirt, das unter den Achseln juckte, dazu weiße Söckchen und braune Sandalen. Zwei Freundinnen schwangen ein Seil, über das ich hüpfte. Ich liebte Seilhüpfen und war glücklich. Die beiden Mädchen sangen einen Kinderreim dazu: *Sarah und Laurie sitting in a tree, Kay eye ess ess eye en gee. First comes love and then comes marriage then along comes Sarah with a baby carriage.* Sie sangen und schwangen das Seil in immer schnellerem Rhythmus, und ich hüpfte schneller, um mitzuhalten, und lachte und geriet völlig außer Atem. Dann verebbte der Sprechgesang, der Spielplatz und die Kinder verschwanden, und plötzlich war ich erwachsen und stand allein irgendwo, die Hände auf der Schiebestange eines altmodischen Kinderwagens. Ein Lächeln auf den Lippen und voller freudiger Erwartung, mein Kind in seinem blauen Strampelanzug daliegen zu sehen, bückte ich mich ins Innere des Wagens und zog sanft die Decke zurück.

Aber der Kinderwagen war leer.

Ich hatte diesen Traum schon Hunderte Mal geträumt, immer war der Kinderwagen leer, und jedes Mal schockierte mich dieser Anblick aufs Neue.

Ich musste wohl aufgeschrien haben, denn May stupste mich vorsichtig an.

»Hey«, sagte sie leise. »Sarah, pst.«

Ich bemühte mich, den Traum abzuschütteln und mich zu erinnern, wo ich war.

»Hattest du einen Albtraum, Liebes?«

»Hm.«

May sah mich mitfühlend an und zog mich zu sich, um mich auf die Stirn zu küssen. »Es wird dir bestimmt bald besser gehen.«

»Ja, bestimmt.«

»Du hast so viel durchgemacht. Es braucht seine Zeit, um über alles hinwegzukommen.«

»Ja.«

»Schau«, sie nickte in Richtung Frontscheibe, »dort ist es.«

Ich folgte ihrem Blick und sah jenseits von einigen Zedern die roten Ziegeldächer von Taormina, das sich gewagt ans obere Ende einer steil abfallenden Felswand duckte.

»Grandios, nicht wahr?«

»O ja, märchenhaft irgendwie.«

May lächelte. »Wir werden bestimmt einen schönen Tag haben.«

Der Bus kroch die steile, gewundene Straße empor und fuhr ins Zentrum des hübschen Städtchens, wo Mays Reiseführer zufolge einst D. H. Lawrence gewohnt hatte, und es war unschwer zu erkennen, warum er sich diesen Ort zum Leben ausgesucht hatte. Selbst die Touristenströme und der Autoverkehr konnten seinen Reiz nicht trüben. May und ich setzten uns an einen schattigen Tisch vor einem Café, das von Souvenirläden eingerahmt wurde, tranken Orangenlimonade und aßen Pizza mit Spinat und Mozzarella. Wir fütterten eine offensichtlich trächtige Katze, die um unsere Beine herumstrich. Anschließend schlenderten wir durch den Park, wo sich Licht und Schatten abwechselten und seinerzeit auch D. H. Lawrence gern gelustwandelt war und sich auf eine ihm gewidmete Bank gesetzt hatte. In den Baumkronen tummelten sich Stare, Springbrunnen plätscherten, und farbige Geländer luden zum Anlehnen und Verweilen ein, um die atemberaubenden Ausblicke auf die Dächer von Hotels und Apartmenthäusern zu genießen, die sich terrassenförmig in die Tiefe zogen. Wir machten ein paar Fotos. Dann folgten wir einer engen Straße den Berg hinauf, bis wir das Tor zu dem Park mit dem Amphitheater erreichten.

Wir kauften Eintrittskarten und spazierten über den steilen Fußweg zum Amphitheater, wo wir die Treppenstufen erklommen und uns auf halber Höhe auf eine der Felsstufen setzten. Wir redeten nicht viel. Der Ort war zu schön zum Reden.

Wir ließen den Blick zur Bühne hinabschweifen, weiter über die halb eingestürzte Rückwand bis zum Ätna, der in einen gleißenden Dunstschleier gehüllt war. An den davorgelagerten Hügeln zogen sich kleine Dörfer hangabwärts. Alles erstrahlte in den verschiedensten Schattierungen von Aprikose, Koralle und Gold.

May schob ihre Sonnenbrille hoch, damit ihr die Haare nicht in die Augen fielen, während sie fotografierte.

»Das wird uns zu Hause niemand glauben«, sagte sie, »wenn er es nicht mit eigenen Augen gesehen hat.«

Wir beobachteten eine Gruppe von Kindern, die unten auf der Bühne ein Stück einübten. Sie trugen Gladiatorenhelme und hielten Schwerter in den Händen, beides aus Plastik. Ein paar Jugendliche in blauen T-Shirts gaben ihnen mithilfe eines Megafons Anweisungen. Die Kinder veranstalteten einen Heidenlärm. Eines von ihnen, ein dünner, hellhaariger Junge mit großen Ohren, erinnerte mich an Jamie. Ich blinzelte, war mir jedoch nicht sicher, ob er es wirklich war. Ich blickte mich um, aber Alexander war nirgendwo zu sehen. Sei nicht albern, dachte ich. Hätte er vorgehabt, ebenfalls nach Taormina zu fahren, hätte er es gestern beim Abendessen erwähnt.

»Es ist mir zu heiß hier«, sagte May. Sie streckte die Beine aus. »Außerdem muss ich etwas trinken.«

»Ich glaube nicht, dass es hier Getränke zu kaufen gibt.«

»Dann gehe ich eben zurück in den Ort. Sie lassen mich bestimmt wieder herein, wenn ich die Eintrittskarte aufhebe, was meinst du?«

»Ja, bestimmt.«

»Kommst du mit?«

Ich schüttelte den Kopf. »Macht es dir etwas aus, wenn ich hierbleibe? Es ist so schön hier.«

»Und es ist wirklich in Ordnung, wenn ich dich allein lasse?«

»May ...«

»Ist schon gut, tut mir leid. Ich kann einfach nicht anders, als die große Schwester zu spielen.«

»Und ich bin sehr froh, dass du meine große Schwester bist, aber hör auf, dir Sorgen zu machen.«

May reichte mir ihren Reiseführer. »Ich bin in ungefähr einer Stunde wieder zurück. Soll ich dir eine Cola mitbringen?«

»Ja, bitte.«

Ich sah ihr nach, bis sie aus meinem Blickfeld verschwand. Es waren nur wenige Touristen da, wahrscheinlich war es den meisten zu dieser Tageszeit zu heiß. Nach einer Weile brannte die Sonne auf meinen Armen und Beinen, und ich stand auf und spazierte auf der Suche nach Schatten in Richtung des parkähnlichen Geländes.

Es war weit und breit niemand zu sehen.

Geländer markierten den Rand des Parks. Vorsichtig trat ich vor. Da ich nicht schwindelfrei war, wollte ich nicht zu nah an den Abhang geraten, doch als ich das Geländer erreichte, war ich beruhigt. Vor mir lag kein jäher Abgrund, sondern der Hang fiel sanft hinab, bewachsen von ausgedehnten Kakteengruppen mit riesigen tellerförmigen Blättern und roten Blüten sowie Gestrüpp. Weit, weit unterhalb von mir entdeckte ich eine kleine Insel, die von so klarem, tiefblauem Wasser umgeben war, dass mir das Herz wehtat. Ich starrte auf das Meer, verlor mich in diesem Anblick und vergaß alles um mich herum.

Es war schön, allein zu sein. Ich ließ mich treiben wie eine Feder im Windhauch, meine Gedanken wurden ganz leicht, und als er auftauchte, war es, als wäre er aus dem Nichts gekommen. Ich hatte ihn nicht kommen hören, und vor Schreck ließ ich den Reiseführer fallen. Das Buch flog über das Geländer und segelte den Abhang hinunter, bis es ein gutes Stück weiter unten aufgeschlagen im Geröll liegen blieb.

»Tut mir leid«, sagte Alexander, »ich wollte Sie nicht erschrecken.«

»Nein, nein, ich bin selbst schuld.«

»Ich klettere über den Zaun und hole es.«

»Nein!«, rief ich, dann sagte ich leiser: »Nein, wirklich, es ist nicht nötig.«

Er nahm die Sonnenbrille ab. Er wirkte erschöpft. »Ich habe Sie hochkommen sehen. Das heißt, ich war mir ziemlich sicher, dass Sie es sind. Ich wollte nur ...« Er brach ab und drehte den Kopf in die andere Richtung.

Ich wartete einen Augenblick, aber Alexander beendete

den Satz nicht. Er schien in Gedanken ganz woanders zu sein.

»Dann ist das ja doch Jamie, den ich vorhin mit den anderen Kindern auf der Bühne gesehen habe.«

Alexander nickte und sah auf seine Armbanduhr. »Ja, er hat sich ihnen angeschlossen. Er hat die Nase voll davon, immerzu nur mit mir zusammen zu sein. Die Kinder studieren ein kleines Stück ein. Es dauert nur fünfzehn Minuten.«

»Dann haben wir also fünfzehn Minuten für uns«, stellte ich fest.

Ich wusste nicht, was in mich gefahren war; es war gar nicht meine Art, so etwas zu sagen, war ich doch von Natur aus eher schüchtern. Nie machte ich den ersten Schritt, aber die Worte waren mir einfach in den Sinn und ohne meinen Willen über die Lippen gekommen. Aber ich wollte unbedingt mit Alexander zusammen sein. Seit dem Vorabend, als er meine Schulter berührt hatte, konnte ich nur noch an ihn denken.

Er leckte sich über die Lippen, und ich fragte mich, ob ich zu weit gegangen war oder er vielleicht nicht verstanden hatte, was ich meinte.

»Bist du dir sicher?«, fragte er, und ich trat zu ihm.

Zwischen uns herrschte eine unwiderstehliche Anziehungskraft wie zwischen zwei Magneten, die der Schwerkraft trotzen. Man konnte es nicht sehen, trotzdem war es real, war es da. Wir konnten es weder leugnen noch etwas dagegen tun. Im tiefen Schatten des Wäldchens fielen wir übereinander her. Es war unvermeidlich.

SIEBEN

Als er aufstöhnte, spürte ich seinen heißen Atem auf meiner Haut; ich lag völlig erschöpft in seinen Armen. Es fühlte sich an, als wäre ich am ganzen Körper mit blauen Flecken übersät. Mir war schwindelig von meiner eigenen Kühnheit. Ich kam mir unverfroren vor, begehrenswert, stark und lebendig.

Ja, ich fühlte mich unglaublich lebendig.

Ich schnupperte an seinem Hals. Sog seinen Geruch ein. Mein Rücken drückte an das Geländer. Bestimmt würde ich später, wenn ich mich von hinten im Badezimmerspiegel betrachtete, einen roten Streifen quer über die Hüften entdecken. Ich ließ meine Beine an seinen hinabgleiten, bis ich mit den Füßen den Boden berührte. Die staubige Erde fühlte sich warm und weich an, die Innenseiten meiner Schenkel waren rau und glitschig. Ich wischte mich mit meinem Kleid sauber und strich es glatt, während Alexander ein paar Schritte zurücktrat. Er fuhr sich mit dem Handrücken über den Mund und musterte mich.

»Alles in Ordnung mit dir?«

»Ja, es geht mir gut.«

Er hob meine Sandalen auf und klopfte den Staub aus ihnen heraus, ehe er sie mir reichte. Während ich auf einem Fuß balancierte, stützte er mich am Ellbogen. Mit einem Mal fühlte ich mich befangen, ein wenig verlegen.

»Lass uns ein bisschen spazieren gehen«, schlug er vor.

Gemessenen Schrittes gingen wir dicht nebeneinander her. Ich konnte den Duft seiner erhitzten Haut riechen; einen kraftvollen, intimen Duft. Für Außenstehende mussten wir wie ein altes Ehepaar wirken, nicht wie zwei Menschen, die sich kaum kannten.

An einem Aussichtspunkt über den Klippen blieben wir stehen. In unserer Nähe befand sich eine Gruppe von Touristen. Die Stimme des Reiseführers wehte zu uns herüber. Er erklärte gerade die unterschiedlichen Tiefen der beiden Meere, die unter uns zusammentrafen. Diese Meeresstufe sei den Bewohnern des klassischen Zeitalters ein Rätsel gewesen. Um das Phänomen zu erklären, hätten sie eine Legende von einer gigantischen Muschel ersonnen, die zweimal täglich das Wasser des einen Meeres schluckte, um es dann wieder auszuspucken. Die Touristen – offensichtlich Amerikaner – kicherten amüsiert. Auch wenn ich gern mehr über diese Legende erfahren hätte, konnte ich mich nicht auf den Vortrag des Reiseführers konzentrieren, sondern war viel zu sehr auf Alexander fixiert. Wir blickten beide zum Horizont. Fast wünschte ich, die Welt wäre stehen geblieben, in jenem Augenblick, da wir noch Fremde füreinander waren und alles noch perfekt zwischen uns war.

Alexander zeichnete mit seinem Finger die Wölbung meines Halses nach. Erforschte mich. Dann sagte er: »Ich habe über das nachgedacht, was du mir erzählt hast.«

»Hm?«

»Über deinen Freund und deine Freundin. Was sie getan haben.«

»Wahrscheinlich habe ich es schlimmer dargestellt, als es war.« Ich wollte nicht an Laurie erinnert werden, nicht in diesem Moment. »Du kennst nicht die ganze Geschichte.«

»Ich weiß genug. Geh nicht nach Manchester zurück. Wenn jemand einen auf diese Weise betrügt …« Er seufzte, dann fuhr er fort: »Meine Frau, Genevieve, war in einen anderen verliebt, als ich sie kennenlernte. Sie hat es mir gesagt, war ehrlich zu mir. Ich habe sie trotzdem geheiratet. Ich habe gedacht, ich könnte ihre Gefühle ändern, aber das war ein Irrtum.«

»Sie hat dich genug geliebt, um mit dir ein Kind zu bekommen.«

Er antwortete nicht, sondern sah wortlos in die Ferne.

»Es konnte einfach nicht gut gehen zwischen mir und Genevieve«, sagte er nach einer Weile. »Inzwischen habe ich das begriffen. Sie hat mich verlassen. Es ist vorbei. Es war eine einzige große Zeitverschwendung. Es war sinnlos.«

»Aber du hast Jamie.«

»Ja. Ja, ich habe Jamie. Er ist das einzig Gute, was bei der Sache herausgekommen ist.«

Mir fiel nichts ein, was ich darauf hätte erwidern können, bis auf ein paar unaufrichtige und nichtssagende Floskeln. Aber Alexander war ohnehin wieder in seine eigenen Gedanken versunken.

»Was machst du, Sarah?«, fragte er schließlich. »Ich meine beruflich.«

»Ich arbeite in einem Ingenieurbüro. Als Sekretärin.«

»Magst du den Job?«

»Ja, aber Rosita arbeitet ebenfalls da. Meine Freundin. Du weißt schon, die …«

»Oh. Also wirst du wahrscheinlich nur ungern wieder dorthin zurückkehren?«

»Ich weiß nicht. Ich habe noch keinen Entschluss gefasst.«

Alexander nickte und verfiel erneut in nachdenkliches Schweigen. Dann sagte er: »Ich schaffe es nicht mehr, mich allein um alles zu kümmern, um Jamie, die Arbeit. Ich brauche jemand, der mir dabei hilft.«

»Natürlich.«

»Was ich sagen will … Du könntest mit mir kommen und bei uns leben.«

Ich lachte, dachte erst, er würde einen Witz machen. Ich sah Alexander an. Er fuhr mit seinen Fingern über die Narbe. Nein, er hatte keinen Witz gemacht. Er meinte es ernst.

»Anfangs glaubte ich, es wäre besser ohne sie. Aber seit

Genevieve fortgegangen ist, ist alles so schwierig geworden.«

»Bist du deswegen nach Sizilien gereist? Um von daheim wegzukommen?«

Er seufzte, und ein Schatten huschte über sein Gesicht. »Nein.«

Ich wartete, dass er mir einen Grund nannte. Aber wieder schien er in Gedanken versunken zu sein, und als er erneut das Wort ergriff, hatte er den Faden verloren. Oder er wollte mir nicht erklären, warum er mit Jamie nach Sizilien gereist war.

»Wenn wir wieder zu Hause sind, wird es so weitergehen, es sei denn ...«

Abermals kratzte er sich an seiner Narbe. Ich bemühte mich, nicht hinzusehen.

»Es sei denn, du kommst mit uns. Dann wird es anders sein.«

»Du weißt doch gar nichts von mir.«

»Ich weiß genug. Ich denke, dass du ehrlich bist. Ich mag dich. Ich kann dir zwar nur ein Taschengeld bieten und ein Dach über dem Kopf, wenn du dich um Jamie und den Haushalt kümmerst, aber ... Für dich könnte es einen Neuanfang bedeuten.«

Ich nickte.

»In ein paar Wochen beginnt das neue Schuljahr. Ich schaffe es kaum, rechtzeitig von der Arbeit wegzukommen, um Jamie abzuholen. Ich brauche eine Person meines Vertrauens, die das übernimmt. Wenn du da wärst ... wenn du mitkämst ...«

Ein winziger Blutstropfen sickerte von seiner Narbe durch den Stoff seines Hemdes. Gebannt beobachtete ich, wie er sich ausbreitete und die Form einer Mondsichel annahm. Schließlich ließen seine Finger von der Wunde ab.

»Was hast du zu verlieren, Sarah? Wenn es nicht funktioniert, kannst du jederzeit nach Manchester zurück. Und wer weiß, vielleicht tun wir uns ja gegenseitig gut.«

Ich beugte mich vor und küsste ihn sanft auf den Mund.

»Okay«, sagte ich.

Wieder zu Hause, bekam ich von meiner Familie und meinen Freunden zu hören, dass sie es für keine gute Idee hielten.

In ihren Augen war es eine Art Kurzschlusshandlung. Sie meinten, ich dürfe mich nicht einem Fremden ausliefern, verletzlich, wie ich sei. Sie sagten, ich könne zurzeit nicht klar denken – schuld daran sei mein Hormonhaushalt, der durch die Schwangerschaft durcheinandergeraten sei. Ich hätte eine Depression, würde trauern. Und überhaupt, mit einem Mann zusammenzuleben, von dem ich so gut wie nichts wisse, sei dumm und gefährlich und widerspräche völlig meinem Charakter. Wahrscheinlich sei mein Verhalten auf einen Nervenzusammenbruch zurückzuführen. Was, wenn Alexander ein Heiratsschwindler war oder Schlimmeres? Auch wenn er seine Frau nicht missbraucht habe, so habe sie gewiss ihre Gründe gehabt, ihn zu verlassen, ja sogar ihr Kind zu verlassen, also *müsse* er etwas Furchtbares begangen haben. Womöglich war er eine Art Dr. Jekyll und Mr. Hyde, nach außen ein Charmeur, aber in Wahrheit ein unsicherer und besitzergreifender Kontrollfreak. Man wisse ja, wie solche Typen seien: Sie isolierten ihre Opfer, um sie dann zu dominieren. Selbst wenn er seine Frau nicht physisch misshandelt habe, so gewiss psychisch und verbal.

Nicht nur meine Familie bestürmte mich mit solchen Reden. Seit ich mein Kind verloren hatte, war ich nicht mehr arbeiten gegangen. Shelley, meine Vorgesetzte, lud mich in ein Café ein. Sie erzählte mir, Rosita habe gekündigt, also könne ich getrost wieder an meine alte Arbeitsstelle zurückkehren, ohne Gefahr zu laufen, ihr zu begegnen. Sie habe sich aus eigenen Stücken dazu entschieden. Offensichtlich war sie sich ihres schlimmen Vertrauensbruchs bewusst und habe zumindest den Anstand besessen, von der Bildfläche zu verschwinden. Shelley griff über den Tisch hinweg nach meiner Hand.

»Wahrscheinlich wäre es für dich das Beste, wieder zu arbeiten«, sagte sie. »Wenn man niedergeschlagen ist, tut es einem gut, unter Menschen zu sein, die man kennt und denen man vertraut. Ich weiß, es wird schwer für dich sein, aber ich bin ja da, um dir zu helfen.«

Ich machte sie nicht darauf aufmerksam, dass der Mensch, den ich am besten gekannt und dem ich am meisten vertraut hatte, mich am schlimmsten verletzt hatte.

Zu einem Treffen mit Laurie war ich nicht bereit. Ich hatte Angst, dass ich dann womöglich meine Entscheidung überdenken würde. Also löschte ich kurzerhand seine E-Mails und SMS und telefonierte nur einmal mit ihm. Er war ruhig, einfühlsam und frappierend offen. Er versprach, alles zu tun, um den Riss in unserer Beziehung zu kitten. Wenigstens verschonte er uns beide mit billigen Ausreden und fadenscheinigen Entschuldigungen. Er war völlig aufrichtig, und mir wurde klar, dass für ihn die Situation ebenso schmerzhaft war wie für mich. Trotzdem ließen mich seine Worte kalt. Ich empfand weder Mitleid mit ihm noch Bedauern. Ich hatte meinen Entschluss gefasst und die Fahrkarte gelöst.

Meine Mutter bekniete mich, es mir noch mal zu überlegen. Sie bestand darauf, dass ich zum Arzt ging, um mir eine höhere Dosis Antidepressiva verschreiben zu lassen, obwohl ich ihr versicherte, es gehe mir schon viel besser. Tatsächlich hatte ich seit der Abreise von Sizilien keine einzige Pille mehr eingenommen. Meine Mutter – oder vielleicht auch Laurie – musste sich an Dr. Rooney gewandt und sich besorgt über mein merkwürdiges Verhalten geäußert haben, jedenfalls rief mich der Arzt an und bat mich, ihn in der Sprechstunde aufzusuchen, was ich auch tat. Höflich hörte ich mir an, was er zu sagen hatte, konnte seiner Einschätzung jedoch nicht folgen. Es sei doch natürlich, dass man nach der Totgeburt seines Kindes trauere, nicht wahr?, sagte er. Es wäre sogar ziemlich merkwürdig, wenn nicht. Dann sagte er, er würde in der Klinik anrufen und sie bitten, sich mit mir in Verbindung zu setzen, um einen Termin auszumachen, und ich stimmte zu, wohl wissend, dass man Briefe auch einfach ignorieren kann.

Mein Vater meinte, mein Vorhaben, Hals über Kopf in Richtung Süden abzureisen, sei töricht, und er gebe mir eine Woche, höchstens jedoch vierzehn Tage. May, die Einzige, die die ganze Geschichte kannte, meinte, ich würde mich rein sexuell zu Alexander hingezogen fühlen, und was Jamie betraf, so sei mein unerfüllter Mutterinstinkt neu erwacht, und beides seien fehlgeleitete Emotionen, die nicht als Basis für einen erfolgreichen Neustart taugen. Ich hörte mir alles an und wusste die Sorge meiner Liebsten durchaus zu schätzen, auch wenn sie mich nicht umstimmen konnten. Ich bat meine Eltern um Verzeihung, räumte meiner Schwester gegenüber halbherzig ein, dass ihre These nicht ganz aus der Luft gegriffen sei, und zog zwei Wochen später aus dem kleinen Zimmer aus, das May und Neil mir zur Verfügung gestellt hatten, um zu einem neuen Leben aufzubrechen.

ACHT

Alexander und Jamie holten mich am Bahnhof Temple Meads in Bristol ab. Während der gesamten Zugfahrt hatte ich befürchtet, dass Alexander möglicherweise nicht da sein könnte, dass in Wirklichkeit gar nichts zwischen uns geschehen war. All das, was die Menschen in meiner Umgebung mir in den vergangenen Wochen hatten einreden wollen, dass ich in einer Traumwelt lebte, kam mir wieder in den Sinn und nagte an mir. Mir graute vor dem Gedanken, in den Schoß meiner Familie zurückkriechen zu müssen und durch die Blume gesagt zu bekommen: Hab ich dir's nicht gesagt.

Aber meine Sorge war unbegründet. Als der Zug langsam in den Bahnhof einfuhr, sah ich die beiden unter der digitalen Anzeige stehen. Alexander, ganz ungewohnt mit Bart und noch schlanker, als ich ihn in Erinnerung hatte, neben ihm der kleine, ernste, blauäugige Junge mit den großen Ohren. Beim Anblick der beiden begann mein Herz zu hämmern. Da ich wusste, dass sie mich nicht sehen konnten, betrachtete ich sie noch eine Weile, bis ich mich schließlich in die Schlange der Passagiere einreihte, um meine Tasche aus dem Gepäckgestell neben der Tür zu hieven.

Als sie mich erblickten, kamen sie mir entgegen, zuerst Alexander, dann, ein wenig zögerlicher, Jamie. Ich versuchte, mich zu beruhigen, aber es gelang mir nicht so recht. Alexander beugte sich herab – ich dachte, er wolle mich küssen, und hielt ihm mein Gesicht entgegen, aber er nahm mir nur die Tasche ab. Die Menschen schwärmten wie Ameisen an uns vorbei, machten einen Bogen um uns, weil wir ihren Weg blockierten.

»Du siehst gut aus«, sagte er.

Ehrlicherweise konnte ich das Kompliment nicht an ihn zurückgeben. Er wirkte zerzaust, erschöpft und abgespannt.

»Dein Bart gefällt mir«, sagte ich.

»Großvater findet, er sieht aus wie Jesus«, sagte Jamie.

»Ach ja?«

»Und Großmutter sagt, so wie er aussieht, ist es eine Schande.«

»Kommt, lasst uns gehen«, sagte Alexander.

Vor der Treppe, die zu der Unterführung unter den Bahngleisen führte, hatte sich eine Schlange gebildet, und wir stellten uns hinten an. Mir fiel nichts ein, was ich hätte sagen können. Erneut versuchte ich vergeblich, mich etwas zu beruhigen. Wir waren nicht mehr auf Sizilien, sondern in der wirklichen Welt.

Alexanders alter, staubiger Landrover stand auf dem Parkplatz vor der prächtigen Bahnhofsfassade. Ich öffnete die Beifahrertür und stieg ein. Der Boden war von Sandwichkartonagen, leeren Dosen und Parktickets übersät. In dem Durcheinander sprang mir die Kappe eines Lippenstifts ins Auge. Beim Anblick dieses kleinen silbrigen Dings beschlich mich ein beklemmendes Gefühl. Mir wurde bewusst, dass ich auf dem Platz saß, auf dem Alexanders Frau immer gesessen hatte. Es war ihr Platz, an Alexanders Seite. Das Blut schoss mir ins Gesicht, als würde ich etwas Falsches machen, und ich fühlte mich ertappt.

Ich zog die Tür zu und kurbelte das Fenster herunter. Währenddessen half Alexander Jamie, auf die Rückbank zu klettern, musste jedoch erst ein paar Werkzeuge und einen Arbeitsoverall zur Seite räumen. Dann setzte er sich neben mich und ließ den Motor an. Das Fahrzeug ratterte und knatterte. Alexander machte sich an einem Knopf unter dem Lenkrad zu schaffen, bis das Knattern nachließ.

»Alles in Ordnung?«, fragte er.

»Ja, alles bestens. Ist es weit?«

»Bis Avalon braucht man ungefähr eine Stunde.«

»Avalon?«

»Das ist der Name des Hauses. Hier.« Er langte auf den Boden hinter dem Fahrersitz und zog eine Flasche hervor, die einmal Ingwerbier enthalten hatte, jetzt aber bis zur Hälfte mit Leitungswasser gefüllt war. Es war warm, doch ich trank trotzdem davon. Alexander sah mich von der Seite an, ehe er sich in den Strom von Taxis und Bussen einreihte, die das Bahnhofsgelände verlassen wollten.

Während wir durch Bristol fuhren, sah ich zum Fenster hinaus. Ich stellte ein paar Fragen, doch Alexander antwortete nur einsilbig. Er schien völlig in seine Gedanken versunken, also gab ich es nach einer Weile auf und konzentrierte mich auf die Umgebung.

Wir passierten eine hässliche Straßenbrücke, die im krassen Gegensatz zu der malerischen Gegend stand, und überquerten den Avon. Jamie deutete zu der Suspension Bridge zu unserer Rechten, einer alten Hängebrücke, die sich über den breiten Fluss spannte. Der Wald zur Linken erstrahlte in voller Farbenpracht; Tausende verschiedener Grünschattierungen spiegelten sich im Wasser. Ich hatte nicht gewusst, dass Bristol von einer derart atemberaubenden Landschaft umgeben ist.

»Manchmal springen Leute von der Brücke«, sagte Jamie.

Ich blickte über die Schulter zu ihm. Er spielte mit einer Actionfigur und demonstrierte, was die Menschen, von denen er gesprochen hatte, taten, indem er sie an den Füßen hielt und nach unten stürzen ließ.

»Sie haben Bungee-Jumping gemacht«, verbesserte Alexander ihn. »Wir haben es im Fernsehen gesehen, nicht wahr, Jamie?«

»Der Weg dort hinauf ist furchtbar lang.«

»Nach unten auch«, sagte Alexander. Er wandte mir das Gesicht zu, aber ich konnte seine Augen nicht erkennen, die von seiner Sonnenbrille verborgen waren, nur mein Gesicht, das sich in seinen Gläsern spiegelte. »Hast du Höhenangst?«, fragte er.

Ich nickte. Allerdings erst seit meiner Schwangerschaft, aber das konnte ich ihm jetzt nicht sagen. Seit mein Baby tot geboren wurde und mir bewusst geworden war, wie beängstigend und unvorhersehbar das Leben sein kann. Wo ich zuvor nur Möglichkeiten gesehen hatte, sah ich plötzlich Gefahren.

Es hatte nichts mit den Geburtsschmerzen zu tun. Die hatte ich erwartet. Als sich das latente Ziehen, das ich schon Tage zuvor in meinem Inneren gespürt hatte, in heftige Schmerzen verwandelte, war ich beinahe euphorisch. Ich rief Laurie an, damit er nach Hause kam, und zum Glück war er im Büro und nicht bei Kunden. Dann rannte ich nach oben, um zu überprüfen, ob ich alles in meine Tasche gepackt hatte: Windeln, Baumwollfäustlinge, Unterhemdchen, Babypuder, Nachthemden, Zahnbürste, Zahnpasta, Waschlappen. Ich hätte mir die Mühe ebenso gut sparen können, wusste ich doch, dass alles an Ort und Stelle war. Während der vergangenen Tage hatte ich mich unzählige Male vergewissert.

Ich stemmte eine Hand in mein Kreuz, eine Pose, die mir lieb geworden war. Und mit der anderen streichelte ich meinen sich verhärtenden Bauch, während ich in meinem besten Mantel und Schuhen zum Fenster hinausschaute und auf Laurie wartete.

Nie war ich so aufgeregt gewesen. Nie hatte ich mich derart auf etwas gefreut wie auf die kommenden Stunden.

Im Kreißsaal stürzte ich mich mit Begeisterung in das x-mal einstudierte Geburtsritual. Alle Frauen, die schon einmal ein Kind geboren haben, warnen einen vor den unglaublichen Schmerzen, die Wehen verursachen, aber nichts kann einen auf die physische Gewalt vorbereiten, die eine Geburt bedeutet, noch darauf, wie plötzlich der Körper die

Kontrolle über einen ergreift. Ich war schockiert, wusste aber, dass alle werdenden Mütter dieses Martyrium durchmachen mussten. Ich war so sehr mit dem richtigen Atmen beschäftigt, dass ich kaum mitbekam, wie die Hebamme sagte, sie müsse das an meinem Bauch befestigte CTG wechseln, da es keine Herztöne aufzeichne; sie dachte, es läge an dem Gerät. Eine weitere Hebamme kam herein und dann ein Arzt. Plötzlich herrschte in dem Raum eine andere Atmosphäre, aber ich achtete nicht darauf. Laurie versuchte, mit mir zu reden, mich behutsam vorzubereiten, aber ich stieß ihn weg. Ich musste mich ganz auf meine schwierige Aufgabe des Gebärens konzentrieren. Als folgten Laurie und die Hebamme und die Ärzte und Schwestern dem falschen Drehbuch, beschloss ich, nicht auf sie zu hören. Ich würde einfach nicht in ihre Gesichter blicken, denn wenn ich nicht sah, was passierte, konnte es auch nicht wahr sein.

Auf der anderen Flussseite war Bristol jäh zu Ende, und wir fuhren durch eine üppig grüne Gegend. Kühe grasten auf den Weiden; kleine Dörfer zogen vorbei. Die Hecken ächzten unter der Fülle spätsommerlicher Blüten und Blätter. Vor uns zeichneten sich die Umrisse der Mendip Hills ab, die im violetten Licht grandios anzusehen waren. Wir passierten einen verkehrsreichen Straßenabschnitt, vorbei an Pubs und Bauernläden und Obstständen. Die Dörfer wurden immer spärlicher, dafür zweigten mehr Feldwege von der Straße ab, hie und da sah man eine Vierundzwanzig-Stunden-Tankstelle. Als die Sonne anfing unterzugehen, bogen wir von der Hauptverkehrsstraße ab und folgten einem gewundenen Sträßchen den Berg hinauf. Alexander deutete zu den Umrissen des Glastonbury Tor in der Ferne, während sich der berühmte Somersetnebel über das Tal senkte. Die Brombeersträucher hingen voller vertrockneter Früchte, und der Farn verfärbte sich allmählich braun. Eine riesige Schar Saatkrähen, mindestens zweihundert an der Zahl, flog krächzend über uns hinweg und störte die Ruhe des weiten, blassen Himmels. Zum ersten Mal in diesem Jahr spürte ich den nahenden Herbst.

»Wir sind da«, sagte Alexander und bog scharf in einen Weg ab, der sich zwischen den Bäumen auftat. Wir fuhren mit einem ratternden Geräusch über ein Viehgitter und folgten dem Feldweg, der nach Avalon führte. Der Landrover holperte über Schlaglöcher, bis der Wald schließlich von Feldern abgelöst wurde und ich das Haus erblickte.

Obwohl es dämmerte, konnte ich die Fassade des Gebäudes erkennen. Es war größer, älter und imposanter, als ich es mir vorgestellt hatte. Es schien schon seit Urzeiten da zu stehen, sodass es wie ein Teil der Landschaft schien, ein organisches Gebilde aus Stein, roten Dachziegeln, Holz und Mörtel. Alexander stellte den Wagen am Ende des Weges ab. Neben dem Wohnhaus standen eine halb verfallene, von Brombeeren und Efeu überwucherte Scheune, ein paar leere Ställe und ein Pferdeanhänger, der sich nach vorn neigte und auf der Zugstange ruhte. An der rückwärtigen Wand eines großen Schuppens türmten sich Heuballen. Schwalben flitzten pfeilschnell zwischen den ein wenig wirr angeordneten Gebäuden und dem etwas weiter entfernten Obstgarten hin und her und streiften beinahe das hohe Gras. Der Obstgarten wurde von Brennnesseln begrenzt, die mir beinahe bis zur Schulter reichten und sich unter ihrem eigenen Gewicht beugten.

Das Haus war ebenfalls von einem Garten umgeben, der vorn von einer Mauer und hinten von einem Stacheldrahtzaun gesäumt war. Eine große Holzveranda erstreckte sich ein wenig windschief vor der Vordertür. Zu beiden Seiten der Veranda gab es Fenster, ebenso wie im oberen Stockwerk. Es sah aus, als wäre das ursprüngliche Haus kleiner gewesen und seitlich und nach hinten erweitert worden. Am Dach fehlten einige Ziegel, und der falbenfarbene Putz an den alten Steinmauern blätterte großflächig ab. Die Blumenbeete im Garten waren von Unkraut überwuchert, aber die welken Rosenblüten und üppigen, in verschiedenen Farben blühenden Büsche zeugten davon, dass der Garten einmal wunderschön gewesen sein musste.

»Es ist ein heilloses Chaos«, sagte Alexander, während er meinem Blick folgte. »Genevieve hat sich lieber um ihre Pferde gekümmert als um den Garten, und ich hatte keine Zeit.«

»Sie reitet?«

»Ja.«

»Sie wird vielleicht bei den Olympischen Spielen mitmachen«, sagte Jamie.

Ich lachte, dachte, er mache Spaß, doch im selben Moment fiel mir ein, dass das Jamie, diesem ernsten Kind, gar nicht ähnlich sehen würde. Als ich seinen beleidigten Blick bemerkte, beeilte ich mich zu sagen: »Ach, dann ist sie wirklich eine ausgezeichnete Reiterin?«

»Eine der Besten«, sagte Alexander.

»Oh. Ist sie Springreiterin?«

»Vielseitigkeit. Das heißt Dressur, Springen und Cross Country. Ein beliebter Sport in dieser Gegend.«

»Was man von Manchester eher nicht behaupten kann«, sagte ich.

Alexander lächelte.

»Und wo sind die Pferde?«

»Genevieves Mutter kümmert sich vorerst um sie. Sie … nun, ich erzähle es dir später. Komm mit.«

Ich folgte ihm zu einer Seitentür, durch die wir in einen weiß getünchten Raum traten, der voller Stiefel, Zeitungsstapel, leerer Wein- und Wodkaflaschen und anderem Krimskrams war, der darauf wartete, entsorgt zu werden. Eine ganze Wand war bedeckt von Turnierrosetten aus glänzendem Stoff. An einem Metallhaken unter dem Fenster hingen mehrere Pferdehalfter, an einem anderen Wachsmäntel zum Ausreiten. Ein eingedrückter Waschpulverkarton thronte schief auf der Waschmaschine in der hinteren Ecke des Raums, und daneben lagen ein Haufen schmutziger Wäsche sowie ein alter Hundekorb.

Eine zweite Tür führte in die Küche, die groß, warm und unordentlich war. In der Spüle türmte sich ein Berg schmutziges Geschirr, und auf einer Arbeitsplatte hockte eine Katze, die an einem Hühnchen nagte. Der Boden sah aus, als wäre er seit Wochen nicht gewischt worden, auch die Fensterscheiben waren schmutzig.

Alexander stellte meine Tasche ab, scheuchte die Katze weg und drehte das Hühnchengerippe um. Es war kaum mehr Fleisch daran.

»Verdammter Mist«, sagte er. »Ich hatte vor, uns zum Abendessen ein Hühnchensandwich zu machen.«

Die Katze sah zufrieden aus. Sie sprang auf den Küchentisch und putzte sich mit ihrer rosa Zunge die Pfoten.

Alexander seufzte. »Wenn es wenigstens unsere Katze wäre! Aber sie gehört jemand anders und spaziert einfach hier rein und stiehlt unser Essen.«

Jamie ging zu der Katze, um sie zu streicheln, doch sie ignorierte ihn.

»Kein schöner Empfang für dich, tut mir leid«, sagte Alexander. »Eigentlich wollten wir vorher Großputz machen, nicht wahr, Jamie?«

Jamie machte ein mürrisches Gesicht, legte den Kopf auf den Tisch und sah der Katze zu.

»Aber ich musste Überstunden machen, sodass ich zu rein gar nichts gekommen bin, und Jamie hat bei seinen Cousinen zu Abend gegessen.«

»Ist schon in Ordnung«, sagte ich. »Dafür bin ich ja jetzt da, nicht wahr? Um Ordnung zu schaffen.«

NEUN

Alexander kochte eine Kanne Tee. Ich fand es rührend, dass er sich die Mühe machte, richtigen Tee aufzubrühen, statt einfach nur Teebeutel in Becher zu geben. Während er für Jamie Toast zubereitete, nippte ich an meinem Tee. Als der Junge anfing, den Imbiss zu essen, hob Alexander meine Reisetasche hoch.

»Komm«, sagte er. »Hier lang. Ich zeig dir dein Zimmer.«

Ich folgte Alexander, der meine Tasche durch eine schmale Tür des Esszimmers hievte, die zu einer schmalen Treppe führte.

Mein Zimmer war eher klein und lag im hinteren Teil des Hauses unter dem Dach. Es war so schräg, dass ich nur am Kopfende des Bettes aufrecht stehen konnte. Auf einer wackligen Kommode stand eine staubige Tiffanylampe. Das Fenster war klein und quadratisch und hatte eine Kreuzsprosse. Oben links hing eine Spinnwebe, und das Fenstersims war mit Insektenlarven übersät. Doch jemand hatte sich die Mühe gemacht, dem Raum wenigstens eine einladende Note zu geben. Auf dem Fenstersims stand eine Vase mit gelben und roten Granatapfelblüten, deren Blätter einen süßen Duft verströmten.

»Und, gefällt dir das Zimmer?«, fragte Alexander und stellte meine Tasche auf den Boden.

»Ja, schon in Ordnung«, sagte ich und fügte dann etwas begeisterter hinzu: »Es ist sehr hübsch.«

Es war ganz und gar nicht hübsch, sondern mutete eher wie eine Gesindekammer an. Ich war mir sicher, dass es von der Familie nie benutzt worden war, weil es eine merkwürdig lieblose Atmosphäre ausstrahlte. Außerdem lag ein unterschwelliger Geruch nach Moder und Staub in der Luft, als wäre kaum je gelüftet worden. Ich hatte mir etwas anderes vorgestellt, etwas Einladenderes als diese Kammer. Ich fragte mich, ob Alexander mich hier unterbringen wollte, um mir klarzumachen, dass ich hier nur als Haushälterin angestellt war und nicht mehr.

Seit unserer Rückkehr nach England hatten Alexander und ich mehrmals telefoniert. Mit Bedacht hatten wir alle heiklen Themen vermieden, zum Beispiel seine Frau und deren Verbleib oder Lauries Untreue, und uns stattdessen auf praktische Dinge beschränkt, die geregelt werden mussten, wie etwa mein Gehalt. Auch hatten wir uns über unsere jeweiligen Vorlieben in Bezug auf Bücher, Musik und Filme ausgetauscht. Ich wusste, dass er aus den Midlands stammte, aber kaum Kontakt zu seiner Familie hatte. Auch hatte er mir erzählt, dass seine Schwiegereltern, also Genevieves Eltern, wohlhabend waren und in einem geräumigen Haus auf einem Berg in der Nähe wohnten. Ihr Vermögen hatten sie mit einem Steinbruch gemacht, der sich etwas unterhalb ihres Hauses befand. Der frühere Steinbruch, wo man den Rohstoff für viktorianische Fliesen gewonnen hatte, war schon einige Jahre zuvor stillgelegt worden. Dafür hatte man einen neuen Steinbruch in der Nähe der Hauptstraße eröffnet, der technisch auf dem neuesten Stand war. Ich wusste, dass Alexanders Tätigkeit als Steinmetz und das Vermögen von Genevieves Vater sie beide irgendwie zusammengeführt und aneinander gebunden hatte, auch wenn mir die genauen Zusammenhänge nicht klar waren. Alexander und ich mochten beide Merlot, während wir von Chardonnay Kopfschmerzen bekamen. Keiner von uns war ein süßer Zahn. Wir waren beide gute Zuhörer, redeten beide selbst nicht viel. Daher versiegten unsere Gespräche stets nach einer gewissen Zeit. Dennoch hatten wir, so glaubte ich, einen gewissen Grad an Vertrautheit erreicht.

Nun aber beschlichen mich Unsicherheit und Zweifel. Ich hatte es vermieden, mir mein zukünftiges Leben konkret auszumalen, doch dieses kleine, dunkle Zimmer mit seiner Dachschräge und dem winzigen Fenster machte mir Angst.

Alexander kratzte sich an der Stirn. Kommunikation war nicht eben seine Stärke. Mit einem Mal herrschte eine beklemmende Atmosphäre zwischen uns. Während ich zweifelte, ob es richtig war, hierherzukommen, schien er sich zu fragen, ob es ein Fehler war, mich einzuladen.

Gerade weil dieser Ort meilenweit von Manchester entfernt lag, war er mir als idealer Rückzugsort erschienen. Eine ideale Möglichkeit, um der erdrückenden, emotionsgeladenen Stimmung zu Hause und den mir nahestehenden Menschen, die versuchten, jedes Fettnäpfchen zu vermeiden, zu entkommen. Ich war noch nie in Somerset gewesen, niemand hier kannte mich oder Laurie, niemand wusste, was geschehen war, und ich hatte gedacht, dass es hier viel leichter wäre, das Geschehene endlich hinter mir zu lassen. Abgesehen davon hatte ich mich wirklich darauf gefreut, Alexander zu unterstützen und mich um Jamie zu kümmern.

Doch nun fühlte ich mich fehl am Platz. Alles fühlte sich falsch an. Und so, als würde es womöglich nie in Ordnung kommen.

Alexander und ich blickten gleichzeitig zum Bett, in dem ich schlafen sollte. Ich ließ mich auf den Bettrand sinken und klopfte auf die Matratze.

»Es ist wirklich gemütlich«, sagte ich.

Alexander setzte sich neben mich.

»Sarah«, sagte er sanft, »ich muss dir ein paar Dinge erzählen. Die Situation … sie ist komplizierter, als du denkst. Genevieve … sie …«

Ich strich mir die Haare aus den Augen und schob sie hinter das Ohr.

»Schon gut, du brauchst es mir nicht zu erklären.«

»Aber ich muss es dir erzählen. Du kommst aus Manchester, einem Ort, wo du vermutlich die sein konntest, die du bist. In einer Stadt kann jeder machen, was er will, weil es so viele verschiedene Menschen gibt.«

Ich nickte.

»Nun bist du in Burrington Stoke, einem Dorf mit nicht einmal tausend Einwohnern. Jeder kennt jeden, und jeder glaubt, das Recht zu haben, sich in anderer Leute Angelegenheiten einzumischen.«

»Du meinst, die Leute werden sich das Maul über mich zerreißen?«

»Ein bisschen schon.«

Ich lächelte. »Das stört mich nicht.«

»Aber du weißt nicht, was es heißt, in einem Ort wie diesem im Mittelpunkt der Aufmerksamkeit zu stehen. Du weißt nicht, wie nahe einem das gehen kann.«

Ich zuckte die Schultern. »Es macht mir nichts aus, wenn die Leute über mich reden.«

Er schüttelte den Kopf. »Es geht dabei nicht um dich.«

»Um wen dann?«

»Genevieve.«

Unbehagen beschlich mich. Ich sah auf meine Hände hinab.

»Ich muss dir von ihr erzählen.«

»Na gut.«

Er begann von seiner Frau zu reden, dabei wurde seine Stimme immer schleppender, als bereite es ihm große Mühe. Er ließ den Kopf hängen, und seine Schultern waren gebeugt wie bei einem alten Mann. Während er mir ihre Beziehung schilderte, hatte ich das Gefühl, in etwas Großes und Wichtiges einbezogen zu werden.

Er sagte, Genevieve bedeute ihren Eltern alles, sei sie doch das einzige Kinder der Mutter und das einzige, das ihr Vater, der aus erster Ehe zwei weitere Kinder hatte, wirklich liebe. Ihre Eltern würden alles für ihre unerschrockene und begabte Tochter tun. Bereits als kleines Mädchen hatte sich ihr außerordentliches Reittalent gezeigt, und ihre Eltern hatten sie gefördert und in ihrem Hobby bestärkt. Sie hatten ihr die beste Schulbildung angedeihen lassen, überhaupt das Beste in jeder Beziehung, und die Investition hatte sich ausgezahlt.

Alexander erzählte mir nicht, wie er und Genevieve sich kennengelernt hatten, nur dass sie, kurz nachdem die Affäre mit einem anderen Mann in die Brüche gegangen war, geheiratet hatten. Sie hatte Alexander versprochen, sich zu bemühen, ihm eine gute Ehefrau zu sein, hatte allerdings keinen Hehl daraus gemacht, dass dieser andere ihre große Liebe sei. Eine Weile, ein paar Jahre, lief es einigermaßen gut zwischen ihnen. Doch zuletzt war ihre Ehe dann doch gescheitert. Genevieve war unglücklich, wie er unschwer erkannte. Aus kleineren Zankereien wurde Streit und daraus schließlich Krieg. Aus Rücksicht auf ihre Familie und Jamie hielten sie den Anschein aufrecht, doch wussten sie beide, dass es nicht gut gehen konnte. Als Genevieve ihn verließ, war ihre Ehe längst ein Scherbenhaufen. Alexander sagte, er habe sich damit abgefunden, auf gewisse Weise habe er sich sogar erleichtert gefühlt. Aber da keiner von ihnen jemandem anvertraut hatte, wie unglücklich sie waren, war es für alle, allen voran ihre Eltern, ein Schock, als Genevieve Mann und Kind den Rücken kehrte.

Ich heftete den Blick auf das altmodische Blumenmuster der Steppdecke und zupfte an einem losen Faden. Sie sei etwas Besonderes gewesen, sagte er. Als beste Vielseitigkeitsreiterin von Somerset war sie eine lokale Berühmtheit. Ihre Eltern waren einflussreich und genossen hohes Ansehen. Und weil alle sie zu kennen meinten, waren alle besorgt über ihren überstürzten Weggang.

»Ihr Weggang sorgt immer noch für Wirbel«, fuhr Alexander fort. »Die Leute wollen wissen, wo Genevieve ist, was sie macht und wann sie zurückkommt. Deswegen ist es am besten, wenn wir ihnen vorerst sagen, du seist meine Haushälterin und Jamies Kindermädchen und nicht mehr.«

Im Zimmer wurde es allmählich dunkler und kühler. Zwischen zweien der mächtigen Dachbalken krabbelte ein schwarzer Käfer.

»Macht es dir nichts aus, dass ich dir das alles erzählt habe?«

»Nein, natürlich nicht«, erwiderte ich, aber es klang nicht besonders überzeugend. »Es ist doch besser, wenn ich Bescheid weiß.«

»Genevieves Familie gehört fast das ganze Land in der Gegend. Viele der Dorfbewohner sind ihre Pächter. Und ... nun, sie sind am Boden zerstört.«

»Ruft Genevieve sie denn nicht an?«

»Nein.«

»Und sie schreibt ihnen auch nicht?«

»Sie hat mir und ihnen je einen Brief hinterlassen, ehe sie verschwunden ist. Seit diesem Tag haben wir nichts mehr von ihr gehört.«

»Sie wird sich bestimmt bald melden«, sagte ich aufmunternd. Alexander lächelte nicht.

»Genevieve und ich sind im Bösen auseinandergegangen. Ich habe Dinge gesagt, die ... Wir beide haben Dinge gesagt und getan, die wir nicht hätten sagen oder tun sollen.«

Wieder nickte ich.

»Du kennst sie nicht und kannst folglich auch nicht verstehen, wie sie wirklich war.« Seine Stimme klang unendlich traurig. »Für mich war sie ...« Er verstummte und starrte an die Wand, während er darum rang, seine Gefühle für sie in Worte zu fassen.

»Warum sagst du ›war‹? Warum sprichst du in der Vergangenheit von ihr?«

Er zuckte die Schultern. »Ich meinte, als sie noch hier war.«

ZEHN

Er ließ mich allein, damit ich in Ruhe auspacken konnte. Ich legte mich bäuchlings aufs Bett, schob den Riegel des Fensters zurück und öffnete es. Das Zimmer ging auf den Obstgarten hinaus. Die letzten Sonnenstrahlen tauchten die oberen Blätter der Baumkronen in strahlendes Gold. Die Zweige neigten sich unter dem Gewicht der Äpfel, und Misteln wuchsen in den Astgabeln. Bei diesem Anblick konnte ich mir nicht vorstellen, dass irgendjemand von hier wegwollte, und ebenso wenig, wie es war, diesen Ort zu besitzen, hier hineingeboren zu sein. Er war wunderschön, geradezu vollkommen.

Mir war, als hätte ich auf dem Treppenabsatz Schritte gehört und als bewegte sich die Tür ein wenig, denn der Metallriegel stieß leise an den Kaminvorsprung. Ich drehte den Kopf zur Tür, aber da war niemand. Ich ging hinüber, um nachzusehen, ob vielleicht Jamie durch den Türspalt gespäht hatte. Doch auf dem Flur war niemand zu sehen. Also beschloss ich, dass es wohl ein Windstoß gewesen sein musste, der die Tür bewegt hatte. Alte Häuser waren voller seltsamer Geräusche.

Ich hatte May versprochen, sie anzurufen, aber mein Handy hatte kein Netz. Ich schrieb eine SMS und hielt das Handy aus dem Fenster, doch auch dort hatte es keinen Empfang, und die Nachricht wurde nicht verschickt. Plötzlich fühlte ich mich sehr einsam. Mir fiel wieder ein, was meine Mutter über gewisse Männer gesagt hatte, die ihre Frauen isolierten. Aber Alexander konnte ja wohl kaum etwas dafür, dass es hier keine Netzabdeckung gab.

Ich bezog das Bett mit der Bettwäsche, die auf dem Fußende lag, packte meine Reisetasche aus und verstaute meine Sachen in der Kommode. Die Schubladen rochen ein wenig muffig, und ich entfernte das Papier, mit denen sie ausgelegt waren, knüllte es zusammen und warf es in den Papierkorb. Ich dachte an die Babysachen, die bestimmt noch in der Kommode zu Hause lagen. Da wir das Geschlecht des Babys vor der Geburt nicht wussten, sondern uns lieber überraschen lassen wollten, hatte ich nur das Nötigste angeschafft. Im Geiste hatte ich mir ausgemalt, wie es sein würde, mit dem Baby, das sich in dem Tragegurt an meine Brust schmiegte, auf Einkaufstour zu gehen und speziell Sachen für ihn oder sie auszusuchen. Als mir diese Freude genommen worden war, zog es mich dennoch in die Babyabteilungen der Kaufhäuser, wo ich so tat, als wäre ich tatsächlich eine frisch gebackene Mutter. Ich nahm Mäntelchen und Mützen in die Hände, winzige Söckchen und Handschuhe, befühlte das Material, überprüfte, ob es weich und warm genug war für meinen Sohn. Schwangere Frauen sahen mich an. Ich lächelte ihnen zu, doch sie wandten den Blick ab. Ich fragte mich, ob sie Bescheid wussten, ob sie Angst hatten, ich könnte sie mit einem Fluch belegen? Die Verkäuferinnen dagegen waren freundlich zu mir.

»Sie sind für meinen Sohn«, sagte ich, während ich meine Einkäufe auf die Kassentheke legte, um sie zu bezahlen und einpacken zu lassen. »Er ist so ein süßer kleiner Kerl. In diesen Sachen wird er bezaubernd aussehen.« Die Verkäuferinnen lächelten, fragten jedoch nicht, wo mein Baby war. Niemand fragte je danach.

Ich kaufte Windeln, Hemdchen – Babykleidung im Wert von mehreren Hundert Pfund. So füllte ich die Schubladen der Kommode mit Kleidung und Spielzeug, und wenn ich allein zu Hause war, nahm ich die Sachen heraus und legte sie aufs Bett. Dann hielt ich jedes Stück an meine Wange und redete mit meinem Sohn.

Laurie sagte nie etwas; zumindest nicht zu mir. Und doch

wusste ich, dass er es wusste, denn bisweilen ertappte ich ihn, wie er mich besorgt beobachtete, als wäre ich eine Alkoholikerin und als hätte er eine halb geleerte Wodkaflasche im Wäschekorb entdeckt.

Jetzt, in meinem neuen Zimmer in Avalon, schob ich die Schubladen wieder zu. Das Holz war spröde und knarrte. Der Heizkörper war eiskalt. Das Zimmer musste dringend gelüftet werden, das war alles, sagte ich mir. Es brauchte jemanden, der es bewohnte, das Fenster öffnete, es wieder zum Leben erweckte.

Im Bad, das sich wenige Türen weiter befand, wusch ich mir Hände und Gesicht, legte frische Wimperntusche auf, bürstete das Haar und ging wieder hinunter.

Jamie lag auf dem Sofa im Wohnzimmer und sah fern, während er Käsewürfel und Kartoffelchips aus einer Schüssel naschte. Die Küchentür war geschlossen, doch ich konnte Alexanders Stimme dahinter hören.

»Telefoniert dein Dad?«, frage ich Jamie.

Er nickte, ohne den Blick vom Fernseher zu nehmen.

Ich setzte mich neben ihn, hob seine Füße hoch und legte sie in meinen Schoß. Seine Socken waren feucht und rochen nach Turnschuhen und Schweiß.

»Er spricht mit Großmutter.«

Genevieves Mutter, vermutete ich.

»Sie wollte nicht, dass du kommst«, sagte Jamie nüchtern. »Sie sagt, es ist unschön.«

»Unschön?«

»Oder so ähnlich.«

»Ach, du meinst wahrscheinlich obszön.«

»Sie meint, du bist eine Totengräberin.«

Ich überlegte kurz, ob sie das tatsächlich gesagt haben konnte. »Nein, Jamie, ich glaube, deine Großmutter meinte, ich sei eine Goldgräberin.«

Jamie sah mich kurz an, dann wandte er den Blick wieder ab.

»Was ist eine Goldgräberin?«

»Im ursprünglichen Sinn jemand, der nach Gold gräbt, aber deine Großmutter hat es bestimmt im übertragenen Sinn gemeint: Jemand, der vorgibt, jemandes Freund zu sein, aber in Wahrheit auf dessen Geld aus ist.«

Jamie sah mich an, während er diese Information verdaute.

»Nein, ich glaube, Großmutter meinte doch, du bist eine Totengräberin«, sagte er.

Ich versuchte, ein Lächeln zu unterdrücken, aber es gelang mir nicht ganz.

»Großmutter findet es gar nicht lustig.«

»Nein, natürlich nicht.«

»Ich auch nicht.«

Jamie hob die Fernbedienung vom Boden auf und drehte die Lautstärke hoch. Dann nahm er seine Füße von meinem Schoß.

Ich stand auf, knipste das Licht an und zog die Vorhänge zu. Ich schlenderte zu dem Bücherschrank am anderen Ende des Zimmers und betrachtete die Buchrücken. Neben unzähligen Titeln von Jilly Cooper, Büchern über Pferdehaltung und Biografien gab es auch ein paar Italienischwörterbücher, Italienreisebücher und juristische Titel. Auf dem Regal standen gerahmte Fotos. Die meisten zeigten Jamie in verschiedenen Entwicklungsphasen, aber auch das Porträt einer Frau war darunter. Das musste Genevieve sein. Ich hob es hoch und hielt es ins Licht.

Ich hatte sie mir ganz anders vorgestellt. Sie lächelte auf diese verschämte Weise, wie es außerordentlich attraktive Menschen bisweilen tun, als wollten sie sich für ihre Schönheit entschuldigen. Sie stand neben einem Geländer in irgendeinem fremden Land; im Hintergrund fielen schiefergraue Klippen zu einem perfekt blauen Meer hinab. Ihre schmale Hand ruhte auf dem Geländer, und sie blickte in die Kamera. Ihr schulterlanges Haar war weizenblond, glänzte in der Sonne wie poliertes Weißgold und war perfekt geschnitten. Sie hatte die Sonnenbrille auf den Kopf geschoben und trug ein grünes T-Shirt, eine Weste, Shorts, einen Ehering am Finger. Ihre Schultern waren wohlgeformt und gebräunt. Mit ihrer würdevollen, anmutigen Haltung erinnerte sie mich an einen Filmstar aus einer vergangenen Zeit, aber ihr Blick war ganz und gar zeitgenössisch. Ihr Gesicht war herzförmig und symmetrisch, ihre dunklen Augen wurden von langen, dunklen Wimpern umrahmt. Keine Frage, sie war außerordentlich schön. Genevieve sah hinreißend aus.

»Das ist Mami«, sagte Jamie.

»Sie ist sehr hübsch«, sagte ich und konnte den Anflug von Eifersucht in meiner Stimme hören.

»Hm.«

Ich sah den Jungen lächelnd an und war gerührt, als mir bewusst wurde, wie klein er noch war; zu klein, um mutterlos zu sein. Ich hatte kein Recht, seine Loyalität, die bereits Risse erlitten hatte, zusätzlich auf die Probe zu stellen. Ich stellte das Foto an seinen Platz zurück.

»Vermisst du sie sehr?«, fragte ich.

Jamie nickte, steckte den Daumen in den Mund und hielt den blauen Teddybären fest umschlungen.

»Ich wünsche mir, dass sie zurückkommt.«

ELF

Trotz allem schlief ich in jener ersten Nacht bald ein. Obwohl nichts so war, wie ich es erhofft hatte, hatte ich mich schon ein wenig mit der neuen Situation arrangiert. Naiv, wie ich war, hatte ich unterschätzt, wie schlimm es für Jamie und Alexander nach wie vor sein musste. Und doch war ich froh, von Manchester weg zu sein. Zum ersten Mal in all den Wochen lauschte ich nicht mit angehaltenem Atem auf Mays Schritte, wenn sie auf Zehenspitzen an meine Tür trat, um sicherzugehen, dass ich nicht weinte. Ich musste nicht länger dieses ewige Lächeln aufsetzen, um den Menschen, die mich liebten, zu beweisen, dass es mir gut ging, und musste nicht jedes Wort, das ich sagte, zweimal umdrehen. Ich konnte so sein, wie ich war, und das war erleichternd. Zwar würde ich, wenn Jamie in der Schule war, allein im Haus sein, aber ich hoffte, ich würde mich schon zusammenreißen können, wenn ich genug Zeit und Raum für mich hatte und nicht länger von Menschen umringt war, die mich besorgt ansahen und über mich redeten, wenn sie sich unbemerkt fühlten.

Am Wochenende zeigte Alexander mir das Dorf. Die Spätsommersonne tauchte alles in ein merkwürdig künstliches Licht, sodass es fast wie ein Filmset anmutete. Die Landluft fühlte sich weich auf meinem Gesicht an, und sie roch ganz anders als die Luft in Manchester.

Wir gingen zu Fuß das Sträßchen entlang, das von der Staatsstraße in Richtung Ort abzweigte, bogen nach links ab und erreichten nach etwa einem Kilometer die Kreuzung am neuen Steinbruch. Am Eingang gab es eine Ampel und ein von Kameras bewachtes weißes Doppeltor. Die

Zufahrt war breit genug, damit Lastwagen mit ihrer schweren Fracht hinausfahren und unmittelbar danach auf die Straße abbiegen konnten. Im Pförtnerhaus saß ein uniformierter Wachmann. Er hatte die Füße hochgelegt und blickte auf einen Bildschirm an der Wand. Ich konnte nicht erkennen, ob er sich ein Video ansah oder die Bilder von den Sicherheitskameras überwachte.

»Das wird einmal Jamie erben«, sagte Alexander. »Es gehört alles der Familie von Genevieve.«

»Arbeitest du für sie?«

Er schüttelte den Kopf. »Nein. Manchmal komme ich her, um nach einem Steinblock Ausschau zu halten, den ich für einen Auftrag benötige. Meistens arbeite ich in meiner Werkstatt in Castle Cary. Dort habe ich meine Geräte und treffe mich mit meinen Kunden.«

Er sah zu, wie das Tor aufschwang und ein Lastwagen herausfuhr, dessen Motor unter der schweren Steinlast dröhnte. Während er weiter in Richtung Dorf rumpelte, versprühte er feinen weißen Staub.

»Stört die Leute, die hier leben, dieser Lärm nicht?«, fragte ich.

Alexander zuckte die Schultern. »Sie sind es gewohnt.«

Wir gingen weiter und erreichten Burrington Stoke. Der Ort war nichts Besonderes: ein paar Geschäfte auf beiden Seiten der Straße; ein Pub mit Körben voller farbenprächtiger Hängeblumen und Tafeln, auf denen das Sonntagsmenü und Butcombe-Bier angepriesen wurden; ein windschiefes Hotel, einige bescheidene Amtsgebäude sowie hübsche Cottages und Landhäuser. Am Ortsende unweit des Ehrenmals befand sich die Einfahrt zu einem Bauernhof. Kleine, zottelige Kühe standen in der Nähe des Tors und fraßen von einem Heuballen, umschwärmt von schwarzen Fliegen. Am Bauernhof vorbei führte eine Gasse zur örtlichen Grundschule. Alexander nickte einer Gruppe junger Frauen zu, die auf ihren Pferden die Gasse entlangritten.

Ich drückte mich an die Hecke, um sie vorbeizulassen. Es waren riesige Tiere. Ihre beschlagenen Hufe klapperten auf der Straße, und sie schlugen mit ihren Köpfen, während sie mich mit ihren großen Augen misstrauisch beäugten. Die jungen Frauen bemühten sich erst gar nicht, ihre Neugierde zu verbergen. Kaum waren sie an uns vorbeigeritten, fragte eine so laut, dass ich es hören konnte: »Wer ist denn das?«, woraufhin eine andere antwortete: »Keine Ahnung«, um dann, etwas leiser, hinzuzufügen: »Habt ihr ihre Schuhe gesehen?«

Ich blickte auf meine lilafarbenen Ballerinas hinab, die vom Steinstaub grau geworden waren.

»Du brauchst ein Paar Stiefel«, sagte Alexander nüchtern. »Wenn es regnet, wird es hier recht matschig. Ich kümmere mich darum.«

Er zeigte mir den Schuleingang. »Am Dienstagmorgen, dem ersten Schultag, bringe ich Jamie zur Schule, und Claudia nimmt ihn mit, wenn sie ihre Mädchen abholt«, erklärte er mir. »Sie wird dir bestimmt zeigen, wie alles läuft. Danach hätte ich gern, dass du ihn abholst. Er sollte nicht von anderen Leuten nach Hause gebracht werden. Das ist mir wichtig.«

»Okay.«

»Und Sarah, bitte verspäte dich nie. Du musst kurz vor halb vier am Schultor sein.«

»Du kannst dich auf mich verlassen. Wer ist übrigens Claudia?«

»Genevieves Stiefschwester.«

»Oh, dann wird sie mich wohl nicht gerade willkommen heißen?«

Alexander schüttelte den Kopf. »Nein, sie weiß, dass ich Hilfe brauche. In den vergangenen Wochen war sie mir eine große Stütze. Sie hat mir sogar selbst zu einem Kindermädchen geraten.«

»Gehen ihre Kinder auch auf diese Schule?«

»Nein, sie gehen auf die St. Margaret in Montacute.«

»Sie haben auch am Samstagmorgen Schule«, schaltete sich Jamie ein.

Ich verzog das Gesicht. »Wie furchtbar.«

»Aber sie bekommen Reitunterricht und haben länger Ferien.«

»Na ja, dann ist es ja nicht so schlimm.«

»Onkel Bill sagt, er muss sich dumm und dämlich zahlen wegen dieser langen Ferien.«

»Tja, so ist das mit den Privatschulen«, sagte Alexander.

Wir gingen weiter, an dem heruntergekommenen Hotel vorbei und einem Gewässer, das früher einmal ein Ententeich gewesen sein musste, und schon hatten wir das Dorfende erreicht.

»Gibt es keine Kirche?«, fragte ich.

»Doch, oben auf dem Berg. In der Nähe des Hauses von Genevieves Eltern.«

Ich sah Jamie lächelnd an. »Haben sie ein hübsches Haus?«

»Es ist riesig!« Er streckte beide Arme aus und machte große Augen.

Alexander nickte mir über seinen Kopf hinweg zu. »Ich fahre mit dir hinauf und zeig es dir.«

Zum Mittagessen aßen wir einen Salat, dann stiegen wir in den Landrover. Wieder bogen wir am unteren Ende der Auffahrt links ab und fuhren mit verminderter Geschwindigkeit am Eingang des Steinbruchs vorbei. Danach verjüngte sich die Straße jäh, wie der Hals einer Sanduhr, und der Asphalt hörte auf. An manchen Stellen war sie nur einspurig zu befahren, und sie wand sich, von hohen Hecken gesäumt, den Berg hinauf. Schließlich gelangten wir an eine Gabelung.

»Das ist der Eingang zu dem stillgelegten Steinbruch«, erklärte Alexander und drosselte das Tempo.

Das Eingangstor ragte windschief auf. Die beiden Flügel wurden durch eine dicke Kette mit Vorhängeschloss gesichert. Um die Gitterstäbe des Tors war Stacheldraht geschlungen. Ein grimmiger Totenkopf prangte auf dem blutroten Hintergrund eines verwitterten »Durchgang verboten«-Schildes, das am Tor hing. Ein anderes Schild warnte: »Zuwiderhandlungen werden strafrechtlich verfolgt.«

Ich erschauderte. »Warum wurde er stillgelegt?«

»Er war nicht für große Laster zugänglich. Für die Churchills war es rentabler, einen neuen Steinbruch am Fuß des Berges anzulegen, wo die großen Laster problemlos die Hauptstraße erreichen, statt eine neue Straße hierherauf zu bauen.«

»Und warum ist der alte Steinbruch so hermetisch abgeriegelt?«

»Früher, wenn es heiß war, kamen gern Kinder zum Schwimmen in der Grube her. Sie haben die Warnschilder missachtet und sind von einem Felsvorsprung ins Wasser gesprungen. Dabei ist ein Junge ertrunken.«

»Oh, wie schrecklich!«

»Das ist schon lange her«, sagte Alexander. »Bevor ich Genevieve kennengelernt habe, aber sie erinnert sich noch gut an ihn.«

»Er hätte da nicht hineingehen sollen«, sagte Jamie ernst.

»Nein, das hätte er nicht.« Einen Moment lang schwieg Alexander, dann sagte er leise: »Heute treibt sich hier niemand mehr herum. Die Leute haben den alten Steinbruch vergessen.«

Wir fuhren weiter.

Oben auf dem Hügel verbreiterte sich die Straße. Zu beiden Seiten erstreckten sich von Hecken und Zäunen begrenzte Felder. Ich erblickte zwei fuchsfarbene Pferde. Sie grasten auf einer sanft abfallenden Weide zu unserer Linken. Alexander deutete mit einem Nicken hinüber, ohne den Blick von der Straße abzuwenden.

»Die gehören Genevieve.«

Das erste Gebäude stand etwas von der Straße zurückversetzt und war von einem hohen Zaun mit einem elektrischen Tor umgeben. Ich konnte nur das Dach und ein riesiges bogenförmiges Fenster sehen. Es war unschwer zu erkennen, dass es früher einmal eine Scheune gewesen war, die aufwendig und geschmackvoll in ein Wohnhaus umfunktioniert worden war. Laurie und ich waren geradezu süchtig nach Fernsehsendungen, in denen es um Häuserkauf und Restaurierung von alten Gebäuden ging, und ich sah auf einen Blick, dass hier keine Kosten gescheut worden waren. Die Restaurierung war rundum gelungen.

»Da wohnen meine Cousinen«, sagte Jamie und beugte sich zu mir vor, um auf das Haus zu deuten.

»Wow!«

»Nobel, was? Das Ergebnis von Claudias altem und Bills neuem Geld«, meinte Alexander. Ich sah ihn an. Hatte ich Sarkasmus in seiner Stimme gehört? Oder Neid oder gar Verbitterung?

»Und da ist die Kirche«, sagte er in seinem gewohnten Ton. »Wenn es dich interessiert, können wir gern mal hineingehen. Sowohl in der Kirche als auch auf dem Friedhof gibt es jede Menge Zeugnisse der Churchill'schen Familiengeschichte.«

»O ja, warum nicht.«

»Und dort«, fuhr Alexander fort, indem er mit einem Nicken nach vorn wies, »siehst du die Dachspitze von Elenora House.«

»Hier wohnen sie? Sozusagen direkt über dem alten Steinbruch?«

»Der Churchill, der es erbaut hat, wollte so nah wie möglich am Quell seines Reichtums leben. Ich nehme mal an, dass es ihn mit Stolz erfüllte, seinem Werk so nahe zu sein, außerdem konnte er ein Auge auf alles haben.«

Alexander lächelte.

Er fuhr ein paar Hundert Meter weiter, bog in die Einfahrt von Elenora House ein und hielt bei laufendem Motor an.

Das Haus war größer und prächtiger, als ich es mir vorgestellt hatte, ein weitläufiges Landhaus in altem Stil. Die Fassade war mit Glyzinien bewachsen, und die schnurgerade Einfahrt wurde von Büschen gesäumt, die kunstvoll geschnitten waren, sodass sie wie Wolken und Wellen anmuteten. Eine mannshohe Statue auf einem verzierten Sockel flankierte das Einfahrtstor, ein viktorianischer Engel mit lieblichem Gesicht und niedergeschlagenen Augen. Mit einer Hand hielt er eine Rose an die Brust, die andere hatte er ausgestreckt, als wollte er Besuchern den Weg zum Eingang weisen.

»Die Statue stellt Elenora dar«, erklärte Alexander. »Sie war die jüngste Tochter des Patriarchen und sein Liebling.«

»Ist sie jung verstorben?«, fragte ich leise.

Alexander nickte. »Bei einem Unfall auf der Baustelle. Der Bildhauer hat ihre Totenmaske als Vorlage für das Gesicht des Engels benutzt.«

»Wie makaber!«

»Gen fand es romantisch. Als Kind war sie das Ebenbild dieser Statue.«

Ich hätte gern mehr über Genevieve erfahren, aber in diesem Moment rief Jamie hinter mir: »Da ist Großvater!«

Durch das heruntergelassene Wagenfenster konnte ich deutlich einen großen, alten Mann mit Hut erkennen, der vor dem Haus stand. Auf einen Stock gestützt, untersuchte er einen Rosenbusch.

»Können wir zu ihm gehen und Hallo sagen?«, fragte Jamie.

Alexander warf mir einen fragenden Blick zu.

»Ich weiß nicht«, antwortete ich, »vielleicht sollten wir besser noch ein bisschen warten.«

»Zu spät«, sagte Alexander. Eine dünne Frau war neben den Mann getreten. Sie bedeutete uns mit einer Geste, näher zu kommen.

»Virginia«, murmelte Alexander.

»Du könntest doch so tun, als hättest du sie nicht gesehen«, sagte ich.

»Man darf nicht lügen«, meinte Jamie.

»Ach komm«, sagte Alexander, »lass es uns hinter uns bringen.«

ZWÖLF

Wir saßen auf bequemen Holzmöbeln auf einer kreisförmigen Terrasse, die von einem äußerst gepflegten Rasen umgeben war, dem »Familiengarten«, wie Virginia ihn bezeichnete. Der Rasen war von Blumenbeeten gesäumt, und in jedem wuchs in Hülle und Fülle eine andere Blumenart. Ich war zwar keine Gärtnerin, erkannte aber durchaus die formvollendete Kunst, mit der die Beete angelegt worden waren. Die jähen Farbkontraste waren keineswegs dem Zufall geschuldet, sondern entsprangen einem wohldurchdachten Plan, sodass jedes Beet auf das nächste abgestimmt war, und die Hecken dahinter boten den perfekten Hintergrund. Das Zentrum bildete ein riesiger Teich, über dessen Steinumrandung sich Kletterpflanzen ergossen und dessen dunkelgrünes Wasser üppig mit blassen Wasserlilien bestückt war. Pechschwarze Libellen flogen brummend zwischen den Wasserpflanzen hin und her. Der Anblick erinnerte mich an ein romantisches Gemälde, und wäre ich nicht so nervös gewesen, hätte ich es genossen, einfach nur dazusitzen und ihn zu betrachten.

Während uns eine Frau in mittleren Jahren namens Mrs Lipton Tee servierte, vermieden Alexander und ich jeden Blickkontakt. Mr Churchill – ich konnte mir beim besten Willen nicht vorstellen, ihn je Philip zu nennen, wie von ihm angeboten – saß ein wenig steif auf seinem Stuhl, ein Bein vor sich ausgestreckt. Er trug eine abgenutzte Cordsamthose und ein Baumwollhemd mit Krawatte. Unter der breiten Hutkrempe konnte ich seine Augen nicht sehen, nur seinen breiten Kiefer und das leicht stopplige Kinn. Seine Haut war wettergegerbt. Auf seinen riesigen, knochigen, von Altersflecken übersäten Händen zeichneten sich blaue Adern ab.

Als der Tee eingeschenkt worden war, bat Mrs Churchill die Haushälterin, Spielzeug für Jamie zu holen. Kurz darauf kam Mrs Lipton mit einem Bogenspielset für Kinder zurück. Sie stellte die Zielscheibe am anderen Ende des Gartens auf, vergewisserte sich rasch, dass auf dem Tisch nichts fehlte, und gesellte sich dann zu dem Jungen. Sie zeigte ihm, wie man den Bogen mit dem Pfeil spannt, und hob die Pfeile auf, wenn sie neben der Zielscheibe landeten. Es dauerte nicht lange, und Mr Churchill begann mit offenem Mund zu schnarchen.

Die ganze Situation bereitete mir Unbehagen. Ich wusste nicht, was ich sagen sollte, also schwieg ich, nachdem ich Mrs Lipton für den Tee gedankt und die Churchills zu ihrem wunderschönen Haus und Garten beglückwünscht hatte.

»Es ist gut, dass Sie gekommen sind, um sich vorzustellen«, sagte Mrs Churchill. Ihre Stimme klang abgehackt, und eine Spur Sarkasmus oder vielleicht auch Irritation lag darin. Sie reichte mir eine Tasse Tee. Das Porzellanservice war hübsch, wenngleich für meinen Geschmack ein bisschen zu verspielt.

»Tut mir leid, Virginia, ich hatte eigentlich nicht vor, so unangemeldet bei euch hereinzuplatzen«, sagte Alexander.

Sie machte eine wegwerfende Handbewegung.

»Nein, ich bin froh über euren Besuch. Du weißt ja, wie besorgt ich war und dass ich wissen wollte, wer die Person ist, die du eingestellt hast, um sich um unseren Enkel zu kümmern.«

Ich lächelte und rutschte nervös auf meinem Stuhl herum.

»Nun, hier ist sie«, sagte Alexander.

»Ja, hier bin ich«, wiederholte ich und kam mir ziemlich idiotisch vor.

»Sie sind anders, als ich Sie mir vorgestellt habe«, sagte Mrs Churchill.

»Wie hast du sie dir denn vorgestellt, Virginia?«, fragte Alexander.

Virginia ließ seine Frage unbeantwortet. Mit freundlicher, aber gewichtiger Stimme sagte sie: »Ich weiß, meine Tochter hätte nicht im Traum daran gedacht, ihren Sohn in der Obhut einer Fremden zurückzulassen.«

Alexander setzte zu einer Erwiderung an, doch Mrs Churchill brachte ihn mit erhobener Hand zum Schweigen.

»Da die Dinge nun mal sind, wie sie sind, würde ich Sie bitten, Sarah, mir zu erzählen, welche Qualifikationen sie in puncto Kindererziehung haben.«

»Ich ...«

»Die Hauptsache ist, dass Jamie sie mag. Und ihr vertraut«, unterbrach Alexander mich.

Mrs Churchill beugte sich vor. Ihre Augen waren blassblau, wie Eis, und ihr Gesicht wirkte, obwohl die Sorge und der Kummer der vergangenen Wochen ihre Spuren hinterlassen hatten, entschlossen. Es war meinem so nah, dass ich in der spätsommerlichen Brise ihren schalen Atem wahrnehmen konnte. Sie musste einen entzündeten Zahn oder ein Magenproblem haben.

»Haben Sie überhaupt eine pädagogische Ausbildung?«, fragte sie.

»Nein, nicht wirklich.«

»Haben Sie schon mal als Kindermädchen oder Au-pair gearbeitet?«

Ich warf Alexander einen Hilfe suchenden Blick zu, doch der sah geflissentlich zu den kunstvollen Schornsteinen auf dem Dach empor.

»Nein.«

»Und Sie haben auch keine eigenen Kinder?«

Das friedliche Gesichtchen meines Sohnes schob sich vor mein geistiges Auge. Seine vollkommenen kleinen Lippen. Seine Augenlider. Seine winzigen Finger, die sich um meinen kleinen Finger schlossen, jedoch nicht reflexartig und fest wie die eines gesunden Babys, sondern nur in einer leichten Berührung. Seine Fingernägel, zart wie winzige Blütenblätter; das einzigartige Muster seines Fingerabdrucks, das für immer ein Geheimnis bleiben würde.

»Nein«, sagte ich.

»In anderen Worten, Sie haben keine berufliche Qualifikation für die Tätigkeit, für die Sie hergekommen sind!«

»Virginia, bitte …«

Sie fiel Alexander ins Wort. »Was hast du dir eigentlich dabei gedacht?« Ihre Stimme war so kalt, dass mich ein Schauder überlief.

»Es handelt sich doch nur um ein paar Stunden am Tag, die Sarah auf Jamie aufpasst, während ich arbeite. Sollte es irgendwelche Probleme geben, wird sie sehr wohl in der Lage sein, sich Hilfe zu holen. Und sobald ich zu Hause bin, kümmere ich mich wieder um den Jungen.«

»Und was wird sie machen, während Jamie in der Schule ist und du arbeitest?«

»Sie wird auch als meine Haushälterin fungieren.«

»Fungieren?«

»Du weißt, was ich meine.«

Virginia stellte ihre Tasse behutsam auf die Untertasse und wandte sich wieder an mich. »Alexander hat uns erzählt, er habe Sie auf Sizilien kennengelernt.«

»Das ist richtig.«

»Und dass es sich um ein reines Arbeitsverhältnis handele.«

»Ja.«

»Sarah, können Sie mir in die Augen schauen und mir versichern, dass zwischen Ihnen und Alexander nichts weiter ist?«

Ich zögerte. Alexander kam mir zu Hilfe. Er beteuerte, dass zwischen uns wirklich nichts sei. In Genevieves Abwesenheit, so fuhr er fort, wisse er wohl am besten, was und wer gut für Jamie und ihn sei. Virginia hielt dagegen, seine Position sei in Genevieves Abwesenheit durchaus nicht unstrittig. Zwischen den Zeilen schienen sie etwas auszufechten, was ich nicht verstand. Die beiden diskutierten höflich, erbittert und kühl, ohne dass einer von ihnen die Stimme erhob, bis Philip unter seinem Hut hervorknurrte: »Das reicht jetzt.«

Als wir nach Avalon zurückfuhren, entschuldigte ich mich bei Alexander für meine mangelnde Schlagfertigkeit.

»Mach dir deswegen keine Sorgen«, erwiderte er. »Soll Virginia doch denken, was sie will.« Er drehte mir das Gesicht zu und lächelte resigniert. »Was immer sie auch tut, wir werden's überleben.«

DREIZEHN

In jener Nacht, meiner vierten in Avalon, weckte mich in den frühen Morgenstunden etwas auf.

Einen Moment lang blieb ich mit geschlossenen Augen liegen. Mein Herz hämmerte, ich wusste nicht, was mich aus dem Schlaf geschreckt hatte.

Vorsichtig stützte ich mich auf einen Ellbogen und zog mit zittriger Hand und angehaltenem Atem den Vorhang ein Stück zur Seite. Schwaches Licht sickerte herein. Ich versuchte, mich zu beruhigen; es sind nur deine Nerven, sagte ich mir und atmete tief durch. Und dann hörte ich klar und deutlich ein Geräusch, aber es kam nicht vom Fenster, sondern von jenseits der Wand hinter meinem Kopf.

Ruckartig setzte ich mich auf und presste die Bettdecke an die Brust. Mein Herz schlug so schnell, dass es wehtat. Es war ein scharrendes Geräusch, laut und hartnäckig, als würde jemand oder etwas, was in der Mauer eingesperrt war, versuchen, sich zu befreien. Es war ein schrecklicher Laut, wie das verzweifelte Schaben von Fingernägeln. Es dauerte mehrere Minuten, dann war es wieder still, bis es von Neuem begann.

»Alexander!«, wollte ich rufen, aber es kam kein Ton über meine Lippen. Panik schnürte mir die Kehle zu. Ich stand auf und schlich aus dem Zimmer, ohne mich umzusehen. Mit der Hand an der Wand tastete ich mich den düsteren Flur entlang bis zu Alexanders Zimmer und klopfte an seine Tür. Meine Hände zitterten so sehr, dass ich nur die Andeutung eines Klopfens zustande brachte. Natürlich kam keine Antwort.

Den Tränen nahe, lehnte ich mich an die Tür und rief: »Alexander! Alexander! Bitte, wach auf!« Da hörte ich das

Knarren seines Bettes und das Rascheln von Stoff, gefolgt von seiner Stimme, die knurrte: »Hm?«

Ich öffnete die Tür und trat ein. Es war dunkel in seinem Zimmer, doch ich konnte Alexanders Umrisse erkennen, der sich auf einen Ellbogen stützte und mich blinzelnd ansah.

»Was ist los?«, brummte er verschlafen. »Stimmt was nicht?«

»Tut mir leid«, erwiderte ich mit brüchiger Stimme, »aber da ist jemand … etwas …« Ich verstummte und lauschte. Noch immer konnte ich das Geräusch, das Rascheln und Schaben in der Wand am anderen Ende des Korridors, hören, schwächer zwar, aber es war noch da. Ich hatte es mir nicht eingebildet. Ich schlug die Arme um meinen Oberkörper.

»Da ist etwas in der Wand, Alexander. Etwas ist darin gefangen und versucht, sich zu befreien.«

Alexander schwang die Beine aus dem Bett. Meine Augen hatten sich inzwischen an die Dunkelheit gewöhnt, und ich sah, wie er vor Anstrengung, den Schlaf abzuschütteln, das Gesicht verzog. In der Wärme, die seinem Bettzeug entstieg, nahm ich seinen Geruch wahr.

»Das sind die Eichhörnchen«, murmelte er. »Ich hätte es dir sagen sollen.«

»Eichhörnchen?«

»Sie krabbeln unter dem Dach herum und nagen an den Kabeln. Ich habe eine Falle aufgestellt. Aber sie muss in den Wandzwischenraum gefallen sein.«

»Oh!«

»Gefangen auf so engem Raum, spielen sie verrückt. Durch die Erschütterung muss die Falle von dem Dachsparren gestürzt sein.«

»Meinst du, du kannst sie herausholen?«

»Ich werde es versuchen. Könntest du mir mein T-Shirt reichen?«

Alexander deutete zur Ecke hinter mir, und ich drehte mich um und griff nach dem T-Shirt, das über den Rand eines Weidenkorbs hing.

Ich spürte Jamies Anwesenheit in der Tür, noch ehe ich ihn sah. Der Junge stand barfuß da.

Er stellte sich auf Zehenspitzen und streckte die Hand aus, dann war ein Klicken zu hören, und es wurde hell im Zimmer.

Jamie rieb sich die Augen. Er hatte seinen blauen Teddybären unter den Arm geklemmt, seine Pyjamahose war unter seinen mageren kleinen Bauch gerutscht. Der Junge sah von mir zu Alexander, rieb sich abermals die Augen und sagte: »Großmutter hat gesagt, dass ihr bestimmt in Mamis Bett liegen werdet.«

»Nein, Jamie, es ist nicht so, wie du denkst.«

»Was ist mit Mami?«, fragte er. »Wenn du in Mamis Bett liegst, wo wird sie dann schlafen?«

»O nein, Schatz, ich bin eben erst hereingekommen, weil …«

»Sarah hatte einen Albtraum«, sagte Alexander mit entschiedener Stimme.

»Genau«, bekräftigte ich.

Jamie sah seinen Vater misstrauisch an.

»Sarah geht jetzt in ihr Zimmer zurück«, sagte Alexander.

Ich nickte.

»Schlaf noch ein bisschen, wir sehen uns dann später«, sagte ich zu Jamie.

»Du bist doch eine Totengräberin!«, rief Jamie.

Die Bestürzung in seiner Stimme versetzte mir einen Stich, und plötzlich wurde mir bewusst, warum er so auf diesem Wort bestand, klang es doch bei Weitem schlimmer als »Goldgräberin«. Ich versuchte, mich mit seinen Augen zu sehen: Für das Kind, dessen Mutter nur wenige Wochen zuvor verschwunden war, war ich ein Eindringling im Haus seiner Eltern, eine fremde Frau, die mitten in der Nacht im Schlafzimmer seines Vaters stand, das kurz zuvor noch seine Eltern geteilt hatten. Und dann sah ich das Bild vor mir, das die Worte seiner Großmutter fälschlicherweise in seiner Phantasie hervorgerufen hatten, ich als Totengräberin mit einem Spaten in Händen, bis zu den Schultern in einer Grube stehend, und hinter mir ein Haufen Erde. Und wie von selbst gesellte sich auch das Bild von einer mit Lumpen bedeckten grauen Gestalt dazu, die mit geöffneten Augen neben mir auf dem Boden lag. Ich schauderte.

»Nun komm, du müder Krieger«, sagte Alexander. »Ich bring dich in dein Zimmer zurück, damit du noch eine Mütze Schlaf bekommst.«

Er hob Jamie schwungvoll auf seine Arme, und ich hörte, wie sich seine Schritte draußen auf dem Flur entfernten.

Der Gedanke, in mein Zimmer zurückzugehen, war mir unerträglich. Mir graute vor den Geräuschen des armen gefangenen Eichhörnchens, das verzweifelt versuchte, sich aus seiner Falle zu befreien. Stattdessen ging ich ins Bad, um zu duschen. Obwohl ich sorgsam den Türriegel vorschob, zitterte ich, als ich mein Nachthemd auszog. Mit einem Mal war ich mir meiner Blöße bewusst. Natürlich war mein Verhalten albern, aber die Geräusche des Eichhörnchens hatten mich zutiefst erschreckt, und die Angst saß mir noch immer in den Knochen. Reiß dich zusammen, sagte ich mir, es ist niemand hier, niemand kann dich sehen.

Ich trat in die Duschkabine und zog den Vorhang zu.

Das Wasser war lauwarm, und nur spärlich rann es mir über Kopf und Rücken. Ich hatte Mühe, meine Haare zu shampoonieren. Der Duschvorhang klebte an meinem Rücken, und als ich mich umdrehte, um ihn zu entfernen, meinte ich eine Bewegung wahrzunehmen. Mit angehaltenem Atem spähte ich durch den Spalt am Rand, aber die Badezimmertür war fest verschlossen. Wahrscheinlich hatten die Dampfschwaden mir etwas vorgegaukelt.

VIERZEHN

Beim Frühstück herrschte eine angespannte Atmosphäre. Ich bemühte mich, Jamie aufzuheitern, während Alexander auf den Speicher ging, um die Eichhörnchenfalle aus dem Mauerzwischenraum zu bergen. Noch immer war ich schreckhaft. Ich ließ ein Glas fallen, das zerbrach, und es gelang mir nicht, den alten Küchenherd in Gang zu bringen, um Milch für Jamie zu erhitzen. Sie blieb hartnäckig kalt im Topf, doch als ich ein paar Minuten später die Hand auf die Herdplatte legte, verbrannte ich mich. Zu allem Überfluss stieß ich dann auch noch den Topf um, sodass sich die Milch über Herd und Küchenboden ergoss.

Jamie war blass und launisch. Schließlich kam Alexander mit der Falle, über die er ein Handtuch geworfen hatte, wieder herunter und verschwand für eine Weile nach draußen. Ich nahm an, er wollte das Eichhörnchen freilassen, und als er zurückkehrte, roch er nach kalter, frischer Morgenluft. Er zog seine Arbeitshandschuhe aus, wusch sich mit Geschirrspülmittel die Hände, ehe er zwischen Küche, Ess- und Wohnzimmer hin und her zu wandern begann, auf der Suche nach irgendwelchen Unterlagen, seinem Handyaufladegerät und anderem Zeug.

Jamie saß in seiner Schuluniform – einer grauen Hose und einem blauen Sweatshirt, das ihm viel zu groß war – am Tisch und löffelte seine trockenen Schokoflocken aus einer Schüssel. Da ich die Milch vergossen hatte, musste er sich mit einem Orangenfruchtsaftgetränk begnügen. Kein besonders nahrhaftes Frühstück für einen sich im Wachstum befindlichen Jungen an seinem ersten Schultag nach den großen Ferien. Ich nahm mir vor, Obst und andere frische Lebensmittel einzukaufen.

Nachdem Alexander mit Jamie im Landrover weggefahren war, verbrachte ich eine gute Stunde im Vordergarten, wo ich büschelweise Unkraut ausriss. Es war eine ziemliche Schufterei, und meine Hände waren erdverkrustet. Bald lag auf dem Rasen ein Haufen Unkraut, doch als ich einen Schritt zurücktrat, um mein Werk in Augenschein zu nehmen, wurde mir klar, dass ich bestenfalls an der Oberfläche gekratzt hatte – der Großteil der Arbeit lag noch vor mir. Der Garten war riesig, viel zu groß, um seiner ohne die Hilfe eines Gärtners Herr zu werden. Bestimmt hatte es früher einen Gärtner gegeben.

Erschöpft ging ich in die Küche und machte mir einen Becher schwarzen Kaffee und ein Käsesandwich. Ich aß meinen Imbiss draußen, während ich den Vögeln und Eichhörnchen zusah, die emsig Haselnüsse suchten und vergruben. Ihre huschenden Bewegungen faszinierten mich, die Art, wie sie sich auf den Hintern setzten und ruckartig mit ihren nussförmigen Äuglein hin und her schauten. Von Zeit zu Zeit jagten sie einander über den Rasen, einen Baum hinauf und durch die Baumwipfel, sodass kleine Zweige heruntersegelten. Ich fragte mich, ob auch das Eichhörnchen, das in der Falle gefangen gewesen war, unter ihnen war. Im Sonnenlicht erschien es mir plötzlich lächerlich, dass so etwas Kleines und Niedliches mich in Angst und Schrecken hatte versetzen können.

Den hinteren Teil des Gartens begrenzte ein Bach. Das Wasser zog Insekten und Enten an, und ich meinte auch, einen Eisvogel zu sehen. Der Garten war so schön und so lebendig, trotzdem war ich mir die ganze Zeit des Hauses hinter mir bewusst, mit seinen großen Fenstern, die mir das Gefühl vermittelten, sie würden mich beobachten. Im Grunde hätte ich glücklich sein sollen, schließlich hatte ich genau das, wonach ich mich in Manchester so gesehnt hatte – Frieden und Ruhe und Zeit für mich selbst. Doch stattdessen war ich unruhig und nervös.

Du bist nicht an das Landleben gewöhnt, das ist alles, versuchte ich mir einzureden.

Ich sah über die Schulter zurück auf Avalon. Es war einfach nur ein in Teilen unbewohntes altes Haus, und meine Aufgabe war es, mich darum zu kümmern. Wenn ich meine Fähigkeiten als Haushälterin unter Beweis stellen wollte, wurde es Zeit, endlich mit dem Saubermachen zu beginnen. Unter einem Berg zusammengeknüllter Einkaufstüten im Schrank unter der Spüle fand ich eine Flasche Bleichmittel und ein paar Scheuertücher. Ich steckte meinen iPod in die Hosentasche und die Ohrstöpsel in die Ohren und ging die Treppe hinauf, um in den oberen Räumen zu beginnen.

Als Erstes nahm ich mir Alexanders Schlafzimmer vor. Es war ein einziges Chaos. Überall lagen Kleidungsstücke und Handtücher herum, auf allen möglichen Abstellflächen standen benutzte Becher und Gläser verstreut, und der Teppich war mit leeren Flaschen übersät. Eine Reitgerte hing an einem der beiden Türgriffe des Kleiderschranks, am anderen eine schlammbespritzte schwarze Jacke. Neben dem Ankleidetisch türmte sich ein unordentlicher Stapel *Horse and Hound*. Im Spiegelrahmen steckten mehrere Fotos von Genevieves beiden Pferden. Ich nahm das T-Shirt, das Alexander an diesem Morgen getragen hatte, und schnupperte daran. Sein vertrauter Duft beruhigte mich. Ich zog es über meinen Pulli wie einen Talisman, dann sammelte ich die schmutzige Wäsche ein und legte sie im Flur auf einen Haufen, um sie später zum Waschen mit nach unten zu nehmen. Ich wusste nicht genau, was ich mit der schmutzigen Jacke machen sollte, wollte sie aber nicht dort hängen lassen, also legte ich sie ebenfalls auf den Wäscheberg. Ein einzelnes blondes Haar haftete am Kragen, das im Sonnenlicht golden glänzte.

Als das Zimmer endlich einigermaßen ordentlich aussah, hob sich auch meine Stimmung. Ich summte vor mich hin und fand sogar Gefallen an meiner Arbeit. Doch plötzlich hatte ich das Gefühl, als würde auf der anderen Seite des Zimmers jemand stehen und mich beobachten. Als ich hinsah, bemerkte ich eine zarte blonde Frau, die dort angstvoll kauerte und mir flehend die Hand entgegenstreckte. Ihre Lippen bewegten sich – und ich hörte sie sagen: »Hilf mir.«

»Genevieve?«, fragte ich flüsternd und zerrte die Stöpsel aus meinen Ohren, während ich mich langsam aufrichtete. Gleichzeitig stand auch die Frau auf, und da begriff ich, dass ich mein eigenes verzerrtes Spiegelbild anstarrte, in einem Spiegel, der schräg an der gegenüberliegenden Wand lehnte. Die ausgestreckte Hand war meine gewesen, als ich nach einer achtlos auf den Boden geworfenen Jeans gegriffen hatte. Die zarte Gestalt und das blonde Haar musste ich mir eingebildet haben, wahrscheinlich eine Täuschung im hereinfallenden Sonnenlicht. Und die Worte, die ich gehört zu haben meinte, musste ich wohl selbst unbewusst gesungen haben, ganz einfach. Einen Moment lang stand ich da und stierte auf mein Spiegelbild, erkannte mich jedoch nicht wieder; die Frau im Spiegel hatte keine Ähnlichkeit mit mir.

Mir war übel und ein wenig schwindelig.

Ich zog Alexanders T-Shirt aus und verließ rasch das Zimmer.

Um gar nicht erst Zeit zu haben, über das Erlebnis nachzudenken, drehte ich die Musik lauter und ging in Jamies Zimmer. Es war kleiner, aber genauso unordentlich wie das seines Vaters. Die Wandtapete zeigte einen Himmel mit Mond und Sternen, an denen Raumschiffe mit lächelnden grünen Aliens vorbeischwebten. Ein niedriges Kinderbett stand da sowie ein Schrank, aus dessen geöffneten Türen und Schubladen Kleidungsstücke hervorquollen. Außerdem gab es einen kleinen Schreibtisch mit Stuhl und einen Hamster in einem Käfig, der dringend gesäubert werden musste. Er stand auf einer kleinen Truhe neben dem Fenster. Ich füllte die Wasserflasche des Hamsters auf und machte mir im Geiste eine Notiz, beim nächsten Einkauf im Dorf Einstreu zu besorgen. Dann sammelte ich die herumliegende Wäsche ein, zog das Bett ab und legte alles neben den Wäscheberg im Flur.

Auf dem Flur entdeckte ich eine weitere Tür. Ich öffnete sie und betrat einen langen, schmalen Raum mit einem Fenster an der gegenüberliegenden Schmalseite. Es war ein begehbarer Kleiderschrank, voll mit Genevieves Kleidern.

Ich ließ meine Hände über die Stoffe gleiten. Sie fühlten sich wunderbar an, teuer und schön. Die Kleidungsstücke waren alle in Größe 34. Mit einem Mal kam ich mir groß und schwerfällig vor. Genevieves Turniersakkos, -mäntel und Blusen wurden von Plastikhüllen geschützt, sie kamen offensichtlich frisch aus der Reinigung. Es gab auch eine Reihe von Fuchsjagdsakkos, Breeches und Seidenstrümpfe in verschiedenen Farben. Auf Hochglanz polierte Stiefel und ein Sortiment Turnierhüte säumten fast den ganzen Boden. Ein kleinerer Teil des Kleiderschranks wurde von etwa einem Dutzend Abendkleidern und Designerhosenanzügen eingenommen. Darunter entdeckte ich ein Schuhregal. Ich nahm einen Schuh in die Hand, es war eine wunderschöne italienische Sandalette aus hellem Leder mit hohem Absatz und Schnürriemchen. Ich warf einen Blick auf die in der Sohle eingravierte Schuhgröße – Größe 36 –, auch sie viel zu klein für meine Füße.

Neben dem Fenster stand ein mannshoher Spiegel. Dieses Haus war voller Spiegel, dachte ich, voller Spiegel und Erinnerungen. Warum hatte Genevieve fast all ihre Kleider zurückgelassen? War sie Hals über Kopf aufgebrochen?

Ich erinnerte mich an den Tag, als ich für meine Sizilienreise gepackt hatte. Wie ich wahllos Sachen in meine Reisetasche gestopft hatte, als käme es nicht auf die Kleider an, sondern auf den Akt des Packens an sich. Vielleicht war es Genevieve ebenso ergangen. Ich fragte mich, ob auch Alexander hinter ihr gestanden, sie angefleht hatte, mit ihm zu reden, zu bleiben. Der Gedanke gefiel mir nicht. Lieber wollte ich ihn mir wütend und stolz vorstellen als kleinlaut und demütig.

Er hatte gesagt, er hätte sich damit abgefunden, dass sie wegging, dass ihre Ehe schon vor Monaten ein Scherbenhaufen gewesen sei. Aber warum waren sie dann im Bösen auseinandergegangen? Und warum schien er noch immer so verwirrt und so verloren?

Hör auf, dir den Kopf zu zerbrechen, ermahnte ich mich. Ihre Ehe und das, was zwischen ihnen vorgefallen war, ging mich nichts an.

Ich verließ den Raum, schloss die Tür leise hinter mir und machte mich daran, das Bad zu putzen. Ich brauchte Ewigkeiten, um dem angesammelten Schmutz zu Leibe zu rücken, aber als ich endlich fertig war, konnte ich stolz auf das Ergebnis sein. Die Fliesen und Armaturen glänzten um die Wette, und es roch frisch nach Seife und Zitrone. Gerade als ich hinausgehen wollte, fiel mein Blick auf den kleinen Medizinschrank neben dem Fenster. Ich öffnete ihn und fand eine Reihe alter Pillengläser, Rasierer und diverse Hotelpröbchen. Alles, was mir abgelaufen schien, warf ich in den Papierkorb.

Halb verborgen hinter anderen Sachen fand ich ein dunkelblaues Seidenschminktäschchen. Ich griff danach und öffnete es. Es enthielt einen Lippenstifttiegel ohne Deckel, eine Pinzette und zwei Tablettenschachteln. Ich wusste, was es war. Ehe Laurie und ich beschlossen hatten, ein Kind zu bekommen, hatte ich ebenfalls meine Pillenpackungen in meiner Kosmetiktasche aufbewahrt. Ich fischte eine der rechteckigen Durchdrückfolien aus der Schachtel. Ungefähr die Hälfte der Pillen war aufgebraucht.

Ich fragte mich, warum Genevieve ihre Antibabypillen zurückgelassen hatte. War das nicht eines der Dinge, die eine Frau auf jeden Fall mitnahm, wenn sie auf Reisen ging?

FÜNFZEHN

Kurz nach halb fünf fuhr ein klappriger Volvo die Auffahrt herauf. Jamie und zwei schlaksige, identisch aussehende Mädchen in graubrauner Schuluniform stiegen aus. Als sie mich am Tor stehen sahen, hielten sie inne und steckten flüsternd die Köpfe zusammen. Die Mädchen waren vielleicht neun.

Eine große Frau mit langen braunen, grau melierten Haaren kletterte vom Fahrersitz und öffnete den Kofferraum, um zwei hechelnde Labradore herauszulassen. Dann kam sie auf mich zu, die Hunde vor ihr her, die beiden Mädchen und Jamie hinterdrein. Der jüngere und größere Hund rannte auf mich zu und sprang mit solcher Wucht an mir hoch, dass er mich beinahe umgestoßen hätte. Er war ein richtiges Muskelpaket und musste mindestens so viel wiegen wie ich.

»Blue, lass das!«, schrie die Frau. Der Hund hörte nicht auf sie und versuchte stattdessen, mein Gesicht abzuschlecken. Ich schob ihn weg, doch er sprang abermals an mir hoch, und als ich ihn wohl das dritte oder vierte Mal weggestoßen hatte, umkreiste er mich schwänzelnd.

Der ältere Hund war übergewichtig. Wie sein Frauchen. Ihr Haar wurde von Spangen zurückgehalten, und sie trug Jesussandalen an ihren schmutzigen großen Füßen. Ihr unförmiges Kleid reichte ihr bis zu den Knöcheln. Schnaufend kam sie am Tor an und lächelte. Ich begrüßte Jamie, der mit finsterer Miene an mir vorbeiging.

»Jamie ...«, rief ich.

»Leck mich!«

Er rannte quer durch den Garten, und die gertenschlanken Zwillinge, schockiert und beeindruckt zugleich, folgten ihm anmutig. Ich bemühte mich, es mir nicht zu Herzen zu nehmen oder es mir zumindest nicht anmerken zu lassen.

Die Frau schüttelte den Kopf und streckte mir ihre Hand entgegen. Ihr Lächeln war ehrlich und warmherzig.

»Ich bin Claudia«, sagte sie. »Genevieves Halbschwester. Hallo.«

»Und ich bin Sarah. Alexanders Haushälterin.«

»Oh, das weiß ich. Hat sich bereits im Dorf herumgesprochen.«

»Aber ich bin doch erst seit ein paar Tagen hier.«

»Die Buschtrommeln schlafen nie.«

Aus dem Augenwinkel nahm ich eine Bewegung hinten im Garten wahr. Jamie warf Steine in den Bach, woraufhin ein paar Enten quakend davonflatterten. Die Zwillinge kreischten.

»Warum macht er das?«, sagte ich. »Er darf den Enten keine Steine nachwerfen.«

»Er gibt nur an«, sagte Claudia. »Vor Ihnen. Am besten, Sie beachten ihn gar nicht.«

»Ich komme noch nicht besonders gut mit ihm zurecht.«

Claudia tätschelte meinen Arm. »Er wird sich bestimmt an Sie gewöhnen. Sie brauchen einfach nur Geduld, das ist alles.«

»Ja, wahrscheinlich.«

Einen Moment lang standen wir da und schauten den Kindern zu. Jamie hatte Schuhe und Socken ausgezogen und forderte die Mädchen auf, es ihm gleichzutun. Der junge Hund hüpfte um sie herum, konnte es kaum erwarten, dass sie endlich die Stöcke warfen, die sie eingesammelt hatten.

»Wie heißen sie?«

»Die Hunde oder die Zwillinge?«

Ich lachte. »Die Zwillinge.«

»Petra und Allegra. Und die Hunde heißen Bonnie und

Blue. Bonnie stammt aus dem Tierheim und ist eine Sie. Blue dagegen hat einen astreinen Stammbaum, er kommt aus einer hiesigen Zucht, hat uns sechshundert Riesen gekostet und ist außer Rand und Band. Der Briefträger hat uns mit einer Schadensersatzforderung gedroht, wenn er ihn noch mal vom Fahrrad stößt, und nachdem Blue eine Schäferhündin gedeckt hat, sind wir aus der Hundeschule herausgeflogen. Sie haben doch bestimmt nichts dagegen, wenn ich Wasser für einen Tee aufsetze, ich bin völlig ausgelaugt.«

»Oh, wie unaufmerksam von mir.«

Wir gingen in die Küche, wo ich für Bonnie eine Schüssel mit Wasser füllte, während Claudia Tee kochte.

»Haben Sie sich schon ein bisschen eingelebt?«

»So halbwegs, danke.«

»Das Haus ist ein ziemlicher Albtraum, nicht wahr? Immer scheint etwas undicht oder kaputt zu sein, hat Genevieve gesagt. Nicht, dass ich Sie erschrecken will oder so was in der Art.«

»Ich werde mich schon dran gewöhnen. Am Wochenende sind wir an Ihrem Haus vorbeigefahren, der umgebauten Scheune. Es ist sehr schön.«

»Ja, das ist es. Wir wissen unser Glück zu schätzen.«

Sie lehnte sich mit dem Hintern an den Küchentisch und lächelte mich an. Bonnie lag auf dem Boden und warf ihr schmachtende Blicke zu.

»Ich habe gehört, Sie haben meinen Vater und meine böse Stiefmutter kennengelernt.«

»Kann man eigentlich in dieser Gegend etwas machen, ohne dass es jemand mitbekommt?«

Sie schüttelte den Kopf. »Nein, rein gar nichts. Hat Virginia Ihnen arg zugesetzt?«

»Na ja, ein bisschen schon. Sie glaubt, ich hätte nicht die nötige Qualifikation, um mich um Jamie zu kümmern.«

»Das hat sie gesagt, weil Sie ihre Pläne durchkreuzt haben.«

»Ach so?«

»Ja, sie wollte nämlich Jamie nach Elenora House holen, bis Genevieve zurückkommt.«

»Das wusste ich nicht.«

»Sie möchte immer die Kontrolle haben, unsere liebe Virginia. Alexander hatte natürlich Probleme, alles allein zu schaffen, und da hat Virginia sich nach Kräften bemüht, ihm Jamie wegzunehmen. Ursprünglich war geplant, dass Jamie nach den großen Ferien zu ihr kommt, jedenfalls während der Woche, sodass sich Virginia nach der Schule hätte um ihn kümmern können. Als Alexander dann aus Sizilien zurückgekehrt ist und ihr gesagt hat, er habe jemanden gefunden, der ihm hilft, war sie ziemlich eingeschnappt.«

Ihre Worte schockierten mich, auch wenn ich mich bemühte, es mir nicht anmerken zu lassen. Das warf ein völlig neues Licht auf das, was zwischen Alexander und mir passiert war. Er hatte also unter Druck gestanden, musste dringend jemanden finden. Hätte er auch irgendeine andere genommen? Hatte er einfach nach einer verfügbaren, leicht zu beeinflussenden Frau Ausschau gehalten, die kurzfristig bereit war, diese Rolle zu übernehmen?

»Zweifelt Virginia an meinen Motiven?«, fragte ich betont fröhlich.

»Natürlich. Wobei Alexander uns Stein und Bein geschworen hat, dass Ihre Beziehung rein geschäftlicher Natur ist. Sie hat mir erzählt, dass Sie ihr ausweichend geantwortet hätten, als Sie sie auf den Kopf zu fragte, ob Sie auch wirklich nichts mit Alexander hätten, doch ich nehme an, dass es Ihnen peinlich war.«

»Ja, natürlich.«

»Aber es stimmt doch, nicht wahr? Ich meine, dass zwischen Ihnen und Alexander nichts läuft?«

»Ja«, erwiderte ich so überzeugend wie möglich. »Zwischen uns ist nichts. Er denkt immerzu nur an Genevieve. Redet die ganze Zeit von ihr.«

Kaum hatte ich die Worte laut ausgesprochen, wurde mir bewusst, dass sie tatsächlich der Wahrheit entsprachen. Plötzlich überkam mich ein Anflug von Heimweh. Ich sehnte mich danach, mit May zu sprechen. Ich wollte wieder unter den Menschen sein, die mich liebten. Seit meiner Ankunft in Somerset hatte ich erst einmal kurz mit meiner Familie telefoniert. Ich hatte ihnen alles in den hellsten Farben geschildert, erzählt, wie toll es hier sei und wie viel besser es mir gehe. Nun wurde mir klar, wie selbstsüchtig ich war und wie verletzend meine Worte in den Ohren der Menschen geklungen haben mussten, die alles getan hatten, um mir zu helfen.

Claudia schien mein plötzliches Unbehagen nicht zu bemerken. Sie lächelte, offensichtlich hatte meine Antwort sie zufriedengestellt.

»Nun, dann ist ja alles in bester Ordnung. Virginia hat keinen Grund, sich Sorgen zu machen. Sie sieht immer nur das Schlechte in den Menschen. Dabei sollte sie Ihnen dankbar sein, dass Sie der Familie in dieser Krise beistehen.«

Ich kraulte Bonnies mächtigen Schädel. »Kommen Sie gut mir ihr aus, Claudia?«

»Mit Virginia? So lala. Im Grunde hat sie das Herz am rechten Fleck, würde ich mal sagen. Hat Alexander Ihnen die Geschichte zwischen Genevieve und mir erzählt?«

»Nein.«

»Dann hören Sie sie eben von mir«, sagte sie in nüchternem Ton, während sie Tee in die Teekanne gab. »Denn wenn ich es nicht tue, macht es jemand anders, und wer immer es ist, wird sie noch ein wenig ausschmücken.«

»Ach so?«

Sie seufzte. »Virginia ist die zweite Frau meines Vaters. Ich war zwölf, als sie plötzlich in unser Leben platzte – mein Vater und sie lernten sich bei einem Fuchsjagdball kennen, wenn ich mich richtig entsinne, und er verliebte sich Hals über Kopf in sie. Man kann es ihm nicht verübeln. Mutter war wie ich. Übergewichtig, weder eine Schönheit noch besonders klug, während Virginia … nun, das genaue Gegenteil davon war.«

Ich wusste nicht, was ich angesichts ihrer Unverblümtheit sagen sollte.

»Langer Rede kurzer Sinn, mein Vater hat sich von meiner Mutter scheiden lassen und Virginia geheiratet, woraufhin es für meinen Bruder und mich nicht zum Besten stand. Wir beide, Virginia und ich, bemühen uns um einen einigermaßen zivilisierten Umgang, aber die besten Freundinnen sind wir nicht.«

»Ich wusste nicht einmal, dass Sie einen Bruder haben«, sagte ich.

»Spielt auch keine Rolle. Er will nichts mehr mit uns zu tun haben.«

Ich wartete, dass sie fortfuhr, aber sie sagte nichts mehr. Sie rieb sich mit den Fingerknöcheln die Nasenwurzel.

»Und was ist mit Ihrer Mutter? Wohnt sie noch in Burrington Stoke?«

»Nein, sie ist schon lange tot.«

Sie setzte den Deckel auf die Teekanne, und ein anderer Ausdruck trat in ihre Augen. Lächelnd blickte sie durch die Tür in den Garten.

»Dafür habe ich eine Schwester bekommen«, sagte sie. Auch ihr Ton hatte sich verändert, ihre Stimme klang sanfter, war leiser geworden. »Genevieve war meine Entschädigung dafür, dass ich mich mit Virginia als Stiefmutter abfinden musste.«

Sie fächelte sich mit dem örtlichen Gemeindeblatt Luft zu. Ihr teigiges Gesicht war mit Schweißperlen überzogen.

»Wir stehen uns sehr nahe.«

»Das freut mich.« Ich dachte an meine Schwester. Sobald Claudia sich verabschiedet hatte, würde ich sie anrufen. Ihr sagen, wie sehr ich sie schätzte.

»Wissen Sie, wo Genevieve jetzt ist?«, fragte ich behutsam.

Claudia schüttelte den Kopf.

»Das tut mir leid. Sie müssen sich furchtbare Sorgen machen.«

Claudia zuckte die Schultern. Dann nahm sie dic Keksschachtel, die ich auf den Tisch gelegt hatte, und entfernte die Folie.

»Es ist so ...«, Claudia seufzte und fischte ein Plätzchen aus der Packung, »Genny war schon immer ein impulsiver Mensch, der nach dem Motto ›erst handeln, dann denken‹ gelebt hat. Schon als kleines Mädchen war sie ungestüm und leidenschaftlich, und ich hoffe nur ... Oh, ich hoffe, sie steckt nicht in irgendwelchen Schwierigkeiten.«

Die zurückgelassene oder vergessene Pillenpackung kam mir wieder in den Sinn. Und das Bild im Spiegel. Ich schauderte und wandte den Blick ab.

»Rede ich zu viel?«, fragte Claudia. »Sie wundern sich vielleicht, wo Sie hier gelandet sind, für was für Leute Sie arbeiten!«

»Ach was. Wie auch immer, ich bin sicher, dass es Genevieve gut geht«, sagte ich und versuchte, so zuversichtlich wie möglich zu klingen. »Wenn sie ein Mensch ist, der aus dem Bauch heraus handelt, dann ...«

»Aber sie ist noch nie einfach so verschwunden. Nun, mit einer Ausnahme ... Als sie an der Universität war, ist sie mal ein bisschen auf Abwege geraten, aber nicht lange, außerdem ist das in dem Alter nichts Außergewöhnliches, nicht wahr? Virginia hielt immer ihre Hand über sie, also war es nicht weiter verwunderlich, dass Genevieve über die Stränge schlug, sobald sie die Gelegenheit dazu hatte.«

Ich nickte.

»Deshalb waren Daddy und ich so froh, als sie sich mit Alexander einließ. Er wirkte beruhigend auf sie, hatte einen positiven Einfluss. Natürlich fand Virginia, dass er nicht gut genug für sie sei, aber mein Vater hat ihn von Anfang an gemocht. Und dann wurde Jamie geboren, und alles schien perfekt!«

Ich lächelte, so gut ich es vermochte.

Claudia steckte sich den Rest des angebissenen Plätzchens in den Mund.

Einen Moment lang schwiegen wir beide. Dann sagte sie: »Es ist immer das Gleiche, irgendwie scheine ich bei jedem Gespräch unweigerlich bei Genevieve zu landen. Es ist so ein schöner Tag. Wir werden nicht mehr viele davon haben in diesem Jahr. Warum nehmen wir unseren Tee nicht mit nach draußen?«

Claudia und ich breiteten im Garten eine Decke auf dem Rasen aus und setzten uns darauf. Ich nippte an meinem Tee und atmete den von ihr ausgestoßenen Zigarettenrauch ein, während die Kinder spielten. Claudia plauderte über das Dorf und ihre Kindheit in Elenora House, wo das Leben von Pferdeturnieren, Prüfungen, Wettkämpfen und gesellschaftlichen Ereignissen bestimmt wurde – Bällen, Wohltätigkeitsdinners, Geburtstagspartys. Es war eine ganz andere Welt als die, die ich kannte, und ich genoss Claudias Geschichten und Anekdoten, ohne dass ich sie beneidet hätte. Es war nicht nur so, dass sie und ihr Bruder mir leidtaten. Ich stellte mir vor, wie schwer es ist, in einer Familie groß zu werden, in der alles so durchorganisiert und verplant ist. Gewiss hatten sie keinen Freiraum gehabt, die Möglichkeit, mal auszubrechen, geschweige denn, dass irgendeine Art von Rebellion geduldet worden wäre. Kein Wunder, dass Genevieve das Gefühl gehabt hatte zu ersticken.

Später, als Claudia mit den Zwillingen und den Hunden wieder abgefahren war und Jamie drinnen fernsah, sammelte ich unsere Tassen ein und schüttete den Teesatz über die Mauer, die den Vordergarten vom Obstgarten trennte.

Dabei scheuchte ich eine Krähe auf. Sie flog träge davon. Ich bemerkte, dass ihr gebogener Schnabel blutig war, und blickte an der Mauer auf der anderen Seite hinunter. Die Krähe hatte ein silbrig-braunes Häufchen zurückgelassen, einen blutverschmierten Pelz und einen kleinen Schädel – die Überreste eines Eichhörnchens. Der Schädel war zertrümmert worden.

Die Krähe konnte das nicht getan haben. Ich blieb mit dem Ärmel meiner Strickweste an der Mauerkrone hängen, und während ich sie davon löste, warf ich abermals einen Blick nach unten. Und wünschte, ich hätte es nicht getan.

Ein Blutfleck befand sich auf der rauen Oberfläche der Steinmauer, und es klebten ein Büschel silbriger Haare und Knochensplitter daran. An der Mauer lehnte der Stiel eines Hammers.

Ich ließ die beiden Tassen fallen und wich zurück.

Alexander hatte das Eichhörnchen getötet.

Eine andere Erklärung gab es nicht.

SECHZEHN

Etwas später schneite der Eichhörnchenmörder herein. Er hatte das Oberteil seines Arbeitsoveralls nach unten gestreift und die Ärmel um die Taille gebunden. Als Erstes ging er zum Spülbecken und wusch sich die Hände, dann drehte er sich lächelnd zu mir um. Ich war dabei, die schmutzige Wäsche zu sortieren, die ich am Morgen eingesammelt hatte.

»Hallo«, sagte er. »Hier riecht es aber gut.«

»Lasagne.«

»Du kannst dir gar nicht vorstellen, was für ein schönes Gefühl es ist, nach Hause zu kommen, und es duftet nach warmem Essen!«

»Es ist ja nichts Besonderes«, sagte ich.

Er warf mir einen forschenden Blick zu, aber ich verbarg mein Gesicht vor ihm.

»Wir war dein erster Arbeitstag?«

Ich glättete ein Handtuch und faltete es zusammen. »In Ordnung.«

»Irgendwelche Probleme mit Ihrer Ladyschaft?«

»Mit Virginia? Nein. Aber Claudia war hier, und wir haben uns eine Zeit lang unterhalten, als sie Jamie von der Schule zurückgebracht hat. Sie ist sehr nett.«

»Ja, das ist sie.«

»Sie hat mir ein bisschen von ihrer Familie erzählt.«

»Hat sie auch von Damian erzählt, der den Mond anheult?«

»Damian?«

»Ihr Bruder.«

»Oh ... Nein, sie hat gesagt ... Nun, eigentlich hat sie kaum etwas über ihn gesagt. Dafür hat sie mir erzählt, wie sehr ihr Vater und sie dich mögen.«

Alexander wandte mir den Rücken zu, sodass ich sein Gesicht nicht sehen konnte. Er gab ein unverbindliches Brummen von sich.

»Sie wollte auch wissen, ob zwischen uns etwas läuft. Und ich habe es verneint.«

Er zog einen Stuhl heran und setzte sich.

»Danke. Es ist am besten so. Auch wenn Claudia und Virginia einander nicht mögen. Dagegen steht Claudia Genevieve sehr nahe.«

Mir fiel auf, dass wir uns noch keine zwei Minuten unterhielten und schon wieder der Name Genevieve gefallen war. Ich schnappte mir einen Kissenbezug.

Alexander band die Schnürsenkel seiner Stiefel auf, und als er sie von den Füßen streifte, konnte ich die dampfende Wolle seiner Socken riechen. Ich fand das liebenswert. Hätte ich ihn besser gekannt und nichts von dem Eichhörnchen gewusst, wäre ich bestimmt zu ihm gegangen, hätte mich hinter ihn gestellt und ihm die Schultern massiert. Aber so wie die Dinge lagen, hatte sich mein Herz ein wenig verhärtet.

»Hey«, sagte er, »alles in Ordnung mit dir?«

»Ja.«

Dann sagte ich: »Das heißt nein, es ist nicht alles in Ordnung. Hast du heute Morgen das Eichhörnchen getötet, das in der Falle gefangen war?«

»Ja«, antwortete er nüchtern.

»Warum? Warum hast du es nicht freigelassen?«

»Weil es schnurstracks wieder unters Dach geklettert wäre. Dann wäre es sinnlos gewesen, es überhaupt zu fangen.«

»Du hättest es woanders hinbringen und es dort freilassen können.«

»Das kann man nicht machen. Eichhörnchen verteidigen ihre Reviere. Sie bekämpfen Eindringlinge, außerdem können sie Krankheiten einschleppen. Es wäre grausam, sie irgendwo anders auszusetzen.«

»Grausamer, als ihm mit einem Hammer den Schädel zu zertrümmern?«

Er streckte die Hand aus, nahm meine und drückte sie. Ich blickte auf unsere Hände hinab. Es sah irgendwie falsch aus, als gehörte meine nicht in seine.

»So ist das Leben auf dem Land«, erklärte er. »Es gibt gewisse Dinge, die man tun muss. Es ist jedenfalls weniger grausam als sie zu vergiften.«

»Es ist abscheulich.«

Ich zog meine Hand zurück.

»Du bist ein Stadtkind. In deiner Vorstellung sind Eichhörnchen diese flauschigen Tierchen, wie sie in den Beatrix-Potter-Büchern vorkommen und …«

»Sei nicht so herablassend zu mir, Alexander.«

»Tut mir leid. Aber so ist es nun mal. Eichhörnchen sind Schädlinge. Das wirkliche Leben hat mit romantischen Kinderbüchern nichts zu tun.«

Seine Stimme klang jetzt ein wenig verärgert. Ich kannte ihn nicht gut genug, um zu wissen, wie weit ich gehen konnte. Ich drehte das Gesicht weg, damit er die Röte darin nicht sah, und ergriff die Gurke, die neben dem gewaschenen Salat lag, nahm ein scharfes Messer zur Hand und begann sie zu schälen.

»Das ist doch albern«, sagte er in versöhnlicherem Ton. »Lass uns über so was doch nicht streiten.«

Ich nickte, sagte jedoch nichts.

»Wenn es dir so zusetzt, werde ich einen anderen Weg finden, um die Eichhörnchen loszuwerden.«

»Danke, das wäre gut.«

Während ich das Abendessen zubereitete, nahm Alexander gemeinsam mit Jamie eine Dusche. Dann aßen wir drei an dem großen, dunklen Holztisch im Esszimmer zu Abend. Ich hatte den Raum nur einmal kurz durchgewischt, doch angesichts des vielen Staubs war ich mir sicher, dass er seit Monaten nicht benutzt worden war. Stapel von Papier, Reitzubehör und anderes Zeug lagen auf Stühlen und sämtlichen Ablageflächen verteilt. Das riesige Gemälde mit den zwei grasenden Pferden, das die eine Wand beherrschte, war mit einer gräulichen Staubschicht bedeckt. Genevieve musste schon geraume Zeit vor ihrem Weggang den Haushalt vernachlässigt haben. Oder aber sie hatte überhaupt nie geputzt. Warum hätte sie ihre Zeit mit Staubwischen und Staubsaugen verbringen sollen, wenn sie stattdessen in der herrlichen Umgebung reiten und sich den Wind um die Ohren wehen lassen konnte?

Ich aß langsam und beobachtete dabei verstohlen Jamie. Er war nicht mehr so missmutig wie tagsüber, sondern zappelte aufgeregt auf seinem Stuhl herum. Als ich sah, wie begeistert er auf Alexanders zärtliches Necken einging, verbesserte sich auch meine Stimmung ein wenig. Der blaue Teddybär saß neben Jamies Teller auf dem Tisch. Ich war erleichtert, den Jungen so lebendig und übermütig zu sehen, wie ein Kind seines Alters eben sein sollte.

Alexander hatte die gelben Wachskerzen entzündet, die auf dem breiten Kaminsims standen; es war ein mächtiger Kamin, der sich beinahe über die gesamte Länge der Wand zog. Auf dem Tisch standen Teelichter und eine weitere Kerze, die in einer leeren Weinflasche steckte und mich an unser erstes gemeinsames Abendessen auf Sizilien erinnerte. Während ich dem neckenden Geplauder von Vater und Sohn lauschte, vergaß ich nach einer Weile sogar fast das Eichhörnchen. Und Genevieve auch. Fast. Doch irgendwie war sie immer da, im flackernden Kerzenschein, im Muster der Vorhänge und des Läufers, sie kauerte hinter dem Bücherstapel, der im Kerzenlicht merkwürdige Schatten warf. Kurz spürte ich einen Luftzug auf dem Gesicht und war für den Bruchteil einer Sekunde überzeugt, dass Genevieve zurückgekehrt sei, aber das war natürlich Unsinn; ein Windstoß hatte die Tür ins Schloss fallen lassen.

Während die Kerzen herunterbrannten, wurde es draußen dämmrig und dann dunkel. Alexander zog die Vorhänge zu. Jamies Geplapper verebbte allmählich. Alexander wischte seinen Teller mit einem Stück Brot ab und schob es in den Mund. Danach trank er einen Schluck Bier. Ich versuchte, mich zu entspannen, aber meine Beklommenheit hielt sich hartnäckig. Mir war, als hätten die Wände Augen; ich hörte Geflüster. Es sagte mir, dass ich nicht nach Avalon gehörte, dass Alexander recht habe, ich sei kein Landmensch, dass es am besten wäre, wenn ich dorthin zurückkehrte, wo ich herkam.

Sei nicht albern, sagte ich mir; ich hatte Heimweh, das war alles. Es brauchte eben seine Zeit, bis ich mich eingewöhnt hätte. Ich wünschte, ich hätte gewusst, woran ich mit Alexander war. Ich hatte mich nicht wohl dabei gefühlt, als ich Claudia angelogen hatte. Doch war es überhaupt eine Lüge gewesen? Vielleicht war ja gar nichts zwischen Alexander und mir.

Das Beste, dachte ich, wäre es, wenn Genevieve eine Ansichtskarte aus einem weit entfernten Land schicken würde, auf der stand, dass es ihr prächtig ging. Dann würde niemand mehr etwas dagegen haben, wenn Alexander und ich eine Beziehung hätten, im Gegenteil, sie würden sich womöglich für uns freuen und sagen: So ist es für alle das Beste.

Ich stapelte die Teller aufeinander und trug sie in die Küche. Im Kühlschrank stand der Kirschkäsekuchen, den ich zuvor gebacken hatte. Die roten Früchte und der Tortenguss glänzten. Ich bemühte mich, die Assoziation zu vertreiben, die die rote Farbe und Konsistenz im spärlichen Licht bei mir hervorriefen. Es sah aus wie geronnenes Blut.

Ich nahm den Kuchen heraus und schnitt drei Stücke ab. Plötzlich sah ich durch das Küchenfenster Scheinwerferlicht die Auffahrt heraufkommen. Die Reifen verursachten ein knirschendes Geräusch auf dem Kies. Zuerst dachte ich, es sei Claudia – vielleicht hatte sie etwas vergessen –, doch als die Beifahrertür aufging, hörte ich Stimmen, die über Funk sprachen. Dieses Geräusch hatte ich schon mal gehört. Es war die Polizei.

SIEBZEHN

Ehe ich zum Eingang eilte, warnte ich Alexander vor und wusch mir rasch die Hände. Dann warf ich einen flüchtigen Blick auf mein Spiegelbild im Fenster und öffnete, ein Geschirrtuch in der Hand, die Tür.

Es waren zwei Polizisten, ein Mann und eine Frau. Sie entschuldigten sich höflich für die Störung. Als sie eintraten, brachten sie eine Wolke frischer, feuchter Luft mit. Ich schauderte. Der Mann war in Zivil, die Frau hielt wie ein Schulmädchen ihre schwarze Uniformmütze in den Händen. Bestimmt hatte sie meinen besorgten Ausdruck bemerkt, denn sie war sehr freundlich und versicherte mir, dass alles in Ordnung sei und sie nicht mit schlechten Nachrichten kämen; sie müssten nur kurz unter vier Augen mit Alexander reden.

Jamie war fasziniert von den Polizisten. Er stellte sich barfuß vor sie hin und starrte sie ehrfürchtig an.

»Hast du eine Pistole?«, fragte er die Frau.

Sie lachte. »Nein! Aber ich habe Handschellen.«

»Handschellen!«, flüsterte er. »Kann ich sie mir ansehen?«

»Ja, aber ich schlage dir noch was Besseres vor. Wenn du ein braver Junge bist und uns kurz allein mit deinem Vater sprechen lässt, darfst du nachher das Blaulicht an unserem Wagen einschalten.«

»Das Polizeilicht?«

»Ja.«

Ein derart verlockendes Angebot konnte Jamie natürlich nicht ausschlagen. Er blieb lammfromm bei mir in der Küche, während Alexander mit aschfahlem Gesicht und einer frischen Bierflasche in der Hand die beiden Beamten ins

Esszimmer führte und die Tür hinter sich schloss. Während Jamie munter weiterplapperte, räumte ich die Küche auf und hörte Jamie nur mit halbem Ohr zu. Er erzählte mir, wie er neulich im Fernsehen einen Polizeieinsatz gesehen habe. Eigentlich hätte ich mich freuen sollen, dass er endlich mit mir redete, trotzdem wünschte ich mir, er wäre still, sodass ich hören konnte, was jenseits der Tür gesprochen wurde. Bestimmt ging es um Genevieve. Worum sonst?

Ich schenkte mir ein Glas Wein ein, dann ging ich mit Jamie in den Garten, um die Sterne zu betrachten.

Es war stockdunkel, wie überall in ländlichen Gegenden, aber ich kannte bereits die Umrisse des Gartens, wusste, welcher Baum wo stand, wie die Mauern verliefen und an welchen Stellen des zugewachsenen Küchengartens Salbei-, Minze- und Rosmarinbüsche ungehindert wucherten. Ich nippte an meinem Wein und zeigte Jamie die wenigen Sternbilder, die ich kannte. Seine Mutter hatte ihm erzählt, Sterne seien Wünsche. In seiner Stimme schwangen zwar Zweifel mit, ob das wirklich stimmte, aber ich wollte sie nicht auch noch bestärken.

Die Polizisten unterhielten sich fast eine Stunde lang mit Alexander. Als wir hörten, wie die Wohnzimmertür aufging, und ihre Stimmen vernahmen, kehrten Jamie und ich in die Küche zurück. Er kauerte sich auf den Boden in der Nähe des Herds, ich schaltete den Wasserkessel ein, aber mein Angebot, Tee oder Kaffee zu machen, wurde ausgeschlagen. Der Polizist schüttelte Alexander die Hand und dankte ihm, dass er sich Zeit für sie genommen hatte. Alexander sah blass und hundeelend aus. Die Beamtin lächelte mir zu und fingerte an dem Funkgerät an ihrer Schulter herum. Sie hielt Wort und nahm Jamie mit nach draußen, um ihn das Polizeilicht einschalten zu lassen. Es verwandelte das Grundstück in einen hell erleuchteten Festplatz. Aus unerfindlichem Grund kam es mir obszön vor, wie der blau-weiße Lichtstrahl jeden privaten Winkel und jede

Ecke ausleuchtete. Doch Jamie hatte seine helle Freude. Er war zutiefst beeindruckt. Ich freute mich mit ihm, während Alexander nicht einmal in den Garten kam, um seinem Sohn zuzuschauen.

Nachdem die Polizisten weggefahren waren, wurde Jamie plötzlich wieder einsilbig und verschlossen. Er steckte den Daumen in den Mund und drückte sich an seinen Vater. Alexanders Miene war wie versteinert. Er schien von dem Kind kaum Notiz zu nehmen.

»Sind sie gekommen, um über Mami zu reden?«, fragte Jamie, ohne den Daumen aus dem Mund zu nehmen.

»Ja.«

»Ist sie in Schwierigkeiten?«

»Nein, Jamie. Niemand ist in Schwierigkeiten. Noch nicht.«

Nachdem Alexander Jamie ins Bett gebracht hatte, kam er barfuß zurück ins Wohnzimmer. Das Hemd hing ihm aus der zu weit gewordenen Jeans, und in Nierenhöhe prangte ein Blutfleck auf dem Stoff – wahrscheinlich hatte er wieder an seiner Narbe gekratzt. Seine Bartstoppeln muteten wie Bleistiftstriche auf seiner blassen Haut an.

»Jamie konnte nicht gleich einschlafen«, sagte er. »Er war völlig aufgedreht.«

»Es war ein aufregender Abend für ihn.«

»Wir haben vier Mal den *Grüffelo* gelesen.«

»Ach ja?«

»Aber es gab auch schon Abende, da haben wir es auf ein Dutzend gebracht, nachdem …«

»Nachdem Genevieve weggegangen ist?«

»Hm.«

Ich stand auf und folgte ihm in die Küche.

Er nahm eine Wodkaflasche aus einem Schrank, füllte zwei kleine Gläser bis zur Hälfte und gab Eiswürfel hinein. Dann setzte er sich auf einen Stuhl an den Tisch.

Ich nahm auf der Bank Platz, wo ich das Plaid um die Schultern schlang, das dort lag. Ich nippte an meinem Drink und genoss das Gefühl, wie der Alkohol in meinen Blutkreislauf strömte.

»Nur zu«, sagte er. »Frag endlich.«

»Es geht mich nichts an.«

»Jetzt schon. Jetzt geht es dich sehr wohl was an.«

»Dann erzähl mir, warum sie da waren. Was wollten sie?«

Durch die offene Wohnzimmertür konnte ich Genevieves Porträt über dem Bücherschrank sehen. Ich spürte, wie ihre Augen mich beobachteten, mich anlächelten. Ein Schauer lief mir den Rücken hinab.

Alexander ließ das Eis in seinem Glas kreisen.

»Sie sind gekommen, weil Virginia Genny als vermisst gemeldet hat. Als ›vermisste Person‹ also.«

»Warum hat sie das getan?«

»Sie droht schon seit Wochen damit.«

»Aber warum ausgerechnet jetzt?«

Er sah mich an und hob sein Glas.

»Weil ich hier bin?«

»Sie vermutet, dass du meine Geliebte bist.« Er ließ ein prustendes Lachen vernehmen. »Geliebte, dieses Wort hat die Polizei gebraucht. Aber ich wette, sie hat ein anderes benutzt.«

»Oh.«

Alexander stellte sein Glas auf den Tisch und ließ den Kopf hängen.

»Virginia hat erzählt, ich hätte Genevieve loswerden wollen, um mit dir zusammen zu sein. Sie weiß, dass ich mir kein qualifiziertes Kindermädchen leisten kann, und glaubt daher nicht, dass du bereit gewesen wärst, hierherzukommen, wenn zwischen uns nicht schon etwas gelaufen wäre.«

Ich starrte in mein Glas. »Was hat die Polizei gesagt?«

»Sie haben vor allem Fragen gestellt. Ich habe ihnen die Wahrheit gesagt, dass du von Manchester weg wolltest und ich jemanden brauchte, der sich um Jamie kümmert, und dass du dafür Kost und Logis und das bisschen Lohn bekommst, das ich dir geben kann. Sie fragten, ob wir getrennte Schlafzimmer hätten.«

Ich fröstelte.

»Musstest du sie in den oberen Stock führen?«

Er schüttelte den Kopf.

»Wollen sie auch mit mir reden?«

»Im Moment nicht.«

Ich nahm einen Schluck von meinem Drink. »Hast du ihnen Genevieves Abschiedsbrief gezeigt?«

»Nein.«

Ich wartete, dass er mir erklärte, warum er ihnen nicht den unwiderlegbaren Beweis dafür vorgelegt hatte, dass Genevieve aus eigenen Stücken gegangen war, doch er schwieg. Aus dem Augenwinkel nahm ich eine Bewegung wahr; vielleicht die Katze, die wiedergekommen war, oder aber ein Luftzug, der den Vorhang bewegt hatte. Ich schlang die Arme um meinen Oberkörper.

»Warum hast du ihnen den Brief nicht gezeigt?«

»Ich habe ihn nicht mehr.«

Wieder eine Bewegung am Rande meines Gesichtsfelds, die mich ablenkte.

»Wo ist er denn?«

»Ich habe ihn verbrannt.«

»Du hast ihn *verbrannt*?«

Einen Moment lang starrte ich ihn ungläubig an, bis ich begriff, dass er möglicherweise den einzigen Beweis zerstört hatte, der seine Version von Genevieves Verschwinden stützte. Aber warum sollte er einen Beweis brauchen? Schließlich hatte er nichts getan.

»Ich war betrunken«, sagte Alexander. »Es war ein paar Tage, nachdem … Ich konnte Genny nicht erreichen. Ich hab immer wieder versucht, sie anzurufen, um sie zu bitten, mir wenigstens zu sagen, wo sie sei, aber ihr Handy war ausgeschaltet, und ich …« Er überließ sich seinen Erinnerungen und verstummte. »Jedes Mal, wenn ich ihre Stimme auf der Mailbox hörte … Es hat mich verrückt gemacht. Eine Zeit lang war ich vollkommen außer mir.«

Ich stand auf und vergewisserte mich, dass die Tür zu war. Vielleicht kam der Luftzug durch die Katzenklappe.

»Wahrscheinlich spielt es ohnehin keine Rolle«, sagte ich sanft und bemühte mich gleichzeitig, meine Gedanken im Zaum zu halten. »Sie hat ihren Eltern ja auch einen Brief hinterlassen, nicht wahr?«

»Hm. Und offensichtlich hat sie darin geschrieben, wie unglücklich sie mit mir war und was für ein roher Fiesling ich sei.«

Eine Weile schwiegen wir.

Dann fragte ich: »Werden sie nach ihr suchen? Die Polizei?«

»Ich nehme es an, ja.«

Da war ein Unterton in seiner Stimme, der mich beunruhigte. Ich nippte erneut an meinem Drink.

»Machst du dir ihretwegen Sorgen, Alexander?«

»Nein«, sagte er mit versteinerter Stimme und dem gleichen ruhigen Ton, den ich auch bei meinem letzten Gespräch mit Laurie angeschlagen hatte. »Nein, diese Frau interessiert mich überhaupt nicht mehr. Ich wäre froh, wenn sie tot wäre. Von mir aus soll sie zur Hölle fahren.«

Ich sah ihn erschrocken an, doch er wirkte so gequält, dass ich den Blick wieder abwenden musste.

»Zum Teufel mit ihr.« Alexander wischte sich mit dem Handgelenk über den Mund, stellte sein Glas ab und stapfte in den Garten hinaus.

Ich wartete noch eine Weile, aber da er nicht zurückkehrte, ging ich in mein Zimmer.

ACHTZEHN

Vielleicht wäre es besser gewesen, wenn ich wieder abgereist wäre. Doch ich tat es nicht, obwohl es offensichtlich war, dass Alexander und ich auf eine Katastrophe zusteuerten. Nichts war, wie ich es mir vorgestellt hatte. Mein romantischer und im Rückblick überaus naiver Traum von einem Neubeginn auf dem Land an der Seite eines schönen, aber seelisch lädierten Mannes, um dessen unglückliches Kind ich mich hatte kümmern wollen, schien Lichtjahre von der Wirklichkeit entfernt, mit der ich es zu tun hatte.

In den Tagen nach dem Polizeibesuch zog sich Alexander völlig in sich zurück. Er tat mir leid, und am liebsten hätte ich ihm die Hand gereicht, um ihn aus jenem dunklen Loch herauszuziehen, wo er sich befand, aber in Wahrheit kannte ich ihn ja kaum. Ich hatte Angst, alles noch schlimmer zu machen, sein Elend zu vergrößern. Mir wollten keine tröstenden Worte einfallen, denn egal, aus welchem Winkel ich die Situation betrachtete, sie blieb immer gleich verworren. Genevieve war weggegangen, und kein Mensch wusste, wo sie war. Ehe sie nicht zurückkam oder wenigstens ihren Angehörigen ein Lebenszeichen sandte, würden wir in ihrem übermächtigen Schatten leben, den ihr Verschwinden auf uns warf.

Ein Teil von mir wollte, dass sie zurückkam.

Ein anderer Teil wollte es nicht.

Wenn mich derlei Gedanken quälten, dann Alexander erst recht, sagte ich mir.

Wenn er im Garten war und ich drinnen, beobachtete ich ihn und versuchte, seine Körpersprache zu lesen. Er bewegte sich wie jemand, der eine schwere Last zu tragen hat, und wenn er allein war, wanderten seine Finger unwillkürlich zu der Narbe an seiner Seite und nestelten daran wie ein Hund an einer wunden Stelle. Bisweilen stand er eine Ewigkeit lang einfach nur da und starrte auf die Felder; keine Ahnung, ob er Vögel beobachtete oder die Wolken, aber ich glaubte, dass er über Genevieve grübelte und die unzähligen möglichen Szenarien ihres Verschwindens. Mir schien, dass ihn noch schlimmere Vorahnungen plagten als mich.

Beim Abendessen musterte ich sein Gesicht, wenn er aß oder Jamie und seinem Geplapper lauschte, und sosehr ich auch in seiner Miene forschte, fand ich keine Zeichen der Täuschung. Alexander verhielt sich ausweichend und beantwortete meine und auch Jamies Fragen nur einsilbig, aber er log nicht. Er sagte lieber nichts, als zu lügen. Da war ich mir sicher. So sicher, wie ich mir nur sein konnte.

Eines Tages fragte ich ihn, warum er nicht von Burrington Stoke wegzog, wenn er davon überzeugt war, dass Genevieve nicht mehr zurückkäme. Warum brach er nicht einfach seine Zelte ab und schlug sie woanders auf, wo niemand ihn und seine Vorgeschichte kannte, niemand wusste, was geschehen war? Er erwiderte, er stehe in Genevieves Vaters Schuld und könne nicht wegziehen, ehe sie nicht beglichen sei.

»Was für eine Schuld?«

»Eine Geldsumme.«

Mehr war nicht aus ihm herauszubekommen. Ich wusste, wenn ich ihn bedrängte, würde er umso verschlossener werden. Also schwieg ich.

Während eines unserer regelmäßigen Telefonate, die ich auf dem Handy führte, wenn ich vor der Schule auf Jamie wartete, erzählte ich May von Alexanders Schulden. Die Schule war einer der wenigen Orte, wo ich mit dem Handy Empfang hatte, und ich mochte diese Gespräche mit May nicht vom Festanschluss in Avalon führen.

Ich musste einfach mit jemandem darüber reden und sehnte mich nach Beschwichtigungen; doch ich bekam sie nicht. Stattdessen erzählte mir May alle möglichen Horrorgeschichten von Leuten, die sich verschuldet hatten, um mit den Worten zu enden: »Geldschulden sind ein Zeichen von schlechtem Charakter.« Und zwar in einem Ton, als handle es sich um eine unumstößliche Tatsache.

»Das ist aber ziemlich harsch, finde ich«, sagte ich. »Was ist mit Menschen, die in Geldnot geraten sind, weil sie krank sind? Oder weil sie ihren Job verloren haben?«

»Trifft einer dieser Gründe auf Alexander zu?«

»Ich glaube nicht.«

»Dann hör auf, ihn ständig in Schutz zu nehmen.«

»Wie auch immer, Alexander schuftet, so viel er kann, um seine Schulden zurückzuzahlen.«

»Aber es ist eben noch etwas, was nicht stimmt. Ein Grund mehr, warum du nicht in Somerset bleiben solltest.«

»Mir gefällt es hier«, sagte ich betont heiter – mein stets wiederkehrender Refrain. »Es tut mir gut, von Manchester weg zu sein.«

»Du musst aber nicht ausgerechnet dort leben, oder? Du könntest ebenso gut in London oder Edinburgh oder Dublin oder Leeds wohnen. Du könntest überall hingehen. Du bist diesem Mann irgendwie verfallen. Er hat Macht über dich. Wie kann ich dich bloß davon überzeugen, wieder nach Hause zu kommen?«

Unweigerlich drifteten unsere Gespräche in die immer gleiche Richtung ab. Zum hundertsten Mal versuchte May, mich zur Rückkehr nach Manchester zu bewegen, und zum hundertsten Mal weigerte ich mich nachzugeben. Sie sagte, Laurie habe sie angerufen, um sich zu erkundigen, wie es mir gehe. Er habe schon mehrmals versucht, mich zu erreichen, aber mein Handy sei immer ausgeschaltet gewesen.

»Es ist nicht ausgeschaltet«, sagte ich, »ich habe in Avalon einfach keinen Empfang. Außerdem will ich nicht mit ihm reden. Warum sollte ich?«

»Er will nur wissen, ob alles in Ordnung ist. Mum hat übrigens gesagt, dass dein Arzt ihr geschrieben hat und …«

»May, ich muss jetzt Schluss machen. Die Kinder kommen aus der Schule. Ich rufe dich bald wieder an.«

Nach diesem Gespräch schwor ich mir, nie mehr etwas von Alexander zu erzählen, was als Zeichen seines schlechten Charakters ausgelegt werden könnte. Doch die Erwähnung von Lauries vergeblichen Versuchen, mich zu erreichen, hatte mich auf eine Idee gebracht: Vielleicht war es Alexander mit Genevieves Handy ja ähnlich ergangen? Wahrscheinlich hatte sie seine Anrufe gar nicht ignoriert, sondern befand sich ganz einfach an einem Ort mit schlechter Netzabdeckung. Als ich ihn darauf ansprach, sah er mich an, als sei ich eine Idiotin.

»Glaubst du nicht, ich wäre nicht schon selbst auf diese Idee gekommen?«, fragte er. »Ich habe mindestens hundert Nachrichten auf ihrer Mailbox hinterlassen.«

»Aber ohne Funkverbindung kann man auch seine Mailbox nicht abhören!«

»Sie benutzt ihr Handy nicht mehr. Ich bekomme immer noch ihre Rechnungen, aber es sind keine neuen Gespräche darauf. Seit Wochen hat sie es nicht mehr benutzt.«

»Ach so.«

Dann sagte ich: »Alexander, wenn auf den Rechnungen Genevieves Handyverbindungen gelistet sind …«

»Das habe ich schon gecheckt. Ich habe jede einzelne Nummer angerufen, die ich nicht kannte, um etwas über Genevieves Verbleib herauszufinden, und rat mal, bei wem ich gelandet bin: bei Genevieves Hufschmied und Friseur und einer Reihe weiterer interessanter Personen. Das hat mich keinen Schritt weitergebracht, außer dass ich die Leute endgültig davon überzeugt habe, ich sei paranoid.«

Er kratzte sich mit beiden Händen am Kopf.

»Tut mir leid.«

»Hör mal«, sagte er seufzend und ergriff meine Hände. »Ich weiß, du willst mir nur helfen, Sarah, aber bitte hör auf damit. Es ist nicht deine Aufgabe, Genevieve zu finden. Es hat nichts mit dir zu tun. Lass es einfach.«

»Okay.«

Er wandte sich ab, und ich beschloss, das Thema nie wieder anzuschneiden.

NEUNZEHN

Die Tage vergingen im Nu.

Ungefähr drei Wochen nach meiner Ankunft nahm ich im Garten einen Mittagsimbiss ein, wie ich es mir zur Gewohnheit gemacht hatte, als ich von der Kieseinfahrt her ein Klappern vernahm. Über die niedrige Mauer hinweg sah ich eine junge Frau, die auf einem Schimmel ritt. Sie winkte mir zu. Ich ging zum Tor. Sie saß ab, nahm ihr Pferd beim Zügel und kam zu mir.

»Hallo«, sagte sie. Sie war etwa in meinem Alter und hatte gerötete Wangen. Unter ihrer abgetragenen Reitkappe lugten braune Haarsträhnen hervor.

»Hallo«, sagte ich.

»Ist Genny da?«

»Nein, sie ist nicht da.«

»Oh!« Die junge Frau machte ein missmutiges Gesicht. »Aber sie weiß doch, dass ich heute kommen wollte.«

Sie sah mich an, als erwartete sie von mir eine Erklärung, warum Genevieve ihre Verabredung nicht eingehalten hatte.

»Vielleicht hat sie es vergessen?«

»Sieht so aus. Wo ist sie denn?«

»Ich weiß es nicht.«

»Beim Ausreiten?«

Hinter ihr streckte das Pferd anmutig wie eine Ballerina das Vorderbein aus, beugte den Kopf hinab und rieb die Wange am Knie. Es wurde von Fliegen geplagt. Am Kopf wies sein Fell dunklere, graue Flecken auf.

»Nein, ich glaube nicht, dass sie ausreitet.«

Die Frau sah mich verzweifelt an.

»Tut mir leid«, sagte ich, »aber ich weiß wirklich nicht, wo sie ist.«

»Wer sind Sie eigentlich?«

Wahrscheinlich hatte sie mich im Garten sitzen sehen, als wäre ich die Herrin des Hauses.

»Ich bin die Haushälterin.«

»Genny hat mir nichts von einer Haushälterin erzählt.«

Ich zuckte die Schultern. Das Pferd schüttelte den Kopf, als würde es mir nicht glauben, und schnaubte ausgiebig. Seine Reiterin drehte sich zu dem Tier um und tätschelte beruhigend seinen Hals.

»Wann wird sie denn zurückkommen?«, fragte sie. »Lohnt es sich, zu warten?«

»Ich weiß nicht, wann sie zurückkommt.«

Die Frau verzog das Gesicht, als wollte sie sagen: Wie kann man nur so wenig hilfsbereit sein.

Ich suchte fieberhaft nach einer Erklärung, nach etwas, was mich glaubwürdig erscheinen ließ.

»Kennen Sie Mrs Churchill? Virginia?«

Sie dirigierte das Pferd rückwärts vom Tor weg. »Natürlich kenne ich sie.«

»Dann sprechen Sie am besten mit ihr.«

Sie hielt sich mit einer Hand am Sattelknauf fest, setzte den linken Fuß in den Steigbügel und schwang sich mühelos in den Sattel.

»Das werde ich.« Sie brachte das Pferd irgendwie dazu, kehrtzumachen, ehe sie sich in gemäßigtem Galopp entfernten.

Ich atmete tief durch und ging zurück ins Haus.

Sie war nicht die Einzige, die nach Genevieve fragte. Nur wenige Tage später kam der Hufschmied, der sich darüber wunderte, warum Genevieve die Pferde nicht in die Pferdeboxen unten bei der Koppel gebracht hatte, sie wusste doch, dass er heute die Hufe neu beschlagen wollte. Wieder musste ich mich einem ähnlichen Gespräch unterziehen. Die ältere Dame, die das Kirchengemeindeblatt austeilte, war irritiert, weil Genevieve sich nicht wie vereinbart wegen des Erntedankfestes bei ihr gemeldet hatte. Auch von verschiedenen Veranstaltern von Reitturnieren oder größeren Pferdeshows gab es alle möglichen Anfragen, und auch ihnen musste ich höflich sagen, nichts über Genevieves Verbleib zu wissen. Sogar mit einem Anruf von einem nahe gelegenen Pferde- und Eselsgnadenhof hatte ich es zu tun. Die Dame wollte sich erkundigen, ob Genevieve Zeit hätte, bei einer Weihnachtveranstaltung die Christbaumkerzen zu entzünden. Abermals erwiderte ich, ich wisse es nicht.

»Sie ist eine so reizende Person und hat uns schon mehrmals unterstützt«, sagte die Frau fast ein wenig beleidigt.

»Ich bin sicher, sie würde es bestimmt gern machen, aber …«

»Wir haben uns gedacht, sie könnte vom Sattel aus die Christbaumkerzen anzünden. Finden Sie nicht auch, das würde ein gutes Fotomotiv abgeben?«

»Ganz bestimmt«, sagte ich, »aber leider ist die Situation momentan etwas schwierig.«

»Darf ich mir Genevieves Teilnahme wenigstens mit dem Bleistift notieren? Dann kann sie den Termin, sobald sie es sicher weiß, bestätigen oder eben absagen.«

Alexander erzählte ich von all diesen Anfragen nichts.

Ich sah keinen Sinn darin. Auch wenn er sich wie immer gleichgültig geben würde, würde es ihn bestimmt daran erinnern, wie Genevieve Hals über Kopf aus ihrem gemeinsamen Leben ausgebrochen war, und ich wollte Alexanders Kummer nicht noch vergrößern.

Der September näherte sich seinem Ende. Die Tage wurden kürzer, und eines Samstags, als Alexander mit mir nach Castle Cary fuhr, um mir zu zeigen, wo er arbeitete, kaufte ich mir wärmere Sachen. Früher war ich immer den Modetrends gefolgt, doch jetzt suchte ich mir praktische Kleidungsstücke aus – Sweatshirts, Fleecehemden und Jeans. Alexander kaufte mir einen wasserdichten Mantel und ein Paar feste Stiefel.

»In diesen Sachen sehe ich wie ein Bauerntölpel aus«, sagte ich scherzhaft.

»Ich steh auf Bauerntölpel«, erwiderte er, und ich sagte: »Dann bin ich ja beruhigt.«

Alex sah mich lächelnd an, und ich erkannte einen neuen Ausdruck in seinen Augen. Er brachte sein Gesicht nah an meines, als wollte er mich küssen, doch als er Jamies neugierigen Blick bemerkte, zog er es rasch wieder zurück. Wir hatten uns physisch nicht berührt, trotzdem hatte sich zwischen uns etwas verändert. Das Band zwischen uns war wieder stärker geworden, das spürte ich genau.

Ich stürzte mich in die Arbeit. Wenn Jamie in der Schule war, widmete ich mich dem Hausputz. Ich nahm mir einen Raum nach dem anderen vor und wischte nicht nur die Böden und sämtliche Oberflächen, sondern reinigte auch die Fächer der Schränke und Fenstersimse und putzte die Fenster. Langsam lichtete sich die Staubschicht, die sich auf Avalon gelegt hatte, und das Haus wurde heller und freundlicher. Kleinere Reparaturen erledigte ich selbst und ließ für die Arbeiten, die ich nicht ausführen konnte, einen Handwerker kommen. Heizkörper strahlten wieder Wärme ab, und undichte Stellen, durch die es gezogen hatte, waren gekittet. Ich beauftragte sogar auf eigene Kosten einen Dachdecker, der das Loch im Dach richtete, damit die Eichhörnchen nicht mehr hineingelangten.

In einer der Küchenschubladen fand ich unter dem Plastikeinsatz fürs Besteck ein Foto. Es zeigte Genevieve neben der Statue am Eingang von Elenora House. Genevieve ahmte die Pose der Figur nach, hatte eine Hand an der Brust und machte mit der anderen eine einladende Geste in Richtung des Einfahrtstors. Wie die Statue hatte sie das Gesicht gesenkt. Die Ähnlichkeit war frappierend. Es war ein altes, schmutziges, mit Wasserflecken übersätes Foto. Irgendwie fand ich es unheimlich. Plötzlich fiel mir auf, dass kein Schatten der Person zu sehen war, die das Foto gemacht hatte. Eigentlich hätte er auf dem Rasen zu erkennen sein müssen, so wie die Sonne stand. Und warum hatte sie diese Pose eingenommen, da sie doch bestimmt die tragische Geschichte der Frau kannte, die bei dem Kunstwerk Pate gestanden hatte? War es ein Scherz, oder wollte sie auf das Blutsvermächtnis hinweisen und zeigen, wie ähnlich sie ihrer unglücklichen Vorfahrin war? Wie auch immer, ich mochte es nicht.

Ich wusste nicht, was ich mit dem Foto tun sollte. Es wegzuwerfen, brachte ich nicht übers Herz, ebenso wenig war mir danach, einen anderen Aufbewahrungsort dafür zu suchen. Schließlich schob ich es wieder unter den Besteckeinsatz zurück.

Während meiner Putzaktion betrat ich nie mehr Alexanders Schlafzimmer, das er mit Genevieve geteilt hatte. Wenn ich vorbeiging und die Tür offenstand, zog ich sie zu. Die Leere in dem Raum machte mir Angst. Mein Verstand sagte mir, dass ich an jenem Tag mein eigenes Spiegelbild gesehen hatte, etwas anderes konnte es nicht gewesen sein. Doch wenn ich daran dachte, sah ich im Geiste nicht mich, sondern jemand anderen, und je mehr ich darüber nachdachte, desto mehr verfolgte mich der angstvolle Ausdruck des Gesichts im Spiegel.

Bei meinen Telefonaten mit May erwähnte ich nichts davon. Das Letzte, was ich jetzt brauchte, war, dass May dem Rest der Familie erzählte, ich hätte eine übernatürliche Erfahrung gemacht und offensichtlich Probleme, mit meiner Situation fertig zu werden. Dass sich meine psychische Verfassung offensichtlich verschlechtert habe. Nein, ich wollte nicht, dass sie sich erneut Sorgen um mich machten. Es war schwer genug gewesen, sie nach dem Verlust meines Babys davon zu überzeugen, dass ich keine »professionelle« Hilfe brauchte – also sagte ich nichts von dem Bild im Spiegel, kein Wort.

ZWANZIG

Der Herbst hielt Einzug. Es hatte zwar noch keinen Frost gegeben, aber morgens war es kalt, und Nebel hing über dem Tal. Während sich die kräftigen Farben Somersets in zarte Grün- und Braunschattierungen verwandelten, wurde ich ruhiger, und meine Beklommenheit legte sich ein wenig. Wenn ich jetzt mit May telefonierte, klang ich wohl wie früher, denn unsere Unterhaltungen wurden gelassener, normaler irgendwie. Ich hatte noch immer diesen Albtraum von meinem Baby, aber nicht mehr so regelmäßig wie zuvor. Meine neuen Aufgaben als Kindermädchen und Haushälterin nahmen so viel Zeit und Energie in Anspruch, dass ich kaum mehr dazu kam, über die Vergangenheit zu brüten. Ich bemühte mich, unliebsame Gedanken und Erinnerungen zu verbannen, und solange ich beschäftigt war, gelang es mir auch meistens.

Ich gewöhnte mich an das Landleben. Ich lernte den Wechsel der Jahreszeiten schätzen, den man in der Stadt weniger deutlich wahrnimmt. Die Brombeerbüsche hingen voller Beeren, und sogar der Kot der Vögel, die sie fraßen, war violett. Wenn ich in meinen Stiefeln spazieren ging, knirschten die Haselnussschalen, die die Eichhörnchen aufgeknackt und auf den Gehwegen verstreut hatten, unter meinen Sohlen.

Mittlerweile wusste jeder in Burrington Stoke, dass ich Jamies Kindermädchen war und ich in Avalon wohnte. Immer wieder fragen mich die Leute, ob es etwas Neues in Bezug auf Genevieve gebe, und erzählten mir ihrerseits Geschichten über sie.

Midge Taylor vom örtlichen Supermarkt sagte, ihre Schwester sei im selben Reitverein wie Genevieve gewesen und dass Genny ihre Eltern als Teenager an den Rand des Wahnsinns getrieben habe.

»Aber Mrs Churchill war selbst schuld, sagt meine Schwester«, berichtete Midge weiter. »Sie hat Genevieve mit Adleraugen bewacht, sodass Gen nur Unsinn im Kopf hatte, sobald ihre Mutter ihr den Rücken zudrehte. Zum Beispiel ist sie aus dem Fenster ihres Zimmers gestiegen und ins Dorf *geritten,* um Partys der Young Farmers zu besuchen. Sie hat ihr Pferd draußen angebunden und ist nach der Party mitten in der Nacht wieder zurückgeritten! Sämtliche Jungs waren in sie verknallt, und die Mädchen wollten alle wie sie sein. Sie war sehr beliebt.«

»Und warum musste sie heimlich zu den Partys gehen?«, fragte ich.

Midge schüttelte den Kopf. »Wegen der Jungen«, sagte sie leise.

Joyce Hope, die Referendarin an der Schule, erzählte mir, Genevieve habe es doch tatsächlich fertiggebracht, von zweien der teuersten Privatschulen Großbritanniens zu fliegen, weil sie es nicht ertrug, ständig reglementiert zu werden.

»Weiß der Himmel, wie sie es auf die Uni geschafft hat«, sagte Joyce. »Ich glaube, die Churchills haben einen Haufen Geld für Nachhilfe ausgegeben oder aber ihre Beziehungen spielen lassen. Jedenfalls war dieses Mädchen draußen bei ihren Pferden viel glücklicher als drinnen bei ihren Büchern.«

Diese Anekdoten über Genevieves Übermut und ihre Dreistigkeit ließen mich schmunzeln. Und heizten meine Neugier zusätzlich an. Alexander erzählte mir nie etwas, deshalb musste ich mir aus den Informationshappen, die ich im Dorf ergatterte, selbst ein Bild machen. Wenn ich allein in Avalon war, versuchte ich mir vorzustellen, wie sich Genevieve gefühlt haben musste. Sie hatte im selben Haus gelebt, wo ich nun lebte, hatte dieselben Vorhänge zugezogen, dieselben Pfannen und Töpfe benutzt. Ich bemühte mich, ihre Gefühle nachzuempfinden, um zu begreifen, wie ihr dieses Leben mit der Zeit so unerträglich hatte werden können, dass sie es hinter sich gelassen hatte. In einem riesigen, widerspenstigen Haus, das andererseits durchaus zu ihrer Lebensart passte. Sie hatte einen hübschen, gesunden Sohn und war mit einem Mann verheiratet, der sie anbetete, auch wenn ihre Beziehung alles andere als einfach war. Sie war eine erstklassige Reiterin, die sich nicht nur die besten Pferde leisten, sondern auch in einer der reizvollsten Gegenden Englands trainieren konnte. Warum wollte jemand so Privilegiertes, der bei klarem Verstand war, auf all das verzichten und einfach davonlaufen?

Es gab nur zwei Menschen, die diese Frage hätten beantworten können. Doch Genevieve war nicht da, und Alexander weigerte sich, über seine Ehe zu reden. Alles, was ich von ihm wusste, war, dass er und Genevieve sich auseinandergelebt, aber nach außen den Anschein gewahrt hatten.

Er, so vermutete ich, hatte Stillschweigen bewahrt, weil er hoffte, dass es sich um eine Ehekrise handelte, die irgendwann wieder vorüberging. Aber was war mit ihr? Wenn Genevieve so unglücklich mit Alexander gewesen war, warum hatte sie sich dann niemandem anvertraut?

Hin und wieder jedoch gab Alexander unabsichtlich ein kleines Detail über sein Leben mit Genevieve preis.

Beispielsweise als er mir eines Tages zeigte, wie man eine Schlehenbeere erkennt, und mich in eine hineinbeißen ließ. Augenblicklich breitete sich ein pelziges Gefühl in meinem Mund aus, und ich hatte zunächst Angst, ich hätte mich vergiftet. Doch er lachte und sagte: »Gen hat diese Beeren immer gesammelt.«

»Wofür?«, fragte ich und tippte mit meiner tauben Zungenspitze an die Innenseite meiner Wange.

»Für Schlehenlikör. Sie hat ihn im Herbst angesetzt, damit er an Weihnachten fertig war.«

»Schlehenlikör?«

»Man braucht dafür nur Schlehenbeeren, Zucker und Gin. Ein hausgemachter Schlehenlikör ist etwas Köstliches, das man nirgendwo zu kaufen bekommt. Es war eines ihrer kleinen Rituale.«

Als ich am folgenden Tag allein zu Hause war, nahm ich die Rezeptbücher aus dem Regal neben dem Herd. Zwischen einem zerfledderten Kochbuch von Mrs Beeton und zweien von Jamie Oliver, die kaum benutzt aussahen, fand ich auch ein selbst zusammengestelltes Kochbuch. Es enthielt handgeschriebene Rezepte für Suppen, Aufläufe und Gebäck und, tatsächlich, an die Innenseite des Rückendeckels geklebt, die Anleitung zur Zubereitung von Schlehenlikör.

Am Nachmittag, auf dem Rückweg von der Schule, pflückte ich mit Jamie eine Tüte voll der festen, schwarzen Beeren mit dem Silberhauch. Zu Hause füllte er mit ernster Miene die Beeren in gespülte Fruchtsaftflaschen, während ich Zucker und Gin abmaß. Es fühlte sich gut und richtig an, etwas zu tun, was Genevieve immer getan hatte, als würden wir eine Tradition fortsetzen.

An einem anderen Tag fragte Jamie, ob wir zur Rosskastanie gehen könnten.

»Ich weiß nicht, wo die Rosskastanie ist«, antwortete ich, aber er meinte, er würde es mir zeigen. Sie befand sich hinter dem Gemeindezentrum, eine riesige Rosskastanie, deren Blätter sich braun verfärbten und deren Zweige voller Samenkapseln hingen. Im Gras unter dem Baum lagen Dutzende Kastanien, die wir einsammelten. Ich beobachtete Jamie, der wie immer glücklich war, eine richtige Aufgabe zu haben, und es tat mir ein wenig leid, dass Genevieve ihren Sohn jetzt nicht sehen konnte.

Später bohrte Alexander am Küchentisch Löcher in die größten Exemplare und zog sie auf einen Bindfaden. Jamie saß, den Kopf in die Hände gestützt, seinem Vater gegenüber und sah ihm zu, während er mit den Beinen baumelte. Sobald eine Kastanie mit einem Bindfaden versehen war, wählte Jamie eine neue aus dem Haufen aus und rollte sie zu Alexander hinüber. Beide sprachen kein Wort, sondern konzentrierten sich ganz auf ihr Tun. Während ich sie so einträchtig zusammen sah, schwand meine Sorge um Jamie. Einen aufmerksameren Vater als Alexander hätte er nicht haben können.

Nachdem ich eines Tages Jamie zur Schule gebracht hatte und zu Fuß zurück nach Avalon ging, begegnete ich einem großen, dünnen, zigeunerhaft anmutenden Mann mit tief liegenden Augen und gelblichen Rastalocken. Obwohl es warm war, trug er einen langen Mantel und ausgetretene Stiefel. Er lehnte an der Gartenmauer eines Hauses und rauchte eine selbst gedrehte Zigarette. Als er mich sah, hob er grüßend die Hand.

»Hallo«, sagte ich unverbindlich. Ich dachte, er sei nur

auf der Durchreise. Ich hatte schon Typen wie ihn gesehen, die auf dem Weg nach Glastonbury waren.

»Hallo«, erwiderte er. »Ich bin Jamies Onkel Damian.«

Plötzlich sprang mir die Ähnlichkeit mit Claudia ins Auge. Obwohl er im Vergleich zu seiner Schwester hager war, hatte auch er schwere Augenlider und ein Doppelkinn.

»Schön, Sie kennenzulernen.«

»Und Sie sind also das berüchtigte Kindermädchen.«

Es gelang ihm nicht so recht, seinen Privatschulakzent mit dem ländlichen West-Country-Dialekt zu übertünchen. Das Wort »Kindermädchen« sprach er mit spöttischem Unterton aus, als handelte es sich um eine wenig angesehene Dienstbotentätigkeit. Mochte er sich auch noch so viel Mühe geben, seine Wurzeln zu verbergen, so war und blieb er im Grunde seines Herzens ein Angehöriger der Oberschicht.

»Ja, das bin ich.«

»Ich habe Sie beobachtet.«

Ich würde ihm nicht den Gefallen tun, mich von ihm ängstigen zu lassen, nahm ich mir vor.

»Und ich hatte Sie mir ein bisschen unkonventioneller vorgestellt, Damian. Sie sind nicht der Einzige – alle Leute beobachten mich.«

Er lachte.

»Okay, der Punkt geht an Sie«, sagte er dann. »Und alle Achtung, dass Sie Virginia die Stirn geboten haben.«

»Ich wüsste nicht, wann ich Virginia die Stirn geboten hätte. Ich gehe ihr einfach aus dem Weg.«

Wieder ließ er sein leicht nervöses, hohes Lachen vernehmen. »Macht es Ihnen etwas aus, wenn ich Sie ein Stück begleite?«

Ich verneinte, auch wenn es mir keineswegs recht war.

Der Gehsteig war nicht breit genug für zwei Fußgänger, und auf der Straße herrschte um diese Zeit der übliche

Schulverkehr, also ging ich voraus. Damian folgte mir. Ihn hinter mir zu wissen irritierte mich. Bestimmt musterte er mich von Kopf bis Fuß.

»Wohnen Sie in Burrington Stoke?«, fragte ich, als wir die Kreuzung beim neuen Steinbruch erreichten, wo der Gehsteig breiter wurde und er gleichzog.

Er schüttelte den Kopf.

»Lieber würde ich mir die rechte Hand abhacken, als hier zu wohnen. Ich bin nur zurückgekommen, um mich zu überzeugen, ob es stimmt, dass Genevieve vermisst wird.«

»Ja, leider.«

»Was für eine Ironie des Schicksals«, sagte Damian.

»Das verstehe ich nicht.«

»Ein Leben für ein anderes, Genevieves für das meiner Mutter.«

Ich fragte mich, ob Damian tatsächlich nicht ganz richtig im Kopf war.

»Niemand geht davon aus, dass sie tot ist«, beeilte ich mich zu sagen.

»Ich schon. Sie nicht?«

Ein beklemmendes Gefühl überkam mich.

»Woher wissen Sie, dass sie verschwunden ist?«

»Die Bullen haben mir einen Besuch abgestattet. Sie haben mich ausfindig gemacht. Pflichtbewusst, wie sie sind.«

Er betrachtete den ordentlich gestutzten Rasen neben dem Eingang zum Steinbruch. Das Gras war mit einer grauen Steinstaubschicht überzogen.

»Wir könnten uns auf eine Zigarette auf diese Bank setzen«, schlug Damian vor, »und ein bisschen plaudern.«

»Nein, danke, ich sollte besser nach Avalon zurück.« Ich suchte verzweifelt nach einer Ausrede. »Ich erwarte eine Lieferung.«

»Okay.«

Er blickte zum Torhaus hinüber. Der Wachmann hatte

ihn offensichtlich bemerkt, denn er griff zum Hörer und sprach mit jemandem, während er zu Damian hinüberstarrte.

»Ich bin nicht gerade ein gern gesehener Gast in dieser Gegend«, sagte Damian grinsend. »Ganz im Gegenteil.«

Aus dem Augenwinkel sah ich einen weißen Lieferwagen, der innerhalb des Geländes auf den Ausgang zufuhr. Der Wachmann im Torhaus hatte den Telefonhörer hingelegt und setzte seine Dienstmütze auf.

Das Letzte, was ich brauchte, war, in eine Auseinandersetzung zwischen Damian und den Männern aus dem Steinbruch zu geraten. Ich konnte mir lebhaft vorstellen, wie Virginia das später kommentiert hätte.

»Warum kommen Sie nicht mit nach Avalon auf eine Tasse Kaffee?«, schlug ich vor.

»Ich weiß nicht …«

»Nun, wir könnten ja draußen im Garten sitzen.«

Die rot-weiße Schranke hob sich im Zeitlupentempo. Gleich würde das Tor aufschwingen und der Lieferwagen hinausfahren.

»Von mir aus, gehen wir«, sagte Damian.

Er war einige Jahre älter als ich, trotzdem fühlte ich mich neben ihm viel erwachsener. Ich spürte, wie unbehaust er sich in der Welt fühlte. Er tat mir leid, weil er in so frühem Alter durch die Scheidung seiner Eltern aus dem Gleis geworfen worden war. Gleichzeitig war er mir nicht ganz geheuer.

Als wir uns dem Gartentor von Avalon näherten, verlangsamte er den Schritt und fiel zurück. Ich fragte ihn, ob es ihm etwas ausmache, hierherzukommen.

»Ich war noch nie hier«, sagte er.

»Warum nicht?«

»Als ich ein Kind war, wohnten Pächter darin. Und ich kann nicht behaupten, dass man uns ermunterte, uns unter die Bauernkinder zu mischen.«

»Oh, aber als Ihre Schwester hier gelebt hat, waren Sie doch bestimmt …«

»Halbschwester.«

»Haben Sie Genevieve nie besucht?«

»Hat man Ihnen nicht erzählt, dass ich eine Persona non grata in dieser Gegend bin?«

»Ich habe gehört, Sie hätten aus freien Stücken das Exil gewählt.«

»Und wenn schon, nie im Leben hätte ich den Fuß in irgendein Haus gesetzt, in dem die reizende Genevieve wohnte.« Angesichts der Bitterkeit in seiner Stimme verkniff ich mir weitere Fragen.

Damian bat um koffeinfreien Kaffee, doch ich hatte keinen im Haus. Er begnügte sich mit einem Glas Leitungswasser, und ich brühte mir einen Pulverkaffee auf. Während wir im Garten saßen, drang das klagende Geräusch der Sirenen aus dem Steinbruch herüber. Ich hörte es mindestens drei Mal in der Woche und hatte mich fast schon daran gewöhnt. Das Sirenengeheul schien nicht enden zu wollen, es signalisierte, dass in Kürze eine Sprengung stattfinden würde. Doch auch wenn ich wusste, dass es den Menschen als Warnung diente, sich rechtzeitig aus dem Sprenggebiet zu entfernen, klang es düster und bedrohlich in meinen Ohren.

Damian hatte meine Irritation bemerkt.

»Wissen Sie was? Dieses Geräusch ist mir so vertraut, dass ich es beinahe vermisse«, sagte er. »Als Kind bin ich immer den Berg hinuntergelaufen, sobald ich die Sirene hörte. Am Waldrand gibt es eine Stelle, wo man die Sprengung sehen kann. Wenige Sekunden später bricht dann dieser ohrenbetäubende Lärm aus, wie bei einem Flugzeugabsturz, und eine heftige Stoßwelle erfasst einen. Als kleiner Junge habe ich es extrem aufregend gefunden.«

Er lachte, doch ein zynischer Unterton lag in seiner Stimme.

»Warum will man Sie in der Nähe des Steinbruchs nicht sehen?«, fragte ich.

Er zuckte herablassend die Schultern und räusperte sich, und ich wusste, dass er mir gleich etwas erzählen würde, worauf er sehr stolz war.

»Ich habe es mir zu meinem Lebensziel gemacht, dass der Steinbruch stillgelegt wird.« Während er auf eine Reaktion von mir wartete, ließ er den Becher zwischen seinen schmutzigen Fingern kreisen.

»Warum denn?«, fragte ich.

»Weil es ein großer Fehler ist. Das ganze Unternehmen ist ein Fehler. Die Churchills plündern einen Berg nach dem anderen aus und zerstören die ganze Umgebung, nur um an wertvolle Rohstoffe zu gelangen, die sie für teures Geld verkaufen.«

»Ich kann Ihnen nicht folgen.«

»Sie bauen den Stein ab, der für Straßen, Landhäuser, Einkaufszentren und dergleichen verwendet wird, und zerstören die Umwelt aus reiner Profitgier.«

»Ach so.«

Damian klang jetzt nicht mehr so gehemmt wie zuvor. Während er mit Leidenschaft von seinem Herzensthema sprach, gelang es ihm nicht mehr, seinen Oberschichtakzent zu verhehlen, mochte er sich auch noch so bemühen.

»Die ganze Sache stinkt zum Himmel«, fuhr er fort. »Was gibt den Churchills das Recht, nach und nach diesen Berg zu sprengen und mit ihrem Vandalismus Reichtümer anzuhäufen? Sie haben ebenso wenig das Recht auf das Land wie alle anderen.«

Ich riss einen Grashalm aus. »Aber sie besitzen das Land wahrscheinlich …«, sagte ich und zupfte die Keimblätter vom Stängel.

»Wie können sie etwas besitzen, was Jahrmillionen gebraucht hat, um sich zu bilden?«, fragte Damian. »Das Land gehört niemandem. Oder besser gesagt, es gehört allen. Bis vor wenigen Jahrzehnten war es noch ein vollkommen intakter Berg. Er war bewachsen von einem uralten naturbelassenen Wald, der allen möglichen Blumen, Bäumen, Schmetterlingen und wilden Tieren Heimat bot, nur um jetzt aus Profitgier nach und nach in die Luft gesprengt zu werden. Wenn er dann eines Tages völlig zerstört ist, werden sie noch reicher sein, und zurück bleibt ein weiterer stillgelegter Steinbruch. Ein weiterer Schandfleck in der Natur. Ein toter Ort, nein, ein getöteter Ort. Finden Sie das in Ordnung?«

Ich wusste nicht, was ich antworten sollte. Hätte ich Verständnis für seinen Standpunkt geäußert, wäre ich Alexanders Schwiegereltern, Jamies Großeltern, in den Rücken gefallen. Andererseits konnte ich Damian auch nicht widersprechen, denn was er gesagt hatte, leuchtete mir ein. Ich erkannte, dass es ein Fehler gewesen war, ihn nach Avalon einzuladen. Alles, worüber wir reden konnten, schien tabu zu sein. Ich tat so, als wäre ich beunruhigt wegen der angeblichen Lieferung, und war erleichtert, als Damian sagte, er wolle noch jemand anderem einen Besuch abstatten.

Ich fragte ihn, ob er eine feste Adresse habe, wo man ihn erreichen könne, falls es Neuigkeiten in Bezug auf Genevieve gebe.

»Nein«, sagte er. »Sie können mich nicht kontaktieren.«

»Verraten Sie mir wenigstens, wohin Sie als Nächstes gehen?«

Er zuckte die Schultern. Ich verspürte einen Anflug von Irritation.

»Damian, aber was ist, wenn wir Sie kontaktieren müssen?«

»Das wird nicht der Fall sein. Wenn man Genevieves Leiche findet, werde ich es in der Zeitung lesen können.«

»Es gibt keine Leiche«, sagte ich. »Sie ist nicht tot, Damian, sie ist aus freien Stücken weggegangen.«

Damian zog die Augenbrauen hoch. »Glauben Sie das wirklich?«

Ich fragte mich, ob er sich nur so melodramatisch gab, kam dann aber zu dem Schluss, dass er tatsächlich unter einer psychischen Störung litt, wie Claudia es angedeutet und worüber sich Alexander mokiert hatte.

»Sie hat Briefe hinterlassen, aus denen es hervorgeht«, sagte ich ruhig.

»Wenn sie leben würde, hätte sie sich inzwischen bei Claudia gemeldet. Die beiden sind ja unzertrennlich gewesen. Claudia war leider immer blind für Genevieves wahres Wesen, egal, was unserer Mutter zugestoßen ist.«

Ich konnte sehen, wie die Erinnerungen auf ihn einströmten. Er leckte sich nervös die Lippen, seine Hände zitterten.

»Sie meinen die Scheidung?«, fragte ich vorsichtig. »Ich weiß, das muss schlimm für sie gewesen sein, aber …«

»Nein, nicht die Scheidung!« Trotz der Schmutzschicht auf seiner Haut konnte ich sehen, wie er blass geworden war. Schweißtropfen traten ihm auf die Stirn. Er wischte mit dem Handrücken darüber.

Dann sagte er: »Sie wissen es also nicht?«

Ich zuckte die Schultern.

»Nun gut, dann erfahren Sie es eben von mir. Meine Mutter hat sich am Tag, an dem Genevieve geboren wurde, erhängt.«

Ich schlug die Hände vor den Mund. »Das tut mir schrecklich leid, Damian, ich hatte ja keine Ahnung, ich …«

»Als Vater die Dame mit dem völlig unpassenden Namen Vir-gi-ni-a heiratete«, er zog die vier Silben mit bitterem Ton in die Länge, »wurden Mutter, Claudia und ich in ein Cottage am Rand des Grundstücks verbannt. Mutter konnte das nicht ertragen. Die Leute redeten über sie, ihre Freunde bemitleideten sie, sie aß nicht mehr, schlief nicht mehr, und Genevieves Geburt war der Tropfen, der das Fass zum Überlaufen brachte.«

»Wie furchtbar.«

»Und ich habe sie gefunden.« Er sah mir in die Augen. »Ich war sechs.«

»Oh, Damian!« Ich beugte mich zu ihm und berührte seine Hand, um ihm mein Mitgefühl zu zeigen, doch er zog sie zurück und schüttelte den Kopf. Ich wusste nicht, was ich tun sollte, also schwieg ich, bis er sich wieder gefangen hatte.

»Das hat mich fertiggemacht.«

»Kein Wunder.«

»Ich habe zwei Jahre lang nicht mehr gesprochen. Ich konnte nicht. Und während dieser Zeit schwirrte Virginia mit ihrem süßen Baby auf der Hüfte im Herrenhaus herum. Sie hat Genevieve wie eine Prinzessin behandelt und Claudia wie Dreck und hat getan, als wäre nichts geschehen. Deswegen bin ich weggegangen; und deswegen werde ich tun, was ich tun muss, um den Steinbruch stillzulegen. Das ist auch der Grund, warum ich nie etwas mit meiner Halbschwester zu schaffen haben wollte.«

Ich ließ langsam den Atem entweichen und wartete, dass Damian weitersprach, aber er sagte nichts mehr. Nach einer Weile ließ er sich zurücksinken.

»Werden Sie Claudia besuchen, da Sie schon mal da sind?«, fragte ich sanft.

Er schüttelte den Kopf.

»Wird sie nicht wütend sein, wenn sie herausfindet, dass Sie im Dorf waren und ihr nicht einmal Guten Tag gesagt haben?«

»Claudia weiß, wie ich bin.«

»Soll ich ihr von Ihrem Besuch erzählen, wenn ich sie das nächste Mal treffe?«

»Erzählen Sie ihr, was Sie wollen. Es ist mir egal.«

»Damian, Sie wissen doch, dass Sie ihr etwas bedeuten.«

Er nickte. »Ja, das weiß ich.«

Dann rappelte er sich hoch und streckte sich.

»Nun«, sagte er, »viel Glück, Haushälterin. Sie werden es brauchen.« Und damit ging er. Erst am Tor winkte er noch einmal mit der Hand, ohne sich umzudrehen.

Ich sah ihm nach, wie er mit wehenden Mantelschößen davoneilte, bis ihn die Bäume am unteren Teil des Weges verschluckten. Dann ging ich hinein und schloss die Tür mit dem großen Metallschlüssel hinter mir ab. Ich streifte mir die Schuhe von den Füßen, begab mich ins Wohnzimmer und rollte mich auf dem Sofa zusammen. So verbrachte ich den restlichen Morgen und grübelte über Damian nach. Er war im selben Alter gewesen wie Jamie heute, als er seine arme Mutter fand – das Schlimmste, was einem Kind zustoßen konnte –, ein Trauma, das er für immer mit sich herumtragen würde.

EINUNDZWANZIG

Als ich Alexander von meiner Begegnung mit Damian erzählte, riet er mir, das nächste Mal, wenn ich ihn sähe, einen großen Bogen um ihn zu machen.

»Er hatte nicht vor, in Burrington Stoke zu bleiben«, sagte ich, woraufhin Alexander erwiderte, das sei auch besser so.

Allerdings war ich mir ziemlich sicher, ihn noch einige Male gesehen zu haben. Eines Morgens meinte ich, er würde im hinteren Teil des Obstgartens an einem Baum lehnen, den Mantel fest um sich geschlungen und den Kragen bis übers Kinn hochgeschlagen. Ich fragte mich, ob er schon die ganze Nacht dort gestanden und das Haus beobachtet hatte, aber bis ich meine Brille aufgesetzt hatte und wieder hinschaute, merkte ich, dass ich wohl nur einen großen Ast gesehen hatte, den der Heckenschneider am Vortag abgeschnitten hatte. Ein andermal erblickte ich vom Auto aus einen Mann mit verfilztem blondem Haar auf dem Gehsteig, die Hände in den Taschen seines langen Mantels vergraben. Ich sah ihn nur von hinten und war mir nicht sicher, ob es Damian war.

Ein paarmal erschien er mir noch im Traum, bis ich ihn schließlich vergaß. Doch das, was er mir erzählt hatte, vergaß ich nicht.

Allmählich begann ich, mich heimisch zu fühlen. Ich hatte mich mit einer netten jungen Frau aus dem Dorf namens Betsy angefreundet. Sie war ebenfalls eine Außenseiterin, wenngleich aus anderem Grund als ich: Sie hatte drei Kinder von drei verschiedenen Vätern. Sie wohnte in einem der Sozialreihenhäuschen am Ende der Hauptstraße und bemalte Keramiktafeln mit Sprüchen wie »Trink, trink, Brüderlein trink«, die sie an verschiedene Souvenirläden in Wells und Bath verkaufte. Ich war froh, eine gleichaltrige Freundin gefunden zu haben, die nichts mit den Churchills zu tun hatte.

Erfreulich war auch, dass Jamie und Alexander glücklicher wirkten, seit ich das Haus auf Vordermann gebracht hatte. Es herrschte eine behagliche Ordnung, und es war nicht mehr so leicht, Schlüssel, Schuhe oder Schulbücher zu verlegen, was weniger Hektik mit sich brachte.

Doch eine Sorge blieb: Nie hörte ich auf, mich zu fragen, wo Genevieve wohl sein mochte. Je mehr ich mich bemühte, nicht an sie zu denken, desto mehr ging sie mir im Kopf herum. Manchmal ertappte ich mich dabei, wie ich im Geiste Gespräche mit ihr führte, über Dinge, die das Haus betrafen oder aber ihr früheres Leben. Ich fragte mich, wie alt sie wohl war, als ihr bewusst wurde, dass ihre Geburt Claudias und Damians Mutter in den Tod getrieben hatte. Ich stellte mir vor, wie es für sie gewesen sein musste, wenn sie Geburtstag hatte. Mochte sie auch noch so hübsch, klug, begabt und rebellisch gewesen und von ihren Eltern angebetet und geliebt worden sein: Ihre Geburtstage mussten dennoch für alle Mitglieder dieser zerrissenen Familie mit schlimmen Erinnerungen verbunden gewesen sein. Auch ihr Reichtum vermochte nichts daran zu ändern. Genevieve konnte unmöglich Partys gefeiert haben – nicht am Todestag der Mutter ihrer beiden Halbgeschwister. Die Kerzen auf ihrem Kuchen hätten auch für die Jahrestage des Selbstmords gestanden. Hatten die Churchills einen respektablen Mittelweg gefunden? Am Morgen einen Besuch auf dem Friedhof, um Blumen am Grab niederzulegen, und am Nachmittag dann Geschenke für Genevieve? Kein Wunder, dass Damian noch immer voller Groll war. Wenn ich nur an ihn und seine Lage dachte, lief es mir kalt über den Rücken.

Es musste für alle drei Kinder furchtbar gewesen sein.

Claudia konnte ich unmöglich nach ihrer Familie fragen. Ich wollte sie nicht an diese schrecklichen Zeiten erinnern, außerdem schien sie mir einsamer als ich zu sein. Manchmal kam sie nach der Schule mit den Zwillingen vorbei. Während Jamie und die Mädchen im Wohnzimmer spielten, saß sie bei mir in der Küche und gab mir Zubereitungstipps für die Früchte und das Gemüse, die im Garten in Hülle und Fülle wuchsen. Wir kamen gut miteinander aus. Trotz der merkwürdigen Situation und unserer unterschiedlichen sozialen Stellung freundeten wir uns an. Vielleicht war Claudia gern in Avalon, wo so vieles sie an Genevieve erinnerte. Indem sie mit mir den gleichen Beschäftigungen nachging wie früher mit ihrer Halbschwester, hatte sie womöglich das Gefühl, der vermissten Genevieve näher zu sein. Offensichtlich hatte sie zahlreiche Bekannte, aber keine wirklichen Freunde, jedenfalls zog sie mich in ihr Vertrauen. Ich hingegen erzählte recht wenig von mir. Ich war froh, mich auf die Rolle des Zuhörers beschränken zu können und Claudia und ihren Geschichten zu lauschen. Ihre Einsamkeit hing ihr wie ein Mühlstein am Hals. Genevieves Verschwinden hatte ein riesiges Loch in ihr Leben gerissen. Und auch wenn Genevieves Abwesenheit uns beide zusammengeführt hatte, freute ich mich jedes Mal, wenn ich das Bellen ihrer Hunde vernahm, das ihren Besuch ankündigte.

Durch sie erfuhr ich so manches. Etwa, dass die Einwohner dieser Gegend recht stoische Menschen seien. Sie übten sich in Zurückhaltung, sowohl in ihrem Verhalten als auch was ihre Gefühle anbelangte. Die Einheimischen erwarteten, so erzählte sie weiter, dass man jederzeit seine Würde wahrt, auch wenn die Welt über einem zusammenstürzt. Wer zu dieser Selbstbeherrschung nicht fähig war, dem misstraute man. Ihr Bruder zum Beispiel habe sich nie daran gewöhnen können.

»Damian ist ein Mensch, der das Herz auf der Zunge trägt«, sagte Claudia. »Mit Genny ist er nicht zurechtgekommen. Er hat sich nie die Mühe gemacht, außerdem war er schrecklich eifersüchtig. Wenn er gelernt hätte, seine Gefühle zu verbergen, wäre es einfacher für ihn gewesen, aber das konnte er nicht. Er hat sie gehasst und war gleichzeitig auf gewisse Art von ihr besessen. Auch hat er abscheuliche Sachen gemacht.«

»Was denn?«

»Ach, es war furchtbar ...« Claudia blickte zum Fenster hinaus und nagte an ihrer Lippe. »Einmal hat er ihr Pony vergiftet, indem er ihm Eibenzweige zu fressen gab. Ich glaube nicht, dass er ihm ernsthaft schaden wollte, sondern es einfach nur außer Gefecht setzen, denn Genny wollte am nächsten Tag mit ihrem Reitklub zu einem Turnier nach

London fahren. Sie hatten sich für irgendein Finale in Wembley qualifiziert, wenn ich mich recht entsinne, und alle waren mit den Vorbereitungen beschäftigt. Sie war so aufgeregt und glücklich. Aber Damian wollte ihr einen Strich durch die Rechnung machen.«

Claudia seufzte. »Cracker, so hieß das arme Pony, musste eingeschläfert werden.«

»Oh, Claudia, wie entsetzlich.«

»Die Menschen hatten Mitleid mit Damian, waren immer nachsichtig mit ihm, und ich glaube, dass er das als demütigend empfand. Er wollte nicht, dass sie ihn mochten, deshalb hat er so seinen verschrobenen Charakter entwickelt«, sagte Claudia. »Es ist ein Jammer. Er hätte alles werden können, die Welt stand ihm offen. Er hatte alle Voraussetzungen, es zu etwas zu bringen, doch er zog es vor, ein Leistungsverweigerer zu werden, ein Sonderling. So ist er zum Außenseiter geworden, der nirgendwo dazugehört.«

»Machst du dir keine Sorgen um ihn?«, fragte ich.

Sie lächelte und schüttelte den Kopf.

»Hin und wieder lese ich in der Zeitung über ihn oder sehe ihn im Fernsehen. Er beteiligt sich immer an irgendwelchen Aktionen, will den Menschen ein schlechtes Gewissen machen. Ich glaube, auf diese Art lässt er mich wissen, dass es ihm gut geht. Oder aber er tut es nur, um Virginia zu ärgern. Egal wie, es gelingt ihm jedenfalls!«

Ich erzählte ihr nicht, dass Damian im Ort gewesen war und wir uns unterhalten hatten, da ich fürchtete, es würde sie verletzen. Ich dachte, es sei besser so.

Ich hörte Claudia zu und lernte von ihr.

Wenn ich ins Dorf ging, unterhielt ich mich mit den Bewohnern nur über unverfängliche Dinge. Abgesehen von dem absolut Nötigen, gab ich keinerlei Informationen preis, egal, wie sehr die Leute auch bohrten. Stets lächelte ich und war höflich, ließ mich jedoch zu keinem Gespräch über die Verhältnisse in Avalon hinreißen. Nur Betsy erzählte ich alles.

Der Briefträger brachte nach all den Wochen nach wie vor Briefe, die an Genevieve adressiert waren: Konto- und Kreditkartenauszüge, Einladungen zu Reitveranstaltungen und Modeprospekte. Ich legte die Umschläge auf einen Stapel auf den Küchentresen, doch Alexander warf sie sofort in den Altpapierkarton.

»Findest du nicht, du solltest ihre Post aufbewahren?«, fragte ich ihn einmal, doch er zuckte nur die Schulter und erwiderte: »Wozu?«

ZWEIUNDZWANZIG

Ende September lud Virginia Jamie nach Elenora House ein, sie wollte, dass er am kommenden Freitag bei ihr übernachtete. Sie habe eine Überraschung für ihn.

Davor besuchte Alexander Virginia und Philip, um mit ihm den Ablauf zu besprechen. Philip musste ihm sein persönliches Ehrenwort geben, dass Jamie am Samstag nach dem Mittagessen wieder nach Avalon zurückkehren würde. In meinen Augen machte Alexander zu viel Aufheben um die Einladung. Immerhin waren Virginia und Philip noch immer Jamies Großeltern. Offensichtlich lag ihnen das Wohl des Jungen am Herzen, und es war normal, dass sie Zeit mit ihrem Enkel verbringen wollten. Ein wenig hoffte ich auch, dass Jamie Virginia gegenüber erwähnen würde, dass das Haus jetzt viel sauberer und ordentlicher sei und er sich viel wohler dort fühle. Gewiss würde sie ihn ausfragen, und da ich seit dem Vorfall mit dem Eichhörnchen nicht mehr in Alexanders Zimmer gewesen war, hatte ich auch nichts zu befürchten. Als ich Alexander sagte, ich könne nichts Schlimmes an Jamies bevorstehendem Besuch bei seinen Großeltern entdecken, reagierte er merkwürdig.

»Ich muss auf Nummer sicher gehen, dass sie ihn mir wiedergeben«, sagte er.

»Natürlich werden sie das! Was sollten sie denn mit ihm machen?«

»Du verstehst es nicht.«

»Dann erklär's mir.«

Aber das tat er nicht.

Zwar teilte ich nicht Alexanders Sorgen, aber ich war ein bisschen eifersüchtig. Der Gedanke, dass Genevieves Mutter »unseren« Jungen ganz für sich haben würde, behagte mir nicht. Im Geiste stellte ich mir vor, wie sie ihm – metaphorisch gesprochen – von Kopf bis Fuß den Staub abklopfte und meine Fingerabdrücke und Küsse von der Haut abwusch. Wie sie ihn mit Genevieves Duft umgab und meinen verwischte.

Und so sah ich jenem Freitagabend mit einem mulmigen Gefühl, gleichzeitig aber auch mit Vorfreude entgegen. Zum ersten Mal würden Alexander und ich das Haus für uns haben. Wenn er sich so wie in den letzten Wochen verhielt, wusste ich, dass er das, was in Taormina zwischen uns vorgefallen war, als eine einmalige Sache betrachtete, etwas, was lediglich dazu gedient hatte, uns beide für ein praktisches Abkommen zusammenzubringen. Bisweilen zweifelte ich sogar an meiner Erinnerung an jenen Nachmittag auf Sizilien. Ich fragte mich, ob der atemlose, großartige Sex im Schatten der Bäume – den ich in meiner Vorstellung zu einer romantischen Katharsis verklärt hatte – womöglich gar nicht stattgefunden hatte.

Dann erinnerte ich mich wieder, wie Alexander mir bei meinem Eintreffen in Avalon die Situation erklärt hatte. Es sei am besten, wenn die Leute mich nur für »das Kindermädchen« hielten. »Fürs Erste«, hatte er hinzugefügt. Er hatte völlig recht. Alles andere wäre ein Fehler gewesen, nicht zuletzt, weil es Jamie gegenüber grausam gewesen wäre. Doch Alexander hatte mir zu verstehen gegeben, dass ich Geduld haben müsse, dass wir irgendwann offen unsere Beziehung leben könnten, jedenfalls sah ich es so.

Meistens war ich mir sicher, dass zwischen Alexander und mir etwas war, etwas, was noch geklärt werden musste.

Ich fühlte es. Es war stark wie eine Urkraft.

Und doch gab es auch Momente, in denen ich zweifelte.

Unter dem Strich sagte ich mir, wenn er mich nicht an dem Abend verführte, an dem Jamie außer Haus war, würde nie mehr etwas zwischen uns sein. Alles stand auf dem Spiel, und ich war voller banger Erwartung.

Am Nachmittag bereitete ich einen Lammtopf mit Zwiebeln, Tomaten, Knoblauch und Paprika in der Tagine vor. Während er im Backofen schmorte, entkorkte ich einen Rotwein und ließ ihn im Vorratsraum stehen, damit er atmen konnte.

Nachdem Alexander Jamie von der Schule nach Hause gebracht hatte, machte ich dem Jungen ein Sandwich mit Thunfisch und Mayonnaise und schenkte ihm ein Glas Milch ein. Dann stellte ich sicher, dass er sich saubere Sachen anzog, und half ihm, seinen Rucksack zu packen. Jamie war sehr aufgeregt. Nie zuvor hatte er ohne seinen Vater oder Genevieve woanders übernachtet, und er machte sich wegen ganz praktischer Dinge Sorgen, zum Beispiel wo er sich die Zähne putzen sollte und was er wohl zum Frühstück bekäme.

»Ich mag keine Eier«, sagte er, während ich die Gurte seines Rucksacks enger zog.

»Ich weiß, aber keine Angst, dein Daddy wird es deiner Großmutter schon sagen«, beruhigte ich ihn.

»Mir wird vielleicht schlecht, wenn ich Eier essen muss.«

»Du musst gar nichts essen, was du nicht magst.«

»Bist du sicher?«

»Absolut.«

Leicht hätte ich Jamies Angst ausnutzen und ihn davon überzeugen können, doch lieber nicht bei seinen Großeltern zu übernachten, aber ich tat es nicht. Stattdessen versicherte ich ihm, dass alles gut gehen würde. Ich stellte mir vor, dass seine Großeltern ebenso nervös waren wie er, und wünschte allen Beteiligten, dass der Besuch glücklich verlief.

Als er fertig war, fuhr Alexander Jamie nach Elenora House. Ich winkte ihnen nach. Dann sah ich nach dem Abendessen, rannte nach oben und schminkte mich, sprühte mir Parfüm auf Handgelenke und Hals und steckte silberne Kreolen in die Ohrläppchen. Ich verzichtete darauf, mir ein sexy Kleid anzuziehen – das wäre zu offensichtlich gewesen –, und entschied mich stattdessen für ein frisches Top und meine Lieblingsjeans.

Als Alexander zurückkehrte, saß ich betont lässig auf der Küchenbank, in der einen Hand ein Glas mit Wein und in der anderen ein Taschenbuch.

»Hallo«, sagte ich lächelnd und wippte aufreizend mit dem Fuß. Ich hatte meine Zehennägel lackiert. Ich nahm die Brille ab und kaute am Bügel.

»Was immer du da im Backofen hast«, sagte er und ging an mir vorbei zum Herd, um die Tür zu öffnen, »riecht großartig.«

»Ein orientalischer Lammtopf.«

»Hm, ich liebe Lamm. Wie hast du das nur erraten?«

»Du hast es mir letztes Mal, als ich es gekocht habe, selbst verraten.«

»Ach ja.«

Er schloss die Backofentür wieder, machte einen Schritt

nach rechts und zog die Kühlschranktür auf. Er hatte mich noch nicht einmal angesehen.

»Ist Bier da?«

»Ich habe einen Wein aufgemacht.«

»Na ja, aber ich habe Lust auf ein Bier. Ich würde es gern mit nach oben nehmen und mir ein Bad einlassen.«

Ich holte ihm ein Bier aus der Vorratskammer, reichte es ihm missmutig und setzte mich schmollend ins Wohnzimmer, während er nach oben ging. Ich hörte Wasser rauschen und wie sich Alexander über dem Badwaschbecken die Fingernägel bürstete. Ich schaltete den Fernseher ein.

»Sarah!«, rief er.

»Was ist?«

»Würdest du mir ein Glas bringen?«

»Woran ist eigentlich deine letzte Dienstmagd gestorben?«, murmelte ich.

Einen Moment lang blieb ich unschlüssig sitzen.

»Sarah?«

»Okay, ich komm ja schon.«

Ich stand auf, holte ein Glas aus der Küche und stieg die Treppe hinauf.

Die Badezimmertür stand offen, und ich hörte noch immer das Rauschen des Wassers, konnte Alexander jedoch nicht sehen.

»Wo bist du denn?«, rief ich und drehte nervös das Glas zwischen den Fingern.

»Stell es doch bitte auf den Fenstersims, sei so gut.«

Ich tat, wie mir geheißen. Draußen vor dem Fenster wurde es dunkel, und die Scheibe war mit Kondenswasser beschlagen. Mit dem Handballen rieb ich einen kleinen Kreis frei und spürte plötzlich eine Bewegung in meinem Rücken.

Ich hatte keine Zeit zu überlegen, wie mir geschah.

Alexander hob mich von hinten hoch und bugsierte mich wie ein Kind in die Badewanne. Wasser und Schaum schwappten über den Rand, und ich lachte und kreischte, als er nackt zu mir hereinkletterte.

Ich war so erleichtert. Mehr als alles andere war ich erleichtert.

Er wollte mich, er wollte mich noch immer. Ich hatte mich also nicht geirrt, zwischen uns gab es doch mehr als nur ein Arbeitsverhältnis. Tiefe Freude durchströmte mich; ich hätte nie an Alexander zweifeln, sondern von Anfang an auf meinen Instinkt vertrauen sollen.

Es hatte nur so lange gedauert, weil dies die erste Gelegenheit war, bei der wir allein waren, das erste Mal, dass wir die Chance hatten, unsere Zurückhaltung abzulegen. Und wir nutzten sie schamlos aus. Jede Hemmung, jedes Gefühl von Schicklichkeit fiel von uns ab, während wir uns küssten und unsere Körper erkundeten. Alexander schälte mich aus meinen nassen Sachen, bis seine Hände schließlich überall waren, und er, ohnehin nackt, war schon bereit, um ihn mit Mund, Zunge und Fingern zu erforschen. Er nahm mein Gesicht in beide Hände und küsste mich, und in diesen warmen, feuchten Momenten, die Augen geschlossen und mich der Hitze überlassend, hatte ich das Gefühl, mit ihm zu verschmelzen. Immer wieder sahen wir uns lächelnd an und lachten und freuten uns aneinander. Noch nie war ich so glücklich gewesen. Es überstieg bei Weitem alles, was ich je mit Laurie erlebt hatte. Wenn es an jenem Abend einen leichten Schatten gab, der mein Glück ein ganz klein wenig trübte, war es meine Überzeugung, dass ich nie wieder dieses vollkommene Glück verspüren würde.

»Ich habe dich noch nie ohne Kleider gesehen«, sagte ich leise, als wir später etwas unbequem nebeneinander in der Badewanne lagen, die fast kein Wasser mehr enthielt. Der Badvorleger war völlig durchnässt, und ich fürchtete um die Wohnzimmerdecke darunter. Ich fröstelte ein wenig und fuhr mit dem Finger sein Brustbein hinab, bis zu der

Narbe an seinem Rippenbogen, auf der sich erneut eine Kruste gebildet hatte.

»Was denkst du gerade?«, fragte er.

»Nein, du zuerst.«

Dann sagte ich: »Was, wenn Virginias Einladung an Jamie nur ein Trick gewesen ist, um uns auf die Probe zu stellen? Was, wenn sie mit einer Spezialeinheit der Polizei draußen lauert, die jede Sekunde das Haus stürmen wird?«

»Pst«, sagte er sanft und küsste mich auf den Scheitel.

»Was, wenn sie das Haus hat verwanzen lassen? Und versteckte Kameras hat anbringen lassen?«

»Du sollst still sein, habe ich gesagt.«

»Wie hast du dir die zugezogen?«, fragte ich und zeichnete mit dem Finger die Ränder seiner Narbe nach. »War es ein Unfall?«

Er schob meine Hand weg. Dann hob er sie an seine Lippen und küsste sanft meine Finger, einen nach dem anderen.

»Ach, die Narbe, lass uns unsere wertvolle Zeit nicht damit verschwenden«, sagte er.

Also ließen wir es bleiben.

Den Lammtopf aßen wir nicht. Als wir endlich wieder nach unten gingen, klebte der Deckel mit den rußgeschwärzten Rändern an dem Tongefäß, und das Fleisch war heillos vertrocknet. Die Folienkartoffeln waren hart wie Stein. Eingewickelt in meine Bettdecke, waren wir zusammen in die Küche hinuntergegangen. In jener Nacht lernte ich einen ganz neuen Alexander kennen. Einen entspannten, lustigen und charmanten. Er machte Witze und lachte, während er pudelnackt – nachdem er mir gentlemanlike die Decke überlassen hatte, damit ich im Wohnzimmer den Kamin entzündete – Sandwiches mit Käse und Kartoffelchips zubereitete. Ich beobachtete ihn verstohlen und genoss den

Anblick seines Muskelspiels und seiner wohlgeformten Schenkel, Pobacken und seines Rückens.

In mein frisch bezogenes Bett schafften wir es in jener Nacht nicht mehr. Fest aneinandergeschmiegt – seine Brust an meinem Rücken, mein Po an seinem Schoß – wie zwei Hälften eines Ganzen, betrachteten wir das flackernde Feuer und schliefen ein.

Nun war ich mir ganz sicher, dass sich May täuschte, dass sich Virginia täuschte – jeder, der Alexanders Unbescholtenheit anzweifelte, war im Unrecht. Wie konnte ich an einem Mann zweifeln, der mich so fest in den Armen hielt, der so offen und von Herzen lachte, der mich so zärtlich küsste? Wie konnte er jemandem wehgetan haben?

DREIUNDZWANZIG

Am nächsten Tag nach dem Mittagessen holte Alexander Jamie ab. Während ich die vertrockneten Lammstücke aus der Tagine kratzte, klingelte das Telefon. Es meldete sich eine Frauenstimme. »Hallo. Sind Sie das Kindermädchen?«

»Ja?«

»Hier ist Phoebe, Gens Freundin. Kann ich bitte mit Alexander sprechen?«

»Tut mir leid, aber er ist nicht da. Soll ich ihm etwas ausrichten?«

»Ja. Er soll mich bitte zurückrufen. Sagen Sie ihm, dass unser neues Au-pair-Mädchen uns im Stich gelassen hat …«

»O je, tut mir leid.«

»Dieses dumme Ding. Eine Ukrainerin. Hätten wir doch lieber wieder eine Deutsche genommen. Wie auch immer, ich wollte Alexander fragen, ob wir, bis wir jemand Neues gefunden haben, uns Sie für ein paar Stunden in der Woche ausleihen könnten. Eine Art Nanny-Sharing …«

Ich öffnete den Mund und schloss ihn wieder.

»Es ist so schwierig, heutzutage gutes Personal zu finden«, fuhr Phoebe fort. »Von Ihnen wissen wir wenigstens, dass Sie zuverlässig sind.«

»Okay«, sagte ich ruhig. »Ich werde es ihm ausrichten.«

Ich legte auf und atmete tief durch.

Kurz darauf kam Jamie hereingerannt. Seine Wangen waren gerötet, seine Augen strahlten, und noch nie hatte ich ihn so glücklich und gesund gesehen.

»Hallo!«, rief ich, ohne die Arme auszubreiten. Von Anfang an hatte er klargemacht, dass er von derlei vertrauten Gesten nichts hielt, es sei denn, er brauchte dringend ein paar Streicheleinheiten. Ich respektierte das.

Diesmal jedoch stürmte er auf mich zu und umarmte mich fest, sodass ich ihn in meine Arme nahm und hochhob. Er schlug seine Arme um meinen Hals und die Beine um meine Taille und sagte: »Sarah, rat mal, was passiert ist!«

»Hm … du hattest Nasenbluten?«

»Nein!«

»Du durftest lange aufbleiben und dir einen Film anschauen?«

»*Nein*!«

»Dann muss ich passen.«

»Ich habe ein Pony bekommen.«

Ich betrachtete sein Gesicht genauer. Aus der Nähe war das Blau seiner Augen unglaublich. Es überraschte mich wie ein außergewöhnlicher Sonnenaufgang oder der Gesang eines Vogels, etwas Alltägliches, dem mit einem Mal etwas besonders Schönes anhaftet. Auch seine hellblonden, beinahe weißen Wimpern erstaunten mich jedes Mal aufs Neue, waren sie doch so anders als die dunklen Wimpern seines Vaters.

»Du hast ein Pony bekommen?«, wiederholte ich nur.

»Ja. Stell dir vor, ein Reitpony! Es ist genau das gleiche wie das, auf dem Mami reiten gelernt hat. Und Großmutter sagt, ich kann jeden Freitag zum Reiten kommen, und wenn ich es gut genug kann, darf ich mit meinen Cousinen an Turnieren teilnehmen.«

Hinter Jamies Rücken kam Alexander mit dem Rucksack des Jungen zur Küche herein und zwinkerte mir lüstern zu.

»Ein Pony, Jamie! Du hast ja so ein Glück!«

»Es heißt Luc«, sagte Jamie und befreite sich aus meinen Armen, »das ist die Abkürzung für Lucozade. Großmutter sagt, das ist ein Drink, der die gleiche Farbe hat wie er. Das richtige Wort dafür ist Palomino. Und ich kann ihn schon dazu bringen, loszugehen und anzuhalten, und er weiß, dass er mir gehört.«

»Natürlich weiß er das«, sagte ich.

»Und Großmutter sagt, wenn ich fleißig trainiere, werde ich einmal genauso gut reiten können wie Mami, und wenn Mami wieder nach Hause kommt, wird sie stolz auf mich sein, und wir können zusammen ausreiten.«

Er ging zum Kühlschrank und zog die Tür auf.

»Was kann ich essen?«

»Was du willst«, antwortete ich.

Ich fragte mich, was genau Virginia im Schilde führte, indem sie Jamie ein Pony kaufte, und war mir sicher, dass Alexander sich ebenfalls den Kopf zerbrach, auch wenn wir, wie immer bei unbequemen Themen, nicht darüber sprachen. Vielleicht waren wir einfach zu zynisch. Allmählich schien seine Paranoia auf mich abzufärben. Vielleicht wollte Virginia ihren Enkel ja nur ermuntern, die gleiche Leidenschaft wie seine Mutter zu entwickeln. Auf der anderen Seite fragte ich mich, ob sie ihn unterschwellig nicht dazu bringen wollte, dass er sich allmählich an Elenora House gewöhnte und sich dort mehr zu Hause fühlte als in Avalon, sodass es, sollte er aus irgendeinem Grund irgendwann mal dort leben, für ihn keine allzu große Umstellung sein würde. Meine Hauptsorge war, dass sie irgendwelche rechtlichen Schritte plante, um dem Vater das Sorgerecht für sein Kind zu entziehen. Schließlich beunruhigte mich dieser Gedanke so sehr, dass ich Neil anrief und ihn um Rat fragte. Ich erklärte ihm die Situation, und er sagte, es gebe überhaupt keinen Grund, warum ein Kind aus der Obhut seines leiblichen Vaters entfernt werden sollte, nur weil dessen Großmutter vermutete, er schlafe mit der Haushälterin.

»Und, ist an dem Gerücht etwas dran?«, fragte er neckend.

»Das geht dich nichts an, Neil«, konterte ich.

Neil ahmte den Ton eines Nachrichtensprechers nach. »Als wir Sarah nach der angeblichen Beziehung fragten, weigerte sie sich, die Affäre zu bestätigen oder zu dementieren, was nur zu weiteren Vermutungen seitens ihrer Schwester führen wird.«

»Hör auf damit«, sagte ich, jedoch mit einem vergnügten Lächeln, das einer Mischung aus zaghaftem Stolz und Verlegenheit entsprang.

»Hör zu, Sarah, es geht uns wirklich nichts an, was du tust«, sagte Neil mit seiner gewohnten Stimme. »Das heißt, es interessiert uns natürlich schon, aber nur, weil wir sichergehen wollen, dass es dir gut geht. Und dass Alexander in Ordnung ist. May macht sich nach wie vor Sorgen um dich.«

»Und zwar viel zu viele und unnötigerweise, wie immer.«

»Sie will, dass du nach Hause kommst. Und sie ist nicht die Einzige.«

Ich ging nicht darauf ein. »Du glaubst also, es besteht keinerlei Gefahr, dass Alexander Jamie verliert?«, fragte ich ruhig.

»Solange das Kind gut versorgt wird und die Mutter nicht auftaucht und das Sorgerecht beansprucht, nicht.«

»Danke, Neil.«

»Gern geschehen, Sarah. Du kannst jederzeit anrufen.«

Also bemühte ich mich, mir keine weiteren Verschwörungstheorien auszudenken. Die wenigen Freitagabende, die uns in jenem Herbst vergönnt waren, wenn Jamie bei seinen Großeltern war, kosteten Alexander und ich bis zur letzten Sekunde aus. Dabei hatte ich das Gefühl, dass unsere Beziehung von Mal zu Mal enger wurde. Ich kochte immer etwas Besonderes zum Abendessen, doch nie kamen wir dazu, es zu essen, weil wir nicht genug voneinander kriegen konnten. Jeden Freitagmorgen bezog ich mein Bett frisch, und abends gaben wir dort unserem Verlangen nach. In dem schmalen Bett wanden sich unsere Körper, und wir keuchten, lachten und stöhnten. Ich liebte seinen schönen Körper, seine Muskeln und Gliedmaßen und Haare und auch die Narbe, die nie richtig heilen wollte. Er gab sich mir völlig hin, vergaß sich, und ich hatte nur den einen Wunsch, seine Lust zu befriedigen, zu erleben, wie er ein, zwei, drei Mal kam, bis wir völlig verschwitzt und erschöpft waren. Zum Schluss wickelten wir uns in meine Bettdecke, wie beim ersten Mal – es war zu unserem Ritual geworden –, und gingen nach unten, um vor dem Kaminfeuer ein Sandwich zu uns zu nehmen. Später begaben wir uns wieder nach oben in mein Bett, wo wir uns aneinanderschmiegten wie Kinder.

Das Bett, das er mit Genevieve geteilt hatte, mieden wir.

Ich liebte diese Nächte. Ich liebte jeden Augenblick, doch gleichzeitig hatte ich auch Angst. Ich wusste nicht, wie sie enden würden noch wann, aber ich wusste, dass unsere Freitagabende nicht von langer Dauer sein würden. Und deswegen konnte ich mich Alexander nie gänzlich hingeben, so wie er sich mir hingab. Ich hielt etwas von mir zurück, sodass, wenn es zu Ende ging, noch etwas von mir übrig bleiben würde.

VIERUNDZWANZIG

Unser Leben verlief im Großen und Ganzen ruhig, und wir kamen gut zurecht, bis uns eines Tages Claudia und Bill zum Abendessen einluden.

»Am Freitag …«, sagte ich, nachdem Alexander es verkündet hatte. Es gelang mir nicht, meine Enttäuschung zu verbergen.

Alexander kauerte vor dem Herd, das Feuer war ausgegangen. Er streckte die Hand aus und legte sie an die Innenseite meines Oberschenkels. Ich schmiegte mich an seine warmen Finger.

»Claudia glaubt, sie tut uns damit einen Gefallen, weil wir uns am Freitag nicht um einen Babysitter kümmern müssen«, sagte Alexander amüsiert.

»Oh.«

»Gibst du mir den Fidibus, bitte? Das weiße Ding, das auf dem Tisch liegt. Und schau nicht so besorgt.«

»Warum laden sie uns beide zusammen ein? Glaubst du, das war Virginias Idee?«

»Du bist ja noch paranoider als ich. Nein, Virginia hat damit bestimmt nichts zu tun. Claudia will dir einfach nur einen schönen Abend bereiten, als Dankeschön für alles, was du für die Familie tust.«

»Alex…«

Er presste die Finger in meinen Schenkel, und ich stützte mich mit der Hand auf dem Herd ab, um das Gleichgewicht nicht zu verlieren.

»Es ist wirklich okay«, sagte er. »Du hast nichts Falsches gemacht. Wenn Gen hier wäre… Ich meine, wenn sie von dir und mir wüsste, würde sie sich für uns freuen. Sie wäre froh, zu sehen, dass ich mein Leben weiterlebe.«

»Aber Claudia weiß das nicht und…«

»Claudia weiß, dass du dich liebevoll um ihren Neffen kümmerst. Und das ist ihr das Wichtigste. Im Übrigen können wir die Einladung unmöglich ausschlagen. Wie sollten wir eine solche überaus freundliche Geste ablehnen? Stell dir vor, wie sich Claudia dann fühlen würde.«

Ich nickte, aber mir war immer noch elend zumute. Wenn ich allein mit Claudia war, konnte ich ich selbst sein, weil unsere Beziehung authentisch war – eine ganz normale Freundschaft zwischen zwei Frauen. Aber sie gemeinsam mit Alexander zu besuchen und meine Gefühle für ihn verbergen zu müssen würde unsere Freundschaft verhöhnen. Sie vertraute mir, während ich sie anlog.

»Bill wirst du bestimmt mögen«, sagte Alexander. »Und er wird dich mögen. Er mag jeden, den Claudia mag.«

»Sie kennt mich ja nicht besonders gut, nicht wahr?«, erwiderte ich.

Alexander sah zu mir hoch und lächelte. »Claudia hat eine hervorragende Menschenkenntnis, vergiss das nicht.«

Ich lächelte ebenfalls, auch wenn ich mich keineswegs besser fühlte.

»Es kommt übrigens noch ein weiteres Paar«, fuhr Alexander fort. »Zwei, die dich offensichtlich stundenweise als Babysitterin ausleihen wollen, oder so was in der Art.«

»O Gott, doch nicht Phoebe? Alex, sie hat vor einer

Ewigkeit hier angerufen und wollte dich sprechen, weil sie dich fragen wollte, ob sie mich ab und zu ausleihen kann, um auf ihre Kinder aufzupassen, und ich habe ganz vergessen, es dir ...«

»Ist doch nicht schlimm!«, sagte Alexander. Er richtete sich auf, fasste mich mit seinen starken Händen an den Schultern und drückte sie beruhigend. »Keine Angst. Ich werde ihnen sagen, dass ich vergessen hätte, sie zurückzurufen.«

Mir graute dennoch vor dem Abend.

Als es so weit war, fuhren wir wieder die steile, kurvige Straße hinauf, vorbei an dem mit Ketten versehenen Tor vor dem alten Steinbruch. Es war stockdunkel, und man konnte bis auf den von den Lichtkegeln der Scheinwerfer beleuchteten Ausschnitt des Sträßchens nichts erkennen. Als wir an der Scheune ankamen, war das schmiedeeiserne Tor geschlossen.

»Komisch, normalerweise ist es offen«, sagte Alexander. Er kurbelte die Fensterscheibe hinunter und betätigte den Knopf der Gegensprechanlage, die an einem Holzpfosten neben der Einfahrt angebracht war.

»Ich bin's«, sagte er. Ich hörte eine von Knistern begleitete Männerstimme und im Hintergrund heftiges Hundegebell. Das große Tor schwang langsam auf.

Alexander stellte den Landrover auf der Einfahrt ab. Auf den rosafarbenen Pflastersteinen, die fischgrätartig angeordnet waren und von Kübeln mit wunderschönen, penibel gepflegten Pflanzen gesäumt wurden, wirkte das verbeulte alte Fahrzeug noch armseliger. Als wir ausstiegen, schloss sich das Tor wieder hinter uns. Die Flügeltüren fielen mit einem Klicken ins Schloss. Drei weitere Fahrzeuge, Claudias Volvo, ein großer, glänzender Allradwagen und ein windschnittiger BMW, parkten in der Einfahrt.

»So, jetzt gibt's kein Zurück mehr«, sagte Alexander. Er

nahm meine Hand und ließ sie wieder los, als wir die Veranda erreichten. Mir war äußerst mulmig zumute.

Eines der Mädchen, Petra, öffnete die Tür und wurde von Blue angerempelt, der sich an ihr vorbeidrängte und an mir hochsprang, indem er seine riesigen Pfoten auf meine Brüste legte und mein Gesicht abzulecken begann.

»Sitz!«, sagte Alexander im gleichen Tonfall, wie er stets Jamie zurechtwies. Augenblicklich ließ sich Blue zu seinen Füßen nieder und sah schmachtend zu ihm hoch, während er heftig mit dem Schwanz auf das Pflaster schlug.

»Du dummer Hund, du«, sagte Alexander liebevoll.

Bonnie watschelte um Petra herum und schmiegte sich schwanzwedelnd an meine Beine. Ich kraulte sie hinter den Ohren und begrüßte das Mädchen. In ihrem blauen Nachthemd und den weißen Socken sah sie wie Alice im Wunderland aus. Ihr langes, glattes Haar wurde von einem Band zurückgehalten.

»Tut mir leid wegen Blue«, sagte sie. »Er ist so stürmisch und freut sich so.«

»Ist schon gut«, sagte Alexander. »Das ist kein schlimmer Fehler bei einem Hund.«

»Kommt herein«, sagte Petra.

»Ich wünschte, deine hervorragenden Umgangsformen würden ein wenig auf Jamie abfärben«, sagte Alexander.

Petra lächelte und huschte davon, zu ihrer Zwillingsschwester zurück.

Ich folgte Alexander hinein. Zuerst konnte ich keine weiteren Gäste entdecken, und einen Moment lang hob sich meine Laune: Vielleicht hatten Phoebe und Ted ja abgesagt.

Die ehemalige Scheune war riesig, modern geschnitten mit einem offenen Wohn- und Essbereich und äußerst geschmackvoll eingerichtet. So ziemlich das Gegenteil von Avalon. Alles war neu. Deckenhohe Panoramafenster gaben den Blick auf die Felder frei, die sich hinter dem Haus hangabwärts erstreckten und von Bäumen und Hecken gesäumt waren, die den neuen Steinbruch am Fuß des Berges verbargen. Es war ein gemütliches, behagliches Haus, schlicht und geschmackvoll und luxuriös zugleich. Die Wände waren mit Familienporträts bedeckt, vergrößerte, gerahmte Schnappschüsse von den Zwillingen und dazwischen professionelle Aufnahmen. Auch von Genevieve gab es Fotos. Die meisten zeigten sie beim Reiten, entweder beim Springen über ein Hindernis, oder sie stand, die Zügel in der Hand, neben einem ihrer Pferde, an dessen Zaumzeug eine rote Turnierrosette befestigt war. In ihrer Reitmontur sah sie umwerfend elegant und athletisch aus. Auf den Bildern, auf denen sie über atemberaubend hohe Hindernisse sprang, sah man, wie sehr sie in ihrem Element war, ihre Bewegung sah so anmutig und zielsicher aus.

Die Fotos irritierten mich, und ich wusste, es war Eifersucht, was ich empfand. Genevieve war in jeder Hinsicht perfekt. Kein Wunder, dass sie von allen geliebt wurde und ihr Verschwinden eine so große Lücke bei allen hinterlassen hatte. Mir wurde klar, dass die Leute im Dorf nie aufhören würden, über ihren Verbleib zu spekulieren und darüber, wann sie wohl zurückkam. Nie würde ich so sein wie sie. Ich war nun mal ein ganz anderer Mensch. Von der Sorte, die man schnell wieder vergisst.

Wenn Genevieve eines Tages wieder nach Burrington Stoke zurückkam – falls sie je zurückkehrte – und ich Avalon verlassen müsste, würde es von mir nirgendwo ein Foto geben, sagte ich mir. Ebenso wenig wie Anekdoten oder irgendetwas, was die Menschen daran erinnerte, dass ich existiert hatte.

»Reiten Sie?«

Ich drehte mich um und stand einem großen Mann mit freundlichem Lächeln und einer Champagnerflöte in der Hand gegenüber.

»Nein, aber ich fahre Rad.«

»Ich auch. Kann die Pferdeleidenschaft nicht so recht

nachvollziehen. Für mich sind es kapriziöse Tiere mit großen Füßen und ohne Bremse. Ich heiße übrigens Bill.«

»Hallo. Ich bin Sarah.«

»Freut mich, Sie endlich kennenzulernen.«

Bill nahm mir den Mantel ab und reichte mir ein Glas.

»Und das ist Ted, ein guter Freund von uns«, sagte er und stellte mich einem sportlichen, noch ziemlich jungen Mann mit schadhaften Zähnen und Schweißflecken unter den Achseln vor.

Ted nickte mir zu, streckte aber nicht die Hand aus.

»Claudia kommt gleich«, sagte Bill. »Setzen Sie sich doch.«

Das Glas in der Hand, nahm ich auf dem Rand eines großen, weichen Sessels Platz. Von nebenan hörte ich eine plappernde Frauenstimme, die ich an ihrem tiefen Klang als Phoebes erkannte.

»Was ist mit dem Tor los, Bill? Warum ist es zu?«, fragte Alexander.

Bill sah sich verstohlen um, um sicherzugehen, dass seine Töchter nicht in Hörweite waren. »Jemand treibt sich in letzter Zeit in der Nähe des Hauses herum«, sagte er dann.

»Und, weißt du, wer es ist?«

Bill schüttelte den Kopf. »Ein paar Sachen fehlen. Und die Hunde bellen nachts immer.«

»Vielleicht Füchse?«, meinte Alexander.

»Landstreicher«, sagte Ted. »Es sind meistens Landstreicher. Oder aber irgendwelche Flegel aus Wells.«

»Ja, Wells ist ein rauer Flecken«, sagte Alexander und zwinkerte mir zu. Ich lächelte.

Bill schüttelte abermals den Kopf. »Ich glaube, es ist weder das eine noch das andere. Wer immer sich bei uns herumtreibt, versucht uns Angst einzujagen. Die arme Claudia ist außer sich vor Sorge. Wir überlegen, ob wir eine Überwachungskamera installieren lassen.«

»Mist«, sagte Alexander.

»Und wie geht es Ihnen, Sarah?«, fragte Bill.

Ich war mir sicher, es war Damian. Es musste Damian sein, der sich ums Haus herumtrieb. Ich hätte Claudia doch sagen müssen, dass er im Dorf gewesen war. Ich überlegte gerade, wie ich davon anfangen und diese Möglichkeit andeuten sollte, als sich Allegra über meine Schulter beugte und mir eine Schüssel Pistazien anbot. Dann betrat Phoebe mit grell geschminkten Lippen den Raum und riss sofort das Gespräch an sich. Ich nahm mir vor, sobald ich Alexander unter vier Augen sprechen konnte, von meinem Verdacht zu erzählen, damit er es Bill sagen konnte.

Bill war ganz anders, als ich erwartet hatte. Irgendwie hatte ich mir Claudias Mann ungepflegter vorgestellt, gammliger irgendwie. Ich wusste, dass er an der Universität unterrichtete, und hatte daher das Bild eines zerstreuten Professors mit zerzaustem Haar, Vollbart und Bierbauch im Kopf gehabt, an dessen Hemd ein Knopf fehlte und dessen Brille mit Tesafilm zusammengehalten wurde.

Doch in Wirklichkeit war Bill noch größer als Alexander. Er hatte einen liebenswürdigen amerikanischen Akzent. Sein Haar war kurz geschnitten, um die beginnende Glatze zu kaschieren, und er war auf dezente Weise gut aussehend. Zuerst dachte ich, er sei erheblich jünger als Claudia, kam dann aber zu dem Schluss, dass sie älter aussah, als sie war.

Bill war amüsant und zurückhaltend zugleich. Er gehörte zu den Menschen, bei denen man augenblicklich merkt, wie intelligent sie sind, ohne dass sie damit angeben. Und obendrein war er auch noch freundlich. Er gab sich die größte Mühe, damit ich mich wohlfühlte, umso mehr, als Phoebe und Ted offensichtlich nicht so recht wussten, wie sie sich mir gegenüber verhalten sollten. Bill nahm mir gegenüber Platz und legte die knochigen Handgelenke auf die Knie, während sich die Zwillinge zu seinen Füßen niederließen, um auf dem Boden ein Puzzle zusammenzusetzen. Wir unterhielten uns über das Landleben. Bill meinte, dass man, wenn man einmal Teil davon geworden war, nicht mehr in die Stadt zurückkonnte.

Er stammte ursprünglich aus Boston und hatte zuletzt in London gewohnt. Er vermisse diese Stadt nicht, sagte er. Er war dort Professor für mittelalterliche französische Literatur gewesen und hatte nach seiner Heirat mit Claudia ein paar Jahre an verschiedenen Universitäten unterrichtet. Nun widmete er sich ganz dem Schreiben. Er war viel gereist, hatte geforscht und einige Bücher veröffentlicht, eines davon mit großem Erfolg – es diente als Vorlage für eine beliebte Fernsehserie. Ein reiner Glückstreffer, wie er behauptete.

»Aber deswegen konnten wir uns den Pool leisten, nicht wahr, Daddy?«, fragte Allegra, und wir mussten alle lächeln.

Die gute alte Bonnie kam zu mir, schmiegte sich an meine Beine, und ich streichelte sie. Bei diesen netten Menschen in ihrem entzückenden Heim fühlte ich mich geborgen. Der Gedanke, dass Damian draußen herumschlich und zu den Fenstern hereinspähte, die Hunde erschreckte und Sachen stahl, bereitete mir Unbehagen.

Gegen meinen Willen wurde mein Blick immer wieder magisch von den Fotos an der Wand angezogen. Genevieve war so vital, so lebendig. Meine Augen ruhten auf einem Bild, das Genevieve und Claudia zusammen zeigte; Genevieve hatte den Kopf auf Claudias Schulter gelegt, und Claudia lachte unbefangen. Die Halbschwestern waren verschieden wie Tag und Nacht: Genevieve zart und elegant, Claudia groß und nachlässig in eines ihrer unförmigen Kleider gehüllt. Nur ihr Lächeln glich sich.

»Sie hat Klasse, nicht wahr?«, fragte Ted, der meinem Blick gefolgt war. Er sprach nicht von Claudia, das war klar.

Ich lächelte und nickte.

Ted räusperte sich. »Weißt du etwas Neues?«, fragte er Alexander.

»Nein.«

»Die Polizei war, wie du ja weißt, bei uns und hat sich mit Phoebe unterhalten.«

»Nein, das ist mir neu.«

»Sie haben mich alles Mögliche gefragt.« Phoebe schürzte die Lippen. »Es hat mich ziemlich mitgenommen.«

Ich spürte Alexanders Irritation, seine plötzliche Anspannung.

»Sie machen nur ihren Job, nehme ich an«, sagte Bill.

»Und sie haben noch nichts herausgefunden?«

Alexander schüttelte den Kopf.

Ted seufzte. »Scheußliche Angelegenheit. Sie haben Phoebe nach Gens ... ähm, Privatleben gefragt. Ist dir je in den Sinn gekommen, dass sie womöglich ...«

»Ted!«, rief Phoebe. »Um Himmels willen. Das hier ist weder der Zeitpunkt noch der Ort.« Sie drehte die Augen bedeutungsvoll in meine Richtung.

Ted hob entschuldigend die Hand.

»Oh, wegen Sarah braucht ihr euch keine Sorgen zu machen«, sagte Alexander. »Sie ist äußerst diskret.« Er berührte über die kurze Distanz unserer beiden Sessel hinweg mit seinem Handrücken sanft den meinen, und ich fühlte mich sogleich besser.

Währenddessen war Claudia hereingekommen, und mir wurde warm ums Herz. Sie war ein so lieber Mensch. Ihr Leben war zuerst durch den Selbstmord ihrer Mutter und nun auch noch durch Genevieves Verschwinden erschüttert worden, trotzdem strahlte sie keinerlei Verbitterung oder Groll aus. Die Bilder an der Wand waren wie ein Schrein, der Claudias unsterbliche Liebe für ihre Halbschwester barg. Ich sah auf und blickte in ihr lächelndes Gesicht.

Aus der Küche wehten unwiderstehliche Düfte herüber. Bill brachte die Mädchen ins Bett, dann setzten wir uns um den wunderschönen runden Holztisch im Essbereich und aßen zu Abend. Der Tisch war poliert und glänzte warm im Kerzenlicht. Er war mit Silberbesteck und exquisitem Porzellan gedeckt.

Claudia hatte sich schick gemacht. Sie hatte das Haar hochgesteckt, und ein paar Strähnen ihres graubraunen Haars umrahmten ihr Gesicht. Sie trug ein langes Kleid, in dem sie wie eine griechische Göttin aussah. Zwar machte es sie nicht schlanker, schmeichelte aber ihren weiblichen Rundungen. An ihren Ohrläppchen und ihrem Hals funkelten Diamanten. Sonst dachte ich nie daran, dass Claudia reich war, für mich war sie einfach nur die große, nette Claudia, aber an diesem Abend waren ihr sozialer Status, ihr Reichtum und ihre Herkunft nicht zu übersehen. Sie war eine ausgezeichnete Gastgeberin. Als Vorspeise gab es einen warmen Salat aus Waldpilzen, gefolgt von einem köstlichen Wolfsbarsch in Hummersafransoße mit jungen Kartoffeln, Spargel und Babykarotten. Der Wein war vorzüglich, jedoch stärker als der, den ich gewohnt war, und wir tranken ziemlich viel davon. Ich jedenfalls. Im Laufe des Abends legte sich meine Schüchternheit zusehends, und ich begann, mich an der Unterhaltung zu beteiligen, auch wenn Phoebe keinen Hehl daraus machte, wie unangemessen sie das fand.

»Kochen Sie, Sarah?«, fragte sie bei der Hauptspeise.

»Ja.«

»Sie kocht sehr gut«, warf Alexander ein.

»Und wo haben Sie Ihre Ausbildung gemacht?«

»Wie bitte?«

»Na, wo haben Sie das Kochen gelernt?« Sie beugte sich vor, als spräche sie mit jemandem, der nur über elementares Englisch verfügt und den man zum Sprechen ermuntern muss.

»Sie ist ein Naturtalent«, sagte Alexander.

»Sie haben doch bestimmt ein College besucht«, beharrte Phoebe, »oder gar eine Universität! Heute scheint es für alles und jedes ein Diplom zu geben. Sogar für Kinderbetreuung!«

Sie sah in die Runde, aber nur Ted lachte.

»Ja, ich bin in der Tat aufs College gegangen«, erwiderte ich. Plötzlich fühlte ich mich wieder sehr klein und wusste nicht, wohin ich schauen sollte.

»Wir suchen noch immer eine Teilzeitkinderbetreuung, weißt du, Claudia«, sagte Phoebe. »Momentan kommt ein Mädchen aus dem Dorf, aber sie ist nicht die Richtige, und da die Pferde so viel Zeit in Anspruch nehmen …« Sie sah Alexander erwartungsvoll an, doch er beachtete sie nicht.

»Nun komm schon auf den Punkt, Phoebe«, sagte Ted.

»Na gut. Alexander, wir wollten dich fragen, ob wir Sarah hin und wieder zum Babysitten ausleihen könnten?«

Alexander schüttelte den Kopf. »Tut mir leid, Phoebe, aber Sarah kann man nicht ausleihen.«

Er hatte freundlich, aber bestimmt geantwortet.

»Oh«, sagte Phoebe. »Nicht einmal in dringenden Notfällen?«

»Nein.«

Eine angespannte Stille trat ein. Ich hörte, wie meine Gabel auf dem Teller schabte, während ich mir einen Bissen auflud.

»Es schmeckt vorzüglich«, sagte Ted betont munter und hob sein Glas in Richtung Claudia. »Was will man mit dürren Pferdenärrinnen wie Phoebe und Gen? Da lob ich mir doch eine Frau, die mir jeden Tag etwas Köstliches auf den Tisch bringt!«

Claudia lächelte, aber man konnte sehen, dass es ihr auch ein wenig peinlich war.

»Na ja, das kommt dabei heraus, wenn man in der Schweiz zur Schule gegangen ist«, erwiderte sie.

»Ach, du warst in einem Mädchenpensionat?«, fragte ich.

Sie nickte. »Es war Virginias und Daddys Idee, mich in die Schweiz zu schicken, um mir den letzten Schliff zu verleihen, nachdem klar war, dass es mit meinen sonstigen schulischen Leistungen nicht weit her war.«

»Tatsächlich? Da komme ich mir ja ziemlich ungeschliffen vor!«

Es war als Scherz gemeint, doch niemand lachte. Alexander starrte auf seinen Teller. Phoebe atmete geräuschvoll ein, und Ted wurde noch röter, nachdem er schon den ganzen Abend dem Wein zugesprochen hatte.

»Sollte ein Witz sein«, sagte ich. »Der Wein ist mir wohl zu Kopf gestiegen.« Ich hob mein Glas und nahm einen weiteren Schluck.

Claudia sah mich lächelnd an. »Wenn ich das geschliffene Resultat bin, hätte Daddy sein Geld zurückfordern sollen.«

Ich kicherte, doch Bill machte eine finstere Miene. Er streckte die Hand über den Tisch hinweg aus und ergriff Claudias Handgelenk. »Sie muss sich ständig schlecht machen. Immer muss sie ihr Licht unter den Scheffel stellen, obwohl sie das doch gar nicht nötig hat.«

Claudia nahm seine Hand in ihre. Er sah sie mit völliger Aufrichtigkeit an, sodass ich mir voyeuristisch vorkam. Ich wandte den Blick ab und starrte auf meinen Schoß. Wie sicher sich Claudia fühlen musste in dem Kokon aus Liebe, den ihr Mann, ihre Kinder und ihr Heim für sie gewoben hatten. War das eine Entschädigung für ihre schreckliche Kindheit, den Selbstmord ihrer Mutter und ihren seelisch gebrochenen Bruder? Genügte ihr das?

»Ich werde nie verstehen, wie jemand, der so perfekt ist wie Claudia, einen Typen wie mich heiraten konnte, der so viele Makel hat«, sagte Bill ruhig. »Es erstaunt und erfreut mich immer wieder aufs Neue.«

»Hör auf damit«, entgegnete Claudia, doch ich konnte sehen, dass in ihrer Verlegenheit auch Freude mitschwang. Sie spielte an dem Smaragdarmband herum.

»Gut gesprochen!«, fiel Ted mit ein. »Und gut gemacht, Claudia!«

Alexander starrte noch immer auf seinen Teller. Ich kannte ihn mittlerweile gut genug, um zu wissen, dass ihm diese Zurschaustellung von Emotionen und das Gerede darüber gegen den Strich gingen.

»Wo habt ihr beide euch kennengelernt?«, fragte ich an Claudia gewandt, um das Gespräch behutsam in eine andere Richtung zu lenken.

Phoebe und Ted tauschten einen vielsagenden Blick aus.

»Oh, tut mir leid«, sagte ich heiter. »Hätte ich das nicht fragen sollen?«

»Nein, nein, ist schon in Ordnung«, erwiderte Claudia. »Wir sind uns nur wenige Hundert Meter von hier begegnet, nämlich in Elenora House. Bei einem von Virginias legendären Fuchsjagdbällen. Auf dem örtlichen Heiratsmarkt sozusagen.«

Ich trank einen weiteren Schluck Wein. Kaum war mein Glas leer, war es auch schon wieder gefüllt, ohne dass ich merkte, wer mir nachgeschenkt hatte.

»Bei diesen Bällen fließen Unmengen von Alkohol, und das lässt die Hemmungen fallen«, erklärte Claudia.

»Also wirklich, Claude, es war schon ein bisschen romantischer bei uns«, entgegnete Bill. »Abgesehen von Champagner waren auch die Sterne und der Mond involviert.«

Claudia lächelte bei dieser Erinnerung. »Ja, da hast du recht.«

Einen Moment lang herrschte Stille, als würden wir uns alle die Szene vorstellen.

»Virginias Bälle sind in der Tat legendär«, sagte Ted wehmütig.

Ich hielt mir prustend die Hand vor den Mund.

»Pardon«, murmelte ich, während Alexander mir seine Serviette reichte. Alles, was ich den ganzen Abend lang unterdrückt hatte, schien sich Luft verschaffen zu wollen. Je mehr sich die anderen bemühten, mich zu ignorieren, desto mehr hatte ich das Gefühl, vor lauter nervöser Energie explodieren zu müssen.

Claudia ließ Bills Hand los, stand auf und begann, den Tisch abzuräumen.

»Wir sind wie das wandelnde Klischee aus einer romantischen Komödie«, fuhr Bill fort, der sich unbeirrt bemühte, die Aufmerksamkeit von mir wegzulenken. »Sich auf einem Fuchsjagdball ineinander zu verlieben, obwohl keiner von uns diesem blutigen Sport etwas abgewinnen kann …«

»Was sollen wir da erst sagen«, platzte ich heraus. »Dann sind wir das wandelnde Klischee einer Urlaubsromanze!«

Alle erstarrten wie zu einer Filmszene. Claudia hörte auf, mit dem Besteck zu klappern, und Bill hielt beim Einschenken inne, indem er die Weinflasche über ihrem Glas schweben ließ. Teds Gesicht wurde puterrot.

Ich lachte. »Was ich damit sagen wollte, ist, dass jeder das vermutet. Aber das stimmt natürlich nicht. Wir haben ein reines Arbeitsverhältnis, nicht wahr, Alexander? Nur weil wir uns im Urlaub kennengelernt haben, nehmen die Leute an, wir hätten eine Affäre, aber wie gesagt, wir haben uns einfach nur gut verstanden und …«

»Halt den Mund, Sarah«, unterbrach mich Alexander.

»Gib mir bitte deinen Teller, Sarah«, sagte Claudia.

Ich reichte ihn ihr.

Es herrschte eisiges Schweigen, das Ewigkeiten anzudauern schien.

Aus dem Augenwinkel bemerkte ich, wie Phoebe Ted ansah und eine Augenbraue hob. Ich zog meinen Rock hinunter und heftete den Blick auf das Motiv auf meinem Tischset.

»Ich helfe dir, Claudia«, sagte Phoebe mit zuckersüßer Stimme.

»Ich auch«, sagte Ted. Offensichtlich konnte er es nicht ertragen, länger am selben Tisch mit mir zu sitzen. Während sich die beiden demonstrativ daranmachten, Claudia beim Abräumen zu helfen, drehte ich nervös meine Serviette zwischen den Fingern.

»Wie läuft die Arbeit?«, fragte Bill Alexander.

»Gut, Gott sei Dank.«

»Schuftest du noch immer von früh bis spät?«

Alexander nickte. Bill nahm seine Brille von der Nase und kratzte sich an der Augenbraue.

»Du müsstest inzwischen doch genug verdient haben, um dem alten Herrn deine Schulden zurückzuzahlen, nicht wahr?«

»Bill, bitte!«, sagte Claudia. »Lasst uns bei Tisch bitte nicht über Geschäftliches reden.«

»Tut mir leid«, erwiderte Bill.

»Gibt es etwas, was ich tun kann, Claudia?«, fragte ich.

»Nein, danke«, entgegnete sie mit kalter, harter Stimme. »Du hast schon mehr als genug getan.«

Für den Rest des Abends hielt ich meinen Mund.

FÜNFUNDZWANZIG

Am nächsten Tag wachte ich mit einer Migräne und voller Selbstvorwürfe auf. Ich fragte mich, ob der Schaden, den ich mit meiner Bemerkung angerichtet hatte, wiedergutzumachen war. Die Freundschaft mit Claudia lag mir sehr am Herzen. Doch nun würde die Wahrheit, oder zumindest eine Ahnung davon, zwischen uns stehen. Mehr denn je hatte ich das Gefühl, es sei falsch, nicht völlig aufrichtig zu ihr zu sein. Als ich Alexander fragte, was ich tun sollte, weigerte er sich, darüber zu reden. Er verschloss sich mir gegenüber. Es wäre mir lieber gewesen, er hätte mich angeschrien, seinen Gefühlen freien Lauf gelassen und seiner Wut Luft verschafft, aber ich traute mich nicht, einen Streit vom Zaun zu brechen.

Bestimmt hatte Phoebe Claudia versprochen, dass kein Wort über den vergangenen Abend über ihre Lippen kam, nur um jedem, der ihr über den Weg lief, davon zu erzählen. Garantiert hatte sich die Neuigkeit im gestreckten Galopp in der eingeschworenen weiblichen Reiterschaft des Dorfes verbreitet.

Ich musste unbedingt mit jemandem darüber reden und vertraute mich Betsy an. Zwar hatte ich ihr keine Einzelheiten über meine Beziehung zu Alexander erzählt, doch sie wusste mehr oder weniger Bescheid. Auch war sie wie jeder im Dorf über die privaten Angelegenheiten der Churchills im Bilde, da ihre Mutter zweimal in der Woche nach Elenora House fuhr, um die Bügelwäsche abzuholen und zu bringen.

Wir saßen in der Küche ihrer zugigen Sozialwohnung und tunkten Ingwerplätzchen in unseren Milchkaffee. Als ich ihr den Hergang des Abends schilderte, rollte sie die Augen.

»Also im Ernst«, sagte sie, »ich finde, es ist Alexanders Schuld, wenn er dich zu dieser Geheimniskrämerei zwingt. Was erwartet er eigentlich? Hättet ihr den Leuten von Anfang an reinen Wein eingeschenkt, wären sie inzwischen daran gewöhnt.«

Dann erzählte ich ihr, dass Alexanders Beziehung mit Genevieve schon lange vor ihrem Weggang zerrüttet gewesen sei, dass sie nach außen hin jedoch den Anschein gewahrt hätten. Deswegen würden alle wie Virginia denken, dass es unschicklich sei, so bald nach ihrem Verschwinden eine neue Liebesbeziehung zu beginnen.

Auch das konnte Betsy nicht von ihrer Meinung abbringen. »Das heißt, eine Lüge mit einer weiteren überdecken. Was soll das? Die Wahrheit kommt früher oder später immer heraus, so sicher wie das Amen in der Kirche. Je mehr man versucht, sie unter Verschluss zu halten, desto mehr drängt es sie an die Oberfläche. Aus welchem Grund will Alexander es denn geheim halten?«

»Was geheim halten?«

»Dass es zwischen Gen und ihm schon lange aus war.«

Ich zögerte. Überlegte, wie Alexander mir erklärt hatte, warum nichts über ihre zerbrochene Beziehung nach außen dringen sollte. Doch ich konnte mich beim besten Willen nicht mehr erinnern, und nun, da Betsy mich mit ihrer Frage in Verlegenheit gebracht hatte, ergab es für mich absolut keinen Sinn mehr. Was war so schlimm daran, zuzugeben, dass man Eheprobleme hatte? Nun, da Genevieve weg war, gab es erst recht keinen Grund mehr, den schönen Schein einer glücklichen Ehe zu wahren.

Betsy beugte sich zu ihrem Baby hinüber, das in einem Kinderstuhl saß, und wischte ihm die Nase sauber. Das kleine Mädchen drehte sein rundes, rotes Gesichtchen weg und wand sich.

»Meinst du, ich sollte Claudia anrufen und mich entschuldigen?«, fragte ich.

Betsy zog eine Grimasse. »Ich würde *sie* kommen lassen.«

»Und was, wenn sie es nicht tut?«

Sie zuckte die Achseln. »Dann darfst du es nicht persönlich nehmen. Blut ist dicker als Wasser, du weißt schon.«

»Glaubst du, sie wird es Virginia erzählen?«

»Keine Ahnung. Du hast sie in eine ziemlich unangenehme Situation gebracht. Angesichts der Lage, ich meine Genevieves Verschwinden, wird sie vor Virginia nichts geheim halten wollen. Außerdem, wenn Phoebe es überall herumposaunt, wird es nicht lange dauern, bis es Virginia erfährt.«

Ich seufzte schwer. »O Gott, kann es noch schlimmer kommen?«

»Ja«, sagte Betsy heiter. »Und das wird es wahrscheinlich auch.«

Mir wurde bald klar, dass Claudia unsere Freundschaft nicht mehr aufrechterhalten wollte. Über Jamie ließ sie einen gemeinsamen Kinobesuch mit den Kindern absagen, den wir geplant hatten. Außerdem war sie seit besagtem Abend nicht mehr in Avalon vorbeigekommen. Mehrmals versuchte ich, sie anzurufen, bekam jedoch nur ihren Anrufbeantworter zu hören.

Ich hinterließ keine Nachricht. Wie hätte ich in wenigen Sekunden erklären können, was mir auf dem Herzen lag? Der Gedanke, dass ich Claudia verletzt hatte, war mir unerträglich. Außerdem vermisste ich sie sehr. Gleichzeitig graute mir davor, darlegen zu müssen, warum ich gelogen hatte.

An einem der herrlichen Tage Mitte Oktober, als sich der Herbst von seiner besten Seite zeigte und einem den Eindruck vermittelte, alles sei noch möglich, sammelte ich zwei Körbe voll der schönsten Äpfel von dem riesigen mit Misteln bewachsenen Apfelbaum im Vordergarten. Dann ging ich zu Fuß den langen Weg den Berg hinauf, vorbei am alten Steinbruch. Bis ich bei der Scheune ankam, taten mir Schultern und Arme weh. Noch bevor ich am Tor anlangte, hörten mich die Hunde und rasten vom hinteren Teil des Gartens nach vorn, wobei sie mit den Pfoten über das Pflaster schlitterten, um dann hinter dem schmiedeeisernen Tor ein wildes Gebell zu veranstalten. Claudia konnte nicht so tun, als wäre sie nicht da. Mit der Fernbedienung öffnete sie das Tor und trocknete sich die Hände an einem Geschirrtuch ab. Ich hielt ihr die Körbe entgegen.

»Wenn du willst, gehe ich sofort wieder«, sagte ich. »Aber nimm wenigstens die Äpfel, die sind nämlich für dich.«

Claudia nestelte am Ausschnitt ihres T-Shirts. Blue umkreiste mich bellend. Sie befahl ihm, Sitz zu machen, doch er gehorchte nicht, sondern sprang an mir hoch. Über den Lärm hinweg sagte ich: »Ich musste dir sagen, wie leid es mir tut. Das ist das Mindeste, was ich tun kann.«

Claudia erwiderte nichts. Ihre Augen kamen mir röter und wässriger vor als das letzte Mal, da ich sie gesehen hatte. Sie wirkte älter.

»Gut, ich gehe dann wieder. Die Äpfel lasse ich da. Du hast mir gesagt, du machst so gern Apfelkompott.«

»Genny und ich haben immer einen ganzen Tag damit zugebracht«, sagte Claudia. »Eines unserer Rituale. Komm herein.«

Sie trat zur Seite, und ich schob mich an ihr vorbei ins Haus, ging durch den Flur, dann quer durchs Wohnzimmer in ihre riesige schöne Küche. Ich stellte die beiden Körbe auf dem mit Schieferfliesen gedeckten Boden ab.

»Alexander meinte, ich solle gar nichts sagen. Egal, was ich sagte, es würde alles nur noch schlimmer machen.«

Claudia schüttelte den Kopf. »Meine Schwester ist fort. Was immer ihr beide tut, ändert nichts daran. Was ich schlimmer finde, ist, dass du mich hinters Licht geführt hast.«

»Es tut mir leid.«

»Ich habe dich für meine Freundin gehalten, Sarah. Es gibt hier nicht viele Menschen, mit denen ich reden kann, aber auf dich, dachte ich, könnte ich mich verlassen.«

In meinen Augen brannten Tränen. Ich sah in ihr liebes Gesicht und hatte das Bedürfnis, zu weinen und sie um Vergebung zu bitten, erinnerte mich aber, wie sie über die Notwendigkeit, seine Würde zu wahren, gesprochen hatte.

»Ich wollte dich nur schützen«, sagte ich. »Ich erzähle dir alles, was du wissen willst.«

Meine Worte klangen schal in meinen Ohren; sie kamen reichlich spät.

Claudia schüttelte den Kopf. »Ich will nichts wissen.«

»Was kann ich dann tun, um …«

»Nichts. Du kannst nichts tun. Man bekommt nur einmal jemandes Vertrauen geschenkt, Sarah. Du müsstest das eigentlich wissen. Es ist etwas sehr Zerbrechliches, und wenn es zerstört ist, kann man es nicht mehr reparieren.«

Das stimmte. Einen Augenblick lang standen wir noch schweigend da. Ich fühlte mich schrecklich beschämt.

Doch dann sagte Claudia: »Nun, da du schon mal hier bist und mir eine lächerlich große Menge Äpfel mitgebracht hast, wirst du mir wohl oder übel zur Hand gehen müssen.«

»Danke, Claudia.«

Es wurde doch noch ein angenehmer Nachmittag. Mit der Zeit ließ die Anspannung zwischen uns nach. Ich schälte die Äpfel mit einem scharfen Küchenmesser, während Claudia am Herd stand und die Stücke mit Wasser und Zucker in zwei große Töpfe gab. Die Kerngehäuse und Schalen sammelte ich in einem Sieb und leerte sie draußen in der Komposttonne aus. Während ich an Claudia vorbeiging, sah ich sie verstohlen an. Ein Geschirrtuch über der Schulter, rührte sie das Kompott mit einem großen Holzlöffel, ehe sie es mit einer Edelstahlkelle in mehrere sterile Einweckgläser füllte. Mit einem sanften Plopp floss das Kompott in die Gläser.

»Ist es nicht schön, Gen?«, fragte sie abwesend. »Nur du und ich.«

Ihre Stimme klang sanfter als sonst, voller Zuneigung.

Da ich ihr den Augenblick nicht verderben wollte, sagte ich nichts.

SECHSUNDZWANZIG

Die Neuigkeit verbreitete sich in Windeseile in Burrington Stoke. Phoebe hatte an ihrer Arbeitsstelle die Gerüchteküche ordentlich angeheizt. Bald hatte ich den untrüglichen Eindruck, dass die Leute mir aus dem Weg gingen, seit sie wussten, dass mein Verhältnis zu Alexander eben nicht nur dienstlicher Natur war. Mit einem Mal zeigten mir die Ladeninhaber und Dorfbewohner die kalte Schulter.

Als ich mit einer Tüte voller alter Bücher und DVDs den Wohlfahrtsladen betrat, sagte die Dame, die ihn führte: »Haben die Bücher Genevieve gehört?«

»Das weiß ich nicht«, erwiderte ich wahrheitsgemäß. Ich hatte die staubigen Sachen unter Kommoden und hinter Schränken gefunden. Also vermisste sie bestimmt niemand.

»Warum wollen Sie sie dann loswerden?«, fragte die Frau, deren Züge sich verhärteten. »Sie rechnen wohl nicht mehr damit, dass sie zurückkommt?«

Ich spürte, wie mir die Hitze ins Gesicht stieg.

»Wir haben einfach nur aufgeräumt und alte Sachen ausgemistet. Wollen Sie sie denn nicht?«

Sie schüttelte den Kopf. »Ich will nichts, was rechtmäßig dieser wunderbaren Frau gehört.«

Und das war nicht alles. Mehrmals klingelte das Telefon, und als ich dranging, meldete sich niemand. An drei aufeinanderfolgenden Tagen fand ich eine tote Elster an der hinteren Hecke des Gartens. Ich wusste, dass einige Dorfbewohner auf Vögel schossen, aber der Zufall erschien mir doch zu groß, dass sie immer wieder an derselben Stelle herunterfielen. Alexander sammelte die toten Vögel ein und schleuderte sie in den Obstgarten, als Futter für die Füchse und Krähen, und sagte, ich solle mit meinem Verfolgungswahn aufhören. Ich verstand nicht, wie er so ruhig bleiben konnte.

Wenn Betsy und Claudia nicht gewesen wären, hätte ich mich furchtbar isoliert gefühlt; doch die beiden brauchten mich genauso, wie ich sie brauchte. Abgesehen von Bill hatte Claudia niemanden, mit dem sie über alles reden konnte. Allmählich verstand ich, wie schwer es für sie als junges Mädchen gewesen sein musste, mutterlos in einem kleinen Dorf aufzuwachsen, mit einem psychisch geschädigten Bruder, einem Vater, dem alles gehörte, einer glamourösen Schwester, die stets im Mittelpunkt stand, und einer ebenso gefürchteten wie verehrten Stiefmutter.

Das zweite Mal traf ich Virginia Churchill durch Zufall. Es war in der letzten Oktoberwoche, und ich war im Laden, um Milch, Brot, Kaffee und die Zutaten für eine Pasta einzukaufen, die ich für diesen Abend geplant hatte. Der kleine Supermarkt war ein altmodischer Familienbetrieb; angefangen von Zeitungen über Brot und Starthilfekabel, Aspirin und Vogelfutter konnte man dort alles bekommen, und er verfügte sogar über einen Postschalter. Die Regale standen so eng, dass zwei Personen in einem Gang kaum aneinander vorbeikamen.

Als ich gerade die Inhaltsstoffe auf einer Packung Brühwürfel las, hörte ich, wie Alexanders Name fiel. Es handelte sich um eine weibliche Stimme, die abgehackt klang. Ich erkannte sie auf Anhieb. Ich legte die Brühwürfel ins Regal zurück und ging zum Ende des Gangs.

Virginia stand auf der anderen Seite des Ladens am Postschalter und wandte mir den Rücken zu. Sie löste einen ganzen Stapel Schecks ein, die sie wahrscheinlich von ihren Pächtern erhalten hatte.

Mr Taylor, der Ladeninhaber, trug die Schecks in eine Liste ein, während Virginia mit ihm sprach. Seiner Körperhaltung und dem Blick nach zu urteilen, den er von Zeit zu Zeit über den Brillenrand hinweg Virginia zuwarf, hatte er ihre Geschichte schon unzählige Male und in den verschiedensten Versionen gehört. Seine Schultern waren gebeugt, und er nickte immer wieder, egal, was sie gerade sagte. Im Gegensatz zu Virginia wusste er, dass ich ebenfalls im Laden war.

»Niemand scheint zu bedenken, wie rücksichtsvoll Genny immer gegenüber ihren Mitmenschen und deren Gefühlen war«, sagte Virginia. »Das habe ich auch gegenüber der Polizei geäußert. Niemals wäre sie mir nichts dir nichts verschwunden, um woanders zu leben, ohne ihre Familie zu benachrichtigen. So etwas sähe ihr überhaupt nicht ähnlich! Es sind jetzt zwölf Wochen seit ihrem Verschwinden, und sie haben noch immer nichts unternommen.«

»Es heißt, die Polizei sei überlastet …«, sagte Mr Taylor.

Von dort, wo ich stand, sah ich Mrs Churchills Gesicht nicht, konnte mir aber durchaus ihre Miene vorstellen.

»Himmelschreiend ist es!«, sagte sie. »Die Selbstzufriedenheit, die diese Beamten an den Tag legen, ist einfach widerwärtig. Ian Twyford hat mir gesagt, dass sie unvoreingenommen bleiben müssten und dass sie nichts *tun* könnten, ehe es nicht einen handfesten Hinweis gibt, dass etwas nicht stimmt.«

»Da haben Sie's«, erwiderte Mr Taylor. »Wenn Ian meint, dass es keinen Grund gibt, sich zu beunruhigen, dann gibt es wahrscheinlich auch keinen. Schließlich hat er immer ein Auge auf Ihre Tochter gehabt, nicht wahr?«

Virginia schnaubte. »Aber jetzt gibt es einen Grund, misstrauisch zu sein! Jetzt wissen wir, dass Alexander und dieses Mädchen nicht nur freundschaftlich verbunden sind. Und dass beide ausgemachte Lügner sind.«

Mr Taylor schluckte und rieb sich mit dem Handrücken über den Mund. Er vermied es, meinem Blick zu begegnen.

»Der Fairness halber darf man nicht vergessen«, wandte

er vorsichtig ein, »dass Alexander furchtbar einsam gewesen sein muss.«

Virginia ließ abermals ein abfälliges Schnauben vernehmen und kramte in ihrer Handtasche.

Schließlich sagte sie: »Vielleicht hat er alles von langer Hand geplant. Wir wissen ja, wozu dieser Mann imstande ist.«

Der arme Mr Taylor – ich konnte nicht länger zusehen, wie er litt. Ich nahm meinen ganzen Mut zusammen, trat vor und räusperte mich.

Mr Taylor kratzte sich am Mundwinkel. Hinter ihm saß Midge, seine Schwiegertochter, und sortierte Grußkarten. Sie blickte erwartungsvoll auf. Ein Anflug von Panik trat in ihr Gesicht. Ich lächelte den beiden zu und blieb ein paar Meter entfernt von Virginia stehen.

»Guten Morgen.«

»Guten Morgen, Sarah«, sagte Mr Taylor.

»Tagchen«, sagte Midge.

Virginia drehte sich zu mir um. Ich hielt den Atem an.

Ihr Erscheinungsbild überraschte mich. Sie hatte Make-up aufgelegt, und die Ähnlichkeit mit ihrer Tochter war frappierend, nur dass Virginia eine verzerrte Version von Genevieve war, eine ältere und müdere und mit härteren Zügen. Sie sah erschöpft aus. Sie hatte ihr silbrig-goldenes Haar straff aus dem Gesicht gekämmt und zu einem Pferdeschwanz gebunden. Die Haut an ihrem dünnen Hals war faltig wie Krepppapier. Ihre Augenbrauen waren penibel zu einem schmalen Strich gezupft. Ihre einstige Attraktivität war noch immer zu sehen, doch Zeit und Kummer hatten ihre Schönheit welken lassen. Plötzlich mischte sich in meine Angst vor dieser Frau Mitleid. Ich wusste, wie furchtbar es ist, sein einziges Kind zu verlieren.

Virginia musterte mich von oben bis unten.

»Sarah«, sagte sie schließlich.

»Mrs Churchill.«

Ich streckte ihr die Hand entgegen, aber sie nahm sie nicht, und ich ließ sie wieder sinken. Das einsetzende Schweigen schien minutenlang zu dauern. Fieberhaft überlegte ich, was ich tun oder sagen sollte. Ich konnte mich wohl kaum Virginia gegenüber rechtfertigen, in diesem Kramladen, während die Taylors uns beobachteten und sich hinter mir die Neugierigen scharten.

Virginia ergriff als Erste das Wort. »Wir beide müssen uns unterhalten.«

Sie warf einen Blick über meine Schulter, und sofort sahen die Menschen hinter mir geflissentlich in ihre Einkaufskörbe.

»Unter vier Augen«, fügte sie hinzu.

Ich bezahlte meinen Einkauf, dann begaben wir uns ins Swan Hotel am Ende der High Street. Wir betraten die Lounge und setzten uns in zwei tiefe, rissige Ledersessel. Der Kellner servierte uns abgestandenen Kaffee in Porzellantassen, die so alt waren, dass das Muster bis zur Unkenntlichkeit verwaschen war. In der Lounge war es düster. In dem spärlichen Licht, das durch die Bleiglasfenster fiel, tanzten Staubkörner. Über dem riesigen Steinkamin hingen Jagdtrophäen und an den Wänden Gemälde mit Jagdmotiven. Hinter uns hörte man die Essgeräusche der durchweg ältlichen Gäste. Zunächst beobachtete Virginia mich schweigend, und ich kam mir vor wie eine Maus, die von einem Habicht ins Visier genommen wird. Obwohl ich so tief in den Sessel hineinsank, dass ich kaum die Arme auf die Lehnen legen konnte, bemühte ich mich, ganz entspannt auszusehen. Ich musste noch dringend in die Reinigung, wusste jedoch nicht, wie ich die Sache beschleunigen sollte.

Unter großem Aufheben gab Virginia Sahne und Zucker in unsere Tassen und rührte ausgiebig um. Sie reichte mir eine Tasse und sagte: »Wir wollen nicht um den heißen Brei herumreden. Ich muss meine Position klarstellen.«

»Nein«, sagte ich. »Das müssen Sie nicht. Ich weiß, was Sie jetzt über Alexander und mich denken, und es tut mir leid, wenn wir Sie verletzt haben. Ich wollte Ihnen keinen Kummer bereiten, und ich …«

Sie gebot mir mit erhobener Hand Einhalt. Ich verstummte.

»Wie lange kennen Sie Alexander? Eine ehrliche Antwort bitte.«

»Wir haben uns auf Sizilien kennengelernt.«

»Und Alexander hat Ihnen erzählt, dass er verheiratet ist?«

Ich versuchte, mich daran zu erinnern, was genau er mir gesagt hatte.

»Ja.«

Virginia zuckte zusammen, und mir wurde bewusst, dass das ein noch schlechteres Licht auf mich warf. Obwohl ich gewusst hatte, dass Alexander verheiratet war, hatte ich mich auf ihn eingelassen.

»Was hat er Ihnen über Genevieve erzählt?«

»Dass sie ihn verlassen hat.«

»Und Sie haben ihm geglaubt?«

»Ja, natürlich.«

Virginia starrte mich unverwandt an. »Sie hatten eine Urlaubsromanze.«

Diesmal zuckte ich zusammen.

»Und er hat Sie, ohne zu zögern, zu sich geholt. Finden Sie nicht auch, dass das ein merkwürdiges Verhalten ist für einen Mann, dessen Frau ihn vor nur wenigen Wochen …« – sie malte Gänsefüßchen in die Luft – »›verlassen‹ hat?«

»Alexander hat mir erzählt, dass seine Ehe mit Genevieve schon vor langer Zeit zerbrochen war. Er brauchte Hilfe im Haushalt und jemanden, der sich um Jamie kümmert.«

»Hier hatte er alle Hilfe, die er benötigte.«

»Vielleicht brauchte er jemanden, der auf seiner Seite stand«, erwiderte ich ruhig.

Virginia hob ihre Tasse hoch, nahm einen Schluck, stellte sie auf den kleinen, dunklen Tisch zurück, der zwischen uns stand, und tupfte sich die Lippen mit einer Papierserviette ab. Mit eisiger Stimme ergriff sie wieder das Wort.

»Was gedenken Sie zu tun, wenn Genevieve zurückkommt?«

»Wenn Sie zurückkommt ... ich weiß nicht.«

Virginia sah mich mit einem Blick an, bei dem es mich eiskalt überlief.

»Sie halten sich für sehr klug, dabei gibt es so viel, was Sie nicht wissen, Sarah«, sagte sie. Sie sprach langsam, und ihre Stimme hatte einen drohenden Unterton. »Sie wissen zum Beispiel nicht, nehme ich an, dass das Haus, in dem Sie wohnen, meiner Tochter gehört? Avalon gehört Genevieve, nicht Alexander. Es war ein Hochzeitsgeschenk ihres Vaters.«

Das hatte ich tatsächlich nicht gewusst.

»Und dass das Geld von Genevieves Vater Alexander ermöglicht hat, seinen eigenen Betrieb zu eröffnen.«

»Aber er bezahlt den Kredit doch zurück.«

Sie tat das mit einem Schulterzucken ab, als ginge es nicht darum.

»Alexander besaß keinen Penny, als er Genevieve heiratete. Er hatte keinen Job. Er hatte nichts. Fragen Sie ihn. Alles, was Alexander heute besitzt, der Lebensstil, in dessen Genuss Sie kommen, verdankt er dem Geld seiner Frau.«

Ich starrte auf meine Tasse. Noch nie hatte ich so sehr das Gefühl gehabt, im Unrecht zu sein, obwohl ich nicht wusste, was ich Schlimmes getan hatte. Die Anspielungen und Andeutungen zwischen Virginias Worten gefielen mir nicht, und noch weniger gefiel es mir, Dinge über Alexander zu erfahren, von denen ich nicht die leiseste Ahnung gehabt hatte.

Ich rutschte ein wenig auf meinem Sessel umher, um den Druck auf meine Blase zu lindern.

»Vertrauen Sie ihm?«, fragte Virginia.

Ich hob den Blick und sah ihr in die Augen. »Ja, natürlich.«

»Auch wenn Ihnen spätestens jetzt klar sein muss, dass er nicht völlig aufrichtig zu Ihnen war?«

»Er hat mir alles gesagt, was ich wissen musste.«

»Also wissen Sie auch, dass er im Gefängnis saß?«

Ich war schockiert. Meine Hand zitterte plötzlich so sehr, dass die Tasse auf der Untertasse klirrte. Ich spürte, wie mir heiß wurde, und fürchtete, ohnmächtig zu werden. Nur mit großer Mühe gelang es mir, meine Haltung zu bewahren. Virginia sollte auf keinen Fall sehen, wie sehr mich ihre Enthüllung aus der Fassung gebracht hatte. Ich hob die Tasse, um das Klirren zu beenden, und nippte an meinem Kaffee.

»Sie wussten es nicht, habe ich recht?«, fragte sie.

Ich stellte die Tasse auf die Untertasse zurück. Der Kaffee hatte einen scheußlichen Geschmack in meinem Mund hinterlassen.

Virginia beugte sich vor und nahm mir die Tasse ab.

»Sarah«, sagte sie beinahe liebevoll, »Sie mögen ja glauben, dass Sie Alexander kennen und dass er Sie liebt oder braucht und dass Sie ihm helfen können, aber das ist reine Illusion, ein romantischer Irrglaube. Die Wahrheit ist eine ganz andere. Sie wissen nicht, was für ein Mann er in Wirklichkeit ist. Sie haben nicht den blassesten Schimmer. Ich vermute, dass Ihre Phantasie Sie davon abhält, die Wahrheit zu erkennen.«

Ich spürte, wie mir die Tränen in die Augen stiegen, und der Druck auf meiner Blase war jetzt so stark, dass es schmerzte. Mir war heiß.

»Alexander kann nichts dafür, dass Genevieve fortgegangen ist«, sagte ich. »Genevieve ist aus freien Stücken gegangen. Vielleicht hat sie ja einen anderen.«

Bei diesen Worten erstarrte Virginia. Sie schien schockiert, aber nicht überrascht, und ich merkte, dass ich unabsichtlich einen wunden Punkt bei ihr berührt hatte. Ihre Fassungslosigkeit bestärkte mich. Wenn sogar ihre Mutter Genevieve des Ehebruchs verdächtigte, war die Vermutung nicht aus der Luft gegriffen. Alexander hatte erzählt, dass es zwischen ihm und seiner Frau schon seit einigen Jahren Spannungen gab. Wenn Genevieve einen Liebhaber hatte, würde das alles erklären. Und wenn sie zusammen weggelaufen waren, verwunderte es auch nicht weiter, dass sie es Hals über Kopf getan und ihre Spuren verwischt hatten. Das war eine naheliegende Erklärung. Diese Gedanken überschlugen sich in meinem Kopf, doch noch ehe ich sie ordnen und formulieren konnte, ergriff Virginia erneut das Wort.

»Wer soll dieser andere Mann sein, Sarah? Können Sie einen Namen nennen?«, zischte sie.

Die Heftigkeit, mit der sie die Fragen hervorbrachte, erschreckte mich, und ich schüttelte den Kopf. Gleichzeitig wurde mir klar, Virginia glaubte ebenfalls, dass Genevieve einen Liebhaber hatte.

»Hat Alexander etwas über ihn erzählt?«

»Nein, er weiß nichts.«

»Sind Sie sicher?«

Ich nickte.

Virginia schürzte die Lippen und fixierte mich mit ihrem Blick wie eine Schlange eine Maus. Als sie weitersprach, wählte sie ihre Worte mit Bedacht.

»Es gibt noch etwas, was Sie nicht wissen, Sarah. Als Genevieve Alexander einige Zeit vor ihrem Verschwinden erzählt hat, sie wolle ihn verlassen, sagte er, das würde er nicht dulden. Er sagte, eher wollte er, dass sie stirbt.«

»Wenn Menschen wütend sind, sagen sie Dinge, die sie nicht so meinen.«

»Und manchmal sagen sie Dinge, die sie meinen.«

»Ja, aber …«

»Wie ›wütend‹, meinen Sie, war Alexander, als Genevieve ihm sagte, sie wolle ihn wegen eines anderen verlassen, um mit diesem zusammenzuleben? Jemandem, der sie besser behandeln würde als er? Jemandem, der sich um sie kümmerte?«

Ich schluckte.

»Was meinen Sie, was er getan haben könnte, Sarah, hm?«

»Ich weiß es nicht.« Ich sprach so leise, dass ich bezweifelte, ob Virginia mich überhaupt verstanden hatte.

Mit einem Mal wirkte sie erschöpft. Sie lehnte sich in ihrem Sessel zurück, blickte zu der Holzvertäfelung an der Decke empor und seufzte.

»Wenn Genevieve etwas zugestoßen ist«, fuhr sie fort, »werde ich dafür sorgen, dass Alexander dafür zur Rechenschaft gezogen wird. Und Sie. Ich glaube zwar nicht, dass Sie bösartig sind. Ich halte Sie für naiv und leicht zu beeinflussen, doch wenn er schuldig ist und Sie zu ihm halten, machen Sie sich ebenfalls schuldig.«

Einen Moment lang schwiegen wir. Auf der anderen Seite des Raums saß ein älterer Mann in einem Ohrensessel und schnarchte. Hinter uns flog eine Fliege immer wieder brummend gegen die Fensterscheibe.

Ich bemühte mich, mit fester, ruhiger Stimme zu sprechen. »Ich vertraue Alexander.«

»Dann sind Sie noch dümmer, als ich dachte, Sarah.«

Dieser Schlag saß.

Während Virginia zum Tresen ging, um unseren Kaffee zu bezahlen, suchte ich die Toilette auf. Ich blieb dort, bis ich mich wieder einigermaßen gefangen hatte. Als ich dann die dunkle Lobby mit dem riesigen Kamin durchquerte und zum Ausgang ging, spürte ich die Blicke des Personals auf meinem Rücken. Ich war noch nicht ganz über die

Schwelle getreten, als ich hörte, wie sie aufgeregt zu tuscheln begannen. Um nicht abermals Gefahr zu laufen, Virginia zu begegnen, begab ich mich zu der winzigen Bibliothek von Burrington Stoke. Ungefähr eine Stunde stöberte ich in den Regalen herum, in denen ich zwischen Büchern auch Broschüren über Leistungspflügen und Wettbewerbe im Glockenläuten fand, bis ich sicher sein konnte, dass Virginia das Dorf verlassen hatte. Sosehr ich versuchte, ihre Worte zu verdrängen, sie gingen mir nicht mehr aus dem Kopf.

Die Griffe der Einkaufstüten schnitten mir in die Handflächen, während ich in Richtung Avalon ging.

Ich bemerkte den Wagen erst, als er neben mir zum Stehen kam und sich die Beifahrertür öffnete. Es war Bill.

»Und, darf ich raten, woran du denkst?«

»Nein, lieber nicht.«

»Los, rein mit dir. Du siehst ja ganz fertig aus.«

Mit einem dankbaren Lächeln nahm ich sein Angebot an, stieg ein und verstaute die Tüten zu meinen Füßen. Ich rieb meine Handflächen an den Knien, um die Blutzirkulation wieder in Gang zu bringen.

»Ist etwas passiert?«, fragte er sanft und fuhr los.

Ich schüttelte den Kopf, doch meine Tränen verrieten mich.

»Ach, herrje!«

Bill bog in eine Seitenstraße ab und hielt den Wagen auf dem Grünstreifen an. Er reichte mir ein Taschentuch und wartete schweigend, während ich mir die Nase schnäuzte. Schließlich sagte er: »Wenn ich eine Wette abschließen müsste, wer dich so aufgeregt hat, würde ich auf Virginia tippen.«

»Woher weißt du das?«

»Weil diese Frau ein richtiges Biest sein kann.«

Ich schniefte.

»Im Übrigen war ich eben am Postschalter, und Midge

hat mir erzählt, dass Virginia mit dir zum Hotel abgerauscht ist, um dir eine Standpauke zu halten.«

Ich brachte ein Lächeln zustande.

Die Windschutzscheibe beschlug sich. Wir sahen auf die grün-braune Landschaft hinaus. Die Getreidefelder waren gepflügt, und lange Reihen aufgewühlter Erde zogen sich bis zum Horizont.

»Hör zu, Sarah«, sagte Bill. »Ich mag Virginia nicht. Ich werde ihr nie verzeihen können, was sie Claudia angetan hat, aber ich habe den Eindruck, dass sie kurz vor einem Nervenzusammenbruch steht. Der Stress der letzten Zeit, die Tatsache, kein Lebenszeichen von Genevieve zu erhalten, all das macht ihr zu schaffen, und da sie nicht damit umgehen kann, sucht sie einen Sündenbock.«

»Ich weiß.«

Sanft fuhr er fort: »Ironischerweise ist es leichter für sie, Alexander zu verdächtigen, Genevieve etwas Schreckliches angetan zu haben, als zu akzeptieren, dass ihr heiß geliebtes Töchterchen abgehauen ist und keine Lust hat, sich mit ihrer Familie in Verbindung zu setzen.«

»Sie glaubt, dass Genevieve einen Liebhaber hatte«, erwiderte ich.

»Was?«

Ich nickte. »Ganz sicher. Und sie glaubt, dass Alexander ausgeflippt ist, als Genevieve ihm erzählt hat, sie würde ihn wegen eines anderen verlassen.«

»Aber das ist lächerlich.« Bill schüttelte ungläubig den Kopf. »Einfach verrückt.«

Ich sah ihn mit einem dankbaren Lächeln an. »Bitte erzähl es Claudia nicht.«

»Natürlich nicht.« Bill trommelte mit den Fingern auf das Lenkrad. »Du wirkst zutiefst beunruhigt, Sarah. Hat sie dir noch etwas gesagt?«

»Nein.«

»Sicher?«

»Ach, na ja … Virginia hat mir ein paar Sachen über Alexander erzählt, die ich lieber nicht erfahren hätte. Dinge, die er getan und gesagt hat …«

Bill seufzte. »Versuch dir keine Sorgen deswegen zu machen. Virginia hat sich schon immer schwer damit getan, neben Genevieve etwas anderes wahrzunehmen. Sie war noch nie in der Lage, über den eigenen Tellerrand zu schauen.«

Durch die beschlagene Windschutzscheibe beobachtete ich zwei Krähen, die sich auf dem Feld niederließen. Eine Weile schwiegen wir, bis mir plötzlich etwas einfiel, woran ich die ganze Zeit nicht mehr gedacht hatte.

»Bill, treibt sich immer noch jemand bei euch herum?«

»Nein, er scheint weitergezogen zu sein. Die Polizei hat sich sehr bemüht gezeigt. So oft wie möglich ist ein Streifenwagen vorbeigekommen, doch sie haben niemanden Verdächtigen gesehen. Außerdem haben wir eine neue Alarmanlage installieren lassen.«

»Ich glaube, ich weiß, wer es war. Ich hätte es euch gleich sagen sollen. Es könnte Claudias Bruder gewesen sein.«

»Damian?«

»Ja, vor einiger Zeit war er hier im Dorf. Ich habe ihn gesehen. Er schien ein bisschen …«

»Damian war hier? In Burrington Stoke? Bist du sicher?« Bill hatte sich aufrecht hingesetzt, wirkte plötzlich sehr angespannt.

Ich nickte.

»Warum hast du uns das nicht erzählt? Oh, Sarah, warum in Gottes Namen hast du nichts gesagt?«

Seine heftige Reaktion überraschte mich.

»Ich dachte, es würde Claudia verletzen, weil er sie nicht besucht hat. Außerdem war er nur einen oder zwei Tage hier, zumindest habe ich das angenommen. Er erschien mir völlig harmlos.«

Bill atmete langsam aus und starrte vor sich hin.

»Wohin er kommt, versprüht er Gift«, sagte er dann.

»Wenn du ihn noch mal siehst, ruf mich sofort an. Sag Claudia nichts, sondern ruf mich bitte an.«

»Okay. Tut mir leid.« Wieder war ich den Tränen nah. »Ich habe es einfach nicht für wichtig gehalten«, sagte ich kläglich.

»Ist schon gut«, erwiderte Bill, doch seine Stimme klang nicht besonders überzeugend. In Wahrheit dachte er anders. »Der Mann ist gefährlich. Wo immer er aufkreuzt, gibt es Ärger.«

Am Ende der geteerten Straße ließ er mich aussteigen. Ich ging die letzten paar Hundert Meter zu Fuß, während die vollen Einkaufstüten gegen meine Waden drückten. Hin und wieder fuhr raschelnd ein Windstoß in die Baumwipfel, und ein Blatt segelte vor meinen Füßen zu Boden. May pflegte zu sagen, dass es Glück bringe, ein herunterfallendes Blatt zu erhaschen, aber keines verfing sich in meinem Haar oder an meiner Kleidung. Mit der Fußspitze trat ich in einen Blätterhaufen. Ich hatte das Gefühl, ein wenig Glück brauchen zu können.

An diesem Morgen hatte ich so viel Neues erfahren, und nichts davon war eine gute Nachricht.

Wenn Alexander mich als Verbündete betrachtete, warum hatte er mir dann nichts von seinen sprichwörtlichen Leichen im Keller erzählt? Vielleicht weil seine Geheimnisse so furchtbar waren, dass er sie mit niemandem teilen konnte?

Mit dem Fuß schob ich das Tor auf und stellte die Einkaufstüten ab, während ich in meiner Handtasche nach dem Haustürschlüssel suchte.

Nein, Alexander war ein guter Mensch. Ja, das war er, ein guter Mensch. Er war mein Liebhaber, mein Mann. Wenn wir einander nicht trauen konnten, wenn wir den Glauben aneinander verloren, war alles verloren.

Ich schloss die Tür auf und hob die Post vom Boden auf. Darunter befanden sich ein brauner Umschlag vom Finanzamt, zwei Pferdeauktionskataloge und eine Ansichtskarte für Genevieve. Ich legte alles auf den Küchentresen und trug meine Einkäufe durch den Vorraum in die Küche.

Ich schaltete den Wasserkessel ein und setzte mich, den Kopf in die Hände gestützt, auf die Bank.

Virginia hatte mir einen vergifteten Apfel gereicht, und ich hatte hineingebissen. Lass dich nicht von ihren Andeutungen verrückt machen, sagte ich mir. Nein, ermahnte ich mich, das darfst du nicht zulassen.

SIEBENUNDZWANZIG

Alexander erzählte ich nichts von meiner Begegnung mit Virginia. Ich nahm mir vor, es ihm in einem günstigen Moment zu sagen, wenn ich meine Gedanken geordnet hätte. Es hatte keinen Sinn, ein Gespräch zu beginnen, solange ich noch so aufgewühlt war. Bestimmt würde er dann wissen wollen, was genau sie gesagt hatte, und ich wäre nicht in der Lage, ihn anzulügen. Ich war eine miserable Lügnerin. Und sobald die Wahrheit heraus wäre, müsste er mit der Demütigung leben, dass ich Dinge über ihn wusste, die er vor mir hatte verbergen wollen.

Also schwieg ich.

Sein gegenwärtiger Auftrag, die Restaurierung eines bedeutenden historischen Gebäudes in Sherborne, nahm ihn sehr in Anspruch. Die Haut seiner Hände war schwielig, und auf seinen Armen und der Brust zeichneten sich die Muskeln und Sehnen ab. Obwohl von schlanker Statur, hatte die jahrelange Arbeit, das schwere Heben, Verrücken von Steinquadern und Sägen ihn stark werden lassen. Seine physische Kraft war mir sehr bewusst. Wenn wir uns liebten, hob und drehte er mich mit einer solchen Leichtigkeit, als wäre ich eine Puppe. Seine körperliche Stärke war Teil der Anziehungskraft, die er im Bett auf mich ausübte. Ich genoss meine Kraftlosigkeit und seine vollkommene Überlegenheit. In seinen Händen fühlte ich mich feminin und sexy, und ich wusste, dass in diesem Kitzel die Gefahr lag. Laurie mit seinem von Schreibtischarbeit geprägten zarten Körper war immer ein zuvorkommender, rücksichtsvoller Liebhaber gewesen, stets darauf bedacht, mir Genuss zu bereiten. Zum Liebesspiel gehörten für ihn ätherische Öle, Kerzen und Musik. Er wärmte zuvor sogar seine Hände. Im Gegensatz dazu empfand ich Alexanders Rauheit als atemberaubend. Sex mit ihm war wie eine Achterbahnfahrt, machte mir Angst und verschaffte mir zugleich ein Hochgefühl.

Manchmal, wenn ich Alexander anschaute, sah ich einen zärtlichen, gutmütigen Mann, den das Leben gezeichnet hatte. Dann wieder ließen seine Unzugänglichkeit und seine Introvertiertheit mich in seiner Gegenwart unbehaglich fühlen. Ich wurde von Albträumen und Schreckgespenstern heimgesucht, sodass ich schweißgebadet und mit schmerzendem Kiefer vom Zähneknirschen aufwachte. Allein in meinem Zimmer im Dachgeschoss, machte mir das Haus Angst. Neuerdings fürchtete ich mich nachts vor dem Gang ins Bad, und es war gar nicht daran zu denken, in die Küche hinunterzusteigen, um Tee zu machen. Ich hatte noch immer einen Vorrat an Schlaftabletten und Antidepressiva. Nach und nach begann ich, sie zu nehmen. Zunächst kleine Mengen, eine viertel oder halbe Tablette jeden Abend; ich kombinierte sie, um herauszufinden, welche Menge mich tief genug schlafen ließ, ohne dass mich das Knarren und Knacken des Holzes störte, aber nicht zu tief, sodass ich, wenn nötig, rechtzeitig erwachte.

Natürlich hätte ich von Avalon fortgehen können. Ich war mir sicher, Alexander hätte mich nicht aufgehalten. Doch ich wollte mich nicht von ihm trennen und konnte auch den Gedanken, Jamie allein zu lassen, nicht ertragen.

Ob ich es wollte oder nicht, der Junge wuchs mir von Tag zu Tag mehr ans Herz. Hatten wir uns anfangs schwergetan miteinander, war mittlerweile eine tiefe, aufrichtige Beziehung zwischen uns entstanden. Auch wenn ich meine Gefühle für ihn nie aussprach, so war es mehr als nur Zuneigung. Ich liebte Jamie.

Wir hatten viel Spaß zusammen. Er zeigte mir seine Spiele auf der Spielkonsole, und wir veranstalteten virtuelle Autorennen, aber ich war schlecht darin. Im Gegenzug brachte ich ihm einige Kartenspiele bei, die er im Nu beherrschte. Wir zeichneten beide gern und saßen oft über unseren Zeichenblöcken am Küchentisch. Die Zungenspitze im Mundwinkel, malte Jamie zwei Figuren, die mit einer Waffe aufeinander zielten, und ich skizzierte Jamie. Immer wieder bemühte ich mich aufs Neue, ein halbwegs passables Bild von ihm zu zeichnen, fand das Resultat jedoch jedes Mal unbefriedigend. Sein kleines Gesicht mit den scharf umrissenen Zügen war nicht das Problem, schwierig war es hingegen, seine große Lebendigkeit zweidimensional einzufangen. Ich nahm mir vor, wenn mir eine gute Zeichnung von Jamie gelänge, sie Alexander zu Weihnachten zu schenken. Doch ich schaffte es nie, den Wesenskern seines Sohnes auf Papier einzufangen.

Manchmal liefen wir zu der kleinen Allee hinunter und stellten uns unter die Bäume, um zu warten, dass ein Windstoß in die Wipfel fuhr und einen Blätterregen auf uns herabsandte. Dann bemühten wir uns, möglichst viele Blätter einzufangen, damit sie uns Glück brächten. Diese Blätter nahmen wir mit, und ich band sie mit Garn zusammen und hängte sie ums Haus herum auf. Hoffte, sie würden mich beschützen. Ich betete, sie mögen mich von den nächtlichen Albträumen befreien und den Ängsten, die mich tagsüber verfolgten.

Ich wünschte sogar, Genevieve würde zurückkommen, um mir und allen anderen zu beweisen, dass Alexander ihr nichts angetan hatte. Gleichzeitig hoffte ich jedoch, dass sie mir ihren Sohn nicht wegnehmen würde.

ACHTUNDZWANZIG

Jamie lud seinen besten Freund Christopher zu seinem Geburtstag ein, und der Junge sollte in Avalon übernachten. Wir planten ein Lagerfeuer und Feuerwerk im Garten. Obwohl sein Geburtstag nur wenige Tage nach Bonfire Night lag, dem Tag, an dem überall im Land die traditionellen Feuer entzündet wurden, wollte er sein eigenes Freudenfeuer haben. Christopher sollte in einem Klappbett in Jamies Zimmer schlafen, doch dort herrschte das reinste Chaos. Am Morgen seines Geburtstags fragte ich Jamie, ob er etwas dagegen habe, wenn ich sein Zimmer gründlich aufräumte, was er verneinte.

»Gibt es etwas, was du vorher gern selbst in Ordnung bringen möchtest?«, fragte ich ihn.

Er hatte gerade in sein Speck-und-Bohnen-Sandwich gebissen und sagte mit vollen Backen: »Nein, ist schon okay. Du kannst auch ruhig mit meinen Sachen spielen.«

Alexander, der hinter Jamie stand und eine Banane schälte, zwinkerte mir amüsiert zu.

»Danke, Jamie«, sagte ich.

Während Alexander sich oben im Bad wusch, strich ich den Kragen von Jamies Poloshirt zurecht und half ihm, das Sweatshirt über den Kopf zu ziehen. Ich spürte die kleinen, festen Muskeln seines Rückens und sein Rückgrat. Sein Stoppelhaar war gewachsen. Nun kam auch seine wahre Haarfarbe zutage, es war honigfarben, nur die Spitzen waren noch sonnengebleicht von seinen Ferien auf Sizilien. Er hatte den gleichen zarten Knochenbau wie seine Mutter; auch seine Augenform hatte er von ihr, wenngleich sie eine andere Farbe hatten; außerdem vermutete ich, bei allem, was ich über Genevieve wusste, dass er deren Lebhaftigkeit und Charme geerbt hatte. Ich fand nur wenig Ähnlichkeit mit Alexander in seinem Gesicht, dafür teilte er definitiv einige der Angewohnheiten seines Vaters, ebenso wie dessen Dickköpfigkeit und Neigung, nicht viele Worte zu machen.

Am liebsten hätte ich mich zu ihm hinabgebeugt und ihn geküsst, widerstand aber dem Impuls, schließlich war ich nicht seine Mutter. Stattdessen reichte ich ihm seine Brotdose und Schultasche und wünschte ihm einen schönen Tag.

Es war ein herrlicher Morgen, die Luft war kalt, das Gras feucht von geschmolzenem Raureif, und zwischen den Zweigen der Büsche hingen taubedeckte Spinnennetze, die im Sonnenlicht wie Diamanten glitzerten. Die Schwalben waren längst fort, aber noch immer flogen Saatkrähen über das Dach von Avalon hinweg, und in den Vogelhäuschen stritten sich die Blaumeisen.

Bei Tageslicht war Avalon weniger bedrohlich und nicht so gespenstisch wie bei Nacht. Noch immer mied ich die oberen Räume, doch an diesem Morgen musste ich hinaufgehen, um Jamies Zimmer für den Besuch seines Freundes vorzubereiten. Ehe ich die Treppe hochstieg, erledigte ich noch dies und das, um Zeit zu schinden und mich abzulenken. Ich hängte die Wäsche auf, dann schaffte ich im Vorraum der Küche Ordnung. Hinter dem Pferdezubehör fand ich einen schwarzen Müllsack, der oben zugeknotet war. Ich bohrte mit den Fingern ein Loch hinein und stieß auf Stoff, offensichtlich ein Kleidungsstück.

Als ich mit der Hand durch das Loch fasste, spürte ich weiche, fließende Seide. Ich zog daran, und das Stück glitt geschmeidig wie Wasser heraus. Ich schüttelte es aus und hielt es ins Licht. Es war ein schlichtes Etuikleid, nicht besonders raffiniert, aber dennoch wunderschön. Ich rieb den Stoff zwischen den Fingern, um seine Beschaffenheit zu prüfen. Nie hatte ich etwas derart Delikates besessen. Nie hatte ich mir ein solches Kleidungsstück leisten können und würde mir vermutlich nie eines leisten können. Ich streifte es mir über den Kopf, zog es über Pullover und Jeans hinunter. Es war smaragdgrün, vorn tief ausgeschnitten und hatte am Rücken eine Reihe winziger stoffbezogener Knöpfe. Der Stoff war so zart und fein, dass er leicht durch meinen Ring gepasst hätte. Ich drehte mich nach links und nach rechts und betrachtete mein dunkles Spiegelbild im Türglas. Es war ein wunderschönes Kleid, viel zu schön, um in einer Recyclingtonne zu landen, und zu meinem Erstaunen passte es mir, weil der Stoff so elastisch war.

Ich beschloss, es zu behalten. Rasch knüllte ich es zusammen, als täte ich etwas Verbotenes, verschloss den Müllsack mit dem restlichen Inhalt wieder und brachte ihn zum Ende der Auffahrt, wo ich ihn neben das gebündelte Altpapier stellte.

Dann machte ich mich daran, Jamies Zimmer aufzuräumen. Ich brauchte eine Zeit lang, bis ich sämtliche Spielzeuge in ihren jeweiligen Schachteln und Behältern verstaut hatte, und um das Klappbett aufzustellen. Schließlich nahm ich mir Jamies Schreibtisch vor, an dem er seine Hausaufgaben machte. Zwischen den Seiten seines Atlasses ragte ein Brief hervor.

Ich zog ihn heraus. Der Umschlag war an Jamie adressiert. Nur die fünf Buchstaben seines Namens waren mit blauem Filzstift darauf geschrieben. Aufkleber mit Marienkäfern, Spinnen und Käfern schmückten ihn.

Zuerst war ich überrascht. Ich hatte Jamies Zimmer inzwischen oft sauber gemacht und den Brief noch nie entdeckt. Er musste woanders versteckt gewesen sein, an einem weniger sichtbaren Ort.

Ich führte den Brief an meine Lippen. Dann ließ ich ihn wieder auf den Schreibtisch sinken. Sein Inhalt war persönlich und nicht für meine Augen bestimmt. Ich gab frische Streu in den Hamsterkäfig und füllte die Wasserflasche auf. Dann ordnete ich Jamies Sammlung von Transformers-Actionfiguren auf dem Fensterbrett. Zuvor hatte ich das Fenster geöffnet, um den Raum zu lüften. Erneut fiel mein Blick auf den Umschlag auf dem Schreibtisch. Ich öffnete ihn und zog den gefalteten Brief heraus.

Auf dem Blatt standen nur wenige Worte, Worte, die Jamie, wie ich wusste, verstand: »Der blaue Teddy ist für Jamie. Ich liebe dich, Mami.«

Darunter sah ich drei kleine, einfache Skizzen. Die erste stellte einen kleinen Jungen mit abstehenden Ohren dar, der verdrießlich dreinschaute – nur auf seinem Mund lag die Andeutung eines Lächelns. Die zweite zeigte den blauen Teddybären, auch er wirkte unglücklich. Die dritte den Jungen, wie er den Bären liebkoste, und beide lächelten. Diese Zeichnungen, Anweisungen an Jamie, den Bären in die Arme zu nehmen, wenn er traurig war, waren so liebevoll ausgeführt, dass mir heiße Tränen in die Augen stiegen. Es war nicht viel, aber gerade so viel, wie Jamie ertragen und eigenständig, ohne die Hilfe eines Erwachsenen, verstehen konnte. Es war genug. Genevieve hatte das gewusst, als sie den Brief ihrem Sohn hinterließ.

Ich legte mich auf Jamies Bett und schloss die Augen. Plötzlich überwältigte mich eine tiefe Traurigkeit. Das Gefühl war so intensiv, als würde es durch meine Blutbahn strömen wie eine Droge. Sein Gewicht drückte mich förmlich nieder, erfüllte mich bis in die letzte Faser meines Körpers, und einen albtraumhaften Augenblick lang schien mir, als wäre es Genevieves Traurigkeit, die ich empfand.

Als würde sie mich dafür bestrafen, ihren Platz eingenommen zu haben, oder als wollte sie mir zeigen, wie es war, in ihrer Haut zu stecken und Jamie so sehr zu vermissen. Plötzlich hörte ich den Landrover, der die Auffahrt hochkam, und das Gefühl verschwand, wenngleich ich mich noch immer merkwürdig benommen fühlte.

Ich stand auf, lief zum Fenster und schaute hinaus. Alexander stieg aus dem Wagen und ging auf das Haus zu. Ich faltete den Brief sorgfältig zusammen, steckte ihn in den Umschlag zurück und legte ihn zwischen die Seiten des Atlasses. Ich lief die Treppe hinunter und traf in der Küche auf Alexander. Er zog mich in seine Arme und küsste mich auf die Lippen. Er roch nach frischer Luft.

»Die Pumpe im Werkstatthof ist kaputt. Da ich nicht mehr arbeiten konnte, habe ich beschlossen, mal früher nach Hause zu gehen. Ist die Luft rein?«, fragte er im Flüsterton, die Lippen an meinem Haar.

Ich nickte.

»Gott sei Dank!« Sein Mund wanderte zu meinem Ohr, und er fuhr mit den Händen meinen Rücken hinab. Eine Hand umfasste meine Taille, während die Finger der anderen in meine Jeans wanderten. Er machte mich so an, o Gott, machte er mich an, aber während mein Körper bereits ganz Alexander gehörte, war mein Geist noch immer bei Genevieve.

Jamies Brief hatte sie für mich wirklicher werden lassen, das war es. Es war einfach gewesen, sie für eine schlechte Mutter zu halten, eine herzlose Frau, die, ohne mit der Wimper zu zucken, ihre Familie verlassen hatte. Doch nun wusste ich, wie sehr sie sich um Jamie sorgte, und ich bekam ein schlechtes Gewissen. Ich hatte das Gefühl, dass ich nicht hier sein sollte, in ihrem Haus, wo ich im Begriff war, mit ihrem Mann zu schlafen, noch dazu am Geburtstag ihres Sohnes, an dem sie, gleich, wo sie jetzt war, so gern bei ihm gewesen wäre.

»Was ist los?« Alexander nahm mein Kinn zwischen seine Finger und zwang mich, ihn anzuschauen. »Was ist los, Sarah?«

»Nichts«, erwiderte ich. »Es ist alles in Ordnung.«

»Hey«, sagte er zärtlich, »du willst doch noch mit mir zusammen sein, oder?«

»Natürlich will ich das.«

»Bist du sicher?«

»Ja«, sagte ich, »ich bin sicher.«

NEUNUNDZWANZIG

Wir liebten uns, und diesmal, zum ersten Mal, ließ ich mich völlig gehen, denn ich hatte das Gefühl, bereits das Ende erblickt und somit nichts mehr zu verlieren zu haben. Was immer jetzt geschah, was immer Genevieve als Nächstes tun würde, ob sie zurückkehrte oder nicht, lag nicht in meiner Macht. Es hatte nichts mit mir zu tun, was sollte also die Geheimniskrämerei, nun, da alle von der Beziehung zwischen Alex und mir wussten? Ich gab mich Alexander vollkommen hin. Ich spürte ihn überall, mit jeder Faser meines Körpers. Unter seinen Händen war ich geschmeidig wie Seide und unverwüstlich wie eine Perle. Alexander – seine Hände, seine Narbe unterhalb seines Rippenbogens – war überall, und ich war nichts als der ausgestoßene Atem zwischen unseren wund geküssten Lippen. Ich wurde gefunden und ging gleichzeitig verloren.

Anschließend begaben wir uns zum Quarrymen's Arms. Es war Alexanders Idee. Wir gingen zu Fuß zu dem Pub, der ungefähr auf halber Strecke zwischen Avalon und Jamies Schule lag. Alexander bestellte eine Halbe Bier und ein großes Glas Rotwein, und ich setzte mich mit zerzausten Haaren auf eine Bank und versuchte, möglichst unschuldig dreinzublicken, als hätte nicht jeder mir längst angesehen, was wir gerade getan hatten.

Als Alexander mit unseren Getränken an den Tisch kam, starrten uns alle an. Jeder wusste über uns Bescheid – Phoebes hinter vorgehaltener Hand verkündete Gerüchte wurden endgültig bestätigt. Die Stammgäste fragten sich, ob wir unser Verhältnis absichtlich zur Schau stellten. Ich konnte ihre wütenden, verärgerten Gedanken förmlich spüren, hatte das Gefühl, als würden sie an den Wänden und der niedrigen Decke des Pubs widerhallen.

Alexander stellte die Gläser auf den Tisch, setzte sich neben mich auf die Bank, nahm meine Hand und klemmte sie zwischen seine Knie. Die anderen Gäste machten keinen Hehl aus ihrem Abscheu. Ich fühlte mich unwohl. Die meisten Gäste waren ältere Männer, der Großteil von ihnen Pächter von Virginia und Philip, bodenständige Landmenschen mit Jagdhunden und vorgefassten Meinungen. Misstrauisch beobachteten sie, wie Genevieves Mann und sein Kindermädchen erhitzt von der Liebe mitten am Nachmittag im Pub saßen und Alkohol tranken.

Ein ungepflegt wirkender Jack Russell kam an unseren Tisch und bettelte um Kartoffelchips.

»Hierher, aber schnell!«, rief ihn sein Herrchen zurück. »Ich will nicht, dass du dich bei solchen Leuten herumtreibst.«

Rund um den Tresen erhob sich zustimmendes Gemurmel.

»Wir hätten nicht herkommen sollen«, sagte ich leise. »Lass uns wieder gehen.«

»Wir haben ebenso das Recht, hier zu sein, wie jeder andere auch«, erwiderte Alexander.

»Alexander, bitte ...«

Ich machte Anstalten aufzustehen, aber er schüttelte den Kopf und zog mich beinahe grob wieder neben sich auf die Bank.

»Lass sie denken, was sie wollen«, sagte er ein wenig zu laut. »Es sind schließlich *ihre* schmutzigen Gedanken.«

Ein großer, dicker Mann an der Bar gab ein abfälliges Schnauben von sich.

»Wo ist sie eigentlich?«, fragte er. »Wo ist deine Frau?«

»Das weiß ich nicht«, erwiderte Alexander.

»Aber praktisch ist es schon, nicht wahr, dass sie nicht da ist und du ungestört mit deinem Flittchen rummachen kannst?«

Alexander hob sein Glas und trank in langsamen Schlucken.

Ich hatte meinen Wein noch nicht angerührt. Mir war nicht mehr danach.

»Alexander, bitte ...«

»Wir haben nichts getan, wofür wir uns schämen müssen«, sagte Alexander leise. Da war etwas in seiner Stimme, bei dem sich die Härchen auf meinen Armen aufstellten. Einer von der Runde am Tresen sagte etwas, woraufhin die anderen in zynisches Gelächter ausbrachen.

Alexander stand auf. Ich legte die Hand auf seinen Arm, aber er schüttelte sie ab und ging zum Tresen. Seine Körperhaltung wirkte entspannt, aber entschlossen. Die Männer hielten ihre Gläser wie ein Schutzschild vor die Brust. Ihre Mienen wirkten unerschütterlich, doch gleichzeitig sah ich, wie sie kaum merklich zurückwichen.

»Wenn einer von euch mir etwas mitteilen möchte, würde

ich es schätzen, wenn er es mir direkt ins Gesicht sagt.« Alexanders Stimme hatte einen freundlichen Klang.

»Gut, ich habe etwas zu sagen.« Eine ältere Frau, die ich noch gar nicht bemerkt hatte, ergriff das Wort. »Haben Sie kein Herz, Alexander Westwood? Kümmert es Sie einen Dreck, dass unsere liebe Genevieve vermisst wird und niemand weiß, wo sie ist oder ob sie überhaupt noch lebt?«

»Sie wird nicht vermisst, Mrs Spencer«, entgegnete Alexander. »Sie ist aus eigenem Antrieb fortgegangen.«

»Und warum wohl? Was haben Sie ihr angetan?«

Wieder wurde entrüstetes Gemurmel laut, während die Männer einen Schritt auf Alexander zumachten, sodass sich der Wirt bemüßigt fühlte einzuschreiten.

»Sie gehen jetzt am besten nach Hause«, sagte er zu Alexander. »Ich möchte keinen Ärger.«

»Ich verursache keine Ärger«, erwiderte Alexander. Er sah kurz zu mir herüber. »Und Sarah bestimmt auch nicht. Wir wollten einfach nur in Ruhe etwas trinken.«

»Scheißkerl!«, sagte ein übergewichtiger junger Mann. »Du Scheißkerl! Wir wissen, wie du Genevieve behandelt hast! Wie wissen, was du deiner Frau angetan hast! Wir wollen keine Typen wie dich hier haben, weder dich noch dein kleines Flittchen.«

Blitzschnell drehte sich Alexander zu ihm um, packte den Kerl am Kragen und hob seine Faust.

»Alexander!«, schrie ich, und einen Moment lang wurde er durch meinen Schrei abgelenkt. Als er sich zu mir umdrehte, holte der andere zum Faustschlag aus. Alexander taumelte, fiel nach hinten und schlug mit dem Kopf an der Kante des Kaminsimses auf.

Ich stürzte zu ihm, ehe sein Kontrahent ihn verfolgen konnte. Der Wirt und ein paar der anderen Männer hielten den wütenden Kerl zurück, doch er wand sich in ihrem Griff und spie Schimpfwörter zwischen seinen feisten Lippen aus. Die Zornesröte stand ihm im Gesicht. Ich konnte seine Aggression spüren, ja sogar riechen. Er schien wild entschlossen, Alexander zu töten, und ich hatte furchtbare Angst um ihn.

Ich half Alexander aufzustehen. Aus einer Wunde an seinem Hinterkopf rann Blut, das sich warm und klebrig an meinen Fingern anfühlte, und er rollte die Augen wie ein Betrunkener.

»Gehen Sie, los!«, sagte der Wirt ruhig zu mir, und seine Augen zeigten keinen Funken Mitgefühl. »Gehen Sie und lassen Sie sich nie mehr hier blicken.«

Die Kellnerin an der Bar reichte mir unsere Mäntel, dann führte ich Alexander zur Tür, der sich schwer auf meinen Arm stützte und humpelte. Wie ein Mantra flüsterte ich ihm immer wieder zu: »Mach dir keine Sorgen, alles wird wieder gut, alles wird wieder gut.«

Alle Augenpaare folgten uns; es war zutiefst erniedrigend. Ich fühlte mich beschämt und schmutzig und war in Sorge wegen Alexanders Wunde am Kopf.

Zu Hause wusch ich sie aus, inzwischen hatte sich eine dicke Kruste um sein verfilztes Haar herum gebildet. Nachdem ich die Wunde gereinigt hatte, sah ich, dass es nicht so schlimm war, es handelte sich um einen sauberen Schnitt, der nicht genäht werden musste. Alexander versprach mir, sich auszuruhen, und ich fuhr zur Schule, um Jamie und Christopher abzuholen. Noch hatte sich die Nachricht von der Schlägerei im Pub nicht bis zum Schultor verbreitet, jedenfalls erntete ich keine schiefen Blicke. Dennoch war ich zittrig und nervös. Betsy wollte mir irgendeine Geschichte über ihren elfjährigen Sohn erzählen, aber ich hörte ihr nicht zu. Als die beiden Jungen auftauchten, verfrachtete ich sie schnurstracks auf die Rückbank des Wagens und fuhr nach Avalon zurück.

Alexander hatte geduscht. Er hatte sich ein Handtuch um den Kopf gewickelt, und obwohl er aschfahl war, tat er vor den Jungen so, als wäre nichts passiert. Er verwandte seine ganze Energie darauf, dass die Jungen Spaß hatten, bereitete mit ihnen zusammen das Feuerwerk und das Lagerfeuer vor. Die beiden Jungen waren ganz in ihrem Element, und ihre Rufe und ihr Gelächter hallten über die Felder. Während ich das Abendessen zubereitete, beobachtete ich, wie die Jungen im hinteren Teil des Gartens Holzscheite ins Feuer warfen und in ihren Gummistiefeln und Mützen darum herumtanzten, während Alexander in seinen Mantel gehüllt aufpasste, dass nichts passierte. Eine Woge der Zuneigung durchströmte mich.

Es gab unzählige andere Pubs in Somerset, überlegte ich. Wir waren nicht auf das Quarrymen's Arms angewiesen. Ich redete mir ein, dass es mir nichts ausmachte. Ich würde mir nicht von Leuten, die nichts von den wahren Eheproblemen zwischen Alexander und Genevieve wussten, diktieren lassen, wie wir zu leben hatten.

Doch später am Abend, nachdem das Feuer zu einem Häufchen heißer Asche heruntergebrannt war und Alexander unten zusperrte, während ich mir im Bad die Zähne putzte, hatte ich das untrügliche Gefühl, beobachtet zu werden. Die Spiegellampe hatte einen Wackelkontakt, und die Glühbirne flackerte. Alexander hatte mir erklärt, es liege daran, dass die Eichhörnchen die Kabel angenagt hätten, trotzdem machte mich dieses Flackern ganz nervös. Während ich mich über das Waschbecken beugte und den Mund ausspülte, spürte ich einen Zug an meinen nackten Beinen.

Ich schaltete die elektrische Zahnbürste aus und steckte sie auf die Ladestation zurück. Dann säuberte ich mit der Hand das Waschbecken und drehte mich rasch zum Badezimmerschrank um. In der verspiegelten Tür erblickte ich mein Spiegelbild, das im flimmernden Licht gespenstisch zuckte. Irgendetwas daran war seltsam. Ich suchte meine Brille, fand sie jedoch nicht. Offensichtlich hatte ich sie in meinem Zimmer liegen lassen. Ich blinzelte und näherte mein Gesicht dem Spiegel.

Da merkte ich, dass sich nicht mein Gesicht, sondern das Genevieves darin spiegelte. Panik war in ihren Augen, abgrundtiefe Angst, und ich wusste, dass sie mich um Hilfe anflehte.

Zu Tode erschrocken stürmte ich aus dem Badezimmer.

Zurück in meinem Zimmer, nahm ich eine halbe Schlaftablette und eine ganze des Antidepressivums, trotzdem wurde ich von schlimmsten Albträumen heimgesucht.

DREISSIG

Am nächsten Tag rief ich Betsy an.

»Hallo, ich bin's«, sagte ich.

»Das dachte ich mir schon«, erwiderte Betsy mit müder Stimme.

»Geht es dir nicht gut?«

»Ach, das Baby zahnt. Es hat mich die ganze Nacht wach gehalten.«

»Du Arme. Ich komme nachher zu dir und geh ein bisschen mir ihr spazieren, dann kannst du dich ausruhen.«

»Nein, lass nur«, sagte Betsy.

Da wusste ich, dass etwas nicht stimmte. Noch nie hatte Betsy mein Angebot, auf die Kleine aufzupassen, ausgeschlagen.

»Und, was haben die Leute erzählt?«

»Dass du und Alexander im Pub gewesen seid und Dale Vowles Alexander eine Abreibung verpasst hat, nachdem er ihn provoziert hatte.«

»Es war ganz anders.«

»Vielleicht. Dennoch finde ich, dass du und Mr Westwood ein bisschen diskreter sein solltet«, sagte sie in sachlichem Ton.

»Wir wollten nur etwas trinken.«

»Alle hier im Dorf sind die reinsten Klatschmäuler«, sagte sie. »Das weißt du doch. Und eine junge Frau, die vermisst wird, noch dazu eine so attraktive, wird in ihren Augen immer das Opfer sein, während ihr gut gebauter Ehemann mit hitzigem Temperament der Bösewicht ist, insbesondere, wenn er keinerlei Anzeichen von Gewissensbissen erkennen lässt, sondern sich im Gegenteil offen mit seiner Puppe zeigt.«

Ich lehnte den Kopf an die Wand.

»Puppe …« Ich seufzte.

»Du weißt doch, wie sie reden.«

»Kann ich kurz rüberkommen?«

»Nein, das ist momentan keine gute Idee.«

»Du willst nicht gesehen werden, wie du mit Alexanders Puppe Kaffee trinkst?«

»Dales Verwandte wohnen direkt gegenüber. Könnte sein, dass sie dich behelligen.«

»Könnten wir uns im Dorf treffen?«

»An deiner Stelle würde ich mich ein paar Tage vom Dorf fernhalten.«

»Betsy, was soll ich denn tun?«

»Ach, werd bloß nicht hysterisch. Na gut, ich komme zu dir.«

»Danke.«

Ich war so froh, dass sie kam. Ich glaube, noch nie zuvor hatte ich eine Freundin so dringend benötigt wie in diesem Moment.

EINUNDDREISSIG

Kaum war eine Krise vorbei, kündigte sich schon die nächste an. Sie kamen jetzt wellenartig, und der Abstand zwischen den einzelnen Wellen wurde immer kürzer. Claudia tauchte gleich am Morgen bei mir auf, um mich zu warnen, aber es war zu spät, ich hatte die Plakate bereits gesehen, als ich Jamie zur Schule gebracht hatte. Von jedem Laternenpfahl, jedem Telegrafenmasten und jeder Mauer herab lächelte einen Genevieve an. Ganz Burrington Stoke war zugeklebt mit laminierten DIN-A4-Plakaten, die ein Farbfoto von Genevieve zeigten und darüber das Wort »Vermisst!«. Darunter war der Aufruf zu lesen, sich mit sachdienlichen Informationen an die Polizei zu wenden, und demjenigen, der Genevieves Aufenthaltsort wusste, wurde eine »beträchtliche« Belohnung in Aussicht gestellt.

Diese Aushänge waren ganz offensichtlich eine unmittelbare Reaktion auf unseren Auftritt im Pub. Gewiss hatte Virginia in Windeseile davon erfahren, sodass sie endgültig den Stab über Alexander und mich gebrochen hatte.

»Warum hängt überall Mamis Foto?«, fragte Jamie. »Ist sie berühmt?«

»Ja«, sagte ich, dankbar, dass er mit einer eigenen Erklärung aufwartete. »Deine Mami ist eine der besten Reiterinnen von ganz England.«

»In der ganzen Welt«, sagte Jamie und ließ es dabei bewenden.

Genevieve war zuvor schon in mein Leben eingedrungen, aber nun schien sie es völlig zu bestimmen. Sie war allgegenwärtig. Nachdem ich an jenem Morgen Jamie zur Schule gebracht hatte, ging ich erhobenen Kopfes weiter in Richtung Dorfmitte. Denn ich wollte mir nicht die Blöße geben, wieder kehrtzumachen, als hätte ich etwas zu verbergen. Als Erstes begegnete ich einem älteren Paar, das in seinem Cottage ein Bed and Breakfast betrieb. Normalerweise tauschten wir ein paar nette Worte aus, doch an diesem Morgen wechselten sie schnell zur anderen Straßenseite, als sie mich sahen, und taten so, als wären sie in ein Gespräch vertieft und hätten mich nicht bemerkt.

Als Nächstes traf ich Roseanne, ein hübsche junge Frau, die als Kindermädchen für ein Paar arbeitete, das in Somerset seinen zweiten Wohnsitz hatte. Am Schultor plauderte ich oft mir ihr. Als sie mich sah, machte sie ein mitleidiges Gesicht.

»Sieht aus, als wär die Kacke richtig am Dampfen«, sagte sie auf ihre schnoddrige Art. »Überall sind diese Plakate aufgehängt, und heute Morgen war sogar Mrs Churchill im Radio zu hören und hat über die Belohnung gesprochen.«

»O nein.«

»Und Midge hat mir gesagt, dass ein Zeitungsreporter im Laden war und lauter Fragen über Genevieve gestellt hat. Er wollte wissen, wie sie war und was ihr, den Leuten zufolge, wohl zugestoßen sein könnte.«

Ich schluckte schwer und schaute an Roseanne vorbei die Straße hinunter. Es hätte mich nicht weiter verwundert, wäre eine Horde Paparazzi auf mich zugestürmt, aber da war nur ein Traktor, der uns rumpelnd entgegenkam.

»Alles in Ordnung mit dir?«, fragte sie. Ihr Atem roch nach Pfefferminzkaugummi.

»Ja, ja.«

»Bist du sicher?«

»Ja, aber ich gehe jetzt doch besser nach Avalon zurück.« Ich sah Roseanne an, war drauf und dran, sie zu fragen, ob sie mit mir kommen könnte, doch dann wurde mir klar, dass es unfair ihr gegenüber gewesen wäre.

»Bis später dann.«

ZWEIUNDDREISSIG

Der Herbst war auf dem Rückzug. Die Farnsträucher fielen verdorrt in sich zusammen. Die Erde war bedeckt mit Samenkapseln, und winzige silberne Fallschirme schwebten wie Feen durch die Luft und hefteten sich an die Kleidung.

Die Plakate hingen noch immer überall, auch an den Laternenpfählen vor der Schule. Man konnte ihnen unmöglich entkommen. Ich vermied es, ins Dorf zu gehen, um nicht in Genevieves lächelndes Gesicht blicken und den Leuten begegnen zu müssen, die mich misstrauisch und ängstlich musterten.

Für Jamie hingegen war es wie ein Spiel. Er zählte die Bilder von seiner Mutter im Dorf. An einem Tag kam er auf zwanzig, an einem anderen erzählte er mir, er sei auf mehr als tausend gekommen. Ein paar Tage lang sprachen die Kinder über die Plakate, doch bald wurden sie zu etwas Alltäglichem, als gehörten sie zum Erscheinungsbild des Dorfes und verloren ihren Reiz. Selbst Jamie schenkte ihnen keine Beachtung mehr.

Für Alexander musste es besonders schlimm sein, aber er redete nicht über seine Gefühle. Wie immer ging er zur Arbeit, und wenn er abends nach Hause kam, schwieg er. Einmal lauerten ihm ein Fotograf und ein Reporter vor der Werkstatt auf; sie wollten ihn in ein Gespräch verwickeln – ihm die »Gelegenheit geben, seine Version der Geschichte zu schildern, damit er die Dinge ins rechte Licht rücken« könne –, doch er ging nicht darauf ein. Er erwähnte es mir gegenüber nicht einmal. Ich wusste es nur, weil Betsy, deren Schwester in Castle Cary arbeitete, es mir am nächsten Tag vor der Schule erzählte.

Die anonymen Telefonanrufe häuften sich. Manchmal klingelte das Telefon dreißig Mal in Folge, ohne dass sich der Anrufer zu erkennen gab. Oft sagte ich nichts, nachdem ich abgehoben hatte, sondern presste bei angehaltenem Atem den Hörer ans Ohr, um den Anrufer vielleicht an seinem Atmen zu erkennen, aber es war nie etwas zu hören. Wann immer ich die Servicenummer 1471 wählte, um die Nummer des Anrufers zurückzuverfolgen, erfuhr ich, dass sie unterdrückt worden war. Als ich Alexander davon erzählte, meinte er, es handle sich offensichtlich um einen fehlgeschlagenen automatischen Akquise-Rundruf eines Callcenters, eine andere plausible Erklärung gebe es nicht. Das Merkwürdige war nur, dass es nie passierte, wenn er selbst oder Jamie drangingen. Wann immer sie abnahmen, meldete sich eine menschliche Stimme am anderen Ende der Leitung.

Zunächst vermutete ich, dass die anonymen Anrufe Teil einer Hetzkampagne seitens der Dorfbewohner waren, um uns zu schikanieren. Vielleicht beobachtete jemand das Haus, um nachzusehen, wer den Hörer abnahm, und auf Stumm zu schalten, wenn ich es war. Doch eines Abends, als sämtliche Vorhänge zugezogen waren, klingelte es erneut. Niemand konnte hereinsehen und mitbekommen, wer von uns dranging. Ich hielt den Atem an, nahm ab und presste den Hörer ans Ohr.

Wieder keine Reaktion. Nur dass diesmal ein bisschen mehr als nichts zu hören war; zwischen den statischen Geräuschen in der Leitung meinte ich Gewisper wahrzunehmen. Eine Eiseskälte durchlief mich. Meine Finger, die den Telefonhörer umklammert hielten, begannen zu prickeln. Ich ließ ihn fallen, sodass er zwischen den Beinen des Esstischs an der Kordel hin und her schwang. Hektisch drückte ich die Gabel des Apparats, aber die Leitung wurde nicht unterbrochen; ich konnte nach wie vor das Knistern in der Stille hören. Ich packte den Hörer und knallte ihn auf die Gabel.

»Hör auf!«, befahl ich dem Telefon. »Hör auf, bitte.«

Ich stützte mich am Tisch ab und ermahnte mich, nicht so töricht zu sein, sagte mir, dass es ein lebloses Ding sei, mehr nicht. Es hatte keine Gefühle, war zu keiner Arglist fähig.

Trotzdem nahm ich den Hörer nicht noch einmal von der Gabel, wusste ich doch, dass die statischen Geräusche noch immer da sein würden.

Als das Telefon erneut klingelte, zog ich den Stecker aus der Anschlussdose an der Wand.

Ein paar Tage später schälte ich abends am Spülbecken Gemüse. Auf der Herdplatte standen zwei Töpfe mit kochendem Wasser für die Kartoffeln und Karotten bereit, und in der Küche war es warm und dampfig. Ich gab das Gemüse ins Wasser und ging dann zum Fenster, um das Oberlicht zu öffnen und den Dampf hinauszulassen. Die Scheiben waren beschlagen. Als ich mich, ein Sieb in der Hand, streckte, um den Riegel des Oberlichts aufzuschieben, las ich klar und deutlich zwei Worte auf der beschlagenen Scheibe; sie sahen aus, als hätte jemand sie hektisch und mit einem zittrigen Finger geschrieben. *Hilf mir.*

Ich ließ das Sieb fallen. Alexander kam herein, um nachzusehen, was passiert war. Dann drückte er mich auf einen Stuhl.

»Geht es dir nicht gut?«, fragte er.

»Mir ist nur ein bisschen schwindelig gewesen«, sagte ich.

Er schaltete den Wasserkessel an, und als ich einen Blick zum Fenster wagte, war die Scheibe völlig beschlagen, und die Worte waren verschwunden. Ich musste sie mir wohl eingebildet haben.

Irgendwann erwähnte ich Alex gegenüber meine Vermutung, dass Genevieve hinter den Anrufen stecken könnte. Sie erfolgten jetzt so häufig, meistens wenn ich allein war, dass ich meinte, sie nicht mehr ertragen zu können. Mittlerweile fürchtete ich mich sogar davor, den Hörer abzunehmen, um May anzurufen.

»Ach was, natürlich ist es nicht Genevieve«, sagte Alexander. »Mach dich nicht lächerlich.«

»Warum bist du dir so sicher?«

»Weil es nicht sein kann.«

Ich starrte Alexander an.

»Weil«, fuhr er fort, »wenn Genevieve uns etwas sagen wollte, sie sich zu erkennen geben und mit uns sprechen würde. Sie würde bestimmt nicht wie diese gestörten Typen in den Hörer atmen, das ist ganz und gar nicht ihre Art.«

»Da ist kein Atmen«, sagte ich verzweifelt.

Alexander ergriff meine Hände und drückte sie beruhigend.

»Schau«, sagte er, »wenn die Anrufe dir so zusetzen, dann zieh einfach den Stecker raus.«

Das wäre eine Lösung gewesen, aber es widerstrebte mir, das Telefonkabel auszustecken, wenn ich allein in Avalon war, da es meine einzige Kommunikationsmöglichkeit mit der Außenwelt war. Schließlich überlegten Alexander und ich uns eine Taktik, um dem Problem Herr zu werden. Wenn er anrief, ließ er es erst zweimal klingeln, ehe er erneut anrief, und ich bat Betsy und May, es ebenso zu halten. Meiner Schwester nannte ich als Grund, dass wir von Werbeanrufen terrorisiert würden. Von nun an nahm ich nicht mehr ab, wenn nicht der vereinbarte Code erfolgte.

Neil hinterließ eine Nachricht auf meinem Handy und fragte, was los sei; offensichtlich wollte er nicht, dass May etwas von seinem Anruf mitbekam. Er sagte, er habe ein Feature über Genevieves Kindheit zusammen mit Fotos gesehen, das den Zeitungen von einer im Südwesten ansässigen Nachrichtenagentur angeboten worden war, damit sie »gerüstet sind, wenn die Bombe platzt«. Am Newsdesk des Nachrichtensenders NWM würde man Informationen über die Churchills abgleichen. Er bat mich um dringenden

Rückruf. Ich tat es nicht. Mein Verfolgungswahn war inzwischen so weit fortgeschritten, dass ich sogar Neil misstraute, außerdem hatte ich das Gefühl, Alexander zu hintergehen, wenn ich meinen Schwager angerufen hätte.

Wenn Alexander in meiner Nähe war, beobachtete ich ihn. Bei seinem Lächeln und seinen gelegentlichen Berührungen wurde mir warm ums Herz. Es kam jetzt immer öfter vor, dass er auch an den Abenden, an denen Jamie da war, heimlich zu mir ins Bett kroch wie ein Geschöpf der Nacht, hart und sehnig und maskulin; ein Wolf. Schweigend nahm er mich in Besitz, und ich erlaubte es ihm, denn wenn wir uns liebten, zerbrach ich mir nicht länger den Kopf, und meine Ängste waren wie weggeblasen. Ich wusste, dass auch er dachte, er habe nichts mehr zu verlieren.

Dann wieder gab es Tage, an denen er mich überhaupt nicht wahrzunehmen schien. Als wäre ich gar nicht da. Er war so in seine Gedanken versunken, dass er nicht einmal Jamie beachtete. Dann kümmerte ich mich umso mehr um das Kind, um es für die mangelnde Aufmerksamkeit seitens seines Vaters zu entschädigen. Unsere Freundschaft war unabhängig von Alexander, etwas, worauf wir uns verlassen konnten, wenn sich Alexander wieder mal in sich selbst zurückzog. Meine große Sorge war, Jamie könnte auf dem Spielplatz eine gemeine Bemerkung aufschnappen, um dann mit neu erwachtem Misstrauen mir gegenüber nach Hause zu kommen, aber noch war nichts dergleichen passiert. Er und seine Freunde waren klein und unschuldig genug, um weitestgehend immun zu sein gegenüber dem Geschwätz, den Gerüchten und dem Argwohn der Erwachsenen.

Jamie war der einzige Mensch in meinem Leben, in dessen Gegenwart ich mich völlig entspannt fühlte. Er beurteilte mich nicht und hinterfragte nicht meine Motive, er nahm mich, wie ich bin. Ich liebte es, neben ihm auf dem Sofa zu sitzen und zu spüren, wie er sich an mich kuschelte, indem er seine warmen Füße auf meinen Schoß legte und den Kopf an meine Brust, um sich von meinem Herzschlag trösten zu lassen. Inzwischen kannte ich ihn so gut, kannte jeden Quadratzentimeter seines Körpers, dass mich jede Beule und jeder Kratzer beunruhigten.

Eines Tages kam er mit einem Informationsblatt über Kopfläuse nach Hause, und tatsächlich fand ich, als ich ihn kämmte, eines dieser winzigen Biester im Kamm. Geduldig saß er in der Badewanne, während ich ihm das Haar wusch und eine Haarspülung daraufgab. Während ich seine Haare sorgfältig mit einem Läusekamm kämmte und die Rückstände mit einem Papiertuch abwischte, erzählte ich ihm eine selbst erfundene Geschichte über eine Dinosaurierfamilie, die in einer Höhle im Steinbruch lebte.

»Das war eine gute Geschichte«, sagte Jamie schläfrig, ohne den Daumen aus dem Mund zu nehmen, während ich ihm das entlauste Haar mit warmem Wasser ausspülte. »Können wir das morgen wieder machen?«

Ich bemühte mich, mir die Zeit mit Jamie nicht durch Gedanken an Genevieve zu verderben. Sie sollte nicht zwischen uns stehen. Ich sagte mir, es sei nicht meine Schuld, dass ich ihren Sohn so lieb gewonnen hatte. Sie war diejenige, die beschlossen hatte, wegzugehen und ihn im Stich zu lassen. Sie war diejenige, die eine Lücke in seinem Leben hinterlassen hatte, und wer, wenn nicht ich, sollte sie füllen?

Ich fragte mich, ob Genevieve wusste, was im Dorf los war. Bestimmt stand sie mit jemandem in Kontakt. Irgendwo musste es einen Spion geben, der sie mit Informationen über Jamie versorgte. Oder vertraute sie Alexander so sehr, dass sie wusste, er würde den Jungen niemals leiden lassen?

Eines Tages läutete das Telefon, und ich hob nach dem dritten Klingeln ab. Wieder konnte ich nur ein entferntes statisches Rauschen hören.

»Genevieve«, sagte ich, aber meine Stimme versagte, und nur ein merkwürdiger, kaum hörbarer Laut kam über meine Lippen. »Genevieve, wenn Sie es sind, dann schicken Sie Ihrer Familie bitte eine Nachricht, denn hier machen sich alle schreckliche Sorgen um Sie. Genevieve, bitte …«

Das Geräusch in der Leitung veränderte sich. Das statische Rauschen wurde höher, schriller, sodass es in meinen Ohren schmerzte, wie das Kratzen von Fingernägeln auf einer Schiefertafel.

»Genevieve?«, fragte ich, und plötzlich entwand sich der Hörer meiner Hand und prallte gegen die Wand. Das Gehäuse zerschellte, Plastiksplitter ergossen sich auf den Boden. Ich war zu schockiert, um einen Schrei auszustoßen. In Socken rannte ich in den Garten hinaus und kauerte mich ins Heu auf dem Boden des alten Pferdeanhängers, bis es Zeit war, Jamie von der Schule abzuholen.

Alle starrten mich an. Es war kalt und wurde allmählich dunkel, und ich trug nicht einmal einen Mantel, sondern nur ein Paar schmutzige Gummistiefel, die ich im Pferdeanhänger gefunden hatte.

»Ist alles in Ordnung?«, fragte Betsy.

»Ja, ja.«

»Aber …« Sie fasste mich am Ellbogen und führte mich ein wenig von den anderen Frauen weg. »Ich will dir ja nicht zu nahetreten, Sarah, aber du siehst ziemlich abgerissen aus.«

Ich setzte mich mit Jamie in die Bibliothek und zählte die Minuten bis zu der Uhrzeit, zu der Alexander gewöhnlich nach Hause kam.

Auf dem Heimweg kaufte ich Fish and Chips, gab beides in den Ofen zum Aufwärmen und wartete nervös darauf, bis Alexander das zerbrochene Telefon fand.

»Was ist passiert?« Er kam mit dem zersplitterten Gehäuse in die Küche, indem er die Scherben in beiden Händen vor sich hertrug wie einen verletzten Vogel. Drähte und

Metallteile ragten aus dem Haufen heraus, die Schnur zog er hinter sich her. »Irgendjemand muss dich gewaltig wütend gemacht haben.«

»Ich war das nicht«, entgegnete ich.

Alexander lachte. »Wer war es denn?«

Ich sah ihn an. Sein Ausdruck spiegelte eine Mischung aus Belustigung und Verwirrung.

Ich öffnete den Mund, brachte jedoch kein Wort hervor.

Schließlich sagte ich: »Es war ein Unfall. Wahrscheinlich war es ein elektrischer Spannungsstoß.«

Alexander musterte mich, versuchte offensichtlich herauszufinden, ob ich es ernst meinte oder Spaß machte. Als ich keine Reaktion zeigte, seufzte er und warf das kaputte Telefon in den Abfalleimer.

Mein Verhalten musste ihm äußerst seltsam vorkommen, aber ich war schließlich nicht die Ursache unserer Schwierigkeiten. Nicht ich war es, sondern Genevieve, oder besser gesagt, ihr spurloses Verschwinden.

Sie war der Kern, um den sich alles drehte.

Am nächsten Tag kam Alexander mit zwei neuen kabellosen Telefonsets zurück, ein Telefon für unten und eines für oben. Er brauchte eine Weile, um sie anzuschließen und zu programmieren. Die Apparate rochen neu, nach Chemie und Plastik.

Neuerdings kommunizierte ich wieder mehr mit meiner Familie. Ich machte mir das parallele Verhaltensmuster zwischen Genevieve und mir bewusst: Beide waren wir vor einer bestimmten Situation geflohen und hatten unseren Liebsten damit unendlich viel Kummer bereitet. Doch im Unterschied zu Genevieve wollte ich den Kontakt zu den Meinen nicht abbrechen lassen.

»Fragen die Leute manchmal noch nach mir?«, wollte ich von May wissen.

»Aber natürlich. Alle wollen wissen, wie es dir geht und wann du wieder nach Hause kommst.«

»Und was sagst du ihnen?«

»Ich sage ihnen, dass du eben ein bisschen durchgeknallt bist, aber daran sind wir ja gewöhnt, und dass du spätestens, wenn dir das Geld ausgeht, zurückkommst.«

»Danke, das ist wirklich lieb von dir.«

»Kein Ursache. Sarah ...«

»Hm?«

»Laurie hat uns neulich besucht. Er wollte wissen ... Ach du meine Güte, wie soll ich's ausdrücken ...«

»Sag's einfach.«

»Er wollte fragen, ob es okay ist, wenn er den Kinderwagen seiner Schwester gibt. Sie ist wieder schwanger.«

Ich blickte zur Decke empor. Und plötzlich packte mich blinde Wut. Ich war wütend auf Laurie, weil er gefragt hatte. Warum hatte er nicht einfach selbst entschieden? Ich war wütend auf May, weil sie die Frage an mich weitergegeben und mich daran erinnert hatte, dass mein Sohn tot war und das Leben weiterging, aber am meisten wütend war ich auf mich selbst, weil ich so aufgebracht war. Jetzt hätte *ich* gern den Hörer an die Wand geschmettert.

»Sag ihm, er soll machen, was er will«, sagte ich kalt. »Wie immer.«

DREIUNDDREISSIG

Mitte November begann ich mich wie eine Gefangene in Avalon zu fühlen. Es wurde früh dunkel, und es herrschte nasskaltes Wetter. Normalerweise verließ ich das Haus nur noch, um Jamie von der Schule abzuholen. Einmal in der Woche fuhr Alexander mich zum Supermarkt in einem Außenbezirk von Glastonbury, um den wöchentlichen Großeinkauf zu erledigen, sodass ich nicht ständig in den Dorfladen gehen musste. Wenn ich doch einmal eine dringende Besorgung machen musste, hüllte ich mich in meinen Mantel und stapfte, den Kragen hochgeschlagen, die Straße entlang und hoffte, dass niemand Notiz von mir nahm.

Mit den neuen Telefonen schien es kein Problem mehr zu geben. Wenn es klingelte, dann meldete sich jedes Mal jemand am anderen Ende der Leitung. Die ominösen anonymen Anrufe erklärte ich mir damit, dass das alte Telefon einen technischen Defekt gehabt hatte und auf anscheinend selbstzerstörerische Weise explodiert war.

Da ich so viel Zeit im Haus verbrachte, hatte ich ausreichend Muße, um zu zeichnen. Es war eine der wenigen Tätigkeiten, die meine volle Konzentration verlangten und mich von Genevieve ablenkten.

Obwohl Alexander nicht der Typ war, der gern Komplimente machte, sagte er mir, meine Zeichnungen seien gut. Er meinte, ich solle mit ihnen nach Wells fahren und sie den dortigen Kunsthandlungen anbieten. Ich konnte mir nicht vorstellen, dass irgendjemand bereit wäre, Geld für etwas zu bezahlen, das ich gezeichnet hatte, aber er entgegnete, es sei einen Versuch wert. Außerdem würde ich auf diese Weise mal rauskommen.

Also wählte ich die gelungensten Zeichnungen aus und stieg mit meiner Zeichenmappe unter dem Arm in den Bus nach Wells.

In der Innenstadt gab es mehrere kleinere Kunsthandlungen und Galerien. Erst nach langem Zögern fasste ich den Mut, einen zu betreten. Die Ladenbesitzerin war zwar höflich, zeigte sich jedoch nicht besonders begeistert von meinen Werken. Die Besitzerin des zweiten Ladens, eine gertenschlanke Frau mit einer langen Strickweste und einer Brille, die an einer Kette an ihrem Hals baumelte, war überaus freundlich. Meine Porträts von Jamie interessierten sie nicht, wohl aber meine Blumenzeichnungen. Sie sagte, sie seien äußerst sinnlich. Noch begeisterter war sie von meinen kolorierten Zeichnungen von Äpfeln, keinen schönen, makellosen Äpfeln, sondern welchen, die beschädigt oder deformiert waren, kurz und gut von Fallobst, das hässlich aussieht, aber göttlich schmeckt.

Wir tranken mit Honig gesüßten Ingwertee und knabberten hauchdünnes Zimtgebäck. Dann wählte die Galeristin vier meiner Bilder aus, um sie zu rahmen und auszustellen. Zwei davon waren Apfelstudien, die anderen beiden Zeichnungen von welkenden Rosen. Die Frau meinte, sie strahlten eine unterschwellige Erotik aus, wobei ich mich fragte, wie sie darauf kam. Wir einigten uns darauf, die Kosten für die Rahmen zu teilen, und sie würde sie dann in ihre Ausstellung mit aufnehmen. Ich war so glücklich, dass ich an mich halten musste, um nicht ausgelassen auf die Straße hinauszuhüpfen. Am liebsten hätte ich Alexander angerufen, um ihm die Neuigkeit mitzuteilen, wusste jedoch, wie ungern er bei der Arbeit gestört wurde.

Die Kunsthandlung schmiegte sich zwischen eine Reihe anderer hübscher Läden, die Wohnaccessoires für den gehobenen Geschmack anboten und sich bereits für das Weihnachtsgeschäft schmückten. Eine Weile schlenderte ich die

Straße auf und ab, schaute mir die Auslagen an und kaufte ein paar Kleinigkeiten.

Wells war, wenn man von der City of London absah, die kleinste Stadt Englands, ein lebendiger, verkehrsreicher Ort. Es gab einen Pub – das frühere Gefängnis –, hübsche Häuschen, die einmal Armensiedlungen waren, einen von einem Wassergraben umgebenen Bischofspalast und einen anheimelnden Torbogen, der in den Garten der Kathedrale führte. Hier hatte ich es nicht mit abfälligen Blicken und Plakaten mit Genevieves Konterfei zu tun und auch nicht mit Frauen, die mich von Kopf bis Fuß musterten. Ich hatte das Gefühl, als befände sich Wells eine Million Meilen von Burrington Stoke entfernt. Es wirkte wohltuend kosmopolitisch auf mich. Ich musste einige Dinge erledigen. Zuerst ging ich zum Postamt und zur Bank, dann zu Alexanders Steuerberater, um ihm einen Umschlag mit Belegen zu bringen.

Schließlich betrat ich – seit Langem fühlte ich mich mal wieder unbeschwert und normal – ein italienisches Café, um mich mit einer guten Tasse Kaffee, einem Panino und einer Frauenzeitschrift zu belohnen. Ich setzte mich an einen Tisch am Fenster mit Blick auf die malerischen Gässchen. Während ich meinen Mittagsimbiss zu mir nahm, las ich in dem Regenbogenblatt Geschichten über berühmte Leute, etwas, was Laurie zutiefst missbilligt hätte. Plötzlich sagte eine Stimme: »Hallo, Sarah – Sie sind es doch, nicht wahr?«

Ich drehte den Kopf zur Seite und blickte in das lächelnde Gesicht eines Mannes, der auf vertrauensvolle Art eine etwas raue Attraktivität ausstrahlte, wie man sie bisweilen bei reiferen Männern antrifft. Er streckte mir seine Hand zur Begrüßung hin, während er in der anderen einen Becher Kaffee und ein Gebäckstück balancierte.

»Tut mir leid«, sagte ich und legte mein angebissenes Panino auf den Teller zurück, um mir die Finger an der Papierserviette abzuwischen. »Ich weiß zwar, wir sind uns schon mal begegnet, aber ich …«

»DI Twyford«, sagte er. »Meine Kollegin und ich haben Sie vor ein paar Wochen beim Abendessen gestört, weil wir mit Mr Westwood sprechen wollten.«

»Ach ja, natürlich.«

Ich reichte ihm die Hand. Sein Handschlag war fest und beherzt, seine Hand fühlte sich warm und trocken an, und er hielt meine ein bisschen länger als nötig.

»Soll ich Sie Inspector nennen?«

»Meine Freunde nennen mich Ian«, sagte er.

Ich zögerte.

»Und meine Bekannten natürlich auch.«

»Na dann, hallo, Ian.« Ich sah ihn lächelnd an. Mein Herz hämmerte, als hätte ich etwas zu verbergen.

»Möchten Sie sich zu mir setzen?«

»Wenn es Ihnen nichts ausmacht. Die meisten Tische sind besetzt.«

Ich blickte mich verstohlen im Café um. Es gab durchaus noch einige freie Tische, wenn auch nicht am Fenster und im Sonnenlicht. Ob er wohl von draußen hereingeschaut und mich hier sitzen gesehen hatte? War er mir gefolgt? Ich spürte Panik in mir aufsteigen und atmete tief durch, um mich zu beruhigen.

Der Detective Inspector stellte seinen Kaffee neben meiner Tasse ab. Weißer Schaum war über den Becherrand und auf die Untertasse geschwappt. Er zog ein paar Papierservietten aus dem Spender auf dem Tisch und wischte die Untertasse damit sauber. Er wirkte entspannt. Ich ermahnte mich, nicht so paranoid zu sein. Wells war ein kleiner Ort, sodass sich zwei Menschen, die sich kannten, unweigerlich in die Arme laufen mussten.

»Und was führt Sie in die Stadt – Besorgungen?«, fragte er, während er mehrere Löffel Zucker in seinen Latte macchiato gab.

Er warf einen Blick auf meine Einkaufstüte und die Zeichenmappe, die gegen das Fenster lehnten.

»Ihre Kombinationsgabe ist frappierend«, sagte ich.

Er lachte.

Ich lächelte ebenfalls. »Und Sie? Befindet sich Ihre Behörde in Wells, oder sind Sie nur zu Besuch hier?«

»Nein, ich bin außer Dienst hier und habe ebenfalls Besorgungen zu erledigen.«

Ich nippte an meinem Kaffee. Plötzlich hatte ich keinen Appetit mehr und ließ das restliche Panino unberührt.

»Und wie geht es Ihnen so in Burrington Stoke?«, fragte er, während er nochmals einen halben Löffel Zucker in seinen Kaffee gab. »Sie sind aus Manchester, nicht wahr? Ist das Landleben nicht ein bisschen langweilig für Sie?«

»Es ist ein wunderschönes Dorf, und die Leute sind sehr nett«, erwiderte ich ausweichend.

Er tippte mit seinem Kaffeelöffel an den Becher.

»Haben Sie schon mal den Film *American Werewolf* gesehen? Und erinnern Sie sich an die Szene in dem Pub mit dem bezeichnenden Namen ›Slaughtered Lamb‹, als die Fremden hereinkommen und die Einheimischen zu reden aufhören und sie nur anstarren? Die Szene wurde übrigens im ›Quarrymen's Arms‹ gedreht – weil man sich nicht erst um Statisten bemühen musste.«

Ich lächelte zögernd, obwohl ich wusste, dass er nicht zufällig auf den Pub zu sprechen gekommen war. DI Twyford wusste also von dem Vorfall. Wahrscheinlich war er über alles im Bilde.

»Burrington Stoke ist ein konservativer Ort.« Ich legte mir die Worte sorgfältig zurecht. »Wahrscheinlich ist man gegenüber jedem Fremden misstrauisch.«

Er schüttelte den Kopf. »Wir sind nicht mehr im Mittelalter, Sarah. Nicht Sie persönlich beunruhigen die Menschen, sondern das, wofür Sie stehen.«

»Wie meinen Sie das?«

»Die Tatsache, dass Sie mit Alexander zusammen sind, lässt sie annehmen, dass Genevieve nie mehr zurückkommen wird.«

Womit wir wieder beim Thema waren.

»Ich bin mir sicher, Genevieve ist wohlauf«, sagte ich. »Wahrscheinlich amüsiert sie sich prächtig.«

Der Inspector Ian rührte seinen Kaffee um und sagte: »Ach ja?«

Ich erzählte ihm von Genevieves Brief an Jamie und dem Teddybären. Die Tatsache, dass sie ihm diese Dinge hinterlassen hatte, erklärte ich ihm, beweise schließlich, dass sie ihren Weggang geplant habe. Ich bot ihm sogar an, ihm den Brief und den Teddybären zu zeigen, sollte er Zweifel an meiner Geschichte hegen.

Doch er schien nicht besonders interessiert zu sein und sagte nur: »Wie praktisch.«

»Wie meinen Sie das?«

Er zuckte die Achseln. »Dass Sie den Brief gefunden haben, der genau das bestätigt, was man Ihnen über Genevieves Verschwinden erzählt hat.«

»Schon möglich, jedenfalls existieren Brief und Teddybär.«

Der Inspector erwiderte nichts. Einen Moment lang sah er zum Fenster hinaus. Dann fragte er, ob ich mit Jamie gut zurechtkäme, was ich bestätigte.

»Sie kennen ihn noch nicht lange«, sagte er.

»Erst seit ein paar Monaten. Wir haben uns auf Sizilien kennengelernt, einige Wochen nachdem Genevieve ihre Familie verlassen hatte. Aber das hat Alexander Ihnen bestimmt schon erzählt.«

Der Inspector nickte.

»Warum fragen Sie mich das alles? Sie sagten doch, Sie seien nicht im Dienst.«

»Es ist nur eine Unterhaltung, kein Verhör.«

»Aber es fühlt sich danach an.«

Der Inspector hob die Hände und machte ein schuldbewusstes Gesicht. »Das kommt von meinem Job. Ob ich will oder nicht, manchmal gewinnt er einfach die Oberhand.«

»Warum glauben eigentlich alle, dass an Genevieves Verschwinden etwas Verdächtiges ist?«, fragte ich. »Sie hat Abschiedsbriefe hinterlassen. Sie hat ihren Sohn darauf vorbereitet. Glauben Sie nicht auch ...?« Ich hielt kurz inne, nicht sicher, ob ich aussprechen sollte, was mir auf der Zunge lag, doch dann sagte ich mir: Warum nicht? »Halten Sie es nicht für möglich, dass sie eine Affäre mit einem anderen hatte und mit ihm durchgebrannt ist?«

»Möglich ist das schon, aber es ist unwahrscheinlich.«

»Was ist ihr dann Ihrer Meinung nach zugestoßen?«

»Es wäre unprofessionell und skrupellos, Ihnen gegenüber eine unbestätigte Vermutung zu äußern.«

»Sie ist also rein hypothetisch.«

Er zuckte die Schultern und nippte an seinem Milchkaffee. »Immer wieder verschwinden Menschen von zu Hause. Sie lassen mir nichts, dir nichts ihr bisheriges Leben zurück. Sie würden sich wundern, wenn Sie wüssten, wie oft das passiert. Und meistens ist nichts faul daran.«

Ich sah ihm in die Augen und zwang ihn, meinem Blick standzuhalten. »Wo ist dann das Problem?«

»Das Problem ist, dass Menschen wie Genevieve nicht einfach verschwinden, es sei denn, sie haben einen triftigen Grund.«

»Wäre ein Liebhaber kein triftiger Grund?«

»Selbst wenn das der Fall wäre, warum dann dieses Schweigen? Warum hat sie ihre Familie noch nicht kontaktiert?«

Ich rief mir Alexanders Worte ins Gedächtnis. »Vielleicht will sie warten, bis sich die Wogen geglättet haben.«

Er schüttelte den Kopf. »Die Wogen werden sich niemals glätten. Genevieve mag nicht gerade eine vorbildliche Ehefrau gewesen sein, aber sie hat ihre Familie und vor allem ihr Kind geliebt. Sie haben sie nie zusammen erlebt.«

Ein kalter Schauer überfiel mich.

»Kannten Sie sie? Ich meine, kennen Sie sie?«

»O ja. Virginia hat meine Tochter in Dressur unterrichtet. Häufig war auch Genevieve beim Reitplatz. Sie hat sich über das Gatter gelehnt und bei den Reitstunden zugesehen, wobei sie manchmal Ratschläge erteilt hat. Sie hatte die Gabe, die Pferde tanzen zu lassen. Sie war unglaublich. Wir haben oft miteinander geplaudert. Hin und wieder war auch Jamie bei ihr. Sie hat ihn herumgewirbelt, Fangen mit ihm gespielt und ihn zum Lachen gebracht. Wenn Sie mich fragen, hätte Genevieve sich niemals freiwillig von ihrem Sohn getrennt. Nie im Leben.«

Mit einem Mal fühlte ich mich furchtbar hilflos und so, als hätte ich etwas Unrechtes getan. Ich hätte dem Inspector nicht sagen sollen, dass Jamie und ich uns sehr nahestanden, hätte nicht so unbedacht über Genevieve reden sollen. Mein Mund war staubtrocken. Ich starrte auf die Straße hinaus, sah den Passanten nach. Für sie war es ein ganz normaler Tag, ein sonniger Herbsttag in einem hübschen Städtchen, und das Einzige, worüber sie sich Gedanken machen mussten, war die Frage, was sie zu Abend essen würden. Und ich? Da saß ich, gefangen wie die Maus in der Falle, in der Ecke eines Cafés neben einem Mann, der so viel mehr über Genevieve wusste als ich.

»Sie scheinen mir ein netter Mensch zu sein«, sagte er unvermittelt und in sanfterem Ton. »Ich nehme an, Sie wären längst nicht mehr in Somerset, wenn Sie Bedenken bezüglich Alexanders hätten.«

Ich blinzelte und starrte weiterhin aus dem Fenster. Eine sehr junge Frau in einer roten Steppjacke und mit Kreolen an den Ohrläppchen ging vorbei. Als die Gasse leicht anstieg, lehnte sie sich ein wenig vor, um den Buggy mit einem Zwillingspärchen hinaufzuschieben.

»Sie wären die Erste, der irgendwelche Unregelmäßigkeiten auffallen müssten«, fuhr der Inspector fort.

Das Schminktäschchen hatte nichts zu bedeuten. Es gab unzählige Gründe, aus denen Genevieve ihre Pille zurückgelassen hatte. Vielleicht war es eine Reservepackung gewesen und sie hatte einen Vorrat mitgenommen. Vielleicht wollte sie auch wieder schwanger werden.

»Mir ist nichts aufgefallen«, sagte ich.

Er sah mich eindringlich an. »Sind Sie sicher?«

»Ja.«

Der Inspector wartete noch einen Moment, dann sagte er: »Genevieve hat einen Laptop besessen. Ein weißes Apple-Notebook. Mr Westwood sagte uns, er hat ihn seit ihrem Verschwinden nicht mehr gesehen. Haben Sie ihn vielleicht im Haus bemerkt?«

»Nein«, ich schüttelte den Kopf, »ich habe das ganze Haus auf den Kopf gestellt, als ich gründlich sauber machte. Da hätte ich ihn ja finden müssen. Ist es wichtig?«

»Sie hat ihn immer benutzt, ihn immer bei sich getragen …«

»Dann wird sie ihn eben mitgenommen haben.«

Wieder entstand eine Pause.

Der Inspector trank in einem Zug seinen Kaffee aus, legte ein paar Münzen auf den Tisch und stand auf.

»Hören Sie, Sarah, wann immer Ihnen danach ist, ein wenig zu plaudern … Sie wissen schon, falls Ihnen doch etwas einfallen sollten, dann rufen Sie mich an.«

Er reichte mir seine Visitenkarte.

»Danke. Das werde ich.«

VIERUNDDREISSIG

Jamie, Alexander und ich harkten im Garten Laub zusammen. Es war eine angenehme Aufgabe, und wir arbeiteten einträchtig. Ich genoss den Geruch nach Rauch und feuchtem Laub, der mir in die Nase stieg. Auch Alexander hatte gute Laune und wirkte heiterer als sonst. Ich hielt einen Sack für ihn auf, damit er ihn mit dem Laub und den abgestorbenen Ästen füllen konnte. Da beugte er sich vor und küsste mich.

Es war eine spontane und überaus zärtliche Geste, dass mir sogleich warm ums Herz wurde. Ich blickte mich im Garten um, aber nichts deutete darauf hin, dass Genevieve uns beobachtete, kein unerklärlicher Schatten, nichts Unheimliches war auszumachen. Lächelnd betrachtete ich Alexanders Gesicht, seine Augen, seine Lippen, und zum wohl hundertsten Mal verschlug es mir angesichts seiner Schönheit die Sprache. Ich musste wegsehen, konnte nicht glauben, dass ich mit einem Mann wie ihm zusammen war.

Ich trug den Sack hinüber zu dem Feuer, das wir im hintersten Winkel des Gartens entzündet hatten, und leerte den Inhalt in die Flammen. Da blieb mein Blick an etwas hängen, das sich unter den nunmehr kahlen Zweigen eines alten Rosenbuschs verfangen hatte. Ich beugte mich vor, um es aufzuheben. Es war ein Hundespielzeug, ein alter Plastikball mit einer Schnur daran. Die Schnur war nahezu verrottet, und der von Bissspuren und Flecken übersäte Ball gab keinen quiekenden Laut mehr von sich. Ich ließ ihn auf meiner Hand auf und ab hüpfen und ging damit zu Alexander zurück.

»Sieh mal, was ich gefunden habe«, sagte ich.

Jamie kam ebenfalls angerannt. »Das ist Petes Ball!«, rief

er und sprang aufgeregt an mir hoch, um den Ball zu erhaschen. »Er hat ihn schon vor langer Zeit verloren!«

»Wer ist Pete?«, fragte ich Jamie und gab ihm den Ball.

»Unser Hund.«

Ich erinnerte mich wieder an den Hundekorb im Vorraum der Küche. Ich warf Alexander einen verstohlenen Blick zu. Er hatte sich abgewandt und harkte energisch weiter. Trotz der kühlen Luft war sein Hemd an Rücken, Hals und unter den Achseln dunkel vor Schweiß. An seiner Körperhaltung und seinen heftigen Bewegungen konnte ich sehen, dass er wütend war.

Ich kehrte zum Feuer zurück, und Jamie folgte mir.

»Was ist mit Pete passiert?«, fragte ich ihn leise.

Jamie sah zu mir hoch und zuckte die Schultern. »Er hat von hier weggemusst und lebt jetzt woanders.«

»War jemand von euch allergisch gegen Hundehaare?«

Der Junge schüttelte den Kopf.

»Jamie?«

»Ich weiß nicht, warum er gehen musste!«, schrie er mit einem Mal. »Hör verdammt noch mal auf, von ihm zu reden!«

Jamie hob den Ball hoch über seinen Kopf, schwang ihn an der Schnur herum und ließ sie los. Der Ball landete mitten im Seidelbaststrauch auf der anderen Seite des Gartens. Wir sahen beide zu, wie er darin verschwand. Jamie wischte sich mit der Hand die Nase ab.

»Tut mir leid, Jamie, ich wollte dich nicht aufregen«, sagte ich leise.

»Warum fragst du mich dann immer Sachen, über die ich nicht reden möchte?«, erwiderte Jamie ebenfalls leise, aber wütend. »Warum hörst du nicht auf damit? Wo ist meine Mami? Warum bist du hier und sie nicht?«

»Okay«, sagte ich schnell, »ist ja schon gut. Findest du nicht auch, wir haben uns eine leckere Tasse Tee und ein Stück Kuchen verdient?«

Jamie sah mich mit seinen wunderschönen klaren Augen an, die so blau waren wie der Himmel. Er verzog höhnisch die Lippen.

»Du bist eine Schlampe«, sagte er, dann rannte er zu der Schaukel hinüber, setzte sich darauf, stieß sich mit den Füßen ab und schaukelte vor und zurück.

FÜNFUNDDREISSIG

Es war, als hätte sich eine dunkle Wolke über Avalon gesenkt. Alexander und Jamie hatten für den Rest des Tages schlechte Laune. Sosehr ich mich bemühte, sie aufzuheitern, sie mit Essen und freundlichen, neckenden Bemerkungen zu beschwichtigen, Vater und Sohn blieben gleichermaßen unzugänglich. Sie waren sich so ähnlich in ihrer Dickköpfigkeit, dass es zum Verrücktwerden war.

Es war nicht meine Schuld, sagte ich mir, schließlich hatte ich nichts von dem Hund gewusst, nie hatte jemand bislang seinen Namen erwähnt. Es war Alexanders Schuld. Wenn er nicht wollte, dass ich immer wieder in eines der vielen Fettnäpfchen trat, dann musste er mich gefälligst vor den empfindlichen Themen warnen!

Ich ließ Alexander und Jamie allein im Garten, wo sie an entgegengesetzten Enden vor sich hin brüteten, der eine harkend, der andere schaukelnd, und begab mich in die Küche, um das letzte Gemüse zu putzen, das ich im Garten geerntet hatte. Außerdem hatte ich aus dem Gewächshaus Tomaten geholt. Ich wusch die Früchte, halbierte sie und verteilte sie auf Backbleche, beträufelte sie mit Olivenöl und bestreute sie mit Salz und Kräutern, um sie im Ofen zu erhitzen und dann über Nacht ziehen zu lassen. Diese kulinarischen Aufgaben beruhigten mich ein wenig, doch plötzlich klingelte das Telefon. Es war Claudia. Sie fragte, ob ich Lust hätte, für eine der Stammteilnehmerinnen ihres Kneipenquizteams einzuspringen, die erkrankt war. Sie habe nicht nur an mich gedacht, weil sie verzweifelt einen Ersatz suchten, sondern auch weil sie wusste, dass sich Virginia grün und blau ärgern würde, wenn sie davon erfuhr. Und sie wollte, dass sich Virginia grün und blau ärgert, weil ihre Stiefmutter es ihr verwehrte, ihren Vater zu besuchen, der krank im Bett lag.

Ich wollte Claudia nicht im Stich lassen und fragte sie, wo das Quiz denn stattfinde.

»In Sherborne. Keine Sorge, es nimmt kein Team vom Quarrymen's Arms teil.«

»Okay«, sagte ich, »warte bitte kurz.«

Ich ging in den Garten hinaus und rief Alexander zu, ob er einverstanden sei. Er sagte, ich könne tun, was ich wolle. Gut, dachte ich, das werde ich.

»Also, ich komme gern mit, Claudia«, sagte ich in den Hörer.

»Prima, ich hol dich um halb acht ab.«

Seit meiner Ankunft in Avalon war ich noch nie ausgegangen. Und der Vorfall im Garten hatte mich dermaßen irritiert, dass ich mich auf diese Abwechslung freute.

Für ein frühes Abendessen bereitete ich eine Schüssel Kartoffelpüree zu und servierte es mit dem Cassoulet, das ich zuvor im Ofen geschmort hatte. Dazu gab es grüne Gartenbohnen und Zuckermais aus der Gefriertruhe. Alexander und Jamie langten kräftig zu. Beide bedienten sich sogar ein zweites und drittes Mal, blieben jedoch einsilbig. Egal, welches Thema ich auch anschlug – ich führte sogar ein sarkastisches Selbstgespräch nach dem Muster: »Und, wie schmeckt dir das Abendessen, Sarah? Oh, es ist wunderbar, vielen Dank. Magst du die Bohnen? Mhm, sie sind köstlich!« –, zeigten sie keinerlei Reaktion, sodass ich schließlich aufgab. Schweigend aßen wir weiter. Eine Fliege brummte gegen die Fensterscheibe, bis sie sich schließlich in einer Spinnwebe in der Fensterecke verfing. Als ich aufsprang, um sie zu befreien, hielt mich Alexander mit einer Handbewegung zurück.

»Lass das, es ist doch nur eine dreckige Fliege.«

Eine Zeit lang hörten wir uns das hektische Summen der zunehmend verzweifelt werdenden Fliege an und waren – die anderen beiden bestimmt genauso wie ich – erleichtert, als die Spinne sie zum Verstummen brachte.

Nach dem Abendessen räumte ich das schmutzige Geschirr in die Spülmaschine und machte die Küche rasch sauber. Während Alexander im Büro über irgendwelchen Unterlagen brütete, lag Jamie auf dem Sofa und sah fern. Ich klapperte mit den Töpfen – sie sollten ruhig merken, wie aufgebracht ich war –, doch auch das bewegte die beiden nicht zu einer Reaktion. Also entkorkte ich eine Flasche Wein, goss mir ein großzügiges Glas voll ein, nahm Flasche und Glas mit nach oben in mein Zimmer und stellte mich vor die Kommode, die mir als Ersatz für einen Kleiderschrank diente.

Es ist nur ein Kneipenquiz, ermahnte ich mich. Es gibt keinen Grund, dich aufzutakeln. Aber an diesem Abend wollte ich schön aussehen. Bis zu diesem Zeitpunkt war mir gar nicht bewusst gewesen, wie sehr ich das vermisst hatte: mich zum Ausgehen zurechtzumachen – Make-up, Schmuck, Parfüm, High Heels und ein Kleid aus geschmeidigem Stoff, das sich gut auf der Haut anfühlt. Ich konnte mich nicht einmal mehr daran erinnern, wann ich zuletzt mit Freundinnen ausgegangen war, um einfach nur Spaß zu haben. Das letzte Mal musste gut zwei Jahre her sein, noch vor meiner Schwangerschaft, ja, lange bevor Laurie und ich beschlossen hatten, ein Kind zu bekommen. Ich hatte einige

Zeit zuvor keinen Alkohol mehr getrunken und Vitamine und Folsäure zu mir genommen – all das, wozu einer Frau geraten wird, um ein vollkommen gesundes Baby zu bekommen.

Ich wusste, dass wir nur in einen einfachen Pub gehen würden und nicht in ein vornehmes Lokal, aber wenigstens war es mal was anderes, und das allein war ein Grund zum Feiern.

Mit einem Mal fragte ich mich, ob auch Genevieve das Leben auf dem Land bisweilen erstickend gefunden hatte, mit all dem Schlamm, den Traktoren, der ganzen maskulinen Protzigkeit und unbarmherzigen Zwangsläufigkeit. War das womöglich einer der Gründe gewesen, weshalb sie Burrington Stoke verlassen hatte? Doch im Unterschied zu mir war sie in dieses Leben hineingeboren worden, hatte nie etwas anderes gekannt.

Hör auf, über Genevieve nachzudenken, ermahnte ich mich, und bereite dich fürs Ausgehen vor.

Ich zog das langärmelige Shirt, die Jeans und Socken aus, trank einen ordentlichen Schluck Wein und tanzte, die Arme über dem Kopf, vor dem fleckigen Spiegel, der auf der Kommode lehnte. Während ich leise vor mich hin summte, schenkte ich mir aus der Flasche nach, zog eine Schublade der Kommode auf und holte schwarze Leggings heraus. Als ich Manchester verlassen hatte, waren sie mir ein wenig zu eng gewesen, doch ich musste abgenommen haben, denn jetzt passten sie wie angegossen. Dazu streifte ich mir ein langärmeliges lila Oberteil über, das ich in der Taille mit einem schwarzen Gürtel mit goldfarbener Schnalle zusammenraffte. Ich setzte mich aufs Bett und schlüpfte in meine hohen, engen schwarzen Samtstiefel, was ein wenig mühsam war. Dann legte ich Make-up auf – Lidstrich, dunkler Lidschatten, dunkler Lippenstift und schwarze Wimperntusche. Ich strich mein Haar glatt, zog die Augen zu schmalen Schlitzen zusammen und hauchte meinem Spiegelbild einen Kuss zu. Ich sah jung, aufreizend und verwegen aus.

In jenem anderen Leben, dem glücklichen alten Leben in Manchester, war ich einmal wöchentlich mit einer Clique von Freundinnen ausgegangen, zu der auch Rosita gehört hatte. Wir machten uns schick und zogen durch die Klubs. Wir tanzten, lachten und tranken. Ich konnte mich nicht mehr erinnern, was so lustig gewesen war, jedenfalls fühlte ich mich unbeschwert und so, als könnte nichts mir etwas anhaben.

Ich legte mich aufs Bett und sah zum Fenster hinaus. Es war dunkel, aber der Mond schien auf den Obstgarten, das Gras und die Bäume, tauchte alles in ein bläuliches Licht und erzeugte reizvolle Schatten. Was zunächst nur als schmerzliche Sehnsucht begonnen hatte, verwandelte sich plötzlich in herzzerreißendes Heimweh. Mit einem Mal vermisste ich Manchester mit an Verzweiflung grenzender Intensität. Hätte ich an jenem Abend die Gelegenheit gehabt zurückzukehren, ich hätte sie beim Schopf gepackt. Ich hätte mich mit ein paar Freundinnen verabredet, hätte Wodka Shots getrunken und mir die Füße wund getanzt.

Der Blick aus diesem Fenster musste, seit das Haus vor vierhundert Jahren erbaut worden war, nahezu unverändert geblieben sein. Ein Übermaß an Ruhe und Beschaulichkeit kann einem Menschen auch zusetzen, dachte ich. Ich trank mein Glas aus, füllte es erneut und sah, dass die Flasche fast leer war. Ich konnte nur hoffen, dass Claudia nicht allzu viele Hoffnungen in mich als Quizpartnerin setzte. Schließlich stieg ich langsam die Treppe hinunter. Die Zeiger der alten Kaminuhr im Esszimmer zeigten Viertel nach sieben. Ich betrat das Büro und stellte mich hinter Alexander, legte eine Hand leicht auf seine Schulter. Er starrte auf den Bildschirm seines Laptops. Darauf war ein Excel-Dokument mit mir unverständlichen Zahlenreihen. Ich hoffte, er würde sich umdrehen, um mich anzusehen, mich zu bewundern, so wie Laurie es getan hätte. Laurie hatte nie mit Komplimenten gespart, das war eine seiner guten Seiten gewesen. Er hatte einem das Gefühl gegeben, etwas Besonders zu sein. Ach du meine Güte, dachte ich, wie schlecht steht es eigentlich um Alexander und mich, wenn ich ernsthaft beginne, Laurie zu vermissen?

Mit den Fingern spielte ich in Alexanders Haaren, die ein bisschen fettig waren. Ich begann, einen kleinen Zopf zu flechten. Doch Alexander schien mich gar nicht wahrzunehmen. Ich beugte mich zu ihm hinab, damit er meine warme Haut spürte und mein Parfüm roch. Wenn er sich zu mir umdrehte, würde er in meinen Ausschnitt blicken, die Spitze meines BHs bemerken. Ich wusste, dass ich gut aussah, wünschte, er würde es bemerken; wünschte, er würde mir etwas mehr Aufmerksamkeit schenken.

»Was machst du?«, fragte ich ein wenig heiser. Ich wippte auf den Absätzen meiner Stiefel.

»Buchführung. Ich bemühe mich, die Bücher abzustimmen.«

»Gibt es ein Problem?«

Er nickte. »Ich war schon immer eine Niete mit Zahlen. Ich bin Legastheniker, aber Zahlen sind für mich noch schlimmer als Buchstaben. Es ist, als würden sie über die Seite tanzen. Bevor Genevieve weggegangen ist, hat sie …«

»Ach, sie schon wieder.«

Ich nahm meine Hand von seiner Schulter und wandte mich zum Gehen. Einen Augenblick lang bewegte er sich nicht, dann legte er den Kugelschreiber auf den Schreibtisch und drehte sich bedächtig zu mir um. Er atmete langsam aus.

»Was ist denn? Was ist los?«

»Nichts.«

»Ach komm schon, Sarah.«

Ich wickelte eine Haarsträhne um den Finger, sah in sein

schönes Gesicht. Er hatte ohnehin schlechte Laune, da wollte ich ihn nicht noch kritisieren oder gar verletzen. Aber irgendetwas musste ich ja sagen.

»Es ist einfach so, dass alles, alle unsere Gespräche, alles, was wir tun, immer um Genevieve kreist.«

»Ja.« Er nickte zustimmend.

Ich musste mich zusammennehmen, um nicht mit dem Fuß aufzustampfen.

»Aber sie ist nicht hier, Alexander!«

»Ich weiß.«

»Sie ist weggegangen.«

»Genau.«

»Warum ist sie dann noch immer der Mittelpunkt des Universums?«

Auf seinem Gesicht spiegelte sich Verwirrung. Er verstand nicht, warum wir überhaupt diese Unterhaltung führten, da doch alles so offensichtlich war.

»Du hast die Situation gekannt«, sagte er. »Ich habe dich gewarnt, dass es schwierig werden würde.«

»Ich weiß, aber sie ist wie ein schwarzes Loch«, sagte ich – es gefiel mir, eine weitere Analogie aus der Astronomie zu gebrauchen. »Man kann sie nicht sehen, aber sie beeinflusst dennoch alles.«

»Ja, das stimmt.«

»Das halte ich nicht aus! Es ist nicht fair! Schließlich ist sie *nicht hier*!«

Alexander schob seinen Stuhl zurück und stand auf. Ich hielt den Atem an, so schön war er. Ich liebte seine Anmut und Männlichkeit. Ich liebte seine Gestalt, sein nachlässiges Aussehen, seine schlottrigen Kleider, die Art, wie sein Hemd über seine Hose hing, seine wunderschönen Augen, seinen Mund, sein Kinn. Und doch wich ich ein wenig zurück. Gleich, wie sehr ich mich von ihm angezogen fühlte, konnte ich nicht umhin, an das zu denken, was zwischen uns stand. Die Tatsache, dass Genevieve weggegangen war.

»Hey«, sagte er und streckte versöhnlich die Hände aus, »nun komm schon, Sarah, es tut mir leid, aber Genevieve …«

Eigentlich war ich schon bereit gewesen, mich wieder mit ihm zu vertragen. Wenn er ihren Namen nicht gesagt hätte, wäre ich nicht länger darauf herumgeritten. Aber er hatte »Genevieve« gesagt, und ich hatte diesen hübschen französischen Namen satt, hatte es satt, Alexander zu verschonen mit Dingen, die ich über sie wusste, über ihn, über sie beide. Ich hatte Genevieve satt.

»Bis später dann«, sagte ich, packte meine Jacke und ging nach draußen.

Während ich am Ende der Auffahrt auf Claudia wartete, trat ich fröstelnd von einem Fuß auf den anderen. Ich hätte einen Mantel anziehen sollen, doch es widerstrebte mir, wieder nach drinnen zu gehen, nachdem ich hoch erhobenen Hauptes hinausgerauscht war. Als Claudias Wagen endlich neben mir hielt, schlüpfte ich auf den Beifahrersitz und deutete auf Claudias Handtasche. »Kann ich mir eine Zigarette nehmen?«, fragte ich.

»Aber sicher, bedien dich.«

Ich fand die Packung, klopfte mir eine Zigarette heraus, steckte sie an, ließ das Fenster herunter und nahm einen tiefen Zug.

»Na, Ärger im Paradies?«, fragte Claudia.

Ich stieß ein wütendes Schnauben aus.

Auf der schmalen Straße gab Claudia Gas. Links und rechts von hohen Hecken eingerahmt, lag alles im Stockdunkeln. Um Himmels willen, dachte ich, wenn uns jetzt bloß nichts in die Quere kommt.

»Was ist los?«, fragte Claudia.

»Es ist wegen Genevieve«, sagte ich ruhig.

Sie streckte die Hand nach meiner Zigarette aus, um einen Zug zu nehmen.

»Es ist nicht ihre Schuld. Du darfst sie nicht für den ganzen Schlamassel verantwortlich machen.«

Ich drehte mich zu ihr. Ihr Gesicht wurde von dem Scheinwerferlicht entgegenkommender Autos erhellt. In ihren Augen schimmerten Tränen, und ich fühlte mich beschämt.

»Nein, natürlich nicht«, sagte ich. »Tut mir leid.«

Unser Quizteam hieß mit durchaus beabsichtigter Ironie »Die Trophäenfrauen«. Es bestand aus mir, Claudia und zwei Freundinnen aus ihrem Literaturzirkel, Bess und Libby. Wie Claudia stammten auch sie aus gutem Haus, waren beide ein bisschen ungepflegt, Pferdenärrinnen und hatten zwei Töchter, die in dieselbe Schule wie die Zwillinge gingen. Keine von ihnen wohnte glücklicherweise in Burrington Stoke. In unserem Quartett fiel ich ein bisschen aus der Reihe. Auch hatte ich nicht damit gerechnet, dass die Teams einen solchen Wettkampfgeist an den Tag legen würden. Die Mitglieder der anderen Teams waren vorwiegend männlich und größtenteils älter als wir. Sie stellten ihre Pints auf die klebrigen Tische und wir unsere kleinen Weinflaschen. Dann teilte der Wirt, der John the Steak genannt wurde, weil er in seinem früheren Leben Metzger gewesen war, die Blätter mit den Fragen aus und las sie über ein Mikrofon vor.

Bereits nach wenigen Augenblicken war mir klar, dass meine Rolle an diesem Abend wohl einzig darin bestand, unser Team zahlenmäßig zu komplettieren. Während die anderen Frauen die Fragen beantworteten, trank ich ein Glas nach dem anderen. Als das Quiz vorbei war und die Antworten eingesammelt wurden, begab ich mich mit Libby in den gemütlicheren Nebenraum. Wir bestellten uns einen weiteren Drink und setzten uns an den einzigen freien Tisch. Ein Mann am Tresen winkte uns zu. Es war Tom, Betsys Freund. Ich bedeutete ihm, zu uns herüberzukommen.

Wir unterhielten uns über Betsys Kinder und dies und das, doch wie sollte es auch anders sein, irgendwann kamen wir unweigerlich auf die Auseinandersetzung im Pub zu sprechen. Ich versuchte, Tom klarzumachen, wie demütigend es für mich war, dass das ganze Dorf mit dem Finger auf mich zeigte. Er nickte und nippte an seinem Apfelmost.

»Im Grunde geht es gar nicht um dich«, sagte er. »Sie interessieren sich nur für Genevieve. Die Leute haben schon immer über sie geredet. Sie können einfach nicht genug von ihr kriegen.«

Ich trank einen Schluck Wein.

»Ihr Leben ist schon immer von irgendwelchen Dramen begleitet gewesen«, fuhr Tom fort. »Meine Mutter erinnert sich noch gut an den Skandal, als Philip seine erste Frau gegen Virginia ausgetauscht hat und sechs Monate nach seiner Heirat mit ihr Genevieve zur Welt gekommen ist. Am selben Tag als … du weißt schon. Die Leute sagen, dass ihr Leben nach einem solchen Start unter einem schlechten Stern gestanden hat. Sie sei mit einem Fluch belegt, hieß es, doch dann hat sie das Gegenteil bewiesen. Sie wurde eine hervorragende Reiterin und hat, kaum konnte sie laufen, reihenweise die Siegestrophäen abgeräumt. Dann …«

»Was dann?«

»Dann hat sie sich in einen Kerl aus dem Dorf verguckt, Robbie Innes. Er war der Einzige, der ihr beim Vielseitigkeitsreiten das Wasser reichen konnte. Und weißt du, was mit ihm passiert ist?«

Ich verneinte mit einem Kopfschütteln.

»Er ist im alten Steinbruch ertrunken.«

»Oh!« Ich sah auf. »Der Junge, der gestorben ist, war Genevieves Freund?«

Tom nickte.

»Um Gottes willen, die arme Genevieve.«

Obwohl ich ziemlich müde war, fühlte ich mich plötzlich aufgewühlt.

»Man nennt es Tombstoning«, sagte Tom. »Von einer hohen Klippe in ein Gewässer springen, ohne zu wissen, wie tief es ist. Früher haben es alle Jugendlichen gemacht. Ich bin auch ein paarmal hinaufgegangen. Jeder wusste, dass in dem alten Steinbruch früher oder später einmal etwas passieren würde. Wobei man gerechterweise sagen muss, dass die Churchills Warnschilder aufgestellt und den alten Steinbruch eingezäumt haben. Sie haben sich bemüht, die Jugendlichen fernzuhalten, aber die haben sich nicht darum geschert. Wie Teenager eben so sind.«

»Das ist ja furchtbar.« Ich wischte mir mit dem Handrücken die Nase ab. »Wie traurig.«

»Genevieve war dabei, als es passiert ist, sie und ihr Bruder. Es heißt, dass das Damian den Rest gegeben hat. Und sie ist auch nie darüber hinweggekommen.«

»Na ja, doch dann hat sie Alexander geheiratet.«

»Ja, aber …«

»Was?«

Er zuckte die Schultern. »Nachdem Robbie gestorben war, dachten alle, sie würde mit Luke gehen.«

»Wer ist Luke?«

»Robbies Bruder.«

»Und wo ist Luke jetzt?«

»Weiß der Geier.«

»Vielleicht ist er es ja!«, sagte ich schläfrig.

»Was soll er sein?«

»Vielleicht ist er nach Burrington Stoke zurückgekommen, und die beiden sind sich wieder begegnet. Ihr ist klar geworden, dass sie ihn noch immer liebt, und ist mit ihm zusammen getürmt.«

Tom seufzte, legte den Kopf in den Nacken und leerte sein Glas. Am Hals hatte er einen Stoppelfleck, den er beim Rasieren übersehen hatte.

»Oder auch nicht«, sagte er.

Irgendwann tauschten Tom und Libby die Plätze. Während sie sich angeregt mit jemand anderem unterhielt, war ich zu betrunken und zu müde, um ihnen zuzuhören. Tom, der offenbar auch nicht mehr zu sagen wusste, starrte griesgrämig in sein Glas. Ich legte den Kopf auf seine Schulter. Sie war breit und muskulös. Er roch nach Deodorant, ein starker, würziger Duft. Es war eine belanglose Geste ohne jeden Hintergedanken, ich wollte einfach nur den Kopf irgendwo anlehnen. Er war schwer vor Müdigkeit, außerdem hatte ich leichte Kopfschmerzen.

»Ich bin froh, dass du mit Betsy zusammen bist. Ich finde dich sehr nett«, sagte ich zu Tom und hielt ihm mein Glas hin, damit er mir noch etwas nachschenkte.

»Ich finde dich auch sehr nett«, sagte er. »Aber nimm jetzt deinen Kopf weg.«

»Warum?«

»Du bist mit Alexander Westwood zusammen, und damit hast du automatisch mit den Churchills zu tun. Du solltest dich in Acht nehmen.«

»Warum sollte ich mich in Acht nehmen?«

Er beugte sich vor, sodass ich mich aufrecht hinsetzen musste.

»Das wirst du schon noch sehen.«

Ich erinnere mich nicht mehr im Einzelnen, was dann geschah. Jedenfalls lag ich etwas später, als Alexander den Pub betrat, zusammengerollt auf der Bank, den Kopf auf Libbys Jacke.

Claudia half mir aufzustehen und führte mich zu Alexander. Ich fiel stolpernd in seine Arme. Er entschuldigte sich bei Claudia für mein Benehmen, ehe er mich in die kalte Sternennacht hinauszog und mich in den Landrover verfrachtete. Er sagte kein einziges Wort.

Schweigend fuhren wir nach Hause. Ich war fest entschlossen, mich nicht für mein Verhalten zu entschuldigen. Ich war missmutig und grollte mit Alexander. Alle anderen schienen sich gern mit mir zu unterhalten, mich zu mögen. Was stimmte nicht mit ihm, dass er nicht fähig war, sich mir zu öffnen? Liebte er Genevieve noch immer?

Zurück in Avalon, rannte Alexander in den ersten Stock hinauf, um nach Jamie zu sehen, den er allein zurückgelassen hatte. Dann half er mir die Treppe hoch und legte mich auf mein Bett. Mehrmals beteuerte ich, dass es mir gut gehe, doch das stimmte nicht.

»Ich mache dir eine Tasse Pfefferminztee«, sagte er und zog mir die Stiefel aus.

»Ja, genau, ein Tee bringt alles wieder in Ordnung«, sagte ich weinerlich. Mit einem Mal tat ich mir selbst leid und war den Tränen nahe.

»Nein, er soll einfach nur einem Kater vorbeugen.«

»Wie ich gesagt habe.«

»Sarah …«

»Was?«

Ich rollte mich auf die Seite, sodass ich zum Fenster blickte und ihm den Rücken zudrehte. In der Fensterscheibe sah ich mein Spiegelbild doppelt. Meine Wimperntusche war verschmiert, mein Gesicht blass. Ich sah aus wie ein Zombie, eine lebende Tote.

Ich spürte, wie er sich neben mich aufs Bett setzte und wie mein Körper zu ihm in die durch sein Gewicht entstandene Kuhle rutschte. Sein Rücken spiegelte sich im Fenster. Er hatte den Kopf in die Hände gelegt.

»Was ist los, Sarah?«, fragte er. »Warum musstest du das tun?«

Meine Augen füllten sich mit Tränen des Selbstmitleids. Ich hatte einen salzigen Geschmack im Mund.

»Eigentlich müsste ich dich fragen, was los ist.«

»Was habe ich denn getan?«

»Es geht um das, was du nicht getan hast. Du lässt mich nicht in dein Leben. Du lässt nicht zu, dass ich dir helfe. Du verschließt den größten Teil von dir vor mir. Ich komme mir wie eine Fremde vor.«

Im Fenster sah ich, wie er den Kopf schüttelte. Er rieb sich mit den Handballen die Augen.

»Du lebst mit mir im selben Haus, Sarah, kümmerst dich um meinen Sohn, wir essen gemeinsam, schlafen miteinander und verbringen den größten Teil unserer freien Zeit zusammen. Mit dir habe ich Dinge getan, die ich noch nie zuvor mit jemandem getan habe. Du *bist* mein Leben.«

Ich schüttelte den Kopf. »Es gibt zu viele Geheimnisse. Du vertraust dich mir nicht an.«

»Ich hätte dich nicht hierhergeholt, würde ich dir nicht vertrauen.«

»Warum erzählst du mir dann nie etwas?«

»Ich erzähle dir alles.«

»Nein.«

Ich drehte mich zu ihm um. Seine Haare standen ab. Er sah vernachlässigt aus, wie ein Landstreicher, und verletzlich.

»Was wirklich wichtig ist, verschweigst du mir. Du hast mir weder erzählt, warum Genevieve fortgegangen ist, noch von Pete oder …«, ich atmete tief ein, »… oder warum du im Gefängnis warst.«

Ich spürte, wie er erstarrte, wie er sich noch mehr verschloss.

»Das war von Anfang an unsere Abmachung, oder nicht, Sarah? Dass wir einander so nehmen, wie wir sind, weil wir an den anderen glauben?«

»Aber es ist alles einseitig. Wenn du mir Fragen gestellt hast, egal was, habe ich dir immer eine ehrliche Antwort gegeben.«

»Ich will nichts wissen. Das Leben, das du führtest, bevor wir uns kennengelernt haben, interessiert mich nicht.«

Mein Baby kam mir in den Sinn. Ich rief mir seine winzigen Finger ins Gedächtnis und wie warm und süß und fest es sich in meinen Armen angefühlt hatte; den vollkommenen, friedlichen Ausdruck auf seinem Gesicht. Ich erinnerte mich, wie ich meine Fingerspitze zwischen seine Lippen führte – die trocken und leicht bläulich waren – und gespürt hatte, wie die Wärme aus seinem Mund entwich. Unendlich vorsichtig berührte ich seinen Gaumen und betete um ein Wunder, dass er tat, was alle Neugeborenen normalerweise instinktiv tun; ich wollte, dass er saugt. Meine Lippen hatte ich an seine Stirn gelegt. Ich versuchte, einen Pakt mit Gott zu schließen, flehte ihn an, mich erleben zu lassen, wie mein Sohn ein einziges Mal atmet. Das war doch nicht zu viel verlangt, ein einziger Atemzug, eine winzige Bewegung seines Brustkorbs. Doch nichts geschah. Mein ganzer Körper schmerzte von den Anstrengungen der Geburt und von den unendlich zärtlichen Gefühlen für meinen Sohn. Er war das Beste, was mir im Leben je passiert war. Sollte er jetzt keine Bedeutung mehr haben, nur weil er der Vergangenheit angehörte? Zählte er nicht?

»Sag so etwas nicht«, sagte ich. »Es gibt Dinge, die ich dir gern erzählen würde, Dinge, die du wissen solltest. Wenn du dich für mich interessieren würdest ...«

»Ich habe nicht gesagt, dass ich mich nicht für dich interessiere«, erwiderte Alexander. »Aber was du erlebt hast, bevor wir uns kennenlernten, ist jetzt unerheblich.«

O nein! Was davor geschehen war, war der Grund, warum wir uns überhaupt auf Sizilien begegnet waren. Aber ich war zu betrunken, um meine Enttäuschung in einen logischen Zusammenhang zu bringen oder gar in Worte zu fassen.

»Ich habe dich nie belogen«, sagte er.

Darum ging es gar nicht. Ich hatte ihm nicht vorgeworfen, mich zu belügen, sondern mir auszuweichen. In meinem benebelten Zustand rang ich um eine einleuchtende Antwort.

»Dann erzähl mir, warum du im Gefängnis warst. Was hast du gemacht?«

Sein Gesicht wirkte müde.

»Es spielt keine Rolle. Es war eine Nichtigkeit.«

»Die meisten Leute wären da anderer Ansicht, Alexander: Ins Gefängnis zu müssen ist wohl alles andere als eine Nichtigkeit.«

»Ich dachte, du wärst anders als die meisten Menschen.« Er sah so untröstlich aus, so enttäuscht, dass ich plötzlich Scham empfand.

Am liebsten hätte ich die Arme um ihn geschlungen und ihm versichert, dass ich in der Tat anders sei. Ich wollte mich entschuldigen, damit dieser schreckliche Tag wenigstens glücklich endete: mit Küssen, Tränen, gestammelten Entschuldigungen, Sex und Versöhnung. Doch ich war wütend und verletzt und eifersüchtig. Ich schauderte und rollte mich zusammen.

Mir schien, als warte er auf eine Antwort von mir, aber ich sagte nichts.

»Es ist vorbei«, sagte er schließlich. Er stand auf, verließ das Zimmer und zog die Tür ins Schloss.

Was meinte er damit? Dass die Vergangenheit vorbei war, oder der Abend, oder aber dass es zwischen uns aus war?

Normalerweise hätte ich versucht, mir sofort Gewissheit zu verschaffen, aber in meinem Zustand war ich zu nichts mehr fähig.

Ich hörte, wie er unten herumpolterte, doch inzwischen war aus meinen leichten Kopfschmerzen eine handfeste Migräne geworden.

Ich zog die Bettdecke über den Kopf und suchte darunter Zuflucht. Es war zwar unbequem, so dazuliegen, noch vollständig bekleidet und mit Spangen im Haar, aber ich nahm mir vor, erst ins Bad zu gehen, wenn Alexander schon im Bett lag.

Ohne es zu wollen, musste ich kurz darauf eingeschlafen

sein, denn ich wachte bei Tageslicht auf, mit trockenem Mund und mit Kopfschmerzen, und sah Alexander im Türrahmen stehen.

Er deutete mit einer Nickbewegung zur Kommode. »Ich habe dir eine Tasse Tee hingestellt.«

»Danke.«

Ich brachte ein Lächeln zustande, aber es war nicht von langer Dauer, denn im nächsten Moment sagte Alexander: »Es war ein Fehler. Das mit uns beiden, meine ich. Es war keine gute Idee, dich herzuholen. Ich glaube, das Beste ist, wenn du wieder abreist.«

SECHSUNDDREISSIG

Ich wartete in meinem Zimmer, bis Alexander mit Jamie weggefahren war, um ihn zur Schule zu bringen. Dann kletterte ich aus dem Bett und begab mich ins Badezimmer. Die Stirn an die kalten Fliesen gelegt, saß ich eine halbe Ewigkeit auf dem Toilettendeckel und überlegte, was ich tun sollte.

Es blieb mir nichts anderes übrig, als meine Koffer zu packen. Ich würde ein Taxi bestellen, das mich nach Wells oder Shepton Mallett brachte, um dort den Zug nach Bristol zu nehmen und von dort aus eine Verbindung in die Midlands zu bekommen. In Manchester wusste außer meiner Familie niemand etwas über Alexander und Genevieve. Niemand wusste etwas, niemanden interessierte es. Also würde mir auch niemand vorwerfen können, dass ich versagt hätte. Ich würde nahtlos mein früheres Leben wieder aufnehmen können. Für mich würde es sich wie der Tod anfühlen, während die anderen denken würden, ich hätte einfach nur eine Auszeit genommen. Es war möglich. Nichts hinderte mich daran, Avalon zu verlassen.

Aber ich wollte es nicht. Ich wollte nicht die beiden Menschen verlassen, die mir mittlerweile am wichtigsten geworden waren. Es sei denn, Alexander wollte mich tatsächlich aus seinem Leben verbannen, doch das bezweifelte ich. Ich war mir ziemlich sicher, dass er mich nicht wirklich loshaben, sondern nur verhindern wollte, dass ich die Wahrheit über seine Vergangenheit erfuhr. Nein, er wollte nicht, dass ich ging, sondern mich an seiner Seite haben, aber nur, wenn ich bedingungslos an ihn glaubte. Er hatte mir vertraut. Und ich hatte ihm diesen Respekt verwehrt.

Ich befand mich an einem Scheideweg. Nun war der Zeitpunkt gekommen, mich völlig zu Alexander zu bekennen oder aber die Flinte ins Korn zu werfen und zu verschwinden. Doch die Entscheidung fiel mir nicht schwer.

SIEBENUNDDREISSIG

Ich duschte und zog mich an. Dann bereitete ich das Abendessen vor, etwas, das längst zu meiner täglichen Routine geworden war. Ich kochte Jamies Lieblingsgericht, einen Nudelauflauf, bestreute ihn großzügig mit Käse und stellte ihn in den Kühlschrank.

Das Wetter hatte sich vor Kurzem geändert; es war bedeutend kälter geworden. Mein Blick wanderte zum hinteren Teil des Gartens. Ich war so gut wie nie dort gewesen, aber Alexander nutzte ihn als Abstellplatz und gelegentlich für ein Freudenfeuer wie neulich zu Jamies Geburtstag. Bisher hatten wir unsere ganze Zeit und Energie auf den Vordergarten verwandt.

An diesem Morgen aber wollte ich mir diesen vernachlässigten Teil vornehmen, womöglich war es meine letzte Gelegenheit. Dann würde ich meine Tasche packen und, wenn Alexander bei seiner Rückkehr am Abend noch immer an seinem Entschluss festhielt, mich auf den Weg machen, aber erst nachdem ich ihm das Versprechen abgenommen hatte, dass ich Jamie hin und wieder besuchen dürfte.

Ich zog mich warm an und ging nach draußen. Es war so kalt, dass mein Atem Wölkchen in der Luft bildete, aber ich machte mich unbarmherzig mit der Gartenschere über das Gestrüpp her, sodass ich bald einen ausreichend großen Haufen für ein ordentliches Feuer beisammen hatte. Mit meinen behandschuhten Händen zog ich an einem großen, verzweigten Reisigstück, und als es sich löste, kamen darunter die Umrisse eines festen Gegenstands zum Vorschein.

Neugierig schob ich das wuchernde Unkraut zur Seite und legte den Gegenstand frei. Es war eine in Stein gehauene unfertige Statue einer Frau.

Der Stein war weißlich und stark verwittert. Das Gesicht der Frau blickte auf den Obstgarten. Ich zog den Handschuh aus und betastete es. Es trug Genevieves Züge und fühlte sich eiskalt unter meinen Fingern an.

Da wusste ich, dass Alexander die Statue angefertigt hatte.

Wieder durchlief mich eine Woge der Traurigkeit, und Tränen rannen mir übers Gesicht. Ich wusste, dass ich nie, mochte ich mir auch noch so viel Mühe geben, so schön wie Genevieve sein würde, nie würde ich sie sein, und nie würde Alexander mich so lieben, um mein Gesicht in Stein zu meißeln.

Ich weiß nicht mehr, wie lange ich draußen neben der Statue saß, jedenfalls lange genug, um meine Tränen versiegen zu lassen und vor Kälte zu zittern. Ein zinnfarbener, von Wolken durchzogener Himmel hing über mir. Wenn ich noch länger sitzen blieb, fürchtete ich, würde ich ebenfalls zu Stein werden. Ich zerfloss vor Selbstmitleid, doch dann hörte ich plötzlich Reifengeräusche auf dem Kies der Auffahrt. Ich stand auf, klopfte mir die Erde von der Jeans und humpelte mit eiskalten, prickelnden Füßen zum Tor.

Es war DI Twyford. Er hatte den Motor abgestellt und saß telefonierend im Wagen, den Blick auf die offen stehende Haustür gerichtet. Die Person am anderen Ende der Leitung musste etwas Lustiges gesagt haben, denn er lachte herzlich.

Der Inspector tauchte zu einem denkbar ungünstigen Zeitpunkt auf.

Einen Moment lang spielte ich mit dem Gedanken, mich zu verstecken: Ich könnte mich hinter den Haufen abgestorbener Äste ducken. Oder über den Zaun klettern und im Obstgarten Zuflucht suchen. Wahrscheinlich würde er eine Weile warten, irgendwann aber die Geduld verlieren und wieder wegfahren.

Doch dann fiel mir ein, dass die Tür zum Vorraum der Küche offen war.

Das würde ihn stutzig werden lassen, ebenso wie die Tatsache, dass der Backofen an war. Ich wollte ihn nicht noch misstrauischer machen, als er ohnehin schon war. Wollte nicht noch mehr Aufmerksamkeit auf Alexander und mich lenken oder durch merkwürdiges Verhalten auffallen. Mich zu verstecken oder wegzulaufen war also keine gute Idee. Ich würde mit dem Inspector reden müssen. Also setzte ich ein fröhliches Lächeln auf und öffnete im selben Moment, in dem er aus dem Wagen stieg, das Gartentor.

Bei meinem Anblick lächelte er ebenfalls, doch im nächsten Moment trat ein besorgter Ausdruck in sein Gesicht.

»Alles in Ordnung mit Ihnen?«

»Ja, ja, ich habe nur Heuschnupfen.«

»Jetzt, im November?«

»Ich bin sehr empfindlich.«

»Gegen was? Frost?«

»Na ja, um ehrlich zu sein, habe ich gestern Abend ein bisschen zu viel getrunken.«

»Oh«, sagte er, »ich verstehe.«

Jetzt hält er mich bestimmt für eine Gewohnheitstrinkerin, dachte ich. Oder er denkt, dass mir die verfahrenen Umstände zu sehr zusetzen, oder aber, dass ich meine Schuldgefühle im Alkohol ertränke.

Er nahm die Sonnenbrille ab und blinzelte. »Ist Alexander da?« Was für eine lächerliche Frage, um elf Uhr vormittags an einem ganz normalen Werktag. Natürlich war Alexander nicht da. Ich zog die Augen zusammen und lächelte zynisch.

»Tut mir leid«, sagte er, aber es schien ihm keineswegs leidzutun. »Hören Sie, ich bin zufällig vorbeigefahren …«

Mit der Fußspitze stieß ich einen Kieselstein an.

»Ich hatte gehofft, ein paar Worte mit Mr Westwood zu wechseln, aber da er nicht da ist und ich mehr oder weniger außer Dienst bin, wollte ich Sie fragen, ob Sie Lust haben, mit mir zu Mittag zu essen.«

Mein verkatertes Hirn arbeitete nur langsam. Durfte er das überhaupt? Mich zum Mittagessen einladen? Steckten irgendwelche Absichten im Zusammenhang mit seinen Ermittlungen dahinter, oder flirtete er mit mir? Was, wenn ich ablehnte? Würde er mich dann für unkooperativ halten? Schon möglich. Oder denken, dass ich Angst oder etwas zu verbergen hatte? Selbst wenn es für ihn nur ein Spiel war, würde es ihn vielleicht irritieren, wenn ich ihm einen Korb gab? Ich war es Alexander schuldig, dass ich diese Situation meisterte, insbesondere nach dem gestrigen Abend.

Also sagte ich: »Ja, sehr gern. Ich muss mir nur …«

»… etwas Bequemeres anziehen?« O Gott, und ob er flirtete.

»Die Hände waschen.«

»Gut …«

Für einen Mann in mittleren Jahren mit ein paar überzähligen Pfunden und einer beginnenden Glatze hatte er ein bemerkenswertes Selbstbewusstsein.

»Sind Sie verheiratet, Inspector?«, fragte ich.

»Nein, ich lebe in Scheidung, bin also jederzeit offen für Angebote.«

Als ich mich umgezogen und geschminkt hatte, ergriff ich meine Handtasche und ging wieder nach draußen. DI Ian Twyford lehnte lässig an der Motorhaube seines Wagens und genoss die Wintersonne. Er hatte die Sonnenbrille wieder aufgesetzt und trug einen dunklen Mantel, der über dem Bauch ein wenig spannte. Lächelnd zog er mit einer theatralischen Verbeugung die Beifahrertür auf. Ich dankte ihm und stieg mit gespielt damenhafter Anmut ein. Um den sägenden Schmerz meines Katers abzumildern, setzte ich ebenfalls meine Sonnenbrille auf.

»Wohin fahren wir?«, fragte ich.

»Zu einem hübschen Landpub namens ›Pony and Trap‹. Dort gibt es hervorragendes Bier, passables Essen und eine gute Aussicht.«

»Inspector …«

»Nennen Sie mich bitte Ian.«

»Ian, ich will ja nicht undankbar sein. Aber könnten wir nicht lieber in die nächstgrößere Stadt fahren? In irgendein Lokal mit vielen Leuten, wo niemand uns kennt und anstarrt?«

Er lachte leise in sich hinein.

»Ihnen fällt wohl die Decke auf den Kopf, was?«

»Und wie.«

»Gut, wie Sie wollen. Dann fahren wir eben nach Wells.« Er sah mich lächelnd an.

Als er losfuhr, schloss ich die Augen und döste sogar ein bisschen ein, ehe wir unser Ziel erreichten.

In Wells herrschte vorweihnachtlicher Trubel. Wir schoben uns durch die Menge zu einem kleinen irischen Pub.

»Zwei Pubbesuche innerhalb von zwei Tagen. Die Leute werden über mich reden«, sagte ich, während er einen Stuhl für mich zurechtrückte. Im Kamin neben unserem Tisch prasselte ein gemütliches Feuer. Kaum hatte ich es mir auf einem Stuhl bequem gemacht, fühlte ich mich auch schon besser.

»Als würden sie nicht schon längst über Sie reden.« Er klimperte mit ein paar Geldmünzen in seiner Hosentasche. »Wie wär's mit einem Katerbierchen?«

Ich schüttelte den Kopf.

»Sie sehen aber so aus, als könnten Sie eines vertragen.«

Er flunkerte; ich wusste, dass ich durchaus passabel aussah. Schließlich hatte ich sorgfältig Make-up aufgetragen.

»Aber etwas zu essen schon?«

»Ja, gern.«

Während er sich an die Bar begab, die mit reichlich Messing und Spiegeln auf Retro getrimmt war, spielte ich nervös mit einem Bierdeckel. Dann kam er an den Tisch zurück, nahm mir gegenüber Platz und stellte ein Glas mit einer roten Flüssigkeit vor mich hin, die wie geeister Tomatensaft aussah. Ein Stäbchen ragte aus dem Glas.

»Trinken Sie, das wird Ihnen guttun.«

Mit den Zähnen riss er eine Tüte mit Käse-Zwiebeln-Chips auf und platzierte sie in die Mitte des Tisches.

»Käse und Zwiebeln sind das Beste«, sagte er, »um einen Kater zu kurieren.«

»Ist das amtlich?«

Er nickte und nahm einen Schluck von seinem Fassbier.

»Warum wollten Sie mit Alexander sprechen?«

»Das kann ich Ihnen nicht sagen. Übrigens bin ich jetzt außer Dienst und will nicht über die Arbeit reden.«

Ich musterte ihn misstrauisch. Entweder wollte er wirklich testen, wie weit er bei mir kam, oder er log; oder aber beides.

Eine überfordert wirkende Kellnerin, die bestimmt noch nicht volljährig war, kam und stellte einen Teller mit Käse-Chutney-Sandwiches und eine Schüssel Pommes frites auf den Tisch, bei deren Anblick mir das Wasser im Mund zusammenlief.

»Sieht phantastisch aus.«

Ich nippte an meinem Drink, einem Bloody Mary. Er schmeckte köstlich und war mit einem kräftigen Schuss Alkohol angereichert. Er musste mindestens zwei Schnapsgläser Wodka enthalten.

»So also wird man zum Alkoholiker«, sagte ich. »Man fühlt sich miserabel, und jemand versorgt einen mit Drinks, die wie pures Vitamin C schmecken.«

»Und haben Sie weitere Briefe in Avalon gefunden?« Damit erwischte er mich völlig auf dem falschen Fuß. »Oder Genevieves Laptop?«

»Nein, ich habe nichts gefunden.«

»Und was ist mit E-Mails? Haben Sie vielleicht mal einen Blick in Alexanders Computer geworfen?«

Das hatte ich zwar, war jedoch auf nichts Interessantes gestoßen.

»Nein.«

»Und was ist mit seinem Handy? Haben Sie mal nachgesehen, ob Genevieves Nummer noch gespeichert ist?«

Auch das hatte ich, und die Nummer war noch vorhanden, aber alle SMS, sowohl die gesendeten als auch die eingegangenen, waren gelöscht.

»Nein.«

Der Inspector lächelte. »Ich glaube Ihnen nicht. Jeder liest heimlich die Textnachrichten seines Partners.«

»Ich bin nicht seine Partnerin, sondern das Kindermädchen seines Sohnes.«

»Da habe ich aber anderes gehört.«

DI Twyford wischte sich mit einer Serviette den Mund ab und nahm einen weiteren Schluck von seinem Bier. Sein Augenweiß war leicht rosa, und seine Augenbrauen waren dunkel und buschig. Ich konnte mich nicht entscheiden, ob ich ihm trauen sollte oder nicht.

Doch ich beschloss, es konnte nicht schaden, wenn ich ihm einen kleinen Informationshappen hinschob, damit er mir vertraute.

»Gestern Abend habe ich etwas herausgefunden«, sagte ich. »Ich glaube, ich weiß, wer Genevieves Liebhaber ist, der Mann, mit dem sie möglicherweise weggegangen ist.«

Der Inspector hob die Augenbrauen. »Fahren Sie fort.«

»Ich habe gehört, dass sie mit dem Jungen zusammen war, der damals im alten Steinbruch ertrunken ist. Und danach mit dessen Bruder. Alle dachten, die beiden würden heiraten.«

»Luke Innes?«

»Sie wissen von ihm?«

»Sein Name ist im Zuge meiner Ermittlungen mehrmals gefallen.«

»Sollten Sie dann nicht auch nach ihm suchen?«

»Das tun wir. Wir wollen in der Tat mit Mr Innes sprechen.«

»Wissen Sie, wo er sich aufhält?«

Der Inspector schüttelte den Kopf.

Ich verspürte einen Anflug von Irritation.

»Wenn er ebenfalls vermisst wird …«

»Wir wissen nichts davon, dass er *vermisst* wird, wir wissen einfach nur nicht, wo er ist. Wir haben versucht, ihn ausfindig zu machen, aber seit er von der Universität abgegangen ist, scheint er von der Bildfläche verschwunden zu sein. Er hat zur selben Zeit wie Genevieve studiert, wussten Sie das?«

»Nein.«

»Nach allem was man hört, war er brillant und hat ihr zu Füßen gelegen. Aber irgendetwas muss passiert sein. Jedenfalls hat er sein Studium im zweiten Jahr an den Nagel gehängt und sich einer Gruppe von Ökoaktivisten angeschlossen, die versuchten, den Steinbruch der Churchills zu sabotieren. Offensichtlich hat er ihnen die Schuld für den Tod seines Bruders gegeben.«

»Dann sind er und Damian Seelenverwandte«, sagte ich leise.

»Zumindest haben sie für dieselbe Sache gekämpft.«

»Und danach?«

»Was er danach gemacht hat, weiß niemand, oder wenn es jemand weiß, hüllt er sich in Schweigen. Damian zufolge wollte Luke um die Welt reisen. Vielleicht hat er sich im Ausland irgendwo niedergelassen. Jedenfalls scheint er nicht nach Somerset zurückgekehrt zu sein.«

»Aber er könnte mit Genevieve Kontakt gehalten haben.«

»Schon möglich.«

»Sie klingen nicht besonders überzeugt.«

Der Inspector blähte die Backen auf und schüttelte den Kopf.

»Ich halte es für höchst unwahrscheinlich, dass Luke Innes und Genevieve Churchill noch miteinander in Kontakt standen, nachdem er von der Uni abgegangen ist. Irgendetwas, ich weiß nicht was, muss einen Keil zwischen die beiden getrieben haben – womöglich eine Familienangelegenheit. Dass sich Luke mit Damian zusammengetan hat, musste Genevieve wie der ultimative Verrat erschienen sein, glauben Sie nicht auch?«

»Vielleicht. Aber wenn sie sich tatsächlich geliebt haben …«

DI Twyford zuckte mit den Schultern.

»Sie glauben also nicht, dass Genevieve einen Geliebten hatte?«, fragte ich.

»Ich will unvoreingenommen bleiben. Die Sache ist die, Sarah, dass in unserer Gegend kein Mann, ob verheiratet oder nicht, zum selben Zeitpunkt wie Genevieve verschwunden ist. Der Fall hat so viel Furore gemacht, dass es inzwischen einen Hinweis auf einen potenziellen Kandidaten hätte geben müssen.«

Mir wurde noch etwas schwerer ums Herz.

»Ich hole Ihnen noch einen Drink«, sagte er.

Er ging zum Tresen und kam mit einem weiteren Cocktail zurück. Mittlerweile hatte sich der Pub gefüllt. Beim Anblick all der jungen, attraktiven, berufstätigen Menschen und der schicken Frauen mit ihren Einkaufstüten fühlte ich mich auf meinem Stuhl in der Ecke wie eine Landpomeranze in Begleitung eines älteren Herrn, die sich von ihm Drinks spendieren lässt.

»Alles in Ordnung?«, fragte der Inspector. »Sie sind so schweigsam.«

»Ich werde vielleicht nach Hause zurückkehren. Nach Manchester, meine ich. Aber ich bin mir noch nicht sicher.«

Er zog die Augenbrauen hoch, wirkte jedoch nicht übermäßig erstaunt.

»Läuft es nicht so, wie Sie es sich vorgestellt haben?«

Statt zu antworten, machte ich eine unbestimmte Geste.

»Also wirklich, Sarah. Haben Sie tatsächlich erwartet, das Leben mit einem Mann wie Alexander Westwood sei ein Zuckerschlecken? Noch dazu in dieser Situation?«

Ich seufzte und bemühte mich, die aufsteigenden Tränen herunterzuschlucken.

»Ich hätte nicht gedacht, dass Sie jemand sind, der gleich bei der ersten Hürde aufgibt.«

»Genevieve ist eine ziemlich große Hürde. Im Übrigen liegt es nicht an mir, sondern an Alexander. Er will nicht, dass ich ...«

»Was?«

»Ihm zu nahekomme.«

Der Inspector reichte mir eine Papierserviette. Ich nahm sie und tupfte mir die Augen ab. Meine Wimperntusche hinterließ Flecken darauf, wahrscheinlich waren auch meine Lider und die Wangen verschmiert.

»Vielleicht will er Sie nur beschützen, Sarah«, sagte der Inspector.

»Wovor?«

»Ich weiß nicht«, erwiderte er, aber ich wusste, was er sagen wollte: »Der Wahrheit.« Im Geiste hörte ich die Worte klar und deutlich, als hätte er sie ausgesprochen.

»Er schließt mich von allem aus«, sagte ich. »Ich glaube, er vertraut mir nicht.«

Der Inspector lächelte mich aufmunternd an. »Wenn ich eines sicher weiß, dann, dass Alexander Westwood schon einige beschissene Entscheidungen in seinem Leben getroffen hat. Aber etwas sagt mir, dass Sie nicht dazu zählen.«

Sein Kompliment schmeichelte mir und machte mir Mut. Ich drehte die Serviette zusammen und schob sie unter den Rand meines Tellers. »Haben Sie denn noch mehr über Genevieve herausgefunden? Irgendetwas?«

Er schüttelte den Kopf. »Wir haben unsere Kapazitäten verstärkt und alles Mögliche unternommen, um sie zu finden. Wir haben Dutzende von Menschen befragt, haben Kontakt mit unseren Kollegen im In- und Ausland aufgenommen, haben unsere Computer heißlaufen lassen und keine einzige Spur gefunden. Null, nada, nichts.«

»Oh.«

Ich nahm die leere Chipstüte und faltete sie auf ein winziges Format. In meinen Ohren pochte es. Der Inspector ließ sein Glas kreisen.

»Die Welt ist groß«, sagte ich. »Es ist nahezu unmöglich, jemanden zu finden, der nicht gefunden werden will. Siehe Luke Innes.«

»Wenn da nicht ein paar Dinge wären, die uns Anlass zur Sorge geben.«

»Was denn?«, fragte ich zaghaft.

Er rutschte auf seinem Stuhl herum und zupfte an seiner Krawatte.

»In dem Brief an ihre Eltern hat Genevieve geschrieben, dass sie ins Ausland gehen wolle, aber es gibt keinerlei Hinweise darauf, dass sie die Insel verlassen hat. Wenn sie tatsächlich abgereist ist, dann weder mit dem Flugzeug noch offiziell per Schiff. Jedenfalls hat sie nicht ihren Reisepass benutzt.«

»Gibt es denn keine anderen Möglichkeiten?«

»Schon, aber warum hätte sie es so kompliziert machen sollen?«

Der Barmann kam, um ein Holzscheit nachzulegen. Er stieß es in die Glut, sodass ein heißer Luftschwall meine Knöchel umspielte. Die Kopfschmerzen kehrten zurück.

»Außerdem hat sie«, fuhr der Inspector fort, »weder eine ihrer zahlreichen Kreditkarten noch ihr Handy benutzt.«

»Sie könnte ein neues gekauft haben. Womöglich hält ihr Liebhaber sie ja aus, wenn es denn einen gibt. Vielleicht ist er vermögend. Und sie könnten sich neue Namen zugelegt haben. Das wäre eine Erklärung, warum es keine Spuren gibt.«

DI Twyford ließ noch immer langsam das Glas zwischen seinen Händen kreisen. Er sagte nichts. Er brauchte nichts zu sagen. Mir wurde klar, dass er Genevieve für tot hielt. Dass er dieses Mittagessen geplant hatte. Er musste gewusst haben, dass Alexander nicht zu Hause sein würde. Er musste gewusst haben, dass er mich allein antreffen würde, um unter vier Augen mit mir sprechen zu können.

ACHTUNDDREISSIG

DI Twyford fuhr mich nach Burrington Stoke zurück. Ich bat ihn, mich an der Kreuzung aussteigen zu lassen. Ich wollte ein wenig zu Fuß gehen, um meine Gedanken zu ordnen. Ein kalter Sprühregen hatte eingesetzt, und der graue Nachmittag passte zu meiner Laune. Das Mittagessen und der Cocktail hatten meine Lebensgeister vorübergehend geweckt, doch nun war meine Angst wegen Genevieve mit doppelter Wucht zurückgekehrt. Sie war eine vermisste Person. Ich war mir sicher, die Polizei ging davon aus, dass es sich um ein Verbrechen handelte. Und obwohl bislang kein konkreter Hinweis vorlag, so waren Verbrechen im Zusammenhang mit vermissten Personen immer etwas Schreckliches, nicht wahr?

Wurde Alexander verdächtigt? Oder gar ich?

Während ich die Gedanken in meinem Kopf hin und her wälzte, stieß ich mit der Fußspitze abgestorbene Blätter auf dem Gehsteig zur Seite und schwang im Rhythmus meiner Schritte die Handtasche. Plötzlich hielt ein Wagen neben mir. Ich sah auf. Es war der Landrover. Alexander beugte sich zur Beifahrerseite hinüber und öffnete wortlos die Tür. Ich stieg ein.

Er fuhr an Avalon vorbei und weiter über schmale Landstraßen, bis wir ein Viehgitter passierten und auf einen Feldweg abbogen, der durch eine Schlucht führte. Weiße Ziegen kletterten akrobatisch an den steilen grauen Felswänden entlang.

»Wohin fahren wir?«, fragte ich.

»Wir machen einen Spaziergang.«

»Aber meine Schuhe …«

»Deine Stiefel sind hinten im Kofferraum.«

»Was ist mit Jamie?«

»Claudia holt ihn ab und nimmt ihn mit zu sich nach Hause.«

Er stellte den Wagen kurz unterhalb des Berggipfels ab, und ich zog meine Wanderschuhe an. Er reichte mir eine seiner alten Wachsjacken.

»Danke«, sagte ich leise, als er mir hineinhalf. Die Jacke hing schwer an meinen Schultern.

Dann folgte ich ihm auf einem steinigen Weg, der zur Flanke eines mächtigen Berges führte. Vor uns lag eine Heidelandschaft, die eine perfekte Kurve beschrieb wie die Hüfte einer schlafenden Frau. Der Boden war feucht und von abgestorbenem braun-violettem Farnkraut überzogen.

»Komm, hier entlang«, sagte er.

Ohne ein weiteres Wort wanderten wir mehrere Kilometer weiter immer an der Bergflanke entlang. Hin und wieder blieben wir stehen, um den Ausblick zu genießen. An einem sprudelnden Bach hielt Alexander inne und half mir, ihn zu überqueren. Einen Moment lang sah er mir in die Augen, dann drehte er sich um und setzte den Weg fort.

Jetzt ging es einen steilen, felsigen Pfad hinauf, der sich zwischen Heidekraut und verkümmerten windzerzausten Bäumen dahinschlängelte. Immer wieder musste ich stehen bleiben, um Atem zu schöpfen, doch Alexander stapfte unermüdlich weiter. Er zog seine Jacke aus und band sie sich um die Hüften. Er hatte Schweißflecken unter den Achseln und am Rücken. Einmal setzte ein Reh mit großen Sprüngen durch das Farnkraut, dann erschreckten wir ein paar Fasanenhennen, die laut gackernd aufflogen. Am liebsten hätte ich Alexander gebeten, langsamer zu gehen, aber ich unterdrückte den Impuls und zwang mich, ihm zu folgen.

Auf dem Gipfel angekommen, bedeutete er mir, mich umzudrehen.

»Schau«, sagte er.

Jenseits der schwarzen, spitzen Baumwipfel erblickte ich den Severn Estuary, der sich atemberaubend vor uns ausdehnte. Die immense Wasserfläche glitzerte silbrig im diesigen Sonnenlicht, und auf der anderen Seite sah man verschwommen die entfernten Hügel von North Devon und South Wales unter dem weißen Himmel.

»Es ist wunderschön«, sagte ich.

Alexander nahm mich bei der Hand und führte mich zu dem Gipfelmonument in der Nähe.

»Das hier ist der Beacon Batch. Er ist der höchste Gipfel der Mendips«, sagte er. »Nirgendwo sonst kann man besser einen Sonnenuntergang beobachten.«

»Alexander, ich …«

»Nein, sag jetzt nichts.«

Er räusperte sich, dann sagte er unendlich sanft: »Ich bin nach Avalon zurückgefahren, und du warst nicht da. Ich dachte, du wärst gegangen.«

Wir setzten uns nebeneinander auf den Sockelrand des Monuments und lehnten uns mit dem Rücken an den Stein.

Er nahm meine Hand, drehte sie um und bettete sie in seine große Hand.

»Geh nicht.«

Ich sah ihn flüchtig von der Seite an.

»Ich kann nicht ohne dich leben«, fuhr er fort.

Ich lehnte den Kopf an den Stein und blickte in die Ferne. Man konnte unendlich weit sehen. Die Sonne versank hinter einer tiefen Wolke, und als sie ganz hinter den walisischen Bergen verschwand, wurde es schlagartig kalt. »Ich habe die Statue hinten im Garten gefunden«, sagte ich.

»Ich weiß.«

»Du hättest Bildhauer werden sollen.«

Er schüttelte den Kopf. »Daran war nicht zu denken.«

»Was ist mit Pete passiert?«, fragte ich.

Er tat, als hätte er meine Frage nicht gehört. Ich zog meine Hand zurück.

»Du musst es mir sagen, Alexander. Du kannst nicht mehr alles vor mir geheim halten. Deine Geheimnisse stehen zwischen uns. Sie vergiften alles.«

»Es ist besser, wenn du es nicht weißt.«

»Wenn du mir vertrauen würdest, würdest du es mir sagen.«

»Aber es würde dir nicht gefallen.«

»Was immer es ist, es würde nichts an meinen Gefühlen für dich ändern.«

Alexander blickte auf einen unbestimmten Punkt in der Ferne. Die Sonne war jetzt verschwunden, nur noch ihr Licht war zu sehen, doch dessen herrliche Farben verblassten zusehends unterhalb der Wolken.

»Genevieve und ich hatten einen Streit.«

»Weil sie weggehen wollte?«

»Nein, nicht deswegen. Ich wusste, dass sie weg wollte. Damit hatte ich mich abgefunden. Es war, weil sie Jamie mitnehmen wollte.«

»O Gott.«

»Ich habe ihr gesagt ... ich habe gesagt, dass sie tun und lassen kann, was sie will, aber wenn sie versuchen würde, ihn mir wegzunehmen, würde ich ... Herrgott, Sarah, ich habe zu ihr gesagt, dann würde ich sie töten.«

Da ich von Virginia von dem Streit wusste, schockierten mich seine Worte nicht allzu sehr.

Alex fuhr mit seiner Hand unter das Hemd und kratzte sich an seiner Narbe. Sein Gesicht war vor Schmerz verzerrt, aber auch vor etwas anderem, etwas Hässlichem. Wut.

»Aber du hast es nicht so gemeint«, sagte ich.

»Doch, zu dem Zeitpunkt schon.«

Ich wandte den Blick von ihm ab. Mit einem Mal wollte ich nicht mehr, dass er weiterredete. Ich hatte bereits zu viel gehört. Ich wollte nicht wissen, dass Alexander zu einem derart entsetzlichen Gefühlsausbruch fähig war.

»Ich habe ihr gesagt, ich würde sie töten«, fuhr er fort.

»Ich habe geschrien … Wir waren in der Küche, und auf der Arbeitsplatte lag das Messer …«

»Hat sie dich damit gestochen?«

»Sie wollte es nicht. Sie hatte Angst, dachte, ich würde ihr etwas antun, und packte es. Es war nur ein Stich, aber ich habe geblutet und mich zusammengekrümmt, und sie hat mich angeschrien und …«

Ich wollte, dass er aufhörte, hätte mir am liebsten die Ohren zugehalten. Er hatte recht gehabt. Es war besser, wenn ich es nicht wusste. Doch nun erzählte mir Alexander die grausame Wahrheit, sodass sie ein Teil von mir wurde, bis zu meinem Lebensende würde ich sie mit mir herumtragen müssen.

Er schüttelte den Kopf und sagte mit veränderter Stimme: »Pete war der liebste Hund auf der Welt. Er jagte Kaninchen und Ratten, aber er hatte noch nie einem Menschen etwas angetan. Doch er war mein Hund und wollte mich instinktiv beschützen und hat sich auf Genevieve gestürzt.«

Ich hielt den Atem an. Sein Tonfall war sanfter geworden, die Wut war Traurigkeit und Resignation gewichen.

»Ich musste ihn von ihr wegzerren. Und danach war Pete nicht mehr derselbe. Ehe er zu mir gekommen ist, wurde er schlecht behandelt, und seine ganze Aggression von früher brach wieder durch. Er war eine Gefahr für andere Menschen geworden.«

»Für Genevieve, meinst du?«

»Und für Jamie. Jamie war noch so klein und ist ziemlich ruppig mit Pete umgegangen. Der Hund hat ihm nie wehgetan, er hat geknurrt und versucht, sich ihm zu entziehen, aber Jamie hat die Warnsignale natürlich nicht verstanden. Er hat sich nach wie vor auf ihn draufgeworfen, und ich wusste, dass früher oder später …«

Ich ließ den Kopf wieder an das Monument zurücksinken. »Pete konnte also nicht bei euch bleiben.«

»Nein.«

Ich wartete, dass er fortfuhr, aber er redete nicht weiter.

Eine Gruppe Australier kam, von Kopf bis Fuß mit Schlamm bespritzt, auf ihren Mountainbikes den Pfad herauf und blieb laut lachend und sich unterhaltend einen Moment lang beim Monument stehen. Mit ihren schmutzigen Lycrashorts ließen sie die Welt wieder normal erscheinen.

»Und wohin hast du Pete gebracht?«

»Zu einem Kollegen von Bill in Bristol. Sein Hund war kurz zuvor gestorben, und er suchte einen Ersatz für ihn.«

»Oh, gut.«

Alexander schluckte schwer. »Das Problem war, dass Pete sich dort nicht eingelebt hat. Immer wieder ist er weggelaufen, aus dem Garten entwischt …«

Dem Ton von Alexanders Stimme konnte ich entnehmen, dass die Geschichte kein gutes Ende hatte.

»Erzähl bitte nicht weiter.«

»Aber du hast gesagt, dass du alles wissen willst.«

»Nein, lass bitte, du hattest recht. Ich muss es nicht wissen. Egal, was passiert ist, es ändert auch nichts mehr daran, wenn du es mir erzählst.« Ich schlug die Hände vors Gesicht.

»Tut mir leid«, sagte Alexander leise. »Genau das hatte ich befürchtet.«

Ich beugte mich zu ihm hinüber und küsste ihn. Ich küsste ihn so beharrlich und so lange, bis er eine Reaktion zeigte und meinen Kuss erwiderte. Dann zog ich mich ein wenig zurück und leckte mir die Lippen. Es war ein Versprechen, ein Gelöbnis.

»Du gehst also nicht nach Manchester zurück?«, fragte er. Oder vielleicht war es gar keine Frage.

»Nein«, sagte ich, »ich werde nirgendwohin gehen.«

»Es wird noch schlimmer kommen. Ich meine die Sache mit Genevieve.«

»Ich weiß.« Plötzlich hatte ich das Gefühl, als kümmerte es mich nicht. Doch damals hatte ich keine Ahnung, was noch kommen sollte.

NEUNUNDDREISSIG

Für kurze Zeit war Alexander außerordentlich zärtlich zu mir. Er war sanft, wählte seine Worte mit Bedacht und ging behutsam mit mir um. In dieser neu gewonnenen Atmosphäre des Friedens und des gegenseitigen Vertrauens zeigten wir unsere Gefühle für uns durch unsere jeweilige Zuneigung zu Jamie. Wir waren stolz auf jeden noch so kleinen Schritt in seiner Entwicklung. Wir erfreuten uns an seinem Geplapper, seiner Energie und seinem Humor. Selbst seine Ungezogenheit – die jetzt eher kindlich-spielerisch war statt wütend und unflätig wie zuvor – entzückte uns, da wir es als Zeichen nahmen, dass seine Wunden allmählich heilten. Wann immer uns der Gesprächsstoff auszugehen drohte, unterhielten wir uns über Jamie. Jamie war unser Sonnenschein. Während um uns herum die Polizei ermittelte, Genevieves Familie Druck ausübte und die Tatsache, noch immer kein Lebenszeichen von Genevieve erhalten zu haben, immer belastender wurde, stellte Jamie für uns etwas Reines, Unschuldiges und Unbeflecktes dar.

Die Suche nach Genevieve lief jetzt auf Hochtouren, und der Gang ins Dorf wurde unerträglich für mich. Wenn ich vor dem Schultor auf Jamie wartete, stand ich allein und isoliert von den anderen Frauen da. Nur Betsy redete noch mit mir, aber ihre Loyalität machte es für sie wiederum schwer. Deshalb hielt ich mich stets abseits, wenn sie sich bei meiner Ankunft mit ein paar Frauen unterhielt, um sie nicht in Verlegenheit zu bringen.

Zu Hause beschäftigte ich mich stundenlang mit Jamie. Wir setzten Lego-Bausteine zusammen oder malten, während wir darauf warteten, dass Alexander nach Hause kam. Sobald er da war, schlossen wir die Türen ab, zogen die Vorhänge zu und fühlten uns sicher. Wir drei, Alexander, Jamie und ich, igelten uns in unserem Refugium ein, wo wir einfach wir sein konnten, unbehelligt von der Außenwelt.

Aber so konnte es nicht ewig weitergehen. Fast täglich erfolgten Aufrufe an die Bevölkerung, sich mit sachdienlichen Hinweisen zu melden, und alle möglichen Gerüchte machten die Runde. Bei den wenigen Gelegenheiten, zu denen ich ins Dorf hinunterging, sah ich meistens irgendwo einen Polizeiwagen vor einem Haus stehen oder von der Straße kommen, die zum alten Steinbruch und nach Elenora House führte. Stets lungerten irgendwelche Reporter von Regionalzeitungen herum, stellten Fragen und fotografierten. Genevieves Verschwinden war ein gefundenes Fressen für sie. Sie scherten sich nicht um Jamies Gefühle, wenn sie in ihren Artikeln schrieben, dass »Freunde, die nicht namentlich genannt werden wollen«, von Spannungen zwischen Genevieve und ihrem Mann berichtet hätten oder davon, dass sie oft mit rot geweinten Augen vor der Schule auf Jamie gewartet habe.

Manchmal betete ich sogar, dass sie zurückkam. Ich stellte mir vor, wie sie wie die Heldin in der Schlussszene eines Films durchs Dorf schritt – am besten Hand in Hand mit Luke – und wie der Verdacht endlich von Alexander und mir abfiel.

Dann wieder, wenn ich Jamie beobachtete, wie er zusammengerollt neben mir auf dem Sofa lag und, den Zeigefinger an die Nase gepresst, Daumen lutschte, betete ich, dass Genevieve nie mehr zurückkäme, aus Angst, sie könnte Jamie seinem Vater und mir wegnehmen.

Mit Alexander konnte ich nicht über meine Ängste sprechen, aber wenigstens verstand ich jetzt seinen Widerwillen, von der Vergangenheit zu erzählen und Pläne für die Zukunft zu schmieden. Auch ich wollte nicht mehr darüber reden.

VIERZIG

Der Medienrummel um Genevieves Verschwinden führte unter anderem dazu, dass jeder im Dorf seinen Senf dazugeben wollte. Mehr als einmal konnte ich beobachten, wie vor dem Schultor Reporter mit irgendwelchen Müttern sprachen, sich eifrig Notizen machten oder ihnen ein Mikrofon hinhielten. Sobald sie mich sahen, verstummten sie.

Ich brauchte eine Weile, um zu realisieren, dass einige der Frauen eifersüchtig auf mich waren. Ich war eine Fremde, und Alexander war einer aus dem Dorf: Wenn er schon eine Affäre beginnen musste, dann doch bitteschön auch mit einer Frau aus dem Dorf.

Auch gab es eine wachsende Gruppe von Leuten, die sich wegen der Unruhe beklagten, die mit dem Medienauflauf einherging. Sie fürchteten, dass der Name ihres Ortes bald Synonym für eine Tragödie oder einen Skandal sein würde. Doch das Schlimme daran war, dass sie weder die Polizei noch Virginia dafür verantwortlich machten, sondern Alexander und mich.

Bei alldem war ich dankbar, dass Karen, Christophers Mutter und eine der Lehrerinnen, uns zur Seite stand. Bestimmt hatten wir es auch ihr zu verdanken, dass Jamie von dem schlimmsten Klatsch verschont und auf dem Spielplatz der Schule nicht von den anderen Kindern gehänselt wurde. Eines Nachmittags rief sie mich an – sie benutzte den Code mit dem zweimaligen Klingeln –, um mich zu warnen, dass eine Traube von Reportern vor der Schule wartete. Sie vermutete, dass die Polizei eine Pressemitteilung zu dem neuesten Stand der Ermittlungen herausgegeben hatte, und schlug vor, dass sie Jamie über Nacht mit zu sich nach Hause nahm, um mir die Belagerung durch die Medienleute zu ersparen. Ich wollte mich zuerst mit Alexander absprechen, aber sein Handy war ausgeschaltet. Da ich den Gedanken, mich dem Reporterpulk aussetzen zu müssen, nicht ertragen konnte, rief ich Karen zurück und sagte ihr, ich nähme ihr Angebot dankbar an. Dann schaltete ich den Fernseher ein und wartete auf die Nachrichten. Dort wurde von einem Mann Mitte dreißig berichtet, der auf einer Polizeistation aufgetaucht sei, um eine Aussage über gewisse Ereignisse zu machen, die im Zusammenhang mit dem Verschwinden von Genevieve Churchill-Westwood standen. Er habe sich freiwillig bei der Polizei gemeldet und sei nicht verhaftet worden. Nach unbestätigten Berichten handele es sich bei diesem Mann um Alexander Westwood, Mrs Churchill-Westwoods Mann. Ein Bild von Genevieve in ihrer eleganten Turnierreitmontur wurde gezeigt, gut aussehend und fröhlich, als hätte sie das sorgenfreieste Leben der Welt, gefolgt von einem Schnappschuss von Alexander, wie er das Polizeirevier betrat. Er machte ein finsteres Gesicht, war unrasiert, zerzaust, wirkte ausgemergelt und hager, seine Schultern waren nach vorn gebeugt, die Hände hatte er in den Taschen vergraben.

Ich schaltete den Fernseher aus.

Das Telefon klingelte. Lange. Ohne dass es zuvor zweimal geklingelt hatte. Ich ließ es klingeln. Es verstummte und begann erneut zu klingeln. Bestimmt war es ein Reporter. Aber was, wenn es die Polizei war? Oder Alexander, der in der Aufregung nicht an den vereinbarten Code dachte? Oder war es die *Stille*? Oder aber Karen, weil etwas mit Jamie war? Ich nahm ab und hielt den Hörer ans Ohr.

»Hallo!«, sagte eine aufgeregte weibliche Stimme am anderen Ende der Leitung. »Spreche ich mit Sarah?«

Also doch eine Reporterin! Neil hatte mir erzählt, dass sie sich immer sehr freundlich und jovial anhörten, wenn sie einen mit einem Anruf überraschten. Ich legte auf, doch es klingelte sofort von Neuem. Ich wusste nicht, was ich tun sollte. Wenn ich den Anschlussstecker herauszog, würde Alexander mich nicht kontaktieren können. Plötzlich nahm ich eine rasche Bewegung aus dem Augenwinkel wahr. Mir war, als hätte ich durch das Fenster jemanden im Garten erspäht. Die Reporter durften nicht ohne vorherige Genehmigung Privatgrund betreten, also hatten sie kein Recht, sich im Garten herumzutreiben. Neil hatte jedoch gesagt, dass sich nicht alle daran hielten. Atemlos und panisch rannte ich durchs Haus und zog die Vorhänge zu. Das Telefon hörte nicht auf zu klingeln. Es machte mich verrückt. Ich flehte, es möge aufhören, und hielt mir die Ohren zu, doch es klingelte unerbittlich weiter. Schließlich zog ich doch den Stecker heraus, aber die darauffolgende Stille war beinahe noch schlimmer als das Klingeln. Abermals schaltete ich den Fernseher ein, drehte die Lautstärke auf und sah mir ein paar Minuten lang eine Folge von *Coronation Street* an. May und ich waren früher süchtig nach Seifenopern gewesen, aber seit ich in Avalon wohnte, hatte ich kaum mehr ferngesehen. Mindestens die Hälfte der Figuren war neu für mich. Vergeblich versuchte ich, mich zu konzentrieren. Statt Stimmen hörte ich nur Geräusche, die den Lärm in meinem Kopf nicht zum Verstummen brachten.

Plötzlich bekam ich einen schmerzhaften Krampf im linken Fuß. Ich zog die Zehen in Richtung Spann, wie Laurie es mir gezeigt hatte, aber es half nicht. Nervös und verkrampft humpelte ich in die Küche, füllte ein Glas mit Eiswürfeln und goss mir einen doppelten Southern Comfort ein. Ich trank einen großen Schluck und spürte, wie der Alkohol mich wärmte und betäubte. Ich leckte mir die Lippen, schmeckte die Süße. Dann öffnete ich die Tür des Backofens, um nach dem Hühnchen zu sehen, das ich zuvor zum Braten hineingeschoben hatte. Doch kein Schwall heißer Luft wehte mir um die Beine, wie sonst immer, wenn ich die Backofentür aufzog. Das Hühnchen unter der Folie war lauwarm und noch roh, seine Haut schlaff.

»Verdammt«, sagte ich. Sogar der Herd hatte sich gegen mich verschworen.

Die Zehen meines linken Fußes waren nach wie vor verkrampft. Ich zog die Luke zum Feuerraum auf, doch obwohl es stark nach Kerosin roch, war auch er kalt. Ich konnte es mir nicht erklären. Wie hatte die Flamme bei geschlossener Tür ausgehen können? Ein mulmiges Gefühl beschlich mich. Ich prüfte die Tür, die zum Vorraum führte. Sie war zu, aber nicht verschlossen. Ich drehte den Schlüssel um. Was, wenn jemand hereingekommen war, während der Fernseher laut lief? Was, wenn sich jemand im Haus versteckte?

Sei kein Arschloch, sagte ich mir. Diesen Ausdruck hatte Jamie neulich in der Schule aufgeschnappt, und obwohl ich ihn stets ermahnte, dass man das nicht sagt, wiederholte er ihn immer wieder, wohl wissend, dass er mich damit zum Lachen brachte. »Sei kein Arschloch, Sarah!«, sagte ich laut. »Sei nicht ein so erbärmliches kleines Arschloch.«

Um die Feuerungsdochte anzuzünden, brauchte ich einen Fidibus, wusste jedoch nicht, wo Alexander sie aufbewahrte.

Ich kramte im Spülschrank, durchsuchte sämtliche Küchenschubladen, aber nirgendwo war die Packung zu finden. Dann erinnerte ich mich an den kleinen Ölofen in Alexanders Büro. Wahrscheinlich brauchte er für ihn ebenfalls einen Fidibus. Ich betrat nur selten diesen Raum, zum einen, weil ich nicht die Unterlagen durcheinanderbringen wollte, die auf Schreibtisch und Boden ausgebreitet lagen, zum anderen, weil Alexander mich ausdrücklich gebeten hatte, ihn nicht zu betreten, wenn er nicht da war. Auch Jamie hatte er es untersagt, denn Alexander bewahrte sein Gewehr dort auf, wenngleich in einem sicheren Stahlschrank. Die Tür seines Büros war immer abgeschlossen, ich wusste jedoch, dass Alexander den Schlüssel auf den oberen Rand des Türstocks legte. Ich stellte mich auf die Zehenspitzen und suchte tastend mit den Fingern, bis ich das kalte Metall fand. Ich schloss die Tür auf und schaltete das Licht erst ein, nachdem ich die Vorhänge zugezogen hatte.

Im Büro war es entsetzlich kalt, und es herrschte großes Chaos. Überall gab es Berge von Unterlagen, geöffnete Umschläge, aus denen Briefe herausquollen, Plastiktüten, und der Computer balancierte gefährlich auf zwei CD-Stapeln. Der Stahlschrank befand sich hinter dem Schreibtisch am anderen Ende des Raums. Darauf stand die Schachtel mit den Fidibussen.

Vorsichtig stieg ich über den von Dokumenten übersäten Boden, rutschte jedoch aus. Als ich an der Schreibtischkante mit der Hand Halt suchte, stieß ich einen Stapel Blätter um, und sie flogen zu Boden. Ich bückte mich, um sie aufzuheben, und sah, dass es sich um ausgedruckte Computerbilder handelte. Ich hockte mich auf die Fersen und drehte eines um.

Es war ein Porträt von Genevieve, die sich mit der Hand die Haare aus dem Gesicht hielt. Das Foto war grobkörnig, offensichtlich hatte Alexander einen Ausschnitt einer Ganzkörperaufnahme vergrößert. Obwohl es nur ein unscharfes Schwarz-Weiß-Foto war, blickte mir eine überaus lebendige Genevieve entgegen.

Ich drehte ein anderes Blatt um. Es zeigte das gleiche Bild, nur in noch größerem Maßstab, sodass nur noch Genevieves Gesicht zu sehen war. Ihre Augen waren verzerrt, wirkten beinahe abstrakt, und doch sahen sie den Betrachter dunkel und klar an. Ihre Pupillen waren so stark vergrößert, dass ich fast meinte, in ihre Seele schauen zu können.

Eines nach den anderen drehte ich die Blätter um und besah mir die Bilder. Ich verteilte die Fotos um mich herum, bis fast der ganze Boden damit bedeckt war, sodass ich gar nicht umhin kam, Genevieve aus nächster Nähe und so detailliert zu betrachten. Ihr Gesicht und ihre Augen zogen mich in ihren Bann. Sie war entzückend. Und doch waren diese Bilder, diese Flut an Bildern, zutiefst beunruhigend. Mit einem Mal wusste ich, dass sie noch immer in Alexanders Herzen und Seele war. Er musste Stunden damit zugebracht haben, immer wieder neue Bildausschnitte zu erzeugen und diese dann auszudrucken.

Ich glaubte zu wissen, warum er es getan hatte. Er hatte sich ihr Gesicht in all seinen Facetten vergegenwärtigen wollen. Er hatte eine solche Sehnsucht nach ihr gehabt, hatte sie unbedingt aus nächster Nähe sehen müssen, jedes Detail, so wie er sie gesehen hatte, als sie noch neben ihm im Bett gelegen hatte, morgens und abends, als seine Ehefrau. Ja, ich verstand, was Alexander angetrieben hatte, dennoch bargen diese Bilder etwas Düsteres und Bedrohliches für mich. Sie machten mich wütend und ängstigten mich zugleich.

Und ich war eifersüchtig. Nie würde Alex mich in Großaufnahmen sehen wollen. Er hatte noch nie ein Foto von mir gemacht, nicht einmal mit dem Handy. Wenn ich aus seinem Leben verschwinden würde, würde ich keinerlei Spuren darin hinterlassen, keinen Beweis, dass es mich gegeben hatte.

Aufgewühlt sammelte ich die Fotos wieder ein und legte sie mit der Bildseite nach unten auf einen Stapel. Die Schachtel mit den Fidibussen rührte ich nicht an, damit Alexander nicht erfuhr, dass ich in seinem Büro gewesen war. Dann ging ich hinaus und schloss die Tür wieder ab.

Als Alexander nach Hause kam, waren meine Fingerspitzen verbrannt, und ein Haufen verkohlter Streichhölzer lag auf dem Linoleumboden neben dem Herd. Das Huhn war noch immer halb roh, ebenso wie die Kartoffeln, Karotten und Pastinaken.

Vor lauter Frustration hätte ich heulen können, doch als er plötzlich in der Küche stand, riss ich mich zusammen. Er sah furchtbar aus. Noch nie hatte ich ihn so erschöpft gesehen. Er wirkte abgerissen, war schmutzig, die Beine seiner Jeans waren schlammbespritzt.

»Geht es dir nicht gut?«, fragte ich. »Was ist passiert? Was hat die Polizei gesagt?«

»Ach, immer das Gleiche. Gibt es etwas zu essen?«

Ich warf einen Blick auf den Herd. »Die Zündflamme war auf einmal aus.«

Alexander zuckte die Schultern. »Wo ist Jamie?«

»Bei Christopher. Ich dachte, dort wäre er sicherer. Hast du draußen irgendwelche Fotografen gesehen?«

Er nickte. »Ich habe den Landrover an der Zufahrt stehen lassen und bin zu Fuß durch den Obstgarten gegangen.«

Er holte sich ein Bier aus dem Kühlschrank.

»Ich gehe nach oben zum Duschen.«

»Willst du ein Sandwich oder was anderes?«

»Nicht jetzt.«

Er stieg die Treppe hoch, und ich hörte seine Schritte auf dem oberen Flur, dann das Knarren der Dielen im Bad. Abwartend stand ich da und rieb mir die Ellbogen.

Dann rief er nach mir, wie ich es erwartet hatte.

Er stand in meinem Schlafzimmer. Seine Kleidung lag auf einem Haufen bei der Tür, und ich roch seinen Schweiß, spürte seine Hitze.

Das Zimmer wurde von Kerzen erleuchtet. Doch nicht auf gemütliche, romantische Weise; das flackernde Licht hatte etwas Bedrohliches. Ich sah Alexanders nackten Körper an, und es war klar, dass er Sex wollte, aber ich war mir nicht sicher, ob er *mich* wollte oder einfach nur Trost suchte.

Trotz der Bilder, die ich in seinem Büro gefunden hatte, trotz allem wurde ich noch immer unwiderstehlich von ihm angezogen. Ich trat zu ihm und berührte ihn, und schon war es wieder da, dieses Kribbeln zwischen uns, eine zwanghafte Anziehung, die stetig an Intensität zuzunehmen schien, etwas, das mich erschreckte und gleichzeitig in seinen Bann zog, etwas, das nicht geleugnet werden konnte, damals nicht und heute nicht.

Anschließend lagen wir nebeneinander zwischen den zerwühlten Laken, und in dem kalten Zimmer roch es nach Kerzenrauch und Sex. Alexander hielt mich eng umschlungen. Ich war erschöpft; ich war schamlos gewesen, eine Hure, ein Flittchen, eine Prostituierte, und es war mir egal. Ich hätte alles getan, um ihm zu gefallen, seinen Schmerz zu lindern, ihn vergessen zu lassen.

Er streichelte mir über den Kopf.

»O Sarah«, sagte er. Mehr nicht.

EINUNDVIERZIG

Nachdem im Fernsehen Alexanders Bild gezeigt worden war, nahm der Medienrummel in Burrington Stoke noch mehr zu. Betsy erzählte mir, dass im Dorf eine Art kollektiver Wahn um sich greife. Alle, sogar die Reporter, waren von einem allgemeinen Fieber gepackt. Die Menschen fühlten sich durch die Tragödie vereint und von dem Wunsch beseelt, Genevieve zu finden, sie »heimzubringen«. Das waren ihre Worte. Sie waren fest entschlossen, die junge Frau »heimzubringen«. Ich glaubte, dass die meisten Menschen im Grunde ihres Herzens wussten, dass die Chancen, sie lebend »heimzubringen«, zusehends schwanden, und doch machte diese Formulierung die Runde. Außerdem war sie zweideutig genug, um für alle Eventualitäten zu taugen. Es hieß, die Polizei wolle das umliegende Gebiet absuchen.

Die Zeitungen hatten mal wieder ihren großen Tag. Die *Daily Mail* hatte Dale Vowles eine fünfstellige Summe dafür bezahlt, dass er ausführlich den Hergang des tragischen Tods von Robbie Innes schilderte. Betsy sagte mir, es sei ihm angeblich nochmals dieselbe Summe in Aussicht gestellt worden, wenn er über seine Schlägerei berichte, sie aber nur erhalte, sollte sich tatsächlich herausstellen, dass Alexander etwas mit Genevieves Verschwinden zu tun habe. Dale lieferte ihnen nicht nur seine Geschichte, sondern auch ein Foto von Robbie, das im Herbst vor seinem Tod bei einer Wohltätigkeitsveranstaltung der Young Farmers aufgenommen worden war. Aufmerksam betrachtete ich das Zeitungsfoto. Robbie war ein attraktiver junger Mann gewesen und mit seinen blonden Haaren und dem hellen Teint das genaue Gegenteil von Alexander. Daneben war ein Foto von der siebzehnjährigen Genevieve abgebildet. Sie balancierte auf einem Weidegatter und stützte sich mit beiden Händen auf die oberste Stange. Sie hatte lange Haare, trug Jeans und Gummistiefel und lachte. Mir fiel auf, dass ich nur wenige Fotos von ihr gesehen hatte, auf denen sie nicht lachte.

Des Weiteren hatte jemand in einem Reisebüro in Axbridge wenige Wochen vor Genevieve Churchill-Westwoods Verschwinden eine Frau gesehen, die große Ähnlichkeit mit ihr hatte. Außerdem gab es »bestätigte Zeugenaussagen«, denen zufolge Genevieve im Seebad Tenby an der Südküste von Wales ein »Liebesnest« oder »Schlupfloch« unterhalten habe – je nach Zeitung variierte die Formulierung –, und zwar unter Juliet Bravo, dem Namen ihres Lieblingspferds. Die Schlagzeilen wurden beherrscht von Wörtern wie »vermisst«, »schöne Frau« und »Erbin«. Die in einem eindringlichen Ton verfassten Artikel deuteten an, dass, wer immer verantwortlich für ihr Verschwinden sei, möglicherweise finanzielle Motive habe.

Ein nationaler Fernsehsender strahlte einen Vor-Ort-Filmbericht aus, der vor dem Eingang von Elenora House gefilmt worden war. Ich selbst sah ihn nicht, aber Betsy sagte mir, dass der Sprecher den Reichtum der Familie hervorhob. Alexander wiederum erzählte mir, dass die Polizei ihn nach Genevieves Lebensversicherung gefragt habe. Er sagte mir jedoch nicht, was er geantwortet hatte.

Ich rief zu Hause an, um meiner Familie zu sagen, dass es alles nicht so schlimm sei, wie in den Medien berichtet werde, aber natürlich hatte die Berichterstattung sie alarmiert. Auch wenn ihnen Neil nicht erzählt hatte, wie prekär die Lage tatsächlich war und welch furchtbaren Ausgang die Geschichte nehmen könnte, waren sie im Bilde. Meine Mutter weinte und sagte, ich würde meinem Vater das Herz brechen. Mein Vater wiederum erzählte mir, meine Mutter würde noch verrückt vor Sorge. May flehte mich an, mich zurückzuziehen, solange es nicht zu spät war.

»Ich kann Alexander jetzt nicht allein lassen«, sagte ich. »Ich kann einfach nicht.«

»Komm wenigstens für eine gewisse Zeit nach Hause«, erwiderte sie. »Für ein paar Wochen, bis alles vorbei ist. Neil glaubt, wir alle glauben, dass sich die Lage irgendwann beruhigen wird, und sobald Genevieve wieder auftaucht, werden wir deine Entscheidung akzeptieren, egal, wie sie ausfällt, das verspreche ich dir. Aber komm jetzt erst mal nach Hause, ich bitte dich.«

Jamie und ich befanden uns auf dem Heimweg von der Schule, und während ich mit der einen Hand das Handy ans Ohr presste, hielt er meine andere Hand und schwang sie vor und zurück. Er kickte einen Kieselstein weg und sang leise vor sich hin. Noch immer blickte Genevieves Gesicht, mittlerweile ausgeblichen, von den Plakaten herab.

»Man braucht mich hier«, sagte ich zu May.

Der flehende Ton in Mays Stimme wich Enttäuschung.

»Sarah, dieser Mann braucht dich doch nicht. Er könnte sehr gut auch ohne dich zurechtkommen. Es ist einfach nur bequem für ihn, und wie es dir dabei geht, ist ihm völlig egal. Wenn du ihm auch nur ein bisschen was bedeuten würdest, hätte er dich längst nach Hause geschickt.«

In der Ferne erklang die Sirene des Steinbruchs. Jamie blickte mich mit theatralisch aufgerissenen Augen an. Wann immer die Sirene ertönte, spielten wir unser selbst erfundenes Spiel, indem wir so taten, als wären die Dinosaurier, die im Steinbruch lebten, ausgebrochen und als müssten wir so schnell wie möglich nach Hause rennen.

»May, ich muss jetzt aufhören«, sagte ich, während Jamie an meinem Arm zog. »Es ist Zeit für Jamies Tee.«

»Denk darüber nach, ob du nicht doch nach Hause kommen willst …«

»Das hier ist jetzt mein Zuhause.«

»Ach, du liebe Güte!«

Die einzige gute Nachricht war ein Anruf von der Galeristin in Wells. Sie hatte alle meine Bilder verkauft und wollte Nachschub. Der Erlös war zwar kaum der Rede wert, trotzdem erfüllte es mich mit Stolz. Betsy meinte, ich sollte meine Bilder übers Internet verkaufen, da es eine große Nachfrage nach Originalwerken gebe, aber ich wusste nicht, wie das funktioniert. Als ich Alexander darauf ansprach, versprach er mir, seinen Laptop mit nach Hause zu bringen und mit mir gemeinsam ein Mitgliedskonto bei eBay zu eröffnen.

Aber das taten wir nicht. Wir kamen nicht dazu.

ZWEIUNDVIERZIG

Und inmitten dieser Ereignisse, während das Dorf in heller Aufregung war und die Polizei die Gegend um Tenby absuchte, nachdem sie handfeste Beweise für die Existenz eines Liebesnests beziehungsweise Zufluchtsorts gefunden hatte, erhielten wir per Post einen an Alexander und mich adressierten Brief. Es war eine Einladung zu Philips achtzigstem Geburtstag.

Ich hatte gewusst, dass uns eine Einladung ins Haus stehen würde, da Claudia es mir gesagt hatte. In letzter Zeit suchte sie wieder öfter Zuflucht in Avalon, da die Situation im Dorf sie ebenfalls zusehends belastete. Zwar waren sie und Bill bislang noch nicht von den Reportern belästigt worden, doch hatten diese das Tor von Elenora House belagert, als Virginia Philip wegen seines kranken Beines ins Krankenhaus fahren wollte. Den alten Mann hatte das furchtbar aufgeregt. Im Gegensatz zu Virginia war Claudia klar, warum – ihr Vater fühlte sich an sein früheres Trauma erinnert. Als sich seine erste Frau das Leben genommen hatte, waren ebenfalls Reporter aufgetaucht und wollten ihn zu einem Interview drängen. Virginia, die mit der neugeborenen Genevieve ans Haus gefesselt gewesen war, hatte nichts von dem Pulk mitbekommen, der sich vor dem Tor gebildet hatte. Außerdem hatte Philip wohl alles unternommen, um sie und auch die Kinder aus seiner ersten Ehe vor dem Rummel zu schützen. Nun kehrten all diese schrecklichen Erinnerungen wieder zurück und setzten ihm zu. Nur Claudia war in der Lage, den alten Mann zu trösten. Sie sagte mir, ironischerweise liege es daran, dass sie ihn an ihre Mutter erinnere. Immer wieder musste sie ihm versichern, dass es nicht seine Schuld sei. Hinzu kam, dass Claudia jedes Mal, wenn sie ins Dorf ging, die neugierigen Blicke und das Getuschel über sich ergehen lassen musste, genau wie ich. Bei ihren Besuchen in Avalon konnte sie sich alles von der Seele reden. Manchmal stützte sie am Ende erschöpft den Kopf in die Hände und sagte: »Ich wünschte, es wäre vorbei. Wenn es nur endlich aufhören würde. Ich wünschte, *ich* könnte ebenfalls von hier weggehen!« Um sich dann jedes Mal dafür zu entschuldigen, so viel geredet zu haben. In ihrem Bekanntenkreis konnte sie das nicht tun. Immer musste sie den Schein wahren, musste tapfer sein, die Leute durften nicht sehen, wie es ihr wirklich ging. Ich hingegen kochte Tee, stellte Plätzchen auf den Tisch und hörte ihr zu. Nahm Anteil.

Nun also stand Philips runder Geburtstag vor der Tür, und die Familie hatte beschlossen, dass man die Feierlichkeiten genauso abhalten würde, wie sie lange vor Genevieves Verschwinden geplant worden waren. Und zwar nicht, weil sie das so gewollt hätte, sondern weil man, würde man die Feierlichkeiten absagen, den Freunden, Verwandten, Bekannten und Nachbarn eine falsche Botschaft senden würde. Nämlich, dass die Churchills das Schlimmste annähmen. Das Catering war bereits im April gebucht worden, das Unterhaltungsprogramm im Mai, und Genevieve selbst hatte im Juni die Dekoration bestellt. Außerdem, so hoffte man, würde das Fest Philip ablenken und ihm wenigstens ein paar angenehme Stunden bescheren.

Claudia hatte mir mehrmals versichert, dass Philip Alexander sehr mochte; er war für ihn eher ein Sohn als ein Schwiegersohn. Wann immer Virginia Alexander mal wieder kritisierte oder ihm gar die Schuld für Genevieves Verschwinden gab, stellte er sich vor Alexander. Claudia sagte, Philip bewundere sein handwerkliches Geschick und seine Kunstfertigkeit. Er hatte schon immer Respekt vor dieser Art von Talent gehabt und es nach besten Kräften gefördert. Ferner glaubte er, dass Alexander einen guten Einfluss auf Genevieve gehabt habe, und auch dafür liebte er ihn. An seinem Geburtstag würde Philip Alexander dabeihaben wollen, und weil Virginia ihren Mann um jeden Preis glücklich machen wollte, hatte man eben auch Alexander eingeladen. Da sie wusste, dass er ohne mich nicht kommen würde, hatte man auch mich, als »Begleitung«, zähneknirschend auf die Gästeliste gesetzt.

Natürlich war das für mich alles andere als schmeichelhaft.

»Philip ist völlig durcheinander«, sagte Claudia. »Ständig verwechselt er Vergangenheit und Gegenwart, und die merkwürdigsten Dinge bringen ihn auf die Palme. Zu mir hat er gesagt, wir müssten Alexander dankbar sein, aber als ich fragte, warum, konnte er mir keinen Grund nennen. Oder wollte es nicht. Die Hälfte der Zeit habe ich keinen blassen Schimmer, was für ein Zeug er da zusammenredet, der Arme.«

Später, als Alexander und ich allein auf dem Sofa fernsahen, drehte ich die Einladung hin und her. Sie war auf teurem Karton und mit Goldschrift gedruckt und hatte eine Goldrandprägung. »Das passt irgendwie alles nicht zusammen«, sagte ich.

»Philip ist sehr krank«, erwiderte Alexander. »Es wird eine Art Schwanengesang für ihn werden.«

»Ich finde, wir sollten nicht hingehen.«

Alexander zuckte mit den Schultern. »Ich schulde es Philip. Der alte Herr ist immer gut zu mir gewesen.«

»Claudia hat gemeint, er sei dir dankbar.«

Statt mir eine Erklärung zu liefern, fuhr er einfach fort, meinen linken Fußballen zu massieren.

Ich ließ nicht locker. »Was heißt das? Was hast du für ihn getan?«

»Nichts.«

»Warum hat er dir dann das Geld geliehen, damit du dich selbstständig machen konntest?«

Alexander stieß meinen Fuß von seinem Schoß, stand auf und ging in Richtung Tür. Dort blieb er nochmals stehen und wandte sich um.

»Ich war mit seiner Tochter verheiratet. Warum, zum Teufel, hätte er es also nicht tun sollen?«

Ein paar Tage später fuhr ich mit Claudia zum Weihnachtsmarkt nach Wells. Ich wunderte mich, dass keine Reporter an der Zufahrt warteten, um ein Foto durch die Windschutzscheibe zu erhaschen.

»Wo sind sie hin?«, fragte ich Claudia.

»Siehst du keine Nachrichten? Die örtliche Abgeordnete wurde in flagranti mit ihrem Schwager erwischt. Dein Fanklub hat sich jetzt vor deren Haus postiert.«

»Nur gut, dass es politische Skandale gibt«, sagte ich seufzend.

Claudia und ich genossen es, endlich einmal nach Lust und Laune durch die Straßen zu schlendern. Ausgelassen bahnten wir uns zwischen den Ständen einen Weg durch den Strom der Besucher, die Schutz vor dem kalten Regen suchten, und füllten unsere Taschen mit Kerzen, Mandarinen und Weihnachtsdekoration.

»Ihr kommt doch zu Philips Party, nicht wahr?«, fragte Claudia, während wir vor einem Stand, der hübsche Keramikkerzenhalter in Baumform verkaufte, Schlange standen.

»Ja.« Ich nahm einen der Kerzenhalter und wog ihn in der Hand. »Alex meint, er würde deinen Vater niemals im Stich lassen.«

»Ja, so ist Alex«, sagte sie.

Wir verstauten unsere Einkäufe im Kofferraum ihres Wagens und begaben uns in ein Café zum Mittagessen. Ich aß Käse-Zwiebel-Pastete mit Pommes frites, während sich Claudia mit einem grünen Salat und einem winzigen Stück kaltem Huhn begnügte. Sie wollte für die Geburtstagsparty ihres Vaters abnehmen, weil Virginia trotz ihrer Sorge um Genevieve und Philip es nicht lassen konnte, abfällige Kommentare über die Figur ihrer Stieftochter zu machen.

»Ich muss noch ein Geschenk für deinen Vater kaufen«, sagte ich. »Hast du eine Idee?«

»Ach, irgendeine Kleinigkeit, einen Roman von Dick Francis zum Beispiel oder eine Flasche Portwein.« Ihre Stimme stockte.

»Claudia?« Ich streckte meine Hand nach ihrer aus. Sie fühlte sich heiß und feucht an.

Sie schüttelte den Kopf, ihre Augen schimmerten. »Armer Philip«, sagte sie leise. »Der arme Mann. Er sollte eigentlich einen friedlichen Lebensabend genießen, aber die Sache mit Genevieve bringt ihn um. Großer Gott, ich wünschte so sehr, sie würde zurückkommen!«

Ich hatte keine Ahnung, was ich bei einem gesellschaftlichen Anlass wie dem bevorstehenden in Elenora House tragen sollte – der Dresscode lautete Abendgarderobe. Ich wusste nur, dass ich nichts auch nur im Entferntesten Passendes hatte. Betsy riet mir, ich solle etwas Schlichtes und gleichzeitig Klassisches wählen.

»Mit Schwarz machst du jedenfalls nichts falsch«, sagte sie. »Aber nimm das beste Schwarze, das du dir leisten kannst.«

Als Alexander das nächste Mal bei einem Kunden zu tun hatte und seinen Laptop nicht brauchte, bat ich ihn, ihn mir zu überlassen. Ich nahm ihn mit nach oben in Jamies Zimmer, denn von dort konnte ich die Auffahrt sehen und ob sich jemand Avalon näherte.

Ich setzte mich ans Fenster und legte den Laptop auf die Knie. Auch wenn die Internetleitung quälend langsam war, fand ich schließlich die Webseite, die Betsy mir empfohlen hatte, und bestellte mehrere schlichte schwarze Kleider, einen hübschen Samtanzug und ein teures, aber sehr schönes Paar Schuhe.

Das Sonnenlicht wanderte durchs Zimmer. Jamies Hamster raschelte in seinem Käfig. Ich ging zu ihm und kauerte mich daneben, um ihn zu betrachten. Der Hamster hatte herzige schwarze Perlenaugen, die es mir angetan hatten. Mit seinen winzigen Pfötchen pickte er einen Sonnenblumenkern auf und knabberte daran. Der typische Hamsterkäfiggeruch nach leicht muffigem Sägemehl erinnerte mich an meine Kindheit.

Ich steckte die Finger zwischen den Stäben hindurch und streichelte seinen Rücken, aber das Tierchen hielt nichts davon. Es huschte weg und versteckte sich in seiner Röhre.

Also schnappte ich mir wieder den Laptop. Mit klopfendem Herzen gab ich den Namen Genevieve Churchill-Westwood in die Suchmaschine ein. Es kamen seitenweise Ergebnisse. Einige davon waren Artikel über ihre Erfolge bei Vielseitigkeits- und Dressurwettbewerben. Aber es gab auch Diskussionsforen, in denen ihr mysteriöses Verschwinden kommentiert wurde. Das populärste Forum wurde von jemandem gehostet, der sich Slumdog nannte. Er hatte nicht nur eine kurze Biografie von Genevieve und weiteren Mitgliedern ihrer Familie hineingestellt – die durchweg höhnisch und scharfzüngig war, ohne jedoch die Grenze zur verleumderischen Schmähschrift zu überschreiten –, sondern auch Fotos von Burrington Stoke und sogar eine Luftaufnahme des Dorfes. Elenora House, Avalon und das Quarrymen's Arms waren rot eingekreist. Lange betrachtete ich das Bild. Von oben war gut zu erkennen, wie sich die beiden Steinbrüche in die Bergflanke hineinfraßen. Riesige Waldflächen waren klaffenden Felswänden gewichen. Der neue Steinbruch war um ein Vielfaches größer als der stillgelegte. Auf dem Foto spiegelte sich der blaue Himmel im Wasser der alten Steinbruchgrube. Sie war bis zum Rand von Gebüsch und Bäumen umgeben; es schien, als würde die Natur die Wunden lindern, die Maschinen und Sprengungen verursacht hatten. Der neue Steinbruch sah von oben betrachtet wie eine öde Mondlandschaft aus; das Ergebnis eines zerstörerischen, vandalischen Akts gigantischen Ausmaßes. Slumdog sah es offensichtlich genauso. Er schrieb, der Steinbruch sei das Musterbeispiel für die Ausbeutung der Natur dem kommerziellen Profit zuliebe.

Plötzlich dämmerte mir, dass Slumdog wahrscheinlich Damian war. Ich gab Damian Churchill in die Suchmaschine ein und stieß auf dessen eigene Webseite. Sie war beeindruckend; technisch auf dem neuesten Stand, mit geschmackvollem Layout, aber auch emotional ansprechend und mit eingängigem Text. Sein nächster öffentlicher »Event« war eine Protestaktion auf dem Grundstück eines geplanten Einkaufszentrums in den Midlands. Offenbar hatte er Freunde in hohen Positionen. Einige von ihnen reisten nach Amerika, um bei einer hochkarätigen internationalen Bauindustriekonferenz für ihre Sache zu werben. Ich fragte mich, von wem sie Geld bekamen; vermutlich von wohlhabenden Sponsoren.

Als Nächstes gab ich Alexander Westwood in die Suchmaschine ein. Der Name wurde mehrmals in Zusammenhang mit Genevieves Verschwinden genannt, aber ich fand auch heraus, dass Alexander im Rahmen bedeutender Restaurierungsprojekte einige Preise für seine Arbeiten bekommen hatte. Doch die Ergebnisse bezogen sich alle auf die letzten vier Jahre, für die Zeit davor erschienen keine Einträge. Hatte es irgendwelche Zeitungsartikel über seine Verurteilung gegeben, waren sie nicht online. Ich seufzte und ließ den Blick zu der Fotocollage über Jamies Bett schweifen. Bestimmt hatte Genevieve sie für ihren Sohn gemacht. Ich war so viele Male in diesem Zimmer gewesen, hatte den Bildern jedoch nie Aufmerksamkeit geschenkt. Da waren Fotos von Jamie als kleines Baby, als Junge in

Schuluniform, als Schäfer verkleidet in einem Krippenspiel, mit sandverkrustetem Po an einem Strand. Da waren auch Fotos von Jamie und Genevieve; auf einem schlang er die Ärmchen um ihren Hals, auf einem anderen schleckten sie zusammen ein Eis. Ich suchte nach einem Bild, auf dem auch Alexander zu sehen war. Es gab nur eine Aufnahme von ihm. Jamie und seine Cousinen saßen auf einem Karussell in einem Park. Hinter den Kindern standen Alexander, Claudia und Bill. Genevieve musste sie fotografiert haben. Einer der Labradore tapste aus dem Bild heraus, man konnte nur seine Hinterläufe und seinen Schwanz erkennen.

Zärtlich berührte ich mit dem Finger Alexanders Gesicht. Er lächelte in die Kamera, lächelte Genevieve an. Er sah glücklicher und ausgeglichener aus, als ich ihn je erlebt hatte. Und jünger.

Im Rücken hörte ich ein Knarren, es kam von der Diele her, doch als ich mich umdrehte, war nichts zu sehen. Wieder einmal schalt ich mich, weil ich so schreckhaft war.

Und doch sagte ich im Flüsterton: »Genevieve?«

Im nächsten Moment keuchte ich entsetzt auf, als nämlich die beiden neuen Telefone, das eine oben auf dem Treppenabsatz, das andere unten im Esszimmer, gleichzeitig klingelten, nur war es nicht der normale Klingelton, sondern ein konstantes Kreischen, ein schrecklicher, verzweifelter Laut wie von jemandem, der Todesqualen erleidet.

Ich presste die Hände an die Ohren und taumelte rückwärts gegen die Tür, sie fiel klickend ins Schloss, doch das Klingeln schien noch lauter zu werden. Ich wurde übermannt von etwas überaus Mächtigem, das viel stärker war als alles, was ich je gespürt hatte. Es war wie die jähe Hitze, die einer Übelkeit vorausgeht. Ich hatte das Gefühl, kurz vor dem Fallen zu sein. Ein grauenhafter Schwindel überkam mich, eine unsägliche Todesangst. Um mich drehte sich alles, ich bekam keine Luft mehr, fand keinen Halt, da war nichts, was mich auffangen konnte.

Ich langte nach dem Türgriff und versuchte, ihn zu drehen, aber mir fehlten die Kraft und das Koordinationsvermögen, mein Gehirn war wie gelähmt. Die Tür schien verschlossen, und hinter ihr heulten nach wie vor die Telefone. Ich dachte, ich würde sterben, einen Herzinfarkt durchleben oder ein geplatztes Aneurysma, irgendetwas Katastrophales.

Ich glitt an der Tür entlang zu Boden und rollte mich davor zusammen wie ein Fötus, schluchzte trocken und hörte noch immer das qualvolle Schreien der beiden Telefone und dachte: Das ist Genevieve! Sie ist hier!

Irgendwann, ich weiß nicht, wie viele Minuten vergangen waren, war der Spuk vorbei. Ich öffnete die Augen. Sonnenlicht flutete in das Zimmer. Es war ein Kinderzimmer, nichts weiter. Es war hell und voller Spielsachen und strahlte eine wohlige Atmosphäre aus. Das Hamsterrad drehte sich ratternd. Von dem achtlos zur Seite geworfenen Laptop blinkte mich das Onlinesignal an. Ich hob ihn hoch und presste ihn an mich, während ich durch die Tür schlüpfte und die Treppe hinunterlief, aus dem Haus und hinaus in die kalte Luft.

Ich rannte die Zufahrt hinunter und dann ein Stück weit auf der schmalen Straße bis zu der Stelle, wo mein Handy Empfang hatte. Im Gehen – nur weg vom Haus, dachte ich – rief ich May an.

»Was ist los?«, fragte sie. »Du hörst dich schlimm an.«

»Es ist alles in Ordnung. Mir geht's gut. Versprichst du mir, dass du nicht überreagierst oder dir Sorgen machst, wenn ich dir jetzt etwas erzähle?«

»Ich verspreche es.«

»Es ist nur … Ich weiß nicht, wie ich es sagen soll, ohne dass es sich anhört, als hätte ich den Verstand verloren, aber ich glaube …«

»Was?«

»Ich glaube, Genevieve verfolgt mich.«

May lachte, konnte kaum mehr aufhören.

»Sag Neil nichts davon«, bat ich sie und bereute schon, davon angefangen zu haben. Ich kam mir albern vor.

»Was ist denn passiert?«, fragte May sanft.

»Ich weiß nicht. Es ist nur ... Na ja, ich hatte ein paarmal das Gefühl, als wäre Genevieve in mir drin ... nur ein paar Augenblicke lang, jedenfalls fühlte ich, was sie fühlt. Als wollte sie mir etwas zu verstehen geben, als wäre ich sie.«

»Als wärst du Genevieve ...«

»Ja! Nein! Nein, ich meine nicht, ich sei sie oder so was in der Art, ich ... Ich weiß nicht. Und dann habe ich Worte gehört, einige Male habe ich bestimmte Dinge gehört, und ich weiß nicht, woher sie kamen, sie sind in meinem Kopf, aber es sind nicht meine Worte, verstehst du?«

»Nicht wirklich, Liebes.«

»Du hältst mich für verrückt, nicht wahr? Es hört sich total bescheuert an, ja? Es ergibt überhaupt keinen Sinn. O May, ich weiß nicht, was ich tun soll! Ich habe solche Angst! Ich habe all das so satt!«

»Sch, sch!«, sagte May, und ich wünschte, ich hätte bei ihr sein können, damit sie mich tröstend in die Arme nimmt. »Hör zu, Sarah, hör mir jetzt bitte mal zu. Setz dich irgendwohin und atme tief durch.«

Ich sah mich suchend um, dann ging ich zum Häuschen der Bushaltestelle hinüber und ließ mich auf die Bank sinken.

»Jetzt pass auf, Sarah«, sagte May. »Du bist nicht dabei, den Verstand zu verlieren, du wirst nicht verrückt, und du wirst auch von niemandem heimgesucht. Okay?«

»Ja.« Ich presste das Handy fest ans Ohr. Ein Wagen fuhr vorbei, und ich sah, dass mich die Frau auf dem Beifahrersitz anstarrte.

»Du hast zurzeit viel Stress«, fuhr May fort, »und du bist

müde. Und ich glaube, dass du ein bisschen von der Idee besessen bist, dass Genevieve dich verfolgt.«

»Schon möglich.«

»Neil ist ebenfalls aufgefallen, dass du immerzu über sie sprichst, offensichtlich denkst du zu viel über sie nach, und da dein Geist momentan überspannt ist, sucht er nach einer Möglichkeit, Spannung abzubauen. Eine Art Stressventil.«

Ich schluckte. »Ja, du hast recht.«

May atmete tief durch.

»Und gleich sagst du mir wieder, ich soll nach Hause kommen, stimmt's?«

»Jedenfalls musst du von dort weg. Du brauchst eine Pause. Aber jetzt, in diesem Moment, brauchst du dringend Ruhe.«

»Und?«

»Um wie viel Uhr holst du Jamie ab?«

»Um Viertel nach drei.«

»Also hast du genug Zeit, dich ein paar Stunden hinzulegen. Ich will, dass du jetzt nach Avalon zurückgehst, dir eine warme Milch und eine Wärmflasche machst und schläfst. Oder, falls du nicht schlafen kannst, dich wenigstens ausruhst und an etwas Nettes denkst, an ... an süße, kleine Kätzchen.«

»Kätzchen?« Ich musste trotz allem lachen.

»Mir ist gerade kein anderes Bild eingefallen, was weniger Stressassoziationen hervorruft«, erklärte May.

Ich befolgte ihren Rat. Auf dem Rückweg wurde mir klar, dass May recht hatte. Avalon war kein Spukhaus, nichts daran war feindlich oder gespenstisch, es war einfach nur ein altes Haus. Dennoch zog ich die Stecker der Telefone heraus, ehe ich mich mit einer Wärmflasche ins Bett legte. Ich klammerte mich an das zweite Kopfkissen wie eine Ertrinkende an einen Rettungsring.

DREIUNDVIERZIG

Im Laufe der nächsten Tage trudelte ein Kleiderpaket nach dem anderen für mich ein. Jedes Mal fragte mich Dave, der Postbote, was drin sei, und als ich es ihm sagte, zog er die Augenbrauen hoch.

»Geht es dir gut, Schätzchen?«, fragte er. »Du siehst ziemlich angeschlagen aus in letzter Zeit.«

»Nein, mir geht es gut.«

»Du scheinst seit Langem nicht mehr gut geschlafen zu haben.«

»Ach was«, sagte ich. »Meine einzige Sorge ist, was ich zu dem Fest anziehen soll.«

Dave verdrehte die Augen. »Du würdest auch in einem Plastiksack gut aussehen. Na ja, wenn du dich ein bisschen mehr um dich selbst kümmern würdest.«

Ich dankte ihm für die netten Worte, nahm ihm das Paket ab und schloss die Tür.

Dave war nicht mein einziger Besucher. Eines Morgens erschien unangekündigt der örtliche Hausarzt. Er sagte, er sei ohnehin gerade in der Nähe gewesen und wolle sich bei dieser Gelegenheit mal vorstellen.

Ich machte Kaffee, und gab mir große Mühe, möglichst normal zu scheinen, freundlich zu ihm zu sein und mir nicht anmerken zu lassen, wie erschöpft ich in Wirklichkeit war.

»Meine Schwester hat Sie angerufen, stimmt's?«, fragte ich. Wir saßen im Wohnzimmer, und während er an einem Ingwerplätzchen knabberte, schmerzten meine Gesichtsmuskeln vom vielen Lächeln.

Er nickte. »Ja, sie hat mich gebeten, nach Ihnen zu sehen.«

»Immer macht sie sich Sorgen«, sagte ich. »Aber mir

geht es wirklich gut. Ich habe mich lange nicht mehr so gut gefühlt.«

»Ich habe mich nur gewundert, dass Sie sich nie in der Praxis haben blicken lassen, seit Sie hierhergezogen sind«, sagte der Arzt. Es war eine Feststellung, die wie eine Frage klang.

»Es bestand kein Grund dazu. Ich war ja nicht krank.«

»Hmm.« Er steckte den Rest seines Plätzchens in den Mund und tupfte sich die Lippen mit einem penibel gebügelten Taschentuch ab. »Ihre Schwester hat mir erzählt, dass Sie in letzter Zeit ein paar merkwürdige Erlebnisse hatten.«

»Ich war übermüdet.«

»Gut.« Er zog ein Notizbuch aus seiner Aktentasche und blätterte darin bis zu einer Seite mit handschriftlichen Notizen, die er kurz überflog. »Ihre Schwester hat mir erzählt, sie dächten, sie seien Genevieve.« Er sah mich direkt an. Ich spürte, wie ich errötete.

»Das hat sie falsch verstanden«, sagte ich.

»Was hat sie falsch verstanden?«

»Ich weiß nicht mehr genau, was ich zu ihr gesagt habe. Ich war so müde, ich war einfach ein wenig überspannt, das ist alles.«

Der Arzt sah mich schweigend an.

»Wissen Sie, die vielen Gerüchte über Genevieves Verschwinden, die ganze Sorge, all das hat mir zugesetzt. Tut mir leid. Ich hätte nichts zu May sagen sollen.«

Wieder herrschte Schweigen. Dieses Mal war ich entschlossen, nicht diejenige zu sein, die es brach. Es zog sich in die Länge, und eine unbehagliche Atmosphäre entstand. Als die Haustürklingel ging und mir einen Vorwand lieferte, das Zimmer zu verlassen, atmete ich innerlich auf.

Ein Mann mit einem Paket stand vor der Tür.

»Eine Lieferung für Mrs Churchill-Westwood«, sagte er. »Sind Sie das?«

Ich lächelte und nahm ihm das Paket ab. »Ja, danke.«

VIERUNDVIERZIG

Das Problem war, dass mir keines der bestellten Kleider passte. Eines saß zu knapp und ließ mich wie eine Bardame aussehen. Das andere stand mir überhaupt nicht; ich kam mir dick, unförmig und altbacken darin vor. Einzig der Hosenanzug war wunderschön, aber Claudia meinte, dass ich unmöglich eine Hose tragen könne.

Mittlerweile war es Freitag, die Party fand am nächsten Tag statt. Es wäre noch Zeit gewesen, um mit dem Bus nach Bristol zu fahren, doch meine Pläne wurden durchkreuzt, als Karen mich anrief und mir sagte, Jamie sei krank, und ich müsse ihn von der Schule abholen. Als ich eintraf, saß er blass und fiebrig auf einem orangefarbenen Plastikstuhl vor dem Sekretariat. Er hatte seinen Mantel an und hielt eine Plastikschüssel im Schoß. Seine Augen waren glasig und rot gerändert. Mein Herz zerfloss.

»Mein armer Kleiner«, sagte ich und beugte mich in einem Anflug von mütterlicher Liebe zu ihm hinunter, um ihn auf die Stirn zu küssen. Seine Haut brannte unter meinen Lippen. »Was hast du nur, Jamie?«

»Es geht mir so schlecht, Sarah«, sagte er mit piepsender Stimme.

Ich nahm ihm die Schüssel ab, und er ließ sich in meine Arme fallen. Ich konnte seinen heißen Atem an meinem Ohr spüren. Er roch süßlich, nach Fieber und Infektion.

Während ich ihn huckepack den ganzen Weg bis nach Hause trug, erzählte ich ihm Geschichten von den Dinosauriern, die im Steinbruch lebten. Zu Hause bettete ich ihn aufs Sofa und ließ ihn mit einer Tasse Hühnersuppe und der Fernbedienung allein, um nach oben zu gehen und nochmals die Kleider anzuprobieren. Tatsächlich: Keines der Kleider passte mir.

Wieder lief ich nach unten, um nach Jamie zu sehen, der inzwischen eingeschlafen war. Ich zog das Federbett ein wenig zurück, um seinem fiebrigen Körper Abkühlung zu verschaffen, während ich ein Bad nahm. Dann föhnte ich in meinem Zimmer das Haar vor dem Spiegel und flocht es zu einem französischen Zopf. Ich zog meine besten Dessous an und schminkte mich sorgfältiger als sonst. Ich trug blassrosa Lippenstift auf, einen Hauch Lidschatten und schwarze Wimperntusche. Dann nahm ich Genevieves smaragdgrünes Kleid, das ich aus dem Altkleidersack gerettet und in meiner Tasche versteckt hatte, und streifte es mir über den Kopf.

Ich hatte ganz vergessen, wie schön das Kleid war. Wieder bewunderte ich den exquisiten Stoff; er changierte im Licht, mal war er fast türkis, dann wieder mitternachtsblau. Das Kleid schmiegte sich vollkommen jeder meiner Bewegungen an, umfloss mich und war so leicht wie eine zweite Haut; es war absolut perfekt. Ich stellte mich auf die Zehenspitzen, um größer zu wirken, und der Effekt war noch besser.

Mein Herz pochte vor Aufregung. Nie zuvor hatte ich ein solches Kleid getragen. Obwohl Genevieve viel kleiner war als ich, passte es mir wie angegossen. Bei ihr reichte der Saum wahrscheinlich bis zur Mitte der Waden, bei mir gerade mal bis zu den Knien.

Mein Spiegelbild zog mich derart in seinen Bann, dass ich das Reifengeräusch auf der Kiesauffahrt nicht hörte. Ich hörte auch nicht, wie Alexander die Treppe heraufkam.

Meine Schlafzimmertür stand offen. Ich beugte mich gerade über das Bett und suchte in der Tasche nach meinen Silberohrringen, als Alex hinter mich trat und seine Hand auf meine Schulter legte. Wahrscheinlich sagte er: »Sarah«, doch ich hörte: »Genny.«

Als ich mich umdrehte, bemerkte ich einen flüchtigen Moment lang einen traurigen Ausdruck in seinen Augen, der sich jedoch sogleich in Entsetzen verwandelte. Ich streckte die Hand nach ihm aus, doch er stieß mich so hart von sich weg, dass ich taumelte und mich an der Kommode festhalten musste, um nicht zu stürzen.

»Was machst du da?«, fragte er.

»Ich probiere das Kleid an.«

»Genevieve hat mir gesagt, sie hat es weggeworfen.«

»Ich habe es in einem Müllsack gefunden. Deswegen dachte ich, dass es ihr nichts bedeutet hat. Außerdem sieht es kaum getragen aus.«

»Es wurde einmal getragen.«

Ich fühlte mich verletzt, gedemütigt und getäuscht.

Immer wieder hatte er mir beteuert, dass er Genevieve schon lange nicht mehr liebe. Und doch reagierte er erneut so heftig: Alexander war abermals wütend, weil ich mich auf Genevieves Terrain begeben hatte.

»Ich will dich nicht verärgern, Alex, aber wenn sie es nur einmal getragen hat«, sagte ich zögernd, »was ist dann so schlimm daran, wenn ich es anprobiere?«

»Herrgott noch mal, Sarah!«

Er ließ hörbar den Atem entweichen. Er hatte die Hände zu Fäusten geballt und zitterte. Ich wich einen Schritt zurück.

»Das ist das Kleid, das Genevieve bei unserer Hochzeit getragen hat«, sagte er.

»Aber es ist kein Hochzeitskleid.«

»Nein, es ist ein Umstandskleid.«

»Oh …«

Alexander wandte sich um. Mit einer Armbewegung wischte er meine Schminkutensilien und Haarnadeln auf der Kommode zur Seite, stützte sich mit beiden Händen auf die Oberfläche und ließ den Kopf zwischen die Schultern sinken.

»Das wusste ich nicht. Ich dachte …«

»Du bist besessen von ihr«, sagte Alexander. »Sie lässt dir keine Ruhe, nicht wahr? Du kannst sie nicht in Ruhe lassen.«

»Es ist nicht meine Schuld!«, schrie ich. »Du bist derjenige, der nicht aufhört, von ihr zu reden, immerzu heißt es, Genevieve hat dies gesagt, Genevieve hat das gemacht und …«

»Nein«, unterbrach Alexander mich. »Ich versuche einfach nur, mein Leben weiterzuleben. Natürlich ist hin und wieder die Rede von Genevieve, das bringt die Situation nun mal mit sich. Aber für mich hat das keine Bedeutung, du machst eine große Sache daraus.«

»Warum hast du dann ihre Fotos vergrößert und x-mal ausgedruckt?«

Er sah mich verwirrt an.

»Ich habe die Ausdrucke in deinem Büro gesehen. Es sind Hunderte. Als könntest du sie nicht oft genug anschauen, nicht genug von ihr kriegen …«

»Ich habe die Fotos nicht ausgedruckt.«

»Niemand sonst betritt dein Büro.«

Alexander schüttelte den Kopf. »Gen selbst war es. Sie hat T-Shirts entworfen für … für ihren Sponsor. Sie wollten eine Modelinie vorstellen. Und dafür hat sie Nahaufnahmen von sich gebraucht.«

»Oh …« Ich ließ die Arme sinken.

»Ich wollte sie nicht wegwerfen.«

»Nein, natürlich.«

Das Kleid, das mir kurz zuvor noch wunderschön erschienen war und sich so herrlich an meinen Körper angeschmiegt hatte, engte mich mit einem Mal ein. Bestürzt blickte ich an mir hinab, und plötzlich war nicht einmal mehr seine Farbe schön, es war ein schlammiges Grün wie der schleimige Belag von abgestandenem Wasser, alles daran fühlte sich falsch und erbärmlich an.

»Es tut mir leid, Alexander. Es tut mir so leid. Ich hätte das Kleid nicht anfassen dürfen, ich hätte ...«

»Zieh es aus!«, sagte er und drehte sich um. »Zieh es einfach aus! Und wirf es weg!«

Ich hörte ihn die Treppe hinunterlaufen und wie sich die Haustür öffnete und wieder schloss. Dann vernahm ich Motorgeräusche. Ich schlug die Hand vor den Mund, um mein Schluchzen zu ersticken.

»Sarah?«

Jamie stand barfuß im Türrahmen, das blasse Gesicht von Angst erfüllt.

»Was ist los?«, fragte er. »Warum ist Dad wieder gegangen?«

»Es ist nichts passiert, Schatz«, sagte ich so ruhig wie möglich. Ich befühlte seine Stirn. Sie war noch immer kochend heiß. Er hatte rote Flecken auf den Wangen. Ich blies auf seine Stirn, um sie abzukühlen.

»Daddy war wütend.«

»Ja, aber meinetwegen.«

Jamie wischte sich mit dem Handrücken die Nase ab und hinterließ einen glänzenden Streifen auf seiner Wange.

»Wirst du weggehen?«, fragte er. »Hat Daddy deswegen so geschrien?«

»Nein, Jamie, ich gehe nicht weg.«

»Bestimmt?«

»Ganz bestimmt.«

Jamie nickte. Er ergriff meine Hand, und ich sah, dass seine Unterlippe geschwollen war und zitterte.

»Ach, mein Liebling!«

Ich nahm den kleinen Jungen in die Arme, und als ich ihn hochhob, schlang er die Beine um meine Taille und schmiegte den Kopf an meinen Hals.

»Du bist ein lieber, süßer Junge«, sagte ich, »und ich werde dich nie verlassen, nie, egal, was passiert.«

Ich streichelte seinen Rücken und hielt ihn fest umschlungen, während ihn ein Weinkrampf schüttelte. Ich wusste, dass er um seine Mutter weinte, und auch wenn ich nie Genevieve sein würde, versprach ich ihm, dass ich immer für ihn da sein würde.

Das versprach ich.

FÜNFUNDVIERZIG

Am nächsten Morgen, dem Morgen der großen Party, tauchte Virginia unerwartet in Avalon auf.

Ich hörte weder ihren Wagen noch das Öffnen des Tors, noch ihre Schritte auf dem Gartenweg, weil ich gerade aus der Dusche gestiegen war und mein Haar föhnen wollte. Erst als die Haustür geöffnet wurde, vernahm ich ein Geräusch und lief rasch hinunter. Virginia stand im Vorraum der Küche. Sie sah mich an. Ich hatte den Föhn in der linken Hand. Das Haar hatte ich mit einem Handtuch umwickelt.

»Hallo«, sagte ich.

Ich streckte meine freie Hand aus, doch sie ignorierte sie wie bei unserem letzten Zusammentreffen. Stattdessen schob sie sich an mir vorbei und betrat die Küche. Sie trug eine weit geschnittene alte Hose, einen Pullover mit Polokragen, eine wattierte Weste und hatte das Haar straff nach hinten gebunden.

»Ich komme direkt vom Stall.« Sie ging zum Spülbecken, um sich die Hände zu waschen. »Ich hatte keine Zeit, mich umzuziehen, und keine Gelegenheit, um Sie anzurufen und meinen Besuch anzukündigen.«

»Das macht doch nichts«, sagte ich. »Sie sind immer willkommen.«

Sie blickte sich nach etwas um, womit sie sich die Hände trocknen konnte. Ich reichte ihr die Küchenrolle. Sie riss mehrere Stücke ab.

»Gestern war die Polizei bei uns. Wussten Sie das?«

»Nein.«

»Claudia war gerade bei mir. Wir haben die Halle für die Party dekoriert. Sie haben uns gebeten, uns mit ihnen ins Wohnzimmer zu setzen.«

»Oje!« Ich stützte mich mit der Hand auf einen Stuhlrücken. Das Handtuch um meinen Kopf löste sich. Ich entfernte es, und die Haare fielen mir auf die Schultern. »Was ist passiert?«

»Sie wissen es nicht?«

Ich schüttelte den Kopf.

»Sie haben menschliche Überreste gefunden.« Sie sprach mit leiser, abgehackter Stimme, doch ich konnte die Angst darin spüren. Wie trostlos sich diese Worte anhören, dachte ich, zu kalt, um etwas zu beschreiben, was einmal ein warmer und lebender Mensch gewesen war, jemandes Kind oder aber jemandes Elternteil.

»Ja«, sagte sie. »Die beiden Polizisten waren äußerst professionell. Es war ein Freund der Familie, Detective Inspector Twyford, und eine Spezialistin für vermisste Familienmitglieder. Ich …«

Ich sah sie schweigend an, während sie nach den richtigen Worten suchte. Ihre Gefasstheit war demütigend.

»Ich habe mich wie eine Schauspielerin gefühlt, die ihren Part vergessen hat«, fuhr sie fort. »Ich wusste nicht, was man in solch einer Situation sagt. Nichts bereitet einen darauf vor.«

»Es tut mir leid«, erwiderte ich. Jetzt wusste *ich* nicht, was ich sagen sollte. War sie im Begriff, mir mitzuteilen, dass Genevieve tot war?

»Die Überreste wurden in einer Mulde in den Sanddünen von Tenby gefunden. Versteckt unter Sand. Die Leiche wurde dort entsorgt. Das ist das Wort, das sie in den Fernsehnachrichten gebrauchen werden.«

Ihre Stimme verebbte.

»Es tut mir wirklich furchtbar leid«, wiederholte ich.

»Mein Mann hat sich ausgeruht, als sie da waren. Ich habe es ihm noch nicht gesagt.«

»Nein.«

»Sehen Sie ...« Sie zog einen Stuhl heran und setzte sich. »Die Polizei weiß noch nichts. Sie haben ja nur Knochen ... und Haare. Die Überreste können ebenso gut von jemand anderem stammen. Warum soll ich ihn erst beunruhigen, wenn hinterher herauskommt, dass es jemand anders ist?«

Ich füllte ein Glas mit Leitungswasser und reichte es ihr. Sie nahm es und trank. Aus ihrem Mundwinkel rann ein dünner Wasserfaden auf ihr Kinn. Er verlieh ihr einen verletzlichen Ausdruck.

»Ich bete einfach, Gott möge mir vergeben, dass es jemand anders ist«, sagte sie. »Irgendjemand. Es ist mir gleich, wer, solange es nur nicht Genevieve ist.«

Ich nickte. Ich hätte ihr gern die Hand gedrückt, wagte es aber nicht.

»Und wissen Sie, was das Schlimmste ist, Sarah? Ich selbst habe die Polizei gedrängt, die Gegend abzusuchen, als feststand, dass sie Verbindungen dorthin hat. Ich dachte, ich wollte die Wahrheit wissen, aber das will ich gar nicht. Wenn es Genevieves Leiche ist, dann will ich es nicht wissen. Lieber will ich im Dunkeln tappen.«

»Ich würde genauso empfinden.«

»Aber Alexander muss Ihnen doch davon erzählt haben? Die Polizei hat gestern auch mit ihm gesprochen.«

Ich öffnete den Mund, um zu sagen, sie müsse sich irren, doch dann fiel mir ein, wie Alexander am Vortag in seinen Stiefeln eilig zu mir heraufgekommen war und mich in Genevieves Kleid entdeckt hatte. Ich rief mir seinen schockierten Gesichtsausdruck in Erinnerung und wie er wutentbrannt wieder hinausgerannt war. Ich empfand abgrundtiefe Scham. Die Polizei hatte ihm erzählt, dass sie sterbliche Überreste gefunden hatten, und er war sogleich zu mir nach Hause gefahren, nur um mich wie ein Partygirl aufgedonnert in Genevieves Hochzeitskleid anzutreffen. Was hatte ich ihm da angetan?

Virginia starrte zum Fenster hinaus, auf einen unbestimmten Punkt in der Ferne. »Heute ist Philips Geburtstag«, sagte sie. »Er hofft, dass Genevieve ihn überraschen und zu seiner Party kommen wird. Das hofft er. Wie kann ich ihm da von dem Leichenfund erzählen? Wie kann ich ihm das an seinem Geburtstag antun?«

»Es ist nicht Genevieve«, sagte ich, doch sobald die Worte heraus waren, schlug ich mir die Hand vor den Mund, wie um zu verhindern, dass noch mehr Worte herausdrangen.

Virginia sah mich an. »Wie wollen Sie das wissen?«

Ich schüttelte den Kopf. Ich hatte keine Ahnung, warum ich das gesagt hatte, trotzdem wusste ich, dass es wahr war.

»Wissen Sie, wo meine Tochter ist?«, fragte sie und fixierte mich mit den Augen.

Ich ließ die Hand wieder sinken. »Nein, das weiß ich nicht, aber ich bin mir sicher, sie ist nicht in Südwales.«

Ein langes Schweigen trat ein. Ich hörte, wie es in Virginias Magen rumorte. Bestimmt hatte sie die ganze Nacht kein Auge zugetan.

»Seltsam, was Sie eben gesagt haben.«

»Es war einfach nur ein Gefühl«, sagte ich, doch es war mehr als das. Ich *wusste* es.

Virginia starrte mich noch immer an. »Haben Sie öfter solche ›Gefühle‹?«

Mir wurde bewusst, wie ich auf sie wirken musste, dumm und unsensibel. Ich antwortete ihr nicht.

»Sie haben keine Kinder, nicht wahr?«, fragte sie nach einer Weile.

Ich dachte an meinen kleinen Jungen. Ich erinnerte mich, wie es sich angefühlt hatte, als eine Woche vor der Geburt seine winzige Ferse gegen meinen Bauch gedrückt hatte. Ich rief mir seinen angewinkelten Ellbogen ins Gedächtnis, seinen entzückenden fetalen Schluckauf und wie ich die Kurve seines Rückens, ja sogar seine winzigen Wirbel gespürt hatte, wenn er eingerollt in mir schlief. Wie ich einen Becher auf meinem Bauch balanciert hatte und wie gerührt Laurie und ich waren, wenn die Bewegungen des Babys ihn schwanken ließen.

Ich erinnerte mich an seine Stille, tief wie ein Ozean.

Ich sah Virginia an.

»Nein«, sagte ich. »Nein, ich habe keine Kinder.«

»Dann können Sie auch unmöglich verstehen, wie es ist, eines zu verlieren.«

»Genevieve wird vermisst«, sagte ich ruhig, »das heißt nicht, dass Sie sie verloren haben.«

SECHSUNDVIERZIG

Einige Stunden später kam Alexander nach Hause. Er wirkte erschöpft. Ich ging auf ihn zu und küsste ihn sachte, darauf bedacht, ihn nicht zu bedrängen.

»Virginia war hier«, berichtete ich ihm. »Sie hat mir erzählt, dass sie …«

»Es ist nicht Genevieve«, sagte Alexander und wiederholte damit die Worte, die ich zuvor zu Virginia gesagt hatte. War es seine Stimme, die ich da vernommen hatte? Er trat ans Spülbecken und drehte den Hahn auf.

»Ist das sicher?«

»Sieh dir die Nachrichten an.«

Ich schaltete den Fernseher ein und zappte durch die Kanäle. Offensichtlich war es die Leiche eines jungen Mädchens aus Swansea, das bereits seit einigen Jahren vermisst wurde. Sie war drogenabhängig gewesen und hatte sich prostituiert. Ihr Freund war gleichzeitig ihr Zuhälter gewesen. Auf dem Foto, das im Fernsehen gezeigt wurde, blickte sie blond und pausbäckig in die Kamera. Sie sah sehr jung, süß und naiv aus.

Meine Traurigkeit verwandelte sich in Wut. Ich ging in den Garten hinaus und wiederholte ununterbrochen den Namen des Mädchens; ich stellte mir ihr Lächeln vor. Am unteren Ende der Auffahrt, wo sie in die schmale Straße mündete, sah ich mehrere Nachrichtenteams vorbeifahren. Sie wirkten ausgelassen und fröhlich. Ich wusste auch, warum.

Sie hatten ebenfalls davon gehört, dass man die Überreste identifiziert hatte. Nachdem sie sich darauf gefasst gemacht hatten, die Einwohner von Burrington Stoke an ihren Hauseingängen abzupassen, verletzliche, gramgebeugte Menschen zu fragen, wie sie sich fühlten, nun, da man Genevieves Leiche gefunden hatte.

Doch diese Aufgabe würde nun eine Filmcrew in Swansea übernehmen. Sie konnten getrost nach Hause fahren und ihr Wochenende genießen.

SIEBENUNDVIERZIG

Am Ende blieb mir nichts anderes übrig, als das schlecht sitzende schwarze Kleid zu Philips Geburtstagsfeier zu tragen. Sosehr ich mir auch mit meiner Frisur und dem Make-up Mühe gab, ich kam mir hässlich und hausbacken vor. Alexander nahm wie immer keine Notiz davon, und falls doch, zeigte er es nicht. Ich schlich wie auf Samtpfoten um ihn herum, schwieg und war zärtlich zu ihm. Jamie war noch immer nicht auf dem Damm. Ich machte mir Sorgen, ihn in fremden Händen zu lassen, aber Alexander versicherte mir, dass er bei Claudias und Bills Babysitter gut aufgehoben sei.

Am frühen Abend zogen wir Jamie dicke Socken an und wickelten ihn in seine Bettdecke. Während der Fahrt zur alten Scheune hielt ich ihn fest auf meinem Schoß vorn auf dem Beifahrersitz. Wir küssten Jamie zum Abschied und überließen ihn der Obhut seiner rührenden Zwillingscousinen, die versprachen, sich um ihn zu kümmern. Claudias Babysitter, eine tüchtige Frau in den Vierzigern, sah aus, als sei sie durchaus Herr der Lage. Ich schlug den Mantelkragen hoch, dann setzten wir uns wieder in den Wagen, um das letzte kurze Stück bis nach Elenora House weiterzufahren.

Es war eine eiskalte Nacht, und der Mond schien so hell, dass die blätterlosen Bäume gezackte Schatten auf die Felder warfen. Als wir das mächtige Metalltor passierten, sah mich Alexander lächelnd an. Ich hatte das Gefühl, er wolle nicht nur mich aufmuntern, sondern auch sich selbst. Ich hatte mir vorgenommen, mich im Hintergrund zu halten, sodass sich niemand den Mund über mich zerreißen konnte; schlimmstenfalls sollten sie sagen können, ich sei unscheinbar und still.

Aus den Fenstern des Hauses strömte leuchtend gelbes Licht, das sich auf die Terrassen und den Garten ergoss. Die Einfahrt war von weihnachtlichen Lichterketten gesäumt. Es sollte festlich und einladend wirken, doch ich fühlte mich angesichts so viel künstlicher Helligkeit eingeschüchtert. Es war zu groß, zu hell, zu geräuschvoll.

Genevieve hatte noch die Dekoration für die Party organisiert, erinnerte ich mich. Dies war ihr Werk.

In der Eingangshalle, deren hölzerne Wandtäfelung und Bodenfliesen auf Hochglanz poliert waren, nahm uns eine Hausangestellte die Mäntel ab und zeigte uns den Platz für Philips Geschenke und Glückwunschkarten. Eine Kellnerin hielt uns ein Tablett mit Champagner hin. Wir nahmen jeder ein Glas und folgten den Geräuschen, die aus dem großen Saal drangen.

Es war ein riesiger Raum. Er war zu groß, um ihn mit einem Blick zu erfassen, aber ich nahm viel Holz und Stuck wahr und einen federnden Tanzboden, Läufer und unterschiedliche, aber elegante Stühle, schwere Brokatvorhänge, alte Gemälde in wuchtigen verzierten Rahmen; alles war in Grün, Rot und Gold gehalten und funkelte, und in dem Marmorkamin brannte ein großes Feuer. Mädchen in schwarzen Röcken und Schürzen gingen zwischen den Gästen umher und boten Tabletts mit Kanapees an. In einer Ecke stand der größte und opulenteste Weihnachtsbaum, den ich je erblickt hatte, und ich sah Menschen, überall Menschen.

Es waren um die hundert Gäste geladen, die meisten mindestens eine Generation älter als wir. Im Saal war es laut, eine Mischung aus Musik, Lachen und hohen, aufgeregten Stimmen von Menschen, die flirteten, einander schmeichelten und angaben. Die Atmosphäre war entspannter und vergnügter, als ich es erwartet hatte, und offensichtlich waren alle erleichtert, dass sich der Leichenfund in Tenby als falscher Alarm herausgestellt hatte.

Ein paar Meter weiter entfernt erspähte ich Claudia in der Menge. Sie trug ein langes, fließendes, creme- und rosafarbenes Kleid, das ihrem Teint schmeichelte. Mit ihrem frisch gefärbten und hochgesteckten Haar sah sie wie eine Lady auf dem Gemälde eines alten Meisters aus. Sie stand bei zwei ältlichen Damen und lauschte ihnen lächelnd, während an ihrem Hals und ihren Ohrläppchen Edelsteine funkelten. Bill stand in ihrer Nähe. Auch er wurde von einem Gast mit Beschlag belegt, doch war er nur halb bei der Sache. Sein träger Blick war liebevoll auf Claudia gerichtet. Als sie mich bemerkte, hob sie lächelnd die Hand. Ich erwiderte ihren Gruß.

Verstohlen sah ich auf das Zifferblatt der wunderschönen, kunstvoll verzierten Uhr, die auf einem Sideboard thronte. Wie lange würde es dauern, fragte ich mich, bis wir uns unauffällig würden zurückziehen können?

Alexander fasste mich beim Ellbogen.

»Lass uns zuerst Philip begrüßen«, sagte er.

Wir schoben uns durch die Gästeschar, bis wir Philip fanden. Er stand mit dem Rücken zum Kamin und stützte sich auf einen Mahagonistock mit Silberknauf. Sein Kopf wirkte ein wenig zu groß für seinen Körper, und sein silbernes, aber noch immer buschiges Haar bedeckte den von Altersflecken übersäten Schädel. Er war sehr groß; noch bis vor Kurzem, ehe Krankheit und Gram ihn gebeugt hatten, musste er eine imposante Erscheinung gewesen sein. Auch wenn er, ein Glas in der freien Hand, anscheinend interessiert seinen Gesprächspartnern lauschte, war sein Blick seltsam erloschen. Ihn so zu sehen machte mich traurig.

Wir warteten am Rand der ihn umringenden Gratulanten, bis er uns ausmachte. Als sich seine Augen auf Alexander richteten, wurden sie lebhafter. Er lächelte und winkte uns heran.

»Schön, dass du gekommen bist, junger Mann!«, sagte Philip mit krächzender Stimme. Die beiden Männer schüttelten sich die Hände, und gleichzeitig zog Philip Alexander in eine freundschaftliche Umarmung. Ich hielt mich diskret im Hintergrund.

»Ach, und da ist ja auch deine Haushälterin. Tut mir leid, ich habe Ihren Namen vergessen.«

»Sarah«, sagte Alexander, legte seine Hand in mein Kreuz und schob mich sanft nach vorn.

Ich streckte ihm die Hand entgegen und widerstand dem Impuls zu knicksen.

»Sarah, guten Abend.«

»Herzlichen Glückwunsch zum Geburtstag, Mr Churchill«, sagte ich.

Die beiden Männer steckten die Köpfe zusammen und redeten leise miteinander, sodass ich ausgeschlossen war. Ich tat, als betrachtete ich fasziniert das Gemälde an der Wand neben dem Kamin. Bestimmt war es ein Familienporträt. Es zeigte einen jungen Mann mit buschigem Schnurrbart und traurigen Augen in einer Militäruniform; er hielt kurioserweise einen kleinen Hund im Arm. Wer mochte er gewesen sein? Philips Vater? Ich bemühte mich, meinen Drink möglichst langsam zu leeren. Als eine Kellnerin mit einem Tablett vorbeikam, bediente ich mich bei den Kanapees und wanderte zum nächsten Bild. Ich wünschte, ich hätte den Mut aufgebracht, mit jemandem ein Gespräch anzuknüpfen. Stattdessen wandte ich dem Saal den Rücken zu und betrachtete geflissentlich die Bilder.

Mit einem Mal sagte eine freundliche und vertraute Stimme hinter mir: »Hallo, hallo, hallo.«

Ich drehte mich lächelnd um.

»Detective Inspector Twyford!«

»Was tut ein hübsches Ding wie Sie an einem Ort wie diesem? Und was, zum Teufel, tragen Sie denn da?«

»Ich wusste gar nicht, dass Sie sich für Mode interessieren.«

»Als Mode würde ich das nicht bezeichnen, Sarah, das Kleid lässt Sie doppelt so alt aussehen, wie Sie sind.«

»Bloß keine Schmeicheleien!«

Er lachte leise, dann nahm er mir das leere Glas aus der Hand und ersetzte es sogleich durch ein volles. Er beugte sich zu meinem Ohr, um mir etwas zu sagen, doch im selben Moment spürte ich Alexanders Hand auf meiner Taille.

Er sagte: »Philip und ich gehen kurz in sein Büro. Wir haben etwas Geschäftliches zu besprechen.«

»Jetzt, auf seiner Party?«

»Es wird nicht lange dauern.«

»Okay.«

»Und es macht dir auch wirklich nichts aus?«

»Nein, geh ruhig.«

»Ich werde währenddessen auf sie aufpassen«, sagte der Inspector.

»Solange Sie nicht mehr tun«, entgegnete Alexander.

DI Twyford hob unschuldig die Hände. »Gott behüte!«

»Dann sind wir uns ja einig.«

»Alexander ...«, sagte ich.

Er schüttelte den Kopf. »Nimm dich in Acht, dieser Mann ist nicht dein Freund«, sagte er so laut, dass DI Twyford es hören konnte. Dann drehte er sich um, nahm Philips Arm und führte ihn aus dem Saal.

Als sie durch die Tür verschwunden waren, wandte ich mich wieder dem Inspector zu und sagte: »Tut mir leid.«

Er zuckte die Schultern. »Was soll man auch anderes erwarten. Sie sind ein hübsches Mädchen, da ist es doch nur natürlich, dass er besitzergreifend ist.«

»Normalerweise ist er nicht so.« Ich bemühte mich, nicht zu zeigen, wie geschmeichelt ich mich durch seine Worte fühlte.

»Eine Frau zu verlieren ist ein Unglück. Zwei zu verlieren würde heißen, nachlässig zu sein.«

»Ich bin zwar keine Sprachwissenschaftlerin, aber nach einer festen Redewendung hört sich das nicht an.«

»Seien Sie nicht pedantisch. Wir sind hier, um Spaß zu haben.«

»Haben Sie inzwischen Luke Innes gefunden?«

»Wir arbeiten noch daran.«

»Ich will ja nicht unhöflich sein, Inspector. Aber Sie scheinen nicht besonders viel Erfolg darin zu haben, jemanden zu finden.«

»Luke Innes ist ein besonders schwieriger Fall. Er hat mindestens zweimal seinen Namen gewechselt, außerdem hat er ein Faible für Auslandsreisen. Aber lassen Sie uns nicht über ihn reden. Erzählen Sie mir lieber, was sich bei Ihnen getan hat. Irgendwelche Neuigkeiten?«

»Nein, nichts Neues.«

»Gar nichts?«

»Hm ...« Ich sah zur Decke empor. Der Schein der Kronleuchter erzielte einen stimmungsvollen Effekt auf dem Stuck. Ich überlegte, ob ich es ihm sagen sollte, und kam zu dem Schluss, dass nichts dagegen sprach.

»Nun, etwas Neues hätte ich schon zu berichten. Ich habe nämlich herausgefunden, dass Genevieve schwanger war, als sie und Alexander geheiratet haben.«

Der Inspector schüttelte den Kopf. »Nein, das kann nicht sein.«

Einen flüchtigen Moment lang dachte ich, er hätte mich missverstanden oder ich ihn. Eine Kellnerin kam mit einem Tablett kleiner Mozzarellakugeln mit Pesto vorbei. Ich nahm eine und steckte sie in den Mund. Der Käse schmeckte säuerlich-cremig.

»Doch, ganz bestimmt«, sagte ich. »Ich habe ihr Hochzeitskleid gefunden, und es ist ein Umstandskleid. Sie musste schon im fortgeschrittenen Stadium der Schwangerschaft gewesen sein, denn eigentlich müssten mir ihre Sachen zu klein sein.«

Der Inspector sah mich neugierig an.

»Warum kann es nicht sein?«, fragte ich.

»Sie wissen, dass Alexander eine Zeit lang im Gefängnis saß?«

Ich nickte.

»Was genau wissen Sie darüber, Sarah?«

»Nur, dass er eine Haftstrafe verbüßte, aber nicht, was er getan hat.«

»Alexander und Genevieve haben kurz nach seiner Entlassung geheiratet.«

»Tatsächlich?«

Der Inspector beugte sich näher zu mir und flüsterte mir ins Ohr: »Wenn Genevieve bei der Hochzeit von Alexander schwanger gewesen wäre, hätte sie höchstens im ersten Monat sein können. Und dann hätte sie kein Umstandskleid gebraucht. Wie gesagt, vor der Hochzeit saß er fast ein Jahr lang im Gefängnis.«

Der Groschen fiel. Ich schlug mir die Hand vor den Mund. Der Inspector fasste mich am Ellbogen und führte mich von der Menge weg, damit niemand meinen schockierten Gesichtsausdruck bemerkte.

»Dann ist Jamie also gar nicht Alexanders Kind, ich meine, sein leibliches Kind?«, fragte ich leise.

»Wenn es stimmt, was Sie mir erzählt haben, nein. Und Alexander muss es wissen.«

Ich erinnerte mich wieder, was Alexander mir über den Streit erzählt hatte, der dazu führte, dass Genevieve ihn mit dem Küchenmesser verletzte.

Und ich erinnerte mich, wie sehr Alexander sich Sorgen gemacht hatte, Virginia wolle ihm Jamie wegnehmen.

Dann rief ich mir ins Gedächtnis, wie Alexander Jamie immer ansah; wie sein Blick beim Anblick des Jungen weich wurde.

»O Gott«, sagte ich seufzend, als mir das volle Ausmaß meiner Erkenntnis bewusst wurde. »O nein.«

ACHTUNDVIERZIG

Eine Woge Chanel und Haarspray wehte mir plötzlich um die Nase. Als ich mich umdrehte, sah ich mich Virginia gegenüber, die ein luftiges Kleid und High Heels trug und einen gereizten Eindruck machte.

Sie sagte: »Hallo, Sarah, wie geht es Ihnen?« In einem Ton, der klarmachte, dass die Antwort sie überhaupt nicht interessierte. Dann fügte sie hinzu: »Tut mir leid, wenn ich Sie daran hindere, den einzigen anwesenden Junggesellen mit Beschlag zu belegen.« Damit führte sie DI Twyford von mir weg. Er warf einen Blick zu mir zurück und signalisierte mir mit einer resignierten Handbewegung, was er davon hielt. Lächelnd nippte ich an meinem Wein. Mir war ein wenig übel, und ich wollte bei Jamie sein, wollte neben ihm sitzen und seine Hand halten und dafür sorgen, dass ihm nichts zustieß.

Meinen eigenen Sohn hatte ich nicht beschützen können, nun wollte ich wenigstens über Jamies Wohlergehen wachen.

Ich beschloss, mich unbemerkt davonzustehlen, ihn in Claudias Haus abzuholen und mit ihm nach Avalon zu fahren. Wenn ich sagte, ich fühle mich nicht wohl, war es nicht einmal gelogen. Zu Hause würde ich Jamie in mein Bett mitnehmen und meine Arme um ihn schlingen, sodass ihn mir niemand wegnehmen konnte. Am nächsten Morgen könnten Alexander und ich dann einen Plan schmieden, einen Weg ersinnen, wie wir Jamie für immer behalten konnten. Ich könnte Neil um Rat fragen. Ja, das könnte ich. Ich würde ihn gleich morgen anrufen. Ich hatte den Saal in Richtung Eingang zur Hälfte durchquert, als ich Alexander hereinkommen sah. Sein beschwingter Schritt und seine gestrafften Schultern signalisierten mir, dass sein Gespräch mit Philip gut verlaufen war. Er kam direkt auf mich zu, nahm meine Hand und beugte sich zu mir herab, um mich zärtlich auf die Wange zu küssen.

»Komm, lass uns etwas trinken.«

»Alexander, ich glaube, wir sollten lieber Jamie abholen und mit ihm nach Avalon zurückfahren«, erwiderte ich.

»Wieso denn?«

»Etwas stimmt nicht.«

»Ach was, es geht ihm gut. Ich habe mein Handy eingeschaltet, und Claudias Babysitter hat meine Nummer. Wenn etwas nicht in Ordnung wäre, hätte sie mich angerufen.«

»Sie kennt ihn nicht gut. Sie würde nicht merken, wenn es ihm schlechter geht.«

»Sarah, er ist bei ihr bestens aufgehoben.«

»Aber was, wenn das hier eine Inszenierung ist? Wenn die Churchills alles nur geplant haben, um uns Jamie wegzunehmen?«

Alexander runzelte die Stirn und trat einen Schritt von mir zurück. »Wer hat dir denn diesen Floh ins Ohr gesetzt?«

Wie er so vor mir stand – groß und voller Selbstvertrauen, mit aufrechten Schultern, den Kopf erhoben –, sah er wie ein Filmstar aus. Zum ersten Mal, seit ich ihn kannte, wirkte er stolz – nicht auf trotzige Weise, sondern wie jemand, der etwas Heldenmütiges vollbracht hat.

»Sarah? Was ist passiert? Hat dir dieser verdammte Twyford irgendeinen Unsinn eingeredet?«

»Nein, nein. Ich mache mir einfach nur Sorgen. Irgendwie habe ich ein ungutes Gefühl wegen Jamie. Ich habe Angst, dass etwas Schreckliches passieren wird. Alexander, bitte ...«

»Okay«, sagte er. »Wir rufen die Babysitterin an. Und reden mit Jamie. Wirst du dich dann wieder beruhigen?«

Ich nickte kläglich.

Alexander führte mich zum anderen Ende des Saals, dann

durch einen eleganten Salon, der von einer Reihe Stühlen gesäumt war, und in eine Art Vorzimmer. Auf einem mit weißem Leinen bedeckten Tisch standen einige entkorkte Flaschen Rotwein, und der Sancerre kühlte in mit Eiswürfeln gefüllten Silberkübeln. Daneben waren funkelnde Kristallgläser aufgereiht. Das Servicepersonal hatte immer wieder neue Tabletts voller Kanapees aus diesem Raum herausgetragen, doch nun war man dabei, Vorbereitungen für das Dinner zu treffen.

Alexander fischte sein Handy aus der Tasche und wählte Claudias Nummer. Er schaltete den Lautsprecher ein.

Die Babysitterin nahm ab. »Hallo, Mr Westwood.«

»Hallo, Sue, tut mir leid, wenn ich Sie störe, aber wir wollten uns einfach nur vergewissern, dass es Jamie gut geht.«

»Es geht ihm prima. Er war brav wie ein Engel, und seine Temperatur ist wieder normal.«

Alexander sah mich mit hochgezogenen Augenbrauen an. Ich kaute an meinem Daumennagel und schüttelte den Kopf. Diese Information genügte mir nicht. Ich musste seine Stimme hören.

»Würden Sie bitte den Hörer an ihn weiterreichen? Wir würden gern selbst mit ihm sprechen.«

»Sie wollen, dass ich ihn aufwecke?«

Alexander sah mich ungeduldig an und verdrehte die Augen. Ich streckte die Hand aus und nahm ihm das Handy ab.

»Tut mir leid, ich weiß, es ist unangenehm für Sie, aber ich muss wirklich mit Jamie reden«, sagte ich. »Sonst müssen wir rüberkommen und ihn abholen.«

Die Frau seufzte. Wir hörten, wie sie sich aufrappelte, dann erklangen ihre Schritte. Eine Tür wurde geöffnet, und sie sagte: »Petra und Allegra Lefarge, warum seid ihr noch nicht im Bett, ihr unartigen Mädchen!« Die Zwillinge kicherten.

»Wir passen nur auf Jamie auf«, sagte eine von beiden.

»Ist er denn noch wach? Bist du noch wach, Schätzchen?«

Wir hörten, wie Jamie seufzte.

Ja, es war Jamie, ich erkannte seine leise, schläfrige Stimme, und ein Anflug von Zärtlichkeit überkam mich.

»Dein Daddy will kurz mit dir sprechen.«

»Daddy?«

»Ich wollte dir nur Gute Nacht sagen.«

»Nacht«, sagte Jamie verschlafen.

»Schlaf schön, Schatz«, sagte die Babysitterin. Man hörte gedämpfte Geräusche und dann wieder ihre Schritte.

»Alles klar?«, fragte sie.

»Ja, wunderbar, danke«, sagte ich.

»Keine Ursache«, erwiderte die Frau frostig.

»Okay?«, fragte Alexander. Er steckte sein Handy in die Sakkotasche zurück.

Ich nickte.

Er nahm eine Flasche Rotwein, füllte zwei Gläser und reichte mir eines.

»Was feiern wir?«, fragte ich zaghaft.

Alexander strahlte übers ganze Gesicht. »Es ist jetzt amtlich: Ich habe auf Heller und Pfennig meinen Kredit an Philip zurückgezahlt.«

Er beugte sich zu mir und küsste mich fordernd auf den Mund. Es war einer jener Küsse, die mir einen wonnigen Schauer durch den Körper jagten und mir zeigten, dass ich gemeint war und nicht etwa Genevieve.

»Das heißt, wir sind frei«, sagte er im Flüsterton. Ich spürte seine Hand in meinem Haar, seinen heißen Atem an meinem Ohr.

»Frei wovon?«, fragte ich leise und besänftigt, hatte er doch »wir« gesagt und mich in seine Zukunft mit eingeschlossen.

»Von Avalon, Philip, Genevieve, der ganzen Familie. Wir

schulden ihnen nichts mehr. Sie können uns nichts mehr anhaben. Ich habe meine Schulden beglichen.«

»Du meinst, wir können weggehen? Wir können mit Jamie fort von hier? Irgendwo anders hinziehen? An einen weit entfernten Ort?«

»Wir können tun und lassen, was wir wollen.«

»Dann lass uns gehen. Gleich. Noch heute Nacht.«

Aber das taten wir nicht. Die Nacht zog sich in die Länge, und die Zeiger der Uhr drehten sich nur langsam. Nach einem ermüdenden Dinner – Currysuppe, Wildpastete mit Röstkartoffeln und Plumpudding –, während dessen ich mich bemühte, mit den beiden älteren Herren links und rechts von mir Konversation zu betreiben, spielte eine Vier-Mann-Band zum Tanz auf. Ihr Repertoire bestand aus Stücken aus längst vergangenen Zeiten, Stücken, die mir nur entfernt bekannt vorkamen.

Doch die Musik war mir gleich. Ich hatte nur noch einen Wunsch: mit Alexander und Jamie zusammen zu sein, egal wo, wenn es nur nicht in Burrington Stoke war.

Philip und Virginia eröffneten den Tanz. Alle Augen waren auf sie gerichtet, und es war rührend, ihnen zuzusehen. Wenn man sie so nah beieinander sah, war der Altersunterschied zwischen ihnen offensichtlich. Sie wirkte beinahe wie ein Kind in seinen Armen. Gestützt auf seinen Stock und von seiner Frau, humpelte er über den Tanzboden. Sie schauten einander liebevoll an, mit noch immer grenzenloser Hingabe. Sie taten mir leid. Virginia und Philip blickten sich in die Augen, doch keiner von ihnen sah vermutlich den anderen, sondern erkannte Genevieve darin.

NEUNUNDVIERZIG

Am nächsten Morgen hatten wir keine Gelegenheit, über unseren Auszug aus Avalon zu reden, da wir Claudia und Bill mit ihren beiden Mädchen zum Mittagessen eingeladen hatten. Ich stand früh auf, um rechtzeitig den Backofen einzuschalten und den Tisch im Esszimmer zu decken. Ich war fest entschlossen, mich ganz normal zu geben. Auf keinen Fall durfte ich mir etwas anmerken lassen, damit niemand Verdacht schöpfte. Ich nahm mir vor, eine charmante, reizende Gastgeberin zu sein.

Es war das erste und auch das letzte Mal, wie es aussah, dass Alexander und ich Gäste in Avalon empfingen. Ich wollte mir besondere Mühe geben, um Claudia für ihre Freundschaft und Loyalität während der letzten Monate zu danken. Zwar durfte sie nichts merken, aber insgeheim sollte es auch ein Abschiedsgeschenk für sie sein; etwas, woran sie sich gern erinnerte, wenn wir nicht mehr da sein würden.

Ich breitete eine saubere Decke auf dem Tisch aus und legte die Sets darauf, die ich in der alten Anrichte gefunden hatte. Dann deckte ich den Tisch mit dem guten Silberbesteck und den Kristallgläsern. Ich füllte eine Vase mit Mistelzweigen und gab selbst gemachte Meerrettichsoße in ein kleines Silbergefäß. Jamie hustete, aber es ging ihm schon wesentlich besser. Wie ein Hündchen folgte er mir, wollte mir zur Hand gehen. Alexander dagegen schlief seinen Kater aus.

Die Lefarges trafen Punkt zwölf Uhr ein. Ich nahm an, dass sie direkt von der Kirche kamen und nur einen raschen Abstecher nach Hause gemacht hatten, um die Hunde und Gummistiefel zu holen.

Während ich mich in der Küche zu schaffen machte,

hörte ich, wie sich Alex, Claudia und Bill im Wohnzimmer unterhielten. Zunächst plauderten sie über dies und das, um dann unweigerlich auf die Neuigkeit zu sprechen zu kommen, dass Alexander seine Schulden bei Philip beglichen hatte. Unwillkürlich senkten sie die Stimmen, als wäre dieses Thema nicht für meine Ohren geeignet.

Nein, sagte ich mir, du bist mal wieder paranoid. Sie wollten nicht, dass die Kinder es hörten. Jamie und die Mädchen sprangen im ersten Stock herum. Während ich die Lauchsoße rührte, hörte ich sie kichern und immer wieder erschrocken aufkreischen.

Als wir uns zum Essen hinsetzten, war ich stolz auf den festlichen Tisch, wenngleich ich den Mistelstrauß entfernen musste, nachdem Claudia mich darauf hingewiesen hatte, dass Misteln auf dem Tisch Unglück brächten. Und das war das Letzte, was Alexander und ich jetzt brauchen konnten. Aber das war der einzige Schnitzer. Auch auf das Essen war ich stolz, das allseits gelobt wurde, doch am meisten stolz war ich auf Alexander und Jamie. Ich rief mir in Erinnerung, in welchem Zustand ich sie vorgefunden hatte, als ich nach Avalon kam. Nein, es war keine Einbildung, trotz allem, was passiert war, hatten sich die Dinge zum Besseren gewendet. Beide waren nicht mehr so verschlossen, ihre Wunden waren zum Teil verheilt.

Während des ganzen Essens fiel nicht ein einziges Mal Genevieves Name. So etwas hatte es noch nie gegeben. Für die Dauer dieser wenigen Stunden war alles in Ordnung. Wir hatten keinen Grund, keine gute Laune zu haben. Es war kurz vor Weihnachten. Und an Weihnachten passierte nie etwas Schreckliches.

Nachdem wir die Zitronenbaisertorte gegessen hatten, hob Alexander sein Glas und brachte einen Toast auf mich aus. »Vielen Dank, Sarah, für alles.«

Die anderen taten es ihm gleich, und ich senkte verlegen den Blick.

»Ich meine es wirklich ernst«, sagte Alexander ruhig. »Danke, dass du es mit uns aushältst.«

»Hört, hört!«, sagte Bill und zwinkerte mir zu.

Und plötzlich wurde mir wieder schwindelig, wie zwei Tage zuvor schon in Jamies Schlafzimmer. Diesmal übermannte mich die Übelkeit so schnell und unverhofft, dass ich die Hand vor den Mund schlagen musste. Ich taumelte aus dem Zimmer, die Treppe hinauf und ins Bad, wo ich mich heftig übergab. Als ich endlich wieder aufstehen konnte und mich ans Waschbecken stellte, um das Gesicht zu waschen, waren meine Augen rot und geschwollen, meine Haut war aschfahl, und jemand stand hinter mir. Ich nahm eine Bewegung im Spiegel wahr, spürte jemandes Atem im Nacken, doch als ich mich umdrehte, war niemand zu sehen.

»Bitte, Genevieve«, wisperte ich. »Bitte, lass mich in Ruhe. Ich habe dir nichts getan, ich versuche nur, das Beste aus der Situation zu machen.«

Auch wenn ich sie nicht wirklich hörte, im Geiste vernahm ich eine Stimme, wie schon zuvor, als flüsterte mir jemand etwas ins Ohr. Die Worte, die ich vernahm, ohne sie zu hören, lauteten: »Du bist die Nächste.«

»Geht es dir besser?«, fragte Alexander, als ich mich wieder zu ihm und unseren Gästen gesellte.

Ich nickte. »Ja, mir war nur ein bisschen schwindelig.«

Er sah mich fragend an. »In letzter Zeit passiert dir das öfter.«

»Ja, aber es ist nicht der Rede wert, wirklich.«

Ich sah, wie er und Claudia Blicke austauschten.

»Wirklich«, wiederholte ich gereizt.

Nachdem ich die Geschirrspülmaschine eingeräumt hatte, zogen wir unsere Stiefel und Jacken an, riefen die Hunde zu uns und leinten sie an, um einen Spaziergang mit ihnen zu machen.

»Wo wollen wir hingehen?«, fragte Allegra.

»Sollen wir mal wieder zum alten Steinbruch hinaufwandern? Wir waren seit Ewigkeiten nicht mehr dort«, schlug Claudia vor.

»Ich finde nicht, dass das mit den Hunden eine gute Idee ist«, warf Alexander ein. »Sie könnten einem Kaninchen nachjagen und dabei zu nah an die Abrisskante geraten.«

»Dann vielleicht in die Mendips?«

»Ja, gute Idee.«

Gesagt, getan. Alexander, Claudia und die Zwillinge stiegen in den Landrover, Jamie und ich zusammen mit den Hunden in Bills Volvo.

Jamie war auf der Fahrt ungewöhnlich gesprächig. Er hatte sich zu den Hunden umgedreht, nach denen er ganz verrückt war, und gab unaufhörlich Kommentare über sie ab. Ich hingegen war schweigsam. Die Worte gingen mir nicht aus dem Sinn. Was hieß das – ich sei die Nächste? Was sollte das bedeuten? Die Nächste, die verschwinden würde? Oder sterben? Wie versteinert saß ich da und tat, als lauschte ich der Opernmusik aus Bills CD-Spieler. Wir bogen auf die Hauptstraße nach Bristol ab und fuhren westwärts in Richtung Crook Peak. Die ganze Zeit dachte ich über die Warnung nach, denn als Warnung waren die Worte gedacht, da war ich mir sicher.

Ich starrte aus dem Fenster. Die Bäume waren schwarz und kahl, ihre knochigen Äste hoben sich schroff vor dem blassen Winterhimmel ab. Schwarze Hecken mit dürren, nackten Zweigen säumten die Felder, und aus den Schornsteinen der Bauernhäuser, die sich grau und vierschrötig in die Landschaft duckten, kringelte sich der Rauch in die Luft. Die Musik gab den passenden Soundtrack zu dem trostlosen Anblick.

Du bist die Nächste.

Es sei denn, ich kehrte Burrington Stoke rechtzeitig den

Rücken. Alexander und ich mussten so bald wie möglich weg, genau.

Den Kopf ans Wagenfenster gelehnt, stellte ich mir vor, wie es wäre, Burrington Stoke für immer zu verlassen. Ich fragte mich, ob wir dieselbe Straße nehmen würden, auf der wir jetzt fuhren. Würde es morgen bereits zu spät sein? Wann wäre ich an der Reihe? Wie viel Zeit blieb mir noch?

Als Bill etwas sagte, schreckte ich hoch.

»Ich weiß, du hast eine schwere Zeit hinter dir, aber wenn es dich tröstet, so lass dir gesagt sein, du hast wirklich großartige Arbeit geleistet, was Alexander anbelangt.« Er sah mich lächelnd an. »Er scheint ein anderer Mensch zu sein.«

»Oh, danke.«

Ich blickte über die Schulter zurück, aber Jamie war nach wie vor mit den Hunden beschäftigt.

»Vielleicht ist er dabei, über Genevieve hinwegzukommen«, sagte ich leise. »Endlich.«

»Hoffentlich«, erwiderte Bill. »Es ging ihm verdammt dreckig, als Genevieve ihn verlassen hat.«

Wir gelangten an eine rote Ampel und mussten anhalten.

Bill schüttelte den Kopf. »Der arme Kerl, es war wirklich die Hölle für ihn«, sagte er leise.

»Sind wir bald da?«, fragte Jamie, der sich zwischen den beiden Vordersitzen nach vorn beugte.

»Fast.« Bill schaute geradeaus. Die Ampel wechselte auf Grün, und er fuhr wieder an.

»Du darfst Alexander nicht die Schuld geben«, fuhr er in leisem Tonfall fort.

»Wie meinst du das? Wofür soll ich ihm nicht die Schuld geben?«

Bill drehte mir kaum merklich das Gesicht zu und sah mich seltsam an. »Dafür, so zu sein, wie er ist.«

Jamie lehnte sich jetzt über meine Schulter, und ich spürte seinen heißen Atem an meinem Ohr. Ich beschloss, nicht weiter nachzufragen.

FÜNFZIG

Es war ein sehr schöner Spaziergang, auch wenn Blue die ganze Zeit angeleint bleiben musste, nachdem er einem Kind mit einem Fußball nachgesprungen war, es umgeworfen und den Ball zerbissen hatte. Bill gab den Eltern des Kindes einen Zehnpfundschein und entschuldigte sich umständlich für das Benehmen des Hundes. Anschließend fuhren wir zu Tee und Kuchen nach Avalon zurück und lachten herzlich über Blue, der sich nicht der geringsten Schuld bewusst war.

»Weißt du, dass der einzige Mensch, dem er je gehorcht hat, Genevieve war?«, sagte Claudia.

Sofort war ich wieder angespannt.

»Nicht wahr?«, fragte sie, an Bill gewandt. »Gen hatte ihn nur anschauen müssen, schon hat er gekuscht. Sie hatte eben ein Händchen für Tiere.«

Bill lächelte nachsichtig, sodass ich das Gefühl hatte, dass er Claudias Erinnerung nicht ganz teilte. Sie taten mir beide leid. Mir fiel auf, dass sogar Claudia inzwischen in der Vergangenheitsform von Genevieve sprach.

Es wurde Abend, bis ich endlich Gelegenheit hatte, allein mit Alexander zu reden. Kaum waren die Lefarge gegangen, nahm ich ihn zur Seite und flehte ihn an, Avalon noch an diesem Abend zu verlassen.

»Hey«, sagte er und streichelte meinen Rücken. »Jetzt steigere dich bloß nicht in etwas hinein.«

»Wir müssen gehen. Es ist wirklich äußerst wichtig«, sagte ich. »Du verstehst das nicht.«

»Was verstehe ich nicht?«

»Ich glaube, wenn wir nicht auf der Stelle von hier verschwinden, wird etwas Furchtbares passieren.«

Er lachte, dann, plötzlich wieder ernst, nahm er meine Hände.

»Wie meinst du das? Hat jemand etwas zu dir gesagt? Bist du bedroht worden?«

»Nein. Das heißt, nicht direkt. Ich weiß nicht, es ist einfach nur ein Gefühl.«

»Ach, Sarah«, sagte er. »Du hattest eine anstrengende Woche, das ist alles.«

Ich schüttelte den Kopf. »Nein, Alexander. Ich meine es ernst, wir müssen von hier weg.«

Wenigstens nahm er mich so ernst, dass er nach oben ging und anfing, im Internet zu recherchieren. Nach einer Weile kam er mit dem Laptop unter dem Arm wieder nach unten.

Er lächelte zufrieden.

»In Fowey gibt es einen Hinterhof mit Werkstatt zu pachten. Der vorige Pächter war ein Grabsteinmetz, der in Pension gegangen ist. Sie ist ausreichend groß und verfügt über die nötigen Geräte. Ich könnte meinen Betrieb dorthin verlagern. Was meinst du?«

»Nach Cornwall?«

»Hattest du nicht gesagt, du magst Cornwall?«

Ich mochte Cornwall tatsächlich, und Fowey war ein besonders reizender Ort. Laurie war einmal mit mir für ein langes Wochenende dorthin gefahren. Ich erinnerte mich an die Kirche am Fuße eines Hügels, an die Wellen, die an die Mauer unter dem Restaurant klatschten, wo wir Scampis gegessen hatten; an den Bootsausflug, den wir auf dem grünen Meeresarm zum Haus von Daphne du Maurier unternommen hatten. Damals dachte ich, es sei einer der schönsten Orte, die ich je besucht hatte. Aber an Cornwall hatte ich bislang immer nur in Verbindung mit Urlaub gedacht, nie als permanenten Wohnsitz. Wie begrenzt mein Horizont damals war, dachte ich jetzt. Ich glaubte, die zivilisierte Welt beginne und ende in Lancashire.

»Das hört sich perfekt an«, sagte ich.

»Dann lass es uns machen, lass uns nach Cornwall ziehen.«

»Und was ist mit deiner Arbeit hier?«

»Für die Werkstatt habe ich einen Monat Kündigungsfrist, und meine Ausrüstung kann ich mitnehmen.«

Ich lehnte mich zurück und atmete tief durch. Der Weg für einen Neuanfang schien geebnet.

»Wie schnell können wir abreisen?«, fragte ich.

»So schnell wir wollen.«

Er legte seine Hand auf meine Schulter, beugte sich zu mir hinab und küsste mich auf den Kopf. Seine Hand wühlte in meinem Haar, das Gemüse, das ich rührte, köchelte leise im Topf vor sich hin, und draußen prasselte der Regen an die Fenster.

»Und was ist mit dem Haus?«

»Wir werden Philip einen Brief schreiben. Wenn Genevieve tatsächlich tot sein sollte, gehört es ihm.«

»Die Churchills werden nicht wollen, dass Jamie Burrington Stoke verlässt. Glaubst du, sie werden uns daran hindern wollen?«

»Wahrscheinlich. Am besten, du sagst zu niemandem ein Wort, nicht einmal zu Jamie. Wir werden still und leise verschwinden und sie dann nach ein paar Wochen wissen lassen, wo wir sind und dass es Jamie gut geht.«

Ein Schauer lief mir über den Rücken. War das nicht ungefähr das Gleiche, was Genevieve ihren Eltern in ihrem Abschiedsbrief mitgeteilt hatte? Hatte sie vielleicht genau die gleiche Unterhaltung mit jemandem geführt?

»Ist das nicht ziemlich grausam gegenüber Philip und Virginia«, fragte ich leise. »Zuerst Genevieve, dann Jamie.«

»Wenn du schnell und ohne viel Aufheben von hier wegwillst, haben wir keine andere Wahl.«

EINUNDFÜNFZIG

Am folgenden Morgen telefonierte Alexander mit dem Immobilienmakler und machte einen Termin in Fowey aus. Er würde über Nacht wegbleiben und erst am nächsten Tag wiederkommen. Als Jamie schlief, setzten wir uns mit dem Laptop vor seine Tür und suchten im Internet nach Wohnungen oder Häusern zum Mieten. Wir fanden einige Cottages nur einen Steinwurf vom Meer entfernt. In der winterlichen Düsternis stellte ich mir vor, wie es wäre, im Sommer mit nackten Beinen in einem winzigen Garten zu sitzen, umgeben von Lavendeltöpfen, und zu zeichnen. Ich stellte mir Jamie als Teenager vor, sonnengebräunt und gesund, mit längeren Haaren, auf dem besten Weg, ein richtiger Surferjunge zu werden. Im Geiste sah ich uns drei barfüßig am Strand, wo wir über einem Treibholzfeuer Fisch brieten und zusahen, wie die Sonne hinter den grün-weißen Wellen unterging. Das Bild war so verlockend, dass ich am liebsten auf der Stelle abgereist wäre. Ich hatte das Gefühl, keinen Moment länger Avalon zu ertragen. Konnte es kaum erwarten, den Sand zwischen den Zehen zu spüren.

Am Morgen von Alexanders Abreise bereitete ich ein üppiges Frühstück zu. Jamie hatten wir gesagt, dass sein Vater zu einem weit entfernten Kunden fahren musste, um einen Kostenvoranschlag zu machen. Doch der Junge war weinerlich. Ich hoffte, sein Lieblingsgericht, in der Pfanne gebratenes Brot und Bohnen, würde ihn besänftigen, aber das war nicht der Fall. Die sonst so wirksamen Ablenkungsmanöver versagten diesmal.

»Wenn ich zurück bin, werden wir einen Christbaum

suchen gehen«, sagte Alexander. »Der Weihnachtsmann kommt nicht, wenn wir keinen Christbaum haben.«

Jamie setzte eine trotzige Miene auf. »Den Weihnachtsmann gibt's gar nicht.«

»Ach ja?«

»Allegra sagt, die Erwachsenen haben ihn erfunden, damit die Kinder früh ins Bett gehen und sie die Geschenke unter den Baum legen können.«

Alexander zog eine Augenbraue hoch. »Bist du dir sicher?«

Jamie sah seinen Vater an. »Das hat Allegra gesagt.«

»Hat sie dir auch gesagt, dass er nur zu den Kindern kommt, die an ihn glauben?«

Jamie sah von Alexander zu mir. »Woher weiß er das, wenn die Kinder schlafen?«

»Er weiß es einfach.«

Jamie ließ die Beine baumeln. »Na gut. Aber dann wünsche ich mir einen Hund zu Weihnachten, und wenn ich keinen krieg, glaub ich nicht mehr an den Weihnachtsmann.«

Ich lachte. Alexander drohte ihm mit der Gabel. »Überspann den Bogen nicht, Sohn.«

»Sarah, findest du nicht auch, wir sollten einen Hund haben?«

»Ja«, sagte ich. »Ja, das finde ich auch. Aber nicht zu Weihnachten. Warte doch einfach, was das neue Jahr bringt, ja?«

Alexander trieb Jamie zur Eile an. Dann schnallte er ihn auf dem Beifahrersitz des Landrovers an, um ihn auf dem Weg zur Autobahn bei der Schule vorbeizufahren. Es war so kalt, dass unser Atem Wölkchen bildete. Raureif lag auf dem Garten, dem Dach der alten Scheune, den Pferdeboxen und Bäumen, und über dem Bach waberte malerisch feiner Nebel. Es war besonders schön an jenem Morgen auf dem Land, doch mit dem Herzen war ich bereits in Cornwall.

Ich reichte Jamie seine Brotdose und wartete, um ihnen nachzuwinken. Alexander kurbelte das Fenster herunter. Aus der Nähe und im hellen Sonnenlicht konnte ich sehen, wie müde und erschöpft er war, wie sehr die vergangenen Monate ihm zugesetzt hatten.

Er streckte die Hand aus und berührte meine Wange.

»Alles wird gut«, sagte er. »Ich verspreche es dir.«

An jenem Morgen fuhr ich mit dem Bus nach Castle Carey und dann weiter mit dem Zug nach Bristol. Ich hatte vor, sämtliche Weihnachtseinkäufe zu erledigen. In den nächsten Tagen würden wir mit Packen und Entrümpeln beschäftigt sein, dass einfach keine Zeit mehr dazu sein würde. Jamie würde nach der Schule zu Karen und Christopher gehen und dort zu Abend essen, sodass ich mich nicht beeilen musste. Auf diesen Tag hatte ich mich sehr gefreut, einen Tag ganz für mich, zum Einkaufen und zu einem ausgiebigen Stadtbummel.

Bristol enttäuschte meine Erwartungen nicht. Ich kam mir vor wie ein Kind in einem Süßwarenladen. Alles war faszinierend. Ich wusste nicht, welche Sehenswürdigkeit ich zuerst besichtigen, welchen Laden ich als Erstes betreten sollte. Nach der Beschaulichkeit von Burrington Stoke mit seinen wenigen, immer gleichen, misstrauischen Gesichtern fühlte ich mich unter den Tausenden von fremden Menschen zu Hause. Ich war eben ein Stadtkind. Und hier gehörte ich dazu.

Einen Stapel Kleidungsstücke über dem Arm, stand ich vor den Umkleidekabinen von Debenhams Schlange, als mein Handy einen Klingelton von sich gab. Eine SMS war eingegangen. Ich fischte das Handy aus meiner Tasche, um nachzusehen, wer der Absender war. Sie kam von DI Twyford.

Unschlüssig verharrte ich mit dem Daumen über dem Display. Ich konnte das Handy ausschalten und die Nachricht später lesen. Oder es in meine Tasche zurückstecken und einfach ignorieren. Oder die SMS löschen, ohne sie gelesen zu haben, und leugnen, sie überhaupt erhalten zu haben.

Doch ich würde wissen, dass es sie gegeben hatte. Nicht zu wissen, was darin stand, würde mir keine Ruhe lassen. Es würde mir meinen Tag verderben.

Er war bereits verdorben.

Die Schlange bewegte sich vorwärts. Ich las die SMS. Sie lautete: *Muss dringend mit Ihnen reden.*

»Wie viele Artikel?«, fragte die junge Verkäuferin vor den Umkleidekabinen.

»Tut mir leid«, sagte ich, »aber ich muss dringend weg.«

Ich verließ das Kaufhaus und wählte die Handynummer des Inspectors. Sein Handy war ausgeschaltet. Ich wühlte in meiner Tasche nach seiner Visitenkarte und versuchte es auf dem Festnetz, doch der Kollege, der abnahm, sagte, der DI sei in einer Besprechung, und fragte, ob ich eine Nachricht hinterlassen wolle. Ich verneinte, schaltete das Handy aus und steckte es in meine Tasche zurück.

Obwohl noch reichlich Zeit zum Einkaufen war, erschienen mir die vielen Passanten mit einem Mal nicht mehr fröhlich und vergnügt, sondern einfach nur überwältigend. Ich musste unbedingt weg von all den Menschen.

Ich kam an einem Zeitschriftenladen vorbei. Die Anzeigetafel vor dem Geschäft verkündete: »Die neuesten Nachrichten zu der vermissten Millionenerbin«. Ich ging hinein und las die Titelseite der *Bristol Evening Post.*

Dort war ein Foto von Damian abgebildet, der von zwei Polizisten abgeführt wird. Ein Ärmel seines Mantels hing lose herab. Die Schlagzeile lautete: »Das geheime Leben von Gens Halbbruder«.

Ich überflog den Artikel. Damian war bei einer seiner

spektakulären Aktionen verhaftet worden – er hatte unerlaubterweise einen Kran bestiegen –, und offensichtlich stimmte seine DNA mit jener von Spuren überein, die man in der Wohnung in Tenby gefunden hatte. Was hieß das? Dass Genevieve und Damian eine Beziehung hatten? Oder dass er sie verfolgte? Ich ließ die Zeitung sinken und sah, dass die junge Frau hinter der Kasse mich beobachtete. Schnell kaufte ich eine Packung Pfefferminzbonbons und verließ den Laden.

Ziellos wanderte ich durch die Straßen. Ich wusste nicht, wohin ich ging, aber offensichtlich musste ich das Zentrum hinter mir gelassen haben, denn mit einem Mal fand ich mich vor der Kathedrale wieder. Dort war es viel ruhiger, und die alten Steinquader strahlten etwas Beruhigendes aus. Ich ging daran vorbei und stand plötzlich vor dem Eingang der Bristol Central Library.

Ich hatte nicht vorgehabt, die Bibliothek aufzusuchen, hatte nicht einmal gewusst, wo sie sich befand, aber nun stand ich davor und spähte durch das Fensterglas der Eingangstür.

Mir wurde bewusst, dass ich abermals an einem Scheideweg angelangt war. Wenn ich das Gebäude betrat und nach Zeugnissen von Alexanders Prozess suchte und sie las, würde ich dieses Wissen immer in mir tragen. Es würde für immer zu einem Teil von mir.

Wenn ich unverrichteter Dinge wieder ging, würde ich möglicherweise nie erfahren, was Alexander getan hatte. Ich würde ihm folgen, wohin auch immer, und ich wäre unschuldig. Aber es nicht zu wissen, würde stets zwischen uns stehen, wie eine unsichtbare Wand. Ich hatte nicht wirklich eine Wahl. Ich stieß die Tür auf und betrat die Halle.

Ich begab mich zum Informationsschalter und fragte, ob es möglich sei, alte Ausgaben der *Western Daily Press* anzuschauen. Zwar wusste ich nicht, wo Alexanders Prozess stattgefunden hatte, konnte mir aber vorstellen, dass die

Zeitung, selbst wenn der Gerichtsort London gewesen war, über die Straftat eines Sohnes ihrer Stadt berichtete hatte.

Die Bibliothekarin war sehr hilfsbereit. Ich wusste nicht, wann Alexander verurteilt worden war, konnte aber den Zeitpunkt ungefähr eingrenzen, wenn ich von Jamies Geburtsdatum rund ein Jahr zurückrechnete. Nachdem ich ihr die Information gegeben hatte, verschwand sie für Minuten und kam mit einem Stapel Mikrofichespulen zurück.

»Wir sind noch nicht dazu gekommen, alle Ausgaben zu digitalisieren«, sagte sie entschuldigend. »Hier entlang bitte, ich zeige Ihnen, wo die Geräte sind.«

Es dauerte eine halbe Ewigkeit, die Datenträger zu sichten. Ich musste die Filmspulen, die mehrere Zentimeter breit und unhandlich waren, in das Lesegerät einfädeln und dann manuell bis zu der gesuchten Seite drehen. Außerdem musste die Kontrastschärfe des Bildschirms immer wieder neu justiert werden. Nach einer Weile wusste ich, dass ich nach den Gerichtsberichten in den verschiedenen Ausgaben suchen musste. Jedes Mal war ich hin und her gerissen, ob ich hoffen sollte, Alexanders Namen darin zu finden.

Ich brauchte ein paar Stunden, doch schließlich stieß ich auf einen Artikel über seinen Prozess. Nicht bei den Gerichtsberichten, die sich normalerweise auf einer der hinteren Seiten befanden, sondern auf der Titelseite.

Die Schlagzeile lautete: *Schuldig! Mann bestiehlt auf schändliche Weise seinen Freund.*

Ein Foto von Alexander war abgedruckt, wie er in einem dunklen Anzug den Gerichtssaal betrat. Ein paar Schritte hinter ihm folgten ein älterer Mann, ebenfalls im Anzug – sein Anwalt? – und ein kurzhaariges elfenhaftes Mädchen in einem schicken dunklen Kleid mit weißem, breitem Gürtel: Genevieve. Darin eingesetzt war ein kleineres Foto von einem dunkelhaarigen, dicklichen jungen Mann mit verhärmtem Gesicht und grimmiger Miene und einer dunkelhaarigen, molligen jungen Frau mit Sonnenbrille, die den Arm um ihn geschlungen hatte: sein Freund und dessen Frau vermutlich.

Die Schlagzeile und die Fotos beunruhigten mich zutiefst, und meine Augen brannten von dem dauernden Starren auf den Bildschirm. Ich knipste die Maschine aus, nahm die Brille ab und massierte mit den Fingerspitzen die Schläfen. Vielleicht sollte ich es dabei belassen, überlegte ich. Vielleicht hatte ich genug gesehen. Alexander war also ein Dieb gewesen. Es gab Schlimmeres. Wenigstens hatte er keinen Mord begangen.

»Danke, dass du mir vertraust«, hatte er zu mir gesagt.

Ich suchte in meiner Handtasche nach den Pfefferminzbonbons und schob eines in den Mund. Der Minzegeschmack linderte ein wenig die aufsteigende Übelkeit.

Mann bestiehlt auf schändliche Weise seinen Freund. Die Worte waren eigentlich eindeutig.

Änderte diese Information meine Gefühle für Alexander? Ich war mir nicht sicher. Es gibt Verbrechen, die unverzeihbar sind. Man muss jemanden sehr lieben, damit diese Liebe keinen Schaden nimmt, wenn man herausfindet, dass der andere jemandem wehgetan hat. Ich wusste nicht, ob ich Alexander genug liebte.

Ich war schrecklich müde.

Jetzt war ich so weit gekommen. Also konnte ich ebenso gut die ganze Wahrheit erfahren.

Erneut schaltete ich die Leselampe des Geräts ein, setzte meine Brille wieder auf, und als das Bild scharf wurde, atmete ich tief durch und begann zu lesen.

Ein Mann, der sich schuldig bekannt hat, mehr als hunderttausend Pfund von seinem besten Freund und Geschäftspartner gestohlen zu haben, wurde zu achtzehn Monaten Gefängnis verurteilt.

Nachdem Alexander Westwood, 29, wohnhaft in Wells in

Somerset, zunächst seine Schuld geleugnet hatte, änderte er völlig überraschend nach nur einem Verhandlungstag seine Aussage. Er gab zu, Geld aus dem Steinmetzbetrieb seines Freundes Matt Bryant gestohlen zu haben.

Westwood war vorgeworfen worden, die Bücher gefälscht zu haben, um den Diebstahl zu verbergen.

Richterin Hilary Enright bezeichnete Westwoods Handlungen als »abscheulich«.

»Was Sie Mr Bryant und seiner Familie angetan haben, ist mehr als nur ein Diebstahl. Sie haben Ihrer Gier eine lebenslange Freundschaft geopfert«, urteilte sie.

»Sie haben einen rechtschaffenen Mann hintergangen und belogen, einen Mann, der viel Arbeit und Mühe in die Gründung seiner Firma gesteckt und Ihnen die Leitung seines Betriebs anvertraut hat; einen Mann, der Ihnen vertraut hat. Wegen Ihrer Handlungen ist Mr Bryants Firma an den Rand des Bankrotts geraten. Seine Gesundheit und seine Reputation haben gelitten. Die Zwangsenteignung seines Hauses steht ihm bevor. Er und seine Familie gehen durch die Hölle. Angesichts dieser Umstände habe ich keinerlei Skrupel, Ihnen die höchstmögliche Freiheitsstrafe aufzuerlegen.«

Westwood, der einen schwarzen Anzug, ein weißes Hemd und eine schwarze Krawatte trug, verharrte die ganze Zeit mit ausdrucksloser Miene.

Während der Verhandlung war dargelegt worden, dass Westwood und Bryant seit der Schule Freunde waren.

Bryants Vater Jonas ist ein Bauunternehmer, der im Zuge von Restaurierungsarbeiten immer wieder die Gelegenheit hat, günstig beschädigte Steinmetzarbeiten zu erwerben. Westwood, der eine Steinmetzlehre absolviert hat, erkannte in der Restaurierung und dem Wiederverkauf dieser Objekte eine Geschäftsidee.

Die in Worcester beheimatete Firma, die mit einem Kredit von Jonas Bryant gegründet und erst kürzlich mit einem

Nachhaltigkeitspreis ausgezeichnet worden war, hatte in der Vergangenheit mehrere bedeutende Aufträge akquirieren können.

Bislang hatte Westwood geleugnet, in irgendeiner Weise in den Diebstahl involviert zu sein, obwohl aus den Unterlagen hervorging, dass die besagte Summe auf eine Reihe privater Konten überwiesen worden war, zu denen nur er Zugang hatte. Und bis heute hat er sich geweigert, sich zum Verbleib des Geldes zu äußern.

Der Artikel umfasste noch einige Absätze, aber ich las nicht weiter.

Es war alles ziemlich schlüssig. Ich konnte keine mildernden Umstände erkennen, nichts, was Alexanders Tat in irgendeiner Weise gerechtfertigt hätte.

Er war ein Dieb und ein Betrüger, und er hatte seinen besten Freund hintergangen. Moralisch gesehen waren Alexanders Handlungen unverantwortlich. Und wenn er seinem besten Freund gegenüber zu einem solchen Verrat fähig war, jemandem, der, wie ich dem Gerichtsbericht entnahm, Alexander unterstützt hatte, konnte man ihm dann je wieder trauen?

Trotz allem, ich konnte kaum glauben, was ich gelesen hatte.

In den wenigen Monaten, die ich Alexander kannte, hatte ich ihn als einen der am wenigsten materialistisch eingestellten Menschen erlebt, denen ich je begegnet war. Weder interessierte er sich für Autos noch für teure Urlaube, noch für Designerlabels oder Investments. Er arbeitete viel, aber nicht, um reich zu werden, sondern weil er gern arbeitete. Zumindest hatte er mir gegenüber nie irgendwelche Ambitionen in materieller Hinsicht geäußert. Er war kein Spieler, nahm keine Drogen, trank nicht übermäßig viel. Und ich hatte ihm immer geglaubt; statt die Dinge zu beschönigen, hatte er mir einige bittere Wahrheiten erzählt, sodass ich überzeugt war, er sei kein Lügner.

Doch dann erinnerte ich mich an eine Situation, in der er durchaus gelogen hatte. Ich hatte selbst gehört, wie er Virginia meinetwegen die Unwahrheit gesagt hatte. Und bei Gericht hatte er zuerst geleugnet, Geld aus Matt Bryants Firma gestohlen zu haben, um es dann doch zuzugeben. Er hatte sich von der Anklagebank erhoben und sich schuldig bekannt. Statt zu protestieren und wiederholt seine Unschuld zu beteuern, wie man es von jemandem, der wirklich unschuldig ist, hätte erwarten können, hatte er das demütigende Urteil einer Gefängnisstrafe in Kauf genommen.

Auch wenn ich trotz seiner Schuld weiterhin zu Alexander stand, blieben mehr Fragen als Antworten. Was hatte er mit dem Geld gemacht? Warum war er, als er aus der Haft entlassen wurde und Genevieve heiratete, mittellos gewesen, sodass er sich von seinem Schwiegervater Geld borgen musste?

Wenn ich zuvor müde gewesen war, so war ich jetzt zutiefst erschöpft und fühlte mich schrecklich einsam. Es gab niemanden, mit dem ich darüber hätte reden können; keine Menschenseele. Meine Freunde und Familie wären empört und schockiert, wenn sie von einem weiteren vernichtenden Kapitel in Alexanders Lebensgeschichte erführen. Und zu versuchen, das Thema in Burrington Stoke mit jemandem zu erörtern, wäre angesichts der gegenwärtigen Stimmung gegenüber Alexander und mir nicht nur dumm, sondern womöglich auch gefährlich.

Und Jamie, welche Konsequenzen hatte das Ganze in Bezug auf ihn? Alexander war vorbestraft. Ich war mir ziemlich sicher, dass jemand mit einem solchen Strafregister nicht das Sorgerecht für ein kleines Kind bekommen würde. Wäre Alexander Jamies leiblicher Vater gewesen, hätte man sich wahrscheinlich keine Sorgen deswegen machen müssen, doch das war er nicht, und diese Tatsache schwächte seine – unsere – Position zusätzlich.

Wir mussten weg.

Ich schaltete das Gerät aus und spulte den Mikrofichefilm wieder auf seine Rolle zurück. Dann trug ich alles zum Schalter. Ich dankte der Bibliothekarin. Ich fragte mich, ob es irgendwo in der Bibliothek einen Ort gab, wo ich mich hinlegen und ein paar Stunden schlafen konnte; irgendeine dunkle Ecke, wo niemand mich bemerken würde. Es war so ruhig und friedlich in diesem Gebäude; nur die gedämpften Schritte der Besucher, das Rascheln von Papier war zu hören, das sanfte Rauschen der Heizkörper, die warme Luft in die Räume bliesen, und das gelegentliche Summen eines Fotokopierers. Sogar das Klingeln der Telefone war gedämpft.

»Geht es Ihnen nicht gut?«, fragte die Bibliothekarin.

»Doch, doch, danke, ich bin nur ein bisschen müde.«

»Haben Sie gefunden, wonach sie gesucht haben?«

»Ja«, sagte ich, obwohl genau das Gegenteil der Fall war.

Ich verließ die Bibliothek, und die kalte Luft draußen traf mich wie ein Schock.

Es war bereits Nachmittag, und bald würde das Tageslicht an diesem Wintertag schwinden. Mir war nicht mehr nach Einkaufen zumute. Ich folgte den Kopfsteingassen zum Hafen, wo ich einen Kaffee kaufte und mich damit auf eine Bank mit Blick auf den Fluss setzte. Die Sonne stand niedrig am Himmel, und es war kalt. Die im Hafen vertäuten schmalen Boote waren mit bunten Lichterketten geschmückt, die sich im schwarzen Wasser spiegelten. Es war ein schöner Anblick, doch war ich nicht in der Stimmung, ihn zu genießen.

Vertrauen, dachte ich. Letztendlich lief alles im Zusammenhang mit Alexander immer wieder auf Vertrauen hinaus.

Ich hatte sein Vertrauen missbraucht, indem ich hinter seinem Rücken seine Geschichte recherchierte, die er vor mir hatte verheimlichen wollen; doch mein Vertrauensbruch war nichts im Vergleich zu dem, was er Matt Bryant angetan hatte.

ZWEIUNDFÜNFZIG

Als Alexander mich am Abend anrief, fiel es mir schwer, mit ihm zu reden, nach allem, was ich in Erfahrung gebracht hatte. Ich ermunterte Jamie, mit seinem Vater zu sprechen, und als ich nicht länger umhin kam, den Hörer zu nehmen, hatte ich Mühe, meine Gefühle zu kontrollieren. Ich stellte Alexander Fragen, hörte ihm aber kaum zu, als er von seinem Tag in Cornwall erzählte und begeistert die Werkstatt beschrieb, die er besichtigt hatte.

»Ist alles in Ordnung, Sarah? Du bist so still«, sagte er. Er war in einem Pub; im Hintergrund hörte ich ausgelassene Stimmen und Lachen. Umso einsamer fühlte ich mich in dem abseits gelegenen großen Haus, zusammen mit dem Kind, das ich liebgewonnen hatte und das nicht Alexanders Sohn war. Draußen vor dem Fenster rieselte Schnee, und die alte Ölheizung hatte alle Mühe, die Heizkörper warm zu halten.

»Ich bin nur müde«, erwiderte ich. Diese Worte waren zu meinem Mantra geworden. Die Welt um mich herum erschien mir zusehends wacklig, als drohte sie zusammenzustürzen. Alles war unsicher geworden. Ich hatte das Gefühl, kurz davor zu sein, den Mann zu verlieren, den ich am meisten zu lieben glaubte, und das Kind, das ich zweifelsohne liebte. Mein Kopf war voll mit Dingen, die ich am liebsten nicht gewusst hätte. Doch da ich mit Alexander nicht darüber reden konnte, griff ich mal wieder auf meine übliche Ausrede zurück.

»Das Shoppen hat dich wohl ermüdet, hm?«, fragte Alexander, und der neckende Unterton in seiner Stimme, der andeutete, ich hätte den ganzen Tag nichts anderes getan, als Geld auszugeben, das immerhin mein selbst verdientes war, ärgerte mich.

»Ich muss jetzt Schluss machen«, sagte ich, »im Ofen brennt was an.«

Später saß ich mit Jamie auf dem Sofa im Wohnzimmer. Den Arm fest um ihn geschlungen, lauschte ich seinem kindlichen Geplapper, ohne ihm wirklich zuzuhören. Ich hatte Jamie versprochen, ihn nie zu verlassen, und mir geschworen, ihn zu beschützen, egal, was passierte. Ich würde es nicht dulden, dass ihn nochmals jemand auf irgendeine Weise verletzte. Meine Entscheidung stand also fest. Wo Jamie war, da war auch ich, immer. Mochte mir auch nicht gefallen, was Alexander Matt Bryant angetan hatte. Die Tatsache, dass er ein ehemaliger Häftling war, gefiel mir ebenso wenig wie, dass er mir gegenüber seine Tat heruntergespielt hatte, aber vorbei war vorbei, wie er selbst immer zu sagen pflegte. Es spielte jetzt keine Rolle mehr für unser Leben.

Irgendwann schlief Jamie neben mir ein. Die Zeiger der Uhr bewegten sich nur schleppend. Ich konnte mich einfach nicht entschließen, ihn in sein Zimmer zu tragen. Ich hatte Angst davor, was da oben passieren mochte. Mir war, als würde dort oben etwas lauern. Ich starrte auf den Fernseher, konnte mich jedoch nicht auf die Sendung konzentrieren. Vier Worte geisterten mir im Kopf herum, die mich mit abgrundtiefer Angst erfüllten: Du bist die Nächste. Unerbittlich kreisten sie in meinen Gedanken. Wenn ich nicht wusste, was Genevieve zugestoßen war, wie sollte ich dann wissen, was mir bevorstand?

Ich holte die Chenilledecke von der Küchenbank und Alexanders weiten Mantel und verwandelte das Sofa in ein provisorisches Bett für uns. Die Lampen im Wohnzimmer ließ ich an und zog den Stecker des Telefons heraus. Ich bemühte mich, an etwas Angenehmes zu denken, doch kurz vor dem Einschlafen meldete sich abermals die Stimme in meinem Kopf zu Wort, die mir leise zuflüsterte: Du bist die Nächste.

Ich musste weg.

Aber ich konnte Jamie nicht zurücklassen.

»Genevieve, hilf mir«, flehte ich. »Sag mir, was geschehen wird!«

Irgendwann musste ich eingeschlafen sein, denn ich träumte, dass sie nach Avalon zurückkehrte.

Es begann nicht wie ein Albtraum, sondern wie ein surrealer Traum, wie die Sequenz eines Films, der mir gefiel, mich aber nicht besonders berührte.

Im Traum erwachte ich in meinem Bett, schlüpfte hinaus, ging auf den Flur und zog die Vorhänge vor dem Fenster zurück. Draußen war alles von jungfräulichem Schnee bedeckt. Der Garten und die Felder, die Mauern und Bäume glänzten weiß im Mondschein. Ich war sehr müde. Es fiel mir schwer, die Augen offen zu halten, doch die malerische Szenerie fesselte mich. Da sah ich eine junge Frau die Zufahrt heraufkommen, und ich wusste sofort, dass es Genevieve war. Barfuß und in einem Kleid, das wie aus Wasser gemacht schien, stapfte sie durch den Schnee. Das Kleid umfloss sie, und ihr Haar war nass, klebte ihr an den Wangen und am Schädel. Bei den Pferdeboxen blieb sie stehen, um die Köpfe der Pferde zu streicheln. Dann schaute sie zu dem Fenster herauf und winkte, als sie mich sah, und ich hob, müde, wie ich war, ebenfalls eine Hand und winkte.

Am liebsten wäre ich wieder in mein Bett zurückgekrochen, aber ich wusste, wenn ich den Blick von Genevieve abwandte, würde sie verschwinden und ich sie für immer verlieren. Ihre nackten Füße, mit denen sie durch den tiefen Schnee watete, mussten eiskalt sein, dachte ich. Sie lächelte. Sie bedeutete mir, zu ihr herunterzukommen, doch als ich in den Garten hinaustrat, war sie nicht mehr da. Ihre Fußabdrücke hörten auf halber Strecke der Auffahrt auf, und von der Frau war nichts mehr zu sehen, nur ein Eisoval lag wie ein Spiegel im Schnee. Ich beugte mich hinab, um ins Eis zu blicken, und was ich sah, war nicht mein Gesicht, sondern Genevieves. Während ich sie betrachtete, streckte sie durch das Eis hindurch die Hand nach mir aus, packte mich an der Schulter und zog mich zu sich hinab. Im Fallen schrie ich und rang nach Luft, und während ich durch die Eisfläche brach, hatte ich wie schon zuvor das Gefühl, in einen Abgrund zu stürzen. In diesem Moment wachte ich auf.

Danach konnte ich nicht mehr einschlafen.

Nachdem ich am nächsten Morgen Jamie zur Schule gefahren hatte, versuchte ich mich von meinen Ängsten abzulenken, indem ich aufräumte und den Hausrat zusammenzupacken begann. Alexander hatte gesagt, ich solle so viele Sachen wie möglich aussortieren, allerdings heimlich, um keinen Argwohn zu erwecken. Ich sollte alles, was wir nicht unbedingt brauchten, in Kartons verstauen, die er anschließend zu Wohltätigkeitsläden in etwas weiter entfernte Orte fahren wollte, wo man ihn nicht kannte. Was nicht wiederverwertet werden konnte, wollten wir verbrennen oder zur Sperrmüllsammelstelle bringen. Die Entsorgungsaktion hatte überraschenderweise einen kathartischen Effekt auf mich, eine Art Selbstreinigung. Alexanders und Genevieves Geschichte war verbunden mit den Dingen in diesem Haus. Es würde uns guttun, wenn sie nicht mehr da waren.

Ich begann mit Genevieves begehbarem Kleiderschrank, da ich dachte, dass es Jamie am wenigsten auffallen würde, wenn dort etwas verändert war. Die Kleidungsstücke faltete ich ordentlich zusammen und verpackte sie in Kartons. Der Wind heulte im Dachgesims, und durch die Ritzen der

Fensterrahmen drangen garstige Luftzüge, die fordernd an den Scheiben rüttelten. Ich dachte, wir sollten Genevieves Sachen zurücklassen, damit sich Claudia oder Virginia darum kümmern konnten. Falls Genevieve je zurückkäme, würde sie noch ihre Garderobe vorfinden, und falls nicht, könnte später vielleicht Allegra oder Petra das eine oder andere gebrauchen.

Die überschüssige Bett- und Tischwäsche, Handtücher und andere Dinge, die ich nicht mitnehmen wollte, stopfte ich in Recyclingsäcke. Dann begab ich mich in die Küche, um den Inhalt der Schränke auszusortieren. Ich begann mit dem Besteckkasten. Er musste dringend wieder einmal geputzt werden; in den Fächern des Plastikeinsatzes hatten sich Brotkrümel verfangen, und Messer, Gabeln und Löffel waren durcheinandergeraten. Unter dem Besteckkasten fand ich, mit dem Bild nach unten, das verblichene Foto mit der Statue vor Elenora House. Das in Stein gehauene Bildnis des armen Mädchens stand, wo es immer gestanden hatte, eine Hand auf der Brust, die andere einladend zum Eingang weisend. Irgendetwas stimmte mit dem Foto jedoch nicht, aber mir fiel zunächst nicht auf, was.

Dann erinnerte ich mich wieder.

Als ich es zuletzt betrachtet hatte, war Genevieve ebenfalls auf dem Foto zu sehen gewesen. Sie posierte neben der Statue und imitierte deren Geste.

Nein, das konnte nicht sein.

Aber es war so, ich wusste noch genau, wie verstörend ich das Foto beim Betrachten empfunden hatte.

Ich zerriss es und warf es in den Abfalleimer.

Wahrscheinlich war es, mit der Bildseite nach unten, feucht geworden, und die Feuchtigkeit hatte Genevieve bis zur Unkenntlichkeit verblassen lassen. Eine andere Erklärung gab es nicht.

Wie sich herausstellte, hatte ich die Entrümpelungsaktion unterschätzt. Es war ein Mammutprojekt, das nicht nur ein paar Tage in Anspruch nehmen würde, sondern viele. Das Haus war voller Dinge, die seit Langem nicht mehr benutzt wurden und die wir nicht mitnehmen konnten.

Es war wichtig, dass wir Avalon in ordentlichem Zustand verließen und nicht im Chaos. Ich konnte mir nur allzu gut ausmalen, wie sich Virginia andernfalls über unsere Schlampigkeit auslassen würde. Also stapelte ich altes, staubiges Geschirr und Pfannen und Töpfe auf dem Fußboden, spülte sie und packte alles, was wir nicht unbedingt in unserem Cottage in Cornwall benötigen würden, in Kartons. Der Rest wanderte in Recyclingsäcke, um auf dem Sperrmüll zu landen.

Seit mehreren Stunden räumte ich nun schon auf, als ich plötzlich das Knirschen von Autoreifen auf der Kiesauffahrt hörte. Ich spähte zum Fenster hinaus und entdeckte einen Polizeiwagen. Erst da fiel mir wieder ein, dass ich noch immer nicht mit DI Twyford gesprochen hatte, der mich am Vortag um Rückruf gebeten hatte. Hilflos blickte ich mich in der Küche um und schob rasch ein paar Kartons unter den Tisch, doch es blieb nicht genügend Zeit, um alles wegzuräumen. Fieberhaft suchte ich nach einer Erklärung, die ich dem Inspector auftischen konnte.

Ich zwang mich, tief durchzuatmen, dann öffnete ich die Tür. Ein Windstoß fuhr herein und warf sie so fest gegen die dahinterliegende Mauer, dass sich ein Riss in der Fensterscheibe auftat.

»Das bedeutet sieben Jahre Unglück«, sagte der Inspector.

»Nur bei einem Spiegel«, entgegnete ich.

»Trotzdem kein gutes Omen.«

Zielgerichtet schob er sich an mir vorbei in die Küche, einen in Zivil gekleideten Polizisten in mittleren Jahren im

Schlepptau. DI Twyford blickte sich mit hochgezogenen Augenbrauen um.

»Ich bin gerade dabei, den Weihnachtsputz zu machen und bei der Gelegenheit ein bisschen zu entrümpeln«, sagte ich schnell, während ich mir die Hände an meiner Jeans abrieb.

»Sieht mir eher danach aus, als planten Sie Ihren Abgang«, erwiderte er in sachlichem Ton.

Augenblicklich spürte ich, wie Hitze in meine Wangen kroch.

»Aber Sie würden nicht im Traum daran denken, die Zelte abzubrechen, bevor Sie mit mir gesprochen haben, stimmt's?«

»Wie gesagt, ich bin nur dabei, alten Plunder auszusortieren«, sagte ich, und das war ja nicht einmal gelogen.

»Ach so, ja. Warum haben Sie mich gestern nicht zurückgerufen?«

»Ich habe Sie angerufen. Aber Sie waren in einer Besprechung. Ich dachte, wenn es dringend wäre, würden Sie es bestimmt erneut bei mir versuchen.«

»Wir sind gestern zweimal hier vorbeigefahren, aber Sie waren nicht da.«

»Ich war in Bristol, um Weihnachtseinkäufe zu erledigen.«

»Oh, richtig.«

Sein Blick wanderte unverhohlen über die Kartons und Müllsäcke und das in Zeitungspapier eingeschlagene alte Geschirr.

»Was wollen Sie, Inspector?«, fragte ich.

»Wo ist Alexander? Wir haben gestern in der Werkstatt angerufen, aber man hat uns gesagt, er habe sich ein paar Tage freigenommen, um sich um Sie zu kümmern. Offensichtlich bestand bei Ihnen Verdacht auf eine Blinddarmentzündung. Freut mich, zu sehen, dass Sie sich so schnell wieder erholt haben. Nun weiß ich zwar, was Sie gestern gemacht haben, aber wo ist Alexander? Und warum hat er seine Kollegen angelogen?«

»Das weiß ich auch nicht.«

Der Inspector nahm einen mit Gänseblümchen bemalten Krug in die Hand und drehte ihn um. Am Rand war er abgesplittert. Ich hatte noch nicht entschieden, ob ich ihn mitnehmen oder entsorgen sollte.

»Wo ist er, Sarah? Was macht er?«

Ich zog die Ärmel meines Pullovers herunter und trat näher an den Herd.

»Er ist geschäftlich unterwegs.«

»Was heißt das genau?«

Ich blickte zur Decke. »Keine Ahnung.«

»Sehr aufschlussreich.«

Es entstand eine Pause. Der Inspector stellte den Krug auf den Tisch zurück und starrte mich an.

»Wenn das stimmt, warum hat er in der Werkstatt dann nicht die Wahrheit gesagt?«

»Ich weiß es nicht.«

»Sie wissen nicht besonders viel, stimmt's, Sarah?«

»Er wird heute Nacht zurückkommen. Wollen Sie ihm eine Nachricht hinterlassen? Soll er Sie zurückrufen?«

»Nein, nein. Wir suchen ihn lieber persönlich auf.«

»Ist etwas passiert?«, fragte ich.

»Nein, es ist nichts passiert. Aber morgen werden wir beginnen, das Gebiet um Burrington Stoke herum abzusuchen. Und das betrifft auch dieses Haus und das Grundstück. Die Aktion wird ein paar Tage in Anspruch nehmen, da wir so gründlich wie möglich vorgehen wollen.«

»Warum?« Meine Stimme war kaum mehr als ein Flüstern, und mir war übel.

»Ach, nun kommen Sie schon, Sarah, was glauben Sie wohl, warum?«, erwiderte er. Seine freundliche Art, sein flirtender Ton waren wie weggewischt. Er hatte die ganze Zeit nur mit mir gespielt.

»Es ist doch bald Weihnachten«, sagte ich, noch immer flüsternd.

Er bedachte mich mit einem vernichtenden Blick.

»Wir werden uns bemühen, es so schnell wie möglich hinter uns zu bringen. In der Zwischenzeit würde ich Sie bitten, nichts wegzuwerfen. Und da ich schon mal hier bin, würde ich gern den Brief mitnehmen, den Genevieve Jamie hinterlassen hat.«

»Brauchen Sie dafür nicht einen Durchsuchungsbeschluss oder so was in der Art?«

Er zuckte die Schultern. Dieser mir neue Inspector mit dem harten Gesichtsausdruck war mir nicht nur unsympathisch, ich traute ihm auch nicht mehr.

»Man ist gerade dabei, die notwendigen Dokumente auszustellen. Wenn Sie wollen, kommen wir ungefähr in einer Stunde wieder und beginnen dann mit der Durchsuchung des Hauses, oder Sie holen den Brief jetzt. Selbstverständlich bekommen Sie eine Empfangsbestätigung.«

Ich zögerte. Den für Jamie so kostbaren Brief einem Polizisten auszuhändigen erschien mir als eine Art Verrat.

»Ich glaube nicht, ich …«

»Der Brief ist äußerst wichtig. Wenn er echt ist, könnte er dazu beitragen, Alexander zu entlasten, falls sich herausstellen sollte, dass Genevieve etwas zugestoßen ist. Falls nicht, wissen wir, dass jemand aus diesem Haus gelogen hat.«

Ich schluckte. »Aber …«

»Während der letzten paar Wochen haben wir Sie und Mr Westwood beobachtet«, erklärte der Inspector ruhig. »Alexander hat, wahrscheinlich mit Ihrer Unterstützung, gewisse persönliche Gegenstände entsorgt, die seiner Frau gehörten, Gegenstände, die möglicherweise Beweise waren.«

Hatten sie unsere Mülleimer durchsucht?

Das grüne Kleid fiel mir wieder ein. Und das Make-up-Täschchen, die Packung mit der Antibabypille, die ich achtlos in einen Müllsack geworfen hatte; ganz zu schweigen von den unzähligen Ausdrucken mit Genevieve-Fotos, die ich in den Recyclingkarton gestopft hatte. Ich stöhnte innerlich auf. Ich streckte die Hand aus, um mich an der Tischkante abzustützen. Der Inspector beobachtete mich. Er wusste, dass ich wusste, worauf er anspielte.

»Nun kommen Sie schon«, sagte er, »und lassen Sie uns den Brief holen.«

Die beiden folgten mir bis in Jamies Zimmer. Ich ging zum Fenster, um die Vorhänge zurückzuziehen, und sofort strömte milchiges Licht herein. Draußen bogen sich die Bäume beinahe waagrecht im Wind, und eine Schar Krähen flog krächzend vorbei.

»Wo ist er?«, fragte der Inspector.

»Dort, auf dem Schreibtisch.«

Der Inspector trat an den Schreibtisch, der von Spielzeug, Kleidungsstücken und Büchern übersät war. Er hob die Sachen vorsichtig hoch und sah darunter nach.

»War er an einem bestimmten Platz?«, fragte er.

»Ja, zwischen den Seiten des Atlasses.«

DI Twyford hatte Handschuhe übergestreift. Er blätterte durch die Buchseiten. Dann hielt er den Atlas am Buchrücken hoch und schüttelte ihn, ohne dass etwas herausfiel.

Ich machte Jamies Bett, dann trat ich zu ihm, um selbst nachzusehen. Der Brief war weder im Atlas noch sonst irgendwo auf dem Schreibtisch. Er befand sich auch nicht auf dem Boden darunter.

»Als ich letztes Mal sauber gemacht habe, war er noch dort«, sagte ich.

»Vielleicht hat er ihn woanders versteckt.«

»Unterm Bett vielleicht?« Ich kniete mich hin und tastete zwischen verstreut liegenden Spielsachen herum, aber auch dort war der Brief nicht.

Während der nächsten halben Stunde suchten wir jeden Quadratzentimeter des Zimmers ab, und mit jeder Sekunde wurde ich verzweifelter. Was hatte Jamie mit dem Brief gemacht?

»Vielleicht hat er ihn in die Schule mitgenommen.«

»Nein, das hat er bestimmt nicht. Ich überprüfe jeden Morgen seine Schultasche, um sicherzugehen, dass er auch nichts vergessen hat. Dann hätte ich ihn gesehen.«

»Könnte er sonst irgendwo im Haus sein?«

»Schon möglich«, sagte ich, aber ich war mir sicher, dass dem nicht so war.

»Gut«, sagte der Inspector. Er vergrub die Hände in seinen Manteltaschen und klimperte mit Geldmünzen. »Das ist kein Zufall. Jemand muss den Brief entfernt haben, um zu verhindern, dass wir ihn in die Hände bekommen.«

Ich lachte. Es hörte sich falsch und brüchig in meinen Ohren an.

»Warum sollte das jemand wollen?«

»Weil der Brief nicht von Genevieve stammt.«

»Warum sollte jemand einen Brief an Jamie fälschen?«, fragte ich.

»Um das Kind zu besänftigen, es zu beruhigen. Und damit es überall herumerzählt, dass seine Mami ihm einen Brief hinterlassen hat. Weil jeder weiß, dass Genevieve niemals ohne ein Wort an ihren Jungen weggegangen wäre.« Er unterbrach sich kurz. »Wann haben Sie ihn zuletzt gesehen?«

Noch vor wenigen Tagen hatte er im Atlas gesteckt, und der blaue Teddybär hatte darauf gesessen.

Ich blickte mich suchend im Zimmer um. Wo war der blaue Teddy hingekommen?

»Sarah?«

Ich hob die Bettdecke hoch, aber auch darunter befand

sich der Brief nicht. Hatte Jamie ihn am Vorabend mit nach unten gebracht? Ich versuchte, mich zu erinnern.

»Vor ein paar Tagen«, antwortete ich schließlich.

Der Inspector rieb sich mit dem Handballen die Wange. »Etwas stimmt hier nicht. Etwas ist faul hier.«

»Es ist nur ein Brief«, sagte ich. »Schließlich wird nichts Wertvolles vermisst.«

Der Inspector ließ ein sarkastisches Lachen vernehmen. »Nur Genevieve«, entgegnete er.

DREIUNDFÜNFZIG

Am Nachmittag wartete ich, etwas abseits von den anderen Frauen, vor dem Schultor auf Jamie. Wenigstens waren keine Reporter da. Der Skandal um die Politikerin schlug noch immer Wellen. Um Viertel nach drei kam Jamie in einer Schar lärmender Jungen aus dem Gebäude gestürmt. Mit fliegenden Mantelschößen und Schals schlitterten sie auf dem eisigen Fußweg entlang. Als Jamie mich entdeckte, rannte er zu mir, warf mir seinen Rucksack zu und kehrte zu den anderen zurück, um weiter auf dem Eis zu schlittern. Geduldig wartete ich eine Weile, dann winkte ich ihn zu mir.

»Komm«, sagte ich. »Was hältst du davon, wenn wir in den Laden gehen und eine warme Pastete kaufen?«

Jamie strahlte übers ganze Gesicht. Der Wind war noch stärker geworden und peitschte die kahlen schwarzen Äste hin und her.

»Kommt Dad heute Abend nach Hause?«

»Ja, heute Abend.«

»Wird er mir ein Geschenk mitbringen?«

»Das weiß ich nicht.«

»Und er kommt ganz bestimmt heute Abend nach Hause?«

»Ja, mein Schatz.«

Wir betraten den Laden, wo Jamie sich eine Pastete aussuchte und dazu eine Limonade. Midge wärmte die Pastete in der Mikrowelle auf. Ich kaufte mir einen Kaffee. Dann nahmen wir unseren Imbiss mit zum Dorfanger, wo auch das Kriegerdenkmal stand, an dessen Sockel noch immer die vertrockneten Kränze von der Gedenkfeier im November lehnten.

Es war bitterkalt. Ich wärmte die Finger an meinem Kaffeebecher. Jamie saß neben mir auf der Bank und ließ wie immer die Beine baumeln. Er hielt die Pastete mit beiden Händen und biss große Stücke ab, sodass Dampf aufstieg.

Ich entfernte einen Krümel von seiner Wange.

»Jamie«, sagte ich, »als deine Mami weggegangen ist, hat sie dir doch einen Brief dagelassen, nicht wahr?« Ich musste fast schreien, um mich bei dem starken Wind verständlich zu machen.

Er zuckte die Achseln und biss erneut ab.

»Es ist nur so, dass ich heute, als ich dein Zimmer aufgeräumt habe, merkte, dass er nicht mehr an seinem üblichen Platz auf dem Schreibtisch war.«

»Sarah, bist du für Arsenal oder Man U?«

»Ich bin für Manchester United, weil ich von dort komme, aber das ist jetzt nicht wichtig. Wann hast du zuletzt Mamis Brief angeschaut?«

»Dad sagt, er geht mal mit mir zu einem Fußballspiel.«

»Jamie, jetzt hör mir mal zu.«

Ich nahm ihm die Pastete aus der Hand und drehte sein Kinn sanft zu mir, damit er mich ansah. Hinter uns bogen sich die Bäume im Wind, und eine Chipstüte flog an der

Bank vorbei. Ich näherte mein Gesicht seinem und sagte mit fester Stimme: »Ich muss wissen, wo der Brief ist.«

»Ich weiß nicht, wo er ist. Er ist weg. Ich hab ihn ins Feuer geschmissen.«

»Du hast Mamis Brief verbrannt?«

»Aua!«

Er sah mich mit dem gleichen trotzigen Ausdruck an wie in meiner Anfangszeit in Avalon. Ich wusste nicht, ob er log oder nicht, doch egal wie, er wusste, dass es ihm Ärger einbringen könnte. Ich ließ meine Hand sinken und zog den Mantel enger um mich.

»Und was ist mit Blue Ted?«, fragte ich. »Wo ist dein blauer Teddy?«

»Er ist auch ins Feuer gewandert.«

»Jamie, du weißt, dass du nicht lügen sollst. Du weißt, dass das unartig ist. Du würdest Blue Ted nie im Leben ins Feuer werfen, du liebst den Teddy doch!«

»Er ist verbrannt, er ist verbrannt, er ist verbrannt«, sang er. »Er ist verbrannt, er ist tot, für immer fort!«

VIERUNDFÜNFZIG

Zurück in Avalon, rief ich umgehend den Inspector an, um ihm zu berichten, was Jamie gesagt hatte. Er hörte sich gestresst und zerstreut an, dankte mir kurz angebunden für die Information und legte auf.

Unruhig wanderte ich im Haus umher. Vielleicht gab es ja eine einfache Erklärung. Vielleicht hatte Jamie, indem er den Brief und den Teddybären verbrannt hatte, endgültig akzeptiert, dass seine Mutter weggegangen war: Vielleicht war dies die Art und Weise eines Kindes, mit einem Trauma abzuschließen. Aber Kinder verbrennen ihre Teddybären doch nicht, oder? Zumindest keine normalen Kinder.

Ich holte Gemüse aus der Vorratskammer und begann Blumenkohl zu putzen. Dabei rutschte ich mit dem Messer ab und schnitt mir in den Finger. Es blutete stark. Mit einem Taschentuch machte ich einen Druckverband, und es gelang mir, den Blutfluss zu stillen. Und doch erschien es mir wie ein weiteres böses Omen. Jamie verhielt sich merkwürdig, er war ungezogen und störrisch, und der Wind draußen drohte sich in einen regelrechten Sturm zu verwandeln. Während das Abendessen auf dem Herd simmerte, schickte ich Jamie hinauf, um sich umzuziehen. Dann nahm ich mich der gesprungenen Fensterscheibe im Vorraum der Küche an und klebte Paketband über den Riss. Gerade als ich damit fertig war und ein Stoßgebet gen Himmel sandte, dass nicht noch ein Unglück passiert, fiel der Strom aus. Zuerst dachte ich, das regionale Stromnetz sei zusammengebrochen, aber als ich den Vorhang zurückzog, sah ich am Fuß des Berges die Straßenbeleuchtung am Steinbruch. Nur die Stromleitung im Haus war unterbrochen. Das war schon öfter passiert, wenn wieder einmal ein Eichhörnchen auf dem Dachboden ein Kabel angenagt hatte. Ich war den Tränen nah. Nicht nur, dass wir im Dunkeln saßen, mir tat auch das arme Eichhörnchen unter dem Dach leid, das bestimmt einen Stromstoß erlitten hatte.

Ich wusste, wo der Sicherungskasten war, er befand sich im Keller. Aber bislang hatte sich immer Alexander um die Sicherungen gekümmert. Mehr noch, ich war noch nicht einmal im Keller gewesen, nicht nur, weil keine Notwendigkeit bestanden hatte, sondern auch, weil ich die Kälte und Dunkelheit scheute und weil es mir dort unten zu unheimlich war. Nun wünschte ich, ich hätte bei Licht und im Beisein von Alexander einen Probedurchlauf gemacht.

»Sarah! Ich sehe nichts mehr, wo bist du?«, schrie Jamie mit weinerlicher Stimme vom oberen Treppenabsatz her.

»Es ist alles in Ordnung, Liebling, es hat nur einen Kurzschluss gegeben!«, rief ich. »Komm jetzt nicht herunter, du könntest die Treppe hinunterfallen. Bleib, wo du bist, ich kümmere mich darum, dass wir bald wieder Licht haben.«

Ich tastete mich an der Küchenwand entlang zur Kellertür und fand den Schlüssel am Haken daneben. Dabei langte ich in eine Spinnwebe, etwas krabbelte über meine Hand, und ich ließ mit einem Aufschrei den Schlüssel fallen.

»Scheiße!«, sagte ich halb schluchzend und schüttelte die Hand. »Scheiße, Scheiße, Scheiße!«

Ich ging in die Hocke und tastete die Bodenfliesen ab, darauf bedacht, die Spinne, oder was immer es war, nicht zu zerquetschen. Der Schlüssel war halb unter die Fußbodenleiste gerutscht, und es gelang mir, ihn zu befreien. Ich richtete mich wieder auf. Der Wind fegte mit einem markerschütternden Geräusch ums Haus und rüttelte an den Fenstern. Ich legte die Hand auf die Klinke der Kellertür und hielt sie fest, während ich den Schlüssel im Schloss drehte.

»Sarah!«, schrie Jamie von oben.

»Okay!«, rief ich. »Es ist okay, Jamie, ich gehe jetzt in den Keller, um die Sicherung wieder reinzudrehen. Bleib so lange oben!«

Ich zog die Tür auf. Vor mir lag eine steile Treppe, das wusste ich. Die Decke war so niedrig, dass man nicht aufrecht stehen, sondern sich nur geduckt bewegen konnte. Auf dem Sims zu meiner Rechten lag eine Taschenlampe, auch das wusste ich. Vorsichtig streckte ich die Hand aus und war erleichtert, als ich sie auf Anhieb fand. Behutsam hob ich sie hoch und hielt sie an meine Brust. Ich knipste sie an, und als ihr Schein gespenstisch über die Kellerwand huschte, seufzte ich innerlich auf.

»Jamie«, rief ich, »ich habe die Taschenlampe gefunden! Ich bringe jetzt die Sicherung wieder in Ordnung, dann komme ich nach oben und hole dich. Bleib, wo du bist. Beweg dich nicht von der Stelle!«

Ich richtete den Lichtkegel auf die Kellertreppe.

Ebenso wie ich unter Höhenangst litt, hasste ich es, mich in engen, abgeschlossenen Räumen aufzuhalten.

Mein Herz hämmerte wie wild in meiner Brust, und ich hatte weiche Knie.

Ich warf einen Blick zurück, um sicherzustellen, dass die Tür nicht hinter mir zufallen konnte. Sie stand weit offen, trotzdem tastete ich nach ihr. Es war alles in Ordnung. Das Scharnier hatte keine Sprungfeder, und die Tür konnte daher nicht von allein zufallen.

Langsam setzte ich einen Fuß vor den anderen.

Es war eine Betontreppe. Die Stufen unter meinen nur mit Socken bekleideten Füßen fühlten sich eiskalt an. Ich richtete den Lampenstrahl in den Keller und konnte in der Dunkelheit Kartons ausmachen, einen Rucksack, einen kaputten Stuhl, ein paar Koffer; das übliche Gerümpel. Ich stieg noch eine Stufe hinab und noch eine.

Die Kellerdecke war noch niedriger, als ich gedacht hatte, und die Luft war stickig. Es roch nach Moder und feuchter Erde. In gebückter Haltung kroch ich voran, während der Strahl der Taschenlampe vor mir durch den Raum zuckte. Er war groß, Rohre und Kabelschächte zogen sich an den Mauern entlang. Ich kaute auf der Unterlippe und versuchte, meinen Herzschlag zu beruhigen und meine Phantasie im Zaum zu halten. Ich musste mich jetzt auf meine Aufgabe konzentrieren. Mit der Taschenlampe suchte ich die Mauern ab, bis ich den Sicherungskasten ausmachte.

Als ich den Kasten erreichte, stieg Panik in mir auf; ich legte die Taschenlampe auf einen Karton in der Nähe. Der Lichtkegel war nun parallel zur Mauer mit dem Kasten gerichtet, auf die Stelle, wo das Kaminholz lagerte. Hinter dem Holzstoß konnte ich eine Vertiefung ausmachen. Ein Durchgang? Oder einfach nur eine Mauernische? Selbst wenn ich schon tausend Mal im Keller gewesen wäre, hätte ich diese Stelle womöglich nie bemerkt.

Warum hatte Alexander die Holzscheite vor der Nische aufgeschichtet, sodass sie blockiert wurde, obwohl es doch genügend andere geeignete Stellen im Keller gab? Was verbarg sich dahinter?

Ich griff nach der Taschenlampe und ging gebückt zum Holzstoß.

Um den Lichtstrahl auf die Stelle dahinter zu richten, musste ich Raum schaffen und einige Scheite entfernen. Ich sah, dass sich dahinter eine etwa einen Meter tiefe Lücke zur Wand auftat. Ich richtete den Lichtkegel auf den Boden. Eine Holzklappe von der Größe und Form eines Gullydeckels war in die Erde eingelassen.

Vorsichtig und heftig atmend entfernte ich weitere Holzscheite. Sie waren schwer und klobig, sodass ich mir die Hände aufkratzte, aber ich machte dennoch weiter. Ich wusste, Jamie war allein oben im Haus und fürchtete sich bestimmt sehr, doch ich musste herausfinden, was Alexander hinter dem Holz verbarg und warum.

Als ich ausreichend Platz geschaffen hatte, langte ich mit dem Arm über den Stapel und zog an der Schnurlasche, die sich an dem in die Holzklappe eingelassenen Eisenring befand. Mit einer Hand schaffte ich es nicht, die Klappe zu bewegen. Ich legte die Taschenlampe auf den Boden neben meine Füße und nahm beide Hände zu Hilfe. Es gelang mir, den Deckel anzuheben. Ich hievte ihn so weit zur Seite, dass ich in das Loch darunter spähen konnte. Wieder griff ich zur Taschenlampe und richtete den Lichtstrahl darauf. Eine Öffnung war in den Fels unter dem Haus gemeißelt. Sie schien ziemlich tief zu sein.

Ich quetschte meinen Kopf und meine Schultern durch die frei geräumte Lücke im Holzstoß, um besser hinunterspähen zu können. Nun konnte ich die Taschenlampe senkrecht in die Tiefe richten und erkannte, dass es sich um einen Brunnen handelte. Er musste schon vor Jahrhunderten unter dem Haus gegraben worden sein. Zweifelsohne hatte Alexander den Holzstoß absichtlich davor errichtet, um zu verhindern, dass Jamie den Brunnen fand und womöglich hinabstürzte.

Ich lächelte. Wie dumm von mir! Was auch immer ich befürchtet hatte zu finden, mir fiel ein Stein vom Herzen. Wahrscheinlich war der Brunnen nicht einmal besonders tief. Ich lehnte mich so weit wie möglich nach vorn und richtete den Strahl der Taschenlampe auf die Brunnenmauer. Der Abstand zwischen Brunnenrand und Wasseroberfläche betrug kaum mehr als zwei Meter, und der Brunnendurchmesser war nur so groß, dass gerade einmal ein großer Holzkübel durchpasste.

Aber plötzlich zog etwas meine Aufmerksamkeit auf sich, etwas Helles, Glänzendes. Es dauerte einen Moment, bis ich begriff, was es war. Es steckte in merkwürdigem Winkel zwischen der Mauer und dem mit wenig Wasser bedeckten Brunnenboden, als wäre es hinuntergefallen und hätte sich dort verfangen; es war etwas, war nicht dorthin gehörte, etwas Neuzeitliches.

Vage erkannte ich das Logo eines angebissenen Apfels auf der glänzenden weißen Oberfläche. Es war ein Apple MacBook.

Es musste Genevieves Laptop sein, von dem der Inspector gesprochen hatte.

»O Gott«, murmelte ich. »O Gott, bitte nicht.«

Es gab nur eine Erklärung; Alexander hatte den Laptop im Brunnen versenkt und dann den Brunnenzugang verstellt. Es konnte niemand sonst gewesen sein.

Ich rutschte zurück, legte die Taschenlampe erneut beiseite und begann, die Scheite wieder an ihren Platz zu legen. Alexander musste nach einem gewissen System vorgegangen sein, und die Scheite wollten nicht mehr so recht zusammenpassen; egal, sagte ich mir, leg sie einfach wieder darauf. Vor

Angst und Enttäuschung schluchzend und wie eine Verrückte fluchend, rammte ich die sperrigen Scheite übereinander, um die Lücke zu schließen. Als ich die Scheite mehr schlecht als recht wieder aufeinandergestapelt hatte, erregte etwas am Rand des Holzstoßes abermals meine Aufmerksamkeit. Es war ein kleiner Keramiktopf voller Schrauben und Nägel. Und unter dem Topf lag ein Block mit blauem Schreibpapier.

Meine Hände zitterten, als ich den Schreibblock hervorzog. Es war das gleiche Papier, auf dem Genevieves Brief an Jamie geschrieben worden war, mit dem gleichen Gänseblümchenmuster am Rand. Es fehlten mehrere Seiten. Aber auf der oberen erkannte ich einige hingekritzelte Skizzen für die Zeichengeschichte, die Jamie mit dem blauen Teddybären zeigte.

Mein Mund wurde trocken, und ich leckte mir über die Lippen. Meine Beine drohten unter mir nachzugeben. Ich blätterte zur nächsten Seite. Die Wahrheit sprang mir förmlich ins Gesicht.

Es war die Vorlage für einen Brief. Er begann mit der runden weiblichen Handschrift, die ich als Genevieves angenommen hatte, um sich weiter unten klar als Alexanders Schrift zu entpuppen. Er hatte die Zeilen überkritzelt, aber ich erkannte seine Schrift dennoch.

Alexander war Legastheniker. Er tat sich schwer mit dem Schreiben. Bestimmt hatte er ein Dutzend Mal geübt, bis der Brief echt aussah. Es bestand kein Zweifel; Alexander hatte den Abschiedsbrief von Genevieve an ihren Sohn fingiert.

Von oben dröhnte Jamies panisches Schreien zu mir herab. Ich hatte das Gefühl, seit Stunden im Keller zu sein, aber es konnten nicht mehr als ein paar Minuten vergangen sein – zu viele, um einen Siebenjährigen allein in der Dunkelheit zu lassen. Ich legte den Notizblock zurück, griff nach dem Keramiktopf, stieß ihn jedoch in der Hektik um.

Nägel und Schrauben ergossen sich auf den Kellerboden, und der Topf zerschellte.

»Verdammter Mist!«

Hektisch versuchte ich, die winzigen Teile auf der Erde wieder einzusammeln, doch sie entglitten mir in der Dunkelheit und rollten unter meinen Fingern weg. Keuchend vor Furcht und Frustration trat ich in Keramikscherben und hob hastig auf, was ich konnte.

»Sarah!«, schrie Jamie von oben. Es klang jetzt näher, er musste im Dunkeln die Treppe hinabgestiegen sein. Er durfte keinesfalls in den Keller kommen.

Ich ermahnte mich zur Ruhe, atmete tief durch.

Zuerst das Licht, sagte ich mir. Wenn das Licht wieder funktioniert, kann ich später zurückkommen und alle Spuren beseitigen.

Die Taschenlampe in der Hand, kroch ich zum Sicherungskasten. Doch ich wusste nicht, was ich tun sollte. Es war einer dieser vorsintflutlichen Sicherungskästen. Die Sicherungen sahen alle gleich aus und waren weder beschriftet noch nummeriert. Ich wusste nicht, welche herausgesprungen war. Ich wusste nicht einmal, wonach ich suchen musste. Meine Finger wanderten über die Sicherungen, während ich darauf hoffte, die richtige zu finden.

»Bitte«, flehte ich leise, »o Gott, hilf mir bitte …«

Auf einmal flog die Kellertür krachend ins Schloss. Ein Luftschwall, so stark, dass er mich fast umhaute, schlug mir entgegen, und ich ließ die Taschenlampe fallen. Ich hörte, wie das Gehäuse zerbrach und wie die Batterien auf den Boden rollten. Plötzlich war es erbarmungslos finster. Ich konnte nicht die Hand vor den Augen sehen. Gebückt suchte ich die Treppe, doch ich hatte völlig die Orientierung verloren. Kalter Schweiß brach mir aus, und ich rang nach Atem. Panik umhüllte mich wie eine mächtige Welle. Ich versuchte zu schreien, aber kein Laut drang über meine

Lippen; ich war wach und befand mich dennoch in einem Albtraum. Eine abgrundtiefe Angst hatte mich gepackt, mir war, als müsste ich sterben.

Das Letzte, woran ich mich erinnere, war ein schmerzhafter Schlag auf meinen Kopf, so heftig, dass mir die Sinne schwanden.

FÜNFUNDFÜNFZIG

Als ich wieder zu mir kam, fand ich mich, mit meinem Federbett zugedeckt, auf dem Sofa im Wohnzimmer wieder. Im Kamin knisterte ein behagliches Feuer, und das Licht funktionierte. Mir war warm und wohlig zumute. Erst als ich mich bewegen wollte, rief mir der Schmerz in meinem Kopf ins Gedächtnis, was passiert war. Ich berührte mit der Hand mein Gesicht. Nase und Oberlippe taten mir furchtbar weh.

»Jamie?«, rief ich. »Jamie?«

»Hey!«

Alexander trat neben mich. Die Flammen warfen Schatten hinter ihm, spitze, teufelsgleiche Figuren tanzten auf der Wand. Auch auf seinem Gesicht lagen merkwürdige Schatten. Ich rutschte tiefer unter meine Decke.

Lächelnd beugte sich Alexander zu mir herab und strich mir über die Stirn. Seine Finger waren kühl und trocken.

»Und, geht es einigermaßen?«

»Ja.«

»Kopfschmerzen?«

»Hm.«

»Du hast dich ausgeschlossen, du Dummerchen!«

Ich rollte mich zusammen, als wollte ich mich in mich selbst zurückziehen.

»Außerdem hast du dir den Kopf an einem Deckenbalken im Keller angeschlagen, dann hast du dir im Sturz zu allem Überfluss auch noch das Gesicht am Sims verletzt. Du wirst morgen ein dickes Veilchen haben.«

»Ich wollte die Sicherung wieder reindrehen.«

»Ich weiß.«

»Die Tür ist zugefallen.«

»Der Windstoß muss sie zugeschlagen haben, als ich die Haustür öffnete. Tut mir leid, dass ich dich erschreckt habe, aber zum Glück war ich ja sofort zur Stelle. Jamie war völlig aufgelöst.«

»Geht es ihm jetzt besser?«

»Ja, es geht ihm gut. Er schläft tief und fest in seinem Bett.«

Zaghaft befühlte ich mit den Fingerspitzen meinen Kopf. Ich ertastete eine riesige, schmerzhafte Beule.

»Habe ich geblutet?«

Alexander schüttelte den Kopf.

»Ich glaube, du wirst es überleben.« Er hatte ein Glas Bier in der Hand. »Möchtest du etwas trinken? Ein Glas Wasser vielleicht?«

»Nein, Tee bitte. Ich lechze nach einer Tasse Tee.«

Ich musste nachdenken. Brauchte Zeit, um meine Gedanken zu ordnen. Ich wollte, dass Alexander mich für eine Weile allein ließ, um zu rekonstruieren, was geschehen war.

Draußen wütete noch immer der Sturm. Hin und wieder schrumpften im offenen Kamin die Flammen, duckten sich unter einem Regenschwall, der durch den Schornstein hereinwehte. Jede Bewegung schmerzte und fühlte sich seltsam an. Nicht nur Kopf und Gesicht taten weh, sondern auch mein Nacken.

Ich versuchte, mich zu erinnern.

War die Tür tatsächlich vom Wind zugeweht worden, oder hatte sie jemand zugestoßen?

Hatte ich den Kopf angeschlagen, oder hatte ihm jemand einen Schlag versetzt?

Hatte Alexander beim Hereinkommen die offene Kellertür bemerkt, war die Treppe heruntergekommen und hatte beobachtet, wie ich im Schein der Taschenlampe seine Briefentwürfe an Jamie las? Und mir dann vor Wut oder Verzweiflung einen Schlag auf den Kopf versetzt?

Nein, natürlich hatte er das nicht. Als die Tür zufiel, hatte ich in meiner Panik vergessen, wie tief die Decke war, und mich jäh aufgerichtet. So war es. Ich hatte mich tatsächlich selbst außer Gefecht gesetzt.

Alexander kam mit einem Glas Wasser und zwei Tabletten ins Wohnzimmer zurück.

»Nimm die«, sagte er. »Sie helfen gegen die Schmerzen. Ich habe Tee aufgesetzt.«

Ich bemühte mich, mir ins Gedächtnis zu rufen, was man im Falle einer Kopfverletzung tun sollte, konnte mich aber nicht erinnern. Wie war das noch mal: Wenn es einem übel ist, man das Bewusstsein verloren hat …

»Ich glaube, ich sollte besser zum Arzt gehen«, sagte ich.

»Es wäre verrückt, bei diesem Wetter das Haus zu verlassen. Es gibt überall umgestürzte Bäume und Überschwemmungen. Die Straße nach Glastonbury steht über einen Meter unter Wasser. Mit einem anderen Wagen als dem Landrover hätte ich es gar nicht zurückgeschafft.«

»Aber ich muss eine Zeit lang ohnmächtig gewesen sein.«

»Nicht lange«, entgegnete Alexander sanft. »Höchstens ein paar Minuten. Du bist auf eigenen Beinen die Kellertreppe hinaufgestiegen. Wir haben sogar geredet. Erinnerst du dich nicht?«

»Nein.«

»Du hast gesagt, du seiest sehr müde, woraufhin ich dir

auf dem Sofa ein Bett gemacht habe, damit du ein bisschen schlafen konntest.«

Das erschien mir unmöglich. Ich hatte nicht die blasseste Erinnerung daran, dass wir gesprochen hatten.

»Was habe ich sonst noch gesagt?«

»Nicht viel. Du warst ein bisschen verwirrt.«

Er lächelte mich zärtlich an.

»Ich glaube, was du jetzt brauchst, ist ausreichend Schlaf«, sagte Alexander.

»Aber mein Kopf …«

»Es wird dir bald wieder besser gehen. Ich werde auf dich aufpassen.«

Er beugte sich zu mir herab und küsste mich unendlich zärtlich auf die Stelle direkt über meinem linken Auge.

»Aua!«, sagte ich.

»Tut das weh? Du armes Ding. Ruh dich jetzt aus. Es wird dir nichts passieren. Ich werde mit Argusaugen über dich wachen.«

SECHSUNDFÜNFZIG

Obwohl ich todmüde war, schlief ich schlecht in jener Nacht. Wann immer ich aufwachte, saß Alexander neben mir und betrachtete mich liebevoll. Als ich einmal aufstehen wollte, um mir ein Glas Wasser zu holen, kam er mir zuvor und war bereits auf dem Weg ins Badezimmer.

»Beweg dich nicht«, sagte er. »Zur Abwechslung kümmere ich mich mal um dich.«

Ich fand mich mit der Situation ab. Ohnehin hatte ich

keine Möglichkeit, von Avalon wegzukommen, selbst wenn ich es gewollt hätte, und das war nicht der Fall, zumindest glaubte ich das nicht. Ich war furchtbar durcheinander. Ich wusste nicht mehr, was richtig und was falsch war, konnte nicht mehr zwischen Wahrheit und Lüge unterscheiden. Noch immer wollte ich an Alexander glauben. All die Monate hatte ich darauf gewartet, dass er zu mir sagte, er wolle sich um mich kümmern und dafür sorgen, dass nichts uns wieder trennte, und nun, da er es gesagt hatte, machte es mich nicht glücklich. Die Augen geschlossen, das Gesicht zum Fenster gewandt, lag ich da. Der Regen prasselte gegen die Scheibe wie das Pochen Tausender winziger Fäuste. Dann änderte der Wind für eine Weile seine Richtung, und ich hörte nur noch sein Heulen im Dachgesims. Ich hoffte, dass kein Baum umstürzte und aufs Dach fiel. Ich stellte mir vor, wie sich riesige Äste in die Hausmauern bohrten, sie entzweirissen und alles dem Erdboden gleichmachten; uns drei unter sich zermalmten wie winzige Insekten. Mehrmals hörte ich das schreckliche Geräusch von einem Dachziegel, der sich löste und scheppernd zur Erde krachte. Wasser würde durch die entstandenen Lücken ins Haus tropfen. Wir würden abermals einen Stromausfall haben. Am nächsten Morgen würde es im Haus nach nassem Holz und Verputz und feuchten Teppichen riechen. Wir würden im ganzen Haus Eimer und Töpfe unter die lecken Stellen platzieren müssen. Ich dachte an all die Dinge, die getan werden mussten, was mich daran hinderte, an das zu denken, was ich im Keller entdeckt hatte.

Doch irgendwann kam mir unweigerlich wieder Genevieves Laptop in den Sinn, und ich fragte mich, ob sich durch meine Entdeckung etwas geändert hatte. Nein, nichts, lautete die Antwort. Es war nur ein weiterer versteckter Gegenstand, mehr nicht.

Die einzige neue, unumstößliche Tatsache war, dass

Alexander den Brief geschrieben hatte, von dem ich bislang annahm, Genevieve hätte ihn verfasst, um Jamie wissen zu lassen, dass es seiner Mami gut ging und sie an ihn dachte. Alexander konnte damit nur beabsichtigt haben, Jamie zu trösten, nachdem seine Mutter ihn verlassen hatte. Aber wenn Genevieve tatsächlich aus eigenen Stücken weggegangen war, warum hatte sie dann nicht selbst an Jamie geschrieben? Oder hätte sie nicht wenigstens mit ihm über ihre Pläne gesprochen? Alle waren sich einig, dass sie ihr Kind abgöttisch liebte; es sah ihr also gar nicht ähnlich, ohne ein Wort zu verschwinden.

Im Geiste ging ich einen Schritt zurück. Bemühte mich, logisch zu denken. Mir war nicht klar, warum Genevieve selbst keinen Brief an Jamie hinterlassen hatte. Ich war mir aber ziemlich sicher, dass Alexander dafür gesorgt hatte, dass ich den Brief fand. Damit wollte er mich davon überzeugen, dass er die Wahrheit sagte. Sein Plan war aufgegangen. Tatsächlich hatte ich es als schlüssigen Beweis genommen, dass Genevieve ihrer Familie und ihrem alten Leben den Rücken gekehrt hatte und eines Tages zurückkommen wollte. Doch jetzt wusste ich, dass das nicht der Fall war. Nun, da die Polizei die Schlinge enger zog und kurz davor war, Avalon zu durchsuchen, nun, da sie den Brief hatten sehen wollen, war er plötzlich verschwunden.

Aber natürlich hatte er verschwinden müssen. Wenn die Polizei ihn gefunden hätte, hätte sie entdeckt, dass er aus Alexanders Feder stammte, und sich gefragt, welche Täuschungsmanöver er noch ausgeheckt haben mochte.

Warum hatte Alexander den Schreibblock aufbewahrt?, fragte ich mich. Beabsichtigte er, weitere fingierte Briefe von Genevieve zu verfassen?

Mein Kopf war zum Bersten voll mit Gedanken und Fragen und schmerzte sowohl innerlich als auch äußerlich.

Draußen tobte und wütete der Sturm, und neben mir atmete Alexander tief und friedlich, den Arm um meine

Taille geschlungen. Er hielt mich fest an sich gepresst, sein Körper wärmte meinen Rücken. Ich stellte mir vor, wie der Brunnen unter dem Keller sich mit Wasser füllen würde, sobald das Regenwasser durch den Fels gesickert war. Würde der Laptop mit dem Wasser steigen oder am Grund des Brunnens liegen bleiben? Womöglich befand er sich schon einige Monate dort unten. Dann hatte das Wasser ihn längst so stark beschädigt, dass die Daten auf der Festplatte nicht mehr zu retten waren. Laurie war das mal passiert, als er eine Limodose über der Tastatur seines Laptops ausgeschüttet hatte. Welche Geheimnisse Genevieves Computer auch bargen, derjenige, der ihn in den Brunnen geworfen hatte, musste sie gekannt haben.

Der Sturm hatte sich im Laufe der Nacht gelegt, denn als ich die Augen aufschlug, ließ mich das Licht eines sonnigen Dezembermorgens blinzeln. Jenseits der Fensterscheiben trieben nur ein paar Wolken über den sonst blauen Himmel. Über das Geräusch des Windes und des Vogelgezwitschers hinweg hörte ich das Geheul der Steinbruchsirene. Es mutete wie der Schrei eines verzweifelten, gepeinigten Tieres an. Die Dinosaurier waren mal wieder ausgebrochen, dachte ich, und zogen randalierend durchs Tal. Nie wurde Jamie müde, sich neue Untaten der Dinosaurier einfallen zu lassen. Eines Tages, hatte ich ihm versprochen, würden wir alle Geschichten in einem Buch vereinen. Wir hatten bereits mit den Illustrationen begonnen. Der Gedanke daran ließ mich lächeln. Dann hörte ich ein Geräusch hinter mir. Als ich mich umdrehte, sah ich, wie Alexander mit dem Ellbogen die Zimmertür aufschob und ein Tablett mit Kaffee, Toast und Orangensaft in den Händen balancierte. Er stellte es auf der Kommode ab.

»Hallo«, sagte er und beugte sich zu mir herab, um mich zu küssen. Mein Nacken war nach wie vor steif, und der Kopf tat mir noch weh, aber ich reckte Alexander das Gesicht entgegen, um seinen Kuss entgegenzunehmen. Er küsste mich auf die Seite, die unverletzt war.

Er beugte sich noch tiefer herab, um meine Verletzungen in Augenschein zu nehmen. Die Hand unter meinem Kinn, betrachtete er mich eingehend. Er hatte recht behalten, mein Auge war so zugeschwollen, dass ich kaum etwas sehen konnte. Meine Lippe fühlte sich ebenfalls geschwollen an, und auf dem Kissen prangte ein Blutfleck.

»Wie geht es dir?«, fragte er.

»Geht so.«

»Du siehst ziemlich ramponiert aus. Ich möchte nicht wissen, wie dein Kontrahent aussieht.«

»Haha.«

»Du hast mir einen ganz schönen Schreck eingejagt«, fuhr er fort. »Du warst völlig durcheinander.«

»Natürlich. Ich habe mir gewaltig den Kopf angestoßen.«

»Aber offenbar nicht nur deswegen. Ist während meiner Abwesenheit sonst noch was passiert?«

»Nichts Nennenswertes.«

Er setzte sich neben mich und reichte mir meinen Kaffee.

»Willst du gar nicht wissen, wie es in Fowey war?«

»Fowey«, murmelte ich. Das Wort klang merkwürdig fremd in meinen Ohren. Das letzte Mal, als wir von Fowey gesprochen hatten, schien in einem anderen Leben, einer anderen Epoche gewesen zu sein. »Doch, natürlich. Wie war es?«

»Perfekt. Es ist nur eine kleine Werkstatt, doch die Pacht ist niedrig. Ich glaube zwar nicht, dass man dort nennenswerte Geschäfte machen kann, aber die Werkstatt liegt unweit der Hauptstraße, über die man schnell die Autobahn erreicht.«

»Ach, das klingt gut.«

»Außerdem gibt es jede Menge hübsche Wohnungen und Cottages zu mieten. Du wirst begeistert sein, Sarah.

Du könntest dort herrlich zeichnen. Wir könnten in Ruhe dort leben. Und in Sicherheit.«

»Klingt großartig.«

»Ich habe mich mit ein paar Leuten unterhalten. Und mir auch schon eine Wohnung im Ortszentrum angeschaut. Sie ist möbliert, die Einrichtung ist ziemlich schäbig, aber sie hat einen wunderschönen Blick und ist gemütlich. Eine Zeit lang würde sie es schon tun. Bis wir etwas Besseres gefunden haben. Ich dachte, dass wir vielleicht unmittelbar nach Weihnachten hinziehen könnten, meinetwegen auch schon am zweiten Weihnachtsfeiertag. Bis dahin werden wir es hier schon noch aushalten, was meinst du? Es sind ja nur ein paar Tage. Der Vermieter kann es gar nicht erwarten, den Mietvertrag unter Dach und Fach zu bekommen. Sarah?«

»Hm?«

Alexander schob mein Haar zurück und barg meine unversehrte Wange in seiner rauen Hand. Er sah mich eindringlich an, sodass ich nicht umhinkam, seinen Blick zu erwidern. Mir fiel auf, wie dunkel seine Augen waren und wie eindringlich sein Blick war.

Ich war mir sicher, er konnte bis in meine zweifelnde Seele blicken. Ich blinzelte.

»Würdest du es mir sagen, wenn etwas nicht stimmt?«

Irgendwie brachte ich ein Lächeln zustande. »Natürlich würde ich das.«

Ich musste einigermaßen überzeugend geklungen haben, jedenfalls hauchte er einen Kuss auf meine Stirn.

»Du bist so lieb«, sagte er. »Ich bin froh, dass du bei mir bist.«

Aber ich bin nicht Genevieve, dachte ich. Du sagst, ich sei lieb, aber du hast noch nie zu mir gesagt, dass du mich liebst. Du sagst, du vertraust mir, doch gleichzeitig hast du jede Menge Geheimnisse vor mir. Inzwischen bin ich so verwirrt, dass ich nicht mehr weiß, was ich tun soll.

Ich überlegte, ob ich mich womöglich die ganze Zeit in Alexander getäuscht hatte. Vielleicht war ich völlig kopflos gewesen, als ich ihn auf Sizilien kennenlernte. Ich hatte mich so sehr nach einem Helden gesehnt, der mich von Laurie und Manchester wegführt, dass ich einfach einen erfunden hatte. Ich hatte Alexander dazu gemacht.

Aber es hatte sich so real angefühlt. So richtig. Und bis vor Kurzem, bis ich den Laptop im Brunnen entdeckt hatte, hatte ich an Alexander geglaubt. Noch immer bemühte ich mich so fest, an ihn zu glauben.

Plötzlich ging die Tür auf, und Jamie stürzte im Pyjama herein und hüpfte auf mein Bett. Die Erschütterung jagte mir einen Schmerz durch den Kopf, aber ich musste dennoch lächeln. Zumindest waren meine Gefühle für Jamie eindeutig.

»Geht es dir besser?« Er brachte sein Gesicht ganz nah an meines und starrte mich mit der gleichen Intensität an wie sein Vater. Ich legte den Arm um ihn und zog ihn zu mir. Er schlüpfte zu mir unter die Decke und kuschelte sich an mich.

»Ja, es geht mir prima.«

»Igitt, wie sieht denn dein Auge aus? Und da hast du eine ganz große Schramme!« Er deutete auf die Stelle zwischen Nase und Oberlippe.

Wieder musste ich lächeln.

»Daddy hat mir versprochen, dass wir heute den Weihnachtsbaum holen. Das hast du doch, nicht wahr? Du hast gesagt, es wird Zeit, dass wir ihn schmücken.«

Alexander warf einen Blick auf sein Handgelenk. Er trug keine Uhr.

»Weißt du was?«, sagte er an mich gewandt. »Der Junge hat recht!«

»Klasse!«, sagte ich.

Jamie sah mich misstrauisch an. »Willst du nicht auch den Baum schmücken, Sarah?«

Ich lächelte. »Doch, natürlich will ich das.«

»Daddy hat gesagt, ich kann ihn aussuchen und ihm helfen, ihn zu fällen.«

»Ganz genau«, sagte Alexander, und Jamie missbrauchte meine Oberschenkel als Sprungbrett, um sich in seine Arme zu werfen. Alexander fing ihn auf und kitzelte ihn.

Während Jamie sein Frühstück zu sich nahm, ging ich nach oben ins Bad. Alexander, nur ein Handtuch um die Hüften geschlungen, stand am Waschbecken und stutzte sich den Bart.

»Hallo.« Er sah mich im Spiegel an.

Ich schob mich hinter ihm vorbei, klappte den Toilettendeckel herunter und setzte mich darauf.

»Gestern war die Polizei da«, sagte ich leise. »Sie wollen jetzt die Gegend um Burrington Stoke durchkämmen.«

Es entstand eine Pause – wir beide wussten, wonach sie suchten.

»Das musste ja früher oder später passieren«, sagte Alex.

»Aber dass es ausgerechnet so kurz vor Weihnachten sein muss, wo man …«

»Wo man was?«

Er führte den Rasierapparat vorsichtig am Hals entlang und spannte mit der freien Hand die Haut.

»Sie wollen auch Avalon durchsuchen.«

Alexander schaltete den Rasierapparat aus und nickte.

»Das lässt sich wohl nicht vermeiden.«

»Es ist nur … Na ja, ich glaube, dass sie uns observieren. Offensichtlich haben sie sogar unseren Müll durchsucht, um zu sehen, was wir weggeworfen haben, und …«

»Es wäre unprofessionell, wenn sie es nicht getan hätten.«

»Ja, aber ich mache mir Sorgen, dass immer noch Dinge da sein könnten, im Haus, meine ich, die sie vielleicht besser nicht entdecken sollten. Du weißt schon.«

Alexander lächelte. »Du machst dir zu viele Sorgen.«

Ich wusste nicht, wohin mit meiner Verzweiflung. Falls Alexander die Neuigkeit beunruhigt hatte, verbarg er es äußerst gut. Er drehte den Warmwasserhahn auf, schäumte sich die Hände mit Seife ein.

»Haben sie gesagt, wann sie kommen?«, fragte er beiläufig.

»Ich erinnere mich nicht mehr genau. Bald jedenfalls. Aber nicht heute, glaube ich.«

»Es wird schon gut gehen, Sarah. Wahrscheinlich werden wir schon weg sein, bis sie mit der Durchsuchung beginnen.«

»Sie werden doch nicht in Avalon anfangen, was meinst du? Es wäre der letzte Ort, wo Genevieve ... der letzte Ort, wo sie sein könnte.«

»Schon möglich. Aber es hat keinen Sinn, sich jetzt den Kopf darüber zu zerbrechen. Reich mir doch bitte das Handtuch. Man weiß nie, vielleicht gibt es ja neue Entwicklungen, und sie ändern ihre Pläne wieder.«

Es war mir schleierhaft, wie Alexander so entspannt sein konnte, während wir diese beunruhigenden Dinge erörterten. War ihm nicht klar, was das bedeutete?

Er drehte sich zu mir um und küsste mich auf den Scheitel.

»Schau nicht so bekümmert«, sagte er im Flüsterton. »Vielleicht wird es gar nicht dazu kommen.«

Nach dem Frühstück stieg Alexander auf den Dachboden und holte den Weihnachtsschmuck. Er war so fröhlich, dass es schwer war, sich nicht von seiner guten Laune anstecken zu lassen. Nie zuvor hatte ich ihn pfeifen hören, aber während er nun auf dem Wohnzimmerboden die Schachteln und Tüten ausbreitete, pfiff er eine leise Melodie. Hunderte von Lichtern, Christbaumkugeln und anderen Schmuckelementen waren in Seidenpapier verpackt. Eine Mischung aus Traurigkeit und Eifersucht stieg in mir auf beim Gedanken, dass zuletzt Genevieves Hände die Weihnachtsdekoration berührt hatten. Bei Jamie hingegen schien der Weihnachtsschmuck keine derartige Erinnerung auszulösen, war er doch viel zu aufgeregt dafür. Während ich eine Kostbarkeit nach der anderen auswickelte, rief er entzückt aus: »Oh, der Weihnachtsmann auf dem Schlitten! Der Vogel mit den echten Federn! Die Glöckchen – hör mal, wie sie klingen!« Wie ein Wirbelwind rannte er hin und her, trug seine Lieblingsstücke in sein Zimmer hinauf und verteilte den Rest, wo er seiner Meinung nach hingehörte.

Ein winziger Anflug von Heimweh überkam mich. Dieses Weihnachten wäre das erste mit meinem Baby gewesen. Ich hatte mich so darauf gefreut. Im Vorjahr war ich schwanger gewesen. Der Fötus war vier Monate alt, und schon hatte ich gespürt, wie er in meinem Bauch strampelte. Fünfzehn Zentimeter lang, war er fast schon fertig geformt, und die Seele war ihm bereits eingehaucht, wie Rosita meinte. Beflügelt von dem Gedanken an unsere bevorstehende Elternschaft, setzten Laurie und ich bei den Weihnachtseinkäufen andere Prioritäten als sonst. Laurie schenkte mir einen dieser schicken neumodischen Kinderwagen, der, wie er scherzend meinte, mehr gekostet habe als eine Limousine. Meine Mutter schüttelte den Kopf, zum einen wegen der Verschwendung, zum anderen weil wir uns wie Dummköpfe benahmen. Sie sagte, wir würden das Schicksal herausfordern. Frühestens ab dem siebten Monat sollte man beginnen, Babysachen zu kaufen, meinte sie. Hinter ihrem Rücken lachten wir sie wegen ihres Aberglaubens aus, kauften im Überfluss Weihnachtsschmuck und sagten, all die Sachen würde unser Kind eines Tages erben. Ich fragte mich, ob Laurie diese sorgfältig ausgesuchten Stücke jetzt auspackte. Und ob auch er daran dachte, wie es hätte sein können.

Ich verbannte diese Gedanken und gesellte mich stattdessen zu Jamie, um ihm zu helfen, verschiedenfarbige Christbaumkugeln auf ein Band aufzufädeln und über dem Kamin im Wohnzimmer aufzuhängen. Ich genoss es wirklich, diese Dinge mit Jamie zu tun, und doch hatte ich das Gefühl, als würde ich schauspielern. Gemeinsam packten wir die Lichterketten aus und überprüften, ob sie noch intakt waren. Nachdem wir den Christbaumschmuck sorgfältig aus dem Weg geräumt hatten, rückten wir im Wohnzimmer ein paar Möbelstücke zur Seite, um Platz für den Weihnachtsbaum zu schaffen.

»Dort steht er immer«, erklärte Jamie feierlich. »Mami meint, das ist der beste Platz.«

Überrascht sah er zu mir hoch, nachdem ihm offenbar bewusst geworden war, was er gesagt hatte und dass er Weihnachten ohne seine Mutter verbringen würde.

»Sie hat recht«, sagte ich. Ich drückte aufmunternd Jamies Schulter. Er hatte den Daumen in den Mund gesteckt und starrte auf den Teppich.

»Kommst du mal her, Jamie?«, rief Alexander. »Ich brauche deine Hilfe, um die Lichterketten draußen aufzuhängen.«

Ich vergewisserte mich, dass Jamie warm eingepackt war, ehe ich ihn ins Freie ließ. Während sich Alexander und er draußen zu schaffen machten, füllte ich eine Gemüseschüssel mit Wasser, schälte Kartoffeln und schnitt sie zu Stiften für Pommes frites. Als ich Pilze für ein Omelett in einer Pfanne briet, machte Alexander die Tür auf und ließ einen Schwall kalter Luft herein. Hinter ihm sang Jamie im Garten laut *Jingle bells, batman smells…* eine Verballhornung des Weihnachtslieds.

Alexander trug seine dicken Winterstiefel, eine Jacke, Handschuhe und hielt eine Axt in der Hand.

»Jamie und ich fahren zu dem Wäldchen hinauf, um einen Christbaum zu schlagen«, sagte er.

Robin's flown away…

»Kommst du mit?«

Ich schüttelte den Kopf. Alexander wog den Axtkopf in der Handfläche seiner Rechten.

Uncle Billy lost his willy …

»Ich bereite inzwischen das Mittagessen vor.«

»Okay.«

On the M4 motorway.

Er zögerte noch immer.

»Alles in Ordnung mit dir?«, fragte er schließlich.

»Bitte hör auf, mich ständig zu fragen. Ich habe dir doch gesagt, dass nichts ist. Ich habe einfach nur furchtbare Kopfschmerzen. Außerdem kann ich mich mit meinem Gesicht wirklich nirgendwo blicken lassen.«

Jingle drums …

Alexander runzelte die Stirn. »Du bist so distanziert. Ich habe den Eindruck, als wärest du lieber woanders.«

Batman bums …

»Wo hat Jamie diesen Text nur her?«, rief ich aus. »Er sollte diese Wörter nicht in den Mund nehmen.«

»Es hat dich bislang nicht gestört. Sarah, was ist los?«

»Zum tausendsten Mal: Ich habe mir den Kopf angeschlagen!«

»Nein«, sagte er, »das ist es nicht.«

Robin did a smelly poo.

»Außerdem war die Polizei da. Ich mache mir Sorgen wegen der Durchsuchung, ich meine, wegen dem, was sie finden könnten. Ich hatte ein paar schreckliche Tage. Jetzt hör auf, so ein Theater deswegen zu machen.« Damit wandte ich mich zur Arbeitsplatte um, nahm eine Chilischote in die Hand und begann, sie aufzuschneiden.

Mr Whippy's got a stiffy …

»Geht jetzt den Baum holen«, sagte ich leichthin. »Wenn ihr wieder zurück seid, ist das Mittagessen fertig. Wo stellst du ihn normalerweise hinein? In einen Eimer?«

»Irgendwo gibt es einen Ständer. Ein wuchtiges dreibeiniges schmiedeeisernes Ding. Aber ich habe ihn noch nicht gefunden.«

And the penguin's got one too.

»Ich werde noch mal nachsehen.«

Alexander ließ den Axtkopf in seiner behandschuhten Hand auf und ab federn. Er machte ein theatralisches Gesicht: »Tu mir einen Gefallen, Sarah, wenn du auf belastendes Beweismaterial stößt, könntest du dann vielleicht ein gutes Versteck dafür ausfindig machen?«

»Haha«, sagte ich. »Wie wär's zum Beispiel mit dem Brunnen unten im Keller?«

Einen Moment lang herrschte Schweigen. Nur für die Dauer eines Herzschlags. Dann erschien Jamie hinter seinem Vater, über beide Wangen strahlend. Er fragte uns zwar nicht, wollte aber offensichtlich herausfinden, ob wir seinen Gesang gehört hatten und ob wir den Liedtext ebenso lustig fanden wie er oder aber eher genervt waren. Ausnahmsweise schenkten wir ihm keine Beachtung.

»Was meinst du damit?«, fragte Alexander.

»Ich habe gestern in den Brunnen hinabgesehen und etwas darin entdeckt.«

»Im Brunnen im Keller? Den kannst du nicht entdeckt haben.«

»Doch, habe ich.«

»Sarah, der Deckel ist mit einem Vorhängeschloss versehen, und ich weiß nicht, wo Genevieve den Schlüssel aufbewahrt hat. Er wurde seit Jahren nicht mehr hochgehoben.«

Ich schüttelte den Kopf. »Ich habe den Deckel selbst hochgehoben.«

»Das ist nicht möglich.« Alexander legte die Stirn in Falten. »Der Stoß auf deinen Kopf muss dich verwirrt haben. Du kannst den Deckel nicht verschoben haben.«

Ich schluckte und starrte auf meine Hände hinab. Ich war den Tränen nah. Ich *wusste,* was ich gesehen hatte. Warum log er mich an? Wollte er mir einreden, dass ich dabei war, den Verstand zu verlieren?

»Hey«, sagte Alexander. »Dort unten ist es stockfinster und unheimlich, also ist es gar nicht so abwegig, dass deine Phantasie dir etwas vorgegaukelt hat.«

Er trat auf mich zu und küsste mich auf die Wange.

»Du bist doch hier, wenn wir zurückkommen, nicht wahr?«, fragte er.

»Natürlich. Wo sollte ich denn sonst sein?«

Sobald ich hörte, wie der Landrover die Auffahrt hinunterfuhr, zog ich die Kellertür weit auf, blockierte sie mit einem Karton aussortierten Geschirrs und, um wirklich sicherzugehen, dass ich mich nicht selbst aussperrte, überklebte die Türfalle mit Klebeband. Dann knipste ich das Licht an und nahm zur Sicherheit die Taschenlampe mit.

Bei Tag war es im Keller nicht annähernd so bedrückend. Eine nackte Glühbirne über dem Fuß der Treppe beleuchtete den Raum. Außerdem drang von der Tür oben Licht herunter, und durch die Ränder einer Luke, die ich am Vortag nicht bemerkt hatte, sickerte Tageslicht herein. Der Boden war jedoch feucht und an manchen Stellen rutschig. Schleimige Schneckenspuren überzogen die Mauern wie Graffiti.

Ich sah mich um, um mich zu orientieren. An der gegenüberliegenden Mauer hing der Sicherungskasten, und darunter stand der Pappkarton, auf dem ich am Vorabend die Taschenlampe abgelegt hatte. Ich ließ den Blick an der Mauer entlang zum Holzstoß gleiten und bemerkte auf Anhieb, dass etwas anders war. Der Holzstoß hatte eine andere Form. Die Scheite, die ich notdürftig zurückgeschoben hatte, waren heruntergefallen, und in der Mitte des Stoßes klaffte eine V-förmige Lücke. Dahinter waren die Nische und der Brunnendeckel nicht zu übersehen. Ich beugte mich über den Stoß und starrte auf den Brunnendeckel. Auf beiden Seiten waren Metallplatten in den Boden geschraubt worden, die den Brunnendeckel befestigten. In der Mitte wurden sie durch ein großes Vorhängeschloss gesichert.

Alexander musste in der vergangenen Nacht die Metallplatten angebracht haben, beschloss ich. Eine andere Erklärung gab es nicht. Aber wie, ohne dass ich es bemerkt hatte? Ich war mir sicher, dass er die ganze Nacht bei mir gewesen war. Ich hatte so unruhig geschlafen, doch wann immer ich aufgewacht war, hatte er neben mir gelegen. Um das ganze Holz zu entfernen und die Metallplatten zu montieren, hätte er mindestens eine, wenn nicht sogar zwei Stunden gebraucht. Zwar hatte der Sturm gewütet, und es konnte schon sein, dass ich deshalb nicht gehört hatte, wie er sich hier mit dem Bohrer zu schaffen machte … Aber konnte er das tatsächlich getan haben?

Oder war es möglich, dass ich einer Täuschung erlegen war? Dass mir die Dunkelheit während des gestrigen Stromausfalls einen Streich gespielt hatte? Oder vielleicht waren die Schrauben durchgerostet und so locker, dass ich es irgendwie geschafft hatte, den Deckel zu verrücken? Darauf bedacht, nicht abermals den Kopf anzuschlagen, beugte ich mich noch ein wenig tiefer und zog an der Schnurlasche.

Der Deckel bewegte sich keinen Millimeter.

Mein Herz begann zu rasen. Hatte ich mir alles nur eingebildet?

Alexander hatte gemeint, ich sei von Genevieve besessen, und womöglich hatte er recht. Vielleicht hatte mein Unbewusstes mir genau das vorgegaukelt, wonach ich seit Wochen suchte, nämlich den Laptop.

Oder vielleicht war mit meinem Verstand etwas nicht in Ordnung. Ich wusste, dass ich mir manchmal etwas einbildete, was nichts mit der Wirklichkeit zu tun hatte.

Zum Beispiel war in der Zeit nach der Totgeburt meines Babys mein Erinnerungsvermögen getrübt gewesen. Ich brachte gewisse Episoden durcheinander, verwechselte Gedanken mit Fakten und meinte, mich an Gespräche zu erinnern, die gar nicht stattgefunden hatten. Die Ärzte sagten, das sei normal. Dergleichen Symptome träten bei Menschen auf, die einen Schock erlitten hatten. Es habe nicht etwa zu bedeuten, dass ich allmählich den Verstand verlöre, nein, im Gegenteil, es zeige, dass mein Geist versuchte, das Erlebte zu verarbeiten. Ich war so mit meinen Gefühlen und meinem Verlust beschäftigt gewesen, dass ich manches, was das wirkliche Leben ausmachte, falsch interpretiert hatte. Passierte das Gleiche erneut mit mir?

Dennoch – ich war mir sicher, was ich gesehen hatte.

Die Beule an meinem Hinterkopf war real. Ich befühlte sie. Ich hatte mir das Gesicht bei meinem Sturz geprellt. Auch das war real. Abermals starrte ich auf den Brunnendeckel.

Es war offensichtlich, dass man ihn nur verrücken konnte, wenn man zuvor das Vorhängeschloss entfernte, das die beiden Metallplatten zusammenhielt.

Ich ging die Kellertreppe hinauf, knipste das Licht aus, legte die Taschenlampe an ihren Platz zurück und schloss die Tür hinter mir. Dann rief ich May an. Ich sehnte mich danach, mit ihr zu reden, aber sie antwortete weder auf dem Festnetzanschluss noch auf dem Handy. Auch Neils Handy schaltete sofort auf die Mailbox um. Ich hinterließ Nachrichten mit der Bitte, mich zurückzurufen, dann machte ich Kaffee und setzte mich an den Küchentisch, wo ich nervös mit dem Fuß wippte und auf ihren Anruf wartete.

Das Telefon klingelte nicht.

Wahrscheinlich waren sie einkaufen. May schob ihre Weihnachtseinkäufe immer bis zur letzten Sekunde hinaus. Sie sagte, das versetze sie dann in Festtagsstimmung. Bestimmt riefen sie an, sobald sie zurück waren.

Der Weihnachtsbaumständer fiel mir wieder ein. Ich hatte Alexander versprochen, danach zu suchen.

Ich wusste, dass er nirgendwo im Haus war, und wäre er im Keller, hätte ich ihn gesehen. Mein Blick wanderte zum Fenster und zu den baufälligen Nebengebäuden. Wenn ich nach einem Platz für einen größeren, sperrigen Gegenstand suchte, den ich für die nächsten elfeinhalb Monate nicht brauchte, würde ich einen dieser Schuppen wählen; dort wäre er aus dem Weg.

Ich zog die Stiefel an und ging nach draußen. Der Sturm hatte in der Nacht Zweige und Äste von den Bäumen gerissen, die nun überall verstreut lagen. Ein winziges Rotkehlchen hüpfte ein Stück weit vergnügt hinter mir her, während ich im Zickzack den Weg entlangging und den Ästen auswich. Ich warf einen Blick in den Pferdeanhänger, spähte durch das Efeu und die Brombeersträucher in den Heuschober, aber ich wusste auch so, dass der Christbaumständer nicht dort war. Wenn ich Genevieve gewesen wäre, hätte ich ihn in der großen Scheune deponiert, wo er vor Regen geschützt war. Neben dem alten Holztor blieb ich stehen. Grüne Farbe löste sich großflächig von dem Holz und enthüllte den ehemals grauweißen Anstrich.

Ich war noch nie in der Scheune gewesen. Es hatte keinen Grund gegeben. Ich zögerte. Dann atmete ich tief ein, schob den schweren Eisenriegel zurück, und die Tür schwang wie von selbst auf.

Durch die Spalten und Ritzen, die auch Vögel und Fledermäuse nutzten, drang vereinzelt Licht herein. Den meisten Platz nahm ein alter Traktor ein, und darum herum befanden sich verschiedene landwirtschaftliche Geräte und Säcke mit Tierfutter, durch deren geplatzte Nähte Körner auf den Boden gerieselt waren.

Es roch modrig und nach Vogelkot und Nagetieren. Staubige Spinnweben hingen von den Dachsparren.

Ich ging einen Schritt weiter. Zwischen dem Traktor und einer Mauer standen ein alter Kühlschrank und daneben ein staubbedeckter Kleiderschrank. Überall lagen Stapel von

Zeitungen verstreut, deren Ecken von Mäusen angenagt worden waren. Ich zwängte mich durch die Lücke zwischen Traktor und Schrank.

Hinter dem Traktor gab es allen möglichen neuzeitlichen Plunder: Teppichstücke, eine Maschendrahtrolle, Zaunpfähle, Plastikeimer. Und mitten aus dem Wirrwarr ragte eine rötlich glänzende Metallspitze heraus, die, wie ich vermutete, zu einem Christbaumständer gehören konnte.

Erleichterung durchströmte mich. Ich beugte mich hinab und zog an dem Metallteil. Der Ständer war eingeklemmt unter einem Haufen weiterer Dinge, die achtlos daraufgeworfen worden waren. Ich lehnte mich mit dem Rücken an die Schranktür, stemmte die Füße gegen das Hinterrad des Traktors und zog abermals kräftig an dem Eisenteil. Ich brauchte eine Weile, aber allmählich löste sich das schmiedeeiserne Ding. Schließlich gab es so unvermittelt nach, dass ich gegen die Schranktür gepresst wurde, dessen Schloss aufschnappte, sodass die Tür ein wenig nach innen nachgab. Ich hievte den Christbaumständer über die riesige Radkappe des Traktors hinweg. Als ich mich rückwärts in Richtung Scheunentor zwängte, öffnete sich die Schranktür geräuschlos.

Ich drehte mich um, um sie wieder zu schließen, als mein Blick an etwas hängen blieb.

Einer Tasche. Es war eine hübsche blassblaue und braune Reisetasche aus bedrucktem Leder.

Ich wusste sofort, was sie enthielt und wem sie gehörte. Es gab nur eine Person, der sie gehört haben konnte.

Genevieve.

Ohne weiter nachzudenken, zog ich sie aus dem Schrank, schwang sie über die Motorhaube des Traktors und stellte sie davor auf dem Boden ab, um sie bei Tageslicht zu besehen. Den Christbaumständer schob ich achtlos mit dem Fuß vor das Tor, ehe ich den Reißverschluss der Tasche aufzog.

Die Kleider waren ordentlich gepackt worden, nicht in Eile, sondern mit Bedacht. In einer Seitentasche entdeckte ich ein zusammengerolltes Handtuch, in dem Zahnpasta, Shampoo, eine Haarspülung und verschiedene Cremes eingewickelt waren. Auch ein Beutel mit Schmuck befand sich darin.

In der Vordertasche steckte eine Brieftasche, die ein Bündel Euroscheine und ein zusammengefaltetes Notizblatt enthielt. Ich zog es heraus, faltete es auf und las die daraufgekritzelten Daten einer Flugverbindung. Es war ein Flug nach Sizilien, der am 24. Juli um 21 Uhr abends von Heathrow aus ging. Dem Tag, an dem Genevieve verschwunden war.

Außerdem fand ich einen Reisepass. Ich fischte ihn heraus und schlug ihn auf.

Es war ihrer.

»Jesus Christus«, wisperte ich. »O Gott!« Nun gab es keinen Zweifel mehr.

Genevieve war nicht weggegangen. Sie hatte Avalon nie verlassen. Und wenn das wirklich der Fall war, musste sie hier irgendwo sein.

Unten auf der Straße fuhr ein Wagen vorbei, und ich schrak zusammen. Alexander konnte jede Minute zurück sein. Wenn er die Zufahrt hochkam und mich hier sah, mit Genevieves Reisetasche …

Ich nahm die Tasche samt Inhalt, warf sie hektisch über die Motorhaube des Traktors und rannte zum Tor. Doch als ich es schließen wollte, rastete der Riegel nicht ein. Ich hob das Tor etwas an, doch sosehr ich mich auch bemühte, ich schaffte es nicht. Schluchzend suchte ich nach einem Stein, fand einen und trieb den Riegel damit in die Halterung. Dann rannte ich zum Haus zurück. Ich war völlig durcheinander und wollte nur schnell mein Handy holen, von hier verschwinden und von einem sicheren Ort jemanden um Hilfe bitten … Ich hatte zwar keine Ahnung, wen ich anrufen wollte, aber …

Nein, das konnte ich nicht tun. Ich konnte Jamie nicht hierlassen.

Egal wie, das Handy brauchte ich jedenfalls. Fieberhaft suchte ich danach, zog Schubladen auf, kippte Papierstapel auf den Boden und tastete im Flur sämtliche Mantel- und Jackentaschen danach ab, aber ich fand es nicht. Vielleicht hatte ich es in der Scheune verloren. Panisch rannte ich zum Telefon und wählte erneut Mays Nummern. Doch sie meldete sich noch immer nicht. Die einzige andere Nummer, die ich auswendig wusste, war Claudias. Ich wählte sie und war unendlich erleichtert, als Petra abnahm.

»Petra, ich bin's, Sarah, hör zu, ich muss mit deiner Mami sprechen, es ist dringend, ich …«

»Sie kann nicht ans Telefon kommen«, sagte Petra, und trotz meiner eigenen Bedrängnis nahm ich ihren besorgten Ton wahr.

Ich bemühte mich, meinen rasenden Atem unter Kontrolle zu bringen, und fragte so ruhig wie möglich: »Was ist denn los, Liebes?«

»Mami muss zu Großmutter und …«

Im Hintergrund hörte ich Allegras Stimme, und Petra musste ihre Hand auf die Sprechmuschel gelegt haben, denn eine Zeit lang waren nur gedämpfte Geräusche zu vernehmen, dann ein lautes Heulen von einem der Mädchen.

»Hallo?«, rief ich. »Petra, ist etwas passiert? Petra?«

Sie ließ das Telefon fallen, hektische Stimmen wurden laut, und gerade als ich die Verbindung unterbrechen wollte, nahm Bill den Hörer und sagte: »Sarah?«

»Was ist los?«, schrie ich. »Was ist passiert?«

»Wo bist du?«, fragte Bill.

»In Avalon.«

»Und Alexander und Jamie?«

»Sie sind weggefahren, um einen Weihnachtsbaum zu schlagen.«

Erneut war ein kurzer, erstickter Wortwechsel zu hören, dann Claudias Stimme, die angespannt und viel höher als sonst klang, gefolgt von Lauten, die auf hektische Betriebsamkeit im Hintergrund schließen ließen, und dann das Schlagen einer Tür.

Bill meldete sich wieder. »Sarah, ich komme rasch rüber und hole dich ab. Warte draußen auf mich.«

»Warum? Was ist passiert? Hat es einen Unfall gegeben?«

Bill seufzte. Ich stellte mir vor, wie er die Brille abnahm und sich mit zwei Fingern die Nasenwurzel rieb.

»Die Polizei hat heute Morgen den alten Steinbruch abgesucht«, sagte er. Er hörte sich an, als trüge er das Gewicht der ganzen Welt auf den Schultern.

»Und?«, fragte ich im Flüsterton.

»Sie haben eine Leiche gefunden.«

SIEBENUNDFÜNFZIG

Ich machte mir nicht die Mühe, meine Tasche zu packen, sondern nahm einfach nur meinen Mantel von der Garderobe und meine Handtasche mit dem Geldbeutel und der Brille. Dann rannte ich zur Tür hinaus. Während hinter mir das Gartentor zuschlug, lief ich los, die mit Pfützen übersäte Auffahrt entlang.

Als ich die Scheune erreichte, sah ich zu meinem Entsetzen, dass das Tor wieder aufgegangen war. Genevieves Kleider waren aus der Tasche gefallen und hatten sich am Kühlergrill verfangen; es sah aus wie nach einem Verkehrsunfall. Ich drückte mit der Schulter das Tor zu, als ich plötzlich Reifengeräusche vernahm.

Gott sei Dank, dachte ich und stemmte mich mit beiden Händen gegen das Tor; es war so schwer und sträubte sich, und schon kam der Wagen in Sicht, aber es war weder Claudias Volvo noch Bills großer Geländewagen, sondern der Landrover, bis zu den Fenstern mit Schlamm bespritzt, und aus der Kofferraumtür ragte die Spitze eines Tannenbaums.

Alexander hupte, und Jamie winkte wie wild durch das Beifahrerfenster. Ich bemühte mich, ein Lächeln aufzusetzen, aber es war, als könnte ich mich nicht mehr erinnern, wie das ging. Die Zeit verlangsamte sich, bis zwischen jedem Herzschlag mehrere Sekunden lagen.

»Hallo, Sarah«, sagte Alexander. »Was machst du denn da?«

Er lächelte, aber er blickte besorgt drein. Ich ließ eine Hand am Tor, um es zuzuhalten und das Scheuneninnere vor seinem Blick zu verbergen.

»Ich habe den Christbaumständer gefunden.« Meine Stimme klang wie eine Schallplatte, die in der falschen Geschwindigkeit läuft. Mit der Stiefelspitze deutete ich auf das schmiedeeiserne Ding.

»Wir haben einen riesigen Baum gefunden, Sarah!«, rief Jamie.

»Was ist los?«, fragte Alexander und stellte den Motor ab.

»Nichts.«

Die Fahrertür öffnete sich, und Alexander stieg aus. Sein Gesicht war blass.

»Stimmt was nicht? Ist etwas passiert?«

»Nein, nichts.«

Mein Rücken drückte gegen das Scheunentor. Alexander trat einen Schritt auf mich zu. Ich presste den Rücken noch fester gegen das Tor. Der alte Farbanstrich, der sich in Fetzen vom Holz löste, zerbröckelte unter meinen Fingern.

»Komm, Dad, lass uns den Baum ins Haus bringen!«, rief Jamie. Er fingerte an seinem Gurt herum, bekam ihn aber nicht auf. Bleib im Wagen, Jamie, dachte ich, bitte bitte bitte, bleib im Wagen.

»Sarah?«

Alexander stand jetzt genau vor mir.

Das Lächeln, das zuvor nicht hatte kommen wollen, zupfte an meinem Mund und verzerrte ihn zu einem puppenhaften Grinsen.

»Warum gehst du nicht hinein und setzt Tee auf?«, fragte ich. Ich spürte, wie ich schwankte. Fall jetzt nicht in Ohnmacht, sagte ich mir, du darfst jetzt nicht in Ohnmacht fallen.

»Lass mich sehen«, sagte er leise.

»Ich schüttelte den Kopf. »Nein.«

Er legte eine Hand an das Scheuentor, oberhalb meines Kopfes.

Ohne auch nur eine Sekunde nachzudenken, duckte ich mich unter seinem Arm hindurch, rannte an ihm vorbei zum Landrover und sprang auf den Fahrersitz. Alexander drehte sich verwirrt um und folgte mir, doch ich war schneller. Ich startete den Motor, rutschte auf dem Sitz nach vorn, um mit den Füßen die Pedale zu erreichen, und legte den Rückwärtsgang ein.

»Was machst du, Sarah?«, fragte Jamie. Er saß noch immer angeschnallt auf dem Beifahrersitz. Er wirkte nicht besorgt, nur ein bisschen überrascht. Die Kupplung knirschte, der Rückwärtsgang ging nicht rein.

»Wir fahren …«

»Wohin?«

»Ich weiß es nicht.«

Erneut schaltete ich in den Leerlauf und probierte es noch mal.

»Aber wir müssen doch den Weihnachtsbaum aufstellen, Sarah!«

Jamie versuchte, die Tür zu öffnen.

»Nein, Jamie, nein!« Ich lehnte mich hinüber und packte seine Hand.

»Was machst du da?«

Alexander hatte das Scheunentor hinter sich aufschwingen lassen, aber er schaute nicht hinein. Während ich mich noch immer verzweifelt bemühte, die Kupplung und Gangschaltung in Einklang zu bringen, kam er in großen Schritten auf uns zu. Die Hände hatte er seitlich am Körper und die Handflächen nach oben gedreht wie Jesus in den Gemälden, auf denen er Gott um Hilfe anfleht. Im Rückspiegel sah ich den Traktor mit Genevieves Tasche, aus der sich ihre Sachen ergossen. Alexander hatte den Landrover erreicht und legte eine Hand auf die Kühlerhaube.

»Sarah?«

Im selben Moment rastete der Rückwärtsgang ein, und ich gab Gas.

»Sarah!«

Alexander schlug mit der flachen Hand auf die Kühlerhaube. Aus dem Augenwinkel nahm ich seinen entsetzten Gesichtsausdruck wahr, doch ich weigerte mich, Mitleid für ihn zu empfinden. Stattdessen drehte ich den Kopf über die Schulter zurück, um den Wagen rückwärts die Auffahrt hinunterzulenken. Plötzlich sah ich, wie unmittelbar hinter uns ein Wagen auftauchte. Mit aller Wucht trat ich auf die Bremse, aber nicht schnell genug, um den Zusammenstoß mit dem Polizeiwagen zu vermeiden, der uns entgegenkam.

ACHTUNDFÜNFZIG

Wenn es nach mir gegangen wäre, wäre ich auf der Stelle nach Hause, nach Manchester, abgereist, aber ich konnte Jamie weder zurücklassen noch ihn mitnehmen. Genevieves Familie hätte diese Möglichkeit nicht im Entferntesten in Betracht gezogen, und die Opferschutzbeamtin meinte, es sei am besten, wenn der Junge in seiner vertrauten Umgebung blieb, bei Menschen, die er kannte – in dieser »schwierigen Zeit«, wie sie sich ausdrückte. Doch in Avalon konnten Jamie und ich nicht wohnen bleiben, denn die Polizei hatte das Haus abgesperrt und die Tür mit einem Polizeisiegel versehen. Außerdem war ein Wachmann am Tor postiert worden, damit die Kollegen von der Spurensicherung in Ruhe ihre Arbeit tun konnten. Da es zu spät für andere Vorkehrungen war, wurde kurzerhand beschlossen, dass Jamie und ich die Nacht bei Claudia und ihrer Familie verbringen sollten. In aller Eile packte ich, noch immer im Mantel, eine Tasche mit dem Nötigsten; mein Handy fand ich auf dem Armaturenbrett des Landrovers. Ich weiß nicht, wie es dahin gekommen war. Der arme Jamie indes hatte nichts dabei als die Kleider, die er am Leib trug.

In Claudias und Bills Haus herrschte eine schreckliche Atmosphäre, eine Mischung aus Trauer und Wut. Der einzige Lichtblick waren die Zwillinge und Jamie in ihrer kindlichen Unschuld. Sie wussten, dass jemand im Steinbruch in den Abgrund gestürzt war, doch weder, dass diese Person tot war, noch, dass es sich mit hoher Wahrscheinlichkeit um Genevieve handelte. Ebenso wenig wussten sie, dass alle davon ausgingen, Alexander habe sie umgebracht. Sie schienen sich der entsetzlichen Situation nicht bewusst zu sein. Ihre Vorfreude auf Weihnachten überdeckte alles andere. Vielleicht lag es daran, dass sie an die irrationalen Handlungen der Erwachsenen gewöhnt waren und an die anscheinend sinnlosen Schwankungen ihrer Launen, sodass sie nicht zwischen einer vorübergehenden Missstimmung und einer wirklich ernsten Lage unterscheiden konnten.

Claudia konnte mich kaum ansehen, und das hatte nichts mit meinem zerschundenen Gesicht zu tun, das im Laufe des Tages noch mehr angeschwollen war und sich gelb und blau verfärbt hatte. Ich wusste, was in ihrem Kopf vorging. Sie sah in mir die Geliebte des Mannes, der ihre Schwester umgebracht hatte. Ich hatte mit ihm geschlafen, nachdem er einen Mord begangen hatte. Seine mörderischen Hände hatten meinen Körper erkundet. Bestimmt dachte sie auch, ich müsste etwas gewusst, zumindest geahnt haben, ohne ihr von meinem Verdacht zu erzählen. Und sie hatte recht. Wenn sich tatsächlich herausstellen sollte, dass ich mich in Alexander geirrt hatte, war ich beinahe ebenso schuldig wie er.

Wenn er es tatsächlich war.

Wenn er ein Mörder war.

Mein Herz und die Stimme in meinem Kopf beharrten hartnäckig darauf, dass Alexander Genevieve niemals etwas angetan hätte. Ich wusste, wie sehr er sie geliebt hatte. Gleichzeitig wusste ich nicht, ob ich meiner inneren Stimme noch vertrauen konnte. Und angesichts meiner tiefen Zuneigung zu Jamie hätte ich sogar bis zu einem gewissen Grad verstehen können, wenn Alexander seine Frau ermordet hätte. Ich hätte verstehen können, wenn sein Drang, Jamie zu beschützen und zu behalten, übermächtig geworden wäre, nachdem Genevieve damit gedroht hatte, das Kind mitzunehmen; dann hätte Alexander damit rechnen müssen, Jamie nie wieder zurückzubekommen, ja, ihn vielleicht nie wieder zu sehen. Ich konnte verstehen, dass unter diesen Umständen die Gefühle jeden vernünftigen Gedanken zu überlagern drohten.

Und noch etwas nagte an mir.

Die Polizei hatte keine Zeit verschwendet, als sie in Avalon eintraf. Die Beamten waren Jamie gegenüber freundlich gewesen und hatten ihn abgelenkt, damit er nicht mitbekam, wie einer der Polizisten zu Alexander trat, ihm Handschellen anlegte. So hatte Jamie auch nicht dessen Miene bemerkt, als er hörte, was der Beamte zu ihm sagte. Aber ich hatte sie bemerkt.

Ich hatte das Entsetzen in Alexanders Gesicht gesehen, ehe er mich anschaute.

Er sagte nichts, sondern sah mich nur an und suchte in meinem Gesicht nach Bestätigung, dass ich nach wie vor zu ihm hielt.

Doch ich konnte seinem Blick nicht standhalten. Ich musste wegsehen. In dem Moment, da er mich am meisten brauchte, hatte ich ihm gezeigt, dass ich an ihm zweifelte.

Ich ging in die Küche, um Jamie einen Imbiss zu machen. Claudia stand an der Spüle und wusch ab; sie tat es mit einer wütenden Inbrunst, als wollte sie ihre Verzweiflung an dem unschuldigen Porzellan auslassen. Im Laufe des Tages hatten sich die Polizisten die Klinke in die Hand gegeben, sodass etliche Becher schmutzig geworden waren, weil Claudia den Beamten immer wieder Tee angeboten hatte.

»Hallo«, sagte ich vorsichtig. »Ist es okay, wenn ich ein Sandwich für Jamie mache?«

Claudia drehte sich um und sah mich finster an. Dann warf sie das Geschirrtuch in das Spülbecken, sodass Schaumflocken aufflogen, und riss sich die Spülhandschuhe von den Händen.

»Ich habe versucht, dir zu helfen, damit du dich schneller einlebst!«, sagte sie mit wuterstickter Stimme. Claudia tat sich schwer mit dem Wütendsein, war sie von Natur aus doch eher friedfertig und freundlich. Ihre Augen waren gerötet, und ihr Haar hing ihr wenig schmeichelhaft in das mollige Gesicht. »Ich habe dich mit allem vertraut gemacht, dir meine Freundschaft angeboten, dir sogar eine zweite Chance gegeben, als ich herausgefunden habe, dass du mich angelogen hattest.«

Ich wollte etwas einwenden, doch sie bedeutete mir mit erhobener Hand zu schweigen.

»Ich dachte, wir seien Freundinnen«, sagte sie mit verzweifelter Stimme.

»Oh Claudia, aber das sind wir doch!«

»So? Stimmt es also nicht, dass du vorhattest, mit Alexander abzuhauen? Dass die Polizei dich erwischt hat, wie du Umzugskartons gepackt hast?«

»Ja, das haben sie, aber ...«

»Du wusstest, dass sie mit der Suche beginnen würden! Du wusstest, dass sie die Leiche meiner Schwester finden würden! Also wolltest du rechtzeitig verschwinden, ehe sich die Polizei an eure Fersen geheftet hätte.«

Ich versuchte zu rekonstruieren, wie alles genau gewesen war, aber die letzten Wochen waren in meiner Erinnerung zu einem einzigen unscharfen Bild verschwommen, und es wollte mir nichts einfallen, was ich zu meiner Entschuldigung hätte vorbringen können.

»Und, am schlimmsten von allem, ihr wolltet Jamie seinen Großeltern wegnehmen, obwohl er doch das Einzige ist, was ihnen bleibt! An Weihnachten! Wie hättest du ihnen das nur antun können!«

»Sie haben ja noch dich, Claudia. Und sie haben unsere Töchter«, warf eine ruhige Stimme ein. Bill hatte hinter mir die Küche betreten. Er ging zu Claudia und zog sie an sich, und sie ließ sich in seine Arme sinken, wo sie zu schluchzen begann. Er streichelte ihr Haar und wog sie in den Armen wie ein Baby.

»Sch«, sagte er. »Ist schon gut.«

Ich drehte mich um und verließ die Küche. Ohne mir den Mantel anzuziehen, trat ich in die eisige Kälte des Gartens hinaus. Blue, der am Gebüsch auf der gegenüberliegenden Seite geschnuppert hatte, bemerkte mich, drehte sich erfreut um und kam angerannt. Obwohl ich ihm, die Arme um den Oberkörper geschlungen, den Rücken zukehrte, ließ er sich nicht davon abhalten, an mir hochzuspringen. Ich verlor das Gleichgewicht und fiel um. Sofort begann er, mein Gesicht abzuschlecken und sich an mich zu drücken. Ich schob ihn von mir und rappelte mich wieder hoch. Dann stapfte ich zum Rand des Gartens, wo man mich vom Haus aus nicht sehen konnte. Ich blickte auf die winterliche Landschaft, die, ihrer Farben beraubt, fast nur noch Schwarz-, Weiß- und Grauschattierungen aufwies, und ich dachte: Es ist vorbei. Genevieve ist gefunden worden, und für Alexander und mich ist alles verloren. Von Anfang an hatte ich gewusst, dass mit Genevieves Rückkehr für mich kein Platz mehr bei Alexander wäre. Aber dass es so enden würde, hatte ich nicht erwartet.

Nach einer Weile kam Jamie heraus, um nach mir zu suchen.

»Sarah, ich habe noch immer Hunger«, sagte er. »Ich habe dir schon vor einer Ewigkeit gesagt, dass ich Hunger habe, und ich bekomme immer mehr Hunger, wenn du mir nicht endlich was zu essen machst.«

»Ich weiß, Liebling.«

»Ist dir nicht kalt?«

»Doch.«

Jamie sah mich mit einem merkwürdigen Ausdruck an. »Ich sterbe vor Hunger.«

Ich kehrte mit ihm in die Küche zurück. Claudia saß jetzt am Tisch, die Hände um einen dampfenden Becher Tee geschlungen. Bill packte mehrere tiefgefrorene Pizzas aus und schob sie in den Ofen.

»Ach, Jamie!«, rief er aus. »Du kommst wie gerufen. Du musst mir helfen, im Hobbyraum ein paar Sachen zu verrücken, damit ihr Kinder vor dem großen Bildschirm essen könnt.«

Er schloss die Backofentür und ging mit Jamie hinaus.

Gern hätte ich Claudia getröstet, wusste aber nicht, wie. Ich wollte alles erklären, doch mir fielen nicht die richtigen Worte ein.

Sie seufzte schwer, wie eine alte Frau.

»Sarah …«

»Ja?«

»Ich weiß, du hattest keine Ahnung, was mit Genevieve passiert ist. Ich hätte das vorhin nicht sagen sollen.«

»Ist schon gut. Ich verstehe dich. Ich wünschte nur …«

»Ich gehe hoch und nehme ein Bad.«

»Soll ich dir noch was zu trinken machen?«

»Nein.« Claudia schüttelte energisch den Kopf. »Ich will nicht, dass du irgendetwas für mich tust.«

Mühsam erhob sie sich und humpelte zur Treppe, als hätte sie Schmerzen in Rücken und Hüfte.

Ich hasste mich dafür, Claudia betrogen zu haben. Ich hätte ihr sagen können, dass wir vorhatten, von Burrington Stoke wegzuziehen; sicher wäre mein Geheimnis bei ihr gut aufgehoben gewesen; und bestimmt hätte sie verstanden, warum wir wegwollten. Aber Alexander hatte mich schwören lassen, keinem Menschen etwas zu erzählen, und ich hatte mein Versprechen gehalten. Nun war es zu spät, den Lauf der Dinge zu ändern. Mir war klar, dass Claudia mich nie mehr in ihrer Nähe haben wollte. Vor wenigen Stunden hatte sie erfahren, dass ihre Schwester tot war. Zur selben Zeit, als sie so dringend einer Freundin bedurfte, hatte ich sie im Stich gelassen. Abermals.

Ich ging ins Wohnzimmer, machte den Fernseher an und schaltete den Ton aus. In den Nachrichten wurde gerade eine Außenansicht von Avalon gezeigt. Es war merkwürdig, einen so vertrauten Ort plötzlich im Fernsehen zu erblicken. Gebannt starrte ich hin. Alles sah wie zuvor aus und schien doch verändert. Der Landrover war auf einen Abschleppwagen gehievt worden, um forensisch untersucht zu werden, und der Weihnachtsbaum lag, noch in seinem Plastiknetz, an der Hauswand. Die Polizei hatte Alexander abgeführt. Er war zwar verhaftet, aber noch nicht angeklagt worden. Ich stellte mir vor, wie er zusammengekauert und gedemütigt in einem kleinen Raum saß, den verächtlichen Blicken zweier Polizisten ausgesetzt, die ihn für einen Mörder hielten und ihn verhörten. Mein Magen krampfte sich vor Traurigkeit schmerzend zusammen.

Er hatte mich gebeten, ihm zu vertrauen.

Und das hatte ich versucht.

»Mach den Fernseher aus«, sagte Bill leise, der hinter mich trat. »Um Himmels willen, schalt ihn aus, bevor die Kinder es sehen.«

Noch ehe es dunkel wurde, tauchte bereits das erste Fernsehteam vor dem Eingang zum alten Steinbruch auf. Von Claudias Badezimmerfenster aus konnte ich die Scheinwerfer der Kamerawagen sehen, die am Straßenrand parkten. Die Polizei hatte den Eingang mit Absperrband versehen, und ein Polizist hielt mit ernster, ehrerbietiger Miene Wache, um sicherzugehen, dass niemand unbemerkt hineinschlüpfte. In allen Fernsehberichten über Morde oder ominöse Todesfälle, die ich in den letzten Jahren verfolgt hatte, hatte sich die jeweilige Szenerie geähnelt: künstlich erleuchtete Straßen und Wälder, ein stämmiger Polizist, der mit verschränkten Armen neben einem Absperrband stand, und ernst dreinblickende Reporter, die mit den Händen gestikulierend in ein Mikrofon sprachen. Irgendwie waren sie mir immer vorgekommen, als würden sie eine Rolle spielen. Wie in einem Zirkus, wo jeder wusste, welche Nummer als Nächstes kam.

Nun aber wurde mir klar, dass diese Menschen kein Stück aufführten, sondern ihren Job machten, und was ich auf dem Bildschirm sah, war die nackte Wirklichkeit.

Genevieves Leiche befand sich nicht mehr im alten Steinbruch.

Man hatte ihre Überreste in einem Leichensack mit Reißverschluss geborgen und im Fond eines Kombis mit getönten Fensterscheiben abtransportiert. Das Fahrzeug war in raschem Tempo über die Straßen Somersets gefahren. Noch war nicht offiziell bestätigt worden, dass es sich um Genevieves Leiche handelte, aber wir wussten es auch so. Polizeitaucher hatten sie aus dem Wasser gezogen, und nun markierte ein Zelt die Stelle, wo man Platz im Dickicht geschaffen hatte, um die Leiche zu untersuchen.

Obwohl die Vorstellung mir unerträglich war, konnte ich nicht aufhören, mir die Szene auszumalen. In meiner Phantasie war Genevieve wie eine Wassernixe, mit blassgrünem Haar, knochenbleicher, schimmernder Haut, die in der Wintersonne trocknete.

Die Kinder aßen ihre Pizza vor dem großen Bildschirm im Hobbyraum. Bill hatte das Antennenkabel herausgezogen, damit sie kein Fernsehprogramm sehen konnten, sondern nur DVDs. Er hatte einen Stapel für sie bereitgelegt. Dann war er zu Elenora House hinübergegangen, um die Anrufe der Medienleute und von Freunden und Verwandten entgegenzunehmen, die die Nachrichten gesehen hatten. Ich hatte gehört, wie er zu Claudia sagte, dass Genevieves Gesicht über sämtliche Kanäle flimmere, dieses attraktive, charismatische Gesicht. Alle liebten sie, fügte er mit Bitterkeit in der Stimme hinzu, egal, ob Zeitungsjournalisten oder Fernsehmoderatoren. Sie sei die perfekte Vorlage für die Medienleute: eine schöne, talentierte, reiche Erbin, unglücklich in der Liebe, eine junge Mutter, deren Mann ihr gedroht hatte, sie zu töten, wenn sie ihn verließ. Sie hatte sich entschieden, ihre Familie zu verlassen, und nun war sie tot. Man hatte sie in der Grube des alten Steinbruchs gefunden, der, Ironie des Schicksals, den Reichtum ihrer Familie begründet hatte. Einen romantischeren, sensationsgeladeneren Stoff könne man sich nicht wünschen. Das waren Bills Worte gegenüber Claudia gewesen.

Mit mir redete niemand. Ich war der Stein des Anstoßes, und sie machten keinen Hehl daraus, dass sie mich loshaben wollten. Ich konnte es ihnen nicht verübeln. Sie hatten versucht, mich zu überreden, vorübergehend zu Betsy oder in ein Hotel zu ziehen, zum Beispiel in das Motel an der Straße zum Flughafen. Bill hatte mir angeboten, mich dorthin zu fahren, aber ich hatte abgelehnt, mit der Begründung, dass mein Platz an Jamies Seite sei. Bill sah Claudia vielsagend an, die die Lippen zu einem Strich verzog.

Sie wollten mich nicht bei sich, ebenso wenig wie ich bei ihnen sein wollte, aber hatte ich eine Wahl? Ich konnte Jamie doch nicht verlassen. Nein, niemals würde ich das tun. Claudia und Bill hatten in den sauren Apfel gebissen: Offensichtlich befürchteten sie, dass es mehr Ärger verursachen würde, wenn ich noch am selben Abend wegging, als wenn ich blieb. Natürlich hätten sie darauf bestehen können, dass ich mir eine andere Bleibe suchte, aber das taten sie nicht. Wahrscheinlich wollten sie Jamie nicht noch zusätzlich verunsichern, indem er binnen weniger Stunden zuerst von Alexander und dann auch noch von mir getrennt wurde; sie hatten ganz einfach nicht die Nerven für eine weitere Krise. Also übernachtete ich bei ihnen in ihrer umgebauten Scheune, wo ich herumschlich wie ein Dieb. Wenn möglich, ging ich ihnen in ihrem wunderschönen Haus aus dem Weg, um mich und mein verletztes Gesicht unsichtbar zu machen.

Im Wohnzimmer gab es eine Hausbar. Vorsichtig und darauf bedacht, kein Geräusch zu verursachen, nahm ich ein Glas heraus und mixte mir einen Gin Tonic. Ich hatte einfach das Gefühl, eine kleine Stärkung zu brauchen. Während ich an meinem Drink nippte, dachte ich an Alexander und stellte mir vor, wie er auf der Pritsche seiner Polizeizelle lag. Er würde schon klarkommen im Gefängnis, redete ich mir ein, schließlich war er schon einmal hinter Gittern gewesen und hatte es überlebt, wenngleich er damals weniger zu verlieren hatte.

Von Jamie getrennt zu sein und zu wissen, dass er ihn für immer verloren hatte, würde ihn zerstören.

Jamie und ich sollten im Gästezimmer schlafen. Die Betten waren bereits frisch bezogen, da Claudia zwei Verwandte mütterlicherseits über die Weihnachtsfeiertage eingeladen hatte, die am nächsten Tag eintreffen sollten. Es war ein hübsches, behagliches Zimmer. Am Heizkörper hingen große, flauschige Handtücher, und auf dem Fenstersims stand eine Vase mit roten Blumen. Jamie war völlig überdreht und aufgeregt. Ausnahmsweise durfte er bis Mitternacht im Hobbyraum DVDs schauen, dann holte ich ihn nach oben, wo ich ihm ein von seinen Cousinen geborgtes Nachthemd anzog. Anschließend gingen wir ins Bad, wo er in eine makellos saubere Toilettenschüssel pinkelte. Obwohl er ein Nachthemd mit Barbiemotiv trug und ich mir in einem viel zu großen Männerpyjama neben ihm am Waschbecken die Zähne putzte, empfand er keinerlei Scham.

Ich sah zu ihm hinunter, und er grinste mich breit an, und wieder einmal dachte ich, wie merkwürdig es war, dass das Kind doch ganz und gar Alexanders Sohn war, wenn auch nicht sein leiblicher.

»Dieses Haus gefällt mir besser als unsers«, sagte Jamie. »Es ist wärmer.«

»Ja«, sagte ich mit tonloser Stimme, »es ist wirklich schön.«

»Wo ist Daddy?«

»Er hat zu tun.«

»Warum?«

Ich starrte mein Spiegelbild über dem Waschbecken an; auf dem Kinn prangte weißer Zahnpastaschaum.

»Genau weiß ich es auch nicht, jedenfalls muss er ein paar Dinge erledigen.«

Jamie sah mich an. »Was für Dinge?«

»Jamie«, sagte ich ruhig, »warum hast du Blue Ted und Mamis Brief verbrannt?«

Er zuckte die Schultern und wirkte mit einem Mal ein bisschen verlegen.

»Mir ist es ja egal«, sagte ich. »Es spielt wirklich keine Rolle, aber ich würde es einfach gern wissen.«

»Mami hat es mir gesagt«, erwiderte er.

Ich beugte mich zum Wasserhahn hinunter und spülte den Mund mit kaltem Wasser aus. Dann säuberte ich mit der Hand das Waschbecken.

»Hat sie dir das in einem Traum gesagt?«, fragte ich.

Wieder zuckte er die Schultern. »Ich weiß nicht, sie hat es mir eben gesagt.«

»Hat Daddy dir erzählt, du sollst das sagen?«

Jamie setzte die gleiche Miene auf, die er immer zur Schau trug, wenn er einer Sache beschuldigt wurde, die er nicht getan hatte und von der er nicht einmal wusste.

»Nein!«

Mir fiel ein Stein vom Herzen, und mit einem Mal war mir vollkommen klar, was ich zu tun hatte.

Ich musste Jamie von Burrington Stoke weg und an einen Ort bringen, wo er sicher war, wo ich mich um ihn kümmern und ihn beschützen konnte.

Wenn ich blieb, würde Folgendes passieren:

Am nächsten Morgen würde Genevieves Leiche identifiziert werden, wahrscheinlich von der armen Claudia oder ihrer Mutter, und jemand müsste Jamie erklären, dass seine

Mutter tot war. Der Mann, den er für seinen Vater hielt, war nicht da, um ihn zu trösten. Bald würde er begreifen, dass alle seinen Vater für schuldig am Tod seiner Mutter hielten. Es würde einen unvorstellbaren Medienauflauf geben. Es war unmöglich, alles von ihm fernzuhalten. Seine ohnehin fragile Welt würde über ihm zusammenstürzen, und sein Leben würde nie mehr sein, wie es war. Für den Rest seiner Tage würde der viel zu frühe und gewaltsame Tod seiner Mutter auf ihm lasten, und er würde mit dem Stigma leben müssen, dass sein Vater, im besten Fall, seine Familie nicht hatte beschützen können oder, im schlimmsten Fall, sie zerstört hatte. Jamie würde nicht mehr das gleiche Kind sein und zu einem anderen Mann werden als ohne dieses Wissen. Wahrscheinlich würde er Schwierigkeiten haben, Beziehungen einzugehen. Vielleicht würde er zu sehr klammern, weil er unter Verlustangst litt, oder aber Nähe ablehnen, weil er wusste, dass das Schmerz nach sich ziehen konnte.

Wieder grinste er mich breit an, und ich lächelte ihm zu, als wäre alles in Ordnung. Es schien mir unfair gegenüber Jamie, ihn der Trauer und Schande auszuliefern. Wenn er hierblieb, wäre dies seine letzte Nacht, die er in Unschuld verbringen würde. Über seine Zukunft würden andere Menschen bestimmen.

Wenn ich ihn von hier wegbrachte, könnte ich ihn vor all dem bewahren.

»Ab mit dir ins Bett«, sagte ich.

Bevor er einschlief, sangen wir wohl ein Dutzend Mal *Rudolf the Red Nosed Reindeer.* Jamie stemmte seine Füße gegen meine Oberschenkel. Währenddessen versuchte ich, einen Plan auszubrüten, war aber unfähig, über den Augenblick hinauszudenken, zumal mich Jamie ständig antrieb, weiterzusingen. Wenn ich es schaffte, mit Jamie vor Tagesanbruch die Reise nach Manchester anzutreten, würde sich der Rest schon irgendwie ergeben. Dann wäre ich in der

Lage, für Jamies Sicherheit zu sorgen. Ich kannte die Stadt gut genug, um zu wissen, wo man eine Zeit lang ein Zimmer mieten konnte, ohne dass jemand Fragen stellt. Wir mussten einfach nur ein paar Hundert Kilometer durch die Nacht fahren. Aber dann? Das wusste ich auch nicht. Ich würde abwarten, was mit Alexander passierte, und in der Zwischenzeit würde ich mich um Jamie kümmern, so wie ich es seit Monaten tat. Wir würden es irgendwie schaffen, und Jamie wäre glücklich. Das war das Wichtigste.

»Sarah!«, sagte Jamie ungehalten.

»Was ist?«

»Du konzentrierst dich nicht!«

»Tut mir leid, Jamie.«

Schließlich schlief er ein. Ich ließ die Nachttischlampe an, die ein sanftes Licht auf das Gesicht des Jungen warf, und kletterte vorsichtig aus dem Bett. Leise stieg ich die Treppe hinunter. Auf der Kaminuhr war es zehn nach zwei. Nur in der Küche brannte noch Licht. Ich schob die Küchentür auf. Bill saß am Tisch, am selben Platz, wo Claudia zuvor gesessen hatte, eine Whiskyflasche und ein Glas vor sich. Er sah zerzaust aus, sein Kopf lag in seiner Armbeuge, und sein Mund stand ein wenig offen. Seine Nasenflügel bewegten sich sachte, und ich war mir sicher, dass er schlief. Blue sah mich aus seinem Korb neben der Hintertür neugierig an und schlug mit dem Schwanz auf den Boden. Ich legte den Zeigefinger an die Lippen und zog die Tür vorsichtig wieder zu.

NEUNUNDFÜNFZIG

Zuerst streifte ich mir meine Sachen über, dann zog ich den schlafenden Jamie an. Anschließend nahm ich eine Decke aus dem Schrank, warf sie aus dem Fenster und schloss das Fenster wieder. Ich hob den Jungen vom Bett hoch. Er schlang unwillkürlich seine Arme um meinen Hals und die Beine um meine Hüften, als wollte er es mir leichter machen, ihn zu tragen.

»Wir gehen ein bisschen spazieren«, sagte ich, und er murmelte etwas und schmiegte das Gesicht an meinen Hals.

Ich hatte keine Angst, als ich ihn die Treppe hinuntertrug. Wahrscheinlich weil ich wusste, dass ich keine andere Möglichkeit hatte. Es war zu seinem Wohl, dass ich ihn fortbrachte, mochte das Risiko noch so hoch sein. Zur Sicherheit warf ich einen Blick in die Küche. Wieder hob Blue seinen riesigen Schädel und sah uns an.

»Still, Blue«, sagte ich im Flüsterton. Er neigte den Kopf zur Seite. »Bleib hier. Bleib!« Er legte die Schnauze auf seine Pfoten zurück. »Braver Junge.«

Ich wusste, dass die Haustür wahrscheinlich abgeschlossen und womöglich mit einer Alarmanlage gesichert war. Also durchquerte ich das Wohnzimmer und zog leise eine Verandatür auf.

Draußen herrschte eine helle, aber erschreckend kalte Winternacht. Schon machte sich Jamies Gewicht in meinen Armen bemerkbar. Ich überlegte, ob ich die Decke zu einer Art Tragegurt umfunktionieren könnte, aber stattdessen wickelte ich sie um Jamie herum, und indem ich leise und beschwichtigend auf ihn einredete – wenngleich mehr zu meiner als zu seiner Beruhigung –, ging ich weiter. Ich hatte gar nicht mehr an das elektrische Eingangstor gedacht, aber zu meinem Glück stand es offen. Bill musste vergessen haben, es zu schließen. Mit einem dankbaren Seufzer folgte ich der Straße bergabwärts.

Unterwegs erzählte ich Jamie die Geschichte von einem Dinosaurier, der keine Lust mehr hatte, im alten Steinbruch zu wohnen, und auf der Suche nach einem besseren Leben wegrannte. Jamie schlief zwar, dennoch hoffte ich, dass er unbewusst meine Worte hörte und dass sie ihm beim Erwachen halfen, zu verstehen, was mit ihm geschah.

Zuerst kam ich gut voran. Doch als wir uns dem Eingang des alten Steinbruchs näherten, machte ich die Umrisse eines Polizeiwagens vor dem Tor aus. Es gab keinen anderen Weg, also drückte ich mein wertvolles Bündel fest an mich und schlich mich im Schatten der gegenüberliegenden Hecke an dem Fahrzeug vorbei. Ich konnte nicht in den Wagen sehen, wusste nicht, ob überhaupt jemand darin saß, doch aus Angst, entdeckt zu werden, wagte ich es nicht, hineinzuspähen. Wie eine bucklige Frau beugte ich mich über Jamie und hoffte, dass meine Atemwölkchen uns nicht verrieten.

Ohne einen weiteren Zwischenfall schaffte ich es bis zum unteren Ende der Straße, aber meine Schultern schmerzten bereits, und mir war klar, dass ich Jamie nicht mehr allzu weit würde tragen können. An der Bushaltestelle setzte ich mich kurz hin, doch kaum hörte die schaukelnde Bewegung auf, bewegte sich Jamie. Ich erhob mich rasch wieder und setzte meinen Weg mit gleichmäßigen Schritten fort. Bis zur Hauptstraße waren es nur ein paar Kilometer, und mit ein bisschen Glück würde ich von dort per Anhalter bis zur Autobahn gelangen oder zumindest bis zu einer größeren Stadt, wo wir einen Bus nehmen könnten. Es war unwahrscheinlich, dass unser Verschwinden vor dem Morgen entdeckt würde. Ich hatte die Nachttischlampe ausgemacht und die Bettdecke in der Mitte aufgewölbt, sodass es aussah, als würden wir zusammengekuschelt darunterliegen, für den Fall, dass Bill aufwachte und einen Blick ins Gästezimmer warf, ehe er ins Bett ging. Wenn wir also im Fahrerhaus eines Lastwagens oder in einem Bus in Richtung Norden saßen, bevor man die Suche nach uns beginnen würde, wären wir in Sicherheit.

Ich wusste nicht, wie spät es war. Meinem Gefühl nach musste es gegen vier Uhr sein.

Auf dem Weg vom Fuß des Berges bis zur Hauptstraße fuhren nur zwei Fahrzeuge an uns vorbei. Beide Male drehte ich den Rücken zur Straße, damit niemand sah, dass ich ein Kind trug, was mitten in dieser eiskalten Nacht sofort Aufmerksamkeit erregt hätte. Ich glaube nicht, dass die Fahrer Notiz von mir nahmen, jedenfalls fuhren sie mit unverminderter Geschwindigkeit an mir vorbei.

An der großen Kreuzung blieb ich stehen und überlegte, in welcher Richtung ich auf der Staatsstraße weitergehen sollte. Die ganze Zeit über war mir Manchester als Ziel im Kopf herumgegeistert, aber natürlich würde man dort am ehesten nach mir suchen. Wenn ich hingegen nach Süden fuhr, würde ich mehr Zeit haben, uns eine Bleibe zu suchen und mir eine Geschichte auszudenken. Niemand würde uns zum Beispiel in Fowey vermuten. Warum auch? Alexander und ich hatten mit keinem Menschen über unsere Pläne gesprochen. Alexander meinte, es gebe genügend Mietobjekte in dem Städtchen. Wahrscheinlich würde ich sogar die Wohnung ausfindig machen, von der er erzählt hatte. Vermutlich würde es nicht weiter auffallen, wenn ich einfach auftauchte und sagte, wir seien Alexanders Familie und etwas früher als geplant angereist, um Weihnachten an der Küste zu verbringen. In Fowey kannte man mich nicht. Alle Zeitungen würden wieder Fotos von Genevieve abdrucken, aber von mir bestimmt keines. Und Jamie wäre begeistert von der Küste. Ja, dieser Plan gefiel mir, jedenfalls war er besser als mein ursprünglicher. Ich würde nach Fowey reisen.

Auf der Hauptstraße näherte sich das Schweinwerferlicht eines Fahrzeugs. Ich trat etwas zurück, doch der Wagen bog links ab in die Dorfstraße nach Burrington Stoke, und mit einem Mal befand ich mich mitten im Lichtkegel der Scheinwerfer. Ich blinzelte und kehrte dem Wagen den Rücken zu, aber es war zu spät. Man hatte mich bereits entdeckt. Der Wagen kam langsam zum Stehen, und die Beifahrertür ging auf. Ein großer, schlanker Mann stieg aus und trat ruhigen Schritts quer über die Straße auf uns zu. Er trug eine dunkelblaue Mütze. Er beugte sich zu mir herab und sah mich im schwachen Licht einer Straßenlaterne an.

»Alles in Ordnung?«, fragte er freundlich.

Ich nickte.

»Ihr müsst ja vollkommen durchgefroren sein.«

»Nein, es geht uns gut.«

Der Mann streckte die Arme aus.

»Lass mich ihn dir abnehmen«, sagte er. »Setz du dich schon mal in den Wagen und ruh dich aus.«

»Nein, ich darf ihn nicht hergeben«, erwiderte ich. »Ich habe ihm versprochen, mich um ihn zu kümmern. Ich kann ihn nicht allein lassen mit allem.«

»Natürlich kannst du das nicht«, sagte Neil. »Aber du brauchst dir jetzt keine Sorgen mehr zu machen, denn jetzt sind wir da, um dir zu helfen.«

SECHZIG

Eine Weile saßen wir schweigend im Wagen. May rieb meine eiskalten Hände, während wir Weihnachtsliedern aus dem Radio lauschten.

Schließlich sagte Neil: »Wir werden dich zurückbringen müssen, Sarah, andernfalls wirst du eine Menge Schwierigkeiten bekommen. Das ist dir doch auch klar.«

»O nein, bitte nicht!«

»Liebes, jetzt denk doch mal nach«, sagte May. »Ich weiß, du willst nur das Beste für Jamie, aber eine landesweite Suche nach dem Jungen auszulösen, ein Tag nach Alexanders Verhaftung, wird bestimmt nicht zu einem Happy End für den armen Kerl führen. Wenn du auch weiterhin bei ihm bleiben willst, musst du Verantwortungsgefühl zeigen und den normalen Behördenweg einhalten.«

»Aber sie werden ihn mir niemals geben«, entgegnete ich. »Die Familie wird zusammenhalten wie Pech und Schwefel und ihm Lügen über Alexander erzählen, und Jamie wird nie erfahren, wie es wirklich war.«

May seufzte. »Er wird es im Grunde seines Herzens wissen.«

»Nein, sie werden ihn manipulieren und ihm nicht die Wahrheit erzählen.«

»Vielleicht wäre es das Beste.«

»O May, sag so etwas nicht!«

Ich wiegte das schlafende Kind auf meinem Schoß und hauchte ihm einen Kuss auf die Stirn. Er roch so vertraut, so süß.

Die Scheiben waren beschlagen. Die Standheizung lief. Der Mond war hinter einem Berg verschwunden, und es war dunkel geworden.

»Was ist mit deinem Gesicht passiert?«, fragte May.

»Ich bin gestern Nacht im Dunkeln gestürzt.« War es tatsächlich erst gestern Nacht? Es fühlte sich an, als wären seitdem Jahre vergangen.

May und Neil tauschten einen vielsagenden Blick.

»Du siehst aus, als hättest du dich im Ring mit Mike Tyson gemessen«, sagte Neil sanft.

»Nein.« Mochte ich auch noch so vehement widersprechen, sie würden mir ohnehin nicht glauben, dass Alexander mich nicht geschlagen hatte. Wenn sie ihn tatsächlich des Mordes an Genevieve für fähig hielten, dann erst recht eines vergleichsweise harmlosen Akts häuslicher Gewalt. Ich gähnte, gleichzeitig musste Neil May ein Zeichen gegeben haben, denn sie nickte und sagte: »Gut, dann lasst es uns hinter uns bringen.«

Ich gab es auf, mich zu wehren. Zutiefst erschöpft war ich bereit, mich dem Unvermeidlichen zu fügen. Sie erklärten mir, was ich sagen sollte, um meine eigentlichen Motive zu beschönigen, doch es stellte sich heraus, dass ich gar keine Erklärungen abgeben musste, da das ganze Haus noch schlief und die Verandatür noch offen stand. Mit Jamie auf den Armen und begleitet von Neil, betrat ich auf dem gleichen Weg das Haus, wie ich es verlassen hatte. May betätigte indessen die Klingel. Blue bellte in der Küche wie wild, und als Bill herunterkam und die Haustür öffnete, lenkte May ihn ab. Bill, der noch verkatert und schlaftrunken war, bemerkte nicht, wie ich inzwischen mit Jamie und Neil die Treppe hochstieg, Jamie auszog und ins Bett legte. Neil bestand darauf, dass auch ich mich wieder hinlegte. Den Arm um Jamie geschlungen, lag ich da und lauschte der gedämpften Unterhaltung, die unten vor sich ging. May mit ihrer hohen Stimme erklärte, dass sie sofort losgefahren seien, nachdem sie im Fernsehen von den Ereignissen erfahren hatten. Es sei ja alles ganz furchtbar, und sie könne sich vorstellen, wie schlimm es für die Familie sei. Bill hörte ihr zu und gab nur hin und wieder eine höfliche Bemerkung von sich. Neil blieb eine Weile bei mir sitzen und streichelte mir übers Haar, wie bei einem kleinen Kind.

»Geh zu May hinunter«, sagte ich leise.

»Es wird alles gut, du wirst schon sehen«, sagte Neil. »Auch für Jamie. Manchmal muss man es einfach zulassen, dass das Leben den Lauf der Dinge regelt.«

Ich spürte den Sekunden nach, die langsam zerrannen. Mit jeder Sekunde wurde der Schmerz ein wenig größer. Und ich dachte, wenn die letzte käme, die, in der ich Jamie verlassen müsste, würde ich vor Schmerz sterben.

Ich hörte, wie Bill Decken für May und Neil holte, damit sie auf dem Sofa im Wohnzimmer noch ein paar Stunden schlafen konnten. Dann vernahm ich seine Schritte auf der Treppe, gefolgt von der Toilettenspülung, und es wurde wieder still im Haus. Ich konnte nicht schlafen. Ich wollte nicht. Ich wollte jeden kostbaren Moment, der mir mit Jamie blieb, bei vollem Bewusstsein auskosten.

Die restliche Nacht war ohnehin kurz genug.

Einige Zeit nachdem die Vögel zu singen begonnen hatten, wurden die ersten Geräusche im Haus laut.

Ich hörte, wie sich Claudia und May in der Küche unterhielten – May aufgeregt und entschuldigend und Claudia brüsk und entgegen ihrer sonstigen Art von oben herab und in stiefmütterlichem Ton. Dann hörte ich, wie die Polizei kam. Sie wollten die Familie vorwarnen, dass eine Armada von Presseleuten im Anzug sei. Einige mit Fahrzeugen so groß, dass sie, die Polizei, Schwierigkeiten hatten, den schmalen Fahrweg zu passieren. Die Stimmen der Polizisten waren tief und geschäftsmäßig. Dann erhob sich die weibliche Stimme der Opferschutzbeamtin, die sich nach Jamies Wohlergehen erkundigte. Schließlich wurde die Wohnzimmertür geschlossen, und es drangen nur noch gedämpfte, unverständliche Gesprächsfetzen nach oben.

Wahrscheinlich beriet man sich, wie man mich am besten dazu brachte, mich zurückzuziehen und mich von Jamie zu verabschieden.

Jamie murmelte etwas. Ich spürte, wie sich sein Brustkorb unter meiner Hand dehnte. Er gähnte und rieb sich die Augen.

»Hallo, Sarah«, sagte er.

»Hallo, Jamie.«

»Können wir heute nach Hause gehen und den Weihnachtsbaum aufstellen?«

»Ich weiß nicht. Ich wünschte, wir könnten es tun.«

May betrat mit einem Tablett mit Tee, Saft und Toast das Zimmer. Sie sagte zu Jamie, er solle schon mal nach unten zu seinen Cousinen gehen. Nachdem er aus dem Zimmer gehuscht war, setzte sie sich auf den Bettrand. Ich wusste, dass ihr die Rolle des Überbringers schlechter Nachrichten zugefallen war.

»Sarah ...«, begann sie, und ich schüttelte den Kopf.

»Ich weiß«, sagte ich. »Bitte sag es nicht. Ich weiß, was du mir sagen willst.«

»Es ist am besten so, Liebes. Jamie ist jetzt am besten bei seiner Familie aufgehoben.«

»Ich habe ihm versprochen, mich um ihn zu kümmern.«

»Und das hast du auch. Du hast dich so gut um ihn gekümmert. Aber jetzt ist es Zeit für dich, ihn loszulassen.«

Unten im Haus wimmelte es von Menschen, und es roch nach kalter Luft und Rasierwasser. Im Wohnzimmer tranken Polizisten in Zivil Tee mit Virginia und Claudia und ein paar weiteren Personen, die ich nicht kannte. Jemand hatte die Weihnachtsbeleuchtung angemacht. Überall glitzerte und blinkte es, und es war so gemütlich im Zimmer, dass ein unbeteiligter Passant, der zufällig durch das Fenster sah, niemals erraten hätte, welches Trauma die Familie gerade durchlitt. Er hätte es für eine vorweihnachtliche Familienzusammenkunft gehalten. Mein Blick fiel auf die Fußabdrücke auf dem Teppich vor den Verandatüren. Ich konnte es kaum glauben, dass es nur wenige Stunden her war, seit ich mit Jamie in die Nacht geflüchtet war. Ich hatte nur das Beste für ihn gewollt. Ich hatte versucht, ihn zu beschützen, und war bereits an der ersten Hürde gescheitert. Gott allein wusste, was jetzt aus Jamie wurde.

Gestern war ich wie erstarrt gewesen, aber jetzt spürte ich den Schock bis in alle Fasern meines Körpers. Ich kauerte mich in eine Ecke des Zimmers, während die anderen über meinen Kopf hinweg Vereinbarungen trafen. Ich sehnte mich nach Jamie und Alexander. Wenn Alexander hier wäre, dachte ich, würde er sich um uns kümmern. Er wüsste, was zu tun war.

May schrieb meine Adresse und Telefonnummern auf und reichte einem Polizisten den Zettel, während sie zu den Bedingungen, die er ihr nannte, nickte. Der Beamte erklärte ihr, dass ich mich für eine Aussage bereithalten und unter keinen Umständen versuchen solle, Kontakt zu Alexander aufzunehmen. Noch an diesem Morgen sollte seine Anklage erfolgen, und ich sei eine Kronzeugin. Ich nickte zum Zeichen, dass ich alles verstanden hatte.

Ferner wollte die Polizei die Verletzungen auf meinem Gesicht fotografieren, doch das ließ ich nicht zu.

»Komm schon, Sarah«, sagte Neil, nachdem der Beamte mit seinen Ausführungen fertig war. »Es ist Zeit, dass wir gehen.«

»Ich muss mich erst noch von Jamie verabschieden.«

»Nein«, sagte Claudia. »Wag es nicht, dich ihm zu nähern.«

»Bitte, Claudia, ich muss es ihm doch erklären!«

Bill trat zu Claudia und legte ihr den Arm um die Schultern. Sie ergriff seine Hand.

»Kinder sind belastbarer, als man denkt«, sagte er. »Jamie wird es gut gehen. Wir werden uns um ihn kümmern.«

»Bitte ...«

»Das würde ihn nur noch zusätzlich aufregen. Willst du das?«

»Augenblick«, sagte May, die es nie ertragen konnte, mich leiden zu sehen. Sie stellte sich neben mich und nahm meine Hand. »Sarah wird den Jungen bestimmt nicht aufregen, sie liebt ihn doch.«

Neil kam zu uns.

»Lasst uns jetzt fahren«, sagte er. »Los, Sarah. Ich bin sicher, du kannst Jamie irgendwann wiedersehen, wenn sich die Wogen geglättet haben.«

Er nahm meine andere Hand; seine fühlte sich kühl an und vermittelte mir Sicherheit. May drückte aufmunternd meine Finger. Willenlos ließ ich mich von den beiden in den Flur führen. Die Haustür stand offen. Die Hunde strichen schnüffelnd über den Rasen und beachteten uns nicht. Mit gebeugten Köpfen, um uns vor dem Blitzlichtgewitter der Fotografen zu schützen, traten wir durch das Tor, als ich den Schrei hörte.

»Sarah!«

Ich drehte den Kopf und sah Jamie auf die Haustür zurennen, die Arme nach mir ausgestreckt.

Bill hielt ihn zurück. Der Junge war nur dürftig bekleidet, er strampelte mit den Beinen.

»Sarah!«, kreischte er. »Wo gehst du hin?« Wieder flammten die Blitzlichter auf.

»Unterstehen Sie sich, das Kind zu knipsen!«, rief May. Sie gab meine Hand frei und stürmte auf die Pressemeute los. Sofort richteten sie ihre Kameras auf sie.

»Lassen Sie sie in Ruhe!«, schrie Neil.

»Lass mich zu ihm!«, flehte ich Neil an. »Nur ganz kurz, um mich von ihm zu verabschieden.«

»Steigen Sie ein, Sarah!«, sagte hinter mir eine Stimme. Sie gehörte DI Twyford.

Jamie schrie: »Lass mich los, lass mich los, lass mich los! Sarah!«

»O Gott!« Ich versuchte, mich Neils Griff zu entwinden. »Bitte, lass mich zu ihm!«

»Dreckspack!«, schrie May die Reporter an.

DI Twyford ergriff meinen Arm und sagte in Respekt einflößendem Ton: »Drehen Sie sich zu Jamie um. Wenn er Sie in Panik aufgelöst sieht, wird ihn das noch mehr verängstigen. Lächeln Sie ihm zu, als ob nichts wäre, winken Sie und sagen Sie ihm, dass er Sie bald wiedersehen wird.«

Ich wandte mich um und sah, wie der kleine Junge die Arme nach mir ausstreckte und nach Leibeskräften schrie.

Bill wollte die Haustür schließen, aber Jamie klammerte die Finger um den Türstock. Er wird sich die Finger einklemmen, dachte ich panisch. Ich wusste, er würde nicht loslassen.

»Warum gehst du weg?«, schrie er. »Wo ist Daddy? Wann gehen wir nach Hause? *Wo ist meine Mami? Geh nicht weg*!«

Ich öffnete den Mund, brachte jedoch keinen Ton heraus.

»Los«, sagte der Inspector. »Lächeln Sie. Trösten Sie ihn. Ich hole inzwischen Ihre Schwester, ehe es noch Ärger gibt.«

Ich hob den Kopf und sah Jamie an. Er war so verzweifelt, dass ich seinen Anblick kaum ertrug.

»Ich gehe Daddy holen, ich bringe ihn nach Hause«, sagte ich, doch meine Stimme war so leise, dass ich nicht sicher war, ob ich die Worte überhaupt ausgesprochen oder sie nur im Geiste gesagt hatte.

Jamie jedenfalls konnte sie nicht gehört haben. Er schrie noch immer. »Sarah! Sarah! Lass mich nicht allein! Du hast mir versprochen, dass du nicht weggehst! Du hast es versprochen!«

»Steig ein!«, rief May mir zu und schüttelte die Hand des Inspectors ab. »Bitte, steig ein. Ich kann das nicht länger ertragen! Das ist ja entsetzlich.«

Schließlich löste Bill Jamies Finger vom Türrahmen, und es gelang ihm, die Tür zuzumachen. Ich kletterte auf den Rücksitz von Neils Wagen, schlug die Hände vors Gesicht und weinte.

EINUNDSECHZIG

Ich zog wieder in Mays und Neils Gästezimmer ein und blieb dort eine Weile – Tage, eine Woche und noch länger. Die Prellungen in meinem Gesicht verfärbten sich erst dunkel, dann gelb. Die Aufschürfungen verheilten. May suchte mit mir meinen alten Hausarzt auf, und er schalt mich, weil ich mich in Somerset nicht in ärztliche Betreuung begeben hatte.

»Wie auch immer«, sagte Dr. Rooney, »wenigstens müssen wir nicht von vorn beginnen, nicht wahr?«

Ich schloss die Augen. Ich wollte nicht dort sein, sondern zurück in mein Bett und unter meine warme Bettdecke.

»Schon als wir uns das letzte Mal gesprochen haben, hatten Sie viel durchgemacht«, sagte der Arzt. »Aber jetzt mussten Sie noch mehr durchmachen. Können Sie mir sagen, wie Sie sich fühlen?«

»Ich fühle gar nichts.« Und das entsprach der Wahrheit.

Er verschrieb mir Tabletten, und ich legte mich wieder ins Bett.

Ich las nicht, dachte nicht, schlief nicht, träumte nicht,

redete nicht, aß nicht, trank nicht, erinnerte mich nicht, lachte nicht, weinte nicht, tat gar nichts. Es war, als ob ich nicht existierte. Ich wusch mir auch nicht die Haare. Hin und wieder ließ May ein angenehm duftendes Schaumbad für mich ein, und während ich darin lag, machte sie mein Bett, wischte kurz das Zimmer durch und legte mir einen Stapel frischer Wäsche hin. Die arme May. Ich musste eine ziemliche Zumutung für sie gewesen sein, aber sie war stets geduldig und liebenswürdig.

Betsy rief an. Ich sah ihre Nummer auf dem Telefondisplay, nahm aber nicht ab. Ich war zu müde. May musste sie wohl zurückgerufen haben, denn ein paar Tage später traf ein Paket aus Burrington Stoke mit einem Teil meiner Sachen ein.

»Das Haus scheint nicht mehr versiegelt zu sein«, sagte May. Sie hielt einen Pullover hoch, schnupperte daran und warf ihn in den Korb mit der schmutzigen Wäsche.

»Heißt das, ich kann zurück?«, fragte ich.

May schüttelte den Kopf. »Oh, das glaube ich nicht. Das wäre keine gute Idee.«

Abends kam Neil zu mir ins Zimmer und las mir Artikel aus einer seiner Fotozeitschriften vor. Seine Besuche waren das Einzige, worauf ich mich freute. Er verstand es, mein Interesse zu wecken, und ich hörte ihm zu.

Nie versuchte er, mich dazu zu bewegen, das Bett zu verlassen, oder mich aus meiner Gedankenwelt zu reißen. Im Gegensatz zu May natürlich. Das war nun mal ihre Art, aber Neil, der die Dinge immer nahm, wie sie sind, tat mir gut. Eines Abends kam er zur gewohnten Zeit herein, aber statt sich wie sonst zu mir zu setzen, blieb er in der Tür stehen und sagte: »Sarah, damit hilfst du niemandem, weißt du. Weder Jamie noch Alexander.«

»Wie kann ich ihnen denn helfen?«

»Du könntest die Wahrheit über das herausfinden, was Genevieve zugestoßen ist.«

Ich stützte mich auf einen Ellbogen. »Wie denn?«

»Zurzeit ist es recht ruhig in der Arbeit«, sagte Neil. »Wie immer zwischen den Jahren. Also habe ich ein bisschen recherchiert und einiges über Alexander und seine Frau gelesen. Ich glaube, dass mehr dahintersteckt, als es auf den ersten Blick scheint.«

»Was hast du in Erfahrung gebracht?«

Neil lächelte. »Sarah, solange du wie ein Kind im Bett liegst, kann ich kein ernsthaftes Gespräch mit dir führen. Steh auf, zieh dich an, dann lass uns in eine Kneipe gehen, wo ich es dir in Ruhe erzähle.«

Ohne zu zögern, begab ich mich ins Bad, wusch mir das Gesicht mit kaltem Wasser und bürstete die Zähne. Anschließend massierte ich Mays Feuchtigkeitscreme in mein vernachlässigtes Gesicht. Mit einem frischen Duft in der Nase begab ich mich in mein Zimmer zurück.

»Was ist heute für ein Tag?«, fragte ich Neil.

»Der 29. Dezember.«

May und Neil hatten aus Rücksicht auf mich vollkommen auf Weihnachten verzichtet. Ihre Selbstlosigkeit rührte mich. Tagelang war ich wie benommen gewesen, aber jetzt verspürte ich eine Mischung aus Dankbarkeit und Trauer.

»Sind die Pubs geöffnet?«

»Natürlich.«

»Gut, dann lass uns gehen.«

Wir betraten das Lion, einen großen, alten Pub in Manchester. Er war erst kürzlich von einer Kette übernommen worden. An den Wänden hingen altmodische Drucke, es wurde gutes, preiswertes Essen serviert, und auf einem Breitbildfernseher konnte man Sportsendungen verfolgen.

Während Neil die Getränke bestellte, spielte ich nervös mit einem Bierdeckel und erinnerte mich an meinen letzten Pubbesuch in einem ganz anderen Leben, damals mit DI Twyford. Auch rief ich mir ins Gedächtnis, wie er mich vor

Claudias und Bills Haus bestimmt, aber freundlich in Neils Wagen gedrängt hatte, nachdem er mich dazu ermuntert hatte, Jamie zu beruhigen. Dieser Gedanke wiederum zog einen anderen nach sich, nämlich dass ich dem Jungen gegenüber versagt hatte. Ein Gedanke, den ich nicht ertragen konnte.

Neil kehrte mit einer Halben Bier und einem Glas Merlot sowie einem kleinen rosa Bestellbon zurück.

»Pommes frites mit Currysoße«, verkündete er und legte den Bon in die Mitte des Tischs.

Mein ausgetrockneter, zusammengeschrumpfter Magen weitete sich vor Vorfreude auf mein Lieblingsessen, ein typisches Lancashire-Gericht.

Zunächst stellte Neil mir allerlei Fragen über meine Beziehung zu Alexander, um sich auf den neuesten Stand zu bringen. Als das Essen serviert wurde, machte sich mein Heißhunger bemerkbar.

Meine Oberlippe tat noch immer ein wenig weh, aber ich aß trotzdem mit großem Appetit. Die Schürfwunde war zugeheilt, und wenn ich mit der Fingerspitze die Stelle berührte, spürte ich nur noch eine Narbe.

»Als du Alexander kennenlerntest, gab es da etwas an ihm, was dich beunruhigt hat?«, fragte Neil. »Hat dein Instinkt dir vielleicht gesagt, dass etwas nicht stimmt mit ihm? Hattest du eine leise Ahnung, dass er zu Gewalt fähig ist?«

Ich versuchte, mich in die Zeit auf Sizilien zurückzuversetzen. Es war schwer, sich Gefühle aus der Vergangenheit zu vergegenwärtigen, aber ich erinnerte mich noch sehr gut an die Anziehungskraft, die von Anfang an zwischen Alexander und mir geherrscht hatte. Bestimmt wären meine Gefühle für ihn nicht so stark gewesen, hätte er sie nicht erwidert.

»Nein«, sagte ich. »Und in der ganzen Zeit, die wir zusammen waren, ist er immer gut zu Jamie und mir gewesen.«

»Aber hat er nicht in der Dorfkneipe einen Streit vom Zaun gebrochen?«

»Oh, das … ach Gott!« Ich legte den Kopf in die Hände. »Ich war dabei. Er war nicht schuld.«

»Die Dorfbewohner sagen aber etwas anderes.«

»Sie irren. Sie müssen alles immer dramatisieren, um sich wichtig zu machen.«

Ich pickte ein Pommes frites vom Teller. »Wie auch immer, woher weißt du eigentlich davon?«

»Es hat in allen Zeitungen gestanden, Sarah. Alexander und Genevieve sind noch immer für eine Schlagzeile gut. Zu dieser Zeit des Jahres, wenn sonst wenig los ist, stürzen sich sämtliche Tageszeitungen auf nette, pikante Skandale, insbesondere, wenn es sich um Mitglieder des Geldadels handelt.«

Er unterbrach sich einen Moment und ließ das Bier in seinem Glas kreisen. Dann sagte er: »Was mich bei der Sache stutzig macht, ist die Tatsache, dass jeder, auch die Polizei, von Alexanders Schuld ausgeht, ohne eine andere Möglichkeit in Betracht zu ziehen. Mir ist der Fall zu eindeutig. Alexander ist vorbestraft und hat ein starkes Motiv. Er hat offensichtlich versucht, die Wahrheit zu vertuschen, ja, mehr noch, hat Beweise vernichtet und keinerlei Anstrengungen unternommen, Genevieve zu finden. Außerdem hat er seine Frau mit dem Tod bedroht. Auch hat er zugegeben, dass sie handgreifliche Auseinandersetzungen hatten. Statt sich wie jemand zu verhalten, der von seiner geliebten Frau verlassen wurde, hat er kaum einen Monat nach ihrem Verschwinden seine Geliebte, dich, bei sich einziehen lassen. Außerdem hat er dich zur Komplizin bei seinen Fluchtplänen gemacht.«

»Ich weiß.«

»Es ist fast zu …« Wieder hielt Neil kurz inne. »Zu glatt. Das Leben ist vertrackter.«

»Ist die nächstliegende Antwort nicht meistens die richtige?«

»So heißt es jedenfalls. Aber auch wenn alles auf Alexanders Schuld hindeutet, macht ihn das noch längst nicht zum Mörder.«

Ich spürte ein aufgeregtes Ziehen im Bauch. Ich stellte mein Glas ab und wartete, dass Neil fortfuhr.

»Was, wenn er gar nicht schuldig ist?«, fragte er. Diesmal setzte mein Herz einen Schlag aus, um dann fest und schnell weiterzuschlagen.

»Was, wenn Alexander die ganze Zeit die Wahrheit gesagt hat?«, fuhr Neil fort. »Was, wenn er rein gar nichts mit Genevieves Tod zu tun hat?«

Ich öffnete den Mund und schloss ihn wieder. Mein Kopf war voll neuer Fragen, die sich zu einem unentwirrbaren Knäuel verwoben.

»Was, wenn alle so sehr damit beschäftigt sind, ihm so schnell wie möglich den Prozess zu machen, dass die Wahrheit gar keine Chance hat, ans Tageslicht zu kommen?«

Die Tragweite dessen, was er sagte, war so kolossal, dass ich sie gedanklich kaum erfassen konnte. Nach so vielen Tagen der abgrundtiefen Verzweiflung schien plötzlich ein Lichtstrahl die Dunkelheit zu durchstoßen, der so hell war, dass er mich blendete. Ich war vor Freude und Erleichterung überwältigt. Endlich geschah etwas Positives.

Neil ergriff meine Hand und drückte sie.

»Sarah, nicht dass du dir zu große Hoffnungen machst. So wie die Dinge liegen, sieht es für Alexander ziemlich schlecht aus. Ich weiß nicht, ob er unschuldig oder schuldig ist. Ich weiß gar nichts. Ich dachte nur, dass du und ich ein bisschen recherchieren könnten. Vielleicht finden wir ja neue Informationen, die helfen, Licht ins Dunkel zu bringen.«

Ich nickte.

»Ich kann dir nichts versprechen.«

»Ich weiß.«

»Aber wir werden uns nach Kräften bemühen, nicht wahr?«

»Ja.«

Wie sich herausstellte, hatte Neil bereits in Alexanders Vergangenheit geforscht. Er erzählte mir, dass Alexander nicht gerade einen guten Start ins Leben gehabt hatte. Seine Mutter war Alkoholikerin mit jeder Menge psychischer Probleme, seinen Vater kannte er nicht. Als Kind wurde er von einer Pflegefamilie zur nächsten gereicht und geriet oft in Schwierigkeiten.

»Um es auf den Punkt zu bringen«, sagte Neil, »die besten Voraussetzungen für ein Kind, um später einmal auf die schiefe Bahn zu geraten.«

Ich rief mir ins Gedächtnis, wie sehr sich Alexander bemüht hatte, ein guter Vater für Jamie zu sein, und spürte, wie meine Augen brannten.

»Er ist kein schlechter Mensch«, sagte ich.

Neil schüttelte den Kopf. »Sarah, wenn wir der Sache auf den Grund gehen wollen, musst du so tun, als wärst du eine Unbeteiligte. Du darfst nicht zulassen, dass deine Gefühle oder Sichtweise der Dinge dein Verhalten beeinflussen. Was du glaubst oder denkst, ist völlig irrelevant. Wir betrachten einfach nur die Fakten, und du musst versuchen, objektiv zu sein.«

»Okay, du hast ja recht.«

»Möglicherweise wurde Alexander als Kind missbraucht. Auf jeden Fall wurde er vernachlässigt. Seine Beziehung oder der Mangel an Beziehung zu seiner Mutter könnte sich negativ auf seine eigene Bindungsfähigkeit ausgewirkt haben.«

Ich zuckte zusammen.

Neil tat so, als hätte er es nicht bemerkt.

»Genevieve hatte ihrer Mutter erzählt, sie habe Angst vor Alexander, er habe bereits einmal versucht, sie umzubringen, und sie glaube, dass es das nächste Mal nicht bei einem Versuch bleiben würde.«

»Das stimmt aber nicht«, sagte ich. »Sie hat ihn mit einem Küchenmesser verletzt! Er hat ihr kein Haar gekrümmt.«

»Genevieve hat auch anderen Leuten erzählt, sie fürchte um ihr Leben. Nur das zählt im Moment. Das ist eine *Tatsache.* In ihrem ›Abschiedsbrief‹ an ihre Eltern hat sie ihre diesbezüglichen Befürchtungen wiederholt. Und die Tatsache, dass er das letzte Lebenszeichen von Genevieve ist, macht den Brief zu einem wichtigen Beweismittel.«

»Er beweist aber auch, dass sie vorhatte, an jenem Morgen zu verschwinden.«

»Ja. Wenn es den Brief nicht gegeben hätte, hätten ihre Eltern sie schon viel früher als vermisst gemeldet. Sie hat ja klipp und klar geschrieben, dass sie sich ein paar Wochen lang nicht rühren werde und sich ihre Eltern bitte keine Sorgen um sie machen sollten.«

»Und sie hat in diesem Brief keinen anderen Mann erwähnt?«

Neil schüttelte den Kopf.

»Aber …« Ich zögerte einen Moment. »Ihre Mutter hat durchblicken lassen, dass sie möglicherweise einen Geliebten hatte.«

»Und sie hatte recht.«

Wieder überlief mich ein Schauer.

»Woher weißt du das?«

»Jemand aus unserer Agentur ist seit einigen Wochen auf den Fall angesetzt. Genevieve nahm ja oft an irgendwelchen Reitturnieren teil und war daher viel auf Reisen. Ihren Reitkollegen zufolge hat sie abends jedoch nie etwas mit ihnen unternommen. Stets hat sie sich von ihnen abgeseilt. Offensichtlich ist sie unter dem Namen Juliet Bravo – ihrem Decknamen – in allen möglichen Hotels abgestiegen. Hübschen, abgelegenen, teuren, diskreten Landhotels. Und sie war immer in Begleitung. Und immer das gleiche Spiel: Doppelzimmer und Champagner im Eiskübel und Dinner auf dem Zimmer, sodass die Angestellten ihren Liebhaber nie zu Gesicht bekamen.«

»Kennt man seinen Namen?«

»Romeo Delta.«

Ich lächelte. Es klang wie ein trauriger Witz. Es tat mir leid wegen Genevieve, leid wegen Alexander. Er musste geahnt haben, dass Genevieve ihn betrog, wenn sie mit ihren Pferden auf irgendwelchen Turnieren und er zu Hause bei Jamie war. Er musste es gewusst haben, trotzdem hatte er nie etwas gesagt. War es Stolz oder Scham, was ihn hatte schweigen lassen? Oder die Hoffnung, dass die Affäre vorüberging und seine kleine Familie intakt blieb?

Ich fragte mich, ob Genevieve »Romeo« in ihrem letzten Brief an Alexander erwähnt hatte und ob das der wahre Grund war, warum er ihn zerstört hatte.

»Hast *du* irgendeine Ahnung, wer er sein könnte?«, fragte Neil.

»Genevieve ist früher mit einem jungen Mann namens Luke Innes gegangen. Einem Jugendfreund. Die Polizei hat nach ihm gesucht, ihn aber nicht ausfindig gemacht.«

»Hat sie Luke vor Alexander gekannt?«

»Ja. Ja, sie waren befreundet, bevor sie zur Universität ging.«

Neil knabberte nachdenklich an einem Pommes frites.

Dann sagte er: »Die Fakten, die wir kennen, sind folgende: Jemand, nehmen wir mal an, Genevieve, hat den Abschiedsbrief an ihre Eltern am Morgen ihres Verschwindens in den Briefkasten am unteren Ende ihrer Auffahrt geschoben. Weil sie sichergehen wollte, dass sie ihn noch am selben Morgen öffneten, hat sie ihn nicht mit der Post geschickt. Philip hatte einen Termin im Krankenhaus, und Virginia begleitete ihn. Genevieve musste gewusst haben, dass beide weg waren. Du kennst dich in der Gegend besser aus, jedenfalls glaubt die Polizei, dass sie den Weg zu Fuß hochgegangen ist.«

»Durchaus möglich.«

Neil nahm einen Schluck Bier und fuhr fort: »Alexander ist laut eigener Aussage an jenem Morgen wie üblich zur Arbeit gefahren und hat auf dem Weg dorthin Jamie an der Schule abgesetzt. Es war der letzte Tag vor den Sommerferien. Normalerweise brachte Genevieve Jamie zur Schule, aber sie hat wohl beschlossen, an diesem Morgen ein Bad zu nehmen – wahrscheinlich wollte sie Alexander nicht ins Gesicht blicken müssen. Er sagt, er hat ihren Brief auf dem Küchentisch vorgefunden, als er von der Arbeit nach Hause kam. Er war früher dran, weil die Schule ihn angerufen hat, nachdem Genevieve Jamie nicht abgeholt hatte.«

»Aber dieser Brief existiert nicht mehr.«

»Nein. Alexander will ihn verbrannt haben.« Neil leerte sein Glas. »Und dann gibt es die Sache mit Genevieves Brief an Jamie, der ebenfalls verschwunden ist, den es aber logischerweise gar nicht gegeben haben dürfte.«

»Hat es auch nicht«, sagte ich. »Weil Alexander ihn geschrieben hat.«

»Warum sollte er das getan haben?«

»Um Jamie zu trösten, weil Genevieve es versäumt hat, sich von ihrem Sohn zu verabschieden.«

Neil rieb sich am Kinn. »Aus ihrer Sicht war das gar nicht nötig.«

»Warum nicht?«

»Weil sie vorhatte, ihn mitzunehmen. Du hast die Tasche gefunden, die sie für sich selbst gepackt hatte, aber es tauchte noch eine andere mit Jamies Sachen auf. Jamies Reisepass wurde in Alexanders Büro aufbewahrt. Genevieve hat ihn bestimmt erst zum Schluss von dort holen wollen, damit Alexander keinen Wind von ihren Plänen bekam. Wahrscheinlich wollte sie sichergehen, nicht von Alexander überrascht zu werden, ehe sie sich anschickte, den Brief in den Briefkasten ihrer Eltern zu werfen und anschließend Jamie von der Schule abzuholen.«

»Neil, woher um alles in der Welt weißt du das?«

»Hervorragende Kontakte zur Polizei. Teure vor allem.«

»Weißt du auch, dass Alexander gar nicht Jamies leiblicher Vater ist?«

»Ja. Und, aber das ist nur eine Annahme, wenn Genevieve eine Beziehung mit einem Mann hatte, den sie schon lange kannte, sagen wir mit Luke Innes, können wir davon ausgehen, dass er Jamies Vater ist, vor allem, wenn sie tatsächlich schon mit ihm zusammen war, bevor sie Alexander kennenlernte. Wenn sie planten, sich mit Jamie im Ausland niederzulassen, hätte Alexander nicht den Hauch einer Chance gehabt, den Jungen wiederzubekommen.«

»Klingt nach einem ziemlich starken Motiv für Alexander, Genevieve am Weggehen zu hindern«, sagte ich. »Ein weiteres Indiz für seine Schuld.«

»Stimmt. Aber wenn Alexander tatsächlich der Täter ist, warum hat sich der Liebhaber bislang noch nicht zu erkennen gegeben?«

»Weil er sich indirekt schuldig fühlt an Genevieves Tod. Weil er seine Affäre mit ihr geheim halten will. Weil er am Boden zerstört ist. Oder weil er verheiratet ist.«

»Oder weil er Genevieves Mörder ist«, sagte Neil.

Mir schauderte.

»Und da ist noch etwas«, sagte Neil. »Genevieves Erbe. Ein wesentlicher Aspekt.«

»Für Alexander bestimmt nicht«, sagte ich. »Geld ist ihm egal.«

»Jeder interessiert sich für Geld«, sagte Neil, »wenn genügend auf dem Spiel steht.«

ZWEIUNDSECHZIG

Nach dem Pub wollte ich zum ersten Mal seit meiner Rückkehr nach Manchester nicht sofort wieder in mein Bett. Mir schwirrte der Kopf. Am liebsten hätte ich auf der Stelle begonnen, im Internet zu recherchieren. Ich hatte gehofft, auf Neils Laptop im Internet zu surfen, aber May benutzte ihn gerade, um bei Facebook mit Freunden zu chatten. Sie war so geduldig mit mir gewesen und hatte so viel mit mir durchgemacht, dass ich es nicht über mich brachte, sie zu bitten, mir den Computer zu überlassen. Stattdessen ging ich in die Küche und bereitete für uns alle heiße Schokolade zu. Dann kuschelte ich mich neben May aufs Sofa und schaute fern. Sie legte den Arm um mich und zog mich fest an sich.

»Besser?«, fragte sie.

»Ja. Vielen Dank, dir und deinem wunderbaren Mann.«

May lächelte.

Ich küsste meine Schwester auf die Wange. Ihre Haut war warm, und sie duftete nach Shampoo.

»Danke«, sagte ich erneut, »für alles.«

»Dafür bin ich doch da.«

DREIUNDSECHZIG

Am nächsten Morgen um halb acht war ich frisch geduscht, geföntund fertig angezogen. Kurz darauf schritt ich in einem Tweedrock, einer austernfarbenen Seidenbluse und dem grünen Mantel, in den May eines Tages hineinzupassen hoffte, wenn sie genügend abgenommen hatte, neben Neil in Richtung des Gebäudes, in dem sich NWM befand. Es war schön, wieder in dieser Stadt mit ihren breiten Straßen und Lichtern und Bussen zu sein. Ich war optimistisch. Positiv. Stolz, endlich etwas tun zu können, um Alexanders Unschuld zu beweisen, selbst wenn sich am Ende herausstellen sollte, dass es reine Zeitverschwendung war. Ich wünschte, ich hätte ihn wissen lassen können, dass ich wieder für uns kämpfte.

Neil registrierte mich am Eingang als Besucherin, dann stiegen wir in den Lift und fuhren in den riesigen Nachrichtenraum hinauf, wo er mich an einen freien Computer setzte. Es herrschte eine gedämpfte Ruhe. Jeder arbeitete still vor sich hin, die Fernseher waren auf Stumm gestellt, und sogar der Klingelton der Telefone war leise. Ungefähr die Hälfte der Schreibtische war verwaist. Neil sagte, dass es vor Weihnachten ein paar Entlassungen gegeben habe, und von den verbliebenen Angestellten seien einige im Urlaub. Ich würde also niemanden stören. Ich legte Mantel und Schal über die Rückenlehne des Stuhls und stellte ihn etwas höher. Neil hockte sich auf die Schreibtischecke und kratzte sich nachdenklich am Kopf.

»Ich glaube, wir sollten bei Matt Bryant beginnen«, sagte er. »Das ist der Mann, dessen Geld Alexander angeblich veruntreut hat. Kennst du die Geschichte?«

Ich nickte. »Ich habe einen Zeitungsartikel über den Prozess gelesen.«

»Weiter zurückzugehen als bis zu diesem Zeitpunkt lohnt sich, glaube ich, nicht. Alexander und Genevieve haben kurz nach seiner Haftentlassung geheiratet, stimmt's?«

»Ja.«

»Folglich müssen sie ja schon zusammen gewesen sein, bevor er seine Gefängnisstrafe antrat. Aus allen Zeitungsartikeln geht hervor, dass er und Bryant gute Freunde waren. Also kann Bryant uns wahrscheinlich mehr über Alexanders Beziehung zu Genevieve sagen.«

»Richtig.«

»Falls Bryants Firma noch existiert, wirst du sie bestimmt im Internet finden«, sagte Neil. »Ist das okay für dich?«

Ich nickte. Ich fühlte mich wie ein kleines Kind an seinem ersten Schultag. Es juckte mich in den Fingern, endlich anzufangen.

»Währenddessen werde ich sehen, was ich über Genevieve herausfinden kann. Gibt es etwas Wichtiges, was ich wissen sollte? Fällt dir noch irgendetwas ein?«

»Nur Luke Innes, wie gesagt.«

»Gut, ich werde versuchen, seine Spur zu verfolgen. Ich bin da drüben am Newsdesk. Und du kommst hier zurecht?«

»Ja, sicher.« Ich wollte, dass er mich endlich allein ließ, damit ich mit meinen Recherchen beginnen konnte.

Es dauerte kaum zwei Minuten, bis ich fand, wonach ich suchte. Um acht Uhr war ich bereits voll im Bilde über Bryants Firma. Die Webseite der Firma Bryant's Reclamation and Restoration war nicht besonders raffiniert, aber es war offensichtlich, dass die Firma keineswegs darbte, sondern im Gegenteil florierte. Sie hatte sich sogar einen neuen Geschäftszweig zugelegt, den Verkauf von Gartenmöbeln und Steingutware. Ich zeigte Neil die Webseite und fragte ihn, was ich als Nächstes tun solle, woraufhin er mich mit einem Blick bedachte, der mich recht dumm dastehen ließ. Dann sagte er, ich solle bei der Firma anrufen und Matt Bryant verlangen.

»Was, wenn er nicht mit mir sprechen will?«

Neil verzog das Gesicht. »Sei charmant. Flirte ein bisschen. Keine Ahnung, dir wird schon was einfallen.«

Ich brauchte mehrere Minuten, bis ich in der Lage war, die angegebene Nummer zu wählen. Da es noch nicht einmal halb neun war, dachte ich, es sei womöglich zu früh, um jemanden zu erreichen, doch eine barsche Stimme am anderen Ende der Leitung sagte: »Hallo, Bryant's Reclamation.«

Wie sich herausstellte, war ich direkt bei Matt Bryant gelandet. Er war zwar nicht gerade unfreundlich, aber misstrauisch. Natürlich hatte er die Nachrichten über Genevieve und Alexander verfolgt und war schon von mehreren nationalen Zeitungen kontaktiert worden, die ihn für eine Exklusivstory verpflichten wollten: Er sollte ihnen erzählen, wie er Alexander damals erlebt hatte. Zwar würden sie die Geschichte nicht vor dem Ende des Prozesses veröffentlichen können, da die Sache rechtshängig sei, aber sobald ... *wenn* Alexander schuldig gesprochen worden sei, hofften sie, mit dieser Story einen echten Knaller zu landen.

»Ich kann diese Aasgeier nicht ausstehen«, sagte Matt. »Schon letztes Mal sind sie mir gehörig auf die Nerven gegangen, und jetzt geben sie wieder keine Ruhe.«

Ich erklärte ihm, wer ich war und in welcher Beziehung ich zu Alexander stand. Auch wenn ich ihm gegenüber meine redlichen Absichten beteuerte, ließ er sich nicht erweichen, mir telefonisch Auskünfte zu geben. Er sei in der Vergangenheit oft genug »übers Ohr gehauen« worden.

»Wenn Sie mit mir reden wollen, dann persönlich«, sagte er. »Aber ich kann Ihnen nichts versprechen.« Dann legte er auf.

Einen Moment saß ich reglos da und überlegte, was ich als Nächstes tun sollte. Ich ging zu Neil hinüber.

»Was soll ich denn jetzt machen?«

»Warum?«

»Er will nicht am Telefon mit mir reden.«

»Dann fährst du eben zu ihm.«

»Er wohnt in Worcester.«

»So weit ist das nicht.«

Neil tauchte die Hand in seine Jacketttasche und fischte einen Schlüsselbund heraus.

»Du kennst ja meinen Wagen«, sagte er. »Ab mit dir.«

Während ich auf der M5 in südlicher Richtung fuhr, hörte ich Radio 4.

Um die Mittagszeit saß ich mit Matt Bryant in dem Café, das sich gegenüber seinem Betrieb befand. Bei meiner Ankunft hatte er mich sofort anhand eines Zeitungsfotos erkannt, das am Tag meines Weggangs aus Burrington Stoke aufgenommen worden war. Er hatte mir eine Hand auf die Schulter gelegt und sie aufmunternd gedrückt. »Sie sind es. Ich wollte einfach sichergehen. Hätte ja jemand sein können, der sich für Sie ausgibt. Überall lauert die Presse, dieses blutrünstige Pack. Lassen Sie uns was essen gehen.«

Ich mochte ihn. Matt Bryant war ein netter, gesprächiger Kerl mit breitem Kinn und einem noch breiteren Akzent. Er war stolz auf seinen Betrieb, seine Familie und seinen Erfolg. Er trug eine teure Uhr, eine Latzhose und Stiefel mit Stahlkappen, er roch nach Calvin Klein, und sein Wagen hatte ein persönliches Nummernschild. Ich konnte mir gut vorstellen, dass er mit Alexander befreundet gewesen war. Das Café war voll, warm und dampfig. Wände und Decke waren mit Flittergirlanden dekoriert, batteriebetriebene Weihnachtsmänner zwinkerten und bimmelten um die Wette, dazu spielte das Radio fröhliche Jahresendlieder.

Nachdem ich Matt meine Version der Geschichte erzählt hatte, schüttelte er den Kopf.

»Ich wusste, es würde in einer Katastrophe enden«, sagte er. »Verdammt noch mal, ich wusste es.«

»Dass was in einer Katastrophe enden würde?«, fragte ich.

»Die Sache zwischen Alexander und Genevieve. Wir haben ihn alle gewarnt, aber er wollte nicht auf uns hören.«

»Es muss nicht unbedingt Genevieves Schuld gewesen sein, wie alles geendet hat«, sagte ich ruhig.

»Hören Sie«, sagte Matt und deutete mit seiner Gabel auf mich. »Sie hat Alex schöngetan, aber es war klar, dass sie ihn abservieren würde, wenn sie genug von ihm hatte.«

»Wie haben sie sich kennengelernt?«

»Sie war eine Freundin meiner Schwester. Die beiden waren zusammen an der Uni.«

»Ach so.«

»Wir waren eine große Clique. Alle Mädchen waren hinter Alex her, aber er hatte nur Augen für Gen. Er hat geglaubt, sie wären füreinander bestimmt. Er ist einer dieser Menschen, die immer versuchen, alles richtig zu machen. Sie kennen ihn ja.«

Plötzlich überkam mich eine schmerzhafte Sehnsucht nach Alexander. Bis zu diesem Zeitpunkt war ich niemandem begegnet, der ihn vor Genevieve gekannt hatte. Wenn es doch nur anders gewesen wäre, dachte ich. Wenn ich ihm doch damals begegnet wäre, bevor diese schrecklichen Dinge passierten … Aber damals wäre er nicht an mir interessiert gewesen. Natürlich hätte er sich für Genevieve entschieden.

Matt schnitt in seine Fleischpastete, und durch die offene Kruste stieg Dampf auf.

»Wenn irgendwo Chaos herrschte, war Alexander zur Stelle, um es zu beseitigen. Wahrscheinlich ist er so geworden wegen seiner verfluchten Mutter, die nicht in der Lage war, sich um ihn zu kümmern. Und Genevieve war trotz ihrer tollen Erziehung und ihrer Pferde und ihres Aussehens das Chaos in Person.«

Zum ersten Mal hörte ich, dass jemand sie so beschrieb. Es widersprach allem, was ich bisher über sie wusste.

»Wie meinen Sie das?«

»Sie hatte irgendwas mit einem älteren Kerl. Er war verheiratet, hatte ihr aber versprochen, seine Frau zu verlassen, die übliche Geschichte eben. Dann wurde seine Frau schwanger, und der Typ musste bei ihr bleiben wegen des Babys und so weiter. Damals ist Genevieve eine Zeit lang zu uns gezogen. Sie hat gesagt, sie könne nicht mehr zu Hause wohnen und so tun, als ob nichts wäre, während ihre Mutter sie mit Fragen löchert. Es ging ihr richtig dreckig, sie hat nur noch geheult und mit allem Möglichen gedroht. In einem Moment wollte sie mit der Ehefrau reden, im nächsten sich etwas antun.«

Der Mann, von dem er sprach, konnte nicht Luke Innes sein, denn der war weder älter als Genevieve noch verheiratet. Ich verspürte einen Anflug von Enttäuschung. Dennoch konnte ich mir gut vorstellen, wie Virginia Genevieve bedrängt hatte, ihre Traurigkeit ergründen wollte, während diese ihr unmöglich die Wahrheit sagen konnte. Ich verstand, dass Genevieve das Bedürfnis verspürt hatte, von zu Hause auszubrechen.

»Hätte sie es doch nur getan!«, sagte Matt. »Sie war das geborene Opfer, die größte Melodramatikerin aller Zeiten. Jeder normale Mensch hätte gedacht, bist selbst schuld, blöde Kuh, wenn du dich mit einem verheirateten Mann einlässt. Doch Alex hat ihre Partei ergriffen. Er gab dem Kerl die Schuld, dachte, er hätte sie benutzt und ausgenutzt, und nahm sich vor, Genevieve glücklich zu machen.«

Ich nickte, um Matt zu ermuntern weiterzusprechen.

»Er hat das Mädchen geliebt«, fuhr er fort. »Er hat sie angebetet. Er hätte alles für sie getan, alles.«

Er brach ein Stück gebuttertes Brot ab und wischte den Teller aus. Einen Moment lang blickte ich zum Fenster hinaus, um mich wieder zu fangen. Ich war schrecklich eifersüchtig auf Genevieve und wütend auf Alexander, weil er sie derart geliebt hatte.

»Ich habe nicht erwartet, dass Sie Alexander verteidigen würden«, sagte ich, »nach allem, was er Ihnen angetan hat.«

Matt sah mir direkt in die Augen, dann wandte er den Blick ab. Ich wartete geduldig auf seine Antwort, während er einen Schluck Tee trank.

»Sie kennen bestimmt nur einen Bruchteil der Geschichte, hab ich recht?«, sagte er leise.

»Ich weiß, dass er Geld aus Ihrem Betrieb gestohlen und Sie damit an den Rand des Ruins gebracht hat.«

Matt nickte. »So stand es in den Zeitungen.«

»Stimmt es denn nicht?«

»Alex hat es zugegeben, sich schuldig bekannt. So viel stimmt.«

»Ich verstehe nicht, was Sie damit sagen wollen.«

»Sie wissen also nicht, was nach der Verhandlung passiert ist?«

Ich schüttelte den Kopf.

»Kaum hatte sich Alexander ganz überraschend schuldig bekannt, nachdem er zuvor auf seiner Unschuld beharrt hatte, tauchte das Geld wie durch ein Wunder wieder auf den Firmenkonten auf.«

»Die gesamte Summe?«

»Bis auf den letzten Penny.«

Matt verschränkte die Arme vor der Brust. Ich legte die Kruste meines Toasts auf den Teller zurück und wischte mir die Finger an einer Papierserviette ab.

»Das verstehe ich nicht. Wollen Sie damit sagen, das Geld wurde nie gestohlen?«

»Nein, es wurde schon gestohlen. Nur nachdem Alex seinen Kopf dafür hingehalten hatte, landete exakt dieselbe

Summe auf dem Schreibtisch unseres Buchhalters, zusammen mit einer Notiz, die besagte, es handele sich um eine anonyme Schenkung.«

»Warum sollte jemand so etwas tun?«

»Ich nehme an, dass dieser jemand Alexander versprochen hat, das Geld zurückzuzahlen und damit unsere Firma zu retten, wenn er sich schuldig bekennt.«

»Mein Gott.«

»Und natürlich hat er auch die Person geschützt, die das Geld gestohlen hatte.«

Wieder verspürte ich ein Prickeln unter der Haut. Mein Mund war trocken. Ich trank einen Schluck Tee. Plötzlich überrollte mich eine Welle der Zuneigung für Alexander. Ich hielt die nächste Frage noch ein wenig zurück, ehe ich sie aussprach, denn die Antwort war äußerst wichtig für mich.

»Sind Sie sicher, es war nicht Alexander? Dass er kein Dieb ist?«

Matt schnaubte. »Wie lange kennen Sie ihn? Er kann nicht rechnen, er kann kaum eine E-Mail schreiben. In der Schule brauchte er Förderunterricht, weil er Legastheniker war. Nie im Leben hätte er ein solches Ding durchziehen und seine Spuren verdecken können.«

»Aber wenn er es nicht war?«

»Ach, nun kommen Sie schon, so kompliziert ist es doch nicht! Wer hatte einen reichen Papa, der alles getan hätte, um seinem Töchterchen aus der Patsche zu helfen? Dieselbe Person, für die Alex, ohne mit der Wimper zu zucken, ins Gefängnis gegangen ist. Der arme Tropf hat wahrscheinlich gehofft, sie würde es als Beweis seiner Zuneigung nehmen.«

»Genevieve?«

»Wer sonst?«

Ich wandte den Blick ab, um meine Eifersucht vor Matt zu verbergen. Ich schämte mich dafür. Die arme Genevieve war tot, lag in einer Kühlzelle der Pathologie. Nie wieder würde sie Alexanders Gesicht sehen oder ihren Sohn in den Armen halten, und doch war ich eifersüchtig.

»Aber ihr Vater ist steinreich«, sagte ich. »Warum hatte sie es da nötig, Geld zu stehlen?«

»Ich weiß nicht, aber ich wette, es hatte mit ihrem verheirateten Liebhaber zu tun. Vielleicht hat er ihr erzählt, er könne es sich nicht mehr leisten, seine Frau zu verlassen, nun, da sie ein Kind hatten. Vielleicht wollte Genevieve eine Wohnung als Liebesnest kaufen. Sie konnte wohl kaum ihren Vater bitten, ihr das Geld dafür zu geben.«

Die Wohnung in Tenby kam mir in den Sinn.

»Sie glauben also, die Sache zwischen Genevieve und dem Mann war noch nicht zu Ende, obwohl er ihr gesagt hatte, dass er seine Frau nicht verlassen würde?«

Matt zuckte die Schultern. »Bei ihrer Schwangerschaft wird es sich wohl kaum um eine jungfräuliche Empfängnis gehandelt haben.«

»Stimmt.«

»Mir tut es leid, dass das arme Mädchen tot ist«, sagte Matt. »Das hat sie nicht verdient. Aber die Sache zwischen den beiden konnte kein gutes Ende nehmen. Genny war im achten Monat schwanger, als Alexander freigelassen wurde, trotzdem hat er ihr geglaubt, als sie beteuerte, dass er derjenige sei, den sie wirklich wolle.«

Eine Weile unterhielten wir uns noch. Ich fragte Matt, ob seine Schwester und Genevieve noch Kontakt hatten, aber er wusste es nicht. Charlene hatte geheiratet und war nach Hongkong gezogen, wo sie bei einer Bank arbeitete. Matt hatte sie schon seit ein paar Jahren nicht mehr gesehen. Mir schien, als stünden er und seine Schwester sich nicht besonders nah.

Als ich mich von ihm verabschiedete, drückte er mir aufmunternd die Schulter.

»Ich hoffe, dass es für Sie und Alexander doch noch gut enden wird«, sagte er. »Er kann sich glücklich schätzen, jemanden wie Sie zu haben, der für ihn kämpft.«

Ich schüttelte den Kopf. »Eine Zeit lang hatte ich den Glauben an ihn verloren.«

»Das ist doch menschlich«, sagte er. »Aber Sie machen Ihre Sache schon richtig. Und wenn Sie Alexander wiedersehen, sofern es Ihnen gelingt, ihn aus dem Kittchen zu holen, grüßen Sie ihn von mir. Sagen Sie ihm, ich könnte Hilfe brauchen, falls er Arbeit sucht.«

»Danke, das werde ich.«

Alexander ist unschuldig, dachte ich, als ich in Richtung Autobahn fuhr. Jedenfalls hatte er den Diebstahl nicht begangen und den Mord höchstwahrscheinlich auch nicht. Was er mir über seine Beziehung zu Genevieve erzählt hatte – dass sie einen anderen liebte, als sie heirateten, dass er sich bemüht hatte, sie glücklich zu machen, aber gescheitert sei –, deckte sich mit Matts Geschichte. Alles war so kompliziert und unter einem Gespinst aus Geheimnissen und Lügen verborgen, die ersonnen worden waren, um andere Lügen und Geheimnisse zu verbergen. Die Geschichte war dieselbe, es kam nur darauf an, wie man sie erzählte.

Ich sagte mir, dass ich im Grunde meines Herzens immer gespürt hatte, dass Alexander ein guter Mensch war, nun war ich mir dessen sicher. Ich wünschte, es gäbe eine Möglichkeit, die Uhr zurückzudrehen zu dem Tag, an dem Alexander und Jamie einen Weihnachtsbaum holen gegangen waren. Ich wünschte, ich hätte mich, statt vor Alexander davonzulaufen, an seine Seite gestellt, seine Hand genommen und den Mut aufgebracht, den Polizisten zu sagen, dass er nicht einmal einer Lüge fähig sei, geschweige denn eines Mordes.

Aber all das hatte ich nicht getan.

Ich hatte geglaubt, er sei ein Dieb. Ich hatte ihn verdächtigt, Genevieves Laptop im Brunnen versteckt zu haben und mich langsam in den Wahnsinn treiben zu wollen. Wann immer ich ihn angesehen hatte, waren mir die Worte: *Du bist die Nächste* in den Sinn gekommen, und ich hatte mich gefragt, was er mir wohl antun wollte.

Er hatte Genevieve bedingungslos geliebt, bis sie es ihm unmöglich gemacht hatte, sie weiter zu lieben. Allmählich begann ich zu begreifen, warum sie so gehandelt, warum sie ihn mit dem Messer verletzt hatte. Seine Zuneigung musste sie eingeengt haben. Sie musste sich wie eine Gefangene gefühlt haben. Vielleicht wollte sie ihm zu verstehen geben, dass sie niemals seine Gefühle würde erwidern können. Sie wollte ihn freigeben.

Aber sie hatte auch ihr Kind behalten wollen.

Zu mir war Alexander stets korrekt gewesen, er hatte sich um mich gekümmert und mir vertraut. Er liebte mich nicht so, wie er Genevieve geliebt hatte, aber vielleicht gibt es diese Art der Leidenschaft nur einmal im Leben, sagte ich mir. Das konnte ich ihm wohl kaum zum Vorwurf machen.

Alexander war unschuldig, während ich mich im höchsten Maße der Treulosigkeit schuldig gemacht hatte. Ich wusste nicht, ob er mir je würde verzeihen könne. Dass ich mir selber nie verzeihen würde, wusste ich.

VIERUNDSECHZIG

Es war schon spät am Abend, als ich nach Manchester zurückkam. Die Geschäfte und Straßen waren zwar noch weihnachtlich erleuchtet, aber der Schlussverkauf hatte bereits begonnen. Die Schaufenster waren mit Aktionsplakaten zugeklebt und die Straßen von durchweichten Flugblättern mit Sonderangeboten und anderem Abfall übersät. Noch war es ruhig in der Stadt. Die Ruhe vor Silvester, dem letzten Tag des Jahres, an dem in den Straßen Chaos herrschen würde. Während die Stadt an mir vorbeizog, fragte ich mich, wo Alexander jetzt war und was ihm im Kopf herumging. Ob er dunkel ahnte, dass ich alles Erdenkliche tun würde, um ihm zu helfen, oder ob er mich aufgegeben hatte, weil er annahm, ich hätte ihn aufgegeben.

Neil öffnete die Wohnungstür, und wir umarmten uns stürmisch.

»Bin in der Küche!«, rief May. »Ich habe Kebab gemacht.«

»Ich wasch mir nur eben die Hände!«

Ich begab mich ins Bad und machte mich frisch, dann ging ich ins Gästezimmer und trat zum Fenster, um die Vorhänge zuzuziehen. Ich spähte hinaus. In der Dunkelheit war nicht viel zu erkennen, nur die beleuchteten Fenster der gegenüberliegenden Häuser. Einen Moment lang spürte ich das Gewicht eines Babys an meiner Schulter. Oft hatte ich mir vorgestellt, wie ich mitten in der Nacht, so wie jetzt, am Fenster stehen, den Rücken meines Babys tätscheln und es wieder in den Schlaf singen würde. Ich hatte mir diese Szene so viele Male vorgestellt, dass ich fast das Gefühl hatte, mich an etwas Reales zu erinnern. Fast.

Ich zog den Vorhang zu.

Wir aßen im Wohnzimmer. May hatte das Abendessen wie ein kleines Büfett auf dem Couchtisch angerichtet. Sie und Neil saßen auf dem Sofa und ich auf dem Boden ihnen gegenüber. Ich fühlte mich geborgen und normal, wie in meinem früheren Leben.

»Sieh mal an!«, rief May aus und reichte mir ein Glas Wein. »Frisch wie der junge Frühling! Du brennst darauf, uns zu erzählen, was du herausgefunden hast, stimmt's?«

Ich wusste nicht, wie ich anfangen sollte, und zögerte noch.

»Leg los«, sagte Neil und machte eine ungeduldige Geste mit der Hand.

»Na gut«, begann ich wie ein Kind, das vor der Klasse ein Gedicht aufsagen muss. »Das Wichtigste zuerst: Alexander hat keinen Penny aus der Firma von Matt Bryant gestohlen.«

Ich sah May und Neil strahlend an. Sie nickten mir aufmunternd zu.

»Im Grunde hat er das genaue Gegenteil getan. Matt glaubt, dass sich Alexander auf einen Deal eingelassen hat, um die Firma zu retten. Seiner Meinung nach hat er sich schuldig bekannt, weil er wusste, dass Matt dann das fehlende Geld wieder zurückerhalten würde.«

Neil verzog das Gesicht. »Selbst wenn das stimmt, heißt es noch lange nicht, dass er nicht doch das Geld gestohlen hat.«

»Matt meint, dass Alexander im Laufe des Prozesses freigesprochen und die Identität des wahren Täters ans Licht gekommen wäre. Deshalb war es so wichtig, dass er seine Aussage gleich zu Beginn der Verhandlung widerrief.«

»Ach du lieber Himmel!« May hob ihre Augenbrauen, und ihre Augen wurden groß. Wir tauschten ein Lächeln aus.

»Matt glaubt, dass Genevieve das Geld gestohlen hat«, sagte ich.

»Und was glaubst du?«

»Ich glaube, dass er recht hat.«

»Wie hat sie das angestellt?«

»Keine Ahnung.«

»Aber ich vielleicht«, sagte Neil.

May und ich sahen ihn erwartungsvoll an.

»Ich erklär's euch«, sagte Neil. »Aber lasst mich von vorn beginnen.«

Neil berichtete, es sei ein Kinderspiel gewesen, im Internet die Internate ausfindig zu machen, die Genevieve besucht hatte. Er hatte sogar mit ihrer leidgeprüften Lehrerin gesprochen, die in ihrem letzten Internat ihre Wohneinheit betreute. Genevieve sei ein »eigenwilliges« Mädchen gewesen, erzählte sie, ohne Einzelheiten zu nennen, und habe es doch tatsächlich fertiggebracht, von zwei Schulen zu fliegen.

»Umso mehr hat sich die Lehrerin dann gewundert, als Genevieve verkündete, sie wolle auf die Universität gehen«, sagte Neil. »Genevieve habe keinerlei Neigung zum Studieren gezeigt. Das Einzige, was sie interessierte, war Reiten. Jeder dachte, wenn ein Studium für sie infrage käme, dann auf dem landwirtschaftlichen College in Cirencester. Doch eines Tages verkündete sie, wie gesagt, dass sie an der Universität studieren wolle, und genau das tat sie dann.«

»Aber sie muss ja wenigstens ordentliche Abschlussnoten gehabt haben, um angenommen zu werden«, sagte May.

Neil schüttelte den Kopf. »Weit gefehlt, sie war eine miserable Schülerin. Die Lehrerin vermutet, dass gewisse Beziehungen im Spiel waren. Ihr Vater muss im Zulassungskomitee der Universität jemanden gekannt haben.«

»Tja, wer kann, der kann«, sagte May. Sie wischte sich die Finger mit einer Papierserviette sauber und lehnte sich zurück.

»Genevieve war mit Matt Bryants Schwester zusammen auf der Universität«, sagte ich.

Neil nickte. »Genau. Sie und Charlene Bryant haben sich dort kennengelernt und sich angefreundet. Und dieser Typ, Sarah, den du erwähnt hast, Luke Innes, der war ein Jahr über ihnen. Der, die beiden Freundinnen und noch eine Studentin haben sich eine Weile eine Wohnung geteilt.«

»Ach so«, sagte May, »deswegen wollte sie also zur Universität. Weil ihr Freund dort war.«

»Das hätte durchaus ein Grund sein können«, sagte Neil. »Nur dass ihre Beziehung von kurzer Dauer war. Als Luke am Ende seines zweiten Jahres herausfand, dass Genevieve ihn mit einem anderen betrog, hat er das Studium hingeschmissen.«

Plötzlich war ich ganz aufgeregt. Allmählich ergab alles einen Sinn. Ich hob die Hand, um etwas einzuwenden.

»Matt hat gesagt, dass sie eine Beziehung mit einem verheirateten Mann hatte.«

»Das ist ja ein Ding!« May machte großen Augen.

»Genau«, sagte Neil.

Er stellte seinen Teller auf den Teppich und beugte sich nach vorn, indem er die Arme auf die Knie stützte. »Diese andere Studentin, die damals mit in der WG war, heißt übrigens Isabel Gerard, und mit der habe ich auch gesprochen. Sie glaubt, dass Genevieve eine Affäre mit jemandem aus der Turnierszene hatte. Er hatte ihr wohl versprochen, seine Frau zu verlassen …«

»Doch dann ist seine Frau schwanger geworden, und aus war der Traum.« Ich war begeistert, weil unsere getrennten Recherchen übereinstimmende Informationen zutage brachten. »Matt hat angedeutet, dass Genevieve eine Art Zusammenbruch erlitten hat. Zu diesem Zeitpunkt muss sie wieder zu Hause gewohnt haben, nachdem sich die WG aufgelöst hatte. Aber sie ertrug es in Elenora House nicht mehr, weil Virginia sie mit ihren Fragen drangsalierte. Daraufhin ist Genevieve wohl zur Familie von Matt und seiner Schwester gezogen, wo sie Alexander begegnete.«

»Ach, und während sie bei Matts Familie wohnte und sich mit Alexander anfreundete, hat sie Einblick in Matts Firma bekommen«, sagte May.

»Genau. Und sie muss gewusst haben, dass sich Alexander mit dem Rechnen schwertat, also hat sie ihm angeboten, ihm bei der Buchhaltung und dem Schriftkram zu helfen. So hatte sie Gelegenheit, die Firmenkonten zu plündern.«

»Das ist bislang nur eine Vermutung«, warf ich ein. Ich hoffte inständig, dass wir richtig damit lagen und von irgendwoher eine Bestätigung erhalten würden.

»Es passt alles zusammen«, sagte Neil.

»Du hast nicht zufällig den Namen des verheirateten Mannes herausgefunden?«, fragte ich Neil.

Er schüttelte den Kopf.

»Isabel ist sich nicht sicher, ob es sich bei Genevieves Geliebten tatsächlich um einen Reiter handelte, doch sie vermutet, dass jemand aus der Reitszene wohl am ehesten als Kandidat infrage kam. Außerdem deckt sich das mit Genevieves jüngsten Aktivitäten, wenn wir mal davon ausgehen, dass es noch derselbe Typ war. Sie sagte, Genevieve habe ein großes Geheimnis um ihn gemacht. Deswegen geht sie davon aus, dass er jemand Wichtiges war, vielleicht jemand Prominentes, ein Blaublütiger womöglich. Die Familie verkehrt ja in höheren Kreisen, also wäre es durchaus denkbar.«

»Luke Innes können wir jedenfalls ausschließen, nachdem es ihn aus Liebeskummer in die Ferne verschlagen hat.«

»Es kann irgendjemand sein«, sagte Neil. »Wenn es jemand Reiches und Berühmtes war und auch noch verheiratet, wird er bestimmt nicht wollen, dass seine Identität gelüftet wird. Jetzt erst recht nicht mehr.«

»Gibt es denn keine Möglichkeit, es herauszufinden, keine Fährte, die ihr weiterverfolgen könntet?«, fragte May.

Neil zuckte die Achseln. »Isabel hat gesagt, dass sie Genevieve einmal bei einem Telefonat mit ihm belauscht hat. Sie war wohl sehr wütend und betrunken und sprach eindringlich auf jemanden namens Lee ein. Sagt dir dieser Name etwas, Sarah?«

»Nein.«

»Mist.«

Eine Weile saßen wir noch zusammen und unterhielten uns, aber bald übermannte mich die Müdigkeit. Ich gab May und Neil einen Kuss und ging in mein Zimmer. Doch obwohl ich die elektrische Heizdecke auf die höchste Stufe geschaltet hatte und es kuschelig warm in meinem Bett war, konnte ich nicht einschlafen. Meine Gedanken kreisten um Alexander und Jamie und die Geheimnisse, die uns voneinander trennten.

FÜNFUNDSECHZIG

Am nächsten Morgen hatte Neil, ehe er ins Büro ging, einen Auswärtstermin für ein Interview. Er ließ mir seinen Laptop zusammen mit seinem Notizbuch da und schlug mir vor, ich solle alles, was wir in Erfahrung gebracht hatten, in einem schriftlichen Bericht zusammenfassen. May arbeitete drei Tage in der Woche ehrenamtlich in einer Einrichtung für autistische Kinder, und bevor sie an diesem Morgen das Haus verließ, bat sie mich, die Zutaten für das Abendessen einzukaufen. Ich hatte also eine Menge zu tun, doch zuerst wollte ich noch etwas anderes erledigen.

Während ich an meinem Kaffee nippte, sah ich mir die

Nachrichten an. Hinter dem Nachrichtensprecher wurde ein Foto von Genevieve eingeblendet. Ausnahmsweise trug sie mal keine Reitkleidung, sondern ein rosa Ballkleid, und an ihrem Hals funkelten Juwelen. Ihr Haar war kunstvoll frisiert. Sie sah aus wie eine Prinzessin.

Der Nachrichtensprecher redete langsam und mit präziser Aussprache.

Eine Woche zuvor, während ich noch zusammengerollt im Bett meine Depression pflegte, hatte man die im alten Steinbruch geborgene Leiche als die Genevieves identifiziert. Nun lagen die vorläufigen Autopsieergebnisse vor, und sie wiesen darauf hin, dass sie an einer Kopfverletzung gestorben war. Die Wunde war ihr zweifelsohne absichtlich zugefügt worden. Sie war ermordet worden.

Ich schloss die Augen. Es spielte im Grunde keine Rolle, wie Genevieve gestorben war, trotzdem löste jedes weitere Detail eine neuerliche Welle der Traurigkeit bei mir aus. Das Bild in meinem Kopf wurde von Mal zu Mal unerträglicher. Mit jeder neuen Information verstärkte sich mein Wunsch, bei Jamie zu sein und mich um ihn zu kümmern. Ich sehnte mich so sehr nach ihm. Doch fast im selben Atemzug hüpften meine Gedanken zu Alexander. Ich fragte mich, ob er schon wusste, wie Genevieve umgekommen war. Bestimmt hatte man ihm die Autopsieergebnisse nicht behutsam mitgeteilt, sondern auf brutale Weise, und hatte sie zum Anlass genommen, den Druck auf ihn zu verstärken. War er allein? War er innerlich bereits zerbrochen? Ich versuchte, mich in Alexanders Geist und Körper hineinzuversetzen, und schon hatte ich wieder einen trockenen Geschmack im Mund, und eine Taubheit, kalt wie der Tod, breitete sich in meinem Kopf aus.

Alexander musste annehmen, dass kein einziger Mensch auf dieser Welt ihm beistand.

Ich schlug Neils Notizbuch auf und blätterte zur nächsten leeren Seite. Dann begann ich zu schreiben.

Lieber Alex.

Weiter kam ich nicht. Ich wusste nicht, wie ich all meine Gefühle in die wenigen Worte kleiden konnte, die auf die schmale Seite passten. Weder wusste ich, wie ich erklären sollte, was zurzeit passierte und was ich tat, um die Dinge ins rechte Licht zu rücken, noch, warum ich so lange gebraucht hatte, mich bei ihm zu melden.

Ich schrieb weiter: *Ich weiß nicht alles, aber ich kenne zumindest einen Teil der Wahrheit über Genevieve.*

Dann strich ich die Worte wieder durch. Das hörte sich zu melodramatisch an. Alexander würde denken, dass ich noch immer von Genevieve besessen sei. Diese Worte sagten nicht klar und deutlich, was ich meinte. Ich fing auf einer neuen Seite von vorne an.

Lieber Alex,

ich denke jeden Tag und jeden Augenblick an Dich, und ich hoffe, dass Du …

Abermals kam ich nicht weiter. Was hoffte ich? Dass er tapfer war? Es ihm gut ging? Er an mich dachte?

Ich riss das Blatt heraus und knüllte es zusammen.

Lieber Alex,

ich bin sicher, Du machst dir Sorgen wegen Jamie, und ich wollte Dich wissen lassen, dass er …

Ich wusste nicht, wie es Jamie ging. Ich wusste weder, wo er war, noch, wer sich um ihn kümmerte. Ich legte den Notizblock auf den Tisch, stellte den Ton des Fernsehers aus, fasste mir ein Herz und wählte kurzerhand Claudias Nummer. Bill nahm ab.

»Hallo, Bill, hier ist Sarah«, sagte ich.

»Hallo.« Seine Stimme klang kalt und abwehrend. Er fragte nicht, wie es mir ging. Er sagte nur dieses eine Wort.

»Ich habe gerade die Nachrichten angeschaut. Es tut mir sehr leid, Bill.«

»Danke.«

»Wie geht es Claudia?«

Bill seufzte – wie konnte ich nur eine so unangebrachte Frage stellen? Ich stellte mir vor, wie er sich die Nasenwurzel rieb.

»Und Jamie?«, fragte ich leise. »Habt ihr es ihm schon gesagt? Weiß er über Genevieve Bescheid?«

»Er weiß, dass sie tot ist«, sagte Bill. Die Art, wie er es sagte, die Brutalität seiner Worte, ließ mich zusammenzucken.

»Was habt ihr ihm gesagt?«

»Sarah, ich glaube, es ist wirklich nicht angebracht, dass ich dir …«

»Ist er da?«

»Nein.«

»Wo ist er?«

»Bei seinen Großeltern.«

Ich stellte mir vor, wie Jamie, der kratzbürstige, schwierige Jamie, den Saum seines Sweatshirts oder Pyjamaoberteils bis über die Nase zog, um zu verbergen, dass er Daumen lutschte. Wie er sich anstrengte, so zu tun, als könne ihm nichts etwas anhaben. Dann stellte ich mir vor, wie Virginia ihn ermahnte, ein tapferer kleiner Mann zu sein. Ich stellte mir vor, wie sie ihn subtil, o ja, äußerst subtil, Lügen über Alexander einimpfte. Sofort begannen meine Augen wieder zu brennen.

»Geht es ihm gut?«, fragte ich leise.

»So gut, wie es ihm unter diesen Umständen gehen kann. Wir tun unser Bestes, um die Wahrheit von ihm fernzuhalten.«

»Noch kennt niemand die Wahrheit«, sagte ich.

»Wie auch immer, ich würde jetzt gern …«

»Würdest du bitte Claudia sagen, dass ich an sie denke? Und sag ihr bitte auch, dass Neil, mein Schwager, er ist Journalist, alles recherchiert und dass …«

»Sarah …«

»Ich weiß. Tut mir leid. Ihr habt jetzt Wichtigeres um die

Ohren. Aber sag bitte Claudia, wir sind uns ziemlich sicher, dass Alexander Genevieve nichts angetan hat. Würdest du ihr das bitte sagen?«

»Das werde ich nicht, weil es sie nur furchtbar aufregen würde. Wir kennen deine bizarre Obsession bezüglich Genevieve, und um ehrlich zu sein, Sarah, was du jetzt tust, ist wirklich krank.«

Ich schüttelte den Kopf. Das Gespräch verlief völlig falsch.

»Bill, mag ja sein, dass ich ein wenig besessen war, aber …«

»Lass sie einfach in Ruhe, Sarah. Lass uns in Ruhe. Hör auf, uns zu belästigen. Es ist aus und vorbei.«

Ich presste den Hörer an die Wange.

»Es tut mir leid, Bill, ich wollte nur … Bill, wenn du Jamie siehst, sag ihm bitte, ich vermisse ihn und dass wir uns bald wiedersehen.«

Aber die Leitung war bereits unterbrochen. Ich glaubte nicht, dass Bill meinen letzten Satz gehört hatte.

SECHSUNDSECHZIG

Ich duschte und zog mich warm an. Dann verbrachte ich ungefähr eine Stunde am Telefon, um herauszufinden, wie ich Alexander erreichen konnte. Zuerst rief ich auf dem Polizeirevier in Castle Carey an; dort verwies man mich zum Amtsgericht in Bristol, das mich wiederum ans Gefängnis verwies. Ich rief dort an und fragte, ob es möglich sei, mit Alexander zu sprechen, aber natürlich war es nicht möglich. Der Beamte war zwar forsch, aber nicht unfreundlich.

»Könnten Sie ihm eine Nachricht übermitteln?«, fragte ich. »Bitte sagen Sie ihm…« Erneut suchte ich nach den richtigen Worten.

»Soll ich ihm vielleicht einfach sagen, dass Sie ihn vermissen?«, schlug er vor.

»Ja. Danke. Und sagen Sie ihm, er soll sich keine Sorgen wegen Jamie machen. Sagen Sie ihm, dass alles gut wird.«

Die nächste Stunde verging damit, dass ich alles, was ich über Genevieve in Erfahrung gebracht hatte, in Neils Computer tippte. Ich achtete darauf, jede Information mit der jeweiligen Quelle und einem Datum zu versehen, bevor ich alles an Neils E-Mail-Adresse sandte.

Dann zog ich mir Mantel und Stiefel an und ging zu dem kleinen Supermarkt am Ende der Straße. Unterwegs begegnete ich einer ausgelassenen Gruppe von Menschen, die bereits Silvesterkleidung trugen und lachten und Fußballrasseln schwenkten.

Im Zeitschriftenregal des Supermarkts lagen die neuesten Zeitungsausgaben aus. Sie waren voller Jahresrückblicke und Statistiken. Ausnahmsweise konnte ich keine Fotos oder Schlagzeilen über Genevieve entdecken.

Ich kaufte die Zutaten für Spaghetti Carbonara und stellte mich an die Kasse. Plötzlich klingelte mein Handy.

Ich fischte es aus meiner Jeanstasche und blickte auf das Display. Es war Neil. Er ließ mich gar nicht zu Wort kommen, sondern platzte heraus: »Sarah, ich muss dir unbedingt etwas zeigen. Wo bist du?«

»Im Supermarkt.«

»Nimm ein Taxi und komm schnell hierher, okay?«

»Was ist es denn?«

»Beeil dich, dann wirst du schon sehen.«

Er holte mich am Eingang ab, packte mich am Arm und zog mich die Treppe hinauf.

»Der Aufzug ist defekt«, sagte er. »Wir müssen zu Fuß gehen.«

»Sag mir endlich, was du gefunden hast!« Ich hatte Mühe, mit ihm Schritt zu halten. Neil mit seinen langen Beinen nahm zwei Stufen auf einmal.

»Einen Beweis, dass wir auf der richtigen Spur sind.« Er klang stolz und euphorisch.

Mit klopfendem Herzen folgte ich ihm den Flur entlang bis in den Newsraum.

Neil bedeutete mir, mich auf den Bürostuhl an seinem Schreibtisch zu setzen, während er im Stehen seinen Computer hochfuhr. Er loggte sich mit einem Passwort ein, und sofort erschien auf dem Bildschirm eine lange Liste mit E-Mails.

»Was ist das?«

Er beugte sich über meine Schulter. »Sieh selbst.«

Das Benutzerkonto gehörte jemandem namens Charlene Ho.

»Matts Schwester?«, fragte ich.

Neil nickte und zeigte auf den Bildschirm.

Noch am 21. Juli gab es eine E-Mail-Nachricht von Genny C.

Ich sah zu Neil hoch.

»Öffne sie«, sagte er.

»Aber wie bist du denn an dieses Benutzerkonto gekommen?«

»Das spielt jetzt keine Rolle.«

»Ist das denn legal?«

»Nun lies endlich die Mail.«

Ich klickte auf die Mail, und sie öffnete sich.

Genevieve hatte geschrieben:

Alles für Freitag vorbereitet. Ich bin ja soooo nervös! Ich kann nicht glauben, dass es wahr wird, aber dieses Mal wird es definitiv klappen!!

»Spricht sie von ihrer Abreise?«

Neil nickte. Ich las weiter.

Du verstehst doch, Charlie, nicht wahr, dass dies unsere EINZIGE Möglichkeit ist, zusammen zu sein, und wir haben beide die ewigen Lügen und das Versteckspiel satt. Es ist mit der Zeit immer schlimmer geworden. Auf lange Sicht ist es für alle das Beste! Hoffe, Euch geht es gut in Hongkong. Antworte bitte so schnell wie möglich, ich werde Deine E-Mails vermissen, wenn wir auf Sizilien sind. Alles Liebe, Gen.

Einen Moment lang schloss ich die Augen. Mit den vielen Großbuchstaben und dramatischen Ausrufezeichen schrieb Genevieve genau so, wie ich es mir vorgestellt hatte. Als sie diese Mail verfasst hatte, war sie voller banger Erwartung und Aufregung gewesen, hatte auf eine glückliche Flucht gehofft. Darauf, dass damit all ihre Probleme auf einen Schlag gelöst sein würden. Die Nachricht war fast unerträglich intim, und das Wissen, dass sich alle ihre Pläne zerschlagen hatten, machte mich furchtbar traurig.

Am selben Tag, kurz vor Mitternacht, hatte sie eine weitere Mail geschrieben.

Charlie, ich mache mir Sorgen. Alex hat mich den ganzen Abend beobachtet, ich bin sicher, er ahnt etwas. Ich schreibe diese Mail im Badezimmer (!), das ist der einzige Ort, wo ich ungestört bin. Ich wünschte, ich könnte sofort abreisen. Ich glaube nicht, dass ich noch einen weiteren Tag unter seinem prüfenden Blick ertragen kann. Heute Nacht werde ich bestimmt kein Auge zutun, und er wird merken, dass ich nicht schlafe, und wissen wollen, warum. Wie glücklich ich sein werde, wenn alles vorbei ist!

Wieder sah ich Neil an. »Dieser Ton gefällt mir gar nicht.«

»Es gibt noch mehr Mails. Lies weiter«, sagte er.

Charlene und Genevieve hatten bis in die frühen Morgenstunden miteinander korrespondiert, und Genevieve hatte sich zunehmend müde und abgespannt gefühlt, während ihre Freundin sie zu trösten versuchte und drängte, sich endlich schlafen zu legen.

O Gott, es wird hell, hatte Genevieve in ihrer letzten Mail um halb fünf geschrieben. *Es ist zu spät, ins Bett zu gehen. Wenn ich in den Spiegel blicke, meine ich, einen Geist zu sehen. Wenn L. mich so sehen würde, würde er es sich sicher anders überlegen. Ich geh jetzt raus zu den Pferden. Danke, dass Du mir Gesellschaft geleistet hast, C., Du bist eine WUNDERBARE Freundin, ich umarme Dich ganz fest, G.*

»Wie groß ist der Zeitunterschied zwischen hier und Hongkong?«, fragte ich.

»Sieben Stunden. Genevieve hat eine schlaflose Nacht zugebracht, aber bei Charlene war der Morgen schon angebrochen.«

Die nächsten zehn Stunden gab es keine Mails von Genevieve, erst wieder am Nachmittag.

Habe es geschafft, für ein paar Stunden zu entwischen. L. und ich haben uns an unserem geheimen Ort getroffen, und er hat mich ein bisschen beruhigt. Er meint, alles wird gut. Ich soll mir keine Sorgen machen. Es ist mir schleierhaft, wie er so ENTSPANNT bleiben kann. Er hat mir versprechen müssen, dass es dieses Mal wirklich klappen wird! Bin schrecklich müde. Ich umarme Dich, G.

»Das war am Tag vor ihrem Tod?«, fragte ich Neil. Er nickte. Er hatte die Fingerspitzen aneinandergelegt und stützte nachdenklich das Kinn darauf.

Ich schluckte. »Ich habe ein ungutes Gefühl dabei«, sagte ich, »diese Mails zu lesen. Sie sind zu … intim. Ich komme mir vor, als würde ich ihr Innerstes ausspionieren.«

»Genevieve ist tot«, sagte Neil. »Was wir hier tun, kann ihr nichts mehr anhaben. Denk an Alexander. Denk an das Kind.«

»Ich weiß, aber …«

Neil drückte aufmunternd meine Schulter.

»Das hier ist wichtig«, sagte er.

Später am selben Tag hatte Genevieve geschrieben:

J. spielt, seit er aus der Schule zurück ist. Ich habe ihm Fotos von dem Haus auf Sizilien gezeigt. Hab ihm eine Geschichte über einen Jungen erzählt, der mit seiner Mami und seinem Daddy am Strand lebt. Er wird Alex vermissen. Bin nicht stolz auf mich. Liebe Grüße, G.

Ich atmete langsam aus. Um achtzehn Uhr hatte sie geschrieben:

Du hast recht. Es wird besser sein, wenn alles ans Licht kommt. Ich nehme an, dass meine Familie mir eines Tages verzeiht!!! Alex denkt, ich sei krank. Er hat mich hochgeschickt, damit ich mich hinlege. Gerade habe ich L. angerufen, er hat mir versprochen, dass er heute seiner Familie erzählt, dass er sie verlassen wird. Es wird ihm furchtbar schwerfallen, aber er hat geschworen, dass er es diesmal tun wird. Ach herrje, Charlene, wahrscheinlich hast Du es SATT, immer wieder die gleiche Geschichte zu hören. Ich verstehe nicht, wie Du es aushältst, meine Freundin zu sein, aber ich bin sehr glücklich, dass Du es bist. Ganz viele Küsse. G.

Um elf Uhr abends hatte sie eine weitere kurze Nachricht geschrieben:

Habe nichts von ihm gehört. Habe L. mindestens ein Dutzend Mal versucht anzurufen. Sein Handy ist ausgeschaltet. Glaubst Du, das bedeutet, dass er mit ihr gesprochen hat? Warum hat er mir keine SMS geschickt, so wie wir es verabredet hatten?

Um 23.05 Uhr:

Du bist ja so klug! Natürlich kann er nicht simsen – entweder streiten oder unterhalten sie sich noch. Der Arme. Die Armen. Küsse, G.

Um 23.45 Uhr:

Ich habe es nicht mehr ausgehalten. Ich habe auf dem Festnetz angerufen. Er ist drangegangen. Er hat gesagt, dass er nicht reden kann, aber die Art, wie er es sagte, lässt mich vermuten, dass er noch mitten im Gespräch ist. Er HAT es ihr gesagt. Ich weiß es.

Um 2.00 Uhr:

Habe immer noch nichts gehört, aber wie Du sagst, keine Nachrichten sind gute Nachrichten. Denk nur, Charlie, in weniger als zwölf Stunden werden wir zusammen sein, ich, er und Jamie – zum ersten Mal werden wir eine richtige Familie sein, uns outen, wie man so schön sagt!!! Ich kann es nicht erwarten!

Drück mir die Daumen, Charlie! Du wirst jetzt wahrscheinlich eine Zeit lang nichts von mir hören. Auf Sizilien dauert es eine Ewigkeit, um einen Internetanschluss und dergleichen zu bekommen. Sobald ich kann, melde ich mich. Aber keine Sorge, es wird schon alles gut werden. Ich war noch nie so GLÜCKLICH!!! Ich liebe Dich sehr und umarme Dich fest, Genny.

Diese letzte Mail las ich drei Mal. Neil saß auf der Schreibtischecke und reichte mir einen Pappbecher mit Kaffee.

»Geht es?«

Ich nickte. Dann schüttelte ich den Kopf. »Die arme Genevieve. Dieser letzte Satz ...«

»... hört sich an, als hätte Lee sie in die Irre geführt«, sagte Neil. »Und trotzdem wissen wir immer noch nicht, wer er ist.«

Er entfernte den Deckel seines Bechers und blies auf das dampfend heiße Getränk.

»Das Problem ist, keine dieser E-Mails beweist, dass Alexander seine Frau nicht umgebracht hat. Genevieve schreibt, dass er sie misstrauisch beobachtet, etwas ahnt, dass sie beunruhigt ist. Man könnte argumentieren, dies deutet daraufhin, dass sie beschlossen hat, Alexander an jenem Morgen reinen Wein einzuschenken, woraufhin er ausgerastet ist und sie umgebracht hat. Oder dass er irgendwie herausgefunden hat, dass sie plante, ihm Jamie wegzunehmen.«

»Aber diese E-Mails bestätigen, dass sie am Morgen des 24. Juli diesen L., also Lee, hätte treffen sollen, um mit ihm und Jamie nach Sizilien zu fliegen.«

Ich stellte mir vor, wie aufgeregt und voll banger Vorfreude Genevieve an jenem Morgen war, wie sie an ihr kleines Haus am Meer gedacht hatte, wo sie mit ihrem Sohn und Liebhaber als richtige Familie leben wollte. Genau das gleiche Phantasiebild hatte auch mir vorgeschwebt, nur dass ich im Geiste Jamie, Alexander und mich in Cornwall gesehen hatte. Ich erinnerte mich wieder, wie sehr ich diese Szene genossen und wie ich den Film vorgespult hatte bis zu der Stelle, da Jamie als langhaariger, breitschultriger Teenager erschien. Genevieve musste eine ähnliche Vision gehabt haben. Gab es etwas, das ich getan hatte, was nicht zuerst Genevieve getan hatte? Auch wenn es nur in meiner Phantasie war?

»Hast du Genevieves frühere Mails auch gelesen?«

Neil nickte.

»Was steht darin?«

»So ziemlich das Gleiche. Die Hinhaltetaktik ihres Liebhabers muss sie zunehmend zermürbt haben. Scroll mal zurück bis zu den Mails vom 19. Juli. Ja, genau die da.«

Heute habe ich ihm gesagt, wenn er es ihr nicht sagt, dann werde ICH es eben tun!!!

»Sie hat ihm gedroht, seiner Frau von ihrer Beziehung zu erzählen?«

»Hm. Sie schreibt, dass sie keine Angst mehr vor den Konsequenzen hat.«

Ich sah Neil an. »Und wie hat Lee darauf reagiert?«

»Lies die nächste Mail.«

Er hat mir Fotos vom Haus auf Sizilien gezeigt. Er sagt, wir können es für sechs Monate mieten und dann weitere Pläne machen. Es ist wunderschön und abgelegen und wird uns die nötige Zeit und den Raum geben, um zu einer richtigen Familie zusammenzuwachsen.

»Hört sich an, als wollte er Zeit herausschinden«, sagte ich.

Neil nickte. »Sie schreibt übrigens auch etwas über ihren Bruder, Damian.« Er beugte sich seitlich an mir vorbei zur Tastatur und scrollte die Nachrichtenleiste zurück. »Hier.«

Genevieve schrieb: *Auf Sizilien werden wir ein neues Leben beginnen. Und wenn jedermann eingeweiht ist, werde ich mir auch endlich meinen bösen Stiefbruder vom Hals schaffen!!*

»Was könnte sie damit meinen?«, fragte ich.

»Nun, es ist nur eine Vermutung, aber du hattest doch gesagt, dass Damian Genevieve gehasst hat, nicht wahr?«

»Er war noch ein kleines Kind, als …«

Ich hielt inne, als mir wieder bewusst wurde, dass Damian ungefähr im selben Alter gewesen sein musste wie Jamie heute. Damian wurde von Philip und Virginia Churchill großgezogen, aber sie schenkten ihm nicht die Liebe, die er gebraucht hätte. Ich wusste, wie seine Psyche darunter gelitten hatte. Ich konnte nicht und würde es nicht zulassen, dass Jamie das gleiche Schicksal widerfuhr. Wut wallte in mir hoch und damit einhergehend das Gefühl von Stärke.

»Ja«, sagte ich. »Ja, er hat Genevieve gehasst. Er hat sie für alles verantwortlich gemacht.«

»Nun, angenommen, er ist hinter ihre Affäre gekommen. Damian hatte den Kontakt zu seiner Familie abgebrochen, er hatte keine Arbeit, brauchte aber Geld für seine Kampagnen und für Rechtsanwälte und um seinen Lebensunterhalt zu bestreiten.«

»Du glaubst, er hat Genevieve erpresst?«

»Ja, genau das denke ich. Ich glaube, dass die hunderttausend Pfund, die von Bryants Konten verschwunden sind, dazu dienten, ihn zum Schweigen zu bringen, als die Frau des Geliebten schwanger war. Wahrscheinlich hatten sie sich auf eine einmalige Summe verständigt, und er hätte eine Weile davon leben können. Aber was, wenn seine Gier erneut erwacht ist? Das hätte Genevieve gehörig unter Druck gesetzt und wäre für sie ein weiterer dringender Grund gewesen, sich zu outen, wie sie selbst gesagt hat, und alles ans Licht zu bringen.«

»Und das würde auch erklären, warum Damian nach Burrington Stoke zurückkam, als er von ihrem Verschwinden hörte. Er musste sich selbst überzeugen, dass die Gerüchte wahr sind. Glaubst du, er würde uns oder der Polizei verraten, wer Genevieves Liebhaber war?«

»Dann würde er zugeben müssen, dass er sie erpresst hat. Ich kenne diesen Mann nicht, Sarah, aber er könnte zig Gründe haben, warum er nicht da hineingezogen werden möchte. Vielleicht betrachtet er den Liebhaber jetzt als neue zuverlässige Geldquelle.«

Eine Weile schwiegen wir.

Dann sagte Neil: »Es gibt noch etwas, was wir bislang nicht in Erwägung gezogen haben. Erinnerst du dich, wie Alexander auf Sizilien gesagt hat, er sei ›geschäftlich‹ unterwegs gewesen?«

»Ja, natürlich.«

»Und als wir mit ihm zu Abend gegessen haben, hat Jamie sich beschwert, dass er stundenlang mit einem Mann gesprochen hat?«

»Ja.«

»Weißt du, wer dieser Mann war?«

Ich schüttelte den Kopf. »Aber ich habe gesehen, wie Alexander ihm Geld gegeben hat.«

»Vielleicht ein Privatdetektiv?«

»Schon möglich.«

»Alexander hat offensichtlich Wind davon bekommen, dass sie nach Sizilien reisen wollten.«

Ich sog hörbar Luft ein. »Neil, wenn er mit Jamie auf Sizilien war, um nach Genevieve zu suchen, dann *kann* er nicht gewusst haben, dass sie tot ist.«

»Stimmt. Überleg mal, wer dieser Mann sein könnte. Wir müssen unbedingt mit ihm sprechen.«

Ich dachte fieberhaft nach.

»Rawl heißt er«, sagte ich, »oder Rowell vielleicht. Alex hat den Namen möglicherweise falsch geschrieben, jedenfalls hat jemand, der so oder so ähnlich heißt, versucht, Alex anzurufen. Ich habe den Namen auf Alexanders Handy gesehen.«

Neil notierte ihn sich. »Mal sehen, was ich tun kann.«

Ich ging in die Kantine, um Sandwiches zu holen. Als ich zurückkam, telefonierte Neil gerade. Er hatte einen Minirecorder ans Telefon angeschlossen, um das Gespräch aufzuzeichnen. Bei meinem Kommen strahlte er und hob die Daumen hoch.

Ich legte unseren Imbiss auf den Schreibtisch, setzte mich und klemmte nervös die Hände zwischen die Knie, während Neil seinem Telefonpartner lauschte. Dazwischen gab er immer wieder einen kurzen Kommentar ab, etwa »Ja, ich weiß« oder »Ich verstehe vollkommen« oder »Richtig, okay«.

Das Gespräch schien nicht enden zu wollen.

Schließlich bedankte er sich überschwänglich bei seinem Gesprächspartner, legte auf, rollte mit seinem Bürostuhl zu mir und küsste mich auf die Stirn.

»Nicht Rowell, sondern Raul. Sam Raul. Ein Privatdetektiv aus Catania, der sich auf das Sammeln von Beweisen für transnationale Fälle von Sorgerechtsstreitigkeiten spezialisiert hat.«

»Hast du mit ihm gesprochen?«

»Nein, aber mit seiner Assistentin. Um es kurz zu machen: Sie darf zwar keine Informationen über Kunden herausgeben, konnte aber bestätigen, dass Mr Westwood bei ihnen im Büro war. Und sie erinnert sich auch an Jamie.«

»Das heißt also, dass Alex nach Sizilien gereist ist, um sich auf einen Rechtsstreit um das Sorgerecht für Jamie vorzubereiten?«

»So ist es. Er muss wohl angenommen haben, dass Genevieve zurückkommen würde, um Jamie zu holen. Er hatte die vage Vermutung, dass sie sich auf Sizilien aufhält, und sich deswegen an einen ortsansässigen Experten gewandt, um sich über die rechtliche Situation und das Rechtssystem zu informieren.«

»Und deswegen hat er mich gebraucht«, sagte ich leise. »Jemanden, der nicht zur Familie Churchill gehört und auf Jamie aufpasst, für den Fall, dass Genevieve zurückkommen würde, um ihn zu holen.«

»Kann schon sein, dass das mit ein Grund war.« Neil nahm meine Hand und drückte sie. »Sarah, das ist der Beweis, den wir benötigen, um Alexanders Namen reinzuwaschen. Auch wenn wir noch nicht wissen, wer dieser Lee ist. Aber das soll nun die Polizei herausfinden.«

Ich wagte kaum zu glauben, was er sagte.

»Was machen wir als Nächstes?«, fragte ich.

»Ich werde deinen Bericht mit den neuen Fakten ergänzen, um das Ganze dann der Polizei vorzulegen. Dann werde ich einigen nationalen Tageszeitungen einen Tipp geben, dass wir in Kürze mit einer echten Knallerstory an die Öffentlichkeit gehen werden. Das wird der Polizei ein bisschen Dampf machen und die Dinge beschleunigen, damit Alexander so schnell wie möglich aus der Haft entlassen wird. Du hast doch nichts dagegen, wenn wir einen richtigen Coup landen?«

»Kannst du Jamie aus allem heraushalten?«

»Ich werde mich jedenfalls bemühen.«

»Und ich?«, fragte ich. »Was soll ich inzwischen tun?«

Neil zog mich in seine Arme und drückte mich.

»Du fährst nach Somerset zurück und beginnst, die Scherben zu kitten.«

»Glaubst du nicht, dass es dafür zu spät ist?«

»Es ist nie zu spät.«

SIEBENUNDSECHZIG

Auf dem Rückweg zu Mays und Neils Wohnung hielt ich bei einem Schreibwarenladen an und kaufte eine Ansichtskarte, die Manchester bei Nacht zeigte. Auf den Straßen war bereits viel los, überall sah man Menschen, die sich für die Silvesterpartys zurechtgemacht hatten. Ich genoss das Gewimmel und die ausgelassene Atmosphäre. Noch im Laden schrieb ich auf die Rückseite der Karte: *Wir wissen, was passiert ist. Du wirst bald frei sein.* Da mir kein geeigneter Abschiedsgruß einfiel, setzte ich nur meinen Namen darunter. Der Ladenbesitzer gab mir einen Umschlag, den ich an HMP Bristol, das Männergefängnis, adressierte. Ich frankierte ihn als Expressbrief.

Zu Hause suchte ich eine Zugverbindung nach Bristol für den nächsten Morgen. Dann rief ich DI Twyford an, aber er nahm nicht ab. Ich versuchte es in der Polizeizentrale, doch sie gaben mir nicht einmal die Gelegenheit, den Grund meines Anrufs zu erklären, geschweige denn eine Auskunft. Ich wusste nicht, wer Alexanders Verteidiger ist. Dann rief ich im Gefängnis an und hatte es mit einem Beamten zu tun, der weitaus weniger freundlich war als sein Kollege und sich weigerte, eine Nachricht entgegenzunehmen. Ich wählte Claudias Nummer, doch auch dort ging niemand ran. Ich sprach auf den Anrufbeantworter, dass ich gleich am kommenden Morgen nach Burrington Stoke zurückkehren würde.

Schließlich ließ ich mir ein Bad ein und schwelgte mit geschlossenen Augen im heißen Wasser. Ich war erschöpft und aufgeregt zugleich. Alexander hatte sich nichts zuschulden kommen lassen, außer vielleicht ein Übermaß an Liebe, an unangebrachter Loyalität und falschem Stolz, und das hätte ihn beinahe seine ganze Existenz gekostet. Ich schämte mich zutiefst, je an ihm gezweifelt zu haben. Ich wünschte, er hätte mir mehr vertraut und mit mir über seine Vergangenheit geredet, doch ich begriff, dass er keine alten Wunden hatte aufreißen wollen. Vielleicht bereute er, so viel für Genevieve aufgeopfert zu haben. Vielleicht dachte er, der beste Weg, Jamie zu beschützen, sei, schmerzhafte Wahrheiten so tief wie möglich zu vergraben und mit angenehmeren Lügen zu überdecken. Wie auch immer, er hatte gehofft, dass die Vergangenheit für immer hinter ihm lag, aber so war es nicht. Wie jeden anderen hatte auch ihn die Vergangenheit wieder eingeholt. Man entgeht ihr nicht, man kann nicht einfach eine Tür zumachen und sie aussperren, genau wie Betsy gesagt hatte.

Als mir warm war, stieg ich aus der Wanne, wickelte mich in ein kuscheliges Badetuch und setzte mich aufs Bett, um das Haar zu föhnen.

Ich nahm das Handy und betrachtete das Foto von Alexander und Jamie. Jamie mit seinem breiten Grinsen und seinen abstehenden Ohren, seinen tiefblauen Augen mit der dunklen Iris; Jamie, der sich nicht zu einem zweiten Damian entwickeln würde, jedenfalls nicht, solange ich atmete.

»Ich komme dich holen«, flüsterte ich und hob das Handy mit seinem Bild an die Lippen.

Ich wusste, dass May und Neil zu einer Party eingeladen waren, aber beide hatten mir unabhängig voneinander gesagt, dass sie mich als Entschuldigung vorgeschoben hätten, um zu Hause bleiben zu können. Sie hatten keine Lust auszugehen, sagten sie.

»Aber mir geht es gut«, sagte ich. »Ehrlich, ich habe mich lange nicht mehr so gut gefühlt!«

May sah mich forschend an. Dann schlich sich ein Lächeln auf ihr Gesicht, und sie bedeutete mir mit dem Zeigefinger, ihr ins Schlafzimmer zu folgen. Sie zog die oberste Schublade ihrer Ankleidekommode auf und nahm einen kleinen Plastikstab heraus.

In der Mitte waren zwei Striche zu sehen, und ich wusste auf Anhieb, was sie bedeuteten.

Wir standen nebeneinander und starrten darauf wie auf ein Wunder, und das war es in gewisser Weise auch.

»Oh, May«, wisperte ich, »ich freue mich so sehr für dich!«

»Du wirst es niemandem erzählen, nicht wahr?«, fragte sie, und ich schüttelte den Kopf. Ich hatte gelernt, dass man sein Schicksal nicht herausfordern darf, und mir vorgenommen, es nie wieder zu tun.

In dieser Nacht hatte ich abermals Schwierigkeiten einzuschlafen. Es lag nicht an den Feuerwerken, die überall in Manchester gezündet wurden. Ich war müde und aufgedreht zugleich. Mein Geist gab keine Ruhe. Meine Gedanken drehten sich um den nächsten Tag. Was er wohl bringen würde? Ich wusste nicht, in welcher Reihenfolge die Ereignisse stattfinden würden. Die Polizei würde vermutlich Alex entlassen, sobald sie Neils gesammelte Beweise vorliegen hatten. Dann würde es ihm freistehen, Jamie zu sich zu holen – sofern die Churchills auf Anhieb bereit waren, ihn herzugeben. Was sie aller Wahrscheinlichkeit nach nicht waren. Virginia musste wissen, dass Alexander nicht Jamies leiblicher Vater war. Falls sie beschloss, sich mit Alexander um das Sorgerecht für Jamie zu streiten, galt es zu klären, wer ein größeres Anrecht auf das Kind hatte, die leiblichen Großeltern oder der Mann, den Jamie schon immer als seinen Vater betrachtete hatte.

Selbst wenn Virginia wie durch ein Wunder Jamie freiwillig Alexander überließ, war ich mir nicht sicher, welche Rolle ich dabei einnehmen würde.

Ich hatte keine Ahnung, wie Alex sich mir gegenüber verhalten würde und ob er noch mit mir zusammen sein wollte.

Meine Gedanken sprangen zu Genevieve, deren ganzes Leben von ihrem Liebhaber manipuliert worden war, dem grausamen, feigen Liebhaber, der sie so lange hinhielt und zuließ, dass sie für die Fehler bezahlen musste, die sie beide begangen hatten; der zu keinem Zeitpunkt Verantwortung für sie übernommen hatte. Unzählige Male hatte ich mit Genevieve gehadert, war ich wütend und eifersüchtig auf sie gewesen und frustriert.

In jener Nacht empfand ich nur Mitgefühl.

Im Halbschlaf sagte ich leise: »Genevieve, was soll ich bloß tun?«

Und beim nächsten Atemzug war mir, als antwortete sie ebenfalls im Flüsterton: »Lass das Tor nicht hinter dir zufallen.«

Dann schlief ich endlich ein.

ACHTUNDSECHZIG

Zum zweiten Mal setzte ich mich in einen Zug in Richtung Süden, doch als ich diesmal in Bristol Temple Meads ausstieg, wartete niemand auf mich.

Der erste Tag des neuen Jahres war düster, und es regnete unablässig. Der Bahnhof war verwaist, kaum eine Menschenseele war zu sehen.

Die Absätze meiner Stiefel klackten auf dem nassen Bahnsteig. Ich ging durch die Unterführung auf die andere Seite der Gleise und zum Ausgang. Ohne Schlange stehen zu müssen, stieg ich in ein Taxi, um mich nach Burrington Stoke fahren zu lassen. Auf dem Armaturenbrett thronte ein Miniaturweihnachtsbaum mit einer elektrischen Lichterkette, die am Zigarettenanzünder angeschlossen war.

Der Fahrer plapperte in einem fort über Genevieves Tod. In dieser Gegend sei es *das* Gesprächsthema, erzählte er mir. Er fragte mich, ob ich etwas mit den Churchills zu tun hätte, was ich wahrheitsgemäß verneinte. Leidtun könne einem der kleine Junge, meinte er dann. Womit hatte das arme Kind es verdient, dass seine Mutter von seinem eigenen Vater ermordet wurde? Ich war versucht, ihm zu sagen, dass nicht Alexander Genevieve umgebracht hatte, doch dann dachte ich an Jamies wahre Abstammung und kam zu dem Schluss, dass der Taxifahrer womöglich recht hatte. Also schwieg ich, bis der Fahrer schließlich das Radio einschaltete. Der Sender spielte Neujahrssongs und blendete dazwischen Nachrichten ein, die, wie sollte es auch anders sein, mit dem Fall Genevieve Churchill begannen. Der Prozess gegen ihren Ehemann, Alexander Westwood, würde bereits am nächsten Tag eröffnet werden, verkündete der Sprecher.

Ich ließ das Taxi beim Supermarkt in Burrington Stoke anhalten. Nachdem ich bezahlt hatte und ausgestiegen war, blieb ich einen Augenblick lang stehen und blickte mich um. Obwohl ich nicht besonders lange weg gewesen war, erschien mir nichts mehr vertraut. Das Dorf war so still im Vergleich zu Manchester. Abgesehen von der schummrigen Weihnachtsbeleuchtung in den Fenstern war der Ort in bedrückendes Grau getaucht. Es herrschte die typisch trostlose, trübe Stimmung, die man mitten im Winter auf dem Land vorfindet. Die gefallenen Blätter waren schwarz verfärbt und glitschig, die Gehsteige nass, die Gärten kahl. Die Hügel ringsherum mit ihrem dumpfen Grünbraun, das nur von schlammigen Fuß- und Feldwegen und hie und da ein paar Jungrindern durchbrochen wurde, machten einen einsamen, unwirtlichen Eindruck.

Plötzlich piepste das Handy in meiner Manteltasche. Neil hatte mir eine SMS geschickt. Sie lautete: *Konnte Twyford noch nicht erreichen. Pass auf, was du sagst.*

Ich schaltete das Handy aus, um den Akku zu schonen, und steckte es in die Manteltasche zurück. Dann drehte ich mich um und machte mich auf den Weg in Richtung Elenora House , vorbei am alten Steinbruch. Den Weg, den ich vierzehn Tage zuvor mit Jamie auf den Armen in umgekehrter Richtung gegangen war.

Höchstwahrscheinlich würde dies mein letzter Besuch in Burrington Stoke sein. Ich konnte mir nicht vorstellen, hierher je wieder freiwillig zurückzukehren. Natürlich würde ich mit Betsy Kontakt halten und mit einer Handvoll weiterer Menschen, doch wir würden uns auf neutralem Boden treffen müssen. Vielleicht würden wir Alexanders Freilassung mit einem gemeinsamen Mittagessen mit den Kindern feiern, falls wir tatsächlich in Feierstimmung sein würden.

Ich setzte einen Fuß vor den anderen, während mir beim Anstieg allmählich warm wurde und mein Atem in der kalten Luft dampfte.

Die Reporterteams am oberen Ende der schmalen Straße waren verschwunden – vermutlich hatten sie inzwischen ihre Zelte vor dem Gerichtsgebäude aufgeschlagen –, aber sie hatten Spuren der Verwüstung hinterlassen. Der Rasen war aufgewühlt, die schweren Fahrzeuge mit ihren breiten Reifen hatten Rillen und Löcher in die unbefestigte Fahrbahn gegraben. Achtlos weggeworfene Pappbecher und Fast-Food-Verpackungen hingen in den Hecken wie eine zynische Verhöhnung der allgegenwärtigen Weihnachtsdekoration.

Am Eingang des alten Steinbruchs flatterten noch immer Polizeiabsperrbänder, und das riesige Tor war mit schwarz-orangefarbenem Klebeband umwickelt. Das alte Totenkopf-Warnschild mit der Aufschrift »Durchgang verboten« lehnte schief an der Böschung. Es hatte Genevieve am Morgen ihres Todes nicht davon abgehalten, den Steinbruch zu betreten. Warum hatte sie sich auf ein Treffen dort eingelassen? Hatte ihr Liebhaber sie dazu gezwungen? Oder war sie schon tot, und er hatte ihre Leiche nachträglich dorthin geschafft?

Ich bog in die Einfahrt von Claudias Haus ein und nahm enttäuscht zur Kenntnis, dass ihr Volvo nicht vor dem Eingang parkte. Ob sie meine Nachricht nicht erhalten hatte? Das Tor war verschlossen. Ich drückte den Klingelknopf am Torpfosten.

»Ja?«

»Bill, ich bin's, Sarah.«

Ein Summen ertönte, und die beiden Torflügel schwangen auf.

Ich zögerte einen Moment.

Sobald ich das Tor passiert hätte, würde es sich automatisch hinter mir schließen.

Lass das Tor nicht hinter dir zufallen. Warum fielen mir ausgerechnet jetzt diese Worte wieder ein? Was bedeuteten sie? Welches Tor? Ich machte einen Schritt und blieb wieder stehen. Das Tor war noch immer offen, ein Sensor sorgte dafür, dass es nicht zufiel, solange ich es nicht vollständig passiert hatte.

Ich trat durch das Tor. Es entstand eine Pause, lang genug, um einen Wagen hindurchfahren zu lassen, ehe sich die Torflügel wieder schließen würden.

Sei nicht dumm, ermahnte ich mich innerlich, es waren einfach nur ein paar zufällige Worte, die Vorboten eines Traums.

Lass das Tor nicht hinter dir zufallen.

Die Worte ließen sich nicht verscheuchen. *Du bist die Nächste. Lass das Tor nicht hinter dir zufallen.*

Ich wusste, ich war mal wieder extrem abergläubisch und töricht, trotzdem hob ich einen von Claudias Lavendeltöpfen auf und platzierte ihn in die linke Ecke des Tors. Ich sah zu, wie die Flügel langsam zuschwangen, doch der linke fiel nicht ins Schloss. Der Spalt zwischen den beiden Torflügeln war so schmal, dass sich ein Mensch nur mit Mühe hätte hindurchzwängen können. Und obwohl ich keinen einzigen Grund für diese alberne Maßnahme hätte nennen können, spürte ich eine unerklärliche Erleichterung, ja geradezu ein Gefühl der Befreiung. Das also hatten die Worte mir bedeuten wollen.

Langsam schritt ich auf das Haus zu. Ein großer Kranz aus Stechpalmen, roten Beeren und Bändern schmückte die massive Holztür. Er musste schon das letzte Mal dort gehangen haben, aber er war mir nicht aufgefallen. Während ich ihn bewundernd betrachtete, fuhr mir der eisige Nordwind in die Knochen, und es war, als würden Nadeln auf mein Gesicht einstechen. Ich straffte die Schultern, streckte die Hand aus und drückte den Klingelknopf, woraufhin die Hunde im Haus zu bellen anfingen.

Kurz darauf öffnete Bill die Tür. Blue sprang an mir hoch, doch diesmal war ich darauf gefasst – ich packte ihn an den mächtigen Vorderpfoten und verfrachtete ihn auf den Boden zurück. Bonnie mit ihrer schweren Arthritis schob sich langsam an Bill vorbei. Ich kraulte sie am Kopf.

Aus dem Haus drang Opernmusik – ein Sopran sang eine furchtbar traurige Arie.

Bill sah schrecklich aus. Im Laufe der wenigen Tage, in denen ich ihn nicht gesehen hatte, schien er um ein Jahrzehnt gealtert. Er hatte Tränensäcke unter den Augen, und seine unrasierten Wangen waren eingefallen. Sein Haar war struppig, und er trug eine ausgebeulte alte Jeans und darüber ein gestreiftes Hemd. Ein schaler Geruch ging von ihm aus.

»Komm herein«, sagte er, und ich kam seiner Aufforderung nach. Er schloss die Tür hinter uns, ohne die Hunde wieder hereinzulassen.

»Geht es dir gut?«, fragte ich.

Es sah mich ausdruckslos an.

»Was für eine dumme Frage«, sagte ich, »natürlich nicht.«

Er nahm mir den Mantel ab und bedeutete mir mit der Hand, ins Wohnzimmer zu gehen.

»Hat Claudia meine Nachricht erhalten?«

Bill ignorierte meine Frage.

»Ist sie nicht da?«

»Nein. Sie will dich nicht sehen.«

Ich öffnete den Mund und schloss ihn wieder.

»Wo ist sie?«, fragte ich.

»Das spielt jetzt keine Rolle. Sie will dich nicht sehen, Sarah, kapier es endlich.«

Er folgte mir ins Wohnzimmer. Der cremefarbene Teppich war schmutzig, zu viele Menschen in Straßenschuhen hatten ihn in den letzten Tagen betreten. Ich setzte mich auf die Kante eines Sofas. Die Weihnachtsdekoration wirkte müde und trostlos in dem großen, menschenleeren Haus. Im offenen Kamin lagen Nussschalen.

Bill räusperte sich. »Claudia hat mich gebeten, dir etwas zu sagen.«

Ich sah ihn erwartungsfroh an. »Ja?«

»Sie will, dass du sie und unsere Familie in Ruhe lässt. Sie will, dass du ein für allemal verschwindest. Sie will, dass du uns vergisst. Okay?«

Ich schüttelte den Kopf. »Das kann ich nicht. Ich kann Jamie nicht vergessen.«

»Du musst aber.«

»Nie im Leben.«

Bill trat ans Fenster. Er kratzte sich am Kopf.

»Etwas solltest du wissen, Sarah. Ich bin bereit, alles zu tun, um meine Frau glücklich zu machen. Wenn sie dich hier nicht sehen will, werde ich dafür sorgen, dass du weg bist, wenn sie zurückkommt.«

»Heute bin ich nicht wegen Jamie da. Ich bin gekommen, um Claudia zu sagen, dass Alexander Genevieve nicht umgebracht hat.«

Bill lachte. »Niemanden interessiert, was du glaubst.«

»Es gibt Beweise.«

Bill stellte sich vor mich hin. Er beugte sich zu mir herab. Ich wich vor ihm zurück.

»Du hörst mir nicht zu. Claudia ist es egal, was du ihr sagen willst. Und mir auch. Niemand interessiert sich dafür. Wir wollen nicht wissen, was sich dein krankes Hirn diesmal ausgedacht hat, welche Spielchen du diesmal spielen willst.«

»Nein, es ist ganz anders, ich …«

Bill sprach langsam und ganz ruhig. »Wir wissen, dass du … Wie soll ich es ausdrücken? … Dass du labil bist, Sarah. Jeder von uns weiß, dass du psychische Probleme hattest, und selbst du musst zugeben, dass du auf gewisse Weise von Genevieve besessen warst.«

»Nein, ich …«

»Deine eigene Schwester hat uns erzählt, dass du noch immer wegen einer postnatalen Depression in Behandlung bist. Dein Verstand ist verwirrt. Wir wissen, dass du versucht hast, Jamie zu entführen. Es gibt unwiderlegbare Beweise dafür.«

Ich spürte, wie mir von innen wieder kalt wurde. Mein Mund war staubtrocken, und das altbekannte Gefühl einer abgrundtiefen Angst durchströmte meine Adern.

»Du wolltest ihn zu deinem Sohn machen, nicht wahr?«, fragte Bill. »Du wolltest Genevieve *sein.*«

»Nein!« Ich schüttelte den Kopf, hatte Angst, etwas zu sagen, was mich weiter belastete, da ich nicht wusste, was Bill wusste. Hatte May tatsächlich etwas von meiner Depression ihm oder Claudia gegenüber erwähnt? Das konnte ich mir nicht vorstellen.

Bill musste mir meine Verwirrung vom Gesicht ablesen, denn ein süffisantes Lächeln erschien auf seinem Gesicht.

»Eine Überwachungskamera«, sagte er. »Wir haben eine Überwachungskamera am Tor installieren lassen, als sich Damian wieder in Burrington Stoke herumgetrieben hat. Um auf Nummer sicher zu gehen. Und du bist auf dem Gerät zu sehen, Sarah. Ich habe dich gesehen, Claudia hat dich gesehen, und die Polizei hat dich gesehen. Es gibt Digitalaufnahmen von dir. Mehrere.«

Ich schüttelte verzweifelt den Kopf. »Ich war verwirrt, habe nicht mehr klar denken können in jener Nacht.«

»Du hast die ganzen Monate über nicht klar denken können«, sagte Bill.

Ich versuchte, ruhig zu bleiben und die Tragweite dessen abzuschätzen, was er gerade gesagt hatte. Hatte ich mit meinen Handlungen Alexanders Chancen gefährdet, das Sorgerecht für Jamie zu erlangen? Was, wenn die Churchills ins Feld führten, dass er eine psychisch kranke Person für Jamies Betreuung eingestellt hatte? Würde ihn das nicht als schlechten Vater dastehen lassen?

Bill sagte: »Wir haben mit der Polizei gesprochen und uns von einem Anwalt beraten lassen. Du wirst nie wieder

Zugang zu Jamie bekommen, Sarah. Nicht, solange du als Gefahr für ihn giltst.«

»Ich würde Jamie nie im Leben Schaden zufügen!«, rief ich aus.

»Nein«, bestätigte Bill. »Das wirst du nicht. Weil wir nämlich eine einstweilige Verfügung erwirken werden, die es dir untersagt, dich auch nur in seine Nähe zu begeben.«

»Lass mich bitte mit Claudia sprechen. Lass mich ihr erklären ...«

Bill schüttelte den Kopf. »Hör auf, Sarah. Gib endlich auf. Es ist vorbei. Ich werde mich rasch ein bisschen frisch machen, dann fahre ich dich zum Bahnhof zurück. Ich will, dass du von hier verschwunden bist, bevor Claudia zurückkommt.«

Plötzlich fühlte ich Panik und Wut in mir aufsteigen, meine Gedanken überschlugen sich. Die Churchills waren reich und mächtig, und ich wusste, dass meine Position kaum hätte schwächer sein können, aber das spielte keine Rolle. Es spielte keine Rolle, weil Alex bald frei sein würde, und nichts auf der Welt würde ihn davon abhalten, Jamie zu sich zu holen.

»Ihr könnt *mich* vielleicht von Jamie fernhalten, aber Alexander könnt ihr nicht daran hindern, seinen Sohn wiederzubekommen«, sagte ich. Meine Stimme war brüchig. Ich wusste, wie verzweifelt ich mich anhörte.

Bill seufzte, als würde ihn das Gespräch allmählich langweilen.

»Alex wird für eine sehr lange Zeit im Gefängnis sein.«

»Wir wissen, dass er letzten Sommer nach Sizilien gereist ist, um nach Genevieve zu suchen. Um sich auf einen Sorgerechtsstreit mit ihr vorzubereiten. Warum hätte er das tun sollen, wenn er gewusst hätte, dass sie tot ist?«

»Um seine Spuren zu verwischen. Er ist schließlich nicht dumm.«

Bill drehte sich um und schickte sich an, den Raum zu verlassen.

Ich holte tief Luft. »Außerdem wissen wir, dass Genevieve einen Liebhaber hatte und geglaubt hat, er würde mit ihr weggehen, an dem Tag, an dem sie gestorben ist. Wir kennen seinen Namen.«

Bill zögerte.

»Na ja, zumindest einen Teil seines Namens«, sagte ich.

Er bedeutete mir mit erhobener Hand, zu schweigen.

»In zwei Minuten bin ich zurück«, sagte er. »Warte solange hier.«

Er ging hinaus. Einen Moment lang blieb ich sitzen und ließ den Kopf sinken. Ich wickelte eine Haarsträhne um meinen Finger, wie ich es als Kind immer getan hatte, um mich zu beruhigen. Gut, dachte ich, dann sollte Bill mich eben zum Bahnhof fahren, und von dort würde ich ein Taxi zum Gefängnis nehmen. Ich bezweifelte zwar, dass man mir erlauben würde, Alex zu sehen, aber ganz ausgeschlossen war es nicht. Wenigstens wäre ich dann in seiner Nähe und könnte ihm vielleicht eine Nachricht übermitteln. Allein der Gedanke, Alex nahe zu sein, gab mir neuen Mut. Nur ein paar Mauern würden uns trennen. Wir waren schon so lange voneinander getrennt, viel zu lange. Bei der Erinnerung an seinen Körper, seine physische Präsenz, sein Gesicht wurde mir ganz schummrig.

Ich stand auf und schlenderte zum Fenster. Auf dem Sims lag ein Stapel Briefe. Ich beugte mich ein wenig vor, um nach den Hunden im Garten zu sehen, und stieß dabei gegen den Stapel, jedenfalls fielen die Briefe zu Boden. Ich bückte mich, um sie aufzuheben. Einige handgeschriebene Kuverts waren darunter, deren Farbe und gravitätische Handschrift verrieten, dass sie Kondolenzkarten enthielten. Manche waren an die Familie Lefarge adressiert, andere wieder an »Bill, Claudia und Töchter«. Ein runder und ein brauner Umschlag waren nur an Claudia adressiert und ein weißer an Mr William Lefarge.

Ich legte die Briefe zurück und ordnete den Stapel. Von der Treppe im Flur hörte ich Bills Schritte.

Schnell huschte ich zum Sofa zurück und nahm wieder die gleiche Position ein.

Irgendetwas an den Briefen hatte mich stutzig gemacht, aber ich wusste nicht, was.

Irgendetwas stimmte nicht.

Bill kam ins Wohnzimmer zurück. Er machte jetzt einen ordentlicheren Eindruck. Im Gehen knöpfte er die Manschettenknöpfe zu. Unwillkürlich schrak ich vor ihm zurück.

Er hatte sich gewaschen und rasiert und umgezogen. Er sah jetzt besser aus, präsentabel. Ich stand auf und stellte mich hinter das Sofa, etwas weiter weg von ihm.

»Gehen wir?«, fragte er.

Ich nickte. Er kam auf mich zu. Wieder wich ich vor ihm zurück, in Richtung Flurtür. Bill ging weiter zum Fenster und hob den Briefstapel vom Sims, und da fiel es mir wie Schuppen von den Augen.

Mr William Lefarge.

Mr *William* Lefarge.

Wil*liam*.

Liam

Lee

Es war Bill! Natürlich, es war Bill! Ein Mann, den Genevieve an der Universität kennengelernt und der wahrscheinlich auch die Fäden für ihre Zulassung gezogen hatte. Ein verheirateter Mann aus ihrem persönlichen Umfeld. Ein Familienvater, dessen Kinder nur wenige Jahre älter waren als Jamie. Jemand, der alles zu verlieren hatte, um im Gegenzug nur Genevieve zu gewinnen. Jemand mit derselben Augenfarbe wie Jamie. Ein Mann, dessen Identität niemand erfahren durfte. Jemand, der sich im alten Steinbruch auskannte. Jemand, der Genevieve geliebt hatte, aber nicht so, wie er seine Frau und Kinder liebte. Der Mann, der zehn Minuten zuvor zu mir gesagt hatte, dass er *alles* tun würde, um Claudia zu beschützen.

Ich hatte das Gefühl, meine Beine würden unter mir nachgeben, und befürchtete, dass ich das Bewusstsein verlieren und zu Boden stürzen und im nächsten Moment spüren würde, wie mein Schädel gegen die Bodenfliesen kracht. Was womöglich von Vorteil wäre, denn dann würde Bill nicht merken, dass ich es wusste.

Genevieve hatte mich gewarnt.

Du bist die Nächste, hatte sie gesagt.

Rasch machte ich einen Schritt in Richtung Flur, sodass ich Bill den Rücken zukehrte und er mein Gesicht nicht sehen konnte. Ich hoffte, er hatte nicht bemerkt, wie sich die Erkenntnis auf meinem Gesicht abzeichnete, doch selbst wenn, würde mich mein Geruch verraten. Der gleiche Geruch, den ich noch aus meiner Schulzeit kannte, der in bestimmten Situationen meiner Haut, meinen Drüsen, meinem Nacken, meinen Achselhöhlen und der heißen Spalte zwischen meinen Brüsten entströmte. Der hormonelle Urgeruch der Angst. Ich wusste, dass Bill ihn ebenfalls wahrnahm.

»Komm«, sagte er mit einem leisen Seufzen. »Lass es uns hinter uns bringen.«

NEUNUNDSECHZIG

Ganz langsam bewegte ich mich durch den Flur in Richtung Haustür. Ich klopfte meine Taschen nach meinem Handy ab, doch dann fiel mir ein, dass es in meiner Manteltasche war, und der Mantel hing an der Garderobe in der Eingangshalle.

Ich versuchte, klar zu denken, aber meine Gedanken überschlugen sich, und es gelang mir nicht, sie zu sortieren. Ich war sicher, mir konnte nichts passieren; Neil kannte die Wahrheit. Nein, er wusste nicht, dass Bill Lee war, vielleicht würde er es irgendwann herausfinden, aber zu diesem Zeitpunkt wusste er es nicht. Vielleicht würde er es nie herausfinden.

Vielleicht wollte Bill mich gar nicht umbringen. Vielleicht war ich einfach nur paranoid. Wahrscheinlich hatte er ja nur vor, das zu tun, was er angekündigt hatte, nämlich mich zum Bahnhof von Bristol zu fahren. Der Gedanke, mit ihm im Wagen zu sitzen, war mir unerträglich. Ich würde ihn bitten, mich an der nächsten Bushaltestelle aussteigen zu lassen, genau, das würde ich.

Bill ergriff meinen Arm und drückte ihn.

»Komm«, sagte er.

Er schob mich vor sich her in die Eingangshalle. Eine Hand lag in meinem Kreuz, die andere an meinem Ellbogen. Er war nicht grob zu mir, aber mir war klar, ich würde gegen ihn keine Chance haben. Im Vorübergehen nahm er meinen Mantel vom Garderobenhaken, dabei rutschte mein Handy aus der Tasche und fiel klappernd zu Boden.

Bill reichte mir den Mantel und ließ das Handy in seiner Jackentasche versinken.

»Das nehme ich sicherheitshalber«, sagte er.

Er sah mich nicht an. Es schien, als wäre er mit seinen Gedanken meilenweit entfernt.

Suchend blickte ich mich nach einer Fluchtmöglichkeit um. Das Tor stand noch immer einen Spaltbreit offen. Doch das änderte nichts; wohin hätte ich laufen sollen? Links führte das Sträßchen zu Elenora House, aber es ging noch ein gutes Stück den Berg hinauf. Außerdem hatten meine Stiefel ziemlich hohe Absätze und taugten nicht zum Rennen. Rechterhand führte die Straße in Richtung Straßenkreuzung beim neuen Steinbruch, doch der Weg war sehr steil. Vor mir lagen Felder, aber die waren durch Hecken abgetrennt, hohe, undurchdringliche Hecken, durch die nicht einmal ein schmales Reh hätte schlüpfen können. Und dann war da noch der alte Steinbruch.

Wenn ich wegrannte, würde Bill mich einholen. Wenn ich schrie, würde niemand mich hören können. Bill hatte mein Handy, und das Handy war ausgeschaltet, sodass es kein Signal aussenden würde. Außer dem Taxifahrer hatte mich niemand gesehen.

Wenn ich verschwand, würde niemand wissen, dass ich hier gewesen war.

Ein leiser, verzweifelter Schrei entrang sich mir.

»Lass das«, sagte Bill. »Hör bitte auf damit, ich habe schreckliche Kopfschmerzen.«

»Du musst mich nicht fahren«, sagte ich. »Ich gehe zu Fuß zur Bushaltestelle. Ich komme schon klar.«

»O nein. Nein, Sarah, das kann ich nicht zulassen. Ich muss mich vergewissern, dass du auch wirklich weg bist.«

»Bitte ...« Ich blieb stehen.

»Tut mir leid«, sagte er. »Aber das hast du dir selbst eingebrockt. Niemand hat dich gebeten, nach Burrington Stoke zurückzukommen. Dich einzumischen. Nun musst du die Konsequenzen deines Handelns tragen.«

Er öffnete die Beifahrertür seines schwarzen Allradwagens und hievte mich hinein. Der Sitz fühlte sich kalt und hart unter mir an.

»Hast du das auch zu Genevieve gesagt?«

»Was?«

Warum hatte ich das gesagt? Warum nur waren mir diese Worte herausgerutscht? Da versuchte ich verzweifelt, mein Leben zu retten, doch statt Bill milde zu stimmen, reizte ich ihn und brachte ihn noch mehr gegen mich auf.

Er schlug die Tür zu. Ich lehnte den Kopf an die Nackenstütze und bemühte mich, das Schwindelgefühl zu bezwingen, das mich zu überwältigen drohte. Meine Hände zitterten. Ich klammerte sie in meinem Schoß zusammen. Es war wichtig, dass ich meine Angst vor ihm verbarg. Ich musste so tun, als wäre ich ruhig.

Bill stieg neben mir ein.

»Was hast du da gesagt?«

»Nichts.«

Bill starrte mich einen Moment lang an.

»Schnall dich nicht an«, sagte er, obwohl ich keinerlei Anstalten dazu gemacht hatte. »Du weißt es also, hm?«

Es war keine Frage. Ich starrte auf meine Hände.

»Du warst also ihr Liebhaber?«, fragte ich leise. »Dann hat Genevieve deinetwegen das Geld gestohlen? Und das Baby hat sie gekriegt, um dich umzustimmen?«

Bill schüttelte den Kopf. »Ich habe ihr gesagt, sie soll Damian keinen Penny geben«, sagte er. »Niemand hätte ihm ein Wort geglaubt. Und dann ist sie absichtlich schwanger geworden, um mich dazu zu zwingen, Claudia und die Zwillinge zu verlassen. Ich habe es ihr gesagt. Von Anfang an habe ich ihr gesagt, dass nichts auf der Welt mich dazu bewegen könnte, meine Familie im Stich zu lassen. Aber sie hat nicht auf mich gehört.«

Die Hunde bellten und kratzten an der Wagentür, um hereingelassen zu werden. Ich beobachtete sie durch die Fensterscheibe. Blue kam auf meine Seite herüber. Seine großen

Pfoten hinterließen schlammige Abdrücke an den Scheiben. Bonnie trottete langsam hinter ihm her.

Bill hörte sich unendlich müde an. »Rutsch ein bisschen vor und streck die Hände nach hinten.«

Ich tat, wie mir geheißen. Ich stand unter Schock. Mein Verstand konnte es nicht fassen, dass in dieser sanften Stimme mit dem weichen amerikanischen Akzent eine Drohung mitschwang. Mit seinem Schal fesselte er meine Handgelenke und befestigte die Enden an der Armstütze. Er zog so fest zu, dass ich das Pulsieren des Blutes in meinen Handgelenken spürte, und meine Hände begannen zu schmerzen. Plötzlich gab es nicht mehr den leisesten Zweifel. Ich wusste, was er vorhatte, trotzdem konnte ich es immer noch nicht glauben.

Er ließ den Wagen auf das schmiedeeiserne Tor zurollen. Dann nahm er die Fernbedienung vom Armaturenbrett und hielt sie in Richtung des Torpfostens. Die Torflügel schwangen auf. Die Räder knirschten auf dem Fischgrätpflaster, als der Wagen wieder anfuhr.

»Warum musstest du sie umbringen?«, fragte ich ruhig.

Er neigte das Gesicht in meine Richtung. So bemerkte er den Blumentopf mit Lavendel nicht, obwohl das rechte Wagenrad ihn beim Hinausfahren berührte. Der Topf wackelte, fiel jedoch nicht um.

»Um sie zum Schweigen zu bringen«, sagte er. »Sie hat hysterisch geschrien. Ich habe sie gebeten, still zu sein, habe gebettelt und gefleht, aber sie hat immer weiter geschrien.«

Mein Herzschlag verlangsamte sich für einen Augenblick.

Wir hatten das Tor passiert, und das Vorderteil des Wagens ragte in die Straße hinein. Bill bog nach rechts ab, in Richtung alter Steinbruch. Im Außenspiegel beobachtete ich, wie das Tor hinter uns zuschwang. Doch der linke Flügel wurde kurz vor dem Zufallen wieder vom Lavendeltopf blockiert. Ich bemerkte, wie die Hunde auf der anderen Seite des Tors uns nachsahen.

»Wart ihr im alten Steinbruch, als sie starb?«, fragte ich.

Er nickte. »Dort haben wir uns oft getroffen. Es war praktisch, und wir waren ungestört.«

Bill schluckte, und mir fiel auf, dass seine Augen blutunterlaufen und glasig waren. Langsam fuhr er den Wagen den Berg hinab.

»Sie konnte nicht glücklich sein mit dem, was sie hatte. Sie musste immer alles ganz haben. Doch auch wenn sie alles auf der Welt gehabt hätte, wäre sie immer noch nicht glücklich gewesen.«

»Bill …«

»Sag bitte nichts.«

Im Außenspiegel sah ich, dass die Hunde durch den Torspalt geschlüpft waren und zögernd dastanden, während sie uns nachblickten. Sie wussten, dass sie den Garten nicht verlassen durften.

»An jenem Morgen«, sagte Bill, »tauchte sie völlig überdreht bei mir auf, den Kopf mal wieder voller Flausen. Sie sagte, sie habe Alexander einen Abschiedsbrief geschrieben und ihren Eltern auch, also gebe es kein Zurück mehr. Sie wollte wissen, was Claudia gesagt habe, als ich ihr erzählte, ich würde sie verlassen …«

Er wischte sich mit dem Handrücken über die Wange.

»Und ich habe ihr gesagt, dass ich es Claudia nicht antun könne, ich brächte es nicht fertig, einfach so ihr Leben zu zerstören. Dann würde sie es eben tun, antwortete Genevieve. Und das meinte sie auch so. Es war keine leere Drohung. Sie wartete schon seit Wochen auf die passende Gelegenheit.«

Bill schüttelte den Kopf. Tränen tropften auf seine Jeans, und dunkle Flecken breiteten sich auf dem hellgrauen Stoff aus. Er schniefte. Der Wagen fuhr untertourig. Der Motor geriet ins Stottern. Bill verzog das Gesicht, als könnte er immer noch nicht glauben, was an jenem Morgen geschehen war. Im Außenspiegel sah ich, dass Blue hinter dem

Wagen hergesprungen kam. Für ihn war es offensichtlich eine Art Spiel.

»Sie saß am Küchentisch und trank eine Tasse Kaffee. Sie meinte es sehr ernst«, fuhr Bill fort. »Claudia war mit den Kindern zur Schule gefahren. Sie konnte jede Minute zurück sein, deswegen schlug ich vor, dass wir einen Spaziergang machten. Ich hätte nicht gedacht, dass sie mitkommt, aber sie willigte ein. Sie meinte, wir sollten gemeinsam zum alten Steinbruch gehen; dort sollte ich dann warten, bis sie mit Claudia gesprochen hatte. Aber sie wusste doch, dass ich das nicht zulassen würde! Was hat sie sich bloß dabei gedacht?«

»Sie war erschöpft«, sagte ich. »Ihre Nerven lagen blank. Sie hat geglaubt, du würdest Wort halten und mit ihr nach Sizilien gehen. Seit Monaten hat sie von nichts anderem geträumt.«

»Ja, ja, aber genau das war es, ein *Traum*! Mit der Wirklichkeit hat es nie etwas zu tun gehabt. Sie hat sich alles nur eingebildet.«

»Du hast mitgespielt, Bill.«

»Sie kannte die Regeln.«

Auf einer glatten Stelle gerieten die Reifen ins Rutschen, und Bill fuhr noch langsamer. Die Hecken zu beiden Seiten der Straße vermittelten mir ein klaustrophobisches Gefühl.

Als Bill erneut das Wort ergriff, klang seine Stimme verdrießlich. »Gen glaubte, ich würde alles tun, was sie von mir verlangt, wenn sie nur genügend Druck auf mich ausübt.« Er schüttelte den Kopf und bog urplötzlich in eine Lücke in der Hecke ab, die so schmal war, dass ich sie noch nie bemerkt hatte. Zweige schabten und kratzten am Wagen, und es wurde dunkel, während wir tiefer in das dichte Gestrüpp hineinfuhren. Der Wagen holperte über Löcher und schwankte von einer Seite auf die andere. Ich schlug mir den Kopf an der Fensterscheibe an, und als Bill mir das

Gesicht zudrehte und fragte: »Alles in Ordnung?«, musste ich beinah lachen.

»Diesen Weg kennt kaum mehr jemand«, sagte Bill. »Die Arbeiter aus dem Steinbruch haben ihn gemacht, um die Steine auf den Berg hinaufzutransportieren, als sie Elenora House bauten.«

Der Geschichtsprofessor in ihm kam mal wieder durch, selbst in dieser Situation. Der Weg zwischen den Bäumen und dem Unterholz war so schmal, dass nicht genügend Platz war, um die Tür zu öffnen, und die Welt draußen war mit einem Mal dunkel geworden.

»Gleich haben wir es geschafft«, sagte Bill, wie zu einem quengelnden Kind.

»Bill, bitte«, sagte ich und versuchte, meinen Atem zu kontrollieren, »wenn du mich in die Grube stößt, werden sie wissen, dass du es warst. Alexander kann es nicht gewesen sein und ...«

»Vielleicht findet man dich ja gar nicht. Dass man Genevieve früher oder später entdecken würde, war mir von Anfang an klar. Ich habe schließlich keine Vorkehrungen getroffen, damit man sie nicht findet, und der alte Steinbruch ist zwar gesperrt, aber es verirren sich immer wieder Leute hierher.«

»Aber wenn sie diesmal ...«

»Sollen sie doch. Alexander wird lebenslänglich bekommen. Daran gibt es nichts zu rütteln. Man wird sagen, die Nerven seien mit dir durchgegangen, das sei ja abzusehen gewesen. Schließlich ist es kein Geheimnis, dass du von Genevieve besessen warst, dass du sie sein wolltest, ihr Haus wolltest, ihren Mann, ihr Kind. Claudia und ihre Eltern wissen es. Der Arzt weiß es. Die Polizei weiß es. Unser Anwalt weiß es. Doch dann hat man dir all das weggenommen, ohne dass du die geringste Chance hattest, es je wiederzuerlangen, insbesondere Jamie. Ihn wolltest du mehr als alles andere, stimmt's? Du wolltest ihn so sehr, dass du nicht einmal vor einer Entführung zurückgeschreckt hast. Doch dann musstest du einsehen, dass du niemals wieder an ihn herankommen würdest, dass wir dich schlecht vor ihm machen würden, ihm erzählen würden, dass du versucht hast, ihn seiner Familie wegzunehmen ...«

»Nein!«, schrie ich.

»Niemand wird sich wundern, dass du gesprungen bist. Die Leute werden die Logik deiner Handlungsweise erkennen, die Poesie deiner Gesten, die Fatalität, mit der du versuchtest, dir die Identität einer anderen Frau überzustülpen. Weißt du, was die Leute sagen werden, Sarah? Sie werden sagen, sie hätten es kommen sehen. Sie werden sagen, es sei für dich die einzige Chance gewesen, dass dein Foto neben dem Genevieves in den Zeitungen erscheint.«

Wieder drehte er mir das Gesicht zu und lächelte. Seine Tränen waren getrocknet. Vielleicht hatte er geweint, als er Genevieve tötete, aber für mich würde er bestimmt keine Tränen vergießen.

»Die Überwachungskamera hat meinen Besuch aufgezeichnet«, sagte ich. »Der Beweis dafür, dass ich heute Morgen euer Haus betreten und es mit dir wieder verlassen habe. Wenn du mir etwas antust, wird man wissen, dass du es warst.«

»Nein, das werden sie nicht. Bevor du gekommen bist, habe ich die Kamera ausgeschaltet. Ich wollte nicht, dass Claudia von deinem Besuch erfährt.«

Ich bemühte mich, langsam und tief zu atmen, um meinen rasenden Herzschlag zu beruhigen.

Vor uns lichtete sich das Unterholz. Zwischen den winterkahlen Bäumen leuchtete das Grün von Ilexbüschen. Wir mussten uns am oberen Ende des Steinbruchs befinden. In den Zeitungen und im Internet hatte ich Luftaufnahmen des Gebiets gesehen. Daher wusste ich, dass die von Brombeerbüschen und anderen Sträuchern dicht bewachsene

Landschaft jäh an einer blanken Felsklippe endet. Fast zwanzig Meter tiefer befand sich die geflutete Grube, eingefasst von heruntergestürzten und achtlos liegen gelassenen Felsbrocken, zwischen denen sich Genevieves Leiche verfangen hatte, nachdem ihr Körper beim Sturz ins Wasser an ihnen zerschellt war; denselben Felsen, die sie monatelang vor fremden Blicken verborgen hatten.

Bill hielt an. Der Wagen stand parallel zur Abbruchkante, mit der Beifahrerseite nach außen. Der Klippenrand befand sich nur wenige Meter von meiner Tür entfernt. Beim Anblick des klaffenden Abgrunds drehte sich mir der Magen um.

Ich versuchte, meine Handgelenke zu bewegen, aber meine Hände waren so straff zusammengebunden, dass ich mit den Fingern den Stoff nicht erreichte.

Bill sah mich nicht an. »Wenn du bloß weggeblieben wärst.«

»Bitte, tu es nicht«, sagte ich. »Bitte, lass mich gehen, Bill.«

Er schüttelte den Kopf.

»Ich muss mich um Claudia kümmern. Das muss ich. Das ist meine Aufgabe.«

»O Bill, bitte!« Meine Stimme brach. Ich begann zu weinen; ein trockenes, entsetztes Weinen ohne Tränen. Verzweifelt suchte ich nach den richtigen Worten, um ihn davon abzubringen, mir etwas anzutun. Doch als ich in sein Gesicht blickte, war mir klar, dass sein Entschluss feststand.

Bill streckte die Hand aus und strich mir eine Haarsträhne aus den Augen. Bei seiner Berührung zuckte ich zurück. Seine Haut war kühl und zart, die Haut von Bürohänden. Unwillkürlich kamen mir Alexanders raue, warme Hände in den Sinn, und schon schossen mir die Tränen in die Augen. Ungehindert liefen sie mir über die Wangen und übers Kinn.

Während Bill meine Wange und mein Kinn mit seiner Hand umfasste, saß ich stocksteif da. Ich spürte seinen Daumen an meinem Hals. Ich fühlte, wie mein Blut unter seiner Daumenkuppe pulsierte.

»Sarah«, sagte er. »Du kleine Spinnerin.«

Ich schluckte und sagte besänftigend: »Ich habe dich von Anfang an gemocht, Bill.«

Er lachte. »O Gott! Was seid ihr nur für dumme Mädchen! Ihr denkt, dass Sex die Antwort auf alles ist. Genevieve war genauso. Ihr glaubt, es gibt euch Macht. Aber das stimmt nicht.«

»Bitte«, murmelte ich.

»Oh, hör auf damit. *Hör auf!*«

Er schlug mir ins Gesicht. So hart, dass mir der Atem stockte. Meine Wange brannte. Tränen strömten darüber. Ich schniefte wie ein kleines Kind.

»Tut mir leid«, wimmerte ich.

Er öffnete seine Tür.

Ich schüttelte den Kopf, schluchzte laut auf.

»Bitte, Bill, lass mich gehen. Ich will hier nicht sterben wie ...«

Er schlug die Tür zu und kam um den Wagen herum. Ein Rotkehlchen flog vorbei. Es sah so süß aus, voll strahlender Unschuld. Es war mein Zeuge. Mein einziger, niemand sonst wusste, was mit mir gerade geschehen sollte.

Bill zog die Beifahrertür auf und kauerte sich neben mich.

»Bill, bitte«, sagte ich schluchzend, »ich werde alles tun, alles ...«

»Was für eine Ironie des Schicksals«, sagte er, »wie du von Anfang an Genevieves Fußstapfen gefolgt bist. Bis hierher, zu diesem Klippenrand. Aber du wolltest ja so gern sie sein, nicht wahr?«

»Nein, das stimmt nicht«, sagte ich unter Tränen. »Ich wollte einfach nur mit Alexander zusammen sein.«

»Aber wenn du ehrlich bist, Sarah, dann warst du froh,

dass sie nicht mehr da war? Es war dir doch egal, wenn ihr etwas zugestoßen war, hab ich recht?«

»Nein, ich wollte nicht, dass sie tot ist!«

»Bist du sicher?«

Wieder schluchzte ich auf. Bill schob meinen Oberkörper nach vorn, damit er meine Handgelenke losbinden konnte.

»Zum Schluss nimmt ja alles doch noch ein glückliches Ende«, sagte er. »Jamie kommt jetzt zu uns, kann bei mir leben …«

»Du bist nicht sein Vater«, sagte ich. »Du wirst nie sein Vater sein. Alexander ist sein Vater, und Jamie weiß das.«

»Ach, halt endlich die Klappe!« Er kämpfte noch immer mit dem Knoten.

Ich dachte: So, das war's. Mir bleiben höchstens noch ein paar Minuten zu leben. Im selben Augenblick wurde mir klar, wie sehr ich es liebte, das Leben. Mein Herz pochte gegen die Rippen, und ich liebte das Gefühl, meinen Körper zu spüren. Nur noch ein paar Sekunden, dann würde mein Fühlen und Denken und Sein vorbei sein. Es gab keinen Ausweg mehr aus dieser Situation. Das Leben lief nicht wie ein Film vor mir ab, wie es immer heißt, dafür sah ich Momentaufnahmen von Menschen und Orten, die mir unendlich viel bedeuteten, und ich war froh, dass es sie in meinem Leben gegeben hatte. Plötzlich durchströmte mich das Gefühl einer reinen, kostbaren Liebe, und ich dachte, dass ich Glück gehabt hatte.

Bill ergriff meinen Ellbogen und wollte mich aus dem Wagen zerren. Ich wehrte mich dagegen, aber er war stärker und fest entschlossen, und ich wusste, dass ich nicht den Hauch einer Chance hatte.

Das Bild meines Babys schob sich vor mein geistiges Auge. Ich erinnerte mich, wie friedlich mein Sohn im Tode gewesen war, wie seine Wange an meiner Brust geruht hatte, und ich dachte, wenn er, der nie die Gelegenheit gehabt hatte, Gras unter seinen Fußsohlen zu spüren oder eine Erdbeere zu kosten oder einen lieben Menschen im Arm zu halten, ja, nicht einmal Luft in seinen Lungen zu spüren, wenn er, der so viel weniger gehabt hatte als ich, würdevoll hatte sein können, so konnte ich es auch. Ich rief mir das perfekte kleine Gesicht meines Jungen ins Gedächtnis und klammerte mich an dieses Bild, denn mit diesem Gedanken wollte ich sterben.

Augenblicklich beruhigte ich mich, und als Bill sich über mich beugte, um mich aus dem Wagen zu hieven, sah ich durch den Spalt zwischen der Wagentür und dem Türrahmen in den Himmel, wo weiße Wolken über den dunkelgrauen Hintergrund jagten. Da beschloss ich, nicht in den Abgrund zu blicken. Ich wollte weder die zerklüfteten Felsen noch mein eigenes Spiegelbild sehen, das mir entgegenraste. Ich wollte in den Himmel blicken, wenn ich starb, und an meinen kleinen Jungen denken.

Als sich der Schal komplett löste und der Seidenstoff von meinen Handgelenken glitt, spürte ich das Blut in meine Finger zurückströmen.

»Komm«, sagte Bill.

Er umklammerte meine linke Hand und bog meinen Arm auf meinen Rücken. Es war zwar sinnlos, aber ich wehrte mich noch immer.

Und dann ging alles ganz schnell. Bill hatte meinen Arm so unsanft nach hinten gedreht, dass ich glaubte, er würde meine Schulter ausrenken, doch im nächsten Moment ließ er mich abrupt los.

Und verschwand.

Die Beifahrertür schwang auf mich zu und klemmte mein linkes Bein ein. Ein stechender Schmerz fuhr mir in den Fußknöchel, der zwischen Tür und Türrahmen geraten war. Instinktiv zog ich schnell die Füße in den Wagen zurück, riss die Tür zu und betätigte die Zentralverriegelung. Ich erwartete, jeden Augenblick Bills Gestalt im Fenster auftauchen zu sehen, und verbarg das Gesicht hinter den Armen, um mich gegen seinen Angriff zu wappnen. Eine Weile saß ich so da und dachte, dass er versuchen würde, die Tür mit Gewalt aufzubrechen. Ich bereitete mich auf das Splittern von Glas vor oder darauf, dass sich der Wagen in Bewegung setzte – vielleicht würde er ihn über die Kante schieben, falls es ihm nicht gelang, mich herauszuziehen –, aber nichts geschah.

Nach einer langen Zeit dämmerte mir, dass Bill womöglich nicht mehr zurückkehren würde, und ich presste mit dem Ellbogen die Hupe. Ihr durchdringendes Signal hallte über den Steinbruch hinweg, während ich weinend dasaß, den Ellbogen fortwährend auf der Hupe, bis sie kamen und mich fanden.

SIEBZIG

Blue hatte mich gerettet.

Es musste sich folgendermaßen zugetragen haben:

Nachdem er es gewagt hatte, durch den Torspalt zu schlüpfen, folgte er uns die Straße bis zum Steinbruch. Bonnie trottete langsam hinter ihm her.

Blue wartete nicht auf Bonnie. Nachdem er die Verfolgung des Wagens aufgenommen hatte, begann es ihm Spaß zu machen, vor Aufregung hechelnd mit den Pfoten über die Eisflächen zu schlittern, den buschigen Schwanz dicht über der Erde. Wahrscheinlich kam er sich clever und heldenhaft vor. Wahrscheinlich dachte er sogar, dass er Bills

Wagen folgen *sollte.* Solange das Fahrzeug bergab fuhr, hatte Blue womöglich Schwierigkeiten, das Tempo zu halten, doch bei der uneinsehbaren Lücke in der Hecke nahm er unsere Fährte wieder auf und folgte dem alten Steinbruchpfad durchs Unterholz. Im selben Moment, als Bill den Schal ins Gras warf und mich aus dem Wagen zerren wollte, erreichte Blue das Ende des Pfades. Als der Hund Bill halb ins Wageninnere gebeugt an der Beifahrertür erblickte, übermannte ihn sein jugendliches Ungestüm, und beseelt von seiner unerschütterlichen Überzeugung, dass alle Menschen, insbesondere die *seiner* Familie, immer genauso erfreut waren bei seinem Anblick wie er bei ihrem, sprang er auf sein Herrchen zu, um es stürmisch zu begrüßen.

Claudia war es nie gelungen, Blue abzugewöhnen, an den Menschen hochzuspringen. Er sprang an jedem hoch. Diesmal warf er sich mit seinem beträchtlichen Körpergewicht gegen Bill, pflanzte im gewohnten Überschwang seiner Gefühle seine riesigen Pfoten an Bills Brust, und Bill, überrascht und auf dem falschen Fuß erwischt, verlor das Gleichgewicht und stürzte über die Felskante. Und Blue hinterher.

Ich weiß nicht, wie lange es dauerte, bis Bonnie eintraf, aber als sie plötzlich auftauchte, das fortwährende Hupengeheul vernahm und weder eine Spur von Blue noch von Bill zu sehen war, trottete sie ein paarmal um den Wagen herum, ehe sie sich seufzend auf der Beifahrerseite neben das Auto legte. Und so wurde sie vorgefunden, winselnd und völlig verängstigt zu mir aufblickend.

Blue hatte mir das Leben gerettet, und Virginia hörte, als sie die Pferde fütterte, das Hupen und fand mich. Ich hatte eine solche Angst vor dem Abgrund, dass ich mich weigerte, die Tür zu öffnen, als sie mit den Fingerknöcheln ans Fenster trommelte und mir durch die Scheibe hindurch etwas zurief. Sie begriff nicht, was passiert war. Sie dachte, ich hätte einen Nervenzusammenbruch gehabt und Bills Wagen gestohlen. Sie vermutete, dass ich Selbstmord verüben wollte, wie Bill es vorausgesagt hatte. Sie rief die Polizei an, die unverzüglich eintraf. DI Twyford, der einen Blick über die Felskante warf und sah, was Virginia bislang entgangen war, reimte sich zusammen, was geschehen war, und überredete mich, die Tür zu öffnen. Er setzte sich auf den Fahrersitz, löste die Handbremse und fuhr den Wagen vorsichtig ein Stück weit zurück, während er mit freundlicher, beruhigender Stimme auf mich einredete. Dann wickelte er mich wie ein Baby in eine Decke und brachte mich auf den Armen in Sicherheit.

Ein Krankenwagen traf ein, um mich ins Krankenhaus zu fahren.

Die Sanitäter waren ebenfalls sehr nett zu mir. Sie hüllten mich in eine silberne Rettungsdecke und gaben mir eine Beruhigungsspritze, die sofort Wirkung zeigte. Von der Stimme in meinem Kopf wollten sie nichts hören, die mich davor gewarnt hatte, das Tor nicht hinter mir zufallen zu lassen, obwohl ich immer wieder davon anfing. Es war ein Wunder, sagte ich. Wenn ich nicht auf die Stimme gehört hätte, wäre ich jetzt tot. Zuerst Genevieve, dann ich, genau, wie sie prophezeit hatte. Ich hatte sie gebeten, mir zu helfen, und sie hatte mir gesagt, was ich tun sollte. Immer wieder versuchte ich, es ihnen zu erklären, aber sie hörten mir nicht zu. Stattdessen interessierten sie sich für meinen Knöchel. Sie verabreichten mir Sauerstoff, legten meine Beine hoch und meinen Kopf tief, sagten immer nur »Keine Sorge, alles wird gut«, kurz und gut, ich stand unter Schock.

Im Krankenhaus musste ich mich als Opfer eines schweren Verbrechens nicht in die lange Schlange der Wartenden einreihen, sondern wurde sofort in eine der Kabinen der Notaufnahme gebracht. Die Ärztin, eine junge Asiatin, nickte, als ich von meiner wundersamen Rettung erzählte, und sagte mit desinteressierter Stimme: »Ach ja, Schätzchen?«, dann stülpte mir eine Schwester eine Maske über Mund und Nase, und ich konnte nicht mehr sprechen.

Eingelullt in einen tröstlichen Nebel aus Beruhigungs- und Betäubungsmitteln, verbrachte ich einen ruhigen, angenehmen Tag im Krankenhaus. Als ich nach der Operation erwachte, die nötig war, um meinen Knöchelbruch zu behandeln, saß May auf einem Plastikstuhl neben meinem Bett und blätterte in einer abgegriffenen Fernsehzeitung. Sogleich versuchte ich, auch ihr von der warnenden Stimme in meinem Kopf zu erzählen und wie sie mir das Leben gerettet hatte, doch sie unterbrach mich: »Liebes, du hast einen furchtbaren Schock erlitten. Ruh dich jetzt aus. Du bist in Sicherheit.« Mein Bein war bis zum Knie eingegipst und an einer Zugvorrichtung über dem Bett aufgehängt wie in einer klassischen Szene einer britischen Filmkomödie. Ich konnte mich nicht aufsetzen.

Hin und wieder spazierte Genevieve durch die offene Tür in mein Krankenzimmer herein. Lächelnd hielt sie Blue am Halsband fest. Mit seitlich heraushängender Zunge und schwanzwedelnd blickte er zu ihr auf. Aber es kann sein, dass ich mir das auch einbildete.

Irgendwann erschienen zwei Polizistinnen, um mich zu befragen. Ich kannte keine von beiden. Auch sie wollten nichts von der Stimme und dem Tor wissen. Sobald ich abzuschweifen drohte, lächelten sie und sagten: »Ja, aber ...«, um gleich wieder zu ihrer jeweiligen Frage zurückzukehren. Ich erzählte ihnen von dem Laptop in dem versiegelten Brunnen, denn ich war mir sicher, dass auch das eine Nachricht von Genevieve an mich gewesen war. Ich sah, wie eine der Beamtinnen vielsagend die Augen verdrehte, während die andere mit Mühe ein Grinsen unterdrückte. Dabei wünschte ich so sehr, sie würden mir endlich zuhören.

Weil ich jetzt alles wusste.

Später fütterte May mich mit einem Käse-Salat-Sandwich, indem sie mir Bissen für Bissen in den Mund schob, und hielt mir ein Glas mit frisch gepresstem Orangensaft und einem Strohhalm hin. Dann ging sie, und mir blieb nichts anderes übrig, als auf dem Rücken dazuliegen. Ich starrte auf das Lichtmuster, das die bunte Flittergirlande an die Decke warf, und dachte an Genevieve. Ich dankte ihr von ganzem Herzen.

EINUNDSIEBZIG

Am nächsten Morgen fuhr May mit mir nach Manchester zurück.

»Du musst mir eines versprechen«, sagte sie, während wir der M5 in Richtung Norden folgten.

Mein Bein lag ausgestreckt auf dem Armaturenbrett, und aus dem blauen Gips ragten meine geschwollenen Zehen.

»Was?«

»Dass du nie wieder dorthin zurückkehrst.«

»Bestimmt nicht«, sagte ich.

Eine Woche verstrich und noch eine. Am 18. Januar, dem Geburtstag meiner Mutter, besuchten wir unsere Eltern in ihrem winzigen Reihenhaus und feierten ausgelassen. Na ja, die anderen zumindest. Ich tat so, als würde ich mich ebenfalls amüsieren, doch innerlich war ich einsam wie ein Wolf. Meine Mutter legte immer wieder den Arm um mich und küsste mich auf die Wange, sagte mir, wie sehr sie mich liebe. Jedes Mal, wenn mein Vater mich ansah, füllten sich seine Augen mit Tränen.

»Wenn ich daran denke, was hätte passieren können«, wiederholte er stets und putzte sich die Nase.

»Aber es ist nichts passiert!«, erwiderte ich jedes Mal mit breitem Lächeln.

Wenn sie mich außerhalb ihrer Hörweite wähnten, vernahm ich ihre leisen Stimmen: »Wie gut sie sich gemacht hat! Wie tapfer sie war! Fast ist sie wieder die Alte. Wer hätte gedacht, dass sie mit einer solchen Situation fertig würde?«

Mittlerweile hatte ich es mir abgewöhnt, über Genevieve zu reden und wie sie mir das Leben gerettet hatte, aber ich hatte nicht aufgehört, an sie zu denken.

ZWEIUNDSIEBZIG

Am 1. Februar fielen in Manchester zwanzig Zentimeter Schnee, und bis auf die Hauptstraßen waren alle Straßen unpassierbar.

Der Boiler in Mays und Neils Wohnung war undicht, weshalb wir uns zum Duschen ins Sportzentrum begeben mussten. Als ich im Umkleideraum in den Spiegel blickte, erkannte ich mich nicht wieder.

May sagte: »Hör endlich mit dem Posieren auf, wir können alle sehen, wie dünn du geworden bist.«

Noch war der Fötus in ihrem Bauch nicht größer als ihre Daumenhälfte, doch man konnte bereits seinen oder ihren Herzschlag vernehmen, und May hatte zugenommen. Ich drehte mich zu ihr um und umarmte sie, woraufhin sie sagte: »Und hör bitte mit diesen spontanen Zuneigungsbekundungen auf, Sarah, du machst mich noch wahnsinnig damit.«

Es dauerte bis zum 17. Februar, bis der Schnee endlich geschmolzen war und Alexander und Jamie nach Manchester kommen konnten.

Dieses Mal stand ich auf dem Bahnsteig, um sie abzuholen. Pünktlich auf die Minute rollte ihr Zug in der Piccadilly Station ein. Es waren nur wenige Reisende im Zug, und wir entdeckten einander auf Anhieb. Ich hob die Hand und winkte, und sie kamen auf mich zu, langsam und ein wenig zögerlich zuerst, dann lief Jamie los und rannte mich beinahe um. Zwar benutzte ich keine Krücken mehr, aber mein Bein war noch immer recht schwach.

»Hallo du«, sagte ich und bedeckte seinen Kopf mit Küssen. Er drückte mich so fest, dass ich kaum mehr Luft übrig hatte, um Alexander zu begrüßen. Ich blickte zu ihm auf, doch er sah weg.

Zu viel war geschehen. Beide wussten wir nicht mehr, wo wir miteinander beginnen sollten. Wir hatten zu viel Angst, dem verletzten Herzen des anderen noch mehr Schmerzen zuzufügen.

Sie hatten mir ein Geschenk mitgebracht. Im Taxi packte ich es aus. Es war eine gerahmte Zeichnung von einem Kampfflugzeug; aus einer Tragfläche schlugen Flammen gegen eine Art Monster.

»Das hab ich gezeichnet«, sagte Jamie. »Und Dad hat es gerahmt.«

»Es ist großartig.«

Jamie beugte sich zu mir.

»Siehst du, das ist ein Dinosaurier, der aus dem Steinbruch entkommen ist, um ein besseres Leben zu beginnen, und das Flugzeug wird gleich abstürzen, und der Dinosaurier wird es zertrampeln.«

»Und der Pilot, wird er entkommen?«, fragte ich. Jamie

schüttelte den Kopf und machte ein Gesicht, als wollte er sagen, schade zwar, aber was kann man machen?

»Wow«, sagte ich.

Zum Abendessen gingen wir alle ins Harvester.

Auf der Damentoilette sagte meine Mutter, sie würde Alexander auch nicht von der Bettkante stoßen, und May meinte, sie solle aufhören, mich zu ermutigen.

»Na ja, er sieht schon gut aus«, sagte May dann wehmütig. »Und der kleine Kerl ist ein Schatz.«

»So so, und du bist keinen Deut besser!«, sagte meine Mutter zu May, indem sie meinen Ellbogen drückte. Da wusste ich, dass ich mir ihrer Zustimmung sicher sein konnte. Nach allem, was sie unseretwegen durchgemacht hatten, freute sich meine Familie am Ende, dass ich mit Alexander und Jamie wieder vereint war.

DREIUNDSIEBZIG

Wir saßen auf der Bank am Kanal. Das Wasser war zugefroren. Enten watschelten über das Eis und gaben ein komisches Bild ab.

»Die Polizei hat Genevieves Laptop gefunden«, sagte Alexander.

»Wo?«

»Im Brunnen. Er war in einer Plastiktüte verpackt und versiegelt. Sie muss ihn für den Fall, dass etwas schiefging, zurückgelassen haben. Es waren alle ihre E-Mails noch drauf. Sie muss wohl eine Art Vorahnung gehabt haben.«

Ich atmete lange und geräuschvoll aus. »Ich wusste, dass er da war.«

Alexander nahm meine Hand in die seine und legte sie auf seinen Schoß.

»Es tut mir leid«, sagten wir gleichzeitig.

Mehr brauchten wir nicht zu sagen.

VIERUNDSIEBZIG

Im Sommer, nicht ganz ein Jahr, nachdem wir uns kennengelernt hatten, heirateten wir. Es war eine unspektakuläre standesamtliche Trauung, an der außer Alexander, Jamie und mir nur May und Neil als unsere Trauzeugen sowie meine Eltern teilnahmen. Mays Töchterchen Annalise schlief in ihrem Kinderwagen auf dem Flur. Ich trug ein altes blaues Kleid, das ich mir von May geliehen hatte, und eine neue Halskette mit angemalten und auf eine Baumwollkordel aufgezogenen Makkaroni, die Jamie eigens für diesen Anlass für mich gebastelt hatte.

Am Abend gaben wir eine Party im Garten des Blue Flame Pub. Matt Bryant und seine Frau und Kinder waren aus Worcester gekommen, zusammen mit anderen alten Freunden, zu denen Alexander den Kontakt verloren hatte. Auch meine Freundinnen aus Manchester waren da, bis auf Rosita natürlich. Roseanne, Midge, Betsy und Tom hatten sich einen Wagen geliehen und waren gemeinsam von Burrington Stoke hierhergefahren.

Die Party war wunderschön. Das Gras war sehr grün, und der Garten wurde von Wiesenkerbel mit seinen weißfiligranen Köpfen gesäumt. Mücken tanzten in der kühlen Landluft, in den Bäumen hingen Laternen. Ein paar Freunde machten Musik. Ich saß auf einer wackligen Bank und nippte an meinem Cidre, während Jamie auf meinem Schoß schlief. Alexander legte eine Strickjacke um meine Schultern und beugte sich zu mir, um mich zu küssen.

Er sagte nicht, dass er mich liebe.

Das brauchte er nicht.

Nach der Hochzeit rasierte sich Alexander den Bart ab und legte sich eine Kurzhaarfrisur zu, während ich mein Haar noch länger wachsen ließ. Wir waren beide knapp bei Kasse, daher mieteten wir eine winzige Wohnung in Bath, das ein guter Kompromiss zwischen Manchester und Burrington Stoke war. Inzwischen hatten wir unseren Plan, in Cornwall zu leben, aufgegeben. Es war unser Luftschloss gewesen, eine romantische Phantasie. Alexander hatte eine Stelle als Steinmetz bei einer Firma gefunden, die sich auf die Restaurierung historischer Gebäude spezialisiert hatte – woran in Bath kein Mangel herrschte. Ich schrieb mich für einen Vorbereitungskurs für ein Kunststudium an der Universität ein und arbeitete abends als Kellnerin. Wir sparten eine bescheidene Summe, und eines Tages erzählte ein Gebäudegutachter Alexander von einem kleinen Haus, das zum Verkauf stand.

Alexander, Jamie und ich besichtigten es. Es war ein hübsches Haus, am Hang eines der Hügel gelegen, die die Stadt umgaben. Es hieß Lilyvale. Die Familie, die auszog, zwei Erwachsene und zwei Kinder, machten einen freundlichen und glücklichen Eindruck.

»Warum ziehen Sie aus?«, fragte ich die Frau, die klein, blond und hochschwanger war.

»Wir brauchen mehr Platz«, sagte sie lächelnd und streichelte ihren Bauch.

Wir sprechen nicht über die Vergangenheit. Nun, da wir uns in unserem neuen Leben eingerichtet haben, bemühen wir uns, nicht zurückzublicken.

Claudia hat die umgebaute Scheune verkauft und ist mit den Zwillingen weggezogen. Wie ich gehört habe, hat sie ein Haus in Pembrokeshire erworben, unweit von Damians Haus in Tenby. Ich habe sie nie wieder gesehen, denke aber von Zeit zu Zeit an sie und hoffe, dass es ihr den Umständen entsprechend gut geht.

Einmal im Monat kommen Virginia und Philip nach Bath und verbringen einen Tag mit Jamie. Philip hält sich tapfer. Er ist aus hartem Holz geschnitzt. Jamies Pony haben sie hergegeben, aber gelegentlich besuchen wir zusammen ein Reitturnier, wo die Churchills mit ihrem hübschen, aufgeweckten Enkel vor ihren reichen pferdenärrischen Freunden angeben können. Alle sind nett zu Alexander und mir, und es fällt ihnen sichtlich schwer, ihre Gefühle bei Jamies Anblick zu verbergen. An den Abenden dieser Familientreffen essen wir in einem der unzähligen Restaurants von Bath gemeinsam zu Abend. Philip und Alexander wechseln sich mit dem Bezahlen ab. Darüber hinaus haben wir mit der Familie Churchill keinen Kontakt mehr. Was Genevieves Erbe betrifft, so gehe ich davon aus, dass es in einer Stiftung zu Jamies Gunsten angelegt wurde.

Meine Eltern behandeln Jamie wie ihren Enkel. May und Neil nennt er Tante und Onkel, und Annalise ist für ihn seine Cousine. Noch oft denke ich an meinen kleinen Jungen, aber nicht mehr so oft wie früher. Jamie erfordert jetzt meine ganze Aufmerksamkeit. Ich werde nie seine Mutter sein, aber ich werde immer mein Bestes geben. Und Jamie weiß das.

Wir haben beschlossen, Jamie nicht die Wahrheit über Bill zu sagen. Abgesehen von der theoretischen Möglichkeit, dass bei ihm eine seltene Erbkrankheit auftritt, was allerdings äußerst unwahrscheinlich ist, da seine Halbschwestern fit und gesund sind, besteht kein Grund für ihn oder für einen Außenstehenden, seine wahre Abstammung zu kennen. Dieser Teil der Geschichte ist Gott sei Dank den Medien verborgen geblieben. Es ist ein weiteres Geheimnis, noch eines, das gehütet werden muss, aber wem würde die Wahrheit nützen? Alexander und ich sind uns einig, dass Jamie sicher und geborgen aufwachsen soll. Also werden wir ihn vor der Vergangenheit beschützen.

Es gibt keinen Tag, an dem ich in Gedanken nicht bei Genevieve bin. Ich bin kein religiöser Mensch, aber wann immer ich an einer geöffneten Kirche vorbeikomme, gehe ich hinein und entzünde eine Kerze für Genevieve. Dann setze ich mich in eine ruhige Ecke und denke an sie und daran, dass sie mir das Leben gerettet hat, nachdem sie zuvor ihres verloren hatte.

Alexander gegenüber erwähne ich es nicht. Wir reden ja nicht über die Vergangenheit. Wichtig ist nur, dass Genevieve mir ihren Jungen anvertraut hat. Stets werde ich ihr dafür dankbar sein.

Wir sind jetzt glücklich, Alexander und ich, auf eine ruhige, gediegene Weise glücklich. Wir sind zärtlich zueinander. Bisweilen zieht sich einer von uns in seine Gedankenwelt zurück, doch wir wissen, dass es vorübergehend ist, dass die Vergangenheit uns nur verletzen kann, wenn wir es zulassen.

Ich werde nicht mehr von Heimsuchungen geplagt, ebenso wenig wie Alexander.

Wenn ich sein Gesicht betrachte, erkenne ich seine wahre Schönheit, und wenn er dann meinen Blick bemerkt, lächelt er und ergreift meine Hand. Wir verschmelzen miteinander, wie von Anfang an, und ich weiß, dass wir gemeinsam stärker sind, als wir es getrennt je waren.

PIPER

Lionel Shriver
Dieses Leben, das wir haben

Roman. Aus dem Amerikanischen von Monika Schmalz. 542 Seiten. Gebunden

Nachdenken, miteinander reden, die Welt sehen und einfach nur da sein. Das hat sich Shep für den Rest seines Lebens vorgenommen. Nach so vielen Jahren will er endlich seinen Job und die Staus auf dem Brooklyn-Queens-Expressway, all den Ärger des Alltags hinter sich lassen. Die knappe Million Dollar aus dem Verkauf seiner Firma soll diesen Traum Wirklichkeit werden lassen. Doch da teilt ihm seine Frau Glynis eine bestürzende Nachricht mit – sie ist schwer krank, und Shep wird vermutlich all sein Geld brauchen, um sie nicht für immer zu verlieren.

Mit Präzision und Anteilnahme beschreibt Lionel Shriver den tiefgreifenden Wandel einer Ehe, in der eine lebensbedrohliche Krankheit auch eine Chance für neue Zärtlichkeit, Nähe und sogar funkelnden Humor bietet. Ein literarischer Pageturner, dessen Kern nicht zuletzt die tragische Frage ist: Wie viel ist uns ein Menschenleben wert?

01/1938/01/L